밤과
 낮
사이

BETWEEN THE DARK AND THE DAYLIGHT:
And 27 More of the Best Crime and Mystery Stories of the Year
Copyright ⓒ 2009 by Ed Gorman and Martin H. Greenberg
Korean Translation Copyright ⓒ 2013 Jaeum & Moeum Publishing Co. Ltd.
Korean edition is published by arrangement with Spectrum Literacy Agency
through BC Agency, Seoul.

이 책의 한국어판 저작권은 BC에이전시를 통한 저작권자와의 독점 계약으로 자음과모음 출판사에 있습니다.
저작권법에 의해 한국 내에서 보호를 받는 저작물이므로 무단전재와 복제를 금합니다.

밤과 낮 사이 2

브렛 배틀스 * 로버트 S. 레빈슨 * 더그 알린 * 도미니크 메나르
N.J. 에이어스 * 크리스틴 캐스린 러시 * 데이비드 에드걸리 게이츠
마틴 리먼 * 빌 프론지니 * 찰스 아데이 * 노먼 패트리지
존 하비 지음 ― 이지연 옮김

자음과모음

* **차례**

완벽한 신사 **브렛 배틀스** … 5

약삭빠른 갈색 여우 **로버트 S. 레빈슨** … 40

돼지 파티 **더그 알린** … 81

장밋빛 인생 **도미니크 메나르** … 112

녹 **N.J. 에이어스** … 150

애국적 행위 **크리스틴 캐스린 러시** … 192

피부와 뼈 **데이비드 에드걸리 게이츠** … 222

오 양의 정반대 **마틴 리먼** … 308

메리에게 무슨 일이 생겼나 **빌 프론지니** … 349

조너스와 요부 **찰스 아데이** … 372

길거리의 개들 **노먼 패트리지** … 399

색 오 워 **존 하비** … 467

수록 작가 소개 … 499

완벽한 신사

브렛 배틀스

당신들은 나를 좋아하지 않을 것이다.

아무러면 어때. 이젠 더 이상 신경 쓰지 않는다.

나는 나쁜 놈이 아니다. 하지만 그렇게 말해봐야 믿어주지 않겠지. 당신 같은 사람들은 절대 안 믿는다. 내가 하는 일이 무엇인지 듣는다. 내가 어떻게 사는지 본다. 그러고는 생각한다. 저질스러운 놈, 사회의 일탈자, 뭐, 그런 딱지를 붙인다. 당신들 생각이 맞을 거다. 아마 난 분명 그런 놈일 거다. 나도 내가 하나님이 문 앞까지 마중 나와 반겨줄 위인이라고는 절대 생각 안 한다.

다시 한 번 말하는데 상관없다. 이 일의 주인공은 사실 내가 아니다. 중심인물은 조지프 퍼듀다.

자, 이제 당신들이 진짜로 혐오해 마지않을 사내가 나왔다. 진짜

배기 개잡놈이다. 하지만 당신들 같은 사람들은 그저 그에게서 한쪽 면만을 보기로 미리 마음을 굳히고 있다. 당신들이 그놈을 영웅으로 떠받들었다. 훗날에는 아마 대의에 몸 바친 순국의 용사라 부르겠지. 미국의 방식을 지키기 위하여 죽은 용사. 죽은 놈은 다 그렇게 된다. 안 그런가? 아무도 진실이 어땠는지는 신경 안 쓴다.

난 그놈이 술집에 처음 들어왔던 그때를 기억한다.

그거야 깜짝 놀랄 것도 없는 일이다. 난 누구든 처음 보는 사람이 들어오면 다 기억하니까. 직업상 그렇다. 우선 그놈(들어오는 건 늘 남자다)이 척 보기만 해도 말썽을 낼 것처럼 보이지는 않는지 확인해야 한다. 만약 지나치게 취했다든가 금방 싸움을 할 것처럼 설친다든가 고약한 술버릇을 가진 놈이면, 나는 다른 술집을 찍어주면서 오늘 밤 거기서 특별한 쇼를 하는데 놓치면 후회할 거라고 귀띔한다. 번번이 먹히는 수법이다. 들어온 놈이 말썽을 피울 것 같지는 않는다면, 다음으로 나는 그자의 사이즈를 가늠해본다. 우리가 그에게서 대충 얼마까지 돈을 빨아낼 수 있을는지, 그리고 그자가 뭘 바라고 여길 찾아왔는지 간을 보는 것이다.

퍼듀가 발을 들여놓았던 그날 저녁, 우리 가게의 너무나 과분할 만큼 값비싼 음향 장치로부터 꽝꽝 울려 나오고 있었던 것은 늘 트는 거지 같은 유행가 나부랭이였다. 나는 툭하면 스키너드의 옛날 앨범이나 핑크플로이드의 〈달의 이면〉을 틀어댄다고 씹히는 몸이다. 하나님, 난 그 앨범이 너무 좋다. 하지만 계집애들은 늘 싫어서 아우성이다. 그래서 크리스티나 아길레라나 그웬 스테파니나 고릴

라즈로 돌리기 전에 끝까지 트는 일은 매우 드물었다. 퍼듀가 걸어 들어왔을 때 나오고 있던 곡은 분명 와이클리프 진의 〈완벽한 신사〉였다고 기억한다.

어쩌면 그 노래를 어떤 계시로 받아들였어야 했는지도 모른다.

그날은 화요일 밤, 미적미적 흘러가는 밤이었다. 우리 업소가 붐비는 건 목요일과 금요일 그리고 월요일이다. 목요일, 금요일은 이 근방에서는 사람들이 누구나 주말을 맞을 준비가 조금씩 일찍 되는 편이기 때문이고, 월요일은 우리 가게의 주간 보디페인팅 콘테스트를 여는 날이라서 그렇다. 얼마간의 형광물감과 얼마간의 아름답고 젊은 여자들이면 땡이지. 세상에 그만한 게 어디 흔한가? 거기에 형광물감을 빛나게 하는 자외선 등 몇 줄로 가게 안에 조명을 쏴주고 현금을 팍팍 긁어 들이는 거다.

이벤트가 있는 날 저녁이든 아니든 간에 우리 업소엔 아가씨들이 수효도 빵빵하게 갖춰져 있다. 첫 타임 시작할 때 스무 명에서 서른 명 사이다. 그 수는 그날 몸이 안 좋은 애들이 몇 명이냐, 출근 빼먹고 상대할 손님을 문 애들이 몇 명이냐, 또는 그냥 말없이 안 나온 애들은 몇 명이냐에 따라 들쑥날쑥하다.

그날 밤에 가게에 나온 애들이 총 몇 명이었는지는 알 도리가 없다. 분명히 아는 것 하나는 엘리는 나와 있었다는 것이다. 그녀는 다른 계집애들 대여섯 명과 함께 무대 위에서 열심히 춤을 추고 있었다. 하지만 난 이렇게 말하지 않을 수 없다. 엘리가 무대 위에 서 있으면 언제나 혼자서 춤을 추고 있는 것만 같았다고. 그게 엘리의 위력이었다. 개는 슈퍼스타였다. 몸도 죽여주고 성격도 죽여주고 하여튼 끝내주는 뭔가가 있는 계집애라 한번 봤다 하면 결코 눈길을 뗄 수 없었다.

슈퍼스타를 잔뜩 쟁여놓고 장사를 할 순 없다. 술집마다 그런 애가 한두 명쯤 있을 것이다. 우리 집의 그 한 명이 바로 엘리였다.

미국의 스트립 바에는 계집애들이 추는 춤이 딱 정해져 있다. 최신 힙합에 맞추어 짜인 안무에 따라 정교한 동작으로 춤을 춘다. 하지만 여기는 그렇지 않다.

물론 우리 가게는 사실 스트립 바는 아니다. 그리고 미국 땅하고는 까마득히 떨어져 있다. 필리핀의 앙헬레스 시에 있는 것이다. 클라크 공군 기지는 들으면 기억이 날지도 모르겠다. 미국 영토 바깥에 있는 미군 기지로는 가장 큰 규모였던 기지니까. 클라크 공군 기지의 옛 정문 있는 곳이 우리 술집 문을 나서서 불과 몇 킬로미터 안짝이다. 하지만 나중에 피나투보 산이 분화해서 온 사방에 재를 흩뿌렸고, 필리핀 사람들도 미군이 최종적으로 철수하지 않는다면 분화할 기세로 위협을 하게 되었다.

우리는 철수했다.

아, 정부가 철수를 했다는 얘기다. 와서 살던 우리 이주민들은 그냥 눌러앉았다. 그리고 몇 년 사이에 또 건너온 사람들이 있어서 우리는 수가 더 늘었다.

이제 여기가 바로 당신들이 나를 혐오스럽게 여길 대목이다. 그렇다, 우리 가게는 그렇고 그런 술집이다. 고고 바라고들 부른다.

우리 집에서는 아가씨들이 춤추는 걸 구경할 수 있고, 술을 한잔 살 수도 있고, 이야기를 나누고, 원한다면 그날 밤만이든 아니면 일주일 동안이든 가게에서 데리고 나갈 수도 있다. 그렇게 하려면 가게에다가 아가씨 출근비만 내면 된다. 그 위에 나중에 아가씨한테 팁도 준다면 매우 좋다.

그리고 이 부분이 내가 우리 아가씨들을 챙긴다고 말할 부분이다. 나는 우리 집 애들을 고약한 손님하고 같이 내보내지 않으려고 애를 쓴다. 그런 일도 종종 생기기는 생긴다. 하지만 다른 술집들에서만큼 자주는 아니다. 나는 우리 집 애들을 보호하기 위해 내가 할 수 있는 만큼은 한다. 너무 심각한 문제에 휘말리지 않게 하려고 애쓴다. 그런다 한들 내가 좋게 보일 거라고는 생각 안 한다. 하지만 주위에는 나보다 훨씬 악질인 '파파상'들이 완전 드글드글하다.

그러니 하고 싶은 대로 나를 미워하시라. 그런다 한들 이 동네에서 이 장사는 계속될 것이다. 사내놈들은 변함없이 여길 찾을 것이고, 계집애들 역시 여전히 찾아들 것이다. 왜냐하면 걔들한테는 여기가 벌이가 한결 좋기 때문이고, 이런 삶을 벗어나 누구를 따라서 오스트레일리아나 영국이나 미국에 가서 살게 될지도 모른다는 기회가 항상 존재하기 때문이다.

내 기억이 정확하다면, 퍼듀는 좁은 무대 (그때는 리모델링을 하기 전이라 제대로 된 무대라기보다 패션쇼 무대처럼 좁다란 통로 같은 것이 한가운데에 길게 깔려 있었다) 위를 흘긋 쳐다보았다. 그리고 빈 부스석에 바깥쪽을 바라보고 앉았다.

퍼듀가 혼자 앉아 있은 것은 오래지 않았다. 사람들은 앙헬레스 시의 술집에 혼자 앉아 있자고 오지 않는다. 왁자하게 웃자고, 시원한 산미구엘 맥주를 마시자고 온다. 그리고 무엇보다도 적극적이고 잘 주는 갈색 피부 아가씨들을 만나러 온다.

우리 가게 제복인 몸에 딱 붙는 분홍색 핫팬츠와 하얀 비키니 탑을 입은 여종업원 둘이 퍼듀에게 접근했다. 반쯤만 흥미가 동하여 나는 그 만남을 지켜보고 있었다. 저 사내가 그저 춤추는 아가씨들이나 재보고 있다가 금방 술집을 나갈 족속인지 아니면 몇 페소라도 돈을 짜낼 수 있을 놈인지 아직 확실하게 분간이 가지 않았다. 어쩌면 심지어 그날 밤 낚아 들일 수 있을는지도 알 수 없었다.

우리 집 웨이트리스 중 한 명인 안나는 키득키득 웃었고 또 한 명이, 아마 마거릿이었던 것 같은데, 내 쪽을 건너다보며 새로 온 손님에게 무슨 말인가를 해주고 있었다. 퍼듀가 나를 보더니 주머니에서 지폐 뭉치를 꺼내어 아가씨들에게 두어 장씩 쥐여주었다.

그걸 보자 난 긴장하고 집중했다. 사내들은 보통 뭐에 대해서든 재깍재깍 돈을 치르는 법이 없다. 그다음에 일어난 일은 나를 한층 더 놀라게 했다. 퍼듀가 부스석에서 일어나더니 무대를 빙 둘러 내가 있는 바 쪽으로 걸어왔다.

그는 내가 앉아 있는 의자 옆자리를 턱짓했다. "괜찮소?"

"앉으시오." 내가 말했다.

"고맙소. 여기서 더 잘 보일 것 같더군."

사실이 그러했다. 3미터밖에 떨어지지 않은 곳에서 슈퍼스타 엘리가 '지금 나랑 해줘요' 하는 춤을 추면서 너울너울 왔다 갔다 하고 있었다.

"조지프 퍼듀요." 그가 가늘고 거친 손을 내밀었다.

"웨이드 노리스요." 내가 말했다.

퍼듀의 손힘은 내가 생각한 것보다 셌다. 그가 누구든 간에, 퍼듀는 겉으로 보여주는 것보다 한결 센 자였다.

"당신도 미국인이죠?" 그가 물었다.

나는 고개를 끄덕였다. "오하이오, 콜럼버스에서 왔소."

"거기는 가본 일이 없군. 난 와이오밍 출신이오."

"옐로스톤?" 내가 물었다. 와이오밍에서 아는 곳이라고는 거기뿐이었다.

퍼듀는 나를 보고 싱긋 웃음 지었다. "아니, 라라미요. 카우보이들의 나라지."

안나가 건너와서 퍼듀에게 산미구엘 한 병을 건네고 앉아 있는 등 뒤의 바에다 잔 한 개와 맥줏값을 표시한 계산서 쪽지를 갖다 놓았다.

퍼듀는 맥주병을 내 쪽으로 내밀었다. "건배합시다, 웨이드."

나는 그가 하자는 대로 내 병 아랫부분을 그의 병에 쨍 하고 부딪쳤다. 우리는 맥주를 마셨다. 퍼듀가 나보다 더 깊이 들이마셨다.

"당신이 파파상이라고 그러더군. 이것저것 운영한다고."

운영이라, 그것 참 괜찮은 표현이라고 나는 생각했다. 나는 가게 주인은 아니다. 소유주는 수천 킬로미터 떨어진 네덜란드에 있다.

하지만 내가 결정을 내리는 사람이자 이곳의 문지기이다.

나는 어깨를 으쓱하고는 말했다. "앙헬레스에서 재미있는 시간 보내고 계시오?"

"꽤 괜찮은 것 같더군. 하지만 알죠, 이 근처 술집들은 전부 거의 똑같다는 거. 어느 집이나 전부 네온 등을 켜놓고, 거울에다 이름들을 써놓지. 커다란 종에다가 말이오. 내가 보기에 서로 다른 점은 아가씨들뿐이더군. 개중 어떤 집 아가씨들이 다른 집들에 비해 낫다는 식으로."

나는 그의 품평에 대하여 뭐라고 토를 달 수가 없었다. 앙헬레스 시에는 고고 바가 100군데 넘게 있다. 그 전부가 거의 똑같은 걸 내걸고 영업을 한다. 녹음된 음악을 틀고, 술을 내놓고, 여자가 있다.

"그럼 우리 집 등급은 어떻소?"

"평균쯤일까." 퍼듀는 고갯짓으로 엘리 쪽을 가리켰다. "쟤를 빼면 말이오. 저 계집애가 댁네 업소 점수를 잔뜩 끌어올리는군."

나는 그저 빙그레 웃을 수밖에 없었다. 물고기가 미끼 주위를 맴돌고 있었다. 이제 내가 할 일은 이자를 낚아 올리는 것뿐이었다.

퍼듀가 한 병 더 마시는 동안 나는 바텐더인 캣의 주의를 끌어 잽싸게, 거의 눈치챌 수 없는 동작으로 신호를 보냈다. 지금 오신 새 손님이 우리 슈퍼스타한테 관심이 있다는 사실을 알린 것이다. 1분이 채 지나지 않아서 엘리가 무대에서 내려와 실내를 가로질러 우리가 앉아 있는 쪽으로 걸어왔다.

"여, 엘리! 어때, 괜찮아?" 내가 말을 붙였다.

"점점 몸이 뜨거워져요." 엘리가 말했다. 그러곤 그 얇은 직물과 C컵 가슴 사이에 공기를 통하게 해야겠다는 듯이 비키니 톱을 끌어당겼다. 그녀는 퍼듀를 보고 미소 지었다. "이분은 누구세요?"

"이분도 미국 분이셔. 조지프 퍼듀 씨라고."

내가 말했고, 엘리는 제아무리 저항력 강한 사내라도 흔들리지 않고는 못 배길 만한 시선을 그에게 던졌다. "만나서 반가워요. 전 엘리예요."

"안녕, 엘리." 퍼듀가 말했다. 그는 손을 잡아 악수를 하는 대신에 그 손에다 입을 맞추었다. 그러는 동안에도 내내 두 눈은 엘리의 얼굴에서 떨어질 줄 몰랐다.

그래서 나는 이제 공사 끝났구나 생각했고, 20분 후에는 내 생각이 옳았음이 입증되었다.

"손님이 출근비 내고 싶으시대요, 파파. 어떻게 할까요?" 엘리가 나에게 물었다. 이미 두 사람은 퍼듀가 처음에 가게에 와서 맡아둔 자리 쪽으로 옮겨 앉은 후였다. 엘리는 그날 밤의 애인 후보를 기다리게 해두고 혼자 내 쪽으로 건너와서 물은 것이다.

"보기에는 괜찮을 것 같은데. 넌 어떻게 생각하냐?"

"돈 좀 있는 사람 같아요."

"그래, 그럼 모든 면에서 끝내주는 밤 보내라."

퍼듀가 다음 날 밤에 다시 가게에 와서 다시 엘리의 출근비를 물겠다고 했을 때 그건 내게 놀랄 일도 못 되었다. 그리고 그날 저녁만이 아니라 주말까지 남은 날 출근비를 전부 내기로 결정했을 때에도 그렇게 기절초풍했다고는 할 수 없다. 물고기는 낚싯바늘을 삼켰을 뿐만 아니라 낚싯바늘에 낚싯줄에 아예 낚싯대까지 몽땅 삼켜버렸다. 엘리는 넘어가지 않을 수 없는 여자다.

물론, 그것은 모두에게 좋은 거래였다. 나는 현금이 손에 들어와서 좋았다. 엘리는 다만 몇 시간이 아니라 며칠 동안 가게에 나오지 않아도 되어서 기뻤고, 출근비에서 자기 몫을 받는다는 데 대해서는 말할 필요도 없이 신이 났다. 그리고 퍼듀도, 짐작건대 자기 나이보다 최소 스무 살은 어린 아름다운 아가씨와 시간을 보내게 되어 행복했을 것이다.

솔직히 말해, 나는 그날 밤 이후로 그 작자를 다시 보게 될 일은 없을 줄 알았다. 그가 남은 여행 기간 내내 엘리를 출근시키지 않고 데리고 있을 줄 알았다. 엘리가 다시 일하러 나온다면 그때는 그자가 도로 미국으로 향하는 장거리 비행에 오른 때일 것이라고 생각했다. 하지만 그는 이틀 후, 오후 한중간 시간에 모습을 나타냈다.

그날은 금요일이었다. 하지만 진짜 바빠지는 건 어둠이 내린 후부터이다. 그가 왔을 때쯤에는 가게에 손님은 둘뿐이었고, 그래서 낮 타임을 뛰는 계집애들 수는 밤 타임 때의 절반 정도에 불과했다. 그나마도 저희끼리 복닥거리며 잡담을 하거나 혼자 따로 앉아서 휴대전화로 남자 친구에게 문자질을 하고 있었다. 외국인 애인이나 필리핀 애인 양쪽 다에게 말이다.

나는 겨우 30분 전에 가게에 나왔지만 평소와 마찬가지로 바 앞의 내가 제일 좋아하는 의자에 엉덩이를 눌러 붙이고 있었다. 만약 다른 누군가가 그 자리에 앉으려고 한다면 캣이나 다른 바텐더 중 누구라도 비키라고 말한다. '거긴 파파 웨이드 자리예요'라고.

퍼듀가 들어왔을 때 그는 환한 바깥에서 어둠침침한 실내로 들어와 몇 초 동안 눈이 적응하도록 기다린 후에 나를 발견하고는 이쪽으로 걸어왔다.

"혼자시네?" 내가 물었다.

"엘리가 집에 가서 뭐 챙길 일이 있다고 그러더군. 한 시간 있다가 맥스에서 만나기로 했소."

맥스는 이 구역에서 제일 중심이 되는 식당으로 모두 결국은 그 집으로 가게 되었다. 하지만 퍼듀는 별로 기분이 좋은 기색이 아니었다. 사실을 말하자면 매우 기분이 언짢은 듯했다. 하지만 나는 캐묻지 않았다. 내 임무는 손님이 앙헬레스에서 보내는 시간을 최대한 즐겁고 기분 좋게 만들어주는 것이다. 우리 집 아가씨 중 한 명이 손님과 밀접한 사이가 돼 있는데 그 교제에 끼어들어 왈가왈부하는 것은 결코 좋은 방법이 못 된다. 다만 한 가지, 당연한 이야기지만 그 갈등이 남자가 우리 애를 함부로 다루어서 일어난 경우가 아니라면 말이다.

당신들이 믿건 믿지 않건 우리는 한가족이다. 그리고 우리 집에 있는 계집애들이 나고 자란 시골의 가족들 대부분보다 백배 나은 가족이다. 우리는 서로서로 지키고 보살펴준다. 좋을 때나 나쁠 때나 늘 거기에 있어준다. 서로 어느 정도 간격이 필요할 때에는 그 간격을 지켜줄 만큼 분별이 있다. 희망이 끓어오를 때 그 희망을 꺾지 않는다. 그리고 그래야만 할 때에는 서로의 등을 철썩 때려서 현실을 일깨워준다. 우리의 현실을.

하지만 우리가 정말 해야 할 것은 꿈을 으스러뜨리지 않도록 조심하는 일이다. 이 겉꾸밈의 사랑과 진짜 섹스로 이루어진 꿈나라에서, 많은 계집애들을 지탱해주는 게 바로 꿈이다. 만에 하나, 정말 만에 하나의 이야기지만 아가씨가 낚아서 손아귀에 넣은 남자가 그 애한테 정말로 깊이 혹할 수도 있는 것이다. 어쩌면 그 남자를 홀려서 휴가 내내 자기와 함께 지내도록 할 수 있을지도 모른다. 어쩌면 집으로 돌아가서도 전화를 하고 이메일을 보내게 할 수 있을지도 모른다. 돈을 부쳐주게 만들 수 있을지도, 그리고 어쩌면…… 이거야말로 엄청난 이야기인데, 어쩌면 그 남자가 걔와 결혼해서 필리핀에서 데리고 나가줄지도 모르는 일이다.

노상 일어나는 일이기는 하다. 다만 수천 명이나 되는 아가씨들이 이 바닥에서 일하지만 한 달에 고작 몇 명 더 나은 삶을 향해 떠나니, 확률은 매우 적다. 그렇기는 해도 꿈은 여전히 거기에 있다. 그리고 나는 그렇게 희박한 기회일지라도 그 꿈으로 향하는 길을 가로막지 않도록 늘 조심해왔다.

"그래서 재미있게 지내셨소?" 내가 물었다. 나올 수 있는 답은 그렇다는 것뿐인 줄은 알고 있었다. 그렇지 않았다면 지금쯤 이미 엘리를 돌려보낸 후였을 것이다.

"어제 걔 데리고 마닐라에 갔소. 처리해야 할 일이 좀 있어서. 쇼핑을 시켜주면 좋아할 것 같아서 데리고 갔지." 마침내 퍼듀가 비죽이 미소를 띠었다.

"내 생각대로 된 것 같은데요."

나는 껄껄 웃었다. 아가씨들 중 하나를 쇼핑에 데리고 가면 돈을 안 내도 함께 있을 수 있다. 쇼핑은 걔들한테 종교나 다름없지만, 누군가 다른 사람이 돈을 내주지 않는다면 좀처럼 빠져들 기회가 드문 쾌락이다. "그러면 재미있게 지내셨다는 걸로 알겠소."

미소가 스르르 사라졌다. "거의 그렇긴 했지."

우리는 끊임없이 이어지는 저스틴 팀버레이크와 로비 윌리엄스 그리고 심지어 케케묵은 스파이스 걸스의 노래도 오후 수준으로 음량을 살짝 낮추어서 되풀이되는 가운데 침묵한 채 술을 마셨다. "당신을 믿어도 되겠소?" 퍼듀가 물었다.

나는 그를 건너다보았다. 다 안다는 미소를 얼굴에 띠었다. "물론이오." 내가 말했다. 그것이 내가 하는 표준 대답이다. 사실은 난 그가 나에게 무슨 이야기를 할지 이미 알 것 같았다. 보나 마나 '엘리는 다른 여자들이랑 다르오'라든가 '내가 걔 데리고 간 이후로 눈을 붙인 건 한 시간도 채 못 되오'라든가 '이런 데서 특별한 상대를 만난다는 게 가능한 일이라고 생각하시오?' 같은 얘기의 변형일 것이다. 그런 말들은 모두 전주곡이다. 일단 스스로 그런 소리들을 지껄여놓고 보면 사랑이구나 하는 생각이 들게 마련이다. 어쩌면 엘리는 정말 이 도시를 떠날 티켓을 구한 건지도 몰랐다.

그런 생각이 들기는 했어도, 나는 정말 얘기가 그런 식으로 흘러갈지 내심 의문이었다. 이 동네에서 나처럼 여러 해 동안 일하다 보면 남자들을 가늠하는 감각이 생긴다. 그리고 내 감각으로는 퍼듀는 결혼할 여자를 찾는 사내가 아니었다.

"진지하게 하는 얘기요. 당신을 믿어도 될까?"

나는 마시던 맥주를 쳐들었다. "하고 싶은 이야기는 다 해도 좋소. 당신과 나 둘 사이의 이야기로 남을 거요."

몇 초 동안 나는 퍼듀가 아무 말도 안 하려는가 보다 생각했다. 그런데 그가 내 쪽으로 윗몸을 기울였다. "난 국가안보국 요원이오." 마침내 그가 말했다. 음악 소리에 묻혀 간신히 들릴락 말락 한 소리였다. 실은 목소리가 너무 낮아서 내가 제대로 들은 건지 확신할 수도 없었다.

"뭐요?" 내가 물었다.

"국가안보국이라고. 그게 뭔지는 알죠, 예?"

나는 1990년대 후반부터 필리핀에서 살았고 미국 본토에는 9·11 사건이 있기 이전부터 실제로 발을 들여놓은 적이 없는 몸이었다. 하지만 CNN 국제 네트워크가 있고 미국인 이주자들이 이렇게 많고 보면, 또 그들 중 대부분이 전에 군에 몸담았던 사람들이고 보면, 떠나온 고향 땅에서 무슨 일이 벌어지고 있는지 조금쯤은 자연히 알게 된다.

"그거 그러니까, 반테러리즘 활동 같은 거지, 맞소?"

"그건 일부분에 불과하지. 하지만 뭐, 맞소. 그게 우리가 주로 집중하고 있는 부분이오."

뭐라고 말해야 할지 알 수 없었다. 무슨 얘기인가 하면, 술집을 운영하다 보면 온갖 사람들이 다 온다. 어쩌면 퍼듀는 나보고 감탄하라고 그 얘길 한 건지도 몰랐다. 국가안보국이라. 아닌 게 아니라 중요한 기관 같았다. 어쩌면 내가 듣고 대단하다고 생각해줘야 하는 건지도 몰랐다. 하지만 나는 그러지는 않았다.

"나는 몇 가지 가능성이 있는 소문을 캐러 여기에 왔소. 우리는 그 어떤 문제든 그것이 본격적으로 진행되기 전에 중화시키고자 하지."

"중화시킨다고?" 내가 따라 했다. 아마 대화에서 그 말을 그렇게 쓰는 것은 그때 처음 들었던 것 같다. "그래서 여기 앙헬레스에 온 거요? 아니면 우리 바에 온 이유가 그거라는 거요?"

"필리핀에 온 이유지. 주로 남부에 있었소. 이제 두 달 됐군. 여기에는 좀 긴장을 풀고 쉬려고 올라왔지."

이제 대화가 익숙한 영역으로 돌아왔다. "그 부분은 우리가 도와드릴 수 있어서 기쁘오."

퍼듀의 입 끝이 위아래로 움직였는데 나로서는 그게 얼른 스쳐 간 미소라고 짐작만 할 수 있었을 뿐이다. "내가 어제 마닐라에 갔을 때 말인데……." 퍼듀는 그렇게 서두를 던져놓고 산미구엘을 한 모금 홀짝였다.

"일 때문에 가셨댔지." 내가 넌지시 거들었다.

그는 고개를 끄덕였다. "일이 있어 갔지. 갔다가 좀 신경 쓰이는 이야기를 들었소. 아주 신뢰할 만한 정보통으로부터 우리에게 전해온 이야기인데…… 하지만 댁도 이런 일들이 어떻게 돌아가는지 알고 있겠지."

아니, 사실이지 난 몰랐다. 그리고 나는 퍼듀가 왜 이런 얘기를 나를 붙들고 하는 건지 전혀 영문을 알 수 없었다. 하지만 퍼듀는 손님이고, 그러니 내가 말을 끊고 들 일은 아니었다. 게다가 매번 똑같은 쳇바퀴를 돌리는 비단 계집애들만이 아니었다. 아마 나중에 언젠가 나처럼 파파상 노릇을 하고 있는 친구들에게 이 이야기를 해줄 수도 있을 것이었다. 들으면 다들 좋아 죽겠지. 비밀 요원이 파파 웨이드에게 모든 것을 고백하다.

"아무래도 여기 앙헬레스에 일이 터질지도 모르겠소." 퍼듀가 마침내 털어놓았다.

나는 하마터면 소리 내어 웃을 뻔했다. 테러가? 여기 앙헬레스에? 폭력단이라면 말이 된다, 암. 하지만 테러리스트라고? 무엇인가 미국 정부에 관련된 일이 벌어진다? 가능하지도 않다.

"내 생각엔 그쪽 정보통이 아무래도 그쪽을 엿 먹인 것 같은데." 내가 말했다.

"나도 그렇게 생각했소. 하지만 오늘 아침에 조금 알아본 것이 있어서, 지금은 그렇게 확실하게 괜찮다는 생각이 들지 않는군."

"이쪽에 그런 종류의 일은 터진 적이 없었소. 이제부터 터질 일도 없을 거라고 장담하오." 나는 문득 이 화제를 더 이상 이어가고 싶은 생각이 없어졌다. 알고 싶지도 않았다. 나는 마실 맥주와 우리 집 아가씨들과 내 인생이 있어 행복했다. 테러 따위는 어딘가 다른 곳의 문젯거리였다.

"암, 그렇지. 발리에서도 그런 종류의 사건은 터진 적이 없었지. 하지만 거기서 무슨 일이 벌어졌는지 우리 모두 알고 있잖소."

그 말이 나를 딱 얼어붙게 했다.

발리 건은 대화가 테러에 관한 것으로 흘러가면 언제나 누군가가 희귀한 경우로 예를 들게 되는 그런 사건이었다. 그리고 발리 생각을 하면 나는 그야말로 등골이 쭈뼛해졌다. 그게 2002년의 일이었다. 관광객들이 몰리는 구역의 나이트클럽들에서 두 차례 폭탄이 터졌다. 사람이 200여 명이나 죽었다. 앙헬레스에 사는 우리는 그때 그 일이 우리 업소들 문 앞에서도 얼마든지 쉽게 일어날 수 있다는 걸 알고 있었다. 하지만 그 후 몇 주가 지나고 몇 달이 지나면서 우리는 그 일을 잊어갔다. 생각하지 않고 의식 바깥으로 밀어내 버린 채 그런 일은 여기서는 절대 일어날 수 없다는 믿음으로 되돌아갔다.

"왜 나에게 그런 말씀을 하시는지 잘 모르겠소." 나는 마침내 그렇게 말했다.

퍼듀가 몸을 더욱 가까이 숙였다. "충분히 그럴 만한 이유가 있어서 이야기하는 거요. 당신의 도움이 필요하거든."

"내 도움이?"

"마닐라에 있는 정보통으로부터 사진 한 장과 이름 하나를 입수했소. 남부에서 벌어진 납치와 처형 사건에 관련된 인물인데, 아무래도 그자의 동지가 당신이 살고 있는 이 지역에서 사업을 시작하도록 명령을 내린 모양이오. 재미있는 건, 내가 사진을 보았더니 최근에 본 인물이더라 이거요. 바로 여기서."

"앙헬레스에서? 앙헬레스는 큰 도시요."

퍼듀가 고개를 저었다. "필즈 거리에서 말이오." 필즈는 술집 구역을 관통하여 달리는 큰길이다. "당신이 사진을 봐주었으면 좋겠소. 아는 사람이거든 얘기해주시오."

나는 눈썹에 땀방울이 맺혀 올라오는 걸 느낄 수 있었다. 덥고 습한 앙헬레스 시에서는 별날 것도 없는 일이겠지만, 항상 에어컨을 켜두어 쾌적한 온도를 유지하는 우리 가게 안에서라면 분명 별스러운 일이었다.

퍼듀는 주머니에 손을 넣어 사진 한 장을 끄집어냈다. 그 사진을 나에게 건넸다.

"어떻소?" 그가 물었다.

나는 사진을 들여다보았다. 초점이 흔들린 사진이었다. 내 눈에는, 내가 이 분야의 전문가는 아니지만, 먼 거리에서 줌렌즈를 이용하여 당겨 찍은 사진 같았다. 피사체는 남자였다. 필리핀 남자. 스물다섯 살에서 서른 살 사이의 어느 나이라고도 할 수 있겠다고 나는 추측했다. 남자는 오토바이에 올라탄 채 얼굴을 카메라 방향으로 향하고 있었다. 갈색 피부는 보통보다 더더욱 짙었는데, 아마도 햇빛이 있는 시간 동안 너무 오래 볕을 쬐고 돌아다녀서 그런 듯했다. 그것 말고는 이 도시에서 오토바이를 모는 수백 명의 다른 사내들과 구별되는 독특한 점 같은 건 전혀 없었다.

내가 말했다. "모르겠소. 아는 얼굴일지도 모르지만 사진이 그렇게 잘 찍힌 게 아니다 보니." 솔직한 말이었다.

"그놈 이름은 에르네스토 들라크루즈요. 좀 알겠소?"

연기를 하는 건 파파상 노릇에 아주 중요한 부분이다. 파파상을 하려면 늘 기분 좋은 얼굴을 하고 늘 활기차 있어야 한다. 물주가 던지는 농담들이 정말 우습다는 듯이 연기를 해줘야 한다. 필즈 거리에는 경기 나쁜 날 따위 없다는 듯이 허세를 부려야만 한다.

그러니 그 이름을 듣고 사진을 다시 들여다보면서 나는 움찔도 하지 않았다.

"들어본 적이 없는 이름인데." 나는 거짓말을 했다.

퍼듀는 나를 쳐다보았다. 얼굴에 어렴풋이 얼뜬 미소를 띤 채로, 눈을 내 눈에 맞추고 들여다보았다. 마치 내가 거짓말을 하고 있음을 아는 듯, 그래서 방금 말을 취소하고 진실을 털어놓기를 기다리는 듯했다.

"미안하오. 모르는 놈이군."

그는 0.5초쯤 더 지체한 후에 뚫어지게 보던 시선을 거두었다. "사진은 갖고 계시오. 다른 사람들에게 보여줘도 되고. 혹시 아가씨들 중 누가 이놈을 아는지 알아봐요. 하지만 내가 이놈을 찾고 있다는 얘기는 아무한테도 하지 마시오."

"그래서 누가 안다고 하면?"

퍼듀가 자기 맥주를 집어 들었다. "그놈 사는 데가 어딘지 알아낼 수 있나 보시오."

"글쎄, 이런 일에 끼어들 생각이 그렇게 선뜻 들지는 않는데."

"댁도 어엿한 미국인 아뇨, 맞죠?"

나는 바로 대답하지 않았다. 나는 이런 식으로 유도해가는 방향을 좋아하지 않았다. 하지만 퍼듀가 고개를 비딱하게 하며 눈을 가늘게 뜨자 대답이 나오고 말았다. "그렇지."

"그러면 그놈이 어디에 사는지 알아내는 일쯤 문제 될 게 없겠지. 안 그렇소?"

"내가 알아낼 수 있다고는 말 안 했는데."

"난 댁을 신뢰하고 있소."

퍼듀가 나간 후, 나는 캣에게 성냥 한 개비를 얻어서 사진을 태웠다. 사진에 찍힌 모습이 끄트머리까지 전부 새까맣게 변하고, 이어서 재로 화할 때까지 도무지 진정이 되지 않았다.

나는 에르네스토 들라크루즈가 누구인지 알고 있었다. 동네 주민이었다. 가끔씩, 우리 가게 상근 직원 중 누가 하루 휴가를 낼 때면 와서 가게 일을 돕기도 했다. 술잔을 씻고, 맥주를 들여놓고, 그런 종류의 일들. 좋은 녀석이었다. 벙싯벙싯 잘 웃고, 태도는 항상 깍듯했다. 그리고 내가 아는 한 녀석은 마닐라 남쪽으로는 가본 일도 없었다.

테러리스트라고? 까마득한 가능성마저도 없었다. 물론, 퍼듀가 에르네스토의 이름을 입에 올린 그 순간에 나는 이게 테러에 대한 이야기가 아님을 알아차렸다.

에르네스토 들라크루즈는 엘리의 남자 친구였다. 나는 퍼듀도 그 사실을 알았다는 데 가진 것을 전부 다 걸 수도 있었다.

완벽한 신사

그날 저녁에 나는 마게리트(우리 집 아가씨 중 한 명이고 엘리와 단짝이었다)를 시켜서 엘리에게 내가 보잔다고 문자를 치게 했다. 나는 그런 문자를 받으면 기회가 생기는 대로 즉시 가게에 출두하도록 우리 집 아이들을 훈련시켜두었다.

나는 엘리가 그다음 날이나 돼야 올 수 있을 거라고 생각했는데 그 생각이 맞았다.

엘리가 온 건 정오가 되기 직전이었다. 가게는 아직 문을 열지 않았지만 나는 이미 가게에 나와 있었다. 엘리가 앞문을 두드렸고, 내가 문을 열어 들어오게 했다.

"저 보자고 하셨어요, 파파?" 가게 안에 들어와 단둘이 되자 엘리가 물었다.

"다 어떻게 잘돼가니?"

엘리는 내가 가까스로 알아차릴 정도의 짧은 시간만 머뭇거렸다. "괜찮아요. 좋아요."

"퍼듀 씨는 너한테 괜찮게 잘해주고?"

"절 데리고 마닐라에 갔어요. 그가 이것저것 사준 것도 많아요."

"그러면 그 사람이 너를 다치게 하진 않았구나?"

또다시 꼭 그만한 침묵이 흘렀다. "네. 왜요?"

"너 에르네스토를 마지막으로 본 게 언제냐?"

"무슨……?" 내 질문이 엘리를 놀라게 한 건 분명했다.

"걔하고 이번 주에 만났니?"

"아뇨. 물론 안 만났어요."

자동적으로 튀어나온 대답이었다. 아가씨들이 출근비를 물고 며칠에 걸쳐 밖에서 손님을 상대하는 동안은 절대로 남자 친구를 만나지 않는 게 가게 규칙이다. 그 이유는 아무래도 당장 불거지고 있지 싶은 그런 종류의 문제를 피하기 위함이었다.

"엘리, 에르네스토를 마지막으로 본 게 언젠지 나한테 말해."

엘리가 얼른 말했다. "지난 주말요. 일요일이었던 것 같아요."

계집애들도 나만큼이나 거짓말에는 능숙하다. 하지만 그 애들의 임시 애인들과는 달리 나는 우리 집 애들 중 누가 나에게 하는 말이 참말인지 아닌지 분간하는 능력을 갖게 된 지 오래였다.

"언제야, 엘리?"

엘리는 들켰다는 것을 알고 눈에 빛이 죽었다. "어제요. 퍼듀가 오후에 잠깐 자리를 비웠어요. 제가 에르네스토네 집에 가서 만났어요. 하지만 딱 한 시간 있었어요. 거짓말 아니에요."

그건 아마 퍼듀가 가게에 들렀던 그때쯤이었을 것이다. "그럼 그 전에는? 언제였어?"

"조가 절 데리고 마닐라로 가기 전날요."

"맙소사, 엘리. 규칙은 알고 있잖아."

"뭔데요? 뭐가 잘못됐어요?"

"퍼듀가 너를 본 게 틀림없어. 에르네스토에 대해서 묻더라고."

"조가 돈을 돌려달래요? 그런 거죠?" 엘리는 무척 겁먹은 표정이었다. "죄송해요, 파파. 에르네스토를 만나면 안 되는 거였어요. 돈은 제가 갚을게요. 약속해요."

나는 고개를 저었다. "돈이 문제가 아니야."

"그럼 뭔데요?"

나는 바로 그 지점에서 이야기를 접을까 생각했다. 그랬어야 했다. 하지만 나는 그러지 않았다. "나보고 에르네스토가 어디 사는지 알아낼 수 있겠느냐고 알아봐달라더라."

"왜요?"

"난 퍼듀가 좋은 사람 같지 않다."

내 말의 진짜 의미가 이해되기까지는 잠시 시간이 걸렸다. 마침내 이해되기에 이르자, 엘리는 나에게서 물러나 문 쪽으로 돌아섰다. "에르네스토에게 얘기해줘야 해요!"

나는 그 애의 팔을 잡아 붙들어 세웠다. "넌 에르네스토 근처에도 가선 안 돼."

"하지만 그가 에르네스토를 해치려고 할 거예요."

"어디 가면 에르네스토를 만날 수 있는지 나한테 말해라. 내가 걔한테 며칠간 어디로 가 있으라고 할 테니까. 마닐라로 내려가 있어도 되겠지."

"그렇게 해주실래요?"

"당연하지." 내가 말했다. "조가 언제 앙헬레스를 떠나는지 알고 있니?"

"월요일일 거예요, 아마."

엘리는 나에게 에르네스토가 사는 곳을 말해주었고, 마지못해 말하는 것처럼 덧붙였다. "절 밀쳤어요."

"누가?"

"조제프 퍼듀. 늦은 시각이었어요. 하지만 전 춤추러 나가고 싶었죠. 조는 피곤하댔어요. 내가 놀리니까 그 사람이 날 벽에 확 떠밀었어요."

나는 분노의 물결이 치밀어 오르는 동안 지그시 혀를 물고 있었다.

"그 사람은 그냥 어쩌다 그런 거라 했어요. 자기도 그냥 장난으로 받아친다고 그런 거라고요. 하지만 그런 게 아니었어요. 그 사람은 날 밀쳤어요. 에르네스토를 해치고 말 거예요."

"숙소에 가 있어. 퍼듀가 이 도시를 뜰 때까지 거기 가만히 박혀 있어. 그자한텐 네가 아프다고 말할 테니까. 돈을 돌려달라고 하면 돌려줄 거야."

"에르네스토는 어떻게 해요?"

"내가 에르네스토를 찾을게. 별일 없을 거야."

별일 없기는. 전혀 그렇지 못했다.

에르네스토는 필즈 거리에서 2킬로미터쯤 떨어진 곳의 우중충한 건물에 방 하나를 세내어 살고 있었다. 내가 거기 다다랐을 때, 전형적인 앙헬레스 거리에서 늘 보는 혼잡 상태 대신에 무엇인가 훨씬 더 불길한 분위기가 그곳을 점령하고 있었다.

하얀 밴들이 거리 양쪽을 막았지만, 그것으로는 무슨 일이 벌어지고 있는지 궁금해 그 차 옆을 돌아가는 사람들을 막을 수 없었다. 진짜 움직임은 그 거리의 한복판, 에르네스토가 사는 건물 앞쪽에서 이루어지고 있었다.

벌어진 일이 무엇이든 간에 이제 막 완료된 모양이었다. 군인들이 10여 명이나 건물 입구 곁에 서 있었다. 완전무장을 하고 사격할 태세가 되어 있는 기관총을 들었다. 처음에 나는 그들 모두 필리핀인들인 줄 알았다. 하지만 좀더 가까이 가자 모두 똑같이 갖추어 입은 어두운 색 제복 속 사내들 다수가 백인 아니면 흑인이라는 것을 알아차릴 수 있었다.

그 즉시 든 생각은 미국인이라는 것이었다.

나는 군중과 함께 움직였다. 길 건너편으로 건물 입구와 거의 정면으로 마주 보는 위치에 다다랐다. 맨 앞으로 나서지 않을 만큼은 분별이 있었으므로 줄곧 뒷자리를 지키며 다른 이들이 내 앞에 서 있게 했다. 10분쯤 지나자 두 남자가 현관에 모습을 나타냈다. 그들은 들것을 들고 있었다. 흰 천을 덮은 시신까지 착실히 얹혀 있는 들것이었다. 그들 모두가 행동하는 방식으로 보아 나는 죽은 사내가 그들 중 한 명은 아닌 것을 알았다. 그리고 다시 몇 분 뒤 조지프 퍼듀가 건물에서 나오며 동료들이 그의 등을 두드리는 모습을 보게 되자, 이제 들것에 누가 실려 있는가는 아주 명백한 일이었다.

국가안보국이 목표물을 쓰러뜨린 것이다.

퍼듀가 우리 가게에 다시 모습을 드러냈을 때 시각은 밤 10시가 가까웠다. 정말 오래간만에 나는 늘 앉는 의자에 앉아 있지 않았다. 그 대신 뒤쪽 부스석을 차지하고서 정말로 중요한 일이 아닌 한 나를 귀찮게 하지 말도록 지시를 내려두었다.

는 뒤로 젖혀져 있었다. 그녀의 왼쪽 관자놀이에서 입까지 이르도록 길게 갈라진 칼자국이 나 있었다. 아직 상처에서 피가 흘러나오고 있었으므로 나는 엘리가 살아 있다는 것을 알았다.

나중에 들은 이야기로는 에르네스토가 죽었다는 소식을 듣고 엘리가 미쳐 날뛰었다고 했다. 엘리가 할 수 있는 생각은 오로지 퍼듀를 죽여버리겠다는 것뿐이었다. 엘리는 칼을 들고 퍼듀가 묵은 호텔로 갔다. 그 나머지야 상상하기 매우 쉬운 일이었다. 엘리는 그자의 상대가 될 수 없었다. 놈이 엘리를 죽이지 않은 단 한 가지 이유는, 이것은 내 짐작이지만, 상처를 입히는 것이 더욱 잔혹한 운명을 선사하는 거라고 생각했기 때문이다.

정말로 그러했던지, 놈이 15분도 안 걸려서 해놓은 짓을 복구하는 데는 세 차례의 수술과 몇 달간의 회복기가 필요했다. 그러고도 결과가 완벽하지는 못했다. 엘리의 얼굴 옆에 그어진 흉터는 앞으로도 늘 그녀와 함께하게 될 터였다. 퍼듀를 생각나게 하는 상처일 뿐 아니라 에르네스토의 기억을 불러일으키는 상처로서 말이다.

"몇 가지 질문을 해도 되겠소?" 사내가 물었다.

시간은 월요일 저녁이었고, 이제 한 시간도 채 지나기 전에 가게는 매주 열리는 보디페인팅 콘테스트로 손님이 꽉꽉 들어찰 터였다. 하지만 이 시점에는 아직 반밖에 차지 않았다.

"물론이오." 내가 말했다.

"마실 것 드릴까요?" 엘리가 사내에게 물었다. 예정보다 몇 주 이르게 복귀하겠다면서, 엘리는 바에서 캣과 함께 일하면 안 되겠느냐고 부탁했다. 내가 어떻게 안 된다고 하겠는가?

"물이나 좀 주시오." 사내가 말했다.

그는 신경질적인 유형의 사내로 십중팔구 양복을 빼입고 있는 편이 평상복을 입는 것보다 훨씬 편하다고 생각할 사람이었다.

엘리가 플라스틱 병에 든 차가운 생수를 사내 앞에 갖다 놓았다.

"고맙소." 그가 말했다.

"웨이드 노리스요." 내가 말했다.

"커티스 놀스요." 그가 손을 내밀어서 우리는 악수했다.

"그래, 내가 뭘 해드리면 되겠소, 놀스 씨?" 나는 그가 뭘 물어볼지 이미 알고 있었다.

"난 FBI에서 일하는 사람이오."

"관할구역을 좀 벗어난 것 같군. 안 그렇소?"

그가 빙그레 웃었다. "그저 수사의 일환으로 나온 것뿐이오. 그게 다지."

"그런데 수사를 하다 보니 여기 오게 되셨다 이 말이오?"

놀스는 주위를 둘러보았다. "내가 수사하느라 들어가본 곳 중에서도 특이하게 꾸며진 곳 축에는 들겠군. 그냥 그 정도만 이야기하도록 하죠." 놀스는 생수병 뚜껑을 비틀어 열었지만 마시지는 않았다. "실은, 연방 정부 직원이 실종된 건으로 조사 중이오."

"말도 마시오. 조지프 퍼듀, 맞죠?" 내가 말했다.

"누군가 이미 이 일로 이야기를 해보러 왔었군."

"두 달 사이에 찾아온 사람이 당신까지 세 명째요. 다른 두 명 중 한 사람은 퍼듀가 납치를 당했다고 하더군."

"정확하게 아는 건 아무것도 없소."

"그 사람 얘기로는 퍼듀가 사살한 소년과 무슨 관련이 있다고 하던데, 내 기억이 맞다면 말이오."

"테러리스트죠."

"뭐라고?"

"그가 사살한 사람은 테러리스트라고. 퍼듀는 그놈이 바로 여기 댁의 가게가 있는 거리에다 테러를 자행할 낌새가 있다는 정보를 캐냈던 거요, 노리스 씨."

"정말이오? 그런 얘기는 못 들었는데."

"신문에 났소만."

"난 몇 년 전부터 신문은 안 보거든. 너무 기분이 처지는 얘기들뿐이라."

놀스는 가슴 주머니에서 작은 수첩을 꺼내어 어떤 쪽을 펼쳤다. "기록해놓은 바에 따르면 퍼듀가 두 번 가게에 찾아온 것으로 기억한다고 말씀하셨죠. 정확하오?"

"지난번에 당신네가 찾아와서 물어본 후로 그 생각은 굳이 안 해봤는데, 하지만 그 말대로인 것 같구려."

"사람들이 퍼듀가…… 여자와 함께 있는 것을 보았다는 제보들을 하고 있는데."

내가 미소 지었다. "그러면 이 동네에 와 있는 동안 재미 좀 봤다는 소리구먼."

 "그 여자는 퍼듀가 개인적으로 '사귄' 상대가 아니었소. 퍼듀는 충실하고 가정적인 남자였지."

 "'였다'고?"

 놀스는 자기가 뱉은 말에 걸려서 그만 멈칫했다. "이 시점에서 우리는 퍼듀가 아마도 죽었을 것이라고 믿고 있소."

 "그 말을 들으니 안됐소."

 "우리는 또한 그가 정보를 캐낼 수 있겠다는 생각으로 이 문제의 여성과 접촉을 가졌다고 믿고 있소. 만나서 이야기해본 사람들 중 한 명은 그 여자가 이 가게에서 일했을 거라고 생각하더군."

 "맥주 하나 더 드려요, 파파?" 엘리가 물었다.

 "응, 고맙다." 나는 놀스를 쳐다보았다. "우리 집 아가씨가 아뇨. 나는 우리 애들을 데리고 나가는 사람은 다 기억하거든."

 "다 기억한다고요?"

 "그게 내 일이오."

 엘리가 마시던 병을 치우고 새 맥주병으로 바꾸어놓았다.

 "아마도 퍼듀는 그냥 밖에서 그 여자를 만났을 거요."

 "그랬어도 내가 알지." 나는 말하고 맥주를 한 모금 마셨다. "놀스 씨, 이 동네 술집에서 일하는 계집애들이 몇 천 명이오. 여자가 어디 애인지 누가 알겠소?"

 놀스가 고개를 끄덕였다. "그 말씀이 옳소."

 "왜 그 여자를 그렇게 중요하게 생각하는 거요?"

"확실한 건 모르지만, 우리는 그 여자가 퍼듀를 함정에 빠뜨리지 않았나 생각하고 있소."

"사건을 해결해가고 있나 보오." 그쪽에 동조하는 것처럼 들리도록 신경을 써서 내가 말했다.

놀스는 또 한 번 고개를 끄덕였다. "더 이상 시간 뺏지 않겠소." 의자에서 내려가면서 그가 말했다. "또 여쭤볼 것이 있으면 다시 찾아뵈리다."

"나야 항상 여기 있으니까." 내가 말하고, 맥주병을 들어 그에게 경례를 보냈다. 놀스는 빙긋이 웃고는 새로 만든 무대를 돌아서 앞문으로 나갔다.

에르네스토의 사진을 보고 누군지 모르겠다고 말한 직후 퍼듀가 나를 바라본 눈빛에서, 나는 그자가 문젯거리라는 것을 알았다. 그의 빤히 보는 눈에는 허풍이 없었다. 일부러 센 척하는 게 전혀 아니었다. 내가 본 것은 누가 자기 앞을 가로지르는 걸 좋아하지 않는 사내의 눈빛이었다. 나는 이전에 그런 눈빛을 익히 보았다. 과거 해병대에 복무하던 시절에 말이다. 진짜 사나이라기보다 오히려 기계 같은 해병들. 정신 상태부터가, 그들이 해야만 하는 일이란 적을 발견하는 것뿐이고 그들의 적수는 땅바닥에 패대기쳐 박살을 내야 한다는 생각에 젖어 있는 사람들에게서 보았다.

그들은 굳세다. 아무런 잡념도 없다. 그리고 무지무지하게 위험하다.

그런데 나도 그들 중 한 명이었다.

캣이 발견한 엘리를 우리가 병원으로 데려다 놓은 후에, 나는 혼자서 퍼듀를 찾아 나섰다. 별로 힘들이지 않고 찾을 수 있었다. 퍼듀는 파라다이스 호텔의 자기 방에 있었다. 나는 방문을 두드리고 지금 엘리를 찾고 있는 중인데 혹시 어디 있는지 아느냐고 물었다. 물론 퍼듀는 문을 열어 나를 방에 들였다.

나는 문을 놓아서 등 뒤로 닫히게 했고, 그에 이어 다리에 붙여지고 있던 뾰족한 쇠꼬챙이를 퍼듀의 가슴통 아래로부터 깊숙이 찔러 넣어 놈의 한쪽 폐를 꿰뚫었다. 그리고 내 등장의 위험을 너무 늦게 알아차린 그놈의 얼굴을 잠시 바라보고 있었다. 나는 어쨌든 나이 들고 게으른 파파상에 지나지 않았다. 깨어 있는 시간의 절반은 술을 입에 달고 살았고, 온통 계집애들에게 둘러싸여 흐물흐물해진 위인이었다. 놈은 나를 움켜잡으려고 했지만 이미 힘이 빠져 약해져 있었다. 아마 그때 놈에게 뭔가 욕설이나 저주를, 인간으로서 그럴 수 없는 놈의 저열함을 종합하여 뭔가 한마디를 해줬어야 했을지 모르겠다. 그러는 대신에 나는 쇠꼬챙이를 뽑아내어 다시 한 번 찔렀다. 이번에는 놈의 심장에.

봐라, 나도 국가안보국 요원이시다. 다만 내 국토가 우리 술집 문 밖으로 겨우 몇 킬로미터까지만 확장되어 있을 따름이다.

아침이 되자 우리 가게의 원래 무대가 다 뜯겨 나갔고 그 밑 땅바닥에 구덩이가 파였다. 퍼듀는 그 구덩이 속으로 들어갔다. 흙과 돌덩이와 콘크리트 조각들과 함께 말이다. 그런 다음 우리는 새 무대를 닦았다. 이번에는 조금 폭을 넓혀서.

계집애들은 아주 좋아했다.

"고마워요, 파파." 놀스가 떠난 후 엘리가 말했다.

"나한테 고마워할 게 뭐 있냐. 춤이나 한바탕 추지그래."

"오늘은 말고요." 엘리가 말했다. 하지만 이번에는, 이전에 내가 새 무대에서 한번 춰보라고 권했을 때와는 달리 엘리는 진심으로 생긋 웃었다.

내가 엘리의 마음을 거의 녹여가고 있는 것이다. 언젠가는 엘리가 저 위에 올라가서 다시 춤을 추게 될 것이다.

그날이 오면, 그날 술은 전부 가게에서 쏜다.

약삭빠른 갈색 여우

로버트 S. 레빈슨

약삭빠른 갈색 여우가 게으른 개를 뛰어넘네.타자 연습을 할 때 흔히 쓰는 미국식 관용구

약삭빠른 개가 게으른 여우를 뛰어넘네.
게으른 갈색 개가…….

15개월, 아니, 이제 16개월에 걸쳐 컴퓨터 화면에 찍어 넣었던 단어들을 거의 다 지워버리기 전까지는, 거스 에버솔도 글쓰기 슬럼프에 맞서 있는 힘껏 싸워왔다.

글쓰기 슬럼프. 빌어먹을 것. 에버솔은 잠을 자는 사이에 머릿속에서 폭발하여 그의 두뇌 중 창조력을 담당하는 부분을 날려버린 최후 심판 날의 폭탄 때문에 고생하고 있었다. 우뇌가 날아갔다. 아

니, 좌뇌다. 어느 쪽이든 하여튼 한쪽이 날아갔다. 만약 그쪽 머리가 제대로 돌아가고 있었더라면 그게 어느 쪽인지 알았을 것이다. 하지만 어느 쪽인지 그놈의 뇌 한쪽이 콱 막혀버려서, 그로 하여금 작가라는 직업을 내버리고 지금 이 정신 상태로 그나마 할 수 있을 것 같은 다른 일을 찾아 크레이그스 리스트미국 최대의 생활정보 사이트나 뒤져보는 방안을 고려하지 않을 수 없게 만들었다.

맥도널드에서 일할까도 생각해보았다. 주방에서 햄버거 만드는 일을 하면 어떨까. 겨자와 케첩을 짜고, 쇠고기 패티와 토마토와 양상추를 쌓는다. 아니면 튀김 담당을 해도 되겠지. 뒈지게도 맛 좋은, 피를 걸쭉하게 만드는 그놈의 감자튀김을 펑펑 튀겨내는 거다.

지금이야말로 훌륭한 이들이 모두 모여 조국을 도울 때다.타자 연습을 할 때 흔히 쓰는 미국식 관용구
지금이야말로 훌륭한 이들이 모두 모여 거스 에버솔을 도울 때다.
지금이야말로 갈색 개들이 모두 모여…….

휴대전화가 짜랑짜랑 노래를 불러 이어지는 생각을 끊고 들었다.
에버솔은 딴짓을 할 수 있어 기뻐하며 굶주린 사람처럼 버튼을 눌렀다. 전혀 아는 사람이 아니었다.
로스앤젤레스 카운티 보안관서의 교정 담당 부서에서 일하는 데니스 폴리 소장이 혹시 자기가 시간을 잘못 맞추어 전화한 건 아닌지 사과했다. 니코틴에 찌들어 상한 음성에서는 권위의 냄새가 풀

풀 풍겼다.

"지금 뭘 좀 하던 중이기는 합니다. 하지만 보호와 봉사를 모토로 하는 분들한테 바쁘다고 소홀하게 대응할 수는 없죠."

"선생이 써오신 포그 형사 시리즈의 신작 작업을 하고 계셨기를 바랍니다."

"포그 형사 일생일대의 모험이 될 것 같습니다." 에버솔이 말했다. 창조성이 모하비 사막보다 메마른 이래, 그래도 자신이 완전히 잊히고 버림받은 존재는 아니라는 증거로서 이 말을 듣자 가슴에 바람이 들어갔다.

"멋지군요. 포그 형사는 내가 제일 좋아하는 인물이랍니다. 맬로 부인보다 더 좋아할 정도죠. 다만 선생이 맨 끝으로 쓰신 포그 형사 시리즈 『비행기의 낯선 자들』을 넘어서는 작품을 어떻게 쓰실 수 있을지 그건 상상하기 힘이 듭니다만. 〈크라임 앤드 퍼니시먼트 매거진〉에서 그 작품을 읽은 게, 그러니까…… 2년인가 3년 전이지요? 그동안 다른 건 하나도, 심지어 보기 형제 유한회사 시리즈 작품도 한 편 안 쓰셨죠."

에버솔은 우물우물 장편소설에 역량을 집중하기 위하여 줄줄이 쓰던 단편들을 중단했느니 어쨌느니 하는 소리를 중얼대었고, 소장을 압박하여 왜 전화를 했는지 이유를 설명하게끔 했다.

"우리 남성 중앙 감호소에 작가 지망생이 가득 모인 글쓰기 교실이 있습니다. 그 사람들을 위해 올바른 방향으로 키를 잡아주실 전업 작가분을 모시려고 해요. 말장난이 아니라 정말입니다. 그리고 내 생각에 자연히 제일 먼저 떠오른 분이 바로 선생입니다. 에버솔 씨, 화요일이나 목요일 모임 중 하루만 한두 시간 시간을 내주시면 분명히 잘 풀릴 겁니다."

에버솔은 초청에 대하여 심각하게 생각해보지 않을 수 없다는 듯이 잠시 동안 '흠……' 하고 뜸을 들였다. 그럼으로써 단 두어 시간일지라도 꽉꽉 얽힌 착상을 도무지 이야기로 풀어내지 못한 채 텅 비어 눈처럼 새하얀 컴퓨터 화면을 지켜보고 있어야 하는 고문을 피할 예기치 못한 핑계가 생긴 기쁨을 숨기고 있었다. 한때는 그렇게 수월하게 착상을 근사한 이야기로 탈바꿈시키던 그였는데.

"보수는 많이 못 드립니다." 에버솔의 침묵을 잘못 읽고서 소장이 말했다. "선생이 내주시는 시간의 가치에는 전혀 미칠 수도 없는 약소한 성의일 뿐이죠."

"흐으으으음…… 돈은 기념 재단에 기부해주십시오, 폴리 소장님. 제의해주신 걸 영광으로 알고 수락하고 봉사하도록 하겠습니다." 에버솔이 말했다. 수락하고 봉사한다라. 법률 집행자들의 모토를 가지고 말장난을 했군. 창조성의 불꽃이 아직도 속에서 타고 있다는 긍정적인 조짐이렷다? 그렇지?

그렇지! 거스 에버솔이 맥도널드에서 일할 일은 없다. 어쨌든 아직은, 아직은 아니다.

에버솔은 오전 면회 시간 중으로 시간을 맞추어 남성 중앙 감호소에 도달하여, 반 블록 거리의 보쳇가에 있는 공공 주차장에 그를 위해 마련된 주차 공간에 타고 온 SUV 차량을 꺾어 넣었다. 보쳇가는 101번, 110번 고속도로가 빤히 바라다보이는 위치의 허름한 거리로, 자세가 뻣뻣한 법 집행기관 요인들이 우글우글하고 중앙 감호소 수감자나 길 하나 건너 세워져 있는 중앙 감호소의 이웃 건물인 '쌍둥이 탑 교정 시설'의 수감자와 시간을 보내고자 찾아온 민간인들이 무리를 이루고 있었다. 쌍둥이 탑 교도소는 분명 그곳의 죄수 누군가 말해줄 그 어떤 사연보다 훨씬 더 비극적일 쌍둥이 빌딩 사건이 있기 이전에 이미 지어져 그렇게 이름이 붙은 시설이었다.

에버솔은 지금 와 있는 이곳이 낯설지 않았다. 하지만 마지막으로 중앙 감호소에 찾아온 것도 6년인가 8년쯤 지났다. '철통 경계' 시리즈 단편소설들의 기반을 닦으러 자료 조사차 방문했던 것이다. 쌍둥이 탑 교도소는 시설이 좋다고는 말할 수 없이 후진 곳이었다. 하지만 여기는 중앙 감호소, 자유민주주의 국가 중에서 가장 규모가 큰 감옥으로 가장 위험도가 높은 수감자들을 수용하는 곳이다.

폴리 소장이 접수처에서 기다리고 있었다. 전화로 들은 목소리와는 전혀 다른 생김새로, 체중이 10킬로그램쯤 덜 나갔던 시절에는 몸에 맞았을지도 모를 제복을 입었고 희끗희끗한 것이 반쯤 섞인 검은 수염이 축 처진 핫도그처럼 입술 위로 무성하게 자리 잡고 있었다. 입이 귀까지 찢어지게 벙싯 웃는 웃음이 그 수염에 반은 가려졌다.

소장은 에버솔의 손을 붙들고 펌프질이라도 할 것처럼 세차게 흔들더니 그를 이끌고 가면서 글쓰기반 구성원들에 관하여 간단히 말해주었다. 모임을 가질 방에 다다르기까지 10분이 걸렸다. 그곳은 가로 3미터, 세로 3미터 60센티미터쯤 되는 공간으로 딱 하나 흠집투성이 교탁 뒤에 걸려 있는 녹색 칠판 외에는 아무것도 없는 빈 벽이었다. 교탁이 앞에 있고, 필기용 책상판이 달린 단출한 싸구려 학생용 접이의자가 교탁을 향해 반원을 그리며 놓였다.

소장과 에버솔이 도착하자 박수갈채가 일었다. 죄수복을 흰 상의와 푸른색 하의로 상하 다르게 입은 것으로 보아 어느 정도 권한을 위임받고 있는 줄 알아볼 수 있는 수감자 한 명이 주도하여 환영했다. 그 수감자는 교탁을 자기 것처럼 사용하고 있었다. 육십 대 중후반의 나이로 키는 167에서 170센티미터쯤이고 철도처럼 가느다란 뼈대에 체중이 55킬로그램이나 될까 싶었다. 천사 같은 얼굴 주위로 머리카락이 후광 같았다. 피부색도 하얀데 머리는 침대보처럼 새하얀 백발이고 쫑쫑 땋아 내린 머리꼬리가 견갑골 밑까지 드리워져 있었다.

이 사람은 폴리가 형용한 체스터 버데트, 별명 '스마일리'라는 인물과 인상착의가 들어맞았다. 일급 무장 강도로 10년 형을 받아서 범죄 경력이 중도에 꺾인 직업 범죄자로서, 카운티와 주 사이의 계약이 만료됨에 따라 중앙 감호소로 이송된 수십 명 죄수들 중의 하나였다.

"스마일리는 또 선생의 팬이고요, 이곳에 온 때로부터 자기가 나서서 글쓰기반 활동을 진행해온 사람이죠." 폴리가 해준 말은 그랬다. "다른 놈들 질서를 잡아야 할 상황이 될 경우 그자가 하는 게 최고입니다. 만약에 누구라도 어떤 이유로든 열을 이탈할 경우에는 말입니다."

"이유라면 예컨대 어떤 이유 말입니까?"

"실제 일이 벌어질 때까지는 알 수 없죠." 폴리가 말했다.

"소장님이 저를 겁주려고 그런 말씀을 하시는 거라면, 정말 효과 있는데요."

"그냥 말씀을 드리는 것뿐입니다, 에버솔 씨. 아직까지 저희 쪽에서 작가분이 순직하신 경우는 없답니다." 폴리는 또다시 그 커다란 벙싯 웃음을 지어 보였다. "물론 세상에는 항상 최초라는 게 있죠." 미소가 홍소로 바뀌어 터져 나오면서 폴리는 안심시키려는 듯 에버솔의 어깨를 몇 번이고 토닥토닥 두들겼다.

에버솔은 안심이 되지 않았다.

에버솔은 그때 그 자리에서 수업을 취소하고 중앙 감호소를 도망쳐 나갈까도 생각했다. 하지만 그렇게 한다는 것은 집에 가서 도로 텅 빈 컴퓨터 화면 앞에 앉아야 한다는 뜻이었다.

에버솔은 칠판에 커다란 대문자로 또박또박 자기 이름을 쓴 후, 장황하게 늘어지는 자기소개에 들어갔다. 청중에게 자신의 명성을 강조해줄 형용사나 명사 들을 뭐 하나 빼먹지 않고 동원하여 아낌없이 자화자찬을 하고 문학계의 대변자를 자처했다. 주워섬긴 것 중 많은 부분이 사실이었다.

다음은 그들 차례였다.

스마일리 버데트가 첫번째였다. 자신의 과거사를 재담꾼의 즉석 공연처럼 펼쳐놓으며, 잡혀서 도로 철창에 달려 들어오게 만든 무장 강도 사건을 가장 큰 웃음을 곁들여 묘사했다. "몰래 들어가서 털려고 그런 거였지, 그게 내 전문이거든. 예외 없이 뒷골목 쪽 창으로 넘어 들어가는데 술집이 아직 영업을 하고 있지는 않나 확인해볼 생각을 못 했지 뭐요. 그런데 영업 중이었어. 그 탓에 주거침입 절도가 강도로 돼버린 거고, 정신을 차리니 가슴에 와 닿은 바텐더의 2연발총 총신을 물끄러미 내려다보고 선 신세였소. 전과가 있어서 5년 형을 선고받을 게 곱절로 불었지. 그래서 지금 내가 여기 있는 거예요. 집 떠나 내 집 같은 보금자리로 찾아든 나의 마지막 백조의 노래요."

스마일리는 허리를 굽혀 절을 하고 짐짓 두 팔을 쫙 펼쳐서 일고여덟 명 되는 다른 수감자들에게서 박수갈채를 짜냈다.

"나한테 말하라면, 그건 그냥 머저리지." 반대 의견을 가진 단 한 명이 그렇게 내뱉으며 버데트를 향해 집어치우라는 손짓을 하여 일동으로부터 만장일치의 야유를 받았다.

버데트가 말했다. "당신한테 말하라고 안 그랬어, 쿠크. 도를 넘었다가 들통이 난 비리 경찰보다 더 머저리 같은 놈이 어디 있으려고. 샤워실에서 허리깨나 굽혔나 보지? 그러지 않고서야 분리 수용 시설에서 이쪽 일반인 감호소로 와서 우리 글쓰기 교실에 들어오게 당초에 보내주지를 않았을 텐데?"

앨 쿠크는 의자를 차고 벌떡 일어서며 180센티미터가 넘는 키를 쫙 폈고, 웨이트트레이닝으로 다져진 잔근육이 법 집행기관 관련 자임을 나타내는 주황색 죄수복 안에서 차르르 물결쳤다. 쿠크는 몸을 젖히고 두 주먹을 불끈 쥐고서 핏불 같은 눈으로 버데트를 초주검이 되게 두들겨 팰 기세로 꼬나보며 한 걸음 내디뎠다.

버데트가 도전에 응하여 일어서면서 손을 까딱거려 쿠크를 도발했다. 수감자 두 사람이 재빨리 튀어 일어나 쿠크 앞을 막아섰고, 다른 한 명이 버데트의 팔을 꼭 붙들고 그만하고 앉으라고 간절히 타일렀다. "스마일리, 지금 이때에 공연히 간수 불러들여서 독방 갈 필요 없잖아요."

팽팽히 맞선 악감정에 분위기가 천 근 같았다. 버데트와 쿠크는 거친 숨을 몰아쉬며 씩씩대고 욕설을 씹어뱉었다. 어느 쪽도 싸움을 목전에 두고 옆으로 비켜나려는 기미는 보이지 않았다. 그러면 진 것으로 보일 테니까.

에버솔은 이마와 윗입술에 뒤집어쓴 듯 솟아난 식은땀을 닦아내고 탁자 상판 아랫면에 달려 있는 호출 버튼을 누르려고 손을 뻗었다. 누르기만 하면 간수들이 우르르 달려올 것이다.

버데트가 그 움직임을 보고 에버솔을 향해 고개를 설레설레 흔들어 보였다.

천장을 보고 짐짓 큰 웃음을 터뜨리며 자기 의자에 털썩 앉았다. 그러고는 말했다. "연극일 뿐이오, 에버솔 씨. 어쩌면 보기 형제 시리즈 단편을 쓰실 때 써먹을 만한 글감이 될지도 모르지. 작가 선생이 오늘 이 자리에 와주신 데 대하여 우리 나름대로 감사하는 뜻에서 보여드린 거요. 그렇지 않아, 쿠키?"

쿠크는 대답하기 전에 좀 머뭇거렸다. "뭐, 그렇다고 해두지." 그가 말했고, 자기와 버데트 사이를 가로막았던 수감자들에게 손을 내저었다. "나에 대한 건 짧고 쌈박하게 말씀드리지. 난 비리 경찰인데 적발이 됐고, 함구의 묵계같은 부패경찰끼리 동료를 위해 위법 사실을 발설하지 않는 것를 지켜서 꼬바르기를 거부한 탓에 최고 형기를 선고받아서 현재 이 한 무더기의 인생 실패자들 가운데 죽치고 앉아 항고심이 끝나기를 기다리는 참이오." 곱지 않은 야유의 소리가 불협화음으로 솟아올랐다. 쿠크는 그들을 향한 답례로 가운뎃손가락을 곧추세워 흔들어 보였다. "난 '회피'라는 제목으로 책을 쓰고 있소."

"'창피'라는 제목이 더 어울리겠는데." 누군가 말하여 환성을 얻어냈다.

"그래서 댁 같은 작가한테 유용한 팁을 두서너 개 얻을 수 있을까 해서 이 프로그램에 이름을 올린 거지." 쿠크는 훼방을 무시하고 그렇게 말한 다음, 자리에 앉았다.

에버솔은 말해줘서 고맙다고 인사하고, 글쓰기반 활동보다는 자기 손톱을 가지고 장난치는 데 더 흥미가 있는 것 같은 수감자 한 명을 지적했다. 사십 대 초중반으로 렌즈가 코카콜라병 바닥만큼이나 두툼한 안경을 쓴 것만 빼면 나머지는 평범한 얼굴이었다.

그는 구태여 일어서려고도 하지 않고 계속 자기 손톱만 보고 말했다. "난 보브 라우션버그, 화가 라우션버그하고는 아무런 관계도 없수다." 마치 국가 기밀이라도 누설하는 듯한 말투였다. "평생

해온 일이 끼적이는 거였소. 주로 수표를 썼수다. 그 바람에 여기 빵에 들어왔지. 내가 창조적인 사업이라고 부르는 것을 남들은 사기 협잡이라고 부르더라고." 그는 손톱을 훅 불고는 죄수복에 문질러 털었다. 그러고는 할 말 다 했다는 신호를 했다.

"다음으로 말씀하실 분?" 에버솔이 물었다. 신병의 안전에 대한 두려움은 이 수감자들이야말로 마치 무르익어 따주기를 기다리는 아이디어의 텃밭이구나 하는 인식 앞에 이미 싹 지워져버렸다.

에버솔은 점점 더 집중하여 그들의 과거사 이야기를 들었다. 수업이 어서 끝나기를 안달하며 기다렸다. 수업이 끝나야 폴리 소장에게 다음에도 또 오고 싶다고 말을 할 수 있으니까. 한 번만 더 오겠다는 것이 아니라 수감자들이 원하는 한 자주자주 찾아오겠다고 말할 참이었다.

수감자들 중 다섯은 순수하게 글 쓰는 데에 관심이 있었다. 그 다섯이 질문을 하는 사람들이었다. 나머지는 글쓰기반 활동을 시간 보내기용으로 삼든가, 주방이나 세탁실에서 땀을 흘리거나 어디 가서 죄수복 바느질이나 하고 앉아 있는 대신에 여기에 참석한 사람들이었다. 그들은 눈을 뜬 채 잠을 자는 것만 같았고 숨결에서는 프루노 냄새가 났다. 프루노란 수감자들이 감방 안에서 음식을 발효시켜서 만드는 불법적인 알코올음료다.

에버솔은 진짜 관심 있는 사람과 관심 있는 척 끼어든 자들을 구분해서 보고하도록 되어 있었다. 일이 그런 식으로 돌아가게 짜인 것이었다. 하지만 두번째로 방문했을 때 리카르도 라미레즈가 낭독한 짧은 이야기가 귀에 착 감겨서, 에버솔은 그런 권한은 무시해버리기로 마음먹었다. 조직폭력배 문신으로 뒤덮인 몸으로 높은 지능을 감춘 리카르도는 먹구름이 운동장을 뒤덮은 어느 날 오후에 벌어지는 처형식을 소재로 거의 흠잡을 데 없는 산문을 써냈다. 마약 때문에 형을 사는 중인 애송이 녀석의 배에서 피와 창자가 쏟아져 내린다. 자기 낚시 도구를 빼앗아 갔다고 조직원 한 명을 고해바쳐서 상을 탔기 때문이다. 칫솔 자루를 다듬어 만든 날카로운 도구가 녀석의 배를 죽 째서 창상을 내고 이어서 경동맥에 꽂힌다.

이야기가 진짜 같아서 에버솔은 혹시 이건 소설의 탈을 쓴 실제 경험담이 아닐까 생각했다. 그리고 유죄 판결을 받은 범죄자 리카르도가 손수 만든 무기를 지니고 있는 게 아닐까도 궁금했다. 하지만 그런 질문들은 던지지 않았다. 그랬다가는 리카르도가 저 스스로 밀고자가 되어 자칫 자기가 저지른 짓을 고해바치는 꼴이 되었을 것이다. 에버솔은 그 생각을 하자 기분이 좋았고, 동시에 그 이야기를 평판이 자자한 자기 문장으로 새로 써서 〈크라임 앤드 퍼니시먼트 매거진〉에 기고하자는 계획에 마음이 들떴다.

리카르도에게는 당연히 그런 말을 일절 하지 않았다.

그런 말을 했다가는 거스 에버솔이 자기 자신을 고해바치는 꼴이 되리라. 하, 하.

그러는 대신에 에버솔은 리카르도의 이야기 구조를 살살 찔러가면서 거리에서 쓰는 속어들을 지나치게 많이 사용한 점을 나무라고 캐그니, 보거트와 패트 오브라이언이 나와서 마음 약한 교장 아니면 자애로운 사제 역을 했던 워너브라더스의 옛날 영화를 연상케 하는, 상투성으로 범벅이 된 플롯의 문제를 들추었다.

리카르도는 비평을 별 무리 없이 수용하는 것 같았다. 입가에 빙긋 웃는 듯한 기미가 떠돌고 있었다. "난 댁이 지난 시간에 하라고 한 대로 쓴다고 썼는데 말이오. 자기가 아는 것을 쓰라고 했잖소." 리카르도가 말했다.

"그런 식의 살인을 안단 말입니까?"

아이고, 빌어먹을!

그 질문은 저도 모르는 사이에 불쑥 입술에서 새어 나갔다.

실내는 갑자기 묵언 수행을 맹세한 수도승들로 가득 찬 수도원 꼴이 되었다. 눈들이 전부 되록되록 에버솔과 리카르도를 번갈아 흘긋거렸고, 리카르도는 묵언 수행을 짧게 마치고 이렇게 말했다. "옛날 영화를 보아서 아는 것 정도죠, 제페."

두 시간 후에 글쓰기반 활동이 끝나고 수감자들이 각자의 감방으로 돌아가기 위하여 일렬종대로 줄을 설 때에, 리카르도는 자기가 쓴 글을 쓰레기통에 쑤셔 박았다. 초등학교에서 가르치는 것 같은 두껍고 우아한 필기체 글자로 쓴 수기手記 뭉치였다.

에버솔은 방이 빌 때까지 기다렸다가 그것을 거두었다.

이틀 후 목요일에, 에버솔은 중앙 감호소의 다음 글쓰기반 시간

때 쓸 자료를 다 챙겨가지고 SUV 쪽으로 반이나 가던 중에 폴리 소장의 사무실으로부터 온 전화를 받았다. 껌을 씹으면서 전화한 사무실 직원은 다행히 제때에 에버솔과 통화가 되어 특별활동 프로그램이 당분간 취소라는 이야기를 해줄 수 있어 안도한 모양이었다.

"우리 쪽에 옥상 운동장에서 살인 사건이 벌어져서요. 그래서 교도소가 봉쇄에 들어갔습니다." 그가 말했다. 에버솔은 자세한 이야기를 해달라고 압박을 넣었다. "흉악해요, 아주 엉망입니다. 주에서 이송돼 온 K-10 적색 수감자 한 명이, 폭력적인 상습 성범죄자인데, '분리 수감' 기준이 붙어 있어서 독방에 격리 수용해야만 하는 놈이었죠. 그놈이 누군지 이야기가 새어 나갔고 그걸로 끝장이 났죠. 누군가가 은근슬쩍 그놈 쪽으로 건너가서 모가지를 쏴아악 썰어놓고는 나갈 때처럼 순식간에 도로 무리 속으로 복귀했어요. 저는요, 저라면 K-10 놈의 불알부터 떼어버리고 나서 모가지를 썰었을 겁니다."

"용의자는 있나요?"

"용의자 범위를 수감자 6800명까지 좁혔답니다, 선생님. 중앙 감호소 수용 인원 그대로죠."

에버솔은 그다음 주 화요일에 다시 그가 맡은 글쓰기반으로 복귀했다. 그때쯤 되자 살인 사건은 저녁 뉴스에서 건성으로 언급하는 멘트에 〈뉴욕타임스〉의 '캘리포니아' 지면 깊숙이에 실린 단출한 두 단락짜리 기사 정도로 수그러들었다. 그만해도 폭력이 하품

만큼이나 흔해빠진 중앙 감호소에서 그 사건에 집중된 관심보다는 한층 더 많은 관심을 받고 있는 것이었다.

에버솔은 그때까지 닷새간을 리카르도의 이야기 뼈대를 좀더 잘 짜보려고 컴퓨터 앞에서 기를 쓰며 몇 번이나 실패를 거듭하며 보냈다. 아무것도 된 게 없었다. 단지 제목이 '목줄기를 따 죽여'에서 '적시의 밀고자'로 발전했을 뿐이다. 약삭빠른 갈색 여우가 게으른 개를 뛰어넘는 거나 쓰고 있었더라면 좀더 발전이 있었을 것이다.

어젯밤, 또다시 잠을 못 이루고 엎치락뒤치락 돌아누우며 끙끙거리다가 에버솔은 왜인지를 깨달았다.

리카르도가 쓴 이야기의 가치를 잘못 판단했던 것이다.

그 이야기는 끝내주게 훌륭한 이야기가 아니었다. 거스 에버솔이 시간과 노력을 쏟을 만한 가치가 없었다.

에버솔은 몸을 굴려 침대를 나와서 맨발로 집필실에 건너가 술을 모아둔 데에서 자기가 마실 용도로 술잔 가득 얼음을 넣어 보드카를 따랐고, 무엇인가 더 좋은 이야기가 나타날 것이라는 생각을 하며 혼자 잔을 들어 건배를 했다.

더 좋은 이야기는 에버솔이 어정어정 글쓰기반에 걸어 들어갔을 때 거기에서 그를 기다리고 있었다. 누가 썼는지 이름도 없이, 법정 크기의 공책에서 뜯어낸 푸른 줄이 그어진 노란 종이에 손으로 직접 쓴 섬세한 대문자들로 열네 장에 걸쳐 적혀 있었다.

에버솔은 혼자서「불필요한 목숨들」의 첫 두 쪽을 읽었고 감히 더 읽을 엄두를 낼 수 없었다. 전류가 흐르는 듯한 첫 문장부터가 오직 배짱만으로 로스앤젤레스 마라톤 경기에 참가하여 마지막 구간을 뛰고 있었던 양 그의 숨을 탁 막히게 하더니, 그 뒤에 이어진 앞부분이란 그야말로……

"이거 누구 겁니까?" 목소리를 제대로 낼 수 있다는 생각이 든 후에 에버솔이 종이를 팔락여 보이며 물었다. "이것 누가 쓰셨죠?"

머리들이 돌아가고, 눈들이 궁금한 눈빛을 던지고, 몇 사람은 어깨를 으쓱했지만 아무도 자기가 썼다고 나서는 이는 없었다.

에버솔은 그만하면 챙길 건 챙겼다고 생각하고 그 원고를 자기 서류 가방에 넣은 후 콤비네이션 자물쇠를 돌려 잠갔다. 그러고는 범죄소설을 쓸 때 피해야만 할 가장 흔해빠진 클리셰 열 가지에 관하여 설명하기 시작했다.

목록 중에서 다른 것은 다 그냥 지나가더니 소설의 등장인물들에게 괴상한 이름을 붙이지 않도록 하라는 항목에 이르자 로센버그가 소리쳤다. "여기요, 잠깐만요! 요즘 세상에 실제로 이름이랍시고 지어 붙이는 것들보다 더 이상한 이름은 지을 수가 없을걸요. 내 말이 미덥지 않다면 우리 딸 스노플레이크^{눈송이}에게 물어봐요, 면회 올 거니까. 걔 어미가 정한 이름이에요. 애가 저 먼 웨스트버지니아의 집에서 눈보라가 몰아치는 중에 태어났고 애아빠가 플레이크^{괴상한 놈, 얼뜨기}라고 해서요."

"실제로 그렇잖아." 쿠크가 말했다. 그날 아침 글쓰기반에서 말이라도 거든 유일한 한마디였다.

스마일리 버데트가 말했다. "뭐 눈엔 뭐가 보인다지, 쿠키."

쿠크는 눈을 꾹 감고, 숨을 한 번 들이마시더니 말했다. "그럼 그쪽이 나보다 더 잘 보이겠구먼, 영감태기."

"자네보다 잘 보이는 게 한두 가지는 아니지." 스마일리가 말했다. 그의 표정은 자기 별명을 시연해 보이고 있었다.

"그다음 클리셰는 이겁니다." 쿠크와 버데트 간의 반목이 그다음 단계로 비화하기 전에 에버솔이 끼어들어 단호한 어조로 다시 주의를 끌었다.

얼굴이 우락부락한 삼십 대의 비행기 조종사 조지 머독은 전처와 그 애인을 살해한 혐의로 공판 시작 날을 기다리고 있는 사람이었는데 처음 두 차례 글쓰기반 방문 때에는 말없이 자리만 지키고 있었다. 들으면서 필기는 했지만 토론에는 참가하지 않았던 것이다. 머독은 에버솔이 만화책에 나오는 것처럼 불필요한 변장을 한 채 공연히 여기저기 기웃거리고 다니는 악당들은 써선 안 될 것이라고 성토하자 고개를 설레설레 저었다. 그러고는 법정 사이즈의 노란 공책 종이를 반으로 죽 찢어버렸다.

그로써 뭔가 낭독할 걸 갖고 있는 수감자는 레이 레먼 한 명만 남았다. 쓴 게 있다는 것만으로도 놀라운 일이었다. 스타 영화배우 같은 얼굴에 슬픈 눈을 한 그는 약물 영향하의 운전으로 수감되어 나갈 날이 가까웠는데 지금까지는 말없는 소수자 중 한 명이자 교실 벽의 그림자로 죽치고 있었던 것이다.

"지난번 모임 이후에 꼭 꿈을 꾸는 듯이 생각난 이야깁니다." 레이는 그렇게 말하고, 읽기 시작했다. "죽은 상태에 속임수란 없다.

일단 죽음이란 것을 알게 된다면. 죽음이란 삶과 퍽이나 닮았다. 종류가 다를 뿐이다."

그가 쓴 데까지 네 쪽을 낭독하고 나자, 모두가 살인 피해자와 그 수호천사에 관한 이야기를 더 듣고 싶어 했다. 수호천사는 도저히 풀리지 않을 것 같은 범죄 사건을 해결하도록 천국의 명을 받아 잠깐씩 지상에 내려와 일하는, 떠돌이 개들에게 특별히 마음을 쓰는 소년이었다.

스마일리는 이야기를 썩 마음에 들어 했다. "그야말로 로스앤젤레스 경찰이 한 방 먹는구먼. 그렇지 않나, 쿠키?"

쿠크는 앉았던 자리에서 반쯤 몸을 일으켰지만, 그러다가 생각을 고쳐먹고 에버솔을 불렀다. "저기 원숭이 새끼가 자꾸 시비를 붙는데 내가 영구적인 손상을 가하기 전에 나불대는 주둥아리 좀 닥치게 해주실 수 있겠소?"

"들었어?" 리카르도가 말했다. "경찰 나리가 보호하고 봉사하는 게 아니고 거꾸로 자기한테 보호와 봉사를 해줄 사람이 필요하시다는데."

야유의 소리가 쿠크와 스마일리를 둘러싸고 솟아올랐고, 이쪽이 잘했니 저쪽이 이겼니 떠들썩하게 난리가 났다. 에버솔이 아무리 질서를 잡으려고 애걸해봐야 가라앉을 기미도 보이지 않았다. 에버솔은 단추를 눌러 간수들을 불러들이고 그들이 방을 비울 때까지 참을성 있게 기다리고 앉아 있었다. 사실은 당장이라도 한달음에 집으로 가서 누가 썼는지 모를 그 원고를 읽고 싶어 좀이 쑤셨다. 만약 끝도 시작만큼 훌륭하다면, 에버솔의 컴퓨터는 그 글을 평평 쏟아내어서 밤이 되기 전에 〈크라임 앤드 퍼니시먼트 매거진〉으로 날려주게 될 터였다.

〈크라임 앤드 퍼니시먼트 매거진〉에 단편을 보내면 묵혀두는 시간이 보통 두세 달 걸렸다. 늘 기고하는 작가라면 한 달이면 될 수도 있다. 1년에 두세 편 단편을 게재할 만큼 믿음직한 작가라면. 에버솔이 한때는 그랬다. 그 잡지의 편집장 시드 모레티가 기본적인 대사인 '이번에는 우리가 싣지 못하게 되었네'에서 가슴이 철렁 내려앉는 '자네 재능은 어디 휴가 갔나, 거스? 갈 때 편도 표를 끊어 간 거야?'에 이르기까지 갈수록 기를 꺾는 거절 편지들을 보내어 에버솔을 침몰시키기 전에는.

에버솔은 모레티에게서 일주일도 채 안 되어 연락을 받았고, 그것도 편지가 아니라 전화였다. 중서부 출신인 모레티는 흥분했을 때면 영락없이 밋밋하고 투박한 아이오와 억양에 툭툭 더듬는 발음이 들어가서 말하는 것만 들어봐도 티가 나는데, 바로 지금이 그러했다.

"작가 이름을 보고 이건 뭐 읽을 필요도 없겠구나 했다네, 거스. 하지만 내 읽어보았지. 어이구, 천만다행 하나님 감사합니다일세. 자네 이전에 없을 만치 커지고 훌륭해져서 돌아왔구먼, 이 친구야. 「불필요한 목숨들」이야말로 우리에게 무엇보다 필요한 원고일세. 이 비슷한 수준으로 써놓은 거 뭐 또 있나?"

에버솔은 생각해보았다. "지금 막 '적시의 밀고자'라고 제목 붙인 단편 하나를 끝냈는데요."

"제목만 들어도 좋구먼."

"「불필요한 목숨들」만큼 정교하게 짜인 이야기는 아니지만, 그래도……"

"'그래도' 같은 소리 하지 말게, 거스. 지금 당장 나한테 쏴주게나." 한 시간 후에 모레티는 다시 한 번 전화를 하여 이렇게 말했다. "내 공식적으로 말하는데 자네 이번에 아주 대박 쳤구먼, 여보게. 두 편 다 내일 아침 시계 날짜가 짤깍 넘어가는 대로 제일 먼저 계약서를 보냄세."

에버솔은 보드카로 축배를 들다가 1초 반쯤 지났을까 한순간 불현듯 리카르도 라미레즈에게 생각이 꽂혔다. 그는 '목줄기를 따인' 그 강간범 생각을 했다. 그리고 줄곧 가슴속에 맴돌고 있던 리카르도가 그 짓을 한 장본인일 거라는 의심에 대해서도 생각했다. 「적시의 밀고자」가 한 단어 한 단어까지 자기가 쓴 단편 「목줄기를 따죽여」에 다름 아니라는 것을 발견했을 때 리카르도가 보일 반응을 생각하자 에버솔의 손은 덜덜 떨리고 있었다. 그는 조금 남은 술을 한입에 꿀꺽 털어 넣고는, 간간이 병에 직접 입을 대고 한 모금씩 빨아가며 어떻게 하면 좋을지 곰곰이 방도를 강구하였다.

그 이후로 세 차례에 걸친 중앙 감호소 글쓰기반 모임은 도무지 잘 진행되지 못했다. 에버솔은 리카르도가 자기를 바라보는 눈길이 보통이 아니라는 느낌이 들 때마다 생각 줄을 놓쳤다. 그런 느낌은 리카르도가 빤히 보기만 해도 번번이 들었다. 마치 리카르도가 이미 〈크라임 앤드 퍼니시먼트 매거진〉 건을 알고 있고 에버솔의 범죄 즉 그의 소설을 훔친 죄에 대하여 정확히 어떠한 응징을 가할 것인지 이미 다 계획하고 있는 것만 같았다. 그리고…….

스마일리 버데트는 에버솔이 공상에 사로잡혀 제정신이 아닌 것을 알아차리고 얘기를 붙였다. 소변을 보고 담배 한 대 피울 중간 휴식 시간 동안에 스마일리는 뒤에 남았다가 이렇게 말했다. "젊은 친구, 지금 뭘 하는 건가?"

"무슨 뜻입니까, 스마일리? 무슨 말씀이신지 모르겠군요."

"요새 한동안 자네 정신이 영 딴 데 가 있다는 뜻일세. 갈수록 더 심해지기만 하잖나. 나만 눈치챈 것도 아니야. 자네가 기댈 어깨가 여기 있네. 걱정이 있거든 스마일리 아저씨에게 털어놓고 말해보게나. 만약 내가 뭔가 도와줄 수 있는 일이 있다면……?" 스마일리는 그 제안을 물음표로 마무리하고, 에버솔에게 생각해볼 여유를 주기 위해 교탁에서 물러났다.

에버솔은 받은 숨을 터뜨리고, 하도 물어뜯어 손톱이 남아나지 않은 손끝으로 교탁 위를 타닥탁탁 신경질적인 박자를 치면서 받은 제안을 가늠해보았다.

나이도 많고 체격도 보잘것없지만 스마일리는 과연 무서운 게 없는 위인이었다. 덩치가 더 크고 힘이 더 세고 쿠크처럼 사람을 을러대는 놈들 앞에서도 기죽지 않는 사람이다. 만약 꼭 그래야만 할 상황이라면 에버솔을 위하여 리카르도를 맞상대해준다는 것도 가능성의 영역 밖의 일은 아니다.

그래 준다고 해서 리카르도가 마음을 달리 먹을까? 해볼 만은 한 일이지. 에버솔은 그렇게 생각했다.

그는 스마일리에게 고백을 했고, 그러고 나서 물었다. "내가 과잉 반응하는 거라고 생각하세요?"

스마일리는 그 일을 굳이 잘 생각해볼 필요도 없었다. "아니. 물건을 훔치는 건 오히려 대수롭지 않아, 경범죄지. 그가 쓴 이야기를 깔아뭉개서 그 사람 자존심을 짓뭉개고 그 이야기를 들어다가 자기 걸로 팔아먹은 일, 그 일이야말로 라미레즈가 제 경력을 쌓은 중대 범죄지." 스마일리는 한 손가락으로 목을 슥 그어 보였다.

"그럼 난 그냥 이 수업을 관둬야겠네요. 그 잡지 다음 호가 나오기 전에 이 빌어먹을 감호소 수업을 때려치우고, 치우고……."

"때려치우고 어디 가 숨게? 그자에겐 바깥에 지인들이 있어. 사람 찾아내는 법에는 통달한 작자들이지. 거리의 정의란 과히 보기에 좋지는 않지. 거기엔 시효라는 것도 없네."

"내가 뭘 어떡해야 될까요, 스마일리?"

"원고 판 걸 취소하게. 도로 받아 오는 거야. 잡지에다가는 뭐 다른 걸 주게. 보기 형제 시리즈 신작 쓴 것 있나? 내가 보기 형제 시리즈 단편들을 얼마나 좋아하는지 전에 얘기했지."

"그걸론 소용없어요." 에버솔은 그냥 그렇게만 말해두었다. 최종적인 슬럼프에 빠져 있다는 이야기는 하고 싶은 마음이 전혀 없었다. 만약 그가 보기 형제 단편을 쓸 수 있었더라면, 아니, 뭐라도 쓸 수 있었더라면 이 난국에 빠지지는 않았을 것이다.

　스마일리는 큰 소리로 후, 한숨을 내쉬고 머리를 설레설레 흔들고 눈을 굴려 천장을 올려다보았다. "좋아, 이 안에서는 때때로 이런 일들이 저절로 해결되는 방법이 있기도 해. 하지만 일단은, 내가 맡겠네."

　"맡다니, 무슨 뜻으로 하시는 말씀이에요, 스마일리?" 수감자들이 다시 줄지어 교실로 들어오고 있었다.

　스마일리는 말했다.

　"화요일에 다시 만나면 그때 묻게나." 그는 입술에 지퍼를 채우는 시늉을 하고 자기 자리로 물러갔다.

　에버솔은 화산처럼 난리를 치는 신경을 보드카로 다스리며 그 주말을 어찌어찌 살아서 넘겼다. 대부분의 시간은 서재의 소파에 늘어져서 텔레비전으로 옛날 영화를 보면서 보냈다. 월요일이라고 전혀 나을 것이 없었고, 화요일 아침은 한층 나빠졌다. 한참 차 막히는 시간에 꼬리에 꼬리를 물고 늘어선 차들이 찔끔찔끔 기어가는 속도로 전진하는 가운데 중앙 감호소로 차를 몰고 가면서, 에버솔은 약도 기도도 듣지 않는 어마어마한 편두통을 저주했다.

　방문자 접수처에 다다랐을 때쯤에는 걱정과 초조가 더욱 고약한 적수였다. 정기적으로 에버솔을 교실로 데려다 주곤 하는 체중 과다의 부관 돈이 언제나와 마찬가지로 명랑한 미소와 떠벌리는 수다로 맞아주었다.

"폐쇄 조치가 어젯밤에야 겨우 해제됐는데 용케도 얘길 들으셨나 봅니다. 안 그랬으면 선생은 지금 이 순간 댁에 계셨을 거고 난 나 혼자 혼잣말을 하고 있는 거였을 텐데 말이죠."

"처음 듣는 얘깁니다."

"이번에는 뉴스에서 그렇게 호들갑을 떨질 않아서 그랬죠. 운동장에서 또 살인이 났어요. 또 칫솔을 갈아서 목줄기를 땄어요. 물론, 아무도 아무것도 못 봤고요. 어디의 현명하시다는 등신 새끼들은 우릴 보고 누구 이가 안 닦아 더러운지 다 조사해보라고 충고하시더구먼요." 돈은 껄껄 웃었다. 에버솔은 웃지 않았다. "폴리 소장님은 선생이 이 건에서 근사한 포그 형사 단편 착상을 얻어내실 수도 있겠다고 그러던데요. 선생이 피해자와 안면이 있는 사이였으니까 말이죠. 선생의 글쓰기반 수업에 참가해서 작가가 될 꿈에 부풀어 있었던 놈이 그만."

"누군데요?" 에버솔은 충격받은 표정을 꾸며내었다. 하지만 실은 마음속에 리카르도의 영상이 떠오름에 따라 저절로 나오려는 미소를 억누르는 중이었다. 리카르도 라미레즈가 콘크리트 운동장 바닥에 뻗어 있고, 불가능한 각도로 꺾인 머리는 흘러나온 피 웅덩이를 베개 삼아 놓여 있다. 이제 스마일리가 무슨 뜻으로 그런 얘기를 했는지 이해가 갔다. 에버솔은 그에게 아주 크게 신세를 졌다.

"늙다리 상습 범죄자치고 괜찮은 놈이었는데 말이에요. 버데트입니다, 스마일리 버데트요."

"뭐요? 스마일리가 왜요?"

"방금까지 얘기한 살인 사건의 희생자요. 그게 그자예요, 스마일리 버데트."

이미 교실에 다 와 있었다.

에버솔은 복도 벽에 한 손을 짚어 몸을 지탱하고, 접혀 무너지려는 두 다리를 버티느라 안간힘을 썼다. 그러는 동안 머릿속에서는 운동장에서 벌어졌을 광경이 상상으로 돌아갔다.

중재역을 하려고 스마일리가 리카르도에게 접근하여 〈크라임 앤드 퍼니시먼트 매거진〉에 단편소설이 팔린 내막을 이야기한다. 리카르도를 다독이기는커녕, 스마일리의 이야기는 그를 성나게만 했을 뿐이다. 에버솔이 눈앞에 없으니 리카르도는 분노를 스마일리에게 쏟아붓는다. 전에 그랬듯이 그가 애호하는 무기인 칫솔이 활약한다.

이제 에버솔이 전에 없이 확신하는 바, 강간범을 살해한 것은 바로 리카르도였다. 그다음은 누구일 것인가?

바로 그다. 거스 에버솔이 그의 다음 희생자가 될 것이다. 글쓰기반에서 그가 쓴 글을 깎아내려 창피를 주고, 그래 놓고 그걸 훔친 대가다.

에버솔은 도망치고 싶었다. 달아나고, 이 장소를 빠져나가고 싶었다. 글쓰기반에서 뺑소니를 쳐 가능한 한 리카르도로부터 멀리 떨어지고 싶었다.

에버솔은 스마일리가 했던 말이 생각났다. 리카르도는 사람 찾는 법을 아는 이들을 데리고 있다고 그랬다. 거리의 정의는 과히 보기에 좋지 않고 시효도 없이 영속적이라고 그가 말했다.

부관이 그에게 들어가라고 교실 문을 밀어 열어주었다.

에버솔은 십자를 그었다. 이어서 다시 한 번 그었다. 그는 멈칫멈칫 안으로 걸음을 내디뎠다. 그리고 돌아 나왔다. 뺑소니를 쳤다. 그러면서 말했다. "간수장에게 할 이야기가 있어요. 지금 당장!"

"그러니까 리카르도 라미레즈 짓이다 이겁니까?"

"네, 스마일리를 죽인 겁니다." 에버솔이 말했다.

간수장은 책상 위에 올렸던 군홧발을 내리고 앉은 자세를 똑바로 하여 마시던 커피 머그잔을 든 채 에버솔을 뜯어보았다. "그런데 그런 줄을 어떻게 아셨지요?"

에버솔은 대답을 준비해두고 있었다. "스마일리가 저에게 그런 말을 했습니다. 스마일리와 라미레즈가 그간 서로 험악한 말을 주고받았다는데, 이유가 뭣 때문인지는 얘기 안 했어요. 하지만 스마일리 말론 라미레즈가 그를 해치워버리겠다고 협박했답니다. 등 뒤를 조심하라 그랬다고요."

간수장은 빵떡 같은 코와 구둣솔 같은 무성한 콧수염을 쥐어 비틀었다. 그러면서 에버솔의 반응을 재어보듯이 고개를 까딱거렸다. 잠시 후에 그가 말했다. "선생 생각에는, 스마일리가 등 뒤가 아니라 목을 조심했어야 하는 거였다 싶지 않으십니까?" 간수장은 고개를 비딱하게 하여 돈을 보고 눈을 찡긋했다.

에버솔은 치미는 분노를 억제하려고 뒤어금니를 아주 꽉 깨물었다. "간수장님, 지금 이 얘길 농담으로 들으시는 겁니까? 스마일리 버데트는 그런 식으로 살해당한 수감자로 두번째입니다. 귀 감호소의 운동장에서 목줄기가 잘렸단 말씀입니다."

"그래서 선생은 라미레즈가 그 앞전 살인도 저질렀다 이 말씀이시군요."

"직접 결론을 도출해보시죠."

"내 한 가지 말씀해드리지요, 에버솔 씨. 상부에 보고하여 어떤 반응이 돌아올지 하달을 기다리도록 하겠습니다만, 아무래도 선생이 아셔야 할 일이 있는 것 같아요." 간수장은 푸른 껍데기를 씌운 서류철들 위에 모셔놓았던 젤리 도넛을 한입 깨물어 뜯었다. 그리고 커피를 한 모금 마셔서 그걸 목구멍에 넘겼다. 혀로 입술 주위를 두루 핥았다. "우리 감호소에 수감자가 너무 많아 과부하가 걸릴 경우 어떻게 하는가 하면, 100~200명쯤 조기 석방을 하게 됩니다. '감옥 탈출' 카드를 받게 되는 셈이죠. 라미레즈는 스마일리가 죽임을 당하기 하루 전에 석방되어 집으로 돌아간 행운아들 중 한 명이었습니다." 간수장은 자애로운 미소를 지었다. 그리고 젤리 도넛을 마저 해치워버리고 종이 냅킨으로 입가를 닦으면서 돈에게 또 한 번 흘긋 눈길을 던져 신호를 주었다. 돈은 당장 그에 반응했다.

"에버솔 씨, 글쓰기반 학생들이 기다리고 있습니다."

에버솔은 글쓰기반 강의를 집어치우고 싶었다. 그 즉시 관두고 싶었다. 도망쳐서 숨고 싶었다. 어디로? 집은 절대 안 된다. 리카르도가 그를 기다리고 있을 수 있다. 차에 타서 차를 몰고 가야겠지…….

에버솔은 미칠 듯이 치닫는 공포에 제동을 걸었다.

스마일리가 리카르도와 미처 이야기할 기회를 갖지 못했다고 생각해보자.

만약 상황이 그러했다면, 리카르도는 문제의 이야기가 인쇄되어 나올 때까지는 에버솔의 뒤를 쫓을 생각을 할 수가 없다. 만약 스마일리가 리카르도에게 말을 한 것이라도, 잡지사에 전화를 걸어 문제 자체의 싹을 자를 시간적 여유가 아직 있을 것이다.

뻔한 걸 가지고 허둥거리며 과민 반응을 했다고, 속으로 스스로를 나무라며 에버솔은 마음을 다잡았다.

그리고 말했다. "들어갑시다, 돈."

에버솔이 문으로 들어서자 수감자들은 저희끼리 조용조용 나누던 잡담을 그쳤다. 에버솔은 교탁에 자리를 잡고 서서 웃음을 꾸며 짓고 꾸물거린 데 대하여 사과했다. "다 같이 들어볼 새 글을 쓴 사람 누구 있습니까?"

에버솔의 질문에 쿠크가 대꾸했다. "스마일리 버데트한테 시켜보시지 그러쇼? 아차차, 그렇지! 그놈의 짜증 나는 영감태기는 특별활동 아예 관뒀지." 낄낄 웃어대는 쿠크를 향해 사방에서 혀를 차고 야유하는 소리들이 일어났다.

라우선버그가 일어섰다. "다음에 읽든지 할게요." 그는 그렇게 말하고 도로 자리에 앉았다.

조지 머독은 법정 사이즈의 노란 공책을 들여다보고 있다가 시선을 들더니 손을 올려서 에버솔의 주의를 끌었다. 흠 하고 목청을 가다듬었다. 자신 없어 하는 표정이 그의 얼굴을 긴장시켰다. 읽을까 했던 것을 이제 몸짓으로 관두겠다고 신호했다.

레이 레먼은 죽은 탐정에 관하여 썼던 전의 그 이야기를 다시 네 쪽 더 써가지고 왔다. 그가 낭독을 마치자 수감자들은 일제히 손뼉을 쳤고 에버솔은 격려의 비평을 해주었다.

대충대충 하는 패거리 중에는 자원자가 없었기에, 에버솔은 서류 가방에 넣어가지고 온 〈크라임 앤드 퍼니시먼트 매거진〉 옛날호를 꺼내 거기 실린 밀실 트릭 추리 단편 하나를 읽어주었다. 그러고 나서 이야기 구조에 관하여 짧게 강의를 하고 간수에게 오늘은 글쓰기반을 일찍 마치노라고 신호를 보냈다.

에버솔은 집에 오는 길에 벤추라 대로를 타서 한 시간이 채 안 걸려 CBS 스튜디오 센터 뒤편 스튜디오 시티의 아파트 구역에 도착했다. 차를 몰고 돌아오는 동안에 리카르도 라미레즈에 대한 걱정이 다시 엄습하여 그를 사로잡고 마음을 좀먹었다. 그 생각이 앞서 내렸던 상식적인 결론의 속을 다 빼버리고 공포를 구축한 탓에, 그는 가두리에 나무 그늘이 드리운 자기 집 쪽 블록을 차로 두 바퀴 돌면서 눈에 익숙하지 않은 차 안에 낯선 자가 웅크리고 앉아 있지는 않은지 수색하지 않을 수 없었다. 에버솔은 집 안에 들어가서도 비슷한 주의를 기울여서 방들을 다 조사했다. 그러고 나서야 이제 안전하고 바깥으로부터 차단되어 있다는 편안한 느낌이 들어 보드카를 더블로 따라 들고 〈크라임 앤드 퍼니시먼트 매거진〉의 시드 모레티에게 전화를 걸 힘이 생겼다.

에버솔이 리카르도와 빚어지게 된 문제를 해결할 방법은 간단 그 자체였다.

시드에게 사정상 「적시의 밀고자」 계약을 취소해야만 하게 되었다고 말하는 것이다. 그 단편을 올해 초에 〈크라임 앤드 퍼니시먼트 매거진〉의 가장 큰 경쟁사인 〈킬러 스릴스 앤드 칠스〉에다 팔았다는 게 이제야 기억났다고 얘기할 터였다. 그를 담당했던 저작권 대리인이 팔아버렸다고. 담당 '했던' 대리인이라고 강조해서 말할 것이다. 이 건으로 잘랐다고 하는 거다. 엄청나게 사과를 하고. 시드에게 「불필요한 목숨들」 계약에는 아무런 문제가 없다고 다짐을 둘 터이다. 아마 대공 포화에 버금가는 심각한 성화를 감수해야 할 테지만, 리카르도가 복수를 별러댈 걸 생각하면 할 수 없는 일이다.

"내가 지금 막 전화하려던 참이구먼." 대뜸 전화를 받더니 시드는 그렇게 말했다. "좋은 소식이 있다네, 이 친구야. 끝내주게 좋은 소식이야. 앉아서 듣게, 앉았나?" 에버솔이 미처 대답하기도 전에 시드가 말했다. "어쩌다 보니 다음 호에 바로 실을 가벼운 단편이 필요해져서 말이야. 「적시의 밀고자」가 아주 딱이더라고. 그래서 이미 인쇄 들어간 참이네. 거기에 덤으로, 자네 이름을 표지에다 쫙 도배했지. 거스, 듣고 있나? 내 말 듣고 있는 거야? 자네도 신나지?

안 그래, 거스?"

"예…… 좋네요, 시드." 신이 난 것처럼 보이려고 애쓰면서 에버솔이 말했다. 그러면서 예전에 포그 형사 시리즈 초기작을 쓰려고 경찰대학에 조사를 가서 쏘는 법을 배워두었던 38구경을 어디에다 간수해놨는지 열심히 생각했다. 총은 손님용 침실이었던 방의 금속제 서류함 서랍에 들어 있었다. 에버솔은 6년 전에 이 집을 사고서 그 방을 사무실로 바꿔 쓰고 있었다. 그 38구경은 기름칠을 좀 해주어야 한다. 총알도 필요하다. 저녁때쯤 되자 에버솔은 총 손질을 마쳐 최고로 잘 작동할 수 있는 상태로 만들어놓았고, 손을 뻗으면 닿을 곳 침대 옆 협탁에 그것을 놓고 나서야 고꾸라지듯 잠자리에 들었다.

3주 후, 에버솔은 글쓰기반 출강을 접었다. 그가 그만둔 것이 아니라 글쓰기반 쪽에서 그를 그만 나오라고 했다.

폴리 소장의 전화를 받고 에버솔은 안도했다. 소장은 특활반 중단의 이유로 '약발이 떨어졌다'고 했다. 에버솔이 몇 번이나 숙취에 시달리며 나타나 그 자신은 말이 된다고 생각할지 모르나 다른 사람에게는 도저히 이해가 가지 않는 엉성한 강의를 한 일은 언급하지 않았다.

글쓰기반은 졸음 어린 침묵에 잠겨든 소수의 참가자로 줄어들었고, 폴리 소장의 말을 믿자면 현재 재소자들 중에서 새로 생긴 빈자리를 메울 만큼 열의 있는 자는 없다고 했다. 쿠크, 머독, 라우션버

그, 레먼이 빠지고 물론 스마일리 버데트와 리카르도 라미레즈도 없으니.

쿠크는 항고심 공판이 있은 후 보석이 되어서 춤을 추며 나갔다. 머독의 변호사들은 관할 이전을 주장하여 성공을 거두었고, 머독은 이제 리버사이드의 프레슬리 구치소에 수감되어 있었다. 라우션버그는 선고받은 형을 다 살았다. 레먼은 최근에 조기 석방의 혜택을 받은 사람들 중 하나였다.

그리고 에버솔은 전혀 아무것도 쓰지 못했다.

정말 아무것도.

노력을 안 해서 그런 것이 아니었다.

떠오르는 착상마다 그저 한두 쪽 쓰고 나면 스르르 허물어져버렸다. 창조적인 생각이 진행되는가 하면 금세 약삭빠른 갈색 여우가 그 자리를 대신했다. 무슨 소리가 나기만 하면, 또는 보드카에 찌든 머릿속 생각이 돌아가는 대로 번번이 이제 오늘부터 어느 날에든 배달되어 올지 모를 〈크라임 앤드 퍼니시먼트 매거진〉 이번 호와 그것이 초래할 리카르도 라미레즈의 방문만 자꾸 떠오르는 것이었다.

하지만 그렇지가 않고, 리카르도는 잡지가 배달되어 오기 일주일 전에 에버솔 눈앞에 찾아왔다. 6시 뉴스 화면에 뜬 구금 사진의 형태로 왔다. 코리아타운의 세븐일레븐 편의점에서 무장 강도를 하려다 끔찍한 최후를 맞아 미수에 그쳤다는 사건 보도와 함께.

리카르도가 가졌던 값싼 소형 권총 레이븐 암스 MP-25 반자동을 뽑기보다 가게 점원이 계산대 밑에서 2연발총을 뽑아 쏜 게 한 발 빨랐던 것이다.

평안히 잠들라, 리카르도.

에버솔은 화면을 향해 보드카 잔을 들어 건배 동작을 하고 새로이 솟아난 기운과 열의를 가지고 휘청휘청 컴퓨터 앞에 가 앉았다. 약삭빠른 갈색 여우는 행복에 젖은 그를 재빨리도 압도했다. 하지만 에버솔은 몇 달 만에 처음으로 그날 밤 내내 푹 잤다.

〈크라임 앤드 퍼니시먼트 매거진〉이 가판대에 깔리고 이틀 후에 에버솔의 잠을 깨운 소음은 집 뒤편에서 들려왔는데, 유리가 깨지는 소리 같았다. 녹슨 돌쩌귀가 끼익거리는 소리가 뒤따랐다. 이어서 그의 침실로 이어지는 경재硬材 마룻바닥을 조심스럽게 밟고 오는 발소리가 났다.

에버솔은 아드레날린이 확 솟구쳤다. 심장이 재즈 드럼 솔로를 연주하듯 쿵쾅거렸다. 호흡도 심장박동과 박자를 맞추어 급박해졌다. 최근 이 근방에 일련의 주거침입 사건들이 일어난 바 있다. 그중 겨우 한 블록 저편에서 일어난 사건에서는 나이 지긋한 부부가 죽음을 당했다. 이제 내가 추가로 희생자가 될 참인가? 속으로 이 생각이 들었다가 저 생각이 들었다가 하는 동안에 에버솔은 감히 몸을 움직일 엄두를 내지 못하고 손전등 빛의 미미한 온기가 얼굴을 위아래로 훑어가는 것을 느끼면서 감은 두 눈을 더 꽉 감았다.

38구경은 협탁 서랍에 들어 있었다.

이판사판 총을 잡아야 하나?

에버솔이 미처 결론을 도출하기 전에 천에 입이 가린 듯한, 어쩐지 들어본 것 같은 음성이 그를 채근했다. "일어나서 세수할 시간이야, 거스."

거스. 침입자는 그의 이름을 알고 있었다. 이건 무작위로 저지르는 주거침입이 아니다. 에버솔은 벌떡 일어나 앉았다. 눈이 부신 손전등 빛을 막으려고 한 손을 눈앞에 댔다. "부탁이니 원하는 건 다 가지고 가버려요." 그것은 그가 오랫동안 스스로 곱씹어온 질문에 대한 대답이었다. '이런 상황에서 어떻게 반응할 것인가?' 하는 질문. 침입자는 경멸의 소리를 냈다. "당신이 소설에다 쓰는 대화는 그보다 한 수 위잖아, 거스."

"내 소설을 읽었소?"

"맬로 부인이 늘 하는 얘기가 뭐야? '이런 못된 녀석 같으니, 난 너의 다정하신 어머니뻘 되는 사람이야.' 이 대사는 볼 때마다 아주 웃겨 죽겠다니까. '네 어미는 죽어서 지옥에 갔지, 그년한텐 지옥이 딱이야. 네 아빠라고 행세하는 염병할 구더기 새끼들과 함께 팍팍 썩겠지.'"

"그런 문장은 쓴 기억이 나지 않는데. 맬로 부인은 그런 식으로 말하지 않아."

"아니지, 맬로 부인 대사가 아니니까. 이 대사는 지금 막 발표된 신작 소설 「적시의 밀고자」에 나와. 기억이 안 나는 건 네가 쓴 얘기가 아니라서 그렇겠지. 저자 이름으로 네 이름이 올라가 있지만 말이야."

"무슨 얘기를 하고 싶은 거요?"

"거참, 내가 굳이 설명을 해야 알 것처럼 그러시네?" 딸깍, 하고 천장 조명이 켜져 순간적으로 에버솔의 눈앞이 지워져버렸다. 침입자는 검은 모직 스키 마스크를 써서 정체를 숨기고 있었다. 그리고 한 사이즈쯤 작은 것 같은, 발목까지 오는 무거운 올리브색 오버코트를 걸쳤다. 코트 앞은 열어두어서 몸에 잘 맞지 않는 무슨 제복이 엿보였다.

그가 말했다. "그건 내 작품이야, 내가 썼다고. 난 거기에 '목줄기를 따 죽여'라는 제목을 붙였지. 그것 말고는 아무것도 다른 점이 없어. 네놈의 이름을 제외하면 말이야. 네놈의 그 염병할 이름을 내 작품에다 올려?"

"당신 누구야?"

"누구라고 생각하나? 스스로의 원한을 갚아주러 날아온 복수의 천사지." 그자는 손전등 불빛을 코트 주머니로 떨어뜨리고 코트 속에 손을 넣어 30센티미터나 되게 기다란 칼을 끄집어냈다.

"소설에 나왔으니 기억하고 있을 테지, 거스? 코틸을 세로로 쪼갤 수 있을 만큼 날카로운, 칼날 길이 16센티미터짜리 글록 서바이벌 나이프야. 칼등은 톱니로 되어 있지. 내가 선호하는 무기야. 하지만 중앙 감호소에 있을 때는 이걸 쓸 수가 없으니 칫솔을 가지고 발명왕 노릇을 할 수밖에 없었지."

"당신이 스마일리 버데트를 죽였어?"

"그래. 그리고 또 한 명도 죽였지, 그 빌어먹을 강간범 새끼도. 그놈 같은 변태 새끼들은 이 지구상에 걸어 다닐 가치가 없어. 무덤 속에 파묻혀서 버러지들 밥이나 되는 게 낫지."

"하지만 스마일리는 왜?"

"그놈이 나에게 말하길, 리카르도가 내 부탁을 받고 그 이야기를 자기가 쓴 걸로 해준 사실을 당신한테 꼰지르겠다고 그러더라고. 내가 그걸 비밀로 해두고 싶었든 말았든 제 놈이 상관할 바가 아니지. 하지만 네가 광견병 걸린 개새끼처럼 트집을 잡아 물고 뜯는 걸 보고 나니까 그러길 잘했다 싶었어. 리카르도는 뭐, 크게 신경 쓰지도 않았지만. 그냥 벼룩에 물린 셈 치고 잊어버리라고 그랬지. 그래서 나도 접어뒀어. ……〈크라임 앤드 퍼니시먼트 매거진〉에서 내 소설을 다시 보게 될 때까지는 말이야. 네놈의 이름이 붙어서 난 걸 볼 때까지는. 네놈은 내 이야기를 도둑질하려고 글쓰기반에서 일부러 거짓말을 했지. 네놈도 강간범이나 다름없어."

칼을 군용 대검 들듯이 들고서, 침입자는 에버솔에게 다가들었다. 에버솔이 반사적으로 옆으로 구르자마자 칼날이 베개를 뚫고 들어갔다.

에버솔은 침입자의 반대편으로 침대에서 굴러내려 일어나면서 협탁 서랍을 열었다. 38구경은 거기에 없었다. 에버솔은 리카르도가 사살당한 뉴스를 보고 자축했던 그다음 날 아침에 그걸 도로 서류함 서랍에 돌려놓았다는 것을 깜박한 스스로를 저주했다.

침입자가 침대를 돌아서 그에게 엄습해왔다.

에버솔은 몸으로 침대를 굴러 넘은 다음, 침실 밖으로 돌진하여 캄캄한 복도로 뛰었다. 침입자가 요란한 소리를 내면서 추격해왔다. 에버솔은 사무실 문을 쾅 닫아버리고 볼트 자물쇠를 돌렸다. 그리고 서류함으로 달려가 두 무릎을 꿇은 채 38구경을 찾았다. 침입자는 문손잡이를 철컥거리고, 쾅쾅 두들기고, 발길질로 문을 찼다. 에버솔은 소리 나지 않게 살금살금 방 안을 걸어가서 사격 자세를 취하고 섰다. 두 팔을 앞으로 쭉 뻗고 양손으로 권총을 쥐었다. 그는 방아쇠를 당겼고, 한 번 더, 또 한 번 더 당겼다. 그러고도 두 발을 더 쏘았다. 탄환들은 문짝을 뚫고 나갔고 첫 발은 바깥의 복도로부터 뭐라고 하는지 모를 외침 소리를 만들어냈지만, 그다음에는 아무 반응도 돌아오지 않았다.

에버솔은 땀을 비 오듯이 흘리며 1분이 더 가도록 자세를 유지하고 서서 쌕쌕대는 숨을 제대로 쉬려고 애썼다. 그는 침입자가 와장창 문을 부수며 달려들 것을 반쯤은 기대하고 있었다. 총 맞은 상처에서 피를 줄줄 흘리며, 여전히 살기가 등등해서 그를 죽이려고 덤벼 올 것만 같았다. 에버솔이 단편에 그런 장면을 써 넣었던 게 대체 몇 번이던가? 영화며 텔레비전에서 일이 그렇게 전개되는 장면을 본 적은 또 얼마나 많았던가? 에버솔은 38구경을 그러쥐었던 손에 힘을 풀었지만 손가락은 여전히 방아쇠에 걸어둔 채로 자물쇠를 풀고 문을 열었다. 뻑뻑 소리 나는 문을 1밀리씩 열어갔다.

침입자는 겨우 1미터 앞에 피범벅의 무더기가 되어 미동도 없이 쓰러져 있었다. 총탄에 벌집이 된 채 죽어 자빠졌지만 칼은 끝내 단단히 움켜쥔 채였다. 에버솔은 주의를 다하여 시체에 가까이 갔다. 만족스러운 기분으로, 그는 엉덩이를 대고 쪼그려 앉아 1년 치 산소를 들이마셨다. 그러고 나서 여전히 그를 향해 번연히 뜨여 있는 두 눈의 주인이 도대체 누구인지 보려고 침입자의 스키 마스크를 걷어 올렸다.

그것은 조지 머독의 눈이었다. 전처와 그녀의 정부를 살해하는 데 분명 아무런 문제가 없었을 작자다. 하지만 이자는 글쓰기반에 자기가 쓴 글을 가지고 나온 적이 한 번도 없었다. 정말 안타까운 일이야. 에버솔은 이제 그런 생각이 들었다. 「목줄기를 따 죽여」 못지않은 훌륭한 원고가, 에버솔이 자기 것이라고 내세울 만한 글이 또 나올 수도 있었을 텐데.

이틀 후, 에버솔은 앨 쿠크를 만나 커피를 마셨다. 로렐 캐니언에서 올라온 곳, 벤추라에 있는 스타벅스였다. 위대한 미국 소설들을 백만 달러짜리 각본으로 바꾸기 위해 노트북들을 펴고 앉아 노예처럼 부지런히 열과 성을 다해 고치고 있는 시나리오 작가들의 보금자리다.

"기사에서 그 정신 나간 살인자 머독 놈 얘기와 선생이 어떻게 그놈을 해치웠나 하는 사연을 읽어서 말이오. 선생이 어디 살고 계시는지 추적해 찾기는 어렵지 않더라고." 쿠크는 대통령이나 교황쯤 돼야 어울릴 법한 진지하고 열성적인 태도로 에버솔의 손을 잡고 흔들었다. "변화가가 담당 구역인 옛 동료가 동료를 위해 침묵을 지켜준 내 부탁을 흔쾌히 들어주더라 이거요. 내 얘기 무슨 얘긴지 알지요?"

"그 항고심 건은 어떻게 돼가고 있습니까?"

"정의의 맷돌이 천천히 돌다 못해 이제 멈추려는 참이지. 검사가 나한테 붙여서 기소했던 혐의들을 전부 취하했고 내가 다시 보호와 봉사의 본업으로 복귀할 참이라고 한들 그렇게 놀랄 일도 아닐 거요." 쿠크는 화이트 초콜릿 모카 음료에 얹혀 나온 크림을 한 번 핥아 먹고는 맛있다는 표정을 지었다. "난 합법적으로 나오게 된 거지. 머독 놈은 거하게 탈옥을 해야만 했지만 말이야. 놈은 프레슬리 구치소에서 간수를 힘으로 제압하고 간수 제복을 훔쳤지. 그놈이 선생 뒤를 쫓아서 선생 집에 침입하기 전까지의 이야기가 그거죠. 선생이 그놈에게 총탄을 먹여 거꾸러뜨리기 전에 왜 선생 뒤를 쫓았나 놈이 말은 하던가요? 선생은 정말 운도 좋소."

"머독은 자기가 쓴 이야기를 훔쳤다고 날 비난하더군요."

"인간이 어쩌면 그렇게 대가리가 돌탱이가 될 수가 있지? 그자는 몇 주씩이나 글쓰기반을 하면서도 단 한 번 입도 벙긋 안 했잖아. 그렇기는 해도 말은 되는군. 그 작자가 뭣 때문에 그렇게 열을 받았는지는 알 것 같소. 내가 그런 상황에 처했다면 나라도 그런 개자식에게는 똑같이 해주고 싶은 기분이 들 거요. 다만 난 머독보다 영리하지. 범죄는 쉬워. 아무나 저지를 수 있지. 하지만 붙들리지 않고 빠져나가는 방법은 아무나 알지 못해. 그게 바로 기술이란 거요."

에버솔은 불편한 심정을 숨기기 위해 애썼다. "책을 쓰고 있다고 그랬죠."

"『회피』 말이군. 아직도 작업 중이지."

"하지만 글쓰기반에서 발표를 하거나 줄거리를 이야기한 적은 없었죠."

쿠크는 미소 지었다. "선생한테 전화한 이유가 그거요. 그 얘기를 하고 싶었지."

그는 화이트 초콜릿 모카를 음미하면서, 넘쳐흐르는 민소매 상의와 반바지를 입은 다리가 길고 늘씬한 갈색머리 여자를 좇느라 몇 초 동안 한눈을 팔았다. 여자는 카운터 메뉴를 곰곰 들여다보고 있었다. "나는 오점이 있는 경찰이었지, 전혀 신망을 얻지 못한 처지였어. 선생, 기억하시오? 그 늙다리 허풍선이 버데트가 고약한 농지거리를 해대던 거. 계속 그 짝이었지. 그러니 뭣 때문에 내가 쓴 글을 내놔서 깔볼 거리를 준단 말이오? 대신에 난 이름을 쓰지 않고 『회피』의 한 챕터를 선생 책상에 남몰래 심어두었소. '불필요한 목숨들'이라고 제목을 붙였죠. 난 선생이 그걸 읽고 비평을 해줄 줄 알았소, 그러면 뭔가 가치 있는 가르침을 받겠구나 생각했지. 그런데 선생은 그 원고를 가방에 챙기더구먼. 글쓰기반에서는 꺼내 보이지도 이야기를 하지도 않고 말이오. 그러니까 말 좀 해보쇼. 그거 읽었소? 어떻게 생각하쇼? 듣고 싶어 환장하겠소."

에버솔은 커피를 엎지르고 말았다.

돼지 파티

더그 알린

나는 디트로이트 폰차트레인에 있는 호텔에서 경비로 일하고 있다. 그녀의 얼굴이 머리 위 텔레비전에 비쳤을 때는 잠시 쉬는 시간이라 3층 술집에 와 있던 참이었다. 새러 실버. 실버라는 이름만큼이나 반짝반짝 빛나는 경력을 닦아가고 있는 네트워크 특파원이다. 그녀는 뉴스쇼에서 캐시 베이츠와 인터뷰를 하고 있었다. 내가 물끄러미 바라보는 것을 보고, 옆자리에 앉았던 사내가 내 시선을 따라 브라운관을 쳐다보았다.

"미녀와 야수로군." 스카치 잔을 홀짝이면서 그가 한마디 했다.

"그래요? 어느 쪽이 어느 쪽이죠?" 내 물음에 괴상하게 보는 시선이 돌아왔다. 캐시 베이츠는 위대한 여배우이지만 사람들이 돌아볼 만한 미녀라고는 할 수 없다. "전에 저 여자랑 데이트한 적이 있거든요." 내가 설명했다.

"누구랑? 캐시 베이츠랑?"

"아뇨, 뉴스 보도 뛰는 여자요. 새러 실버."

그는 비웃음을 터뜨리려다가, 나를 한번 쳐다보고는 마음을 고쳐먹었다. 내 덩치가 고릴라 급은 아니지만 그래도 충분히 컸다. 게다가 그동안 살아온 인생이 적당히 나를 길들여놓았다.

"농담 마쇼. 진짜로 새러 실버하고 데이트를 했단 말이오?" 사내가 못 미더워하며 물었다. "저 여잘 데리고 어딜 갔소? 라스베이거스에 갔나?"

"학생 클럽 파티였죠. 내 평생 제일 난장판이었던 밤이었어요."

"아무렴 그러셨겠지." 그가 말하고는 스카치 잔을 잡고 돌아앉았다. 나는 그가 무슨 생각을 할지 알고 있었다. 별 볼 일 없는 호텔 경비원 자식이 새러 실버와 데이트를 해? 웃기고 있네.

아무래도 좋다. 어차피 뭐라고 얘기해도 안 믿을 소리였다. 하지만 묘하게도 그건 사실이다. 내 일평생 가장 거칠게 막 나갔던 그 밤, 난 정말로 새러 실버와 댄스파티에 갔다. 단, 정확히 말하면 그건 데이트가 아니었다.

왜냐하면 내가 그녀에게 같이 가자고 청한 게 아니었기 때문이다. 그 여자가 나에게 부탁했다.

난 그때는 탐정이 아니었다. 그저 미 해병대를 박차고 나온 지 2년쯤 된 전직 군인으로 대학에서 몇 개 과정을 수강하면서 어른이 되면 무엇이 될지 결정하고자 애쓰고 있던 시절이다.

그러는 동시에 방세를 내기 위해 랜싱의 웨스트오버 대학 캠퍼스 바로 앞에 있는 스포츠 주점 '섀넌스 아이리시 펍'에서 시간제 바텐더로 일하고 있었다. 아주 신나는 집이었다, 섀넌스는. 푸스볼에 당구대에 핀볼 머신도 여러 대 있었다. 온종일 바쁘고 밤에는 완전히 미쳐 날뛰었다.

수업과 수업 사이 공강 시간에 얼른 맥주 한두 잔 넘기고 가려고, 정오부터 프레피_{미국 명문 사립학교} 학생들이 툭툭 튀어 들어오곤 했다. 아니면 당구를 한판 치거나, 바 앞에 줄줄이 늘어앉아 대학생답게 지적인 재담을 주고받았다. 프로이트와 칸트에 대해, 여자한테 쉽게 들이대는 법과 쉽게 홈런 치는 법에 대해.

때때로 하는 짓이 도를 넘은 녀석을 별수 없이 내쫓아야 하는 경우가 있기는 했지만 대체로 대학생 남자애들은 퍽 순한 편이었다.

그놈들 상대인 여자들은 한층 더 괜찮았다. 여학생들과 대학촌의 젊은 여자애들이 물가를 배회하는 암호랑이처럼 섀넌스에 어슬렁거리며 좀더 급이 위인, 차 있는 파트너를 물색하곤 했다. 가끔은 상냥한 바텐더도 충분히 상대로 받아주는 여자애들이었다.

새러 실버를 처음 보았을 때, 난 그 애도 데이트 상대 사냥에 나선 웨스트오버 대학 학생이려니 생각했다. 그녀는 바 끝 구석 자리에 다른 사람들과 멀찍이 떨어져 앉아서 혼자 화이트 와인 스프리츠_{소다수를 섞은 칵테일 음료}만 홀짝이고 있었다. 매력적인 외모였지만 지금의 새러 실버처럼 뉴스 네트워크를 한 방에 나가떨어지게 할 끝내주는 미녀는 못 되었다.

금발은 뒤로 당겨 느슨한 말총머리로 하여 은색 집게로 집어놓았다. 골격이 섬세하게 잡힌 고운 얼굴에 날씬한 두 다리. 자세나 태도는 남자애 같지만 어딜 보나 여성미가 물씬 흘렀다. 지나치게 큰 안경을 끼고 있어서 공부벌레처럼 보였다. 난 그녀가 몸 좋고 머리를 길게 기른, 야성적인 눈매와 더 야성적인 성 관념을 가진 남자를 기다리고 있는 거라고 생각했다.

하지만 잘못 짚었다. 그녀는 나를 기다리고 있었다.

"네가 토미 맬로이지, 그렇지? 해병대 있다가 나왔다는······."

"걸렸네." 나는 대답하면서 그녀의 잔 아래 냅킨 한 장을 밀어 넣었다. "우리 아는 사이였나?"

"새러 실버야." 그녀는 누가 엿듣지나 않나 확인하며 줄곧 작은 목소리로 말했다. "지금까지 여기저기 물어보고 다녔어. 네가 학생 클럽 파티에서 바텐더 노릇을 많이 한다더라."

"일이 오면 하는 편이지."

"델타 오메가 파티에서 바텐더 한 적 있니?"

"한 번. 최근 일은 아니야. 왜 그러지? 바텐더 고용하려고?"

"정확히 말하면 그런 건 아니고." 새러 실버는 나와 눈을 맞추었다. "난 데이트 상대가 필요해."

"무슨 소리인지 모르겠는데."

"델타 오메가 파티가 오늘 밤에 열려. 나를 에스코트해서 가줄 남자가 있어야 해. 네가 해줄 수 있을까?"

"아마 되겠지. 하지만 난 더 좋은 생각이 있는데. 그러지 말고 그냥 저녁 먹고 영화나 보자."

"난 남자 친구를 구하려는 게 아니야, 맬로이. 그냥 누군가 나를 델타 하우스 파티에 데리고 가 줄 사람이 있어야 한다는 거지, 오늘 밤에. 할 거야, 말 거야?"

"이것 봐, 아가씨. 너하고 데이트하자면 나야 대환영이지. 다른 때라면 말이야. 하지만 델타 하우스 난장판에는 데리고 가기 싫어. 특히 오늘 밤엔 절대 안 돼." 이번에는 내가 누구 우리 얘기를 듣고 있는 사람 없나 둘러볼 차례였다. "오늘 열리는 건 돼지 파티야." 내가 속삭였다.

"알아."

"정말? 넌 그게 무슨 뜻인지 알긴 알아?"

"당연히 알지."

"아닌 것 같은데. 돼지 파티의 규칙은 클럽 소속 남자애들이 각자 찾을 수 있는 한 최대로 못생긴 여자애를 데려와야 한다는 거야. 넌 그 기준에 까마득히 멀다고."

"칭찬 정말 고마워. 하지만 난 그래도 가고 싶어."

"아니, 그건 말도 안 돼. 어휴, 말 안 통하네! 잘 들어, 거기 가면 눈 뜨고 못 볼 꼴이 펼쳐져. 여자애들이 못난이만 온다고 그러는 게 아니야. 완전 난장판에 막가는 더러운 파티란 말이지. 다들 술을 있는 대로 퍼마셔서 맛이 가고, 사내새끼들은 쓰레기같이 굴고, 계집애들은 놈들을 잡으려고 필사적이고……."

"직접 가 본 사람처럼 그러네."

"어림없는 소리. 난 그런 취향 아니야. 하지만 바텐더 일을 하고 있으면 이야기를 많이 듣거든. 그리고 어떤 얘기들은 절대 곱지가 못 해. 돼지 파티란 건 무작스러운 꼴불견 판이야. 절대 네가 가보고 싶어 할 만한 파티가 아니라고."

"날 거기 들어가게 해주면 100달러 주지." 새러 실버는 지갑을 뒤져서 10달러와 5달러짜리들을 바 테이블 위에 펼쳐 세웠다. "50달러는 지금 주고 나중에 50달러 더 줄게."

나는 돈을 집으려 하지 않았다. "왜? 뭐가 그렇게 중요한 건데?"

"난 〈웨스트오버 와일드 캣〉에 기사를 쓰고 있어."

나는 천천히 고개를 끄덕였다. "새러 실버, 어쩐지 이름이 익숙하더라. 지난 학기에 위조 신분증에 대한 심층 기사를 썼지? 그걸로 이 근처 바텐더들 몇 명이 날아갔지."

"네가 그중 한 명은 아니었으면 좋겠네."

"아니야, 난 항상 엄청 조심하거든. 하지만 돼지 파티 기사는 뭣 땜에 구태여 쓰려고 하지? 2학년짜리들이나 할 덜떨어진 짓거리지만 캠퍼스 전통이잖아. 델타 오메가 애들이 매년 여는 거지. 파티에 가는 여자애들은 대부분 실상을 알고, 까발려야 할 정도로 몹쓸 짓이 일어나는 것도 아닌데."

"정말 아니야? 돼지 파티에서 어떤 여자애가 윤간당했다는 소문이 있던데. 그 일에 대해서 넌 뭐라도 들은 얘기 없니?"

"나도 같은 소문을 듣기는 했지. 돼지 파티가 막가는 걸로 보자면 가능한 얘기일 것 같아. 그것도 또 하나 네가 거기 가서는 안 될 이유야."

"나는 완벽하게 안전해." 새러 실버가 부드럽게 말했다. "해병대 아저씨랑 같이 있을 거니까."

정통으로 먹혔다. 미소가 지어지는 걸 어쩔 수 없었다. 새러 실버는 그냥 예쁘기만 한 게 아니었다. 어느 버튼을 눌러야 하는지 정확하게 알고 있었다. 그리고 나는 이미 돈보다 이 여자애한테 더 많이 흥미가 생겼다.

"전직 해병대원이지." 50달러를 집어 들면서 내가 말했다. "어디서 만날까?"

우리는 하마터면 못 만날 뻔했다. 웨스트오버 대학은 랜싱 교외에 자리 잡은 작은 규모의 단과대이다. 재적수는 대충 20,000명. 대학 구내의 주 교사 건물은 1960년대 것인데 제 연대보다 더 오래되어 보이도록 디자인되었다. 그 주위로 남녀 공용 기숙사 건물들과 공용이 아닌 10여 채의 남학생, 여학생 클럽 숙사 건물들이 둘러싸고 있었다.

새러 실버는 카파 로 기숙사에 살고 있었다. 이중 경사 지붕을 얹은 개량된 빅토리아풍 건물은 왠지 제인 에어의 소설에서 튀어나온 것처럼 보였다. 카파 로의 계집애들은 머리가 엄청 똑똑하고 장학금을 받아가며 학교 다니는 애들인데 치 떨리는 여권론자들이 대부분이었다. 섀넌스에서 볼 일은 별로 없는 애들이고. 나는 새러 실버를 못 보고 지나칠 뻔했다. 그녀는 현관 벤치에 앉아 있었는데 나는 두 번 쳐다보지도 않고 그냥 그 앞을 지나가려고 했던 것이다.

"얘, 거기 덩치 군." 새러 실버가 말하며 일어나 섰다. "파티 가지 않을래?"

나는 눈을 비비고 다시 보았다. "설마…… 이런 맙소사!"

여자애들은 보통 데이트하기 전에 외모를 가다듬는다. 새러는 자기 외모를 더 못나 보이도록 가다듬었다. 그것도 아주 많이 못나 보이게 했다. 환한 금발을 칙칙한 색으로 물들이고, 비바람에 흠빡 젖은 고양이처럼 납작하게 붙여 빗었다. 찐득찐득하니 보기 싫게. 화장도 역효과가 나도록 했다. 립스틱도 루주도 바르지 않았다. 대신에 여드름 자국이 점점이 찍힌 이마 위를 기어가는 송충이처럼 보이도록 두 눈썹을 시꺼멓게 칠했다. 눈 밑에는 자주색 섀도를 떡칠해 거식증 환자처럼 핼쑥한 인상을 만들었다.

활짝 웃는 웃음이 변장을 마무리했다. 벨라 루고시가 해 넣어준 것 같은, 복잡하게 얽힌 치아 교정기의 철사와 고무줄이 입술을 밖으로 뒤집히게 만들었다. 입 맞추고 싶은 입술은 아니었다. 오히려 잉어 주둥이 같았다.

"자, 어때?" 자동적으로 현관 거울에 비친 자기 모습을 점검하면서 그녀가 밝게 물었다. "날 입장시켜줄 것 같니?" 바로 그 순간에 새러 실버는 너무도 연약해 보여서 나는 그만 꿀꺽 침을 삼켰다. 여자들이란 남자보다 훨씬 더 자기 외모에 의지한다. 새러 실버가 스스로 그런 꼴을 했다는 건 정말 엄청난 용기를 요하는 일이었다.

"너 정말…… 끝내주는구나, 아가씨야." 나는 그녀에게 팔을 내주었다. "지프 대놨어. 우리, 갈까?"

델타 오메가는 부유한 아이들의 남학생 클럽이다. 대부분 장학금을 받는 우등생 놈들과 부모 재산으로 잘사는 애들이 구성원이었다. 영국식 장원 저택을 본떠 지은 4층짜리 건물에는 앞뒤로 데크가 붙어 있는데, 웨스트오버 대학의 남학생 기숙사 건물 중에서 제일 큰 건물이었다. 그리고 그때 그 건물에는 사람이 들끓어 넘쳤다. 둥글게 돌아가는 차량 진입로로 차를 몰고 들어가자, 가을의 황혼 속에 건물과 대지 모두가 환하게 불이 켜져 무슨 영화 세트장 같았다. 음악 소리가 일상에서 해방된 파티 분위기를 돋우는 쿵쿵 박자로 공기까지 떨어 울리고 있었다.

차량 진입로와 주차장 모두 이미 차들로 빽빽했다. 하지만 문제될 것 없었다. 나는 몰고 온 아우디 Q7를 커브를 꺾어 잔디밭 위로 올려서 이미 거기 서 있는 대여섯 대의 고물차 옆에 대었다.

"가자." 내가 말하고 차에서 빠져나왔다. "파티는 주로 뒤뜰 쪽에서 진행돼."

새러는 몸매를 밋밋해 보이게 하기 위해 고른 정신없는 꽃무늬 블라우스에 무릎에서 자른 청바지를 입고 너무 높아서 걸으려면 비틀거리지 않을 수 없는 요란한 웨지 힐을 신었다. 나는 대학생들 평상복으로 골프 셔츠와 바지 차림이었다. 4년 동안 빡빡머리를 했던 것의 반동으로 당시에는 머리를 덥수룩하게 기르고 있었다.

파티의 경비원은 단 한 명, 뒷마당을 둘러싼 낮은 울타리 출입구에 서 있는 캠퍼스 경찰이 다였다. 그는 섀년스에서 나를 보아 알고 있었지만 새러는 신분증을 확인하고, 나에게 눈을 되록되록 굴려 보이며 우리를 통과시켰다.

테니스장 한쪽 끝을 쫙 가로질러 세워둔 스피커 벽으로부터 천둥 같은 쿵쿵 음악이 울려 나왔다. 베란다에는 뷔페식 음식 테이블이 놓여 핑거 푸드가 산더미같이 쌓여 있었다. 하지만 대부분 참석자들은 흰 재킷을 입은 바텐더들이 잽싸고도 솜씨 좋게 맥주와 종이컵에 따른 칵테일을 내주는 이동식 바를 중심으로 움직이고 있었다. 또다시, 바텐더들은 나를 알고 있었지만 새러는 신분증을 본 후에야 우리에게 술을 내주었다. 새러는 와인 하이볼, 나는 더블 스카치를 청했다. 우리는 난간에 서서 마실 것을 마시면서 벌어지고 있는 광경을 눈에 익혔다.

첫눈에 보기에는 좀 거칠게 노는 밤의 일반적인 델타 하우스 파티보다 그렇게 많이 심한 난장판 같지는 않았다. 테니스 코트에는 몸을 비비며 춤추는 아이들이 꽉꽉 들어찼다. 우아함보다는 힘만 넘쳐나는 춤이었다. 대부분의 남학생 클럽 놈들이 돼지 파티라는 명칭을 말 그대로 받아들였기에, 장내에는 살집 붙은 엉덩이를 흔들어대는 뚱뚱한 여자애들이 잔뜩이었다.

조명이 켜진 수영장에서는 소란스러운 수중 배구 경기가 큰 첨벙첨벙 소리와 함께 진행 중이었다. 옷 벗기 배구다. 점수를 잃으면 셔츠나 블라우스나 신발이나, 하여튼 뭔가를 벗는 것. 몇몇 선수들은 이미 속옷만 남았는데 그래도 경기는 아직 10점 초반대였다.

새러의 뒤를 따라 북적거리는 아이들을 뚫고 지나면서 나는 그녀가 손바닥에 미니카메라를 숨기고 있는 것을 알아차렸다. 새러는 와인을 홀짝이는 척하면서 그때마다 남모르게 적나라한 사진을 찍어대고 있었다.

술 취한 놈 하나가 지나가면서 새러의 엉덩이를 쥐었다 놓았다. 나는 눈이 확 돌아가서 그놈을 붙잡으려고 팔을 뻗었지만, 새러가 내 팔을 그러쥐고 뒤로 끌었다.

"진정해, 맬로이. 말썽 일으키면 안 돼, 아직은."

"우리가 원하든 원하지 않든 말썽은 터질 거야. 이 형편없는 새끼들 대부분이 벌써 반쯤은 술에 떨어졌는걸." 내가 투덜거렸다.

"그런들 탓할 수 있어? 개네들이 여자라고 데리고 온 애들을 봐. 이 파티를 돼지 파티라고 부르는 것도 무리가 아냐."

"기분 나쁘라고 하는 소리는 아니지만요, 아가씨, 지금 말씀하시는 댁도 꽃다운 맵시라고는 못 하겠는데요."

"알아봐주셔서 고맙네요." 그녀가 쌀쌀맞게 말했다. "차이는 이거야, 난 이렇게 꼴불견을 만들려고 진짜 온갖 공을 다 들였어. 여기 있는 돼지 년들은 보기에도 딱하게 최대한 예뻐 보이려고 한 게 이거고. 이리 와, 나하고 춤춰."

요청이 아니었다, 명령이었다. 그녀는 대답을 기다릴 것도 없이 애들이 난장판으로 얽혀 돌아가고 있는 테니스 코트로 내 팔을 잡고 끌고 들어갔다. 난 프레드 애스테어유명한 뮤지컬 배우가 아니다. 하지만 무도회장의 분위기가 하도 정신없어서 내 몸을 지키기 위해서라도 저절로 춤을 추게 되었다. 나 자신 창피하지 않으려면 그래도 춤을 춰야지 하는 생각도 있었다.

새러가 그런지 어떤지 알아차렸다는 이야기는 아니다. 그녀는 자동조종 장치가 달린 것처럼 딱 부러지는 춤동작을 하고 있었다. 스피커에서 꽝꽝 울려 나오는 어반 랩과는 전혀 딴 세상에 있는 것처럼 굴었고, 리듬에 맞추어 몸을 흔들기보다 붐비는 아이들을 샅샅이 뜯어보는 데 훨씬 더 관심이 있어 보였다. 다행히도 우리는 오랫동안 고생하지 않았다. DJ가 B.B. 킹의 옛날 노래를 틀었다. 킹의 블루스가 울려 나오고 상황은 한결 가뿐해졌다.

나는 보통 느린 춤을 즐기는 편이다. 느린 춤은 낭만적이고 오붓한 느낌이 난다. 낯선 사람과 추더라도 마찬가지다. 어쩌면 낯선 사람과 출 때 더더욱 그런지도 모르겠다.

하지만 새러와는 그렇지가 못했다. 새러 실버가 내 어깨에 바싹 매달려왔을 때, 거기에는 유혹적인 느낌이라고는 요만큼도 없었다. 그녀는 우리가 춤을 추는 동안 교묘히도 사진을 찍어대고 있었다. 셔터를 누르는 사이사이 인간 군상을 훑어보았고, 자기가 원하는 장면을 찍기 위하여 나를 외바퀴 손수레처럼 함부로 이리저리 몰며 댄스 플로어를 헤집고 다녔다.

"좀 살살 해. 시간은 밤새도록 넉넉하잖아." 내가 중얼거렸다. "사실, 그렇게 넉넉하지 않아."

그녀는 말하고, 노래가 끝나기도 전에 나를 이끌고 춤판을 벗어났다. 여전히 눈으로는 사람들을 훑어 살피고 있었다.

"왜 그러는데?"

그녀가 쏘아붙였다. "내가 두 발로 설 수 있는 것만큼이나 확실하게 이 파티는 실컷 즐겼으니까! 네 말이 맞았어, 맬로이. 정말 끔찍한 파티야."

"나 때문에 미적거리고 있을 거 없어. 그만 째고 싶으면, 가자."

"그래도 아직은 아니야." 새러는 손목시계를 확인하면서 그렇게 말했다. "난 실제 델타 하우스 안을 들여다보고 싶어."

"뭐라고? 이것 봐, 새러. 그건 얘기가 전혀 다르잖아. 뜰에서 하는 파티는 공개되어 있지만 건물 자체는 델타 오메가 회원들만 들어갈 수 있어."

"문에 서 있는 사람은 한 명밖에 안 보이는데."

"저 녀석 하나로 충분하지, 아가씨야. 저놈 드류 브랙스턴이라고. 와일드캐츠 풋볼팀의 올스타 라인배커."

"그럼 이제 돈값 좀 해봐, 맬로이. 때려서 쓰러뜨리든 어떻게든."

"아무렴, 오죽하시겠어." 나는 머리가 팽팽 돌아갔다. 브랙스턴이야 당연히 익히 아는 놈이었다. 맥주 통처럼 크고 빵빵한 몸에, 뱀처럼 약았고 바윗돌로 꽉 채운 상자만큼이나 상대하기 버거운 놈. 프로로 나갈 전망도 보이는 타고난 미식축구 선수였다. 내가 저 자식한테 엉겼다가는 100퍼센트 뼈도 못 추릴 거다. 하지만······.

나는 숨을 깊이 들이마셨다. "알았어. 저 자식을 제치고 통과할 방법이 있기는 한 것 같은데, 네 마음에는 들지 않을 거야."

"말해봐."

그래서 나는 말했다. 그리고 내 생각대로였다. 그녀 마음에는 들지 않았다. 하지만 그래도 우리는 그 방법을 써보기로 했다.

우리 둘이 휘청거리는 걸음으로 문을 향해 갈 때 새러는 그 요란한 블라우스 단추를 끄른 채 내 팔을 잡고 매달렸다.

"어이, 브랙스." 나는 혀 꼬인 소리를 냈다. "나 기억해, 섀넌스의 맬로이인데? 나 지금 여기 긴급 사태가 났는데 말이야."

"이동식 화장실은 옆으로 돌아가면 있어, 친구." 브랙스턴은 무뚝뚝했다.

"야! 있잖아, 난 화장실이 필요한 게 아니야." 손가락 사이에 꼭꼭 접은 20달러 지폐를 끼워 내밀며 내가 말했다. "우린 방이 필요해. 이럴 때 좀 도와달라고, 친구."

그는 새러를 흘긋 보았다. 그녀는 더 가깝게 달라붙어 킬킬거리며 치열 교정기의 쇠와 고무줄을 있는 대로 드러내 브랙스턴을 향해 활짝 웃었다.

"넌 방이 필요한 게 아닌데. 차라리 그놈의 머리통 정밀 검진이 필요하겠어." 브랙스턴은 그러면서 20달러를 움켜쥐었지만 그래도 새러의 학생증을 검사했다. "지상 층 손님방들은 자물쇠가 걸려 있지 않아. 그래도 노크부터 하는 게 좋을 거야. 벌써 누가 차지한 방도 몇 개 있을 테니까."

"고마워, 브랙스턴. 내가 진짜 감사할게."

내 말에 그는 어깨를 으쓱했다. "지금은 고맙다고 하겠지. 하지만 아침이 되면 내가 미울걸. 너 자신도 혐오스러울 거고."

술 취한 걸음으로 복도를 통과하면서 새러는 중얼거렸다. "등신 새끼!" 방문객 라운지에는 광폭 스크린 TV가 있어서 미시건 주 게임을 다시 보여주는 중이었다. 두 쌍이 소파에 쫙 퍼진 채 텔레비전을 보고 있었다. 남자애들은 못생긴 데이트 상대보다 경기에 더 흥미가 있었다. 그 애들 모두 우리한테는 전혀 관심도 주지 않았다.

새러가 사진을 찍을 때까지는 말이다.

"야, 그거 지금 뭐 한 거야?" 사내놈 중 하나가 몸을 세웠다. 눈빛이 게슴츠레 흐려 있기는 해도 다른 애들만큼 맛이 간 상태는 아니었다. "방금 거, 카메라 아니야?"

"아니야, 라이터야." 새러를 복도로 떠밀어 보내며 내가 말했다. 제일 먼저 마주친 문을 확 열어서 나는 그녀를 안으로 밀어 넣었다.

"무슨 짓을 하는 거니!" 새러가 잔뜩 화가 나서 팩 돌아보았다.

"구사일생으로 도망치는 짓이지! 기사에다 실을 사진을 찍고 싶으면 좀더 조심해야 할 거 아니야! 이 덜떨어진 자식들 눈앞에다 대고 팍 찍어버리면 어떻게 해!"

"걔들 하도 취해서 사진 찍는 줄 알았다는 게 다 용하던데."

"걔들이 카메라를 적발해서 우리 목구멍에 쑤셔 넣겠다고 나서면 더욱더 용하겠지." 나는 문을 1밀리미터만큼만 빠끔히 열어서 복도를 살폈다. 비어 있었다. "됐어, 아무도 없다. 누가 우릴 따라온 것 같지는 않아. 이제 어떻게 하지?"

손목시계를 흘긋 보면서 새러가 말했다. "방들을 빨리 한번 둘러봐야겠어. 일단 저……."

나는 그녀의 말을 자르고 들었다. "너 지금 두번째로 시계를 봤어. 무슨 일이야?"

"아무것도 아니야! 네가 너무 예민한 것뿐이지." 그녀는 나를 밀치고 지나쳐 문을 나섰다. "올 거야, 말 거야?"

"뭘 하러 가자는 거야?" 나는 복도로 그녀를 따라가면서 물었다. "사람이 있는데 막 열고 들어가면 안 돼!"

"왜 안 돼? 당연히 되지. 돼지 파티잖아. 안 그래? 우리가 마음대로 놀아나려면 방이 필요할 거고…… 어머나! 미안해요!" 문 하나를 열면서 새러가 말하고 그 문을 도로 닫았다. 그새 재빨리 스냅사진을 찍은 후였다.

"이건 미친 짓이야." 그녀 뒤를 따라가면서 나는 등 뒤를 살폈다. "너 그러다 우리 둘 다 걸려서 박살 날 거야!"

새러는 무시했다. 계속해서 복도를 따라가면서 문들을 열어보고 있었다.

"아차차, 정말 미안!" 그러고는 또 다음 문으로 간다. 네번째인가 다섯번째 문까지 그러고 갔다. 그러더니 아무 말도 하지 않았다. 새러는 문을 확 열어젖혔고, 순간 얼굴에서 혈색이 스르르 빠져나갔다. 그녀는 하얗게 얼굴이 질린 채 문을 놓아서 조용히 닫히게 했다. 그러고는 벽에 몸을 기댔다.

"왜 그래, 뭐가 문제야?"

"저 여자애." 새러가 목을 꿀꺽 울렸다. "쟤는……" 그녀는 머릿속을 깨끗하게 하려는 듯 홰홰 고개를 흔들었다. 그리고 핸드백에서 휴대전화를 꺼내어 단축키 버튼을 눌렀다. "개를 찾았어요. 지금 델타 하우스에 있어요. 1층이에요."

"젠장맞을! 새러, 도대체 무슨 일이냐니까?"

"저 방 안에 있는 여자애, 폭행당하고 있어."

"뭐라고?"

"폭행당하고 있다고, 맬로이! 강간을 당하고 있단 말이야! 네가 멈추게 해야 해!"

"확실해? 그냥 흘긋 봤을 뿐이잖아?"

새러가 빽 소리 질렀다. "어떻게 좀 해봐!" 소리를 지른 것은 새러 혼자만이 아니었다. 델타 하우스로 밀물처럼 몰려든 경찰차들로부터 늑대 떼의 울부짖음 같은 사이렌이 울려 퍼졌다. 경찰들이 줄줄이 튀어나와 시끄러운 음악 소리를 누르고 들릴 만한 소리로 말하려고 애쓰고 있었다.

나는 문손잡이를 당겨보았지만 이젠 잠겨 있었다. 나는 몸을 뒤로 했다가, 발로 차서 문을 열고 안으로 뛰어 들어갔다. 그런 다음 안에 있던 남학생 클럽 녀석이 내 머리에 골프채를 휘두르는 걸 아슬아슬하게 피해 바닥으로 몸을 던졌다. 순전히 반사적인 동작이었다. 나는 그 녀석을 붙들고 늘어졌다. 녀석의 무릎을 그러쥐고 몸싸움을 하여 바닥에 깔아 눕혔다. 쓰러지는 놈에게 제법 센 라이트 크로스를 먹여서 그럭저럭 해치워버릴 수 있었다. 녀석은 시멘트 자루처럼 퍽 하고 바닥으로 넘어졌다. 꼼짝도 못했다.

"그만둬요! 그러다 죽이겠어요!" 키 작고 뚱뚱한 빨간 머리 여자애가 비명을 올렸다. 상체를 허리까지 벌거벗은 채 몸을 던져 바닥에 쓰러져 의식을 잃은 사내 녀석 앞을 가로막았다. 흐느껴 울면서 녀석을 보호하려 했다.

"아가씨, 이제 다 괜찮아. 우린 널 도와주러 온 거야." 그 여자애 옆에 무릎을 꿇으며 내가 말했다.

"가까이 오지 마! 우릴 그냥 놔둬!" 여자애가 고함을 지르면서 골프채를 홱 잡아채 쳐들었다. 나는 두 손을 들어 올리면서 물러섰다. 농담이 아니었다. 눈물과 번진 마스카라 속에서 나는 그 애의 눈에 번득이는 순수한 살의를 읽을 수 있었다.

"에밀리, 이리 와! 넌 여기서 나가야 해." 새러가 여자애의 핸드백을 집어 들고 블라우스를 내밀었다.

하지만 여자애는 얘기가 통할 만한 상태가 아니었다. 그 애는 비명을 질러댔다. "당신들이나 꺼져! 도와줘요! 누가 좀 도와줘요!"

정말 누군가가 도와주었다. 폭동 진압 복장을 갖추어 입은 경찰 두 명이 문을 박차고 들어왔다. 진압봉도 쏠 준비를 한 채였다.

"숙여!", "바닥에 엎드려!" 둘이 함께 호통을 쳤다.

"저기요, 잠깐만요! 우린 그냥……." 내가 말했다.

틀린 대답이었다! 한쪽 경찰이 복부를 후려쳐서 나는 몸을 반으로 꺾었다. 내가 쓰러지자 그의 파트너가 즉각 나를 제압했다.

누군가 내 어깨를 흔들었다.

"손 떼요!" 내가 으르렁거렸다. 낯선 사람이 나를 굽어보고 있었다. 그자의 팔을 떨쳐버리면서 나는 일어나 앉았다. 엄청난, 엄청난 실수를 저지르고 말았다. 몸 상태가 완전 거지 같았다. 주위를 둘러보면서, 상황 파악을 했다. 나는 금속으로 된 침상에 걸터앉아 있었다. 담요도 없다. 콘크리트와 강철로 된 일종의 우리 안이었다. 이게 무슨 일이람?

"자, 자! 여보게, 내가 자넬 한번 봐야 되겠는데."

나는 항의할 참이었지만, 속에서 시큼하게 뒤섞인 쓴물과 맥주가 로켓처럼 울컥 솟구쳐 올라왔다. 입을 막으려고 했지만 늦어버렸다! 침상에서 굴러 내린 나는 두 손과 무릎으로 엎드려서, 내 이름만 빼고 모든 걸 게워내기 시작했다.

"이런 젠장!" 나를 흔들어 깨운 사람은 철창 쪽으로 물러나서 구두를 살리려고 까치발을 하고 섰다. 흑인 남자였다. 달님처럼 얼굴이 둥그런 땅딸보. 어딘가의 제복을 입고 있었다.

그렇긴 해도 경찰은 아니었다. 구조대원이구나.

토할 것을 다 토하고 나는 휘청휘청 두 발로 일어섰다. 바닥이 평편하지 않았다. 바닥을 바른 콘크리트는 감방 한가운데 금속 배수구를 향해 경사가 져 있었다. 거기에 잠시 서서 내 몸을 내려다보며 정신을 가다듬었다. 최소한 내가 지금 어디에 있는 건지는 알 수 있었다.

취객 유치장이었다. 웨스트오버 경찰 파견소겠지, 필시. 이미지들이 기억 속으로 밀치락달치락 달려 들어오자 내 입에서는 목 막힌 신음이 새어 나왔다. 돼지 파티. 델타 하우스. 골프채를 들고 죽을 둥 살 둥 비명 지르던 여자애. 그리고 경찰들…….

맙소사! 얻어맞고 고꾸라졌던 게 기억났다.

힘들게 목을 꿀꺽 울리면서, 나는 혹시라도 내가 맞서 싸운 건 아닌지 기억해내려고 애썼다. 경찰관을 구타했다면 그건 심각한 문제였다.

"토하는 건 끝났지?" 구조대원이 물었다.

"정말 그랬으면 좋겠네요. 그런데 아저씨는 대체 누구세요?"

"자비의 자매회 병원에서 나온 조 록우드라고 한다. 경찰들이 나더러 내려와서 자넬 좀 봐달라더군. 뇌진탕이 있는 게 아닌가 걱정된다고 말이야. 자네 동공을 좀 확인해봐야겠는데."

"지금 몇 시입니까?"

"7시쯤 됐지."

"아침 7시요?"

"그래. 여기에 얼마나 누워 있었나?"

"잘 모르겠어요. 아마…… 아마 어젯밤 10시쯤부터였을 거예요."

"그래? 기분은 어떤가?"

"겉으로 보이는 것보다 더 안 좋아요."

"인간적으로 도저히 그럴 수는 없겠는데, 자네 강아지였나? 자넨 죽을 수도 있었어. 내가 진찰을 해보지 않으면 혹시 이제부터라도 죽을는지 모르지. 어떤가?"

"그래요, 하세요. 못 할 건 뭐겠어요?" 금속제 침상에 주저앉으면서 내가 말했다.

록우드는 몸을 내 쪽으로 기울이면서 가느다란 손전등으로 눈동자 속을 비추었다. 얼음송곳으로 뇌를 푹푹 쑤시는 것 같았다. "그런데 자넨 도대체 무슨 일을 겪은 거야?"

"얘기가 길어요."

"서글픈 이야기일 것 같구먼. 팔을 위로 쳐들게." 록우드는 촉진으로 내 갈비뼈를 살피고 양쪽 빗장뼈를 점검했다. "됐어. 좋은 소식과 나쁜 소식이 있네. 몸에 멍은 좀 들었지만 심각한 건 없어. 뇌진탕이 온 기미도 없고. 아마 죽지 않고 살 것 같네."

"그게 좋은 소식이에요, 나쁜 소식이에요?"

"말할 것도 없이 좋은 소식이지. 나쁜 소식은 말일세, 여전히 철창 안에 있게 생겼다는 거야."

그래도 그렇게 길게 있지는 않았다. 반시간 뒤에 나는 회색 콘크리트 신문실로 끌려갔다. 거기에는 금속제 의자가 단 한 개만 바닥에 붙박이로 고정되어 있었다. 투표를 할 나이도 안 되어 보이는 새파란 경위가 나를 거기 앉히고, 내 권리를 읽어주고, 그런 다음 인생의 진실을 설명해주었다.

내가 거꾸러뜨린 남학생 클럽 녀석은 나를 폭행으로 고발할 수 있겠지만 아마 그러지는 않을 거라고 했다. 그 녀석은 그 녀석대로 해결해야 할 법적인 문제에 휘말려 있었으니까. 내가 폭력을 행사한 경찰관도 나를 고발할 수 있었다. ……나는 항의하려고 했지만 경위는 무시하고 말을 이었다. 다만, 만약 내가…… 오해로 인해 빚어진 상황에 대해 경찰에 책임을 묻지 않겠다는 양해 각서에 서명한다면 당장이라도 가도 좋다고 했다.

'당장이라도 가도 좋다'는 부분이 내 주의를 끌었다. "그러니까 지금 하시는 말씀은 결국…… 일어나지 않은 일로 해두자는 거죠? 서로 이왕지사로 넘겨버리자고요?" 내가 물었다.

"바로 그거지." 새파란 경위가 고개를 끄덕였다.

"어디에 서명할까요?"

내가 길거리에 발을 디뎠을 때에는 이미 신문들이 가판대에 쫙 깔려 있었다. 캠퍼스의 난장판 파티 까발려지다! 남학생 클럽 회원들 고발당해. 주취와 질서 문란. 미성년자에게 주류 제공. 그리고 그런 것들보다 훨씬 더 심각한 사안으로 미성년자 의제강간 혐의가 있었다. 신문들에 의하면 파티에 있던 여자애들 중 한 명은 겨우 열다섯 살이었다고 했다. 나는 그게 누군지 거의 짐작이 갔다.

사진으로 남은 증거들 앞에서 웨스트오버 대학 당국은 최고 속도로 나만 살자는 앞가림에 들어갔다. 그로부터 며칠에 걸쳐 열네 명의 학생들이 제적당하거나 자퇴했다. 드류 브랙스턴은 장학금을 받지 못하게 되었고, 경비원은 해고당했다. 곤란해진 건 사내놈들만이 아니었다. 여섯 명의 여자애들도 마찬가지로 학교를 떠나게 되었다. 내가 구해주려 했던 그 애를 포함해서 말이다. 미성년자인 그 애는 신문에 이름이 실리지 않았지만, 그래도 상관없었다. 나는 이미 그 애 이름을 알고 있었다. 에밀리. 그리고 웨스트오버는 캠퍼스도 아담하다.

새 소식이 전부 음울한 소식들만은 아니었다. 새러 실버, 변장하고 몰래 숨어들어 기사를 터뜨린 〈웨스트오버 와일드 캣〉의 배짱 좋은 기자 아가씨는 하룻밤 사이에 유명 인사가 되어 있었다. 기자의 꿈 그 자체였다. 〈USA 투데이〉는 기사를 받아 보도하면서 작성자로 새러의 이름을 그대로 실었다. 〈타임〉과 〈뉴스위크〉 양쪽 모두 새러의 인터뷰를 지면에 올렸다. 그녀는 심지어 오프라 윈프리 쇼와 래리 킹 쇼에도 직접 얼굴을 비추었다.

한창 이름이 알려지고 성가를 올리면서, 새러에게는 이미 방송사들로부터 취직 제안이 잔뜩 들어와 있었다. 졸업만 하면 원하는 대로 직장을 골라 갈 수 있을 터였다.

하지만 나는 근처에 어정거리며 그 꼴을 보고 있지는 않을 것이었다. 돼지 파티 습격으로부터 며칠이 지난 후에 잭 섀넌은 나를 내보냈다. 그는 나를 생각해서 그렇게 하는 것이라고 말했다. 내가 계속 눌러 있으면 조만간에 말썽이 터지고 말 것이라고. 섀넌 씨 말이 옳았다. 그리고 솔직히 말하자면 나는 아무렇든지 별로 신경 안 썼다. 더 이상 재미있지도 않았다. 애들이 사람을 염병할 놈의 베네딕트 아놀드_{미국 독립전쟁 당시 영국에 협력한 배신자}처럼 보는데 대학 도시에서 바텐더를 해먹고 살기란 녹록지 않은 일이었다.

잭 섀넌은 나에게 퇴직금 조로 2주일 치 급료를 주면서 그 위에 누군가 바에 맡겼다는 봉투를 얹었다.

발신인 주소는 적혀 있지 않았다. 그냥 10달러 지폐로 50달러가 들어 있을 뿐이었다. 그리고 새러 실버로부터 그다음 날 대학 구내의 커피 비너리에서 만나자는 쪽지도 들어 있었다.

완벽한 인디언 서머북미대륙에서 늦가을 무렵 잠시 일어나는 이상고온 현상의 오후 시간, 웨스트오버의 단풍나무들은 붉은색과 금색으로 불타고 있었다. 대학생 애들이 손에 손을 잡고 돌아다녔다. 빌어먹을. 난 정말 이 장소가 그리울 터였다.

나는 경찰 습격 이후로 새러를 본 일이 없었다. 거의 알아볼 수 없을 지경이었다. 새러는 커피숍 앞에 내놓은 야외 테이블에 앉아 있었다. 어찌나 똑 떨어지는 멋쟁이인지 지나가던 사람들 발길이 다 멈출 듯했다.

돼지 파티 날 밤에 그녀는 갈색 굴뚝새처럼 한없이 수수한 여자애로 변신함으로써 나에게 충격을 주었다. 벽지 바르는 풀만큼이나 전혀 볼 것 없는 못난이로 변신했던 것이다.

이제 그녀의 변신은 반대 방향으로 이루어졌다. 텔레비전 화면에서 보는 극단적인 미녀 개조 작업이었다. 그냥 귀염성 있는 여학생이었던 것이 어느새 티끌만 한 흠도 없는 완전무결한 나비로 둔갑해 있었다. 꿀빛 금발은 목 길이로 깔끔하게 쳐서 한쪽으로 넘긴 흠잡을 데 없는 헤어스타일로 손질했다. 눈썹은 잡털을 뽑아 완벽한 모양으로 정돈해 그렸다. 얼음 같은 푸른색 콘택트렌즈에, 도나 카란 정장. 최상의 모습으로 갈고닦은 외모로 시청률 최고 시간에 나설 준비가 다 되어 있었다.

"이런, 이런! 단 며칠 만에 이 엄청난 변화라니. 너 정말 끝내주게

멋있어 보이는구나." 그녀의 맞은편 의자를 차지하고 앉으면서 내가 말했다.

"나도 너에게 같은 말을 해줄 수 있으면 좋을 텐데, 맬로이. 넌 참 형편없는 몰골이네."

"유치장에서 자려니까 잠이 와야 말이지."

"난 내가 할 수 있는 한 일찍 너를 꺼냈어. 그 건에서 네 이름을 빼는 데 온 힘을 다했다고."

"그러게, 뉴스 기사며 보도 내용 어디에도 내 얘기는 아예 안 나오더라. 아마 다 네 덕분이겠지? 고맙다고 해야겠군."

"그럴 필요 없어." 새러가 꺽지게 말했다. "섀넌 씨는 네가 이 도시를 떠날 거라고 하던데. 돼지 파티 때문이니? 너나 누구나 혹시 협박 같은 거 받았어?"

"갑자기 내 안위가 걱정되는 거야, 실버? 아니면 또 기사를 써서 이름을 날릴 기회를 찾고 있는 건가?"

"그런 말은 불공평해. 너한테 곤란한 일이 생겼다고 해서 그걸 가지고 날 보고 뭐라고 하면 안 되는 거잖아. 난 절대 널 곤란하게 만들려고 한 게 아니야."

"아니지, 아무렴, 절대 아니겠지. 넌 기삿거리를 냄새 맡고는 내 머리 위에 낙석이 떨어질 일 같은 건 생각도 안 하고 냅다 얘깃거리만 쫓았던 거야. 에밀리 캠퍼트는 더더욱 신경 안 썼지."

"누구?"

"이것 봐, 실버. 나 맬로이야. 네 공범인 맬로이라고. 우리 둘 다

에밀리가 누구인지 잘 알고 있어. 에밀리 캠퍼트, 내가 돼지 파티에서 잡아 끌어낸 미성년자 여자애 말이야. 네가 나를 끌고 가서 찾게 만든 그 애."

"하지만 걔 이름은 언론에 공개되지 않았는데." 조심스러운 어조였다. "넌 어떻게……?"

"경찰들이 들어올 때 네가 걔 이름을 소리쳐 불렀잖아. 기억해? 웨스트오버는 캠퍼스가 작아. 그 애가 누군지 알아내는 데 전혀 어려울 것 없었지. 난 그 애가 어디에 살았는지도 알아냈어."

새러의 표정이 갑자기 딱 멈추었다. 가면처럼 읽지 못할 얼굴로 굳었다.

내가 말을 이었다. "카파 로 기숙사에 있던 애지. 거긴 학문의 유망주를 위한 여학생 클럽 기숙사야. 아닌 게 아니라 에밀리는 정말 유명한 애였어. 열다섯 살에 고등학교를 졸업한 수학 영재에, 졸업생 대표였지. 조숙한 아이지만, 생긴 건 몸도 뚱뚱하고 별로야. 사람들 상대로 처신하는 법은 아예 모르는 어린애고. 참! 그런 건 네가 다 아는 사실들이지, 안 그래? 너도 카파 로 기숙사생이니까. 사실, 넌 기숙사 지도 선배잖아. 에밀리 같은 신입생들을 이끌어주는. 넌 걔를 알고 있었어. 그렇지 않아?"

"알고 있었지, 걔가 누군지는……." 새러는 조심스럽게 말했다. "바로 그랬기 때문에 그 파티에서 걔를 발견하고 그렇게 충격을 받았던 거야."

"헛소리! 넌 걔가 거기 있을 줄 빌어먹게도 확실히도 알고 있었어. 네가 걔가 파티에 들어가게 도와줬잖아. 경비원과 브랙스턴은 둘 다 나를 알아. 그런데도 네 학생증을 검사했지. 분명 에밀리의 학생증도 검사했을 거야. 에밀리가 파티에 들어가는 데 썼다는 가짜 학생증 사진이 여기저기 신문에 다 실렸어. 아주 허술하던걸. 난 그런 것에 안 속아. 그 경비원이나 브랙스턴 역시 거기에 속아 넘어갔을 거라고는 생각 안 해."

"그래서 네가 알고 있다고 생각하는 게 대체 뭐야, 맬로이?"

"나는 에밀리가 훨씬 잘 만들어진 가짜 학생증을 가지고 있었다고 생각해. 아마 프로급 모조품이었겠지. 하지만 걔는 신입생이고 열다섯 살짜리에 지나지 않아. 걔는 경비원이 통과시켜줄 만큼 품질 좋은 가짜 신분증을 어디 가야 구할 수 있는지 전혀 알 수도 없었어. 하지만 넌 알 수 있었지. 바로 지난 학기에 그에 대해서 기사를 썼으니까."

"미친 소리 마."

"미친 소리라고? 싸움이 난 와중에 네가 에밀리의 핸드백을 집기에 나는 네가 나처럼 걜 소란 통에서 데리고 나가려고 그러는 줄 알았어. 하지만 지금은 걔가 파티에 입장할 때 사용한 가짜 신분증을 네가 그 엉성한 가짜 신분증과 바꿔치기한 거라고 생각해. 파티 급습 이야기가 아주 딴판이 되는 거지. 스타 기자님께서 범죄 발각을 도왔는데, 알고 보니 그 범죄가 일어나게끔 조작한 장본인이었다니 말이야. 하나님 맙소사, 어쩌면 그런 짓을 할 수가 있지?"

"무슨 짓?"

"에밀리처럼 살이 투실투실한 괴짜 천재는 어쩌면 평생 가도 남자를 못 만날지 몰라. 웨스트오버에서는 당연히 못 만나고. 그러니 그 애가 너한테 델타 하우스 파티에 초대받았다고 얘기했을 때 갠 그 실상을 전혀 몰랐어. 하지만 넌 알고 있었지. 넌 개한테 경고를 해줬어야 해, 새러. 그런데 오히려 가짜 신분증을 마련해주었지. 그러고는 사진을 찍자고 나를 고용해서 들어갔어. 그 애가 엄청 망신당하고 굴욕을 맛볼 줄 알면서 말이야. 어쩌면 그보다 훨씬 더 나쁜 일을 당할 수도 있다는 걸 다 알면서."

"돼지 파티는 오랫동안 이 대학의 공공연한 종기 덩어리였어. 네 입으로도 그렇게 말했잖아. 외설적인 난장판에, 여자들을 깎아내리는 파티지. 누군가 그만두게 해야 하는 거였어."

"저열하고 덜떨어진 짓거리일지는 몰라도, 누가 정말 피해를 입거나 하는 일 없이 꽤 오랫동안 계속되었던 파티야. 하지만 이젠 더 이상 그럴 수 없지, 안 그래? 스무 명쯤 되는 아이들의 미래가 뭉개졌고 머저리 새끼 하나는 제대로 감옥살이를 하게 된 참이잖아. 다 네 덕분이야."

"네 도움을 받았지."

"맞아. 그리고 내가 제일 마음이 괴로운 게 바로 그거야. 난 새 출발을 하려고 이 대학에 왔는데 순진한 아이들 인생을 잔뜩 망쳐놓고야 말았다는 것."

그녀는 콧방귀를 뀌었다. "웃기지 마! 그 파티는 순진한 거하고는 거리가 멀어도 한참 멀었어."

"에밀리는 순진했어. 이제 걔 앞길이 어찌 될지는 하나님이나 아시겠지. 돼지 파티는 어처구니없는 짓이지만 단 하룻밤이야. 하지만 파티 급습의 여파는 몇 년이나 이어질 거야. 난 네가 그 파티를 끝장내고 싶어 한 건 이해가 가. 하지만 에밀리가 결국 어떻게 될지 뻔히 알면서 걔 거기 들여보냈다는 건 도저히 믿어지지가 않아."

"너 좋을 대로 믿으렴. 돈을 더 받고 싶은 거면 혹시 우리가 합의를 도출해볼 수도 있겠지. 하지만 이런 공갈을 공개적으로 들고 나온다면 우리 편집자들이 널 고소해서 한 푼 남기지 않고 쫄딱 벗겨버릴 거야." 새러가 신랄하게 받아쳤다.

"걱정하지 마, 새러. 에밀리를 상어 떼에 던져주지 않고는 이 얘기를 터뜨릴 도리가 없으니까. 에밀리는 이미 충분히 괴로움을 당했어. 나는 누구 다른 사람을 해치고 싶은 마음이 없어. 심지어 너일지라도."

"꼭 할 수나 있는 것처럼." 그녀는 비웃으며 자리에서 일어섰다. "일자리 찾는 거 잘되길 빌어, 맬로이. 어쩌면 가끔 널 보러 가게 될지도 모르겠네. 술 마시고 싶을 때에."

그러고는 떠나갔다. 지금까지 내게 데이트를 신청했던 여자 중에서, 아마도 앞으로 있을 여자 중에서도 제일 예쁘고 똑똑한 여자.

그리고 제일 냉혹한 여자.

이상한 얘기지만 나는 파티에 갔던 때의 새러가, 치열 교정기며 뭐며 다 포함해서, 변신을 마친 완벽한 플라스틱 바비 인형 같은 그녀보다 한층 마음에 든다.

아름다움이란 묘한 것이다. 우리 모두가 아름다움을 정의 내릴 수 있다고 생각하지만, 어떤 놈에게는 시시했던 여자가 그다음 놈한테는 둘도 없는 참사랑이 된다. 그때부터 지금까지 여러 해 동안 나는 짝짓기 게임을 처음부터 끝까지 천 번은 구경했다. 그리고 진짜 아름다움은 사람 됨됨이에 달린 거구나 하고 결론지었다. 사람들이 영혼과 영혼으로 진정으로 서로 감응할 때에, 그 나머지 다른 것들은 모두 문득 아주 사소한 차이로 화한다. 사랑에 빠진 못생긴 여자가 숨 막히게 아름다울 수도 있는 것이다. 진심이 없는 잡지 표지 모델은 그냥 보기 좋은 그림에 불과하다. 그것도 납작한 평면 그림이다.

그런데 아름다움이 복합적인 것이라면, 추함이란 훨씬 간단하고 쉽다. 왜냐하면 외모는 추함에 눈곱만큼도 영향을 미치지 못하기 때문이다.

돼지 파티의 규칙은 단순하다. 자기가 아는 여자애 중에서 최악의 추녀를 데려오는 것.

대부분의 사내놈들에게는 그게 평범하기 짝이 없는 여자애를 데려오거나 동화 속 마귀할멈 같은 여자를 데려오는 것이지 미디어의 귀염둥이 아가씨 새러 실버를 데려오는 건 아닐 것이다.

하지만 나는? 난 돼지 파티에 간 적이 딱 한 번 있다. 내 일평생 제일 난장판이었던 밤이다.

그리고 나는 정확히 거기 데려가야 할 여자애를 데리고 갔다.

장밋빛 인생

도미니크 메나르

1

　벨르빌 가에는, 에디트 피아프가 출생한 계단을 보러 온 일본인 관광객들이 4월의 빗속에 서성거리고 있다. 작고 기묘한 분홍색 모자를 써서 비를 가리고 있는데, 모자는 반투명한 플라스틱 제이고 여행사 로고가 박혀 있다. 180미터쯤 더 뻗어 있는 벨르빌 대로를 따라 온통 새빨간 중국 글자들이 안개를 뚫고 불 켜져 있다. 르장드르는 잔돌이 깔린 미로 같은 길거리를 왼쪽으로 꺾어 공원으로 향했다. 물 고인 땅 위에서 축구를 하고 노는 아이들을 피하려고 핸들을 확 꺾었다. 아르노는 보온병에 든 커피를 마저 빨아 마시려고 애쓰고 있었다. 30분 전 무선 교신기가 찌직찌직 소리를 내기 시작했을 때 친구 르장드르가 만든 커피다. 두 사람은 아주 늦게 잠자리에 들었고, 아르노는 좀처럼 잠을 깨지 못했다. 하지만 아르노의 가슴은 몇 십 미터 전방에 경찰차들이 경광등을 번쩍이며 서 있는 모습을 보자 단박에 뛰어올랐다.

르장드르는 거리 끄트머리에 차를 세우곤 아르노에게 눈을 찡긋해 보였다.

"난 조심해야 해. 경찰들이 내가 사건 현장 주위에 얼씬거리는 걸 너무 많이 보았거든. 개중에는 나에게 사법 방해 혐의로 처넣겠다고 협박을 한 놈도 있었어. 같이 갈 거지?"

아르노가 머뭇거리자, 르장드르는 연극 무대 같은 몸짓으로 차 열쇠를 내밀었다.

"좋아, 넌 따뜻하게 하고 있을 거라 이거지. 거야 네 할 탓이지. 글러브박스에 CD 몇 장 있어. 하지만 내 분명히 얘기해두는데, 친구, 책을 쓰는 데 영감을 받고 싶거든 바로 여기가 그 장소야."

아르노는 어깨를 으쓱하며 억지 미소를 얼굴에 띠었다. 그는 르장드르에게 며칠 전 그 얘기를 한 것이 후회가 되려고 했다. 지루한 나머지, 외로운 나머지 말해버렸는데. 하지만 진상은 어떤가 하면, 이 녀석과 대학을 졸업한 후로는 만난 적도 없는 사이였는데도 아르노에게는 그 얘기를 할 만한 다른 사람은 아예 없었던 것이다. 겨울이 시작될 무렵에, 아르노는 실업 급여를 받으면서 오랫동안 속으로 구상해온 소설 쓰기에 착수하려 했다. 181일 동안이다. 그는 날짜를 헤아려왔는데, 미처 4장까지도 채 다 쓰지 못했다. 겨우내 아르노는 공동 주거의 창에서 내다보이는 밤나무 잎이 한 잎 한 잎 떨어져 보도로 내려앉는 광경을 마주 보고 앉아 있었다. 잎들은 떨어지면 곧 보이지 않게 되었다. 아르노는 자기가 살고 있는 교외 소읍의 조용하고 무기력한 분위기 속에 침잠하는 느낌이었다. …… 이 웬 흔해빠진 얘기람. 그는 생각했다. 과거에는 문학 전공자였고, 야심이 있고, 맥없이 늘어져버렸고.

와인을 잔뜩 곁들여 식사를 씻어 내린 후에, 아르노는 르장드르가 권하는 담배를 받아 피웠다. 흡연을 그다지 자주 하는 편은 아니라서 아르노는 머리가 어찔어찔했고 대마초라도 피운 것처럼 쉽게 웃음이 터져 나왔다. 그러다 봄까지 완성하려고 작정하고 있는 이 소설에 관하여 몇 마디 흘리고 말았다. 부주의하게도 말이다. 그러면서 소설이 잘 돼가고 있다고 덧붙였다. 썩 괜찮게 써지고 있다고. 르장드르는 얘기를 더 짜내려고 들볶았고 아르노는 마침내 자기가 쓰고 있는 건 누아르 소설이라고 털어놓았다. 하지만 그 이상 많은 얘기는 하고 싶지 않았다. 설사 하고 싶었을지라도 할 수가 없는 처지였다. 아르노는 그저 소설 주인공이 사립탐정이고, 맡게 되는 사건의 희생자는 여자라는 것만 말했다. 여자는 파리에 거주하는데 밤 세계에서 일한다. 스트리퍼 아니면 매춘부다. 그럼 살인자는 누군가? 르장드르는 물었고, 아르노는 눈썹을 치올리며 아리송한 분위기를 풍겼다. 그 얘기를 해버리면 서스펜스라는 게 없어지잖아. 아르노는 그렇게 대답했다. 하지만 실상은 자기 자신도 모르고 있었다. 아르노는 정말 인정하기 싫은 일이지만 범죄를 저지를 듯한 감정을 느껴본 일이 없었다. 그리고 신문에 실리는 짤막짤막한 기사들을 훑으며 보낸 5개월도 거기에 아무런 변화를 가져다주지 못했다. 과연 무엇이 한 남자로 하여금 여자의 목을 감싸 움켜쥐게끔 몰아갈 수 있을까를 이해하려 할 때마다 아르노는 도저히 상상을 할 수가 없었고, 속으로 이건 소설가가 되려는 사람으로서는 정말 형편없는 첫 발짝이구나 싶었다. 그가 쓸 소설의 살인자는 뚜쟁이인가, 손님인가, 연쇄살인마인가? 이미 희생자와 배경은 마련이 되어 있는데 살인자를 찾아낼 수 없다는 것은 당황스럽고 창피한 일이었다. 작가가 무능한 경찰보다도 힘이 딸린단 말인가.

아르노는 르장드르가 신문사와 일을 한다는 것을 알고 있었다. 그리고 그 때문에 이 녀석과 다시 연락을 하게 된 것이었다. 옛날 친구가 평범한 일일 드라마에 관해 기사를 써온 이상, 그라면 이 비밀을 훤히 꿰고 있고 자기에게 힌트를 줄 수 있을 것만 같은 헷갈린 희망을 품고서 연락을 했다.

르장드르에게 쓰고 있는 소설에 관해서 말을 하자, 르장드르는 아르노의 어깨를 철썩 때리고 선반 위의 라디오를 가리키면서 말했다. "저걸 붙들고 늘어져봐. 저건 경찰의 무선 통신기야. 근처에서 무슨 사건이 나면, 가끔은 내가 경찰보다도 한발 먼저 현장에 가기도 한다고. 그러면 사진을 찍어서 500~600유로씩 받고 팔지. 다음 주 주말에 우리 집에 자러 와. 그러다 혹시 무슨 일이 터지면 내가 같이 데려가주지. 조금만 행운이 따라준다면 만나보게 될지도 모르잖아, 네 이상형인 살인자를 말이야. 그렇긴 해도 너무 들뜨진

마, 지금 당장은 뭐 별거 없는 것 같으니까."

 하지만 이른 아침 통신기는 찌직거리기 시작했고, 경찰들이 사용하는 암호가 들려오자 르장드르는 벌떡 뛰어 일어나서 아르노를 흔들었다. 르장드르가 들어와 사는, 밑에 아시안 슈퍼마켓이 있어서 두리안 냄새가 풍풍 올라오는 방 둘짜리 공동 주거에서 아르노는 방바닥에서 잠을 자던 터였다. 일어나, 진짜가 터졌어. 르장드르는 말했다. 그리고 20분 후에 두 사람은 주이에루브 가 모퉁이를 돌고 있었다.

 파레 드 벨르빌의 몇 개 출입구들이 다 닫혀 있지는 않았기 때문에 그들은 어렵지 않게 안으로 들어설 수 있었다. 두 사람만 와 있는 것이 아니었다. 구경꾼들이 길에 잔뜩 몰려 서 있었다. 특히 십대 아이들이 많았다. 까치발을 하고 서서 공원 철책과, 이 나무에서 저 나무로 둘러쳐놓은 노란 경찰 저지선 테이프 너머를 엿보려고 들 하고 있었다. 잿빛 하늘에도 불구하고 파리 전체가 시야에 잘 들어왔다. 안개가 끼어 베일을 쓴 듯 살짝 흐렸을 뿐이었다. 서쪽으로 에펠탑까지도 보였다. 개오동나무는 꽃이 활짝 피었고, 튤립들은 세심히 써레질을 한 세모꼴 꽃밭 부지에 꼿꼿이들 서 있었으며, 이 공원의 작은 분수는 물소리를 지절대고 있는데, 다만 줄을 쳐 격리된 공간 한복판에는 밑에 무엇인가 들어 있어 약간 불룩한 회색 방수포가 보였다. 가느다란 빗줄기는 거의 그쳤다. 이끼와 숲 저편 식물들의 냄새가 축축한 공기 속에 여전히 떠돌 따름이었다. 지켜보는 군중들은 노란 테이프 뒤에서 뜨뜻하게 한 덩어리로 뭉쳐 서서 꼼짝도 않았고, 아르노는 거기 섞여 있는 게 기분 좋게 느껴지려고 했다. 범죄 현장에 이렇게 가까이 와본 건 생전 처음이었다. 그리고 그는 침묵과 속삭임의 혼합을, 군중의 기묘한 복합성을 발견하고 있었다. 그 병적인 현혹과, 거의 미신적인 공포심을, 하지만 그 회색 방수포 한 귀퉁이가 들려서 손이나 발이 보이지 않을까 하는 기대도 또한.

르장드르는 어디로 사라졌다. 아르노는 몇 야드 떨어진 곳에서 자기 친구가 구경꾼을 하나하나 붙들고 웅얼웅얼 무엇을 물어보는 소리를 들을 수 있었다. 몇 분 후에 르장드르가 돌아와서 아르노의 팔을 붙들어 군중들 틈에서 끌어냈다.

"정보를 좀 얻었지." 르장드르가 낮은 목소리로 말했다. "새파란 애야. 열일곱인가 열여덟 먹은 혼혈 여자애. 이름은 레일라 M. 이 동네에서 큰 앤데 1년 전부터 웬 놈팽이랑 살았대. 피갈의 나이트클럽에서 춤추는 애였고 사람들 얘기론 손님들하고 잠도 잤다는군. 교살당했어. 보라고, 자네 소설에 쓸 얘기가 나온 거야! 이제 자네가 할 건 누가 범인인가 하는 걸 알아내는 것뿐이지. 그러면 책이 써지겠지." 르장드르는 회색 방수포를 흘긋 곁눈질해 보고는 말을 이었다. "받아 적을 거 가지고 있어? 가서 이웃들에게 질문을 던져봐. 저쪽에 저 낡은 건물에 세들어 사는 사람들한테 말이야······. 저쪽에 호텔 부타 간판 보이지, 그 건물이야. ······거기 사람들이 뭔가 봤다면 봤을 거야. 나는 여기 있으면서 이쪽에 있는 작자들을 구워삶아보도록 할게. 은밀히 말이야. 서둘러, 자네가 맨 먼저 탐문하는 사람이 될 수 있어. 만약 경찰들이 다녀간 다음에 방문했다가는 그 사람들 아무 말도 안 해주려고 할 거야."

마지못해 쭈뼛거리며 아르노는 군중을 뒤로하고 나섰다. 가벼운 윗옷만 입은 터라 추웠고, 둥그렇게 모여 선 구경꾼들로 이루어진 따스한 고치 안에 그대로 들어가 있고 싶었다. "하지만 내가 어떻게 그래." 아르노가 항변했다. "그런 일은 해본 적이 한 번도 없어. 도대체 내가 무슨 권리로 그 사람들한테 탐문을 한단 말이야?"

그러자 르장드르는 두 팔을 떨치듯이 벌려 보이며 소리쳤다. "네가 사건에 관련되고 싶어 하는 줄 알았는데? 그냥 컴퓨터 앞에 죽치고 앉아 머리카락이나 쥐어뜯고 있고 싶은 거면 마음대로 해."

아르노는 입단속을 제대로 못 하고 자기 비밀을 누설해버린 게 후회스럽기 그지없었다. "하지만 사람들한테 내가 뭐라고 하지?" 아르노가 집요하게 굴자, 르장드르는 몸을 돌리기 전에 눈을 한 번 찡긋하여 대답했다.

"사립탐정이라고 말해줘. 사람들이 분명히 좋아할 거고, 또 자네도 생각할 거리가 생길걸."

아르노는 르장드르가 멀어져갈 때까지 서서 기다렸다. 그러고 나서 상의의 앞주머니를 뒤져 항상 몸에 지니고 다니는 수첩과 핀을 꺼내 들고, 공원 출입구를 향해 걸어갔다. 호텔 부타는 조금 더 높이 솟아 있는 건물이었고 르장드르의 말에 일리가 있었다. 공원의 이 지점을 내려다볼 수 있는 건 그 건물의 창문뿐이었다. 건물 전면에 낡은 호텔 간판 밑으로 공고문이 압정으로 박혀 있었다. '철

장밋빛 인생　119

거 예정 건물.' 하지만 공동 주거에 사람이 살고 있는 것은 척 보아도 분명했다. 로비에는 쓰레기통들이 넘쳐나서 아르노가 들어가지도 못할 정도였고, 우편함들은 하도 많이 망가뜨리고 우편물을 빼어가 아예 경첩이 덜렁거렸다. 우편함의 이름들은 전부 희미하게 바래 읽을 수가 없었다. 아르노는 이러한 세부 사항들을 수첩에 적었고 심지어 벽에 찍찍 그려진 뻘건 낙서 그림을 베끼기까지 했다. 그는 막연히 부끄러운 생각이 들었다. 상황을 틈타 이러한 리얼리티의 파편들을 주섬주섬 모아들이고 있다니, 좀도둑처럼 말이다. 그러다 그는 쓰레기통들 사이를 비집고 지나 위층으로 걸어 올라갔다.

  2층과 3층에서 초인종들을 울려보았지만 응답한 사람은 아무도 없었다. 한 집은 문 안에서 아기가 울어댔는데 아무도 문을 열고 나오지 않았다. 잠옷 차림의 조그마한 여자아이 하나가 그 옆집에서 빠끔히 문을 열었다. 아이의 머리카락은 열두 줄기나 되게 줄줄이 갈라서 쫑쫑 땋았다. 아이는 말없이 아르노를 지그시 쳐다봤지만, 아르노가 무슨 말을 미처 한마디 꺼내기도 전에 아기 어머니가 나타났다. 아이와 똑같은 모양으로 머리를 땋고 아이와 마찬가지로 말이 없이 과묵한 그녀는 딸아이를 안으로 끌어 넣으며 문을 닫았다. 아르노는 다시 층계를 올라가기 시작했다. 층계에서는 소변 냄새와 야채수프 냄새가 났다. 하지만 아르노는 더 이상 그걸 메모할 기분이 들지 않았다. 여자애와 그 어머니의 심각한 침묵을 수첩에 적어둘 마음이 나지 않은 것과 마찬가지였다. 잠시 아르노는 다시 내려가 돌아가서 르장드르에게 건물에 사람이 없더라고 말할까 하는 생각이 들었다. 하지만 그때 4층에서 문 열리는 소리가 났고, 아르노가 층계참에 올라서자 한 노인이 자기 집 문을 열고 서서 진지한 눈으로 내다보고 있는 것을 발견하게 되었다.

노인은 아르노가 오기를 기다리고 있었던 게 틀림없었다. 아니면 경찰을 기다리고 있었든지. 아마 그랬을 것이다. 왜냐하면 현관문 바로 옆에 놓인 주방 식탁에 과자 한 접시가 놓여 있고, 커피 얼룩이 진 잔 두 개도 같이 놓여 있었기 때문이다.

"안녕하십니까, 선생님." 아르노가 손을 내밀며 인사했다. "저는 저 아래에서 방금 발생한 범죄 사건을 수사하고 있는 사립 조사관입니다." 그러자 노인은 놀라울 만큼 부드럽게 아르노의 손을 잡아 흔들었다.

노인은 품이 큰 격자무늬 재킷을 걸치고 있었다. 공동 주거 안이 퍽 더웠는데도 그랬다. 그리고 챙 없는 모직 모자도 쓰고 있었는데, 금세 부끄러운 표정을 지으며 벗어 들었다. "이제는 모자를 쓰고 있다는 것도 깜박 모른다니까. 들어오시오, 들어와요."

아르노는 손에 수첩을 든 채 그냥 문간에 서 있었다. 수첩 겉표지를 펜으로 톡톡 두들겼다. "제가 시간이 많지 않아서 말씀입니다, 선생님. 이 건물에 사는 분들에게 전부 질문을 드려야 하거든요."

하지만 그러자 노인은 사정을 안다는 듯한 미소를 띠었다. 마치 아래 두 층에서는 아무도 아르노에게 문을 열어주지 않은 줄을 잘 알고 있는 듯했다. 그러고는 재차 말했다. "부디 들어오시지요."

아르노는 머뭇거렸다. 나중에, 아르노는 도대체 자기가 어떻게 노인이 무엇을 알고 있다고 짐작하게 되었던지 기억이 나지 않았다. 어쩌면 그저 그가 막 다시 사양하려 했을 때에 노인의 미소가 굳어지고 아르노의 눈을 똑바로 응시했기 때문에 들어간 것뿐이었는지도 모른다. 그래서 아르노는 고개를 끄덕이고 말했다. "5분만입니다." 그러고는 두 걸음을 떼자 그는 이미 거기에, 그 집 주방에 들어와 있었다. 늙은 개가 난방 기구 밑에서 자고 있었다. 노인의 재킷과 똑같은 색의 격자무늬 담요 위에 몸을 쭉 뻗고 잠든 채.

아르노가 손수 자기가 앉을 의자를 빼고 노인은 커피가 뜨거운지 확인하고 설탕 단지와 우유 한 잔을 식탁 위에 올려놓으며 주방을 왔다 갔다 하는데도 눈도 뜰 줄 몰랐다. 노인이 한마디 했다. "아직 애였지요, 그렇죠?"

"그렇습니다." 창 아래 공원의 나무들을 내다보면서 아르노가 대답했다. 그 나뭇가지 사이로 얼룩얼룩 보이는 색깔들은 구경꾼들이다. 노란색 경찰 저지선에 바짝 다가들어 있었다. "레일라 M이라고, 열일곱인가 열여덟 살 먹은 아가씨라고 그러더군요. 사인은 교살이고요." 아르노는 사립탐정인 척한 만큼, 사립탐정은 그럴 거라고 생각되는 대로 중립적인 어조로 말하려고 노력했다. "교살이라는 얘기는 목이 졸려 죽었다는 거지요, 아시죠?"

노인은 등을 돌린 채였다. 두 손은 개수대에 담그고 있었다. 기계적인 동작으로 스푼과 나이프들을 수도꼭지 아래에 대고 씻었다. 노인은 한마디도 말이 없었다.

"이 근처에서 자라난 아가씨 같더군요." 아르노가 말을 이었다. "몇 달 동안은 인근에 주거하지 않았다고 합니다만, 분명히 그녀를 기억하는 사람이 몇은 살고 있을 것 같아서요. 말하자면 노인장도 말씀이죠, 그 아가씨를 아십니까? 혹시라도요?"

노인은 여전히 두 손을 개수대에 두고 있었다. 식기들을 수도꼭지에 대고 씻는 일을 마치 끝도 없이 기나긴 시간 동안 계속하고 있는 것 같았다. 그래서 아르노는 혹 물소리 때문에 못 들었나 하여 다시 한 번 더 큰 소리로 물어보았다. "그녀를 아십니까, 혹시라도 말입니다만?"

노인은 그대로 고개를 수그린 채였지만, 한 손을 뻗어 물을 잠갔다. 마침내 노인이, 하지만 아직도 돌아보지는 않은 채로, 입을 열었다. "그래요, 선생. 그 애를 압니다. 난 정말 그 애를 아주 잘 알지요. 그 애를 내 딸처럼 사랑했답니다."

아르노는 한동안 먹먹히 말을 못했다. 그는 자기를 이 상황에 몰아넣은 르장드르를 속으로 욕했다. 다그쳐서 말을 하게 만들거나 잘못을 나무라며 닦아세울 줄 모르는 것이나 매한가지로 그는 상대방을 위로할 방법도 전혀 몰랐다. 그리하여 노인이 마침내 몸을 돌려서 개수대에 기대 설 때까지 그는 아무 말도 못하고 있었다. 노인은 손등으로 눈물을 훔쳤다. 아르노는 결국 어색하게 쩔쩔매며 다시 말했다. "아마 고통은 받지 않았을 겁니다, 아시겠죠. 더 이상 숨을 쉴 수 없게 되어서 숨졌을 테죠. 그리고 경찰들이 있으니까 말씀입니다, 경찰들이 그 짓을 저지른 나쁜 자식을 찾아낼 겁니다. 걱정 마세요, 범인들은 짐승 같은 놈들이지만 결국에는 늘 붙잡히게 마련이니까요."

노인은 고개를 들고 아무런 대답 없이 아르노를 지그시 바라보았다. 커피포트를 집어 들어 식탁으로 가지고 와서 두 개의 잔에 따랐다. 그러고는 아르노 맞은편에 앉았다. 늙은 개 바로 옆이었다. 노인은 개의 귀 뒤를 한참이나 긁어주고 있었다. 그러다가, 지금 막 결정을 내리기라도 한 듯이, 노인은 자리에서 일어섰고 두 손을 식탁 위에 짚고는 말했다. "내가 이야기 하나 들려드리지요."

2

아시겠소, 선생? 앞으로 두세 달이면 이 건물은 산산이 쪼개어 무너뜨리게 됩니다. 난 이 건물을 볼 때마다 그 생각을 하지요. 길모퉁이를 돌아올 때마다, 이 낡은 벽들이 여전히 서 있는 것을 보면 마음이 반가워요. 이어서 3층의 연세 지긋한 부인이 화분에 심은 제라늄이 보이지요, 그 꽃들도 이 건물만큼이나 유서가 깊다오. 그 부인은 화분에 핀 꽃들을 잘라다가 물을 넣은 유리잔에 꽂아놓아요. 그 부인 집 주방에는 온통 꽃이랍니다. 여름 한 철 동안에는 그 꽃들과 이웃들의 창밖에 내다 말리는 빨랫감들 덕택에, 마치 이탈리아의 거리인가 싶어요. 나 혼자 속으로 뇌까리는 생각입니다. 아시겠소, 비록 내가 이탈리아에 가본 적이 한 번도 없지만 말이에요. 거리에서 이 건물을 바라볼 때마다 나는 행복하고 마음이 푸근해졌소. 혹시 철거반 사람들이 불도저를 몰고, 잭해머를 들고 정해놓은 날짜보다 먼저 오기라도 할 것처럼, 그래서 우리 집이 싹 없어지고 부서진 돌조각만 무더기로 쌓여 있기라도 할 것처럼 말이오. 여기에다 소위 그 '레지던스'라는 것을 짓는다고 합디다. 아시지요, 젊은 사람들에게 엄청난 돈을 받고 팔아치우는 그런 고급 건물들 말입니다. 여기에서 공원의 나무들이 내다보이기 때문에 그렇게 비싸답니다. 나무들이 보고 싶으면 시골에 가서 살면 될걸 말이오. 20년 전에는 여기가 호텔이었어요. 아직도 건물 앞에 호텔 간판이 그려져 있는 걸 보실 수 있을 거요. 그랬다가 안에 벽을 더러 허물어서 객실을 공동 주택으로 개조했지요. 욕실 하나를 다른 집 네 집과 함께 쓰고, 화장실은 바깥 층계참에 있어도 상관없다는 사람들에게 임대해주려고 말이오. 그래요, 나나 레일라의 어머니 같은 사람들에게 세를 줬지요.

하지만 나는 사람들이 아무 경고도 없이 건물을 허물어버릴까 봐서 항상 걱정이 돼요. 그래서 밖에 나갈 때는 나에게 가장 중요한 물건들을 가방에 넣어서 들고 다니지요. 서류들이랑, 그간 모아놓은 돈이랑, 손목시계랑…… 나는 시계를 차는 걸 좋아하지 않거든요. 사회보장 카드하고, 어머니가 내게 쓰신 편지 몇 통하고, 그리고…… 이 사진들입니다. 그게 레일라예요. 한번 보시구려. 레일라는 슈퍼마켓에 있는 자동 사진 기계에서 이 사진들을 찍었다오. 열다섯 살 생일날에 나에게 준 거예요. 얼마나 예쁜 아이인지 보니까 아시겠지요. 레일라의 아버지가 누군지는 아예 처음부터 아무도 몰랐소. 그 애 어머니는 결혼을 해서 다른 아이들 셋은 결혼 후에 낳았지만 레일라는 말이고, 애 어미가 밖에 나돌아 다니며 한창 재미를 보던 시절에 가진 아이였소. 그 애가 어디에서 잉태되었는지는 누군들 알겠소, 그리고 그 애가 태어난 곳 역시 누군들 짐작하겠소. 길거리에서였다오. 아이가 세상이 보고 싶어 안달이 났던 게지. 이웃들이 구급차를 불러줄 시간도 없었다오.

레일라는 오랫동안 그 일을 부끄럽게 생각했어요. 거리에서 태어났다는 걸 말이오. 동네 아이들이 알고 있었거든. 아이들은 항상 모르는 게 없다오. 그러니 그 애들이 레일라를 놀리고 괴롭혔다는 거야 자명한 일이지. 그러다가 하루는 내가 아이의 손을 잡고…… 아이 어미가 나에게 레일라를 좀 봐달라고 부탁하는 일이 많았거든. 레일라가 조그만 어린애였을 무렵에 말이오. 그래서 곧잘 우리 집에 와 있곤 했다오. ……그래서 내가 그 애 손을 잡고 벨르빌 거리로 데리고 가서 72번지에 박혀 있는 대리석 명판을 보여줬어요. 피아프가 태어난 곳이지, 아시겠지요. 여기서 5분 거리예요. 그리고 그런 다음에 그 애를 도서관으로 데리고 가서 피아프가 얼마나 위대한 여성이었는지 가르쳐주었소. 책들을 보여주고, 피아프의 노래도 듣게 했지. 레일라가 헤드폰을 쓰고 있는 모습은 마치 조그만 생쥐 같았소. 그 애가 그러니까…… 다섯 살인가 여섯 살밖에 안 되었을 때예요. 우리 집에나 그 애 어머니 집에는 전축이 없었거든요.

그 애와 마찬가지로 길거리에서 태어난 피아프의 이야기는……

그 애한테 좋은 보루가 되어주었어요. 그런데 한편으로는 나쁜 것이기도 했다오. 왜냐하면 레일라는 단박에 앞으로 가수가 되겠다고 결심했기 때문이에요. 그리고 그 앤 귀엽고 좋은 목소리를 가지고 있었지요. 레일라는 그때부터 언제든지 계속해서 노래를 부르기 시작했소. 그 애 집에서 아이가 감당이 안 되니까 레일라는 곧잘 우리 집에 와 있곤 했어요. 그 집에는 나머지 애들 셋이 꽥꽥 소리를 질러대는 판이니 말이지. 레일라가 노래 가사를 써온 종이를 나한테 주면 나는 그 애가 틀리게 적은 데는 없나 살펴봐줘야만 했다오. 내가 말입니다. 글자를 거의 알지도 못하는데요. 날씨가 좋을 때엔 우리 둘이 공원으로 내려갔지요. 바로 옆이니까요. 나는 담요 쪼가리를 가져다가 나무 아래 깔고 내가 만든 음식을 그 애한테 먹으라고 주었어요. 보통 샌드위치였지요. 치즈 샌드위치나 닭고기 샌드위치요. 그리고 때로는 그 애가 코카콜라를 사오려고 가까운 프랑프리_{프랑스의 식료품점 체인}로 쪼르르 달려가기도 했소. 그 시절이, 내가 그 아이가 노래 부르는 것을 듣던 그 시절, 꽃향기가 주위에 물씬 풍겨나고, 담요 자락 위에 쭉 뻗고 누워서 잇새에 풀잎 한 가닥을 질경이고 있던 그때가 말이오……. 때로는 레일라가 너무나 나지막이 노래 불러서 나는 잠이 들기도 했어요. 그래요, 선생, 정말 그때였어요. 그때가 내 일평생 가장 좋았던 시절이랍니다.

그 애 집에서 아이에게 노래 수업을 시켜줬어야 했을 겁니다, 물론 해줘야죠. 그리고 악기 다루는 법도 교습을 받게 하고요. 하지만 그 집에는 노래든 악기든 가르칠 만한 돈이 없었어요. 한동안은 레일라가 자기가 거리에서 노래를 불러서 돈을 마련해야겠다고 생각했습니다. 특히 여름에 메닐몽탕 인근의 도로변 카페에서 노래를 부르자고 말이에요. 그리고 거기 갈 때도 내가 같이 갔습니다. 그 애가 무사히 노래를 부르게 지켜보았죠. 나는 접는 의자를 들고 가서 이제 집에 갈 시간이다 싶을 때까지 담배를 말고 앉아 있었죠. 그래요, 선생도 보시면 아시겠지만 난 평생 자식이 없었다오. 그러니까 자연히 그 애가 마치 내 딸처럼 되었어요. 거의 내 딸이나 다름없었지. 그 애 어머니는 다른 세 꼬마들을 돌보느라고 늘 정신없이 바빴으니까. 하지만 레일라는 노래나 악기 교습을 받을 만큼의 돈은 도저히 모을 수가 없었어요.

그 아이가 자라자 상황이 더 곤란해졌지요. 열네 살 나이에 그 애는 계속해서 쉬지 않고 자기 이름을 바꾸기 시작했어요. 무대명을 찾겠다면서 말이오. 그 애는 도서관에 몹시도 자주 다녔소. 처음에는 나와 같이 가다가 나중엔 혼자서 갔지. 거기에서 그런 이름들을 다 알아 온 거예요. 가수들의 이름과 오페라 여주인공 이름들을요. 코르넬리아, 아이다, 도라벨라. 게다가, 그때는 아주 조심해야 했어요. 부를 때 실수를 하면 안 됐거든. 그 애가 요즘 하겠다고 하는 이름과 전의 이름을 헷갈렸다간 말이오, 그랬다간 무척이나 화를 냈지. 마치 저와 싸웠던 사람 이름을 꺼내기라도 한 것처럼 화를 냈다오. 하루는 내가 그냥 실없는 말로 그 애를 보고 넌 꼭 양파 같다고 말한 적이 있었소. 한 꺼풀 한 꺼풀 벗기는 게 아니라 반대로 한 꺼풀 한 꺼풀 덧입는 양파요. 그랬더니 그 말을 듣고는 일주일 동안

나하고는 말도 안 했어요. 아마 그 애가 정말 그렸던 것은 자기 진짜 생부의 이름을 다는 거였을지도 모르겠소.

그 애는 가수가 되겠다는 생각을 붙들고 매달렸어요. 부모는 그런 얘긴 들으려고 하지도 않았지요. 당연해요, 부모가 원하는 건 급료를 많이 주는 제대로 된 직장을 구하는 거였으니까. 하지만 그 애는 절대 양보하지 않았소. 그러다가 그 생각에 혼자 취하기 시작했어요. 그런데 그건 내 잘못이기도 하지요. 내가 늘 그 애를 부추겨놓았으니까. 그 1~2년, 그 애가 열넷에서 열다섯 살이던 그 시절…… 그 시절이 최악이었어요. 레일라는 이제 학교도 안 나갔어요. 우리가 그 사실을 알게 된 건 순전히 우연이었지요. 그 애가 학교에서 보내는 통지문을 가로채고 자기 어머니 서명을 흉내 냈거든. 그 애의 의붓아버지가 아이를 두들겨 패서 다시 학교에 나갔는데, 그것도 길지 않았소. 그 애는 계속해서 수업을 빼먹었어요. 아침에는 책가방을 메고 나갔지만 온종일 거리에서 노닥거렸지요.

집에서 상황이 워낙 험하게 돌아가다 보니 그 애는 때때로 여기 와서 자게 되었소. 그게 점점 더 잦아졌지. 부모는 레일라가 어디 있는지를 아니까 안심을 했고요. 나는 레일라에게 내 방을 내주려고 했는데, 그 애가 싫다고 했소. 제 스스로 거실 소파에다 잠자리를 만들었지요. 저기 저 소파예요. 그 애는 밀로를 발치에 두고 함께 잤어요. 그 애는 나를 성가시게 하고 싶지 않다고 말했지만 내가 생각하기에는 주로 내가 못 듣게 마음대로 들락날락할 수 있어서 그랬을 거요. 나는 이렇게 늙어서 귀가 점점 잘 안 들려요. 그러니 그 애를 감시한다는 게 쉬운 일이 아니었소. 이제는 조그마한 어린애도 아니었고 말이오. 그리고 거기에 또, 나는 그 애를 심하게 야단 칠 배포도 없었어요. 그 애가 떠날까 두려웠소. 진짜 친부모가 아닐 때는 그렇게 되는 법이지요. 차마 너무 엄하게는 할 수가 없는 거예요. 그리고 그러다 보니 나중에는 그 애가 며칠씩이나 어딜 가서 안 들어오기 시작했소. 우리는 그 애가 어디로 갔는지 알지도 못했어요. 나는 그 애가 안 좋은 패거리와 함께 다니고 있구나 하는 직감이 왔어요. 아이가 집에 왔을 때 입에서 담배 냄새가 나는가 하면 심지어 술 냄새도 풍겼거든. 하지만 말이지요, 선생님, 그 애는 여전히 노래하기를 좋아했어요. 그래서 나는 나 자신을 타일렀소. 노래가 저 애를 구할 거라고. 나는 항상 생각하기를 결국에 가서는 노래가 그 애를 최악의 상황에서 건져낼 거라고 생각하고 있었답니다. 얼마나 순진하고 어리석었던지!

1년 전쯤, 레일라는 나에게 텔레비전에서 일하는 사람들을 만났다는 이야기를 하기 시작했어요. 그 애 말로는 자기 같은 젊은 아이들이 가수나 배우가 될 수 있게끔 도와주는 쇼 프로그램들이 있다는 거였소. 그리고 되는지 안 되는지 거기에 도전해보겠다고 했어요. 그러면서 생전 처음으로 나에게 돈을 좀 달라고 그랬지요. 옷하고 신발을 살 거라고. 오디션에 입고 가게요, 그 애가 그랬답니다. ······그 단어를 나에게 가르쳐준 게 그 애지요. 오디션. 그 애는 오디션이 파리 교외에서 열리고 자기는 여자 친구의 집에서 묵을 거라고 했소. 그 여자 친구도 무대에 서려는 꿈을 가진 아이라고요.

그 애는 바로 선생이 앉아 있는 그 자리에 앉아서 나에게 말을 했다오, 밀로의 대가리를 무릎에 얹히고, 아주 꼬맹이일 적에 하기 좋아했던 식으로 녀석의 귀를 잡아당기면서요. 그때에 우리는 이미 건물이 철거된다는 걸 알고 있었소. 그래서 그 애가 나에게 말하길 자기가 유명해지면 정원이 딸린 큰 집을 살 거고, 그러면 그 집에서 나에게 방을 주고 개에게는 바구니를 줄 거라고 그랬소. 그래요, 그 애가 그렇게 말했단 말이에요. 그러더니 소파에서 자도 되느냐고 하기에 물론 나는 그러라고 했어요. 내가 잠자리에 들 때 그 애는 나에게 뽀뽀를 했어요. 그 애가 말하길 계속 연락은 드리겠다고, 왜냐하면 자기는 오디션이 끝나도 텔레비전 스튜디오가 있는 그 동네에 몇 달 묵고 있게 되기가 쉬우니까, 그렇게 이야기를 하더군요. 레일라는 웃고 있었어요. 나는 그 애가 그렇게 웃는 웃음소리를 정말 한참 만에 들었지요. 다음 날 아침에 일어나 보니 아이는 이미 가고 없었어요.

 나는 그때 바로 그 애가 오랫동안 안 오겠구나 하고 깨달았소. 그 애는 새벽같이 자기 집에 가서 어머니 지갑에서 돈을 좀 훔쳐 가지고 갔던 거요. 식구들은 다들 자고 있을 때. 그 집 사람들은 아이들 중 누가 문을 잠그지 않고 열어놓아서 누군가가 몰래 들어왔던가 보다고 생각했소. 나는 암말도 않고 가만히 있었지요. 하지만 난 그 애 짓이라고 확신했어요. 전에는 한 번도 무엇을 훔친 적이 없는 애였지만 말이에요. 나는 마음이 상했소. 그 애가 한 짓 때문에 속상했다기보다 그렇게 한 걸 보면 그 애가 앞으로 오랫동안 돌아오지 않을 것이기에 그게 더 속상했지요. 그리고 내가 나 스스로 이르기를, 내가 그 애한테 돈을 좀더 넉넉히 주었더라면 도둑질을 하지 않아도 됐을 텐데 싶었기 때문이기도 해요.

　나는 날마다 저녁이면 피아트 가 길모퉁이에 있는 사미르네 식품점에 가서 시간을 보내기 시작했어요. 사미르네에는 가게 뒷방에 텔레비전이 있는데, 사미르가 손님 상대를 하는 동안에는 내가 아무 채널이든 보고 싶은 대로 돌려 봐도 되었거든. 나는 레일라가 얘기했던 쇼 프로그램들을 전부 보았다오. 젊은 사람들이 보는 그런 쇼 프로그램들 말이오. 유명해지고 싶어 하는 아이들이 그렇게나 많은 줄 이전에는 생각도 못했어요, 그리고 그걸 알게 되자 레일라가 걱정되었소. 그 애가 목소리 좋고 인물도 아주 잘난 건 사실이지만, 그러고 보니 세상에는 목소리 좋고 인물도 축날 것 없이 예쁘고 잘난 다른 아이들이 참 많기도 했어요. 나는 그런 것 하자고 레일라가 인생 망치는 일은 없기를 바랐소. 걱정하기 말고 그냥 돌아왔으면 싶었지요. 그로부터 1년이 흐르는 동안에 그 애한테서 엽서가 다섯 장 왔답니다. 보세요, 저기 벽에 붙여놓은 저 엽서들이에요. 그 애는 엽서마다 똑같은 문구를 썼다오. 똑같든가 거의 비슷하게 썼지요. '전 잘 있어요, 할부지. 사랑해요.'

　어느 날 저녁에는 쇼 프로그램에 정말로 그 애가 비친 것 같았어요. 거의 확실하다고 난 생각했죠. 그때쯤에는 내가 이미 희망을 잃어서, 사미르네 가게에 계속 갔던 건 그저 더 이상 혼자 집에 있는 게 습관이 되지 않아서 그랬던 거였소. 레일라가 잠깐 들를 가망도 이젠 거의 없다 보니 더더욱 그랬지요. 내가 화면에서 본 여자애는 무대에 고작 몇 분 선 것뿐이고 노래를 다 마치지도 못했어요. 그 애는 자기 이름을 올랭피아라고 했지만 그거야 신경 쓸 거리도 안 되죠, 아시겠죠. 무척 진한 화장을 했더군요. 눈꺼풀은 은색으로 칠하고 입술은 새빨갛고, 여기에서는 엄두도 못 냈을 화장을 하고 나왔어요. 반짝이는 드레스를 입고요. 무척 짧았지요. 저렇게 짤막한 옷을 사자고 돈을 많이도 들이지. 그런 생각을 했던 게 생각나는군요. 하지만 그 여자애의 목소리는 레일라 목소리 같았어요. 그리고 그 애가 부른 노래는 피아프의 노래였소. 그건 특이한 일이었지요. 다른 아이들은 더 요즘의 노래를 골라서 불렀으니까요. 왜, 젊은 사람들이 가로등 아래 차를 대고 차창을 내리고 있을 때나 자기 방 창문을 닫지 않고 열어놔서 꽝꽝 울려 나오곤 하는 그런 노래들 있지 않소. 나는 그 여자애 얼굴을 자세히 볼 틈이 없었어요. 너무 빨리 지나가서 말이에요. 나는 고함을 쳐서 사미르를 불렀지요. 그게 정말 레일라인지 사미르가 봐줄 수 있지 않을까 해서요. 하지만 그 사람이 왔을 때는 이미 화면이 넘어간 뒤였지요. 사미르는 손님을 상대하고 있었거든요.

그로부터 몇 주가 지나도록 나는 그 쇼를 계속 보았지만, 그 여자애는, 레일라는, 다시는 나오지 않더군요. 나는 몇 달 동안이나 희망을 품고 있었어요. 그때 그건 첫 라운드였을 뿐이니까 대회가 진행되면 언젠가는 그 애가 다시 출연하게 될 거라고 계속 혼자 생각하고 있었지요. 하지만 나오지 않았답니다.

몇 달 뒤에 소문이 돌았어요. 누군가가 레일라를 술집에서 봤다고 그랬어요. 술집이라기보다 여자들이 춤추는 나이트클럽이라는데, 그러더니 또 다른 누가 자기도 봤다고 그러고, 이어서 또 누구 봤다는 사람이 나오는 거예요. 그 사람들은 그게 진짜로 레일라라고 장담을 하더군요. 매주 토요일마다 거기서 춤을 춘다고요. 피갈 근처 업소에서요. 그러더니 '엿보기 쇼'라는 말을 입에 올리는 거였습니다. 난 그때까진 엿보기 쇼라는 게 뭔지도 몰랐어요. 그때쯤 해서 레일라네 가족이 이사를 나갔지요. 어디로 가는지 주소도 안 남기고요. 동네에 자기네 딸이 남자들 눈앞에서 벗고 춤춘다는 얘기가 도는 게 창피해서 이사 간 건지 뭔지 난 모르겠어요. 그 애 어머니가 그냥 말도 없이 우리 집 문 앞에다 딸의 소지품을 담은 상자를 놔두고 갔더군요. 그 물건들은 아직 저기 있습니다. 내 침실에요.

이제 내 이야기는 별로 남은 게 없습니다. 하루는 내가 거길 갔지요. 왜 갔는지 모르겠어요. 그게 레일라가 틀림없다고 생각했으면서 말이에요. 텔레비전 화면 속 유명해지기 위한 관문에서 피아프의 노래를 부르던 여자애를 보고 그게 레일라가 맞다고 확신했던 것만큼이나 분명히 그 애라고 생각하고 있었는데. 하지만 나는 그 애를 직접 내 눈으로 봐야만 했어요. 그 애에 대한 소문은 가면 갈수록 끈질기게 들려와서 나는 어디를 찾아야 할지 기본적으로 알고 있었지요. 나는 몇 주를 끌었어요. 용기를 그러모을 시간이 필요했죠. 그러다가 마침내 어느 날 밤 자정쯤 해서 피갈행 버스를 탔습니다. 많이 찾아다닐 필요도 없었어요. 클럽들 중 한 곳의 입구에 그 애의 사진들이 붙어 있더군요. 나는 그 사진들을 오래도록 들여다보았어요. 너무 오래 들여다보고 있었기에 문을 지키는 사람이 짜증이 나서 그러더군요. "이봐요, 영감님. 발에 뿌리가 돋치겠습니다. 들어올 거예요, 말 거예요?" 몇 장의 사진에서는 레일라가 허벅지와 가슴골이 트인 드레스를 입었고, 다른 사진들에서는 거의 벌거벗은 모습이었죠. 나는 그 애가 아기였을 때나 조그마한 어린애였던 시절에 몸을 씻겨주곤 했어요. 그 애의 벗은 몸을 보았다고 심란하거나 하지는 않았지요. 하지만 그 사진들 중 단 한 장도 웃음 짓고 있는 사진이 없는 겁니다. 입술에 바른 립스틱이 마치 얼굴을 쭉 가로질러 그어진 상처 같았어요. 건강하고 통통하던 볼살은 간 곳이 없었고, 검은 눈은 정말 퀭하니 커다래 보였습니다. 입구 지키는 사내가 말을 했을 때 나는 불시에 기습을 당한 거였죠. 몇 달이나 그 애를 못 보고 지냈던 터라 그 애 얼굴을 보지 않고 견딜 수가 없었어요. 그래서 그 사람이 "이봐요, 영감님" 하고 말을 했을 때 나는 "그래, 얼마요?" 하고 물었고, 지갑 속을 더듬어 입장료를 지불했어요.

그 소위 '엿보기 쇼' 업소 안에 들어갔더니 캄캄하더군요. 그리고 땀내가 풍겼지요. 음악은 무척 시끄러웠어요. 우리 동네에 있는 술집 중에서도 제일 형편없는 술집에 들어간 기분이었소. 나는 거기 사람들이 들어가라고 가리켜준 방 문가에 서 있었어요. 남자들이 계속해서 들어오면서 서로 밀치락달치락하고 있었죠. 덥더군요. 그러고 보니 모자를 그대로 쓴 채였어요. 그래서 모자를 벗었습니다.

처음 보인 아가씨는 금발에 반들반들한 분홍색 슬립을 입고 있었습니다. 춤을 못 추는데도 남자들은 휘파람을 부르고 고함을 치고 야단법석이었지요. 개중에는 아가씨에게 손을 대려는 자들도 있었지만 무대 가에 힘깨나 쓸 것 같은 덩치들이 지켜서 있었어요. 그 뒤로는 오래 기다릴 필요가 없었습니다. 왜냐하면 바로 그다음 아가씨가 레일라였으니까요.

그 사내들의 눈앞에서 그 애가 어떻게 춤을 추었는지는 이야기하지 않으렵니다. 가엾게도 유린당한 우리 불쌍한 레일라가. 난 거기에 오래 있지 않았어요. 하이힐을 신고 무대를 두세 번 왔다 갔다 하는 그 애의 얼굴을 볼 만큼만 있었지요. 그 애가 그런 엉덩이를 살랑대는 걸음걸이를 하는 건 본 적도 없었는데요. 그런데 내가 나가려고 모자를 쓰는데 바로 그때, 아마도 모자 쓰느라고 움직였기 때문에 그 애의 주의를 끌었던 것이겠지요, 그 애가 나를 보았습니다. 그 애는 춤을 멈추지는 않았지만 그때까지는 머리 위로 쳐들었던 팔을 그만 축 늘어뜨렸죠. 그리고 발을 삐끗하고 말았어요. 나는 그 애의 입매가 고통스럽게 앙다물어지는 것을 보았어요. 하지만 거기까지뿐 더 이상은 못 봤습니다. 왜냐하면 난 이미 돌아서고 있었고, 뒤돌아보지 않고 떠나왔으니까요.

나는 내가 본 것을 아무에게도 말하지 않았어요. 아무도 나에게 물어보지 않았지만, 아마도 많은 사람들이 내막을 알았을 겁니다. 그 후로는 사미르네 가게에 다시는 텔레비전을 보러 가지 않았으니 말이지요. 개 산책을 시킬 때나 먹을 것을 살 때만 밖에 나갔지요. 그 나머지 시간 동안은 여기 우리 집 부엌에 앉아서 보내고, 생각을 하지 않으려고 애썼습니다. 건물이 산산이 철거되고 나면 어디로 가야 할지도 이젠 더 이상 신경이 쓰이지 않았어요.

나는 그 애가 찾아올 거라고는 생각도 안 했습니다. 엿보기 쇼 업소에서 그 애가 나를 딱 알아봤을 때의 표정으로 봐선 도저히 그럴 것 같지 않았거든요. 내가 그 애의 얼굴에서 볼 수 있었던 것은 지겨움과 새롭게 깃든 억센 낯빛, 그리고 발목을 접질렸을 때 확 일그러진 아픔이 다였습니다. 그뿐, 신나는 표정이나 또는 잃어버린 꿈에 대한 서글픈 표정 같은 것은 보이지 않았어요. 그래서 난 스스로 그 애가 그런 것들은 전부 옛일로 제쳐둔 거라고 타일렀습니다. 그랬는데도, 어느 날 밤 우리 집 문을 두드리는 소리가 났을 때, 아주 늦은 시각이었지만 나는 그게 그 애라는 것을 단박에 알아차렸습니다. 나는 소파에서 잠들어 있던 참이었지요. 그 애가 떠난 후로 주로 거기서 잠을 잤거든요. 마치 나 스스로 그 애가 바로 저 방문 안에 있다는 환상을 가지려는 것처럼 말이지요. 나는 우선 얼굴에 물을 좀 끼얹어 정신을 차리고 나서 문을 열어주었습니다.

레일라는 안색이 창백했어요. 그래서 난 그 애가 복도 맞은편 문을 먼저 두드렸던 거로구나 바로 깨달았지요. 그 애의 가족이 살았던 집 문을 말입니다. 식구들이 이사 나간 후에 그 집에는 세입자가 들어오지 않았어요. 건물이 철거 예정이었으니까. 하지만 사내들 둘이 거기 들어와 터 잡고 살았지요. 초를 켜서 조명을 삼고 석탄난로 하나를 갖고 들어와서 난방을 하면서요. 그자들은 온종일 술을 마시고, 피레니 가의 모노프리 슈퍼마켓 앞에서 구걸을 하지요. 여기서 좀 멀찍이 올라가면 있어요. 자고 있는 걸 그 애가 깨워놓은 게 틀림없어요. 왜냐하면 둘 중 손아래인 턱수염 있는 사내가 문을 반쯤 열고 서서 우리를 보고 있었거든요. 레일라가 들어오고 나서도 문 닫는 소리는 안 났지요. 그놈이 거기 서서 레일라가 다시 나오기를 기다리고 있는 게 틀림없었어요.

아, 그래요. 선생이 지금 무슨 생각을 하는지 알겠습니다. 그놈이 레일라를 기다렸다가 공원까지 뒤쫓아 갔고, 거기에서 일어난 일이 일어났다고 생각하고 있는 거죠. 하지만 그건 틀렸습니다.

그 아이는 내가 들어오라고 할 때까지 안으로 제대로 들어오지도 않고 서 있었어요. 낯선 일이었지요. 그 얼굴에 뒤섞여 있는 수치와 분노의 표정은요. 비난할 테면 해보라고 도전을 하는 듯이 나를 쳐다봤죠. 나는 그 애 키가 더 자란 걸 알아차렸습니다. 어쩌면 하이힐 때문이었을지 모르죠. 어쩌면 말라서 그래 보였을지도 모르고요. 그 애는 예전에 보던 재킷을 걸치고 있었는데 작은 새처럼 여위어서 옷이 헐렁하게 따로 놀았어요. 그 애는 긴 의자에 앉아서 묘한 미소를 띠고 나를 쳐다보았습니다. 나는 단박에 알아차렸죠. 뭔가 했구나. 그 애는 술 한두 잔 마신 정도가 아니라 좀더 센 것에 취해 있었어요. 그리고 그 또한 생소한 일이었습니다. 그 애는 나를 쳐다보더니, 조금 있다가는 나를 뚫고 그 너머를 보는 것 같더군요. 내 얼굴에 다시 눈의 초점을 맞추려고 애를 써야만 했어요. 집게손가락으로 자기 코를 문지르더니 말하더군요. "이사 갔네요."

그 애의 목소리도 그 애의 얼굴과 같았습니다. 똑같이 거칠었어요. 갈린 듯이……. 까칠하다거나 걸걸하다고 말해야 하겠지만, 그냥 그런 게 아니었지요. 그 애의 얼굴이나 목소리나 둘 다 딱딱한 바닥에 질질 끌려다녀서 원래의 부드러움은 전부 잃고 만 것 같았어요. "그래. 두 달 전에 갔다." 내가 말했습니다. "하지만 어머니가 네 물건들은 남겨뒀단다. 내 방에 있다. 내가 갖다 주련?"

그 애는 무심하게 어깨를 으쓱했어요. 그런 것 따위 하나도 중요하지 않다는 것처럼요. 그 애는 그런 식으로 입가에는 반쯤 웃음을 띠고 멍하니 정신 못 차리는 표정을 하고서 소파에 축 늘어져 앉아 있기만 했습니다. 머리카락 한 가닥을 손가락으로 꼬면서요.

"레일라, 돌아오렴. 우리 집 침실에 묵어도 되니까. 얼마든지 그래도 돼. 나는 이제 거의 거실에서 잔단다. 네 짐을 가지고 오는 건 원한다면 내가 가서 도와주마. 지금 당장 가도 되니까 말이다."

그 애는 웃었습니다. 기쁜 기색은 전혀 없는 웃음소리였지요. 그리고 나는 그 애가 떠나기 전날 밤을 기억했습니다. 그 애가 없는 동안 행운의 부적처럼 내 귓속에 간직했던 그 행복한 웃음소리를 말입니다. "그래서 뭘 어쩌라고요? 네?" 그 애가 대꾸했습니다.

나는 시선을 내렸습니다. 그렇게 늙고 힘없고 또 어리석어진 기분을 느껴본 일이 없었어요. 하지만 그래도 힘을 내어 계속 말해보았습니다. "다시 노래를 시작하면 되지. 사미르가 주말에 계산대를 맡아 볼 사람을 구하고 있더라. 나한테는 너무 집 안에만 있지 않고 더러 나가 있는 게 몸에도 좋을 거고, 또 노래 수업에 돈을 대는 데

보탬도 되겠지. 그 정도면 네가 충분히 시작해볼 수 있지 않겠니."

그 애는 다시 웃음을 터뜨렸습니다. 소파 등받이에 머리를 대고 깔깔 웃더군요. 그러더니 이렇게 말했습니다. "아니요, 할아버지, 이미 끝났어요. 내 목소리는 끝장났어요. 들으시면 모르세요? 옛날 목소리는 이미 간 곳이 없다고요. 끝나버렸어요. 아주 땡이에요."

그 애가 나를 또박또박 '할아버지'라고 부르는 걸 듣자 가슴이 미어지더군요. 왜냐하면 '할부지' 하고 부르던 때 같은 다정한 기색이 조금도 없었기 때문이에요. 그 애의 어조는 못 참아주겠다는 듯한, 야단치는 듯한 소리였어요. 애들이 저 공원 앞 작은 공터에서 축구를 하면서 거기를 내가 빨리 안 지나가고 꾸물거린다고 생각할 때 핀잔주는 목소리 같았지요. 정말 가슴이 아팠습니다. 그러고 나서는 화가 났어요. 그건 또 그 애가 그렇게 소파 위에 인형처럼 널브러진 채 때때로 무릎을 긁고 코를 긁으며 만사가 귀찮은 듯이, 세상 아무것도 아무 상관 없다는 듯이 그러고 있는 모습을 보아서 가슴 아픈 것이기도 했지요. 나는 그 애 옆에 앉았습니다. "목소리가 그렇게 쉽게 사라져버리지는 않아." 내가 말했습니다. 사실은 문을 열었을 때에 나 역시 속으로 똑같은 생각을 했는데 말입니다. 그 갈린 듯한, 완전히 마모된 목소리가 그 애인 줄 알아듣지도 못했는데요. "그건 네가 오랫동안 목소리를 가다듬지 않아서 그런 거란다. 내가 허브 차를 끓여주마. 레몬과 꿀을 넣어서. 그리고 사미르가 감기약으로 팔고 있는 가루 있잖니, 두고 봐라, 그거면 목소리가 원래대로 되돌아올 거야."

하지만 그 애는 그저 두 눈을 감고 성난 표정으로 고개를 저을 뿐이었습니다. 그리고 내가 뺨에 늘어진 머리카락 한 가닥을 걷어주려고 손을 내밀자, 그 애는 못 참아 하며 대번에 내 손을 밀어버렸습니다. "아니에요. 내 목소리는 끝났어요. 모르시겠어요? 다 끝장났다는 걸. 아, 나 좀 가만둬요."

그 애는 자기가 힘세다고 생각했지만 사실 그렇게 힘이 세지 못했어요. 그 애는 내 손을 원대로 떨쳐버릴 수도 없었고, 나는 그냥 그대로 그 애의 뺨 가까이에 손을 두었습니다. 그 애가 좀더 짜증을 내면서 "그만해요" 하고 밀어내려고 했을 때에도 그대로 있었지요.

나는 손을 아래로 미끄러뜨려 그 애의 목울대에 얹었습니다. "네 목소리는 사라지지 않았어." 내가 말했지요. "네가 뭔가 노래를 부르면 아직 그 목소리가 그대로 남아 있다는 걸 내 분명히 느낄 수 있을 거다. 이 손가락에 진동이 느껴질 거야. 너 목이 속속들이 다 차갑구나. 그것도 이유일 거다. 하지만 차차로 더워지겠지."

"이러지 마요. 날 가만 놔두라고요." 그 애가 다시 말했어요. "날 내버려둬요, 숨을 못 쉬겠잖아요." 그 애가 비명을 지르려면 지를 수도 있었겠지요. 옆집에 사람들도 있으니까요. 층계참 건너편 집에 그 두 사내놈들 말입니다. 하지만 그 애는 속삭이는 소리로만 말했어요. 그건 마치 우리 둘 사이에 비밀이 탄생하는 것과도 같았습니다.

"노래하렴." 내가 그 애에게 말했습니다. "뭔가 노래를 해봐. 네가 전에 그렇게 좋아하던 피아프 노래를 해보려무나. 〈장밋빛 인생〉

을. 노래해."

 그 애가 무언가 웅얼거리자 그 애의 목울대가 내 손 아래에서 진동했습니다. 더욱 낮은 소리로 웅얼거려서, 귀로는 들을 수가 없었지요. 우리는 오랜 시간을 그렇게 하고 앉아 있었습니다. 그 애는 다시 눈을 뜨지 않았어요. 그 애는 더 이상 나를 밀쳐내려고 하지 않았지요. 두 손을 무릎에 둔 채, 조용히 무엇인가를 기다리고 있었습니다. 그리고 그 애의 것 같지 않았던 그 미소는 그 애의 얼굴에서 사라지고 없었습니다. 그 애는 움직이지 않았어요. 나는 그 애가 잠든 것이라고 생각했죠.

3

 아르노는 노인이 말을 하는 동안 한마디도 하지 않았다. 그는 수첩을 펼쳐서, 노인을 흘긋 건너다보아 받아 적어도 신경 쓰지 않는지 확인한 후에는 그저 기계적으로 쓰고만 있었다. 하지만 그가 적은 것은 엉망진창이라서 나중에 읽을 수도, 대체 뭘 적어놓은 건지 해독할 수도 없어 보였다. 단 하나 수첩의 마지막 장 한복판에 써넣은 단어들만 빼고는 말이다. 〈장밋빛 인생〉.
 이제 노인은 조용해졌다. 아르노는 노인을 바라보았다. 크고 굵은 눈물방울들이 노인의 눈에서 줄줄 흘러내리고 있었다. 어린애가 우는 것 같았다. 아르노는 그렇게 주름살이 깊게 팬 얼굴이 그토록 감정에 넘칠 수 있는지, 또는 그토록 많은 물기가 들어 있을 수 있는지 직접 보지 않고는 짐작도 못했을 것이다. 끝내는 노인이 한숨을 쉬더니, 자기 커피 잔을 집어 들어 입술에 가져다 댔다가는 한 방울도 마시지 않은 채 도로 내려놓았다.

"그 애의 목이 내 손바닥 아래서 차가워지기 시작했기에 나는 깨달았습니다." 노인이 말했다. "얹고 있던 두 손을 치우니 그 애의 머리가 스르르 기울어져 내 어깨에 고이더군요. 어떻게 해야 할 바를 알 수 없어서 그 애를 부드럽게 소파에 누이고 나는 일어섰습니다. 그런 순간에 머릿속에 스쳐가는 생각이 무언가 하는 것은 참으로 기묘한 일이더군요, 선생. 왜냐하면 난 이렇다 할 생각을 한 것도 아닌데 곧바로 침실 벽장으로 갔단 말이에요. 우리가 공원에 소풍 나갈 때 가지고 가던 담요를 오래전에 그 속에 처박아둔 줄 내가 알고 있었거든요. 나는 담요를 꺼냈고, 거실로 돌아와서 레일라를 담요에 잘 감쌌습니다. 그러는 동안에도 내내 내가 뭘 어떻게 하려고 그러나 하는 생각이 들었지만, 아마 속으로는 이미 알고 있었던 겁니다. 나는 머뭇거리지도 않고 바로 그 애를 두 팔에 번쩍 들어 안았어요. 쉽지 않더군요. 바싹 마르기는 했지만 그래도 무거워서요. 아니면 사람이 죽으면 무거워지는 건지도 모르지요. ……나는 문으로 나갔습니다. 복도 건너편 집 사내는 기다리다 지쳤든지, 아니면 내막을 알고 문제에 휘말리기 싫었든지 했던가 봅니다. 그 집 문은 닫혀 있었습니다."

"나는 레일라를 팔에 안고 세 층을 걸어 내려갔습니다. 거리로 나갔지요. 아직도 무척 캄캄했어요. 차 한 대 지나가는 소리도 들리지 않고, 모페드모터 달린 자전거조차 한 대 없었습니다. 나는 공원 출입문으로 걸어갔지요. 제대로 꽉 닫히지를 않는 문입니다. 이 근처 사는 사람들은 모두 알고 있어요. 잘 닫히지 않은 문이 있어서 요령 있게 흔들어 밀면 열린다는 사실을요. 열 살짜리 애들이라도 어떻게 여는지 보여줄 겁니다. 어깨로 문을 밀어서 틈을 벌리고, 공원 안 길을 걸어서 우리가 지난 그 시절 소풍 나갔던 그 장소로 갔습니다. 시간은 분명 새벽이 가까웠어요. 나무들 사이에 지빠귀가 울었으니까. 내가 생각했던 것보다 훨씬 더 긴 시간을 소파에 앉아 있었던 모양입니다. 그 애의 목에 두 손을 올린 채 내가 잠이 들었던 건지도 모르지요. 그 밤에 꽃냄새는 무척이나 진했습니다. 나는 봄이 공기 속에 무르익은 걸 느끼고 놀랐습니다. 피갈에서 레일라를 본 그날 밤 이후로 집 밖에 거의 나가는 일이 없어서 그랬나 봅니다."

"나는 우리가 잘 가던 나무 아래에 발을 멈췄습니다. 무릎을 꿇고 앉아서 레일라를 땅에 내려놓았죠. 그 애를 살짝 들어서 담요 자락을 밑으로 깔아 넣었어요. 두 다리를 모으고 팔을 몸에 붙여서 가지런히 눕혔지요. 목 둘레의 푸르스름한 띠를 가리려고 재킷 단추를 끝까지 잠가주고 나서, 나는 일어섰습니다. 한동안 그 애를 내려다보았지요. 아아, 우리는 이 나무 아래에서 정말 행복했는데요. 그 애와 나와. 내가 걸어서 돌아오는 도중에 비가 내리기 시작했고, 그러자 느닷없이 그 애가 그 바깥에서 비를 맞고 있다는 생각이 들어 견딜 수가 없었습니다. 나는 그 애가 집을 나갈 때 놔두고 갔던 분홍색 나일론 바람막이를 가지러 집으로 올라왔지요. 그 애 어머니가 우리 집 문간에 놔둔 상자 속에 그 바람막이도 들어 있었어요. 나는 비닐봉지에 들어 있는 바람막이를 꺼내서 도로 공원으로 내려가 레일라에게 입혀주었습니다. 처음에는 그 애의 머리 위로 씌워서, 팔을 소매에 끼웠고, 마침내 바람막이에 달린 모자를 끌어당겨 얼굴을 덮어주었지요. 나는 빗방울이 투둑툭 비닐에 떨어지는 소리를 들을 수 있었습니다. 사람들이 찾아냈을 때에 그 애가 분홍색 바람막이를 덮고 있던가요? 너무 심하게 젖지는 않았겠지요?"

노인은 애원하는 듯한 눈빛으로 아르노를 보았고, 아르노는 시선을 깔았다. "모르겠습니다." 아르노는 낮은 음성으로 말했다. "저는 경찰이 막아놓은 선을 넘어서 들어가보지 못해서요. 하지만 바람막이 말고도 뭔가 비닐로 된 것이, 회색 방수포 같은 게 위에 덮여 있었으니까요. 네, 그렇게 많이 젖지는 않았을 겁니다."

노인은 생각에 잠긴 얼굴로 고개를 저었다. 그는 자기 커피 잔 옆에 내려놓았던 모자를 집어서 그걸로 얼굴을 훔쳤다. 그러고는 모자를 그대로 든 채 말했다.

"그렇게 한 다음에, 나는 이리로 올라와서 누군가 찾아오기를 기다리고 있었답니다." 노인이 지친 음성으로 다시 말을 꺼냈다. "내가 이 이야기를 들려줄 누군가가 오기를 기다렸어요. 선생을 따라 경찰서로 가지요. 하지만 개는……. 선생이 개를 피아트 가에 있는 식료품점에 데려다 놔주기를 바랄 뿐입니다."

아르노는 펜 뚜껑을 씌우고 수첩을 닫았다. 커피는 몇 시간이나 불 위에서 끓고 있었던 게 틀림없었다. 엄청나게 썼다. 커피가 입안의 점막을 다 벗긴 것 같았고, 심장은 무진장 빠르게 쿵쾅거렸다. 아르노는 가을부터 지금까지 샅샅이 훑어보았던 그 많은 신문들을 생각하고 있었다. 그 모든 추잡한 범죄들, 칼로 찌르고, 총으로 쏘고, 벽에다 머리를 메어쳐 깨뜨리고, 그가 그리던 살인자를 발견하고자 뒤져 찾던 그 모든 사건들을 돌이켜보며 아르노는 아까 악수할 때 그토록 지극히 부드러웠던 노인의 손을 떠올렸다. 바로 이 순간 눈앞에 보이는 두 손이었다. 모자를 꽉 움켜쥐고서, 마치 애완동물을 어루만지듯 부드럽게, 부드럽게 만지고 있는 손이다. 마침내 아르노는 다시 고개를 들어서 억지로 미소를 띠었다.

"노인장, 저는 경찰이 아닙니다. 제가 노인장을 감옥에 집어넣지는 않을 겁니다. 지금 해주신 이야기는……." 아르노는 서둘러 말을 이었다. "아무 말씀 하지 마세요. 아무한테도 아무 말씀도 하지 마세요. 레일라는 노인장을 뵈러 오지 않았던 겁니다. 노인장은 주무시고 계셨지요. 레일라가 문 두드리는 소리를 못 들으셨어요. 문을 열어주지도 않으셨고요."

하지만 노인은 이해가 가지 않는다는 듯 아르노를 물끄러미 바라보았다. "아무 말 하지 말라고요?" 노인이 되받아 물었다. "왜지요?" 노인은 기계적으로 모자를 도로 머리에 썼다. 경찰을 따라갈 준비가 된 사람의 모습이었다. 몇 분 후면, 아니면 몇 시간 후라도, 경찰이 그의 문을 두드릴 터였다.

"전 파리 교외에 삽니다." 아르노는 문득 자기도 모르게 그렇게 말했다. "좋으시다면 제가 한동안 저희 집에 재워드리지요. 지금 바로 오셔도 됩니다. 노인장이 어젯밤에 이 집에 계셨다는 건 아무도 모를 겁니다. 아무도 노인장을 의심하지 않을 거예요."

하지만 모직 모자 아래에서, 여전히 눈물에 젖어 뻘겋게 상기된 얼굴로, 노인은 영문을 모르겠다는 얼굴로, 심지어 일말의 불신감을 품은 채 그를 바라볼 따름이었다.

"선생이 뭘 어찌하려고 그러는지 나는 모르겠구려." 노인이 마침내 그렇게 말했다. "선생이 거기 서서 나에게 하는 그 말, 그 말은 내 이야기가 아니에요. 나는 선생이 뭘 하자는 건지 이해가 되지 않아요." 노인은 이제야 처음 본 듯이 아르노의 얼굴을 자꾸만 뜯어보았다. 자기 집 주방에 어쩌다 이 낯선 사람이 들어와 있는 건지, 어쩌다 사이에 커피포트를 놓고 마주 앉은 건지 모르겠다는 표정이었다. 그는 의자를 밀면서 무겁게 일어섰다. "가세요, 선생." 노인이 말했다. "가요. 부탁이니까."

아르노는 머뭇거렸다. 그리고 시키는 대로 했다. 그는 일어서서, 수첩과 펜을 주머니에 집어넣었다. 아르노가 문으로 걸어가서 밖으로 나갈 때까지 노인은 그대로 식탁 뒤에 서 있었다. 층계참에서 아르노는 똑같은 소변 냄새와 수프 냄새를 맡았다. 복도 저편 집 문은 살짝 열려 있었다. 하지만 아르노는 안을 슬쩍 훔쳐보고 싶은 유혹을 느끼지 않았다. 아르노는 세 개 층을 재빨리 걸어 내려왔고, 발걸음을 재촉하여 건물 출입문을 통과하여 나왔다. 그러면서 경찰이 오는 것을 보았다. 어디로 가야 할지 잘 알고 오는 것 같은 경찰 세 명이었다. 아르노는 고개를 돌려서 경찰들과는 눈을 마주치지 않았다.

그는 다시 공원으로 향했다. 경찰차들은 거의 다 가버리고 없었다. 구경꾼들도 거의 다 흩어졌다. 공원 출입문을 지나 안으로 들어서자, 노란 테이프는 그대로 쳐져 있었지만 시신은 이미 운반해 간 후였다. 아르노는 길 위에 멈추어 섰다. 그는 오랜 시간 잔디밭을 바라보고 서 있었다. 쏟아진 비에 흠뻑 젖은 풀밭이다. 그 풀밭의 한 그루 나무 아래에 타원형으로, 녹색이 조금 옅은 자리가 있었다. 시신이 있었기 때문에 비를 맞지 않은 자리다. 갑자기 누군가 어깨를 툭 쳤다. 아르노는 돌아보고, 친구의 얼굴을 발견했다.

"어이, 시간도 어지간히 끌었군그래." 르장드르가 말했다. "최소한 뭐라도 건져 온 게 있길 바라네. 나는 허탕쳤거든. 아무도 뭐 하나 얘기해주려는 놈이 없더라고. 그러다가 경찰들이 와서 난 쫓겨났어. 그러니까 말 좀 해봐. 사건이 어찌 된 건가?"

하지만 아르노는 다시금 그 타원형의 부드러운 연녹색 풀밭 자리를 바라보았다. 자기도 모르게 두 눈에 눈물이 솟아올랐다. 어린애가 울 때 같은 굵은 눈물, 노인이 흘렸던 것 같은 그런 눈물이다. 아르노는 자신이 어쩌면 인간의 심리에 관해 자기가 그토록 완벽하게 무지했던가 도무지 알 수가 없었다. 그가 아는 것, 너무나도 분명하게 깨달은 것은 오직 쓰려던 책은 결코 쓸 수 없으리라는 사실, 그뿐이었다. 하지만 그것이 이 위로할 길 없는 슬픔을 불러일으킨 것은 아니다. 르장드르는 담뱃불을 붙여 물었다가 어안이 벙벙

해서 그를 빤히 바라보았다.

"하나님 맙소사, 이봐, 대체 왜 이러나? 저 건물에 가서 뭘 보고 나온 거야?"

아르노는 대답 없이 고개만 설레설레 저었다. 마지막 구경꾼이 그 자리를 떠나갔고, 남녀 쌍들, 산책하는 사람들, 그리고 어린아이들이 공원 문을 통하여 들어오고 있었다. 몇 주가 지나고 몇 달이 지나면 아무도 레일라 M.을 기억하지 못하리라. 감방 속의 노인과 나 말고는 아무도. 아르노는 속으로 뇌까렸다. 노인이 가지고 내려와 시체를 덮어준 분홍색 나일론 바람막이를 생각하자, 눈물은 흐느낌으로 변했다. 그는 몇 시간 전 에디트 피아프 명판 앞에서 본 일본인 관광객들이 쓰고 있던 분홍색 플라스틱 모자들을 떠올렸다. 우중충한 잿빛 아침에, 그 색깔은 몹시 밝고도 화사해 보였다.

녹

N.J. 에이어스

어둠의 목소리를 멀리해야 한다. 그건 아무런 도움이 안 된다.

인생은 사람을 가리지 않고 꺾어버린다. 헤밍웨이가 말하지 않았던가?

주州 경찰인 에린 플래너리, 펜실베이니아 베슬리헴 출신, 170센티미터, 51킬로그램, 갈색 머리에 갈색 눈. 갈색 눈에 적갈색 머리. 개암색이 비치는 갈색 눈. 그러니까 약간 녹색을 띤 눈. 그녀의 장례식에서, 앞에 나가 말을 한 사람들은 에린이 충실한 친구이자 직장에서는 훌륭한 일꾼이었고, 더없이 활기찬 사람이었으며 아름답게 미소 짓는 사람이었다고 이야기들을 했다. 모두가 그녀를 사랑했노라고 그들은 말했다.

에린이 M 경찰대로 왔을 때 심지어는 나조차도 데이트 신청을 해볼까 생각했다. 하지만 직장 동료하고 연애를 한다는 건…… 안 될 일이다. 우리 대장인 폴 우튼이 우리에게 여성 경관이 우리 쪽으로 오게 되었다고 말한 날에 그는 여자 동료가 어떻게 받아들이는지 떠본답시고, 아니면 여자라도 남자나 다를 것 없이 우리의 일원임을 보여준답시고 과도한 욕설이나 막말을 하는 일이 없도록 미리 경고했다. 전에도 그러는 걸 본 일이 있는데 그런 짓은 우스꽝스럽고 유치한 짓이며, 농담을 가장한 편견 이외에 아무것도 아니라고 했다. 우튼 대장은 우리에게 주 경찰의 좌우명에 나오는 단어 '존중'을 상기시켰다. 그리고 또한 우리의 훈련에 포함되어 있는 민간인에 대한, 동료에 대한, 상급자에 대한 군대 예절 개념을 상기시켰다. 그건 성별과 상관이 없다. 다만 몇몇 못된 놈들이 법을 어겨 우리를 엿 먹이고, 그래서 너희들이 그 자식을 흠씬 두들겨 패줄 수 있는 상황만 아니라면 말이지. 우튼은 그렇게 말했다. 우리는 큰 소리로 웃었다. 지휘 대장 폴 우튼. 그분은 우리 아버지와 많이 닮았다. 꼿꼿하고, 윤리적이고, 공정한 분이다. 굳세고 엄숙하지만, 상황이 그럴 만하면 재미있는 사람이기도 하다. 말을 할 때의 방식이나, 몇 가지 사소한 버릇도 나에게는 우리 아버지를 연상시켰다. 예컨대 한 방 먹이는 결정적 대사를 하고 난 다음 손마디로 코 밑을 훔치는 버릇 같은 것 말이다. 우리 아버지는 내가 열두 살 때 죽었다. 아버지가 몰던 경찰차 안에서 심장마비로 숨졌다.

모든 것이 변했다.

어머니는 한동안은 괜찮았다. 그러더니 서서히 술독에 빠져들었다. 내가 열네 살 때쯤 되어서는 어머니의 술버릇은 걷잡을 수 없어졌다. 어머니는 남자를 만났다. 매번 다른 남자를 만날 때마다 나는 그만큼 더 딱딱해졌다. 어머니가 우리 아빠 말고 다른 누군가를 원한다는 생각 자체가 나는 메스꺼웠다.

어머니가 남자들을 집 안으로 끌어들였다는 얘기는 아니다. 하지만 어쩌면 그랬는지도 모른다.

나는 학교를 졸업하고 함께 방세를 낼 룸메이트를 찾자마자 집을 나와 독립했으며 사회인 대학에 적을 두었다. 그리고 나중에, 전문학사 자격을 손에 쥐고서, 펜실베이니아 주립 경찰 학교에 지원했다. 내가 정말로 원하던 건 삼촌이 사는 미줄라로 가서 집필과 영화 공부를 하고, 그런 다음에 캘리포니아나 뉴욕으로 날아가서 그 일에 종사하는 것이었다. 하지만 나는 일을 해서 버는 돈이 필요했다. 내게는 체력 훈련이 그야말로 흡족했고, 서면과 구두 시험을 보기 좋게 통과했다. 빙고, 나는 경찰관이다.

불과 7년이 지나는 사이에 나는 특별히 우수한 직무 수행으로 두어 번 표창을 받았다. 마지막으로 받은 표창은 지역 사회가 선사한 '음주운전 적발 명사수 상'인데, 술을 마시고 운전대를 잡은 지성인들 49명을 붙들어 넣은 공로로 받았다.

예전에, 내가 열 살 때에, 나는 길 건너 이웃들에게 그들의 집에 불이 났다고 알려준 일이 있었다. 사람들은 나를 장하다고 치켜세웠다. 나는 딱히 장할 것이 없었다. 나는 그렇게 어마어마하게 연기가 솟고 있으면 뒤뜰의 낙엽을 태우는 게 아니라는 생각을 할 정도의 지각은 있는 그냥 보통 어린애였다. 장한 건 우리 아버지였다. 아버지는 2층에 있는 살바토레 부인을 구하려고 사다리를 가지고 그 집으로 달려갔다.

나는 오늘 스물여덟 살이다. 오늘이라. 마치 의사를 만나러 갔을 때 조무사가 물어보고 그러고 나서는 의사도 물어보는 것 같다. 환자분 오늘로 나이가 어떻게 되셨어요? 어제는 스물여덟 살이었고요. 오늘도 스물여덟 살이네요. 이제 됐어요? 그리고 나는 2년간의 결혼 생활을 거쳐서 다시 독신이다. 늘 자기가 옳다고 생각하는 사람하고는 도저히 알콩달콩 살 수가 없었다. 나는 노력했다. 정말 노력은 했다. 옳고 그름을 딱딱 나누기보다 좀더 중간적인 시각을 가지려고 애썼다. 애당초 결혼이란 도무지 될 일이 아니었다. 여자는 앨라배마로 돌아갔다. 거기 초등학교에서 아이들을 가르친다. 나는 이제 그녀가 나를 어떻게 바라볼지 궁금하다. 오늘 몇 살이나 되었느냐고? 속으로는 백 살을 먹었다.

플래너리 경관이 전보 발령을 받아 왔을 때 그녀는 한동안 접수처 근무를 해야만 했다. 접수처 근무는 반겨 하는 사람이 아무도 없었다. 하지만 주지사가 민간인 직원을 뽑으려고 아무리 열의를 보여도 접수처를 담당시킬 만한 충분한 인원을 충당하지 못했다. 에린 플래너리가 접수처에 가자마자 사내들은 즉각 시험 삼아 들이

대보기 시작했다. 이 여자가 쉽게 얘기를 들어줄지 어떨지 간을 보는 것이다. 결혼을 했건 미혼이건 상관도 없이 덤볐다. 사내들이 하는 짓이 그렇다. 나는 여기에서 우리 대장이 수작을 걸거나 농을 하거나 하는 건 결코 한 번도 본 일이 없다고 말해야만 하겠다. 그분은 에린을 한 명의 주 경찰관으로 대할 뿐 그 외 어떤 여지도 보여주지 않았다.

폴 우튼 대장은 진정으로 자기 가족을 아끼는 사나이였다. 그 얘기는 내가 노상 들은 바이다. 나는 주 순찰경관 소풍 행사에 한 번 우튼 대장이 가족과 함께 나온 걸 본 일이 있다. 예쁘장한 아내에, 아이가 둘이었다. 여덟 살과 열 살쯤 돼 보였다.

그리고 나는 어느 날 밤 태너스빌 가까운 모텔 뒤에서 그를 보았다. 그는 2층에서 층계를 내려오고 있었다. 플래너리 경관을 앞세우고서.

나는 식당에서 나와서 이제 막 내 차에 올라탄 참이었다. 식당에 직각으로, 모텔 쪽을 바라보게 주차했던 것이다. 나는 사이드미러에 낀 습기를 닦으려 했다가 눈길을 들었다. 처음에 나는 내 눈이 엉뚱한 장난질을 치는 건가 생각했다. 층계와 층계참 위를 비추는 조명은 습한 공기 탓에 부옇게 흐려 보였다. 한 쌍의 남녀는 기다란 외투를 걸쳤다. 나는 그들이 드문드문 눈이 남아 있는 땅을 가로질러서 여자의 차 쪽으로 가는 것을 지켜보았다. 여자가 차에 탔다. 그리고 이제 다른 조명 빛이, 길거리 옆 모텔 간판에서 나오는 빛이 그녀의 얼굴을 환하고 창백하게 비추어 드러냈다. 폴이 여자가 탄

차 문을 닫아주었다. 그녀는 차창을 내렸고, 그는 몸을 굽혀서 그녀와 입을 맞추었다. 그러고는 거기 서서 여자가 차를 빼 멀어져가는 것을 바라보고 있었다.

그다음 날에 나는 우튼 대장을 보고 있기가 몹시도 곤욕이었다.

두어 주가 지나고 나서, 나는 주말에 사무실 책상 앞에 나와 앉아 있었다. 휴가를 낸 상태였지만 근무 평가가 가까웠기에 기한을 넘은 서류 작업을 좀 해야 했다. 우튼의 사무실 문은 열려 있었다. 문을 통하여 그의 모습이 세로로 절반 잘려 보였다. 아니면 우튼이 서류 캐비닛 쪽으로 가느라고 자리에서 일어났을 때 내가 그의 모습을 보았던 건지도 모르겠다.

빌 버튼스도 안에 있었다. 녀석은 아첨꾼이었다. 버튼스는 자기가 브루스 윌리스인 줄 아는 놈이다. 머리를 빡빡 밀고, 거들먹거리며 돌아다니고, 입끝을 비틀어서 미소를 짓는다. 때때로 우튼이 근처에 있으면 버튼스는 존 웨인을 흉내 내는 브루스 윌리스를 흉내 내어 이렇게 말하곤 했다. 자아아, 칭구들, 싸게 우리 일을 해치우더라고. 그 꼬락서니란. 어처구니없을 뿐이다.

그날, 폴 우튼은 두어 번 사무실에서 나와서 버튼스에게 무슨 말을 하고 나에게도 뭐라 할말을 했다. 나는 내 감정을 억제하여 우튼을 그가 모텔 밖에서 에린과 함께 있었던 그날 밤 이전과 같은 눈으로 바라보려고 애썼다. 하지만 나는 계속해서 우튼이 그 여자 위에 올라타 있는 모습을 머릿속에 그렸다. 에린이 그에게 이런저런 것들을 해주고 있는 모습을.

 버튼스가 점심을 먹으러 나갔을 때 폴(이제는 그 사람을 우튼 대장님이라고 부르기가 힘들었다)이 5호실로 들어왔다. 우편 투입구가 깔려 있고 비품 보관함과 작은 냉장고, 커피 머신이 있는 방이다. 나는 내가 마실 커피를 뽑고 있는 중이었다. 우튼은 쪽지 한 장을 우편 투입구에 넣더니 잠시 뜸을 들이면서 날씨 얘기를 하고, 이글스 팀 경기 얘기를 하고, 그동안 죽 엑셀 강좌를 들으려는 생각이 있었다는 이야기를 했다. 나는 흥미 없는 빛을 숨길 수가 없었다. 하지만 짐작컨대 내가 막 어머니를 암으로 여읜 참이었기에 우튼이 그렇게 말을 했던 것 같다. 그는 말했다. "자네가 털어놓고 얘기해야겠다 싶어지면 말일세, 저스틴, 내 방 문은 항상 열려 있네."

 나는 대충 고맙습니다, 전 괜찮습니다 같은 말을 했던 것 같다. 그 말 뒤에는 그의 마음 씀씀이가, 친절이 깃들여 있어서 나를 감동시켰다. 그래서 나는 모텔에서 본 것을 이제 아예 생각하지 말자고 결심했다.

 고약한 것은 에린 플래너리가 차 사고나 오랫동안 숨겨온 지병으로 죽은 것이 아니라는 점이었다. 에린은 자기 집 안에서 두부 외상으로 사망했다. 형사들은 에린의 생활에 관여되어 있던 민간인들을 만나 이야기를 들었다. 가족, 친구들, 이웃들. 형사들은 얼마 지나지 않아 우리 M 경찰 부대에도 와서 부대원들을 면담했다. 나는 폴 우튼이 그들에게 뭐라고 말을 했을지 궁금했다. 내가 매일같이 보는 긴장된 표정이 자신의 비밀이 폭로될 것을 걱정함인지, 아니면 그의 얼굴에 나타난 경직은 자기가 차고 있는 경찰 배지에 수치스러운 짓을 했다는 자각에서 온 것인지. 이 말은 해두겠다. 어떤 작자들한테는, 대장이 에린을 깔아 눕혔다는 사실을 알면 그들의 눈에는 그가 더한층 대단한 인물로 비칠 것이라는 것이다.

수사 과정에 애인의 존재는 전혀 불거지지 않았다. 빌 버튼스는 그건 정말이지 믿기 힘든 얘기라고 말했다. 그렇게 화끈한 년한테?

우발적 범행이라고, 우리는 결론지었다. 그런 일도 있는 법이다. 아무리 경찰이라도 그렇게 당할 수 있다.

클라인스펠트는 에린 사건의 증거에 좀 이상한 점이 있다는 얘기를 곁귀로 들었노라고 말했다. 뭐가 이상하다는 건지는 그도 몰랐다. 우리는 클라인스펠트에게 누구한테 그 말을 들었는지 물어보았다. 그는 말하려고 하지 않았다.

나는 녀석들에게 플래너리가 해리스버그에 있을 때 LEO 즉 주류 집중 단속 경관이었던 걸 일깨워주었다. 듣기에는 말랑한 임무 같지만 꼭 그렇지만도 않다. 그 일을 하는 경찰들은 미성년자에게 술을 파는 천치 놈들을 적발하러 옷차림을 바꾸고 숨어 들어간다. 다른 주로부터 증류주를 들여옴으로써 세금을 피하는 요령꾼들을 찾아낸다. 주류 밀매점들을 급습한다. 그렇다, 금주법 시대가 지났어도 여전히 주류 밀매점이라는 명칭으로들 부른다. 장사를 하긴 하지만 장사인지 뭔지 영 허술해서 주류 판매업 허가를 받지 못한 그런 가게들이다. 주류 관리 단속국에서는 또한 불법 전자 도박 기계도 추적한다. 범죄 조직에 엮여 있는 것으로 의심되는 사업체를 찾는 것이다. 어쩌면 에린 플래너리가 적발을 했고, 그로 인하여 입막음을 당할까 봐 우려가 됐던 것일지 모른다. 순찰도 충분히 과격한 상황을 만나게 된다. 우리는 편하게 지낸다는 얘기가 아니다. 단지 차량 코드 위반을 적발하는 게 다가 아니다. 숫자가 올라가면 자칫 난동 사태에 호출돼 나갔다가 살해를 당할 수도 있다. 막바지에 몰린 주류 밀매점 주인에게 살해당할 수도 있고 말이다.

한번은 에린이 자기 책상 의자에 놓여 있던 쪽지를 발견했다. 거기에는 자기가 그녀의 의자에 놓인 방석이었으면 좋겠다는 말이 쓰여 있었다. 그녀가 나에게 그 얘기를 해준 것은 단지 내가 로비를 걸어가다가 그녀의 얼굴에 떠오른 역겨운 표정을 보았기 때문이었다. 그녀는 아직 그 종이쪽지를 두 손에 들고 들여다보던 참이었다. "웬 병신 새끼가." 에린은 말했다. 나지막이 한 말로, 거의 슬픈 듯한 어조였다. 나는 그 쪽지가 딱히 사람을 그렇게까지 심란하게 만들 만한가 잘 모르겠지만, 하긴 나는 여자가 돼본 적이 없다. 나는 에린에게 아마 컴퓨터 담당자 스티브 그레스일지도 모르겠다고 귀띔해주었다. 그 작자는 매주 들어와서 우리 컴퓨터들을 업그레이드시켜주기로 되어 있었는데 오히려 손을 대 문제를 더 키우기만 했다. 나는 그자가 에린을 바라보던 눈빛을 적발했다.

칼 캐롤라도 에린에게 사심이 있었다. 에린에 대해 이런 말 저런 말을 하는 걸 보면 틀림없었다. 캐롤라는 턱없는 흰소리들을 펼쳐놓곤 했다. 그날 자기가 처리한 놈이 얼마나 한심한 자식이었는지,

어떤 똑똑한 체하는 놈이 뭐라고 지껄였는지에 대해서, 캐롤라는 말했다. "그런 멍청한 놈들은 말이야, 뭘 하든지 간에 죄목만 더 쌓을 뿐이지. 머저리 같은 위반자들은 원래 규정대로 돌리지 말라고, 그래야 주머니에 호되게 벌금을 때려주지." 캐롤라도 용의자가 될 수 있을 것이다. 아마 에린이 자기에게 서투르게 집적거리던 녀석을 보고 꺼지라고 했다든가 해서 말이다.

또 한 명의 경찰관 리치 클라인스펠트는 에린을 심히 못마땅히 생각했다. 그는 여자 경찰관은 모든 이에게 위험할 뿐이라고 주장했다. 몇몇 건달 놈들이 여자 경찰관의 머리끄덩이를 잡아채면서 차고 있는 보조 무기를 낚아채갈 수 있다고 그는 말했다. 여성 경관의 머리카락은 복장 규정에 따르면 제복 옷깃 끝보다 내려와서는 안 된다. 아무리 그렇다 해도 머리카락은 손잡이 노릇을 할 수가 있다. 땋았을 때에는 특히 더 그렇다. 종자가 다른 거라고, 여자들은, 리치 클라인스펠트는 늘 그 소리였다. 나는 체포하러 나갔을 때 여자 범죄자들이 최악이라는 데는 동의하겠다. 여자들은 깨문다. 끄잡아 당긴다. 침을 뱉는다. 그런 식이다. "하여튼 그 여잔 비쩍 말랐잖아." 리치는 그렇게 말했다. "그런 걸 동료라고 믿을 수가 있어?"

범죄 현장에 뭔가 우스꽝스러운 점이 있었다. 그게 클라인스펠트가 말했던 것인가? 랭카스터의 과학 수사대에 아는 기술자가 한 명 있어서 물어보려면 물어볼 수도 있었지만, 내 사건도 아닌 사건을 이것저것 들쑤시고 돌아다니면 이상해 보일 것이다. 나는 그 생각을 단념했다.

에린에게 그 일이 일어나기 전에, 나는 나대로 내 앞가림을 하고 내 일을 보면서도 속으로 에린과 우튼 생각을 금치 못했다. 우튼과 에린. 그 말의 울림. 우튼을 꼬드겨낸 에린의 위력. 이해가 갈 것 같으면서도 이해할 수 없었다. 나는 그저 우튼에게 정말 몹시 실망한 터였다. 상처 입은 거라 말해도 될 것이다. 왜 상처 입었는지는 딱히 설명할 수가 없지만. 우튼도 용감한 행위로 표창과 상을 받았다. 그 사실은 사람들의 평판으로 알려졌지 사무실 벽에 표창장을 덕지덕지 붙여놓아서 소문 난 게 아니었다. 그의 본을 받아서 나도 표창장을 전시해두지 않았다.

에린이 접수처에 앉아 있고 아무도 찾아오는 사람이 없었던 어느 날 아침에 나는 연필을 챙기고 있었다. 연필이라고 말했지만, 한 자루가 아니라 여러 자루다. 열여덟 살 먹던 해 여름에 나는 1달러 상점각종 잡화 염가판매점에서 일했다. 사장이 나를 점장 보조로 훈련시키고 있었다. 그래서 나에게 혹시 대학 강의를 야간으로 들을 수 있겠느냐고 물었다. 그러면 낮에 시간이 나서 8시간을 꽉 채워 일할 수 있을 테니까 말이다. 사장은 나에게 지시하기를 다른 점원들이 혹시 무슨 짓을 하나 잘 살펴보라고 했다. "조금씩 도둑질을 하고 있지 않다면 잔뜩 훔치고 있는 거야." 사장이 말했다. 내가 집에 가져가려고 두 자루째, 세 자루째 연필을 집어 들었을 때 그 말들이 생각났다. 나는 그 행동을 버튼스의 코앞에서 했다. 그자의 한쪽 팔도 캐비닛에 들어가 있었다. 스테이플러를 집고 있었다. 버튼스는 자기 책상에 이미 스테이플러가 하나 있었다. 스테이플러가 왜 두 개나 필요한가? 나는 내가 그 짓을 한 이유가 버튼스에게 내가 그렇게 깐깐하게 구는 바보 자식은 아니라는 걸 보여주려고 그런 거라는 생각이 들려고 했다. 하지만 그 일로 버튼스를 놀려준 것은 사실이다. 버튼스는 내가 꿍친 연필 세 자루를 놀리는 걸로 받아쳤다.

내 책상으로 돌아오는 길에 나는 에린이 전화 통화를 하면서 머리를 기르고 있다고 말하는 소리를 들었다. 누구하고 얘기하고 있는 것일까? 애인인가? 나는 우튼의 차가 주차 공간에 세워져 있는지 흘긋 창밖을 내다보지 않을 수 없었다. 차는 없었다. 우튼이 하는 행동, 하지 않는 행동 전부를 나는 에린에게 연결시키지 않을 수가 없었다.

나의 근무 평가는 그 달의 마지막 날로 잡혀 있었다. 그때가 되면 항상 다소 신경이 곤두서고 걱정이 되게 마련이다. 쓴소리 한마디 듣지 않고 단박에 통과하는 사람은 아무도 없다. 근무 평가는 에린이 수습 기간을 다 채우는 날과 같은 주였다. 에린은 경찰학교 생도가 아니라 전출 온 것이었지만 그래도 수습 기간은 거쳐야만 하는 것이었다. 우리들 주 경찰은 준군사 조직이다. 그래서 우리 부대를 부대라고, 부대원이라고 부르는 것이다. 우리는 '법률의 병사'다. 그래서 우리는 설사 원치 않는 자리에 배치를 받거나 신참 취급을 받더라도 군말 없이 참아 넘긴다. 에린은 자기는 현재 이곳 근무가 만족스럽다고 말했다. 다들 자신을 몹시 잘 대해주며 우튼 대장님은 정말 훌륭한 분이라고 했다.

우튼의 이름을 말할 때 그녀는 머뭇거렸을까? 그녀가 남몰래 살짝 우튼과 만나고 있다는 낌새를 채게 된다면 다른 사람들은 어떤 기분이 들까? 부대에는 여자보다 미성년자가 더 많다. 바꾸어 말하면, 여자는 아직도 튄다는 얘기다. 에린의 잘못된 행동은 결국 입대하는 다른 모든 여성들의 얼굴에 먹칠을 하게 되리라. 그리고 우튼 대장에게 심각한 피해를 끼칠 수도 있다.

그리고 그래서 내가 에린에게 근무 끝나고 언제 커피 한잔 하자고 청했던 거였다. 내 방식대로는, 아마 내가 미끼용 가짜 새 노릇을 하려고 했던 것 같다. 에린과 우튼 대장 둘 다를 보호하려고 말이다. 나는 에린이 내 초대를 받아들여 같이 가겠다고 한 데 대해 조금 놀랐다. 내가 개도 먹지 않을 못난 놈이라는 게 아니다. 그냥 단지 에린이 폴 우튼을 손에 넣어놓고 난 또 왜? 하는 생각이었다. 아마도 에린 역시 나를 보기를 위장용 미끼로 삼을 수 있겠다 싶었는지 모르겠다.

거리를 따라 내려가서 있는 간이식당에서, 나는 창에 가까운 자리에 앉자고 했다. 거기 앉아서 느릿느릿 떨어지는 눈송이를 바라볼 수 있는 자리였다. 그날은 눈발이 동전만큼이나 굵었다. 에린의 눈동자에는 즐거운 빛이 담겨 있었다. 그녀는 눈송이들이 하늘에서 한 시간에 대략 1600미터쯤 떨어진다는 얘기를 해주었다. 눈송이를 둘러싸고 얼음이 형성되어서 무게를 더하지만 않는다면 말이다. 어떻게 그런 걸 아느냐고 나는 물었다. "내가 주류 단속국에 들어가기 전에는, 생물학 선생이 될까 했거든. 난 과학 광이야. 그런데 주류 단속국은 거기 국장 때문에 떠나게 됐지. 하여튼 사소한 것까지 자기가 일일이 다 챙기는 사람이었어. 가수에게 일주일에 두 번 가게에 와서 노래를 불러도 좋다고 했다고 그 식당 주인을 뒤집어엎으라고 고집을 피웠지."

"다시 말해보겠어?"

"식당 주인은 주류를 판매해도 좋다는 허가를 갖고 있었어. 주크박스나, 원한다면 생음악에 맞추어 사람들이 홀에서 춤을 추도록 해도 괜찮았지. 그 사람이 잘못한 게 뭐냐고? 보컬리스트가 있는 악단을 돈 주고 부른 거야. 그건 주류법 제493조 10항, '놀이시설 허가를 득하지 않은 인가된 주점에서의 여흥 행위'를 위반한 것이고 아주 끔찍한 범죄지."

"농담이겠지." 내가 말했다. "그렇긴 한데, 그게 지침서에 나와 있다면……."

"어처구니없는 법이야."

"우리가 법률을 작성하라고 월급 받는 건 아니잖아."

"그렇지, 하지만 그게 다가 아니었단 말이거든. 식당 주인은 옛날 고등학교 시절에 우리 국장과 앙숙이었던 거야. 그러니 그 조치는 사적인 거였지. 단지 그것 하나 때문에 단속국을 떠난 건 아니었어, 그게 이유 중 맨 마지막 이유였을 뿐이지. 그리고, 불행하게도, 내

판단이 삐끗했던 것도 같아. 소사업자들에 대한 경찰의 괴롭힘에 관하여 언론 편집장에게 편지를 썼으니 말이야. 물론 관등성명은 가짜로 댔어. 당연하지. 하지만 내가 그 일에 대하여 가만있지 못하고 돌아다니던 걸 다들 봤기 때문에 의심을 샀어. 동료들이 잘됐네 축하 인사를 하고 아주 꿍꽝꿍꽝 풍악을 울려주더라고."

"어이쿠."

"뭐, 전투도 골라서 할 줄 알아야 한다는 교훈을 얻었지."

"난 에린 씨가 이쪽으로 전출 와서 좋아하는 줄 알았어."

"좋아. 하지만 이제 처음부터 새로 시작해야 해."

에린은 처음부터 새로 시작할 기회를 충분히 누리지 못했다. 어떤 악독한 인간이 그녀의 인생에 삭제 버튼을 눌러버렸다.

터프가이는 계란파이를 먹지 않는다고 사람들이 말하던 옛 시절은 잊혀갔다. 터프가이는 힘들고 울적하다는 말을 결코 입에 올리지 않는다. 나의 행동이 혹시 이해받을 수 있는 것이라면 그것을 이해할 수 있도록 내가 여기에서 말을 하련다.

에린이 죽은 후에, 나는 80번 국도 주 경계선에서 근무를 서며 쌩쌩 스쳐 가는 속도 위반자들을 지켜보았다. 그리고 하루는, 근무 조가 아닐 때에 상점 털이범 한 사람을 적발하기도 했다. 그자는 스트루즈버그의 시어스 백화점 뒤편에서 세 방향을 살피고는 바비큐 장치 하나를 긴장감 없이 덜덜 굴리고 나와 그걸 자기 SUV 차량 뒤켠에 실었다. 어제 나는 그 컴퓨터쟁이 그레스 녀석이 출근표를 조작하는 걸 보았다. 나를 빤히 보면서 쓰레기통 속에 출근표를 떨어뜨리고는 척척 걸어 나가는 품이 마치 이렇게 말하는 듯했다. 어디 덤벼봐, 사향쥐야. 넌 네 동굴 속에 뭘 꿍쳐놨지? 그런데 내가 그놈이 근무 시간을 사기 쳤다는 걸 어떻게 알았느냐고? 척 보고 알았다. 만약 녀석이 거들먹거리고 잘난 척하던 놈이 아니었더라면 나도 굳이 쓰레기통에 가서 출근표를 집어 들지는 않았을 것이다. 하지만 그 녀석 생각대로였다. 나는 그놈한테 덤비지 않았다. 내 머릿속에는 그와는 좀 다른 생각이 들어 있었다.

에린과 커피를 마시고 나서 며칠이 지난 후에 나는 다시 한 번 에린에게 밖에서 만나자고 했다. 토요일 오후에 영화를 보자고 불러냈다. 우리가 보러 간 영화는 〈해병대 놈들〉이었다. 각각 따로따로 차를 몰고 갔다. 영화 표 값도 각자 냈다. "이건 진짜 데이트가 아니니까 말이야. 알지?" 에린이 말했다. "이건 진짜 팝콘이 아니야. 알지? 이건 포장에 넣은 스티로폼이야." 내가 말했다. 나중에 우리는 쇼핑몰 밖의 보도에 서서 영화 이야기를 나누었다. 에린은 영화에서 나는 미처 생각 못 한 부분들을 보아냈다. 싸늘한 햇살 속에 서서 경찰 소굴 속 이야기가 아닌 화제로 얘기를 하노라니, 그녀의 모습은 그야말로 아름다웠다.

차를 세워둔 곳까지 걸으면서 나는 결국 그 질문을 꺼내놓지 않을 수가 없었다. "가끔씩 공식적으로 했으면 싶은데 어때? 진짜 데이트 말이야."

"좋은 생각이 아닐 거야."

"그렇겠지." 내가 말했다. "잘 가."

"잘 가."

우리는 각각 따로따로 갈 길을 갔다.

나는 내가 균형 잡힌 사내라고 생각하고 있다. 함부로 경솔하게 행동하지 않는다. 나의 본성이 허락하는 것을, 내가 거친 훈련이 뒷받침한다. 그래서 나는 이 나머지 이야기를 가볍게 말하지는 않겠다. 악귀들이 인두겁을 쓴다는 걸 믿는 원시인들의 생각을 이해하기란 그렇게까지 어려울 게 없다. 내가 이 말을 하는 이유는 에린 플래너리 주 경찰관과 폴 우튼의 사건에 접하여 내가 무엇에 씌었던지 도무지 알 수 없기 때문이다. 나는 첩자가 되었다. 나는 내가 올바른 행동을 하고 있으며, 원칙을 지키고 있다는 기분이었고 그래서 누구 다른 사람이라면 결코 해도 된다고 생각지 않을 짓을 스스로 해도 좋다고 허가를 내렸다. 내 머릿속에서 제해버릴 수 없는 것은 그녀가 가진 흡인력의 수수께끼였다. 우튼 대장 같은 사나이가 결혼의 서약을 저버리고 자기 직업을 욕보이는 경계선에서 비틀거리게 만든 힘 말이다.

나는 몇 번 주말에 차를 몰고 나자레스를 지나가면서 혹시 에린이 보이는지 찾아보았다. 나는 에린이 거기 산다는 것까지는 알았지만 정확히 어디인지는 몰랐다. 나자레스는 큰 도시가 아니다. 6000명짜리 마을이다. 그곳은 부대 본부로부터 16킬로미터쯤 떨어져 있었고 내가 살고 있는 철강 도시 베슬리헴으로부터는 14킬로미터가 채 안 되었다. '철강 도시'. 베슬리헴 철강 공장과 그 부대 사업장들이 일본인들이 벌인 비즈니스적 학살극의 희생자가 되어 무너져버리기 전까지는 썩 어울렸던 별명이다.

하루는 베슬리헴 중앙로를 차로 달려 지나가다가, 세탁소에서 비닐에 싸인 제복 여러 벌을 들고 나오는 플래너리 부대원을 보았다. 그녀 뒤를 따라가서 그녀가 사는 복합 공동 주거 아파트 건물을 보아두었다는 말을 하려니 마음이 부끄럽다.

그리고 나중에, 때때로 기회가 나면 나는 일부러 차를 빙 돌려 에린 플래너리가 살고 있는 거리를 거쳐 지나가면서 혹시 대장의 차가 보이는지 살펴보았다. 혹시 그 아파트 건물의 주차장에 세워져 있지는 않은지 말이다. 나 자신의 몹쓸 행동을 비웃는 의미에서 나는 그 짓거리를 '자발적인 감시 행위'라고 이름 지었다. 나는 내가 하고 있는 짓이 형편없이 싫었지만 그 순찰을 안 다닐 수가 없었다. 테러가 있을지 모른다는 위협 탓에 우리는 한층 더 경계 태세를 취하고 있었다. '소형 냉장차의 법규 위반을 주의해서 볼 것'이라고 우리 게시판에는 적혀 있었다. 수상하다면 곧 멈춰 세워 수색하라. 에린 플래너리가 사는 방 근처로 차를 몰아 지나가면서 폴 우튼의 차가 혹 거기에 있는지 확인하라. 나머지 녀석들은 퇴근해서 술집에 가 있었다. 그럴싸한 소리를 주워섬기고 운동 경기를 보았다. 나는 이 한 가지에만 집착했고, 그건 쏠쏠하고 불쾌한 일이었다. 내일이면 나는 이 짓을 그만둘 터였다.

〈앨런타운 모닝콜〉의 기자가 그 일을 어떻게 알아냈는지 나에게 묻지 마라. 가끔 그런 일도 터지는 법이다. 그 기자는 펜실베이니아 주 경찰 대원 에린 앤 플래너리의 사망에 대한 기본적인 사실들을 보도했다. 주 경찰 대변인은 그녀가 어떻게 죽었는지에 대한 언급을 보류했다. 나는 기사를 읽는 대중이 상황을 종합하여 결론을 내릴 것이라고 생각할 수밖에 없었다. 경찰이라면 뻔히 결론 지을 것처럼 말이다. 수사관들의 심중에는 살인이라는 생각이 자리 잡고 있었다. 나는 안절부절못하며 하룻밤을 새웠다. 그다음 날 주 경찰국장인 로버트 메트캘프 경장이 텔레비전 카메라 앞에 서서는 플래너리 대원 사망 사건은 살인으로 보고 수사 중이며, 유감스럽지만 상세 내용은 언론에 공개할 수 없다고 발표했다.

"명예, 봉사, 성실, 존중, 신뢰, 용기, 그리고 의무." 우리의 좌우명이다. 구조 활동에 나선다든가 심한 분규 상황에 끼어들어야 할 때라면 용기라는 것이 나에게 낯설지 않다. 심지어 중범죄자 체포 시에 종종 벌어지는 난리통에서도 용감할 수 있다. 나는 그런 상황들에서 용기를 보아온 것만이 아니고, 내가 이렇게 말하는 것을 양해해준다면, 용감한 행위가 상영되는 무대 스크린 속에서 나 자신 한 역을 맡아 했던 것이다. 하지만 그러한 용감했던 순간들이 진정한 나의 행위가 아니라 단지 상황에 대한 반응이었을 수도 있을까? 체육관 마룻바닥에 공을 던지면 튀어오르는 것처럼 아무 생각 없는 반응이었을 수도? 도덕적인 용기. 거기에 과녁이 있다. 그 과녁은

맞히기가 더한층 힘든 것이다.

  거짓말이 성실에 대한 위반이라는 점은 명백하다. 하지만 침묵도 그러한가? 지금 이야기하고 있는 건 제2차 세계대전 때 독일 국민들이 침묵했던 것 같은 그런 침묵 이야기가 아니다. 에린 사건에서, 그녀를 끝없이 계속되는 재순환 과정으로부터 끌어낼 수 있는 것은 아무것도 없었다. 심지어 내가 나서서 그녀가 죽을 때에 내가 그 자리에 있었노라고 말했다 해도 불가능했다.

  뉴스가 터졌다. 폴 우튼 대장의 부인이, 부인의 이름은 맬로리인데, 살인 사건 사건번호 MI-645-어쩌고의 중요 관련자로 부각되었다. 폴 우튼의 부인이! 우리 부대는 난리가 났다. 우튼 부인에게서 받았던 인상들을 재고하면서 온갖 추측이 난무했다. 그리고 그 다음에는 물론 끔찍한 뜨악함이, 실망이, 의심이 우튼 대장 본인을 향해 자리 잡았다. 어쩌면 그럴지도 모른다고 생각했던 것이지만, 이 사건에 대하여 쌤통이라는 분위기가 없었다는 데 나 자신 반쯤은 기뻤노라고 인정하지 않을 수 없다.

  대장에게는 행정상 휴가 처분이 내렸다. 이것은 주 경찰의 이름에 오점을 남긴 첫번째 추문이 아니고 첫번째 중대 사건도 아니었다. 하지만 이 사건은 지금 여기에, 우리들 M 부대 가운데 떡하니 벌어졌다. 치명적인 상처를 남겼다. 내게는 그렇게 보였다. 내 동료 부대원들은 생각나는 대로 막말을 했다. 그러고 나서는, 강철의 띠가 서서히 우리의 심장을 조여왔다. 우리는 점차 과묵해졌다. 우리가 훈련받아 종사하는 일에 더욱 몰두하게 되었다. 법률의 병사가 되는 일에 말이다. 우리는 우리 일로 복귀했다.

두 주가 지나고 어느 날 아침 내가 출근해보니 책상 위에 호출이 한 통 와 있었다. 베슬리헴의 본부에서 회의가 있으니 출두하라는 내용이었다. 나는 올해의 직무 수행 내용을 개인적으로 상세히 적어놓은 기록을 가지고 들어갔다. 평가 때에는 그렇게 하도록 이야기 들은 대로다. 우튼이 없으니 이제 누가 내 평가 석상에 주재를 할 것인지 궁금했다.

내가 우튼에 대해 할 수 있는 말들이 무엇이건 간에 나는 우튼이 나에게 좋은 평점을 주었을 것이라는 데 의심의 여지가 없다고 말할 수 있다. 우튼이 나에게 주의를 주었던 일은 딱 하나뿐이었다. 사고 현장을 그린 도해 스케치에서 방위 표시를 잘못한 건에 대해서다. 그렇게 운전을 하고 돌아다녔건만 잘못해서 북동쪽으로 뻗은 길을 북쪽이라고 틀리게 써 넣었던 것인데, 우튼이 그 실수를 적발했다.

회의실에 다 와서 나는 장교용 겨울 외투가 의자 등에 걸쳐 있는 것을 보았다. 외투 소매에 장식되어 있는 계급 표시는 고리가 두 개였다. 그건 즉 그 외투가 소령의 것임을 나타낸다. 내가 방에 들어서자, 회의 탁자 한끝에 소령이 앉아 있었고 우튼 대장이 그 오른편에 있었다. 우튼이 말을 할 때까지 나는 두 사람을 번갈아 바라보았다. "좋은 아침일세, 저스틴." 몸짓으로 가리키면서 그는 브라이언

매닝 소령을 소개했다.

소령이 말했다. "자리에 앉게, 에버하르트 대원."

나는 심장이 쿵쾅거렸다. 내가 무슨 위치로 승진을 하게 될까?

소령은 이전에 미처 M 부대 막사에 나가보지 못해 미안하다고 사과하면서 이야기를 시작했다. "월급날의 바텐더처럼 바빠서 말일세." 그가 말했다. 내 긴장을 풀어주려는 의도였다. 아쉽게도 나는 제대로 웃어주지 못했다. 아무 내용도 없는 잡담을 조금 더 한 후에 소령이 말했다. "말해보게, 대원. 자네 심폐소생술 훈련 받은 것에서 뭣 좀 기억하고 있나?"

무슨 말인지 헷갈려하며, 나는 더듬더듬 대답을 했다. "우선 반복해서 다음을 시행합니다. 두 손으로, 5센티미터 깊이로, 2초 사이에 세 번 압박을 가합니다. 열다섯 번 눌렀으면 두 번 인공호흡을 해줍니다."

"압박을 가할 때 흉부는 어느 정도를 움직이게 되나, 대원?"

"말씀드렸다시피 5센티미터입니다, 소령님."

"흉부 폭의 3분의 1이지." 소령이 말했다.

"그렇습니다, 소령님."

"하다 보면 몸이 지치지 않나, 그렇지, 대원?" 소령이 미소를 띠고 물었다.

우튼이 한마디 끼워 넣었다. "무지하게 힘들지요."

"그러게, 확실히, 나도 처음 심폐소생술을 해봤을 때에 땀이 엄청 나더라고." 매닝 소령이 말했다. "덩치 큰 친구였지. 몸무게가 한

140킬로그램은 됐어. 그 친구 몸 위에 땀을 뚝뚝 떨어뜨리면서 했다네."

이런 상황에 처했다면 예의 바르게 굴 수밖에 없다. 고개를 끄덕이고 적당히 웃어드린다. 하지만 이게 대체 무슨 빌어먹을 얘긴가, 생도 시절 실시했던 긴급 구명 조치를 꼬치꼬치 캐묻다니? 나는 제복 셔츠 밑에서 가슴털이 다 곤두섰다. 체온이 32도쯤으로 곤두박질친 것 같았다.

우튼 대장이 그다음 질문을 불쑥 던졌다. "자네는 플래너리 대원과 퍽 친한 사이였지, 그렇지 않나, 저스틴?"

"친구였지요. 잘 아는 사이는 아니었습니다. 제 말씀은, 플래너리 대원과 제가 서로 잘 알게 될 만큼의 시간이 없었다는 말씀입니다." 나는 그와 눈을 마주쳤다. 이 탐색이 혹시 내가 그녀와 잤는지를 묻는 게 아닌가 싶었다. 우튼 대장의 외도 상대인 여자와 잤는지 말이다. 그녀는 점심 먹으러 나갔다 하면 시간을 끈다고 말들이 있었다. 치과에 간다, 병원 예약이 있다, 타이어가 펑크 났다, 뭐 그런 구실들을 대고 늦는 것이었다.

"플래너리 대원이 이리로 온 지는 3개월밖에 안 됩니다, 소령님." 나는 그동안 내내 그녀와 우튼이 어쩌면 그렇게 빨리도 눈이 맞았는지 생각하고 있었다.

그의 눈에 비친 표정을 내가 뭐라고 형용할 수 있을까? 나를 보면서, 날 보고 있지 않다. 가늠해본다. 내 모습을 비춰낸다. 현재의 기름이 과거의 녹을 흠뻑 적시고 있다.

우튼이 말했다. "칼 캐롤라가 자네가 플래너리 대원 뒤를 따라가는 걸 보았네, 저스틴. 한 번만이 아니라 두 번이나. 칼은 그것 참 이상한 일이라고 생각했다네. 그 일에 대해 자넨 우리에게 뭐라고 말을 하겠나?"

"저…… 전 잘 모르겠습니다. 칼이 잘못 봤겠지요." 나는 그렇게만 말하고 입을 다물었다. 침묵은 신문의 도구이다. 그리고 판매 영업의 도구도 된다. 우리 삼촌이 나에게 이야기해준 것이다. 바야흐로 거래를 성립시킬 참이 되면 삼촌은 이제 할 말은 다 했다는 신호로써 연필 한 자루를 입술에 대었다. "먼저 말하는 쪽이 지는 거야." 삼촌이 한 말이다. 나는 이제 그 도구의 유용함을 깨달았다. 나와 대장과 소령 셋이서 아무 소리 없이 방 온도가 점점 올라가도록 꿈쩍 않고 앉아 있었다. 비록 내 눈에는 대장의 등 뒤 창문에 처진 블라인드 틈새로 비끼는 강풍에 사선으로 휘날리는 눈송이들이 보이고 있었지만 말이다.

마침내는 매닝 소령이 말했다. "자네 심폐소생술 시행 자격은 갱신이 됐나, 대원?"

"날짜를 확인해봐야 할 것 같습니다, 소령님. 갱신할 때가 되어갈 겁니다."

"전에 심폐소생술을 시행해본 적이 있었지. 안 그런가, 저스틴?"

"아닙니다, 소령님."

내가 왜 거짓말을 했을까? 나는 이전에 쓰러진 사람에게 심폐소생술을 시작했던 일이 과연 있었다. 그건 내가 표창 메달을 타게 된 공로 중 일부였지만 서면상으로는 언급된 바가 없을뿐더러 꼭 기록해야 할 사항도 아니었다. 내가 심폐소생술을 시작하자마자 금세 전문 구급요원들이 현장에 도착했고, 그래서 그때 한 것을 가지고 실제로 심폐소생술을 '시행했다'라고는 생각하지 않았다.

소령은 의자에 등을 대고 물러앉으며 두 팔은 탁자 위에 뻗어 올려놓은 채 폴을 바라보았다. 폴이 내게 물었다. "여봐, 자네 평소에는 반지를 끼던데, 그렇지 않나?" 친근하게, 아무렇지도 않은 듯이. "학교 반지죠. 네, 낍니다." 내가 말하고 어깨를 으쓱해 보였다. 그날은 반지를 끼고 있지 않았다. 나는 우리 대원들이 지난 크리스마스 때 선물한 수집가용 고급 펜을 가지고 손장난을 하고 있는 대장의 왼손을 흘긋 훔쳐보았다. 아직 결혼반지를 끼고 있었다. 나는 대장의 부인 맬로리가 오늘 어떤 모습을 하고 있을지 그려보았다. 얼굴에는 심란한 표정이 가득하고, 로봇처럼 움직이는 동작에 가슴 아픈 심정이 드러나 보이겠지. 부인의 걸음걸이, 자녀들과 소통하는 말과 몸짓에 고통이 비쳐 보일 거다. 우튼 대장은 저기에 앉아서 에린 플래너리 건으로 나를 면담하고 있다. 결국에는 자기 집 마룻바닥에 쓰러져 죽고 만 여자를 향한 그의 자제할 수 없었던 욕망으로 인하여 이제 그의 가족이 산산조각 나는 판이건만.

그의 부인이 에린 사건에서 신속히 혐의를 벗게 되리라는 건 틀림없는 일이다. 생각해보면 정말 우습고 어이없는 일이다. 애당초 어떻게 부인이 사건에 얽혀 들었는지를 생각하면. 이 세상 그 누가 부인과 에린이 둘 다 오보에를 무척 좋아한다는 공통점이 있었을

녹 175

줄 생각이나 했으랴. 내가 허튼소리 하는 게 아니다. 정말 오보에를 좋아했다는 거다. 그래서 그 두 사람은 매주 있는 사회인 강좌에 출석했던 것이다. 우튼 부인은 에린에게 자기가 열한 살 때 아버지한테 받았던 낡은 악기를 빌려주었다. 오보에 케이스의 금딱지에 '맬로리 파슨스'라는 이름이 새겨져 있었다. 맬로리 우튼이 아무것도 모른 채 남편의 정부 집에 들어갔었다는 바로 그 사실이 나는 몹시도 가슴 아팠다. 너덜너덜 닳아버린 신경으로도, 나는 부인에 대해 충심으로 안된 감정을 지니고 있었다.

내가 상관들에게 말하지 않은 사실은 에린이 부상당한 그날 밤 매실주를 너무 많이 마셨다는 것이며 그 술을 산 사람이 나였다는 것이었다. "그동안 좀 스트레스를 받아서." 에린은 그렇게 말했다. "일들이 있었어."

"속상한 일들이 있을 수 있지."

"있잖아, 저스틴 씨 그거 알아? 저스틴 씨는 내가 원래 생각했던 것보다 훨씬 어울리기 쉬운 사람이야."

"고맙다고 해야겠군."

"자긴 그냥 근무 시에 너무 심각하다는 것밖에 없어."

"그게 나쁜 거야 좋은 거야?"

"그건 그냥 그런 거야. 나쁠 수도 있고 좋을 수도 있지." 에린의 머리카락은 반들반들 윤을 낸 구리 같았다.

이때는 〈해병대 놈들〉을 보고 나서 두어 주 지나서였다. 우튼은 자리를 비우고 피츠버그의 학회에 가 있었다. 아마 내가 데이트를 청했을 때 에린이 마음 약해진 이유가 바로 그것이었을 것이다. 나는 내 저의가 비열하다고 느꼈고, 에린이 수락한 게 유감스러울 지경이었다. 에린은 이미 우튼과 함께 떳떳지 못한 외도 관계에 말려 있는 참인데 거기다 이제는 또 우튼을 속이고 나를 만나나? 물론 이게 진짜로 '배신'이라는 딱지를 붙일 만큼 갈 데까지 가지는 않을 것이다. 내가 그렇게까지 치닫도록은 하지 않을 것이다. 하지만 설사 그렇게 되었다 쳐도, 최소한 에린과 나는 독신이다.

우리는 일식당에서 만났다. 베슬리헴 양조장 근처에 새로 생긴 집인데 내가 한번 가보고 싶다고 말했다. 에린은 또다시 각각 따로따로 차를 몰고 갈 것을 고집했다. 어차피 볼일이 있어서 그 근처에 가 있을 거라고 하면서 말이다. 우리는 식탁 크기에 맞추어 설치된 스테인리스 그릴 자리에 앉았다. 거기서는 철판구이 식으로 우리 눈앞에서 음식을 해주게 된다. 요리사가 쌓아 올린 양파 화산 위로 불꽃이 화르륵 높이까지 날아올랐다. 우리는 계란을 던지고 칼을 던지는 요리사의 익살에 놀라고 재미있어 다른 사람들과 함께 일거수일투족에 박수갈채를 보냈다.

그러는 와중에 나는 에린에게 우튼 대장과 그러고 다니는 데 대해 어떻게든 경고를 해줄 방법을 모색했다. 그녀에게 도대체 지금 무슨 짓을 하고 있다고 생각하는지 묻고 싶었다. 좋은 말로 얘기를 하겠지만, 괜한 여지는 남겨주지 않을 것이다. 새로 사귄 친구 즉 내가 그녀를 바로잡아주려고 옆에 있다는 사실을 분명히 할 것이다.

계산서를 기다리는 사이에 내가 말했다. "에린 씨한테 꼭 할 말이 있어."

그녀는 고개를 갸웃이 기울였고, 미소를 띠었다. "좋아."

"내 말 오해하지 마."

"어머나, 맙소사." 에린은 술잔을 들여다보았다. 이미 한 번 비우고 다시 채웠던 잔이었다. 그러더니 내 일본주 잔을 집어 들어 몇 모금 남은 술을 싹 비웠다. 그러고는 술 주전자에 손을 뻗었다. "술도 없이 얘길 들어야겠네." 그녀는 말하고 주전자를 짤짤 흔들었다. 그러면 걸려 있던 술이 마저 나오기라도 할 것처럼. "얼마나 나쁜 얘기길래 그래? 나한테 말하겠다는 게 뭐야?"

"에린 씨가 알아서 처리할 수 있어."

"아, 그것 참 다행이네."

"에린 씨는 참 알 수 없는 사람이야. 진짜 아리송해."

"뭐라고? 다시 말해볼래?"

"난 에린 씨가 어떤 사람인지 도무지 이해할 수가 없어."

그녀는 나에게 눈을 찡긋하더니 입고 왔던 풍신한 분홍색 재킷을 의자 등에서 걷어내며 말했다. "내가 좀 해롱해롱하는 건 알아차렸어? 조금만 더 마셨더라면 운전 못 할 뻔했네. 저스틴 씨가 날 체포해야 할 뻔했어." 에린은 그 말을 그렇게 했다. 희롱을 하듯이 말이다.

우리는 주차장 그녀의 차 옆에 서서 이야기하고 있었는데, 그때 그녀가 말했다.

"욱. 있잖아, 나 정말 속이 안 좋아. 게우지 않고 집에 고이 갈 수 있을 것 같지가 않네." 에린은 자세를 구부렸고 나는 곁에 다가서서 한 팔을 그녀에게 둘렀다. 이건 유혹치고는 굉장히 이상한 꼬시기 수법일 것 같았다. 어쩌면 대장에게도 똑같은 수법을 써서 자기 집으로 데려갔던 건지도 모른다.

"음식이 이상했나 봐. 매실주나 일본주 때문에 이럴 리가 없어. 어떤 사람이 내 옆에서 자꾸 많이 못 마시게 했으니까 말이야." 그녀는 옆눈으로 나를 보면서 그렇게 말했다. 짓궂은 요정 같은 희롱의 미소를 띠고서.

차 한 대가 우리에게 얼음 낀 진흙탕을 튀겼다. 운전자가 당연히 속도를 낮춰야 할 것을 쌩쌩 몰아 지나가느라 그랬다. 쌓인 눈이 한 7~8센티미터 깊이는 되었다. 눈앞의 나무들은 짙고 뻑뻑한 안개에 촘촘히 덮였다.

"내가 태워다 줄게." 내가 말했다. "아침에는 내가 에린 씨네 아파트에 들를 테니까 둘이서 에린 씨 차를 가지러 오면 되지."

그녀가 언뜻 나와 시선을 마주쳤을 때, 나는 그녀가 자기가 사는 곳이 아파트인지, 단독주택인지, 아니면 이동식 주택인지 언급한 적이 없었다는 데 생각이 미쳤다.

에린은 몇 킬로미터 떨어지지 않은 곳에 살고 있었다. 모라비안 공동묘지 근처였다. "난 가끔 그쪽에 가서 줄지어 있는 묘 사이를 그냥 왔다 갔다 해. 거기 놓인 머릿돌지면에 평평하게 박은 비석들은 모두가 신의 눈 앞에서는 평등하다는 걸 보여줘. 가난한 사람 옆에 부자가 있고, 모히칸 족 인디언 옆에 흑인 옆에 백인이 누워 있지."

"그런 줄은 몰랐네." 내가 말했다. "나는 몬태나 출신이거든. 몬태나에서는 그 사람들을 박제해서 박물관에 처박아놔." 에린은 낮게 클클 웃었다. 두 눈은 감겼고 머리는 젖혀져서 좌석 머리받이에 고인 채였다. 내가 그러고 있으라고 했다. 사실은 내가 그 자리에 그렇게 머리를 괴고 있었어야 했다. 나는 아직도 핏속을 도는 화끈한 술기운을 느낄 수 있었다. 그토록 많은 유혹을 던져온 뜨겁고도 달콤한 자극, 닳아서 무뎌진 끄트머리들이 묘하게도 위안이 된다.

"여자만 빼고 모든 이가 평등해." 에린이 말했다. "여자들은 여자들만 따로 다른 구역에 묻혀 있어. 분리되어 있지. 교회 안에서도 그래."

눈에 반사되어 되비쳐온 전조등 불빛에 그녀의 입술이 분홍빛으로 빛났다. 나는 그때 그 자리에서 그녀에게 입 맞추고 싶었다. 그러는 대신에 나는 점화 장치 열쇠를 돌려서 차를 몰고 길로 나섰다. 제한 속도보다 한참 이내로 운전하면서, 백미러와 사이드미러를 자주 보았다. 나는 플래너리 대원이 아무리 비번일 때라지만 그렇게 취할 대로 취했다는 사실을 경멸스럽게 생각했다. 하지만 나 역시 이보다 덜 취했을 때였더라면 운전대를 잡지 않았을 것임을 스스로 알고 있었다는 게 사실이다. 또 한 건 한 것이다, 이 여자가. 남자들을 꼬드겨서 선을 넘게끔, 해서는 안 될 일을 하게끔 하는 것 말이다.

일단 집 안에 들어가자 그녀는 상태가 좀 나아진 것 같았다. "좌우간 매실주가 문제였던 것 같아. 난 오늘 점심을 걸렀거든. 있잖아, 얼음물 마실래? 아니면 커피 줄까? 달라고 하면 바로 만들어줄게." 난 커피가 좋겠다고 했다.

그 말에 에린은 둘이 앉았던 긴 의자에서 바로 일어섰다. 아마도 편하게 느끼기에는 내가 너무 가깝게 붙어 앉았던가 보다. 나는 몸을 움직여 그녀가 돌아오면 좀더 간격이 뜨도록 고쳐 앉았던 것인데, 그러다가 그만 자리에서 일어서서 에린이 있는 주방으로 들어섰다. 에린은 걸음을 내딛다가 휘청 헛짚으면서 헝겊 깔개에서 엎어질 듯 앞으로 나가 타일 바닥에 발바닥을 부딪쳤다. 깔깔 웃으면서 그녀가 말했다. "아 이런 맙소사. 나 정말 취했나 봐. ……취한 건지 뭔지 하여튼. 있잖아, 저스틴 씨? 미안한데 말이지, 아무래도 난 그냥 위층에 올라가서 침대로 들어가야 할까 봐."

그럼, 그럼. 나는 그렇게 말해주었다. 진심이었다.

"위층까지 올라가는 것만 도와줘. 그러기만 하면 괜찮을 거야. 고마워, 저스틴 씨. 고마워, 정말이야."

우튼하고도 이런 식이었나? 하지만 그렇다기에는 에린은 정말 취해서 당혹스러워 보였다. 이 여자는 뭔가? 어떻게 한 여자가 두 남자를 상대로 이렇게 할 수가 있지?

녹 181

내 도움을 받아서 에린은 그럭저럭 층계 네 단을 올라갔다. "나 갈 때 현관 자물쇠 돌려주고 나갈래, 저스틴 씨? 그래줄 거지? 이제 여기서부터는 내가 올라갈 수 있어."

에린은 미소를 지으며 다시금 고맙다고 인사했다. 나는 층계를 내려가기 시작했지만 그러다 에린이 다음 단에 발을 올리기도 전에 내가 먼저 다음 단에 올라섰다. 내가 무슨 짓을 하고 있는지 나 자신도 몰랐다. 나는 그녀를 얼싸안으며 확 끌어당겨서 입술에 진하게 키스를 했다.

"안 돼." 그녀가 말했다. ……그러고는 내가 다시 입을 맞추도록 가만히 있었다.

내가 하고 싶었던 일은……. 내가 하려고 했던 일은…… 〈바람과 함께 사라지다〉에서 레트 버틀러가 스칼렛 오하라에게 했던 것처럼 그녀를 한 팔로 휘어잡아 안아 드는 거였다. 하지만 일은 그런 식으로 전개되지 않았다. 아, 맙소사, 정말 그렇지가 못했다. 에린은 홱 밀치고 물러났고, 그러다가…… 이 일을 돌이켜 생각하려 해도 나는 정말 무슨 일이 벌어졌던 것인지 확실히 알 수가 없다. 내가 아는 건 에린이 떨어지지는 걸 내가 붙잡으려고 했다는 것이다. 그런데 현실은 그렇지가 못했고, 그녀가 휘청 몸이 기울어 자세가 옆으로 틀어지는데, 내 주먹이 그녀의 왼쪽 턱에 가닿아 있었다. 아래로 붕 날아 떨어지면서, 그녀는 층계 카펫 고정 쇠막대를 물린 네모진 받침에 머리부터 고꾸라질 듯했는데, 그러다가 퍼뜩 몸을 뒤집는 바람에 머리가 콰직! 하고 타일 바닥에 부딪쳤다. 황갈색 소용돌이 무늬가 있는 회색 타일에 가장 선명한 빨간색이 합쳐졌다.

　심지어 일이 터진 직후인 그때에도 나는 내가 그녀를 층계에서 떨어뜨린 건지 의심스러웠다. 혹시 내가 낙상을 초래한 건지. 내 반응이 빨랐어야 옳다. 어떻게 그녀를 놓칠 수가 있는가?

　에린은 두 눈이 반쯤 돌아간 채 그곳 바닥에 쓰러져 있었다. 나는 심폐소생술을 시작했다.

　총탄을 삼키고 싶은 생각이 나의 머릿속에 스쳤을 것이라고 짐작할는지 모르겠다. 그랬다, 영화에서 봤던 대로 내 총을 어루만져보기는 했다. 그리고 내 뇌리에는 또 다른 극적인 시나리오들도 솟아나왔다. 고약한 짓이지만 제일 마음이 당긴 건 이거다, 악질 범죄자 놈에게 죽는 것. 거리에서 험악한 상황이 발생했을 때 스스로 현장에 뛰어든다. 영웅처럼 굴면서, 나 스스로 죽음을 맞게끔 상황을 만드는 거다.

　나는 심지어 내 시체가 베슬리헴의 노숙자들 사이에서 발견되는 그 장면들을 상상해보기까지 했다. 전에 한 번, 일련의 주거 침입 사건이 벌어져서 인근에 탐문을 돌면서 나는 블라스트 용광로 단지 뒤편 울타리가 둘러쳐진 지대에 내려가본 일이 있었다. 철골조 안에서 까마귀들이 푸드덕거렸다. 움쑥 들어간 벽 틈에서는 고양이 눈이 빛났다. 너저분한 모습을 한 사람들이, 남자도 있고 여자도 있었는데, 200리터들이 드럼통에다 불을 피워서 식사거리를 끓였다. 흘긋 쳐다보는 눈에는 별다른 흥미의 빛도 없이, 경찰 제복을 입고 있어도 그냥 거기 방황하는 또 한 명의 부랑자를 보듯이 데면데면했다. 거기가 내가 가야 할 곳이다. 이제 나는 나 자신을 누워 잠들게 한다. ……영원한 잠이다. 하지만 그 사람들을 나의 마지막 행위에 연관시키는 일은 악 위에 악을 쌓는 짓이리라.

다시금 나는 본부로 호출을 받았다. 매닝 소령과 대장과 1차 면담을 한 후로 족히 한 달이 다 간 때였다. 이번에는 살인과에서 나온 경사 둘이 나를 맞이했다. 나는 질질 끌고 싶지 않았다. 그들이 나에게 씌운 혐의는 내가 씌워질 줄 미리부터 알고 있었던 것이다. 알고 있었지만 짐짓 당장에 임박한 일은 아닌 척하고 있었다. 매일같이 잠에서 깨어 일어나면서 그날이 그 사건 이전의 날들과 다를 것 없는 척하고 있었다.

에린 플래너리의 시신을 부검한 결과 그녀의 흉골과 갈비뼈 두 대에 금이 간 것이 발견되었다. 내가 가한 흉부 압박으로 인해 생긴 것이다. 처음에 심폐소생술을 시작했을 때, 나는 그녀의 브래지어를 벗기는 건 원치 않았다. 그렇게 하는 건 그쪽 방면으로 일종의 무단 침입처럼 될 테니까 말이다. 브래지어를 벗기지 않고 흉부 압박을 했기 때문에 처음에 몇 번 내리누를 때 흉골 위 살에 자국이 났다. 게다가 찌그덕하는 소리도 났다. 시리얼 봉지를 열려고 콱 잡아당길 때 나는 소리와 비슷했다. 하지만 나는 그게 중간에 브래지어가 끼어 있어서 나는 소리인 줄 알았다. 손가락으로 더듬더듬 브래지어 앞 플라스틱 고리를 풀었고, 그대로 심장 펌프질을 계속했다. 그녀의 이름을 부르다가, 입에 입을 갖다 붙이고 또 한 번 숨을 불어 넣어주었다.

그러기를 분명 30분쯤 계속했을 것이다. 하여튼 느끼기엔 그쯤으로 느껴졌다. 그런 뒤에야, 아무런 긍정적인 회답이 보이지 않자, 아니 아예 아무런 반응이 없자, 아아 빌어먹을, 나는 주위를 둘러보면서 혹시 손으로 만졌던 게 있는가 생각해내려고 애썼고, 그런 다음 도망을 쳤다.

시체를 조사한 여성 감찰의는 그 흉부 부상 외에는 아무 단서를 찾지 못하고 조수에게 면봉으로 고인의 입 주위를 문지르게 했다. 그리고 별도의 면봉으로 입술에서도 시료를 채취했다. 심지어 여기에서도, DNA 검사를 해도, 내가 용의선상에 오를 일은 없었다. 내가 주 경찰대에 입대하고 나서 들었던 가외의 수사 강좌들 중 한 과목에서 자진해서 내 DNA 표본을 제출했다는 사실만 아니었더라면 말이다. 그 DNA 표본은 학생의 표본으로서가 아니라 무슨 다른 수사 건 표본인 것처럼 주립 과학수사 실험실로 보내졌다. 신원이 확인되지 않은 자의 DNA로 기록이 보관되어 있을 것이다. 이러한 미확인 DNA 기록들은 언젠가 다른 사건에서 '적중'할지도 모른다는 기대 속에 데이터베이스에 유지된다. 거기에 다른 흔적 증거가 있어서 그걸로 용의자가 누군지 발각되면 되는 것이다. 예를 들어 오보에 케이스에 남아 있는 우튼 부인의 지문 같은 것이다. 내 신원이 그 타액 표본으로부터 밝혀질 일은 없었다. 단 한 가지, 얼마 지나지 않아 결국 상관들이 새로운 표본을 채취하겠다고 압박을 넣어온 사실만 제외하면 말이다. 그리고 물론 나는 그에 따랐다. 또 거기엔 대장이 언급하여 나에게 물어보았던 그 반지도 있었다. 그 흔적은, 뒤에서 목을 조른 비틀린 자국이라고 할 수 있을 것이다. 에린의 사망 현장에 있었던 것 중 나를 가리키는 단서는 아무것도 없다. 나는 전혀 지문을 남기지 않았다. 유리컵도, 층계 난간도 만진 일이 없었다. 내가 에린의 열쇠로 문을 연 것은 사실이지만, 그때는 손에 장갑을 끼고 있었다. 그 집을 나갈 때도 끼고 있었다. 심폐소생술을 실시하는 동안에도 나는 바닥에 고인 피를 피해서 했다. 하지만 그 반지는……?

증거를 꼼꼼히 파보던 경사는 에린의 턱에 나 있는 이상한 자국을 붙잡았다. 구부러진 불꽃 무늬 같은 것 아래에 살짝 띄운 공간이 있고 그 밑으로 서양배 같은 자국이 있다. 물방울 모양 같은데 허리선이 미미하게 높다. 그런 형상이 두 개 있었다. 기어드 스크랜턴 경사는 그 자국을 찍은 사진을 나에게 보였다. "그게 뭘로 보이나, 대원?"

"모르겠습니다. 구부러진 당근 다발인가요? 밑에 얼룩이 붙은?"

"난 어렸을 때 말이야, 인디언에 대해 흥미가 많았어."

"그러셨어요." 내가 말했다. 얘기가 어디로 흘러가려고 이러지?

"내 이름은 말이지, 네덜란드어로 '창을 잘 쓰는 사람'이라는 뜻이야. 피스캐터웨이 인디언들이 창을 썼지. 창으로 고기도 잡고 곰도 잡고 그랬다네."

"뭔가 하실 말씀이 있으십니까, 경사님?" 사건에 대하여 오직 지적인 관심만을 가진 척 꾸며 보이며 내가 물었다.

"이 자국은 곰 발자국 문양의 일부분일세. 발톱과, 발바닥이지. 보이나? 사진에 완벽하게 찍혀 있어." 경사는 사진을 내 쪽으로 돌려놓았다. "그 말씀이 맞을지도 모르겠네요."

"난 자네가 곰 발자국 모양으로 된 반지를 끼고 다녔다는 얘길 들었네, 저스틴. 버튼스 대원 말로는 자네가 항상 그 반지를 끼고 있었다더군."

"하. 그렇습니다. 거의 항상 끼지요. 오늘 아침에는 개수대 위에 놔두고 온 것 같군요." 나는 웃음을 보였다. "전 아버지와 삼촌과 함께 한동안 몬태나에서 살았습니다. 정말 기막히게 아름다운 곳이지요. 혹시 가보신 적이……? 몬태나 주의 마스코트가 회색곰이랍니다. 회색곰 장신구를 지닌 사람들이 아주 많지요."

경사는 고개를 끄덕이고, 몇 박자 뜸을 들였다. 아니면 몇 분을 기다렸던가. 어쩌면 한 시간이나 그대로 있었는지도 모른다. 그러고는 그가 말했다. "그냥 무슨 일이 일어났던 건지 나에게 말하지 그러나, 저스틴? 자넨 분명히 마음이 무척 불편할 거야. 컹클 경사나 나나, 매닝 소령도, 우리 모두 분명 당시에 뭔가 무척 강력한 참작 상황이 있었을 거라고 알고 있네. 그렇지 않았다면 자네가 올바른 행동을 했을 테니까 말이지. 그렇지 않은가, 자네? 이보게, 살다 보면 때때로 극단으로 치닫게도 된다는 걸 우린 알고 있다네. 어쩌면 자네는 그녀에게 연애를 걸려고 했던 거겠지? 어쩌면 자네가 술을 조금 과하게 마셨던 탓인지도 모르지?"

녹 187

나는 그가 그런 말을 차마 입에 담는다는 데 아연실색하여 앉은 채 그를 바라보았다. 하지만 왈가왈부는 하지 않았다. 왜냐하면 말을 받아서 아니라고 논쟁해봐야 그가 이미 믿고 있는 바를 더 심화시키기만 할 터이기 때문이다.

경사는 재차 그런 식으로 그런저런 말들을 늘어놓았고, 나는 이런 얘기로 나를 떠보는 이 상황이 믿기지 않는다는 듯이 고개만 절레절레 저었다. 난 분명 나 보고 무슨 얘기를 하라는 건지 도통 영문을 모르겠다고 말을 했다.

그리고 그러자 경사는 침묵의 도구를 사용했다. 까마귀들이 철강 공장의 그늘 속에서 까악거리고 있었을 것이다. 침입자에게 소리 지르는 날카로운 고양이 울음은 제 반향음과 꼬리에 꼬리를 물며 주위에 메아리치고 있으리라. 노숙자들의 허탈한 웃음소리가 계속해서 내 귓속을 꿰뚫어 울렸다.

올바른 일을 하려는 이들이 핏줄 속에 느끼는 특정한 종류의 두려움이 있다. 나는 내 앞 사람들의 아들이고 부하다. 우리의 기준은 워낙 드높아 진정으로 빠져나갈 길이란 없었다.

아마도 우리 아버지는 그 사실을 알았던 것이리라. 그리고 아마도 그것이 아버지가 우리 곁을 떠난 이유의 일부였으리라. 아버지와 매일같이 함께하던 다섯 잔째의 위스키와, 각성 드링크 한 병과, 경찰차의 배기구에 박스 테이프로 둘둘 감아 연결한 고무호스가 뱀처럼, 아버지가 앉아 있던 조수석 쪽 창으로 이어져 들어와 있는,

옥수수밭 가장자리의 진흙에 고무호스가 박히듯이 줄지어 선 나무들이 현장을 가려서 주 도로에서는 보이지 않고 아무런 까닭도 알려진 바 없이, 우리에게 왜 죽는지 얘기해준 마지막 쪽지 한 장도 남기지 않고.

어렸을 때, 밤이면, 나는 내 침대에 누워 부모님이 서로 다투는 소리를 듣는 적이 많았다. 어머니는 큰 목소리로 따지고 들었고, 아버지는 가끔씩만 되받아 고함을 치곤 했다. 아버지가 죽은 후에 나는 부모님이 말싸움을 벌인 게 대체 뭐에 관해서였던가를 기억해내려고 애썼다. 그때는 제대로 감을 잡지 못했다. 하지만 이제는 여자 이름 하나가 기억난다. 희한한 이름이었다, 그 당시의 내가 듣기에도 이상했다. 클라라벨. 나는 어머니가 그 여자를 '갈보년'이라고 부르던 게 기억나고 그 말이 무슨 뜻인지 내가 몰랐던 게 기억난다. 하지만 그 말은 말 자체만으로도 듣기에 끔찍했다. 목구멍 속에서부터 으르대는 엄포처럼 튀어나오는 그 발음이. 아마도 나는 그 말뜻을 알고 있어야 마땅했으리라. 하지만 나는 조용한 아이였고 특별한 친구들과 어울리지도 않았다.

아버지의 죽음에 대해 진짜 이야기를 들은 것은 내가 스무 살이 되어 버트 외곽에서 삼촌과 마지막으로 여름을 보냈던 때였다. 그때까지는, 그리고 그때 이후로도, 나는 계속해서 아버지가 얼마나 훌륭한 사람이었는지 하는 이야기를 들었다. 얼마나 긍정적이고, 얼마나 선량하며, 얼마나 완벽한 사람이었는지. 사나이의 이상이다. 내가 아버지에 대해 갖고 있는 이미지는 삼촌이 나에게 해준 이야기로 인해, 그리고 나중에 내가 알게 된 다른 사실들로 인해 영영 처참히 무너져 내렸다. 나는 이녹 '에디' 에버하르트보다 나은 인간이 되기를 간절히 바랐고, 그 간절한 바람을 행동의 형태로 만들어가기로 단단히 결심했다. 진정으로 도덕적인 사나이가 되기로. 그것이 이 세상에서 가능한 일이라면.

우튼 대장은 내가 본받고 싶은 이상이 되었다. 나는 그분같이 되는 법을 배우고자 했다. 거기에 끼어들어 내가 가지고 있었던 이상을 훼손하는 건 사람이건 사물이건 강력하고 무시무시한 마법이 씌어 조종당하는 것일 수밖에 없었다. 대장을 실족시킨 그 강력한 힘이 무엇인지 알고 싶은 집착에 사로잡혀서 나는 어느 모로 보나 그렇게 이른 최후를 맞아야 할 사람은 아니었던 여자를 쳐 쓰러뜨렸다. 그 여자의 잘못이라면 한 가족과 친하게 지내고, 외로운 미친 놈을 벗해주었던 것뿐이었는데.

오늘까지도 나는 내가 혹시 마음먹고 그녀의 턱에 주먹을 날렸던 것은 아니었는지 알 수가 없다. 하지만 그게 무슨 상관이 있나? 나는 열성을 다했든지 아니면 배제되었든지 했고, 내가 해야만 했던 일을 하는 데 실패하고 내가 해선 안 될 일을 하도록 부추김을 받았다.

내가 포코노 강 둑 위에서 산 지 이제 아마 2년째일 것이다. 날씨가 나빠져서 나와 내 한동아리 야영꾼들이 무너진 헛간이나 방치된 오두막, 불도저가 와서 밀어버릴 예정인 빌딩을 찾아들기까지 이 자리에 산다. 하루하루 우리는 물고기를 낚아 올려 찌꺼기는 늘

배가 고파 덤불 속으로 살금살금 돌아다니는 고양이들에게 던져준다. 우리는 보잘 것 없는 우리 거처를 잘 지키고 혹시라도 범죄자가 들어오면 재빨리 내쫓아버린다. 지푸라기로 제비를 뽑아 술 사러 갈 사람을 정한다. 하루하루가 괜찮다. 밤이면 지빠귀가 전기톱 소리처럼 울어댄다. 나는 내 말을 들어주는 사람들에게 말한다, 최고로 튼튼한 철골 대들보라 할지라도 녹이 스는 법이라고. 우리는 모두 이승의 떠돌이 인생일 따름이다.

애국적 행위

크리스틴 캐스린 러시

파멜라 키니는 자면서 그 소리를 들었다. 누가 낄낄거리는 소리, 그 직전에는 와작와작 낙엽 밟는 소리가 났다. 조금 있으니 연기 냄새가 풍겨왔다. 희미하면서도 독한 냄새였고 파멜라는 이웃집에서 또 벽난로에 쓰레기를 태우는구나 생각했다. 파멜라는 잠깐 일어나서 창을 닫고 말없이 그 사람들을 욕했다. 자꾸 불법 소각을 하는데 정말 질색이었다.

그러고 나서 다음 날 아침까지 파멜라는 그 일을 잊고 있었다. 쨍하게 맑은 가을날 아침 집 뒷문 밖으로 한 걸음 내디뎠다가 자기 집 차량 진입로 한가운데에 무슨 천 조각 같은 것이 까맣게 타고 남은 걸 발견했다. 다행히도 밤사이 바람은 전혀 불지 않았다. 안 그랬더라면 증거가 모두 날아가버리고 없었을 것이다.

날아가버리는 대신에 불탄 천 무더기는 그 자리에 남아 있었고 포장된 차량 진입로 표면에 그을린 자국도 졌다. 낙엽 위에 윤곽으로 남은 발자국조차 분간할 수 있었다.

파멜라는 그 모두를 전문가답게 한발 물러서서 바라보고 파악했다. 범죄 현장을 훑어본 경험이야 수천 번이나 있었다. 그런데 그때 타버린 천 자체가 그녀의 주의를 붙들었다. 그러자 갑작스럽고 빠른 아픔이 바로 심장 위에 덮치며 흉골을 징징 울리고 등을 타고 밑으로 퍼져갔다.

누군가 다른 사람이 있었더라면 파멜라에게 심장마비가 온 줄로만 알았을 것이다. 하지만 그런 게 아니었고, 파멜라는 이 아픔을 알고 있었다. 이전에도 두 번 이런 느낌을 받은 적이 있었다. 첫번째는 장교들이 집에 찾아왔을 때였고, 그 후 목사가 접은 국기를 건네주었을 때도 이랬다. 그 국기는 조금 전까지 딸의 관을 덮고 드리워져 있던 것이었다.

그때 파멜라는 자기 눈으로 군인 자녀를 둔 그 많은 다른 어머니들이 그러는 것을 보았던 그대로 국기를 그러쥐었다. 그랬더니, 서 있으려고 했는데 그 아픔이 몸속을 관통하며 그녀를 도로 의자에 주저앉게 만들었다.

아들들이 파멜라의 두 팔을 부축했고, 나중에 파멜라가 그 통증에 대하여 말하자 끌다시피 응급실로 데리고 갔다. 파멜라는 친딸의 장례식 전 밤샘에 늦게 도착했다. 가슴에는 심박 조절기 전극을 붙이느라 칠한 밀착제가 끈적끈적했고 머리카락에서는 희미한 소독약 냄새가 풍기는 채였다.

그런데 그때 그 느낌이 다시 찾아왔다. 지금, 파멜라가 눈앞에 펼쳐진 참상을 바라보는 동안에. 누군가가 국기를, 제니의 국기를, 걸어두었던 앞문에서 우악스럽게 떼어다가 파멜라의 집 차량 진입로에서 불태웠다.

파멜라는 억지로 숨을 쉬었다. 그런 다음 왼쪽 가슴 상부의 그 위치를 손으로 문질렀다. 고통이 온몸을 타고 퍼져가는 것을 느꼈다. 두 눈알이 타는 듯하고 목구멍 깊숙이에서 덩어리가 치받친다. 하지만 파멜라는 눈물을 억눌렀다. 이 끔찍한 짓을 해놓은 사람이 누구든 파멜라는 그자에게 만족감을 안겨주지 않을 터였다.

마침내 파멜라는 핸드백에 손을 넣어 휴대전화를 찾았고, 닐에게 (오랜 세월 알고 지낸 사이이다 보니 파멜라는 닐을 보안관으로 생각하기가 힘들었다) 전화를 걸었다. 그러고 나서 닐이 도착할 때까지 현장을 보호했다.

닐이 올 때까지는 겨우 5분밖에 걸리지 않았다. 핼리스버그는 여전히 작은 마을이었다. 도시 가장자리에 닿을 때까지 매일같이 편도 1시간 반씩 걸려 출퇴근할 생각이 있는 포틀랜드 쪽 사람들이 아무리 많이 이 동네에 스며들었다 해도 달라진 게 없었다. 파멜라는 닐에게 출동을 부탁할 때 꼭 길 건너편에 차를 대라고 다짐을 두었다. 차가 바람을 일으켜 낙엽이 날리지 않게끔 한 것이다.

그리고 현장 감식 도구를 한 벌 더 가지고 와달라고도 부탁했다. 자기 것을 가지러 집 안에 들어가고 싶지 않았기 때문이다. 파멜라

애국적 행위 195

는 잠깐 눈을 뗀 사이에 현장이 망가질 위험을 무릅쓸 마음이 조금도 없었다.

집 앞길로 닐이 차를 몰고 왔다. 닐의 차량은 뼈대를 보강하고 엔진도 마력을 높여 개조한 거추장스러운 올즈모빌이었다. 험하게 굴려도 될 만한 차였고 실제로 종종 그런 일이 있었다. 그 결과 차량의 양옆에 칠해진 페인트는 새로 칠해 깔끔한 데 비해 후드와 지붕과 트렁크는 먼지를 흠뻑 뒤집어쓴 상태였다.

보안관도 같았다. 닐 칼린은 오십 대 후반으로, 머리는 벗겨져가는 중이고 햇볕에 지나치게 노출된 얼굴이었다. 하지만 입고 있는 제복은 늘 새것이고 늘 말끔하여 한 번도 쭈글쭈글 구겨져 있은 적이 없었다. 닐은 대학 시절부터 죽 그랬다. 복잡한 세상사에 관하여 딱 떨어지는 견해를 지닌 딱 떨어지는 사나이였다.

닐은 올즈모빌에서 내렸지만 여벌의 현장 감식 도구를 챙기러 차 뒤로 돌아가지는 않았다. 파멜라는 실처럼 몸속을 관통한 짜증을 느꼈다.

"내가 쓸 도구는 어디 있어?" 파멜라가 물었다.

닐이 부드럽게 말했다. "팸, 이건 급수 낮은 손괴죄야. 재판에 회부될 일은 없어. 당신도 알면서 그래."

"이건 악의적 고의에 의한 방화죄야. 중대 범죄라고." 파멜라가 쏘아붙였다.

닐은 한숨을 쉬고 잠시 파멜라를 뜯어보았다. 파멜라의 이런 어조를 익히 들어본 것이 분명했다. 둘이 오리건 대학교 학생이던 시절에 파멜라는 이 어조를 그에게 충분히 자주 사용한 바 있다. 두 사람이 연애를 하면서 정치적인 울타리 이편과 저편에 서서 끊임없이 울컥하여 갈라서려고 하던 그 시절에.

마침내 두 사람은 결별했고, 서로 친구 관계로 낙착을 보기까지 다시 몇 년이라는 세월이 걸렸다. 하지만 실제로 둘은 친구로 남았다. 더 이상 싸울 거리도 없었던 것이다.

닐이 다시 차로 가서 뒷문을 열고 파멜라가 가져오라고 했던 감식 도구 일습을 꺼냈다. 파멜라는 팔짱을 끼고 서서 자기 쪽으로 걸어오는 닐을 기다렸다. 닐은 차량 진입로가 굽은 곳 가장자리에 멈추어 섰고 감식 도구를 자기 다리에 딱 붙여 든 채로 말했다.

"당신이 어떻게든 검사를 구워삶아 이게 아무튼 간에 중범죄 비슷한 거라고 인정하게 만들더라도, 당신이 직접 현장 감식을 하면 증거가 오염된다는 걸 알잖아."

"뭘 그렇게 신경 써, 당신이?" 파멜라는 말을 하면서 자기 목소리에서 평소 같지 않은 서슬을 감각했다. 말로 하지 않은 으르대는 메시지가 있었다. '이건 우리 딸의 국기야. 우리 딸을 한 번 더 죽인 거나 다름없다고.'

그렇기는 해도 닐이 파멜라를 달래려고 뻔한 소리를 주워섬기지는 않았다.

"국기 불탄 게 오늘 아침에만 해도 8개째야. 개인적인 방화는 아니라고, 팸."

파멜라의 턱이 바짝 치켜 올라갔다. "나한테는 개인적이야."

애국적 행위

닐은 내려다보았고 뺨을 실룩거렸다. 닐은 어금니를 꽉 물었다. 말하지 않으려고 애를 쓰고 있었다.

닐이 굳이 말할 필요도 없었다.

대학 시절 경미한 범법 행위로 인해 남게 된 파멜라의 경찰 기록에는 아무렇게나 오려낸 신문 사진이 들어 있었다. 〈포틀랜드 오리거니언〉의 1면에 실렸던 것이다. 파멜라는 그 사진을 액자에 넣었고, 그 결과 긴 머리에 홀치기염색 티셔츠를 입은 훨씬 젊었던 시절의 파멜라가 한 무리의 학생들 맨 앞 중앙에서 깃대에 단 미국 국기를 손에 들고 그것이 불타는 것을 바라보는 사진이 시선을 확 사로잡았다.

하나님, 파멜라는 지금도 그 느낌이 어떠했던지 기억난다. 깃발이 바람에 펄럭이게끔 쳐들었던 그 느낌. 천이 탈 때 얼마나 매캐한 냄새가 났는지, 그리고 자기가 직접 기에다 불을 붙여놓고도 신성모독적인 그 느낌에 얼마나 겁이 났던지.

파멜라는 베트남전에 반대하는 시위를 했던 것이다. 그 사진과 그것이 초래한 야단법석이 끝내 닐과 완전히 깨지게 된 계기가 되었다. 캠퍼스에서뿐 아니라 오리건 주가 들썩거리도록 난리가 났다.

닐은 파멜라가 그런 짓을 했다는 걸 도저히 믿을 수 없어 했다. 때로는 파멜라 자신도 믿어지지 않았다. 하지만 파멜라는 나라를 위해 싸운다는 것은 가치 있는 일이라고 생각했다. 닐도 그렇게 생각했다. 닐은 그 사건 이후로 몇 달 미적거리지 않고 입대했다.

닐은 그래도 파멜라에게 도구 일습을 건네주면서 파멜라가 태운 국기에 대한 이야기는 입도 벙긋하지 않았다. 그 대신 파멜라가 현장 사진을 찍고, 불탄 천 부스러기를 채취하고, 낙엽 속에서 발견한 발자국을 스케치하는 동안 그녀를 지켜보고 있었다.

파멜라는 뜰에서 또 한 개의 발자국을 찾아냈고 그 발자국은 형을 떴다. 그런 다음 지문이 있는지 보려고 앞문에 분말을 도포했다. 그렇게 하면서 울음을 터뜨리지 않으려고 무던히 애썼다.

"깃발은 그저 깃발이지." 파멜라는 그렇게 말하곤 했다.

그 깃발이 자기 딸의 관 위에 드리워지기 전까지는.

그 깃발이 자기에게 단 하나 남은 유물이 될 때까지는.

"파병군인회 지부에 전화했어요, 엄마." 그날 밤, 아들 스티븐이 저녁 식사 자리에서 넌지시 한 말이었다. 스티븐은 파멜라의 아이들 중 맏이이고, 아이아버지가 집을 등지고 나가서 다시는 돌아오지 않았던 그날로부터 지금까지 30년 동안 파멜라에게 의지가 된 아들이었다. "그 사람들이 다른 깃발을 갖다 준대요."

파멜라는 으깬 감자와 즙을 낸 옥수수를 접시 위에서 깨작이며 섞었다. 저녁 식사는 KFC에서 사온 음식들이었다. 아들들이 파멜라가 제일 좋아하는 곁들이 음식과 함께 닭튀김 한 통을 사가지고 와서 저녁거리로 패스트푸드를 갖고 왔다고 이러니저러니 하지 마시라고 했다. 파멜라는 잔소리를 할 마음이 없었다. 하지만 별로 식욕이 돌지 않았다.

그들은 식당에 앉아 있었다. 한때는 네 식구가 둘러앉았던 식탁이다. 파멜라는 장미꽃 조화로 된 센터피스를 제니의 자리 앞으로 밀어놓았다. 그렇게 하면 딸 생각을 하지 않아도 되려니 싶어서 그런 것이다.

그래 봐야 소용없었다.

"다른 깃발은 똑같지 않잖아, 형은 바보야." 트래비스가 말했다. 트래비스는 나이 서른으로 셋 중 막내이고 미혼이며 아직 진정한 자신을 찾고 있는 중이었다. 파멜라는 이제 그 표현이 싫어졌다.

제일 끔찍한 사실은 트래비스가 옳다는 것이었다. 다른 깃발은 똑같지가 않다. 그자들이 태워버린 깃발, 파멜라의 마음에 위안이 되었던 그 깃발이 아니다. 파멜라는 일평생 가장 견디기 힘들었던 날 오후에 그 깃발을 붙들고 매달렸다. 열 손가락으로 깃발을 단단히 그러쥐어, 응급실에 갔을 때에 의사들이 파멜라의 손아귀에서 깃발을 억지로 뜯어내고 싶어 했을 정도다.

거의 일주일이 다 가서야 파멜라는 깃발을 손에서 놓을 수가 있었다. 스티븐이 집에 들렀다. 스티븐의 예쁘장한 처 일레인, 둘 사이의 십 대 딸들 맨디, 리브와 함께. 아들네는 그때에도 KFC에서 닭튀김을 사왔다. 그리고 전쟁 이야기만 빼고 오만 가지 이야기를 다 했다.

파멜라가 움켜쥐고 있던 국기를 떼어낼 때가 오기까지.

스티븐이, 자기 담요를 유치원까지 가지고 가려는 다섯 살배기 어린애이기라도 한 것처럼 어머니를 타일렀다. 낡은 깃대를 찾아낸 사람이 스티븐이었다. 깃대는 파멜라가 이 집을 샀을 때 떼어내 넣어두었던 것이다. 그리고 또 기를 단 깃대를 앞문 밖의 깃대꽂이에 꽂아둔 사람도 스티븐이었다.

"파병군인회에서는 늘 자기들이 새 국기를 갖다 준다고 그러더라." 스티븐이 아우에게 말했다.

"어디의 바보 놈들이 태워버려서 그런대?" 트래비스가 물었다.

파멜라의 뺨에 피가 올랐다.

"사람들이 국기를 분실해서 그런대. 아니면 좀이 먹기도 하고. 아니면, 어떤 때는 도둑맞는 일도 있대." 스티븐이 말했다.

"하지만 불에 타진 않겠지." 트래비스가 굳이 우겼다.

파멜라는 꿀꺽 목을 울렸다. 트래비스는 신문 사진을 기억하지 못하지만 스티븐은 아마 기억할 터였다. 그 사진은 어머니가 죽은 이래 파멜라가 소유해온 콘솔 스테레오 위에 죽 걸려 있었고, 어느 날 저녁 사교 모임에서 사진을 보고 한마디 한 사람은 학교 선생이었다. 닐의 1학년 때 담임선생이었던가? 파멜라는 기억이 나지 않았다. 그 선생이 파멜라에게 자녀들이 그 의미를 이해하기 전부터 그 사진을 보고 자라기를 원하느냐고 물었다.

"국기를 새로 얻어 오기는 싫구나." 파멜라가 말했다.

"엄마." 스티븐이 가장 합리적인 음성을 내어 불렀다.

파멜라는 고개를 저었다. "1년이 지났잖니. 이제 과거 일로 잊어야겠지."

"그런 종류의 상실은 과거 일로 잊을 수 있는 것이 아니잖아요."

트래비스가 말했고, 파멜라는 이 애가 어떻게 그걸 아나 궁금해졌다. 트래비스에게는 아이가 없었다.

그러다가 파멜라는 트래비스를 똑바로 보았다. 덩치 크고 어깨가 넓은 사나이가 두 눈에 눈물이 글썽해 있다. 파멜라는 트래비스를 등하교 시키고 저녁이면 목욕을 시켜준 사람이 제니이며 잠도 거의 제니가 재워주었던 것이 기억났다. 제니가 동생 치다꺼리를 혼자 다 한 이유는 스티븐이 열세 살 나이에 이미 엄마를 도와 생활비를 벌고자 일을 하고 있었기 때문이다. 당시 파멜라는 두 군데 일을 나가고 있었다. 그러면서 과학 수사와 범죄학 학위를 따려고 커뮤니티 칼리지미국 공립 2년제 대학에도 출석했다. 그 학위란 파멜라가 사귈 뻔했던 남자 하나의 말에 따르면 사이비에 헛짓거리라고 했다. 하지만 그렇지 않았다. 파멜라는 날마다 과학을 응용하고 살았다. 그녀에게는 공기가 필요하듯이 과학이 필요했다.

예컨대 딸아이의 국기를 없애버린 범인이 누군지 찾아내는 일 같은 데에.

"과거 일로 잊고 지날 수는 없지." 파멜라가 말했다.

아들들이 그녀를 바라보았다. 때로 파멜라는 아들들을 볼 때에 입매와 눈 모양에서 그 아이들의 아기 적 모습을 겹쳐 보았다. 지금도 파멜라는 어쩌면 아들들이 이렇게 훌쩍 어른이 되어서, 어렸을 때 자기가 아이들을 안고 다녔듯이 이제는 자기를 안고 다닐 수도 있을 만큼 커졌는지 새삼 놀라웠다.

"그렇기는 해도, 매일매일 일분일초를 그 속에 침잠해서 살 수만은 없지."

하지만 파멜라는 사실 그렇게 살아가고 있었다. 도저히 그러지 않을 수가 없었다. 아들들이나 다른 사람 누구에게도 이런 이야기는 한 바가 없다. 심지어 제니가 죽고 요 1년 사이에 친구로서 더욱 가까워진 닐에게도 결코 이런 말은 하지 않았다. 이제는 아내를 잃고 홀아비가 된 닐, 파멜라와 마찬가지로 죽음이라는 것을 이해하는 그에게조차. 9·11 이후 닐의 손자는 자원입대를 했고 용케 몸성히 돌아왔다.

파멜라는 딸의 죽음에 침잠해 살고 있었고 그러기를 그만두려면 방법은 하나뿐이었다. 이 사건을 해결하는 데 과학을 사용해야만 했다. 이것을 차마 감정적으로 대할 힘이 없었다. 이 일에 관하여 임상적인 사고를 해야만 했다.

파멜라는 증거를 채취해 갖고 있었지만 이보다 더 많은 단서가 필요했다.

다음 날 아침, 지역신문에 방화 사건들에 관한 기사가 실렸고 거기에 곁들여 경찰 기록에 등재된 피해 주소들이 나와 있었다. 파멜라는 현장 감식 도구와 카메라를 가지고 다른 범죄 현장들에 들러보았다. 주의 과학수사대에서 나왔다고 신분을 밝혔다.

CSI 드라마가 인기를 얻은 덕분에 그렇게 신분을 밝히면 선선히 문들을 열어주었다. 다른 피해자들에게 자기도 피해자라고 말할 필요가 없었다.

파멜라는 보도 위 그을린 자국들의 사진을 찍고 억지로 깃대꽂이에서 뽑아낸 깃대 사진도 찍었다. 쓰레기 수거함에서 타고 남은 깃발 조각을 채취하고, 낙엽이 덮인 풀밭에 남은 발자국을 자세히 들여다보며 그것이 자기 집 잔디밭에 남은 발자국들과 비슷한지 어떤지 판가름해보려고 했다.

그리고 그날 오후 늦게, 또 한 집의 앞문에서 억지로 비틀어 뺀 깃대꽂이를 사진 찍으려고 뒷걸음질을 치다가 파멜라는 거미줄투성이 문틀 한구석에 숨겨져 있던 카메라 렌즈의 반짝임을 보게 되었다. 면적이 기껏해야 30평대 초반인 생애 최초 주택형의 소박하고 허술한 집이라서 이런 곳에 카메라가 설치돼 있을 줄은 생각도 못했다.

"방범 시설을 하셨나 봐요?" 파멜라는 집주인 여자에게 물었다. 트래비스 나이쯤 돼 보이는 여자는 몇 주 동안이나 잠을 이루지 못한 것 같은 몰골이었다. 이름이 베키 뭐라고 했다. 파멜라는 아까 인사를 나눌 때 성을 뭐라고 했는지 귀담아듣지도 않았다.

"남편이 설치했어요." 베키가 말했다. 음성이 약간 떨리고 있었다. "어떻게 돌아가는 건지 전 하나도 몰라요."

"바깥분은 언제 들어오세요?"

그 물음에 베키는 어깨를 으쓱했다. "혹시 나라에서 파병 연장을 취소하면, 그때나 돼야 오겠죠."

파멜라는 가슴에서 숨이 스르르 새어 나가는 기분이었다. "바깥분이 이라크에 있어요?"

베키가 끄덕였다. "그이를 생각해서 국기를 걸어두었던 거예요.

아시겠죠? 그랬는데 그 깃발이 어떤 꼴이 됐는지, 아직 그이한테는 말도 못 했어요. 깃대꽂이를 고칠 사람을 찾아야겠어요. 그리고 국기도 새로 사와야 해요."

파멜라는 그 집을 좀더 자세히 살펴보았다. 페인트칠을 새로 해야 한다. 집 전면의 덤불은 너무 자랐다. 창마다 거미줄이 잔뜩 끼어 있고 창틀마다 마른 잎이 쌓여 있다. 부부가 이 집을 사면서 누군가는 집에 붙어서 손볼 생각을 했던 게 틀림없었다. 집을 고칠 돈이 없어졌든가 아니면 자기가 직접 일할 계획이었던 남편이 없어졌든가 한 것이다.

"깃대꽂이는 내가 고칠 수 있어요. 댁에 공구가 있으면요." 파멜라가 말했다.

"남편 게 있어요." 베키가 대답했다.

"먼저 마쳐야 할 작업이 몇 가지 있어요. 그거 하고 나서 공구를 보여주세요."

파멜라는 분말을 칠하여 지문을 뜨고, 대조해보기 위해 베키의 지문과 베키 남편의 빗에 찍힌 지문도 몇 개 떴다. 빗에는 남편이 집을 떠난 후 아무도 손댄 적이 없다고 했다. 그런 다음 남편의 작업실에 들어갔다. 작업실 역시 건드리지 않고 놔둔 상태였다. 파멜라는 마치 한 자루와 나사못 몇 개, 드라이버를 꺼냈다.

깃대꽂이를 고치는 데는 10분밖에 걸리지 않았다. 하지만 그 시간 동안에 파멜라는 친구를 사귀었다.

"그런 일 하는 건 어디서 배우셨어요?" 베키가 물었다.

"아이 셋을 혼자 키우다 보니 배웠죠. 막상 해보면 못 할 일은 거의 없다는 사실을 알게 돼요."

파멜라의 말에 베키는 고개를 끄덕였다.

파멜라는 카메라를 흘긋 보았다. 남편이 떠난 뒤로 카메라도 누가 손본 일이 없었다. 카메라 역시 이 집의 나머지 부분들처럼 고쳐야 하는데 고치지 않은 상태에 있을 공산이 컸다.

"내가 방범 시설을 좀 살펴봐도 되겠어요?" 파멜라가 물었다.

"시설이라고 부를 만한 것도 못 돼요. 그냥 카메라만 몇 대 설치한 거예요. 누가 침입하면 신호가 오게 돼 있는 동작 감지기 몇 개하고요. 하지만 지금은 분명 돌아가지도 않을 거예요."

"그래도 내가 한번 볼게요."

베키가 파멜라를 데리고 작업실을 지나서 전자 기기가 빼곡한 작은 벽장으로 갔다. 전자 패널들에서 나오는 열기로 안이 후끈했다. 불빛들이 아직 점멸하고 있었다.

파멜라는 패널들을 물끄러미 보고 있다가 디지털 녹화기의 되감기 버튼을 눌렀다. 텔레비전 모니터에 깃대꽂이를 고치는 그녀의 모습이 보였다.

"카메라가 아직 돌아가고 있는 것 같네요. 좀더 되감아봐도 되겠지요?"

"그러세요."

역재생을 하면서 파멜라는 어둠이 낮으로 바뀌는 광경을 지켜보았다. 깃대꽂이를 조사하는 닐이 보였다. 울음을 터뜨린 베키가 보였다. 이윽고 베키의 얼굴에 눈물이 마르며 도저히 믿을 수 없다는 듯이 뚫어지게 보는 장면이 되었다가 현관 포치를 뒷걸음질 쳐 화면에서 사라졌다.

그 전날 밤으로 되돌아간다. 현관에는 불이 켜져 있지 않다. 어둠에 묻혀 흐릿한 윤곽들만 보인다. 얼굴들이, 뚜렷하게 보이는 얼굴들도 아닌데, 거의 카메라를 피해 다른 쪽으로 돌려져 있다.

"녹화 되는 DVD 있나요?" 파멜라가 물었다.

"어디 있을 거예요." 베키가 집 안으로 자취를 감추었다. 파멜라는 방범 시설을 찬찬히 살펴보면서 영상을 복사하려다가 지워버리지나 않았으면 하고 바랐다.

파멜라는 영상을 다시 되돌려보았다. 얼굴들을 뜯어보았다. 반쯤 외면하여 얼굴보다는 머리들이 보인다. 파멜라는 바싹 깎아 올린 스포츠머리와 피어스와 후드 티셔츠를 구별해냈다. 싸구려 옷가지, 할리스버그의 젊은이들 절반은 그런 것을 입는다.

신원을 알아낼 만한 것은 하나도 없었다. 그 또래들로부터 그들을 분간할 수 있게 해줄 단서가 전혀 없다.

마치 파멜라가, 긴 머리와 찢어진 청바지로 오리건 주립 대학에 모인 군중의 맨 앞에서 깃발을 불태웠던 그때처럼.

파멜라는 혼자 기기 조작법을 이리저리 궁리하여 영상이 지워지지 않도록 디스크의 하드드라이브에 저장하는 방법을 가까스로 알아낼 수 있었다. 그런 다음에 DVD 삽입구 가까이에 있는 버튼들을 조사해보았다.

"여기 있어요." 꾸러미를 내밀면서 베키가 말했다.

DVD-R 디스크들이다. 뜯지도 않은 채 먼지가 앉아 있다. 파멜라는 손톱으로 투명 포장을 찢고 한 장을 끄집어내어 삽입구에 넣었다. 이럭저럭 녹화를 뜨기는 했는데 잘되었는지 시험해볼 길이 없었다. 그래서 복사본을 몇 장 더 만들었다. 뭐하면 다시 와서 하드드라이브에서 새로 다운로드해도 된다고 생각하자 다소 안심이 되었다.

"이걸로 범인들을 잡게 될까요?" 파멜라가 하는 것을 지켜보다가 베키가 물었다.

"모르겠네요. 잡았으면 좋겠지만." 파멜라가 말했다.

"그게 그러니까, 너무 가까이 와 있었잖아요. 아시죠." 베키의 음성이 흔들렸다. "전 그렇게나 코앞까지 올 수 있으리라고 생각도 못 했어요."

베키가 무슨 말을 하는 것인지 파멜라는 잠시 후에야 이해했다. 베키는 범인들이 집에 가까이 왔다는 이야기를 한 것이다. 자기한테 가까이 왔다는 뜻이다. 국기를 태운 것은 베키를 성나게 한 것으로 끝나지 않았다. 그 사건으로 베키는 겁을 먹었다. 스스로가 무력하다는 느낌을 받게 되었다.

묘한 일이었다. 파멜라는 사건을 접하여 단지 분노하기만 했다.

잠시 후에 파멜라가 말했다. "밤에 문단속을 철저히 하세요. 잠금장치를 하는 것으로 전체 절도의 90퍼센트를 막을 수 있답니다."

"그럼 나머지 10퍼센트는요?"

잠긴 문을 따고 들어오는 거죠. 파멜라는 하마터면 그렇게 말할 뻔했지만 생각을 고쳤다. "일반적으로 그런 놈들은 할리스버그 같은 동네에 오지 않아요. 뭐 하러 이런 데를 찾아오겠어요? 주민들이 모두 서로 잘 아는 동네잖아요."

베키는 고개를 끄덕였는데 안심한 기색이었다. 아니면 그냥 말하기 불편한 화제를 폐기해버리고 싶었는지도 모른다.

파멜라야말로 그러고 싶었다. 파멜라는 영상을 재생해보고 싶었다. 거기서 무엇을 찾아낼 수 있을지 확인해보고 싶었다.

닐에게 들고 갈 수 있게 범인들 모습이 나온 정지 화면을 뽑을 심산이었다. 그렇게 하면 아마 닐도 이 사건을 경미한 대물 손괴죄라며 투덜거리기를 그칠 것이다. 이게 얼마나 중대한 일인지 이해해 줄 것이다.

하지만 그날 밤 자기 컴퓨터 앞에 앉았을 때, 파멜라의 머릿속에 재생된 것은 바로 자기가 낮에 한 말이었다.

'그런 놈들은 할리스버그 같은 동네에 오지 않아요. 주민들이 모두 서로 잘 아는 동네잖아요.'

파멜라는 베키의 마음을 달래주려고 거짓말을 했던 것이지만, 그 말 자체는 거짓이 아니었다. 아닌 게 아니라 절도범들은 이 동네를 찾아오지 않았다. 굳이 올 필요가 없어서다. 포틀랜드나 세일럼이나 다른 베드타운에 도둑질할 만한 더 잘사는 동네들이 있다.

그렇기도 하고, 이 동네에서는 범죄를 저지르면서 누군가의 눈에 띄지 않기가 몹시 어렵다.

어둠 속에 숨어 저지르지 않는다면.

파멜라가 집 안에 마련한 사무 공간은 조용했다. 재택 사무실에서 내다보면 뒤뜰이 보였고, 파멜라는 창에 커튼을 아예 달지 않는 사람이었다. 자기 손으로 식물을 심어 꾸민, 1년 내내 꽃이 피는 정원을 내다보는 편이 더 좋았기 때문이다. 지금 이 시절에는 꽃밭이 갈색과 주황색으로 가득하다. 가을을 보고 심은 화초들이 겨울이 다가오는 요즘 만발하게 꽃을 피웠다.

그 식물들 아래에 작은 조명등들이 있기는 했다. 보통 꺼놓는데, 켰다가는 전기 요금 고지서에 폭탄을 맞기 때문이다. 하지만 지금 파멜라는 그 등들을 켜놓고 있었다. 필시 앞으로도 한동안은 켜둘 것 같았다.

어쩌면 위험 앞에 무력한 느낌을 받은 것은 베키만이 아니었던가 보다.

파멜라는 DVD 중 한 장을 컴퓨터에 넣어서 영상을 열어보았다. 영상이 잘 돌아가자 크게 안도하는 심정으로 자기 하드드라이브에 영상을 복사하고 DVD를 끄집어냈다.

집에 있는 컴퓨터는 직장에서 쓰는 컴퓨터만큼 좋지 않지만, 그래도 이놈이 일을 해줘야 했다.

파멜라는 할 수 있는 한 이 사건에 관한 작업을 하는 데 주립 과학수사대 신세는 지고 싶지 않았다. 과학수사대는 인원이 태부족하여 업무가 과중했고, 그러다 보니 뭔가 하나 검사를 돌리려면 보통 넉 달씩 시간이 걸리곤 했다. 파멜라가 지난번에 보았을 때 밀린 일이 600건 이상 되었는데 개중에는 9개월도 더 전에 벌어진 사건에 관한 것도 있었다. 파멜라한테 일어난 일보다 그 사건들 쪽이 더욱 중대하다. 밀려 있는 검사 건들은 강간범으로 추정되는 자의 정액 표본이며 다중 살인 사건 현장에서 나온 혈흔 같은 것들이었다.

도저히 그럴 수는 없다. 양심이 있지, 개인적이고 사적인 사안을 실험실로 들고 가는 짓은 할 수 없다. 파멜라는 가능한 대로 최대한 여기서 작업을 할 참이었다. 그런 다음 여기서 끝을 보지 못한 것에 대해서라면, 어쩌면 이 사건이 방화로, 닐이 말한 그 '경미한 손괴죄'가 아닌 진짜 심각한 방화 사건으로 확대될지도 모른다는 생각으로 스스로를 속이면서 실험실로 가져갈 수 있을지도 모른다.

경미한 손괴죄라.

닐과 그녀가 이 사건에 대해서도 반대 방향에 마주 서 있는 것 같으니, 우스운 일이다.

파멜라는 영상을 프레임별로 한 화면씩 보고 넘기면서 얼굴이 또렷하게 나온 화면을 찾았다. 자택의 컴퓨터에는 실험실 컴퓨터에 설치된 안면 인식 프로그램이 깔려 있지 않지만, 영상을 또렷하게 보정하는 프로그램은 가정용으로 깔아놓았다. 파멜라는 그 프로그램을 써서 지직거리는 잡신호를 제거하고 어두운 화면을 밝게 만들면서 턱이나 귀 끄트머리보다 좀더 드러난 얼굴을 찾으려고 애썼다.

마침내 파멜라는 깃발 바로 뒤에 드러난 조그마한 얼굴을 찾아냈다. 이맛살을 찌푸리고 심각한 표정을 한 하얀 얼굴이다. ……아니면 역겨운 표정인가? 어느 쪽인지 파멜라는 장담할 수 없었다. 그리고 약간 기름한 턱. 턱수염 흔적이 약간 있는 것도 화면상 충분히 분간이 간다. 소년의 턱수염이다. 제대로 된 수염이라기보다는 수염이 났으면 하여 고이 남겨둔 것. 그리고 문신이 있는 한쪽 손이 깃발을 잡으려고 위로 쳐들려 있는데, 깃대꽂이에서 깃대를 홱 잡아채 뽑아내면서 카메라를 가리기 직전이었다.

파멜라는 그 정지 화면을 따서 확대하고 윤곽선을 부드럽게 만들고 화질을 개선했다. 그러자 눈물이 치밀어 두 눈을 간지럽혔다.

'그런 놈들은 할리스버그 같은 동네에는 오지 않아요……'

안 오지. 이 동네에서 자라나지. 그리고 재정이 충분치 못한 고등학교의 미식축구부에 들어가 경기복을 사려고 거리 끄트머리에 있는 식료품점에서 일하지. 그 아이들은 일요일 오후면 '부스터스' 팀을 위한 푼돈을 통에 모으고, 파멜라를 보면 빙그레 미소를 지으며 존경심을 담아 킨리 부인이라고 부르면서 좀 과한 관심을 기울여 손녀분들은 어떻게 지내는지 안부를 묻곤 하지.

파멜라는 입속말로 중얼거렸다. "제러미 스털링스. 너 도대체 무슨 생각으로 그런 짓을 한 거니?"

그녀는 정말로 알았으면 싶었다.

닐은 제러미를 데리고 질문하는 동안 파멜라가 그 자리에 동석하도록 해주지 않았다. 파멜라가 부탁이라도 할까 봐 아주 질색을 했다. "그런 건 텔레비전에서나 있는 일이야, 당신도 알면서."

하지만 기껏해야 가볍게 혼내고 훈방하는 정도일 텐데 뭐가 그리 문제가 된다고 그러는지 파멜라는 몰랐다. 그렇기는 해도 언쟁을 벌이지는 않았다.

그러지 않고 그녀는 이렇게 보안관 사무처의 회의실 밖 장의자에 앉아서 기다리고 있었다. 오늘 같은 날에는 회의실이 신문실을 겸하여 부모들과 변호사들이 줄지어 드나들었고, 파멜라는 앞을 지나쳐가는 그들을 물끄러미 바라보았다.

아무도 파멜라를 알은체하지 않았다. 제대로 보는 사람도 없었다. 레그 스털링스, 파멜라가 지금 사는 집을 그 사람 형한테서 산 거였는데도, 그의 아내 준, 트래비스가 고등학교를 마치기 직전에 학부형회 일을 넘겨받은 게 그 여자였는데도. 누구도 파멜라에게 고등학교 미식축구단의 경기를 놓고 정답게 이야기를 주고받았던 일이며 영화상영관 뒤에 있는 간이식당에서 만났던 일에 관하여 입에 올리지 않았다. 저 방 안에서 어떠한 일이 진행되고 있는지를 제대로 인지하는 것보다는 모든 것을 싹 잊고 그들이 아예 이웃이 아닌 것처럼 행동하는 편이 한결 쉬웠다.

그런 끝에, 마침내, 제러미가 방에서 나왔다. 그 녀석은 헐렁한 바지에다 자락이 거의 무릎까지 늘어지는 헤일로 티셔츠를 입고 있었다. 베키네 집 앞문에서 국기를 낚아챌 때와 똑같이 이맛살을 찌푸린 표정이었다.

제러미는 파멜라를 곁눈으로 스쳐보고는 다른 쪽으로 시선을 돌렸다. 목덜미의 거미 문신으로부터 붉은 기가 일어나서 바싹 깎은 스포츠머리까지 퍼져갔다.

제러미의 부모와 변호사들이 제러미를 데리고 나갔다. 닐이 그들 모두에게 다음 날 아침 법정에 출석할 것을 당부하고 있었다.

닐은 사람들이 정문을 지나 나갈 때까지 기다린 후에 파멜라 쪽으로 다가왔다.

파멜라는 일어섰다. 너무 오래 앉아 있었던 탓에 무릎이 다 찌그덕거렸다. "자백했어?"

닐이 고개를 끄덕였다. "한패 친구들 이름도 말해줬어."

파멜라는 아랫입술을 깨물었다. "우습네. 내가 보기에 반전시위를 할 것 같은 아이는 아니던데."

닐이 완벽하게 깨끗한 셔츠에다 두 손을 문질렀다. "그걸 그렇게 생각하고 있었어?"

"물론이지. 그 애가 습격한 집들 한 집 한 집이 모두 군인 가족 집인걸."

"어쩌다가 기를 게양해놨던 집들이지. 밤에도 내리지 않고 말이야." 닐의 음성에는 다소 잘잘못을 가리는 빛이 있었다.

파멜라는 닐이 어떤 생각을 품고 있는지 알 것 같았다. 국기 다루는 법을 잘 아는 사람들은 해 질 녘에 기를 내린다. 하지만 파멜라는 차마 자기 집 국기를 건드릴 수 없었다. 베키에게 왜 기를 내리지 않고 그냥 걸어두었느냐고 물어본 바 없지만, 파멜라는 비슷한 이유일 것이라는 데 돈이라도 걸 수 있었다. 제러미와 그 친구들이 표적으로 삼았던 다른 집들도 아마 다들 그랬을 것이다.

"그게 중요한 요인이었어? 밤이라는 게?" 파멜라가 물었다.

"그리고 맥주도. 녀석들은 미식축구 경기에서 지고 밖에 나돌아다니며 술을 마셨어. 그게 분노에 기름을 부은 거야. 그래서 행동을 하기로 결정한 거지."

"국기에 불을 지르는 걸로?" 파멜라의 목소리가 높아졌다.

"몇 주 전에 녀석들은 우편함을 쓰러뜨리고 다녔어. 난 그 녀석들을 기소하기 싫은 기분이 들지 싶어. 미식축구단에 남아나는 아이들이 없을 판이니."

"그건 괜찮을 거야." 파멜라가 쓰게 말했다. "경미한 대물 손괴죄인데 출전 선수 명단에서 오래 제외될 것도 없을걸."

"그보다는 더할 거야. 녀석들이 한 짓이 반복적인 파괴 행위 양상을 보이고 있으니까. 웃어넘길 일은 아니게 될 거야."

"관련된 사람들 누구한테든 마찬가지겠지." 파멜라가 말했다.

그곳을 떠나면서 파멜라의 손은 떨리고 있었다. 파멜라는 그 범죄가 중대하게 다루어지기를 바랐다. 타버린 국기는 파멜라에게 큰 의미가 있는 물건이었다. 범인 녀석들에게도 그것이 중대한 의미를 가져야만 했다.

'맙소사! 엄마도 참, 왕년의 히피치고 어쩜 그렇게 꼬장꼬장하게 굴어요?' 제니의 음성이 너무도 가깝게 들려와서 파멜라는 실제로 뒤를 돌아보기까지 했다. 뒤를 돌아보면 딸의 얼굴을 볼 수 있을 것만 같았다.

"내가 꼬장꼬장한 게 아니야." 파멜라가 속삭였고, 그런 다음에야 옛날에 딸과 자기 사이에 있었던 말다툼을 고스란히 되풀이하고 있음을 깨달았다.

'엄마가 꼬장꼬장한 거 맞아요. 완고하게 잘잘못이나 따지고 있잖아요. 난 엄마가 항의 운동에 나섰던 게 사람들이 저마다 원하는 대로 살기를 바라서 그런 줄 알았는데.'

파멜라는 차 안에 들어앉았다. 삐걱거리는 무릎이 더 이상 몸을 지탱해주지 못했다.

'아니야, 나는 사람들이 또다시 의식 없는 전쟁에 나가 죽어가는 일이 없기를 바라서 운동을 했던 거야.' 파멜라는 그 5월의 오후에 딸에게 그렇게 말했다.

그게 몇 년이었더라?

틀림없이 1990년이었을 것이다. 제니가 고등학교를 졸업하기 직전이다.

'난 무슨 멍청한 전쟁에 나가서 죽거나 하지 않을 거예요.' 제니가 어찌나 자신 있게 말하던지 파멜라도 하마터면 수긍할 뻔했다. '이제 미국은 전쟁 중이 아니잖아요. 난 입대해서 교육을 받을 거예요. 그렇게 하면 엄마가 트래비스의 학비를 대려고 고생할 필요가 없죠. 스티브 학비 마련이 얼마나 힘들었는지 저도 알아요.'

제니, 이것저것 신경 쓰던 아이. 제니, 돈에 쪼들리는 어머니가 자기 학비를 대게 할 생각이 없었던 아이. 제니, 스스로 워낙 확신이 강했던, 자기가 태어나 살아온 동안 거의 평화로웠던 그 세상이 지속될 거라고 믿어 의심치 않았던 아이.

제니에게는, 군에 입대하여 무료로 교육을 받는다는 것이 전혀 도박같이 여겨지지 않았다.

'상황이 달라질 거다, 얘야. 항상 변한단다.'

'그럼 상황이 변할 때쯤에 난 제대해 있을걸요. 난 교육을 받을 거고, 내 인생을 쭉쭉 개척해나갈 거예요.'

하지만 제니는 군을 떠나 인생을 개척하지 않았다. 제니는 군을 좋아했다. 제1차 걸프전 이후에 제니는 사관 훈련을 받기로 했다. 훈련에 임한 최초의 여성들 중 한 명이었다.

그 얘기를 파멜라에게 하면서 제니는 이렇게 말했다. '전 페미니스트예요, 엄마. 딱 엄마처럼요.'

파멜라는 딸의 대답을 가슴속에 갈무리하고 미소 지었다. 파멜라는 그런 종류의 페미니스트는 아니었다. 파멜라라면 군에 계속 눌러앉지는 않았을 것이다. 자기가 군대라는 것에 마음을 두었을 성싶지 않았다. 그때는 안 그랬을 것이다.

그러면 지금은? 파멜라는 지금 자신이 어떤 믿음을 갖고 있는지 판단이 잘 서지 않았다. 파멜라가 아는 것은 그저 자기가 군인 자녀를 둔 어머니가 되었다는 것뿐이다. 국기가 불탔을 때 통곡하는 어머니가.

그냥 국기가 아니다.

제니의 깃발이다.

그리고 바로 그때, 파멜라는 깨달았다.

파멜라는 그 범죄가 중대한 의미를 띠기를 바랐다. 그래서 정말 거기에 크나큰 의미가 있노라고 다짐을 두고 싶었다.

파멜라는 자신의 추억을 법정에 들고 나갔다. 제니를 기념하여 간직했던 스크랩북만이 아니라 (세 자녀 각각에게 한 권씩 만들어둔 것이다) 자신의 과거 사진도 가지고 나갔다. 보기 흉한 액자에 담긴 〈오리거니언〉의 1면 사진을 포함해서.

덩치가 산만 한 남자애들 다섯이 제니의 깃발을 태웠다. 그 애들은 한 줄로 늘어서서 변호사들을 옆에 달고 경범죄로 다루어달라고 청원했다. 부모들은 1970년대 법정의 연한 색 방청석에 앉아 있었다. 지역 신문에서 나온 기자 한 명이 뒤편에 자리 잡고 메모를 했다. 판사는 답변을 귀 기울여 들었다.

그 외에는 법정 안이 텅 빈 채였다. 판사가 남자애들에게 6개월 동안 상담을 받으라는 지시를 내렸을 때 환호를 올린 사람은 아무도 없었다. 9개월간의 사회봉사 명령에 불평의 소리를 낸 사람도 없었다. 비록 판사가 그들에게 (부모가 아니라 애들 본인이 내야 할) 거액의 벌금을 선고했을 때에 남자애 중 몇이 몸을 움찔하기는 했지만 결국 찍소리 한마디 하지 않았다.

파멜라가 자기가 발언해도 좋겠느냐고 청할 때까지 아무도 아무 말도 없었다.

판사는, 닐에게 들은 바가 있어서인지, 그러라고 했다.

그렇기는 했지만 파멜라는 실제로 무슨 말을 한 것은 아니었다. 파멜라는 그들에게 제니의 모습을 보여주었다. 아기 때 사진부터 시작하여 군인의 정복을 갖추어 입은 모습까지를. 남동생을 학교에 데려다 주던 씩씩한 열한 살 소녀로부터 바그다드에서 몇 명의 이라크 어린이들과 함께 활짝 웃고 있는 먼지투성이 성인 여성에 이르기까지.

그리고 나서 파멜라는 〈오리거니언〉 1면의 사진을 보여주었다.

"여러분은 항의하려는 심정이었다고 생각합니다. 여러분은 여러분의 국가가 하고 있는 일에 대하여 찬성하지 않는다는 뜻을 누군가에게 알리고자 한 것이었다고 생각합니다."

남자애들을 향해 말하는 제니의 음성은 떨렸다.

"여러분은 애국적 행위를 하려 한 것이었어요." 그녀는 고개를 저었다. "그런데 결과적으로는 어리석은 행동을 해버렸죠."

남자애들은 그래도 파멜라를 주목해주었다. 파멜라가 하는 말을 귀담아들었다. 정말 무슨 말인지 알아들었는지야 파멜라가 확인할 도리는 없었다. 만약 그들이 파멜라가 얼마나 가슴 아파 하는지 안다면, 불에 탄 깃발을 발견했을 때 느낀 그 날카로운 고통이 아니라 그냥 파멜라가 잃어버린 모든 것으로 인한 아픈 심정을 그들이 안다면…….

사진 속 처녀가 품었던 이상주의를 포함해서, 그리고 그녀가 길러낸 딸아이의 이상도 포함해서.

할 말을 마치자, 파멜라는 자리에 앉았다. 그리고 판사가 심판이 끝났음을 선포할 때에도 움직이지 않았다. 남자애들 중 몇이 사과하려고 했지만 파멜라는 눈을 들지 않았다. 그 부모들이 자식들을 채근하여 몰고 법정을 나서는 것도 지켜보지 않았다.

끝내, 닐이 와서 옆자리에 앉았다. 닐은 그 커다랗고 흉터가 진 두 손으로 〈오리거니언〉 사진 액자를 집어 들었다.

"후회해?" 그가 물었다.

파멜라는 액자 가장자리를 만졌다. "아니."

"그건 항의 시위였으니까?"

파멜라는 고개를 저었다. 또렷하게 이렇다고 말할 수 없었다. 그때의 울컥했던 심정, 그때의 분노, 그때 그녀가 느꼈던 두려움을 뭐라 말해야 할까. 그 두려움은 딸이 해외에 나가 있는 동안 하루하루 파멜라가 느꼈던 두려움과는 전혀 비슷하지도 않았다.

이제 파멜라는 스티븐의 딸아이들을 보고 왜 사람들이 영영 끝날 줄 모르는 이 전쟁을 선택했던가 궁금하게 생각하던 때에 두려움을 느꼈다.

"만약 내가 그때 그 국기를 불태우지 않았더라면, 제니를 딸로 갖게 되지 않았을 거야."

그랬다면 아마 닐과 결혼을 했을 테니까. 그리고 설사 두 사람이 아이들을 낳았다고 하더라도 그 아이들은 제니나 스티븐이나 트래비스가 아니었을 것이다. 그랬으면 다른 아기들이 태어나 다른 사람들 사이에서 자라났을 것이다.

닐은 모욕감을 느끼지 않았다. 그러기에는 서로 알고 지낸 세월이 너무 길었다.

그 대신에 닐은 파멜라의 모은 손 위에 자기 손을 얹었다. 닐의 손은 따스하고 좋은 느낌이고 친근했다. 파멜라는 닐의 어깨에 머리를 기댔다.

두 사람은 그런 채로 앉아 있었다. 한 시간 후 법정이 다시 소집되어 또 다른 범죄, 또 다른 분노한 가족, 그리고 또 다른 마음 상한 누군가를 받아들일 때까지 그렇게 앉아 있었다.

피부와 뼈

데이비드 에드걸리 게이츠

뉴욕은 길이 자기 자신을 재발명하는 도시이다. 맨해튼 하부 지역에서 상수도 본관을 묻으려고, 또는 지하철 선을 깔려고 굴착을 하면 잊혀 있던 공동묘지가, 또는 네덜란드인들이 오기 전부터 그 자리에 있었던 조개무지가 나온다. 5번가와 6번가 사이의 공공 도서관은 옛 크로톤 저수지 자리에 터 잡고 있다. 그 저수지 역시 한때는 19세기의 야심과 독창성을 보여주는 영원불멸의 기념비였건만. 세월은 흘러가고, 도시의 풍경도 시간과 함께 변해만 간다. 예컨대 페르투스 스토이베산트^{17세기경 네덜란드 식민 총독, 최초의 뉴욕 시를 설립한 자}의 시대에는 야생지와 경작지 사이의 경계선이었던 곳이 이제 월 스트리트인 것이다. 발자취는 사방에 있다. 보면 보인다.

그리고 물론 뉴욕은 또 재발명을 초청해 들이는 장소이다. 아일랜드인과 이탈리아인, 독일인과 스웨덴인, 동유럽에서 이주해온 아슈케나지 유대인들, 아르메니아인, 레반트동부 지중해 연안 국가들인, 그리고 그리스인, 양대 대전 사이에 밀물처럼 북쪽으로 이주해온 흑인들, 아이오와 주에서 온 사과처럼 볼이 빨간 어린애들, 저지에서 온 닳고 닳은 거리의 건달들, 그들 모두가 모험에, 더 나은 삶에 굶주렸다. 각 이민자들은 자기들 이름을 영어식으로 고쳐 짓고, 역사를 고쳐 쓰고, 자기들만의 창조 신화를 지어낸다.

디디 반 렌셀레르는 태어났을 때 이름이 데어드레이 오도넬이었다. 매춘부가 낳아서 고아로 남겨진 그녀는 감화원부랑아들이 모인 고아원 겸 소년원에서 컸고, 열네 살이 되자 거리로 나섰다. 자연히 포주의 손아귀로 굴러떨어져, 그 장사를 나가기 시작했다. 디디에게 왜 가정부 일자리를 찾아보지 않았느냐고 묻는다면 그녀는 어이가 없어 웃음을 터뜨릴 것이다. 이거나 저거나 실제로 무슨 차이가 있는가? 양쪽 다 남의 소유물이 되는 것인데. 디디는 손님 중 한 명이 구출해주어서 그 생활을 접었다. 그런 일도 있는 법이다. 그리고 생각처럼 그렇게까지 드문 일도 아니다. 디디는 분에 넘치는 상대와 결혼했고 과거는 깨끗이 청산했다. 나는 점심을 먹자는 그녀의 초대에 정말 깜짝 놀랐다.

우리는 월도프 호텔에서 만났다. 월도프라는 이름은 샐러드 이름으로나 아는 나였다. 하지만 디디는 남의 눈에 어떻게 보이느냐 하는 건 거의 신경 쓰지 않았다. 그건 명백했다.

"미키, 세월이 20년이나 됐네요." 나에게 한 손을 내주면서 그녀가 말했다.

나는 그 손을 잡았다. "부인." 살얼음을 밟고 있는 건 그녀면 그녀지 내가 아니었다.

"칵테일 한잔해도 괜찮겠죠?" 디디가 물었다.

"그보다는, 아마 내가 내 정신을 바짝 차리고 있는 편이 나을 것 같은데." 자리에 앉으면서 내가 말했다.

디디의 웃음소리는 풍경 소리처럼 맑았다. 꾸며낸 기색이나 억지로 웃는 기색은 전혀 없었다. 그녀는 분명 옛날의 소년 같던 매력을 여전히 지니고 있었다.

그 매력에 저항하면서 내가 말했다. "와인 한 병 시켜서 같이 나누어 마시지."

디디는 보르도를 주문했다. 와인 담당 급사와 급사장은 디디를 잘 아는 게 분명했다.

그녀가 코르크 마개를 손가락으로 문질러서 코 밑에 스쳤다. 그리고 괜찮다고 했다. 나는 디디에게 내 것까지 두 사람 식사를 주문하게 했다. 우리는 잔을 들어 건배했다.

"미래를 위하여." 디디가 말했다.

우리의 건배는 함께했던 과거에 건배하는 것일 텐데. 나는 속으로 그렇게 생각했지만 어쨌든 서로 잔 가장자리를 마주쳤다.

가리비, 앙 크루트_{재료를 페이스트리에 싸서 굽는 요리}, 녹색 채소 샐러드, 비프웰링턴_{쇠고기를 페이스트리에 싸서 구운 요리}. 단적으로 말해 내가 골랐다면 페이스트리에 싼 요리들을 그렇게까지 많이 선택하지 않았을 것이다. 이제는 나잇살이 붙은 몸인데. 하지만 디디가 나를 대접하는 식사 자리이고, 그녀의 꿍꿍이가 개재된 자리였다.

우리는 커피 마실 차례가 되어 그 이야기에 이르렀다.

어떤 여자애에 대한 거라고, 디디는 나에게 말했다. 열네 살보다 별로 나이를 더 먹지는 않았을 텐데, 그런데도 벌써부터 웬만큼 때가 묻고 인생에 닳은 아이다. 제대로 못 먹어서 뼈와 가죽밖에 없다. 경계심이 강하고, 약간 야성적이라고 할까, 사람을 못 믿고 혼자 도는 그런 아이다.

"왜인데?" 내가 물었다. 무엇 때문에 디디가 신경을 쓰는가를 물은 것이다.

"아, 미키. 들으면 모르겠어요? 그 애는 꼭 나 같아요. 그 나이 때의 나요."

"그냥 그것뿐이야?"

디디는 빙그레 웃으며 슬픈 듯이 고개를 저었다. "당신이 무슨 생각을 하는 건지 알겠어요. 아니에요. 그 애가 내가 몰래 낳은 딸이나 뭐 그런 건 아니에요. 만약에 폭로하겠다는 협박을 받은 거라면, 거기에는 내가 맞섰을 거예요. 아니면 사립탐정을 고용해서 몇 놈 머리를 박살 내놓든가 했겠죠."

그쪽은 디디가 너무나도 잘 아는, 내가 왕년에 이름을 날렸던 분야다.

"그것도 아니에요." 내 표정을 읽고서 디디가 말했다.

나는 고개를 끄덕였다. 돈 주고 부릴 어깨들을 찾는 건 쉬운 일이다. 부자들은 변호사와 개들을 거느리고 있어서 무슨 일에든 책임을 지거나 결과를 감내하지 않아도 된다. "그럼 전직 주먹한테 전화한 이유가 뭐야?" 내가 물었다.

디디는 별다른 표정도 없이 나를 쳐다보았다. 그러더니 그녀의 시선이 나를 비껴서 멀지도 가깝지도 않은 허공으로 먹먹히 떴다. "옛날엔 내가 당신한테 신세를 진 거라고 해야겠지요, 미키. 그 반대가 아니라요." 디디는 나를 직접 지칭하지도, 자기 얘기를 하는 것 같지도 않게 말을 했다. "그 시절에 당신은 절대 나를 이용해먹은 적이 없었어요. 난 심지어 당신이 호모가 아닌가 하는 생각도 했다니까요. 말할 나위도 없이 당신은 만만치 않은 위인이고 또 약삭빠른 악당인데, 그런데도 감상적인 데가 있는 사람이었거든요."

"혹사당하는 일이라면 내가 아주 사족을 못쓰고 좋아하지." 다소의 아이러니를 품고서 내가 말했다.

"가볍게도 얘기하네요." 디디는 말하고 다시금 나와 눈을 맞추었다. 그녀의 두 눈은 북극의 얼음인 양 푸르고 투명했다.

나는 불편하게 앉은 자세를 고쳤다.

"당신은 거리에 아이들을 풀어놓고 있지요. 내가 알기로는 개중에 여자애들도 있고요." 디디는 내가 부리는 꼬마 배달꾼 애들을 얘기하는 것이었다. "내가 분명히 아는 것 하나는 당신이 그 애들을 내보내 매춘을 시키지는 않는다는 거예요."

나는 이 얘기가 어디로 흘러갈지 짐작이 갔다. "우리 애들이 그 여자애의 존재를 이미 포착했을 거라고 생각하는군, 그렇지?"

피부와 뼈

"비크먼 플레이스예요." 디디가 말했다.

나는 디디가 뉴욕의 이스트 50번대 거리에 산다는 걸 알고 있었다. "우리 구역이 아닌데."

그러나 한번 변덕스러운 충동에 휘말리자 디디는 강철 같았다. "당신이라면 그 여자애를 잘 구슬러서 넘어오게 만들 수 있어요."

"나보고 매춘부 손님 노릇을 하라고. 이젠 싫은데."

"분명 그 애의 신뢰를 얻어낼 수 있을 거예요, 미키."

"고맙다는 소리도 듣지 못할 심부름이군."

"내가 고마워할 거예요."

"착한 일을 하면 반드시 벌을 받는 법이야, 데어드레이."

"설마 내가 그걸 모를까요." 디디가 서글프게 말을 받았다.

그리고 일의 표면상으로 보자면 일단은 그걸로 충분했다. 복기해보니 나는 그렇게 쉽게 넘어가서는 안 되었던 것이다.

브로드웨이의 불빛 한 점 한 점마다 누군가의 상심한 마음이 깃들어 있다고들 한다. 그런지 어떤지 나야 모른다. 하지만 일화로서는 맞는 얘기인 것 같다. 야심에 부풀어 대담하게도 이 거리를 찾아오는 그 수많은 아이들, 그들 중 얼마나 많은 아이들이 나락으로 떨어지는가? 얼마나 많은 아이들이 사납게 미쳐 날뛰는 운명의 돌팔매와 화살을 얻어맞고 고통 받는가? 나는 웨스트사이드 거리의 아이로 나서 컸다. 지옥의 부엌이라 불리는 우범지대다. 깡패 조직이 나를 점찍어 보호해주지 않았더라면 나는 약탈자들의 미끼가 되어 노림을 받았을 것이다.

이건 그냥 인생철학 설을 푸는 게 아니다.

그때는 1949년이었다. 이스트 리버를 따라서 빈 땅에는 국제연합 건물을 지으려고 지면을 다 까뒤집어놓은 때였다. 서턴 플레이스와 비크먼 플레이스는 해묵어 완전히 자리가 잡힌, 구시가지였다. 그리고 외국 공사관 직원들은 잽싸게 그쪽을 차지하고 들어가고 싶어 안달이었다. 부동산 가격은 천정부지로 올랐다. 하지만 도로변의 장사는 가격이 오르지도 않고 지지부진했다.

"막바로 입으로 해준대요. 2달러 받고요." 우리 애들 중 하나가 나에게 얘기해주었다.

"그걸 해서 방세를 벌어?" 내가 물었다.

"잠은 아무 때나 난방장치 쇠살 위에 올라가서 자요. 아니면 종이 상자를 덮고 자든가요."

"걔가 그렇게 잔다는 거냐, 아니면 다들 그렇게 잔다는 거냐?"

주디는 고개를 저었다. "걘 알지는 못해요."

"걔하고 안면을 틀 수 있을까, 주디?" 그 질문에 주디는 수상하다는 듯이 나를 살폈다.

어디까지 얘기해야 되나? 아이들은 약아빠졌고, 굶주렸다. 내가 데리고 있는 거리의 아이들은 이겨내고 살아남은 아이들이었다. 10센트 동전 한 닢 먹자고 경쟁자를 지하철 열차 밑에다 묻어버리고도 남을 아이들이다. 나는 솔직해야 했다. "친구 부탁이라서 그래. 그 애가 괜찮게 지내는지 너희들이 좀 챙겨줬으면 좋겠는데."

피부와 뼈

내가 말했다.

"나라도 그렇게 챙겨줄 건가요, 미키?" 주디가 물었다.

주디는 열세 살이었다. 이제 막 사춘기라 수줍을 나이다. 매정하게 물리쳤다가는 앙갚음이 있을 터였다. "물론이지." 내가 말했다. 정말이었다.

"알았어요." 주디가 말했다. 나이답지 않게 현명한 아이다.

나는 우리 애들을 보호해준다. 어떤 놈들하고는 다르게 말이다. 하지만 감상적인 마음에서 그러는 건 아니었다. 나는 미래에 투자를 하고 있었다. 쓰고 버리면 되는 재주꾼 어린애들이야 얼마든지 퍼 올릴 수 있다고들 할지 모른다. 거리에 내던져져 의지가지없는 아이들. 그리고 그 아이들이 매일같이 폐기된다는 것이야 냉혹한 사실이다. 아이들은 사탕 껍질처럼 버려진다. 하지만 우리가 어리고 젊은 사람들을 뜯어먹는다면, 미래의 희망은 죽고 만다.

그렇다고 그 아이들이 저희들끼리 뜯어먹는 육식동물들이 아니라는 얘긴 아니다. 주디는 내가 내린 지시를 자기가 하고 싶은 대로 바꾸어 해석할 것이고 그 해석이 꼭 내 마음에 드는 해석은 아닐 터였다. 그렇더라도, 나는 주디나 나머지 꾀바른 아이놈들이 그 일에 한번 착수해봐주기를 바랐다. 그 녀석들만이 디디가 잃어버린 여자아이에게 연락이 닿을, 나에겐 하나뿐인 무난한 기회였다. 별로 거창할 것도 없는 목표 아닌가.

나는 다른 각도로 일에 착수했다. 2달러 받는다고 주디가 그랬다. 그 아이의 일터는 어디일까? 서턴 플레이스와 비크먼이랬지.

나는 문지기들부터 수소문을 시작했다.

문지기들에도 이런 놈 저런 놈이 있다. 배타적이고, 영역주의에, 집주인인 양 잘난 체하는 작자들. 어떤 이들은 꽁꽁 싸매고 지키는 부류고, 어떤 이들은 으스대는 부류, 어떤 이들은 쌍심지를 켜고 대드는 부류들이다. 그들 모두가 돈에 팔린다. 문제는 가격을 맞춰줄 수 있느냐 하는 것이다.

비크먼 플레이스에 있는 디디의 집 문지기는 되지 못하게도 자기가 너무나 중요한 사람이라는 생각에 도취해 있었다. 물론 나는 디디의 이름을 끌어다 쓰진 않았다. 그랬다가는 뭐가 어찌 되든 절대 아무것도 얻지 못했을 것이다. 하지만 그자의 손바닥에 슬그머니 얹어준 은화도 나에게 아무것도 얻어주지 못하기는 마찬가지였다. 그자는 둔해터졌든지, 아니면 일부러 모르쇠를 하는 위인이었다. 그 근방에 대해 아는 것이 슬플 정도로 부족했다. 그리고 그자가 말해준 것 중에서 쓸 만한 거라고는 아무것도 없었다.

서턴에 있는 아파트 문지기인 유색인종 사내는 한결 나았다. 전쟁 전부터 이 직업에 종사해온 사람으로, 내가 어림하기로는 나이가 예순 살이 넘었을 것 같았다. 그는 금방이라도 부서지고 말 위엄을 지키며 일하는 사람, 굴종과 자부심 사이에 그어진 선을 조심스럽게 밟아가는 사람이었다. 그의 제복에 달린 명찰에는 이름이 주다 벤자민이라고 되어 있었는데, 나는 거참 묘하게도 히브리식 이름을 갖고 있구나 생각했지만 사실은 그저 우연히 그렇게 된 것뿐이었다. 벤자민이라는 성은 옛날 옛적 죽어 자빠진 백인 노예 화주의 이름 찌꺼기였고 주다라는 이름은 구약성서를 읽는 데 너무 많은 세월을 쏟아부은 성서광 어머니가 남긴 유산이었다. 그는 자기 이름을 놓고 유머 감각을 발휘했다. 나는 너무 들이댔다가 내가 얻은 미미하고도 불확실한 교두보를 잃는 일이 없도록 조심했다.

"백인 여자애 말이죠, 한 열네 살쯤 먹은?"

나는 고개를 끄덕였다.

"그 여자애를 찾았으면 하신다?"

나는 카운터 위에 20달러 지폐를 올려놓았고 주다 벤자민은 그걸 무시했다. 이것은 섬세한 협상이었다. 나는 그가 사람 놀리나 하는 생각을 갖는 건 원치 않았다. 첫번째 지폐 옆에다가 조심스럽게 두번째 20달러 지폐를 놓았다. "그럴 수도 있겠지요. 내 목적이 그거라면. 하지만 그렇다면 내가 왜 이렇게 몸을 사리겠소?"

주다 벤자민은 어깨를 으쓱했다.

내가 말했다. "내 당신한테 당신도 나도 믿지 못할 이야기를 해줄 수도 있어요. 하지만 뭐 하러 구태여 그렇게까지 합니까."

"하지만 그 애가 다칠 일은 없는 거겠죠."

"내 생각에는 날 만나는 게 그 아이한테 득이 될 일인 것 같소만."

"약 주고 병 주는 거지요."

"지금 걔가 가진 건 뭐요?"

그는 웃음을 띠며 나에게서 다른 쪽으로 시선을 옮겼다. 무척이나 나이 든 눈이었다. "지금은 그 애가 자유롭지요." 그가 말했다.

"아니지. 지금은 그 애가 선택권을 가졌소." 내가 말했다.

주다 벤자민은 나를 다시 보았다. "난 댁이 누군지 알아요."

"아니면 나하고 상당히 닮은 누구를 아는 거겠지요." 내가 인정했다.

주다 벤자민은 나를 신뢰할락 말락 하는 데까지 왔지만 인생 경험이 많아서 넘어오지는 않았다. "러시아인, 아랍인, 유대인." 그는 그만 설레설레 머리를 흔들었다. "내가 할렘에 온 건 까마득한 옛날 일이었어요."

나는 무슨 얘기를 하려는 건지 알 것 같았다. "나는 뉴욕에서 컸어요." 내가 그에게 말했다. "웨스트사이드 출신의 아일랜드 놈으로 나서 자랐소. 선창가에서 일을 했고 노동자 조합에 들어갔지요. 안 그랬으면 경찰에 들어갔겠지."

"댁은 깡패 조직에 가입한 거잖소."

그의 말에 나는 고개를 끄덕였다. "제3의 선로를 탄 거지요."

"난 남부에서 자랐다오. 우리 아버지는 감옥살이를 하고 있었소. 앙골라 감옥에서 종신형을 살았지. 댁은 그게 어떤 건지 알겠소?"

짐작은 할 수 있겠지만 진짜로 그것이 어떠할지 내가 상상할 수는 없는 일이었다.

"나는 북부로 왔어요. 어머니를 두고 떠나왔지요. 형제자매를 남겨두고 혼자 온 거요. 약속의 땅을 찾아서 왔소. 전쟁이 났을 때 나는 복무를 하기에는 나이가 너무 많았소. 하지만 내 말씀드리지, 1930년대와 1940년대에, 계집들은 믿을 수 없을 정도로 흔했어요. 병뚜껑처럼 사방에 널린 게 계집년들이었지."

"까마득한 옛일이군요." 내가 넌지시 거들었다.

"그렇지. 그래요." 그가 말했다.

"내가 뭣 좀 물어보지요, 주다. 옛날 그 시절에 말입니다, 코튼 클럽20세기 초중반에 유명했던 뉴욕의 재즈 클럽이며 아폴로 극장뉴욕의 유서 깊은 뮤직홀이며에서 한창 놀던 시절에 이 여자애를 만났다면 따먹고 버리지 않았겠어요?"

그가 고개를 끄덕였다. "거시기가 빳빳해지면 양심 따위 없지."

"다른 질문 한 개 더 합시다. 러시아인, 아랍인, 유대인 얘기. 대체 무슨 뜻이죠? 난 사실 그 애의 주 고객층이 당신이 지키는 이 건물의 남자 거주자들이겠거니 생각했거든요. 사무실에서 하루 종일 힘들게 일하고 귀가하는 남자들이, 비서하고 놀아나지도 못하고 마누라도 신통치 않을 때 도로변에서 즉석으로 푼돈을 주고 사먹는 여자애라고 말이지요."

"댁이 쓰는 말이 그리 마음에 들지는 않는구먼." 그가 말했다.

"그러게, 나도 양심의 가책으로 밤에 잠을 못 이룬답니다."

두 장의 20달러 지폐는 감쪽같이 없어졌다. 무슨 마술사의 재주처럼 그의 손이 카운터 위를 슥 스쳐가고 나자 그 자리에 지폐가 온데간데없었다. 나는 아차 틀렸구나 생각했다. 아까까지 확보했던, 말을 붙여볼 언턱거리나마 회복할 방법이 보이지 않았다.

"어디를 가야 그 애가 있는지 알려드릴 순 있소." 주다가 말했다.

"그것만 해도 출발이지요." 내가 거들었다.

"외교관 놈들." 그가 말했다. 어조에 경멸감이 배어 있었다.

"국제연합 얘긴가요?"

"그래요. 그놈의 '유 앤'." 주다는 빈정거리면서 발음을 꼬았다.

옛날 그 시절에는 국제연합을 약자인 UN으로 부르는 경우는 많지 않았다. 대부분의 사람들이 그 기구 자체가 말도 안 되는 농담거리라고 생각했다. 1939년 이전에는 재 버리는 처리장이었던 저 외곽 플러싱 메도스에 자리 잡고 있었던 국제연합이다. 이제 동쪽 강안의 요지에 개발 계획이 잡혀서 건설이 개시될 판이었다.

"돈이 돈을 끌지요." 내가 말했다.

"댁은 '딕시' 휘파람이나 부는 놈남북전쟁 당시의 남부 군인처럼 현실감 없는 몽상에 빠진 사람이라는 의미은 아니로구먼." 그가 말했다.

나는 빙그레 웃었다. "내가 척 봐도 '딕시'를 휘파람 불 사람같이 보이진 않을 텐데요."

주다 벤자민은 쿨럭이는 웃음을 참느라 옷깃에 얼굴을 감추었다. 그의 머리가 들먹거렸다.

"그럼 그 여자애 말인데, 그 애가 그쪽으로 새로 유입된 사람들을 손님으로 받는 거로군요."

"성찬 쟁반을 넘기는 것처럼 서로서로 돌려요."

"그 애 이름은 아십니까?"

"매기. 아마 태어날 때 달고 나온 이름은 아닐 테죠."

"그게 단가요?"

"어쩌다 만나면 인사나 해요. 내가 걔한테 1달러씩 주지."

"2달러가 아니라?"

"난 열네 살짜리 백인 여자애가 입으로 해주는 건 필요 없소. 엉덩이에 살이 하나도 없이 바지가 헐렁할 지경인 어린애 따위."

가죽과 뼈뿐이라고 데어드레이는 말했다. "그건 아십니까?" 내가 물었다. 헤로인과 코카인은 그 시절엔 지금처럼 거리에 흔하지 않았다. 재즈 연주자나 대마초를 피우는 몇몇 보헤미안들이나 하면 하겠지만, 그런 약은 깜둥이나 하는 거였다. 아니면 우리 중 다수가 그렇게 생각하고 싶어 했다.

"뭐 그런 거지요. 그런 게 포주 놈들이 매춘부 아이들을 꽉 잡아두는 비결이잖소."

"그럼 그 애는 약쟁이인가요?"

"오늘은 아직 아닐 테죠, 아마도. 하지만 내일이든 그다음 날이든 간에 결국에는 그리 되겠죠. 그 애는 애당초 구원을 받고 싶은 생각부터가 없을걸요."

나도 동감이었다. "그 애가 무엇을 피해 도망치고 있는 건지에 달렸겠지요." 내가 말했다.

"프라이팬에서 불로 도망쳐 나가는 거죠."

이 말에도 역시 동감이었다.

"댁이 이 세상 슬픔 간난을 다 고쳐놓을 수는 없소, 아일랜드 양반. 어떤 건 손댈 길이 없을 만큼 심하니까요." 주다가 말했다.

그는 그런 걸 익히 아는 사람 같았다.

다음으로는 순찰 경관들에게 물어볼까 하는 생각을 갖고 있었던 것인데, 오히려 경찰 쪽에서 먼저 나를 찾았다. 나는 1번로의 48번가 모퉁이까지 설렁설렁 걸어 내려갔다. 유엔 건설 현장이 거기서부터 시작이었다. 1번로와 강 사이에 자리 잡은 그 현장은 당시 더럽게 커다란 구덩이였는데, 남쪽으로 여섯 블록이나 죽 이어져 있고 그 전체에 연쇄형 울타리를 두르고 합판 벽을 세워 가려놓았다. 하지만 거의 3~4미터마다 엿보는 구멍이 나 있었다. 어른 눈높이인 것도 있고 아이들 눈높이에 뚫린 것도 있었다. 보도를 걸어 지나가시는 공사 감독 나리들 편리하시도록 뚫어놓은 것들이다. 나는 그 구멍들 중 하나를 통해 들여다보았다. 볼 것이 많지는 않았다. 콘크리트 기초를 닦기는 고사하고 기반이 될 쇄석도 아직 부어놓지 않았기 때문이다. 사실은, 현장 작업자들이 지하 수맥을 건드렸든지 아니면 이스트 리버 강물이 새어 들어왔든지 둘 중 하나였다. 왜냐하면 파놓은 그 커다란 구덩이 전체가 진흙으로, 푹푹 빨아들이는 개펄로 변해 있었기 때문이다. 구덩이는 불도저와 등짐 나르는 인부들을 집어삼키고 시간과 돈을 집어삼키는 커다란 상처 자국 같았다. 나는 지금이 원래 공기보다 대체 얼마나 늦어진 건지, 그리고 이 사업에 완공 보증을 넣을 만큼 어리석었던 위인이 대체 누구였을지 궁금했다.

 등 뒤의 커브 길로 돌아 나오는 차 소리를 듣고 나는 몸을 돌렸다. 그건 전쟁 전 연식의 링컨 차였다. V-12다. 하지만 나는 그 차의 소유주가 가솔린 배급으로 불편을 겪은 일은 결코 없었다는 것을 알고 있었다.

우거지상에, 과체중이고, 값싼 기성품 양복을 입은 사내가 조수석 쪽 문으로 내렸다. 속이 부글부글 끓는 표정을 하고 있었다.

"경사님." 나는 사근사근한 어조로 불렀다. 나는 전혀 위협적인 몸짓 없이 주머니에 손을 꽂아 넣은 그대로 있었다. 오툴은 내 얼굴을 포장도로 위에 갈아버릴 수 있다면 너무나도 행복할 터였다.

"팻이 한마디 하고 싶다는데." 그가 고갯짓을 하며 말했다.

오툴은 상점가를 돌며 상납금을 걷어가는 똘마니였다. 멍청한데다 앙앙불락하는 성격이라 더욱 위험한 놈이다. 요컨대 제놈의 주인이 목줄을 잡고 있지 않는 한, 마주치고 싶은 상대가 절대 아니었다. 오툴 놈을 덧들여놓을 생각은 조금도 없었다.

나는 조수석으로 올라탔다. 오툴은 문을 열린 채로 놔두고 몇 걸음 비켜났다.

"미키." 운전석에 앉은 사내가 빙그레 웃으며 말을 걸었다.

"팻."

패트릭 프랜시스 갤러거는 형사 경위의 직위에 있었다. 그는 다른 수많은 경찰들과 마찬가지로 굴레 쓴 황소_{순경을 지칭하는 속어로} 출발했다. 그리고 운과 기회의 덕을 입어서, 또한 범죄 기업들의 필요에 부응하여 그렇고 그렇게 짝짜꿍이 맞은 덕택에 술술 승진을 했다. 그는 타락한 경찰이었다. 갤러거가 내가 든 조직인 해녀 파에게 포섭되어 넘어왔더라면 딱히 투덜거릴 것도 없었으리라. 하지만 갤러거는 프랭크 코스텔로의 손아귀에 들어 있었고, 이탈리아인들 좋도록 맞춤으로 뒤를 봐주는 인물이었다. 그가 나에게 물었다.

"미성년 매춘부한테 무슨 일로 관심이 있나, 미키?"

"얘기란 게 돌고 도는군요." 나는 은근슬쩍 질문을 회피했다. 내가 그 근처 상황을 대충 훑어본 게 바로 이날 아침의 일이었다.

"말똥 같은 헛소리는 접어둬. 자네가 뭐 하러 상관을 하지? 해너 파가 영역을 이스트사이드로 확장하려고 넘보는 거야?"

갤러거는 커브 볼을 던져서 떠보자고 한 소리이지만, 나로서는 알맞게 핑곗거리가 생겼다. 나는 그 공에 방망이를 휘둘렀다. 내가 말했다. "여기는 아무나 장사해도 되는 구역이라고 생각하고 있었는데요, 팻. 지금 그렇지 않다고 얘기하려는 겁니까?"

갤러거는 딱 부러지는 답을 던질 만큼 미련한 인물이 아니었다. 그는 약삭빠른 위인이었다. 우리는 게임의 초반에 각자의 힘을 가늠해보는 두 명의 카드놀이꾼 같았다. 칩을 걸기 전에 서로 상대방의 베팅 패턴을 읽으려고 하는 중이다. 이 경우에는 갤러거가 자기 순서를 넘겼다. "아직도 팀 해너 밑에서 일하나?"

"늘 그렇죠." 내가 대답했다.

"그러면 젊은 팀에게 물러서라고 이르게."

물론 이 일은 해너 파와는 아무런 관련이 없다. 하지만 일이 굴러가다 보면 저 스스로 가속도가 붙는 법이다. 그래서 지금 이 사태는 브레이크가 고장 난 트럭처럼 나를 치어 깔아버리고 달려가려는 참이었다.

나는 아직까지 디디에게 보고할 거리가 하나도 없었다. 하지만 좀더 두고 봐야 할 것이다. 아무튼 내 생각은 그랬다. 나도 나대로 몇 군데로 촉각을 뻗쳐보았고, 우리 꼬맹이들도 의식하고 감시망을 펼치고 있다. 그러니 이만하면 할 만큼 했다. 팻 갤러거의 거동이 수수께끼 같기는 하다. 하지만 그 시점에 나는 그냥 그자가 나를 바짝 족치려는 거라고만 생각했다.

이제 날이 저물어 황혼녘이 되어오면서 아이들이 하나둘씩 들어오기 시작했다. 미드타운을 통틀어 회계실이며 배당금 배부처는 대여섯 군데가 있었다. 하지만 하루 일을 마무리하며 내가 데리고 있는 배달꾼 아이들이 모이는 장소는 바로 이곳 10번가의 점포 앞이었다. 아이들은 서로 무용담을 교환하고 붙들고 씨름하며 장난을 쳤다. 건물은 해너스 조직 소유였다. 그리고 나는 위쪽의 세 개 층을 쓰고 있었다. 2층 침대들을 집어넣었고, 함께 쓰는 주방이 있고, 약간이나마 사생활 비슷한 것도 지킬 수 있다. 아이들은 무법자요 집에서 쫓겨난 부랑아들이었으며 나는 그 애들에게 안전을 제공했다. 무상으로 제공했다는 얘기는 아니다. 아이들은 오는 것이 있으면 가는 것이 있어야 한다는 사실을 명심하고 있었다. 그리고 우리 사이에 통용되는 화폐는 충성심이었다. 위로든 아래로든 마찬가지다.

"그 애 아직 못 만나봤어요." 주디가 나에게 말했다.

"하루 종일 다녔는데?"

주디는 저쪽에 있던 다른 애 하나를 신호해 불렀다. 로저 튜오이, 주디가 부르는 별명으로는 '교활한 로저'다. 나이 열 살에 벌써 뺀

질뺀질 약삭빠른 면모가 엿보이는 아이였다. 그렇게 문학적인 별명을 주디가 어디에서 보고 갖다 붙인 건지 나야 모른다. '교활한 로저'는 찰스 디킨스 『올리버 트위스트』에 등장하는 부랑아의 이름. 우연히 그런 별명을 지은 것이든지, 아니면 주디가 공공 도서관에서 턱없이 시간을 허비하고 앉아 있었던 것이리라. 따뜻해서 노숙자며 그 외 가진 것 없는 파산자들이 가는 곳이다.

"걔 갔어요." 로저가 말했다.

평소 자기 장사를 하느라고 갔다는 얘긴지, 아니면 어디로 없어졌다는 얘긴지 나는 로저에게 물어보았다.

"그냥요. 가고 없어요."

아이들은 아이들대로 비밀이 있다. 그걸 침범하려는 마음은 없었다. 그 애들은 저희들끼리 쓰는 말이 있어서 암호나 다름없는 은어로 얘기하는데 나는 거기에서 제외되어 있는 몸이었다.

"그래, 걔가 갔으면 어디로 갔을까?" 내가 주디에게 물었다.

주디는 어깨만 으쓱했다.

나는 이를 악물고 성질이 나는 걸 참았다. "너하고 아주 비슷한, 거리에서 자라난 여자아이였던 사람이 있어. 그 사람이 나한테 매기를 찾아봐달라고 부탁을 했어."

주디는 영락없이 그 애답게 곧바로 내 논지의 약점을 찔렀다. "왜 그랬대요?" 나 역시 디디에게 던졌던 같은 질문이다. 하긴 뻔히 떠오르는 의문이니까.

"그 사람 얘기가 그 여자애를 보면 꼭 자기 같대. 그 나이에 그 처지가 자기 옛날하고 정말 똑같아서 그런대."

"미키가 그렇게 감상적인 분인 줄은 정말 몰랐네요."

주디는 과거 내가 손등으로 자기 따귀를 때리기도 했던 일을 얘기하는 거였다. "거리는 나보다 훨씬 혹독하게 버릇을 가르친단다, 주디." 내가 다시 일깨워주었다.

"그러니까 미키를 위해 그 여자애를 찾으라는 거네요."

"먼저도 내가 그렇게 부탁했잖아."

"아니요, 미키가 부탁한 건 그 애한테 다가가서 믿음을 얻으라는 거였어요."

나는 웃음이 나오려는 걸 눌러 내렸다. 아이들은 가끔 보면 너무나도 문자 그대로다. 거의 변호사처럼 군다. 아마도 불공평하다는 느낌이 들어서 그러는 것이리라. 나는 그렇게 짐작했다. "그 애가 사라져버렸다면 이러나 저러나 마찬가지지."

"알았어요." 주디는 임의적인 논리의 비약을 받아들였다.

"둘씩 다녀라." 내가 일렀다.

"둘 중에 한 명이 큰일 나면, 나머지 한 명이 돌아와서 어떻게 된 건지 보고하라고요?" 주디가 장난스럽게 말했다.

"너희들 안전을 생각해서 하는 말이야."

"그냥 털어놓고 얘기하세요, 거짓말쟁이 낯부끄럽게."

"경찰들이 이 건에 대해 주변을 냄새 맡고 돌아다니고 있어. 그러니까 눈에 보이는 게 전부가 아니야. 이탈리아 놈들이 낀 거 아닌가 싶다."

나는 주디에게 꼭 말할 필요 없는 것까지 이야기해주고 있었고, 그로써 주디는 내가 자기를 신용하고 있다는 걸 알 수 있었다.

"서로 뒤를 잘 살펴줘야 해. 함부로 설치면 안 돼." 내가 일렀다.

주디는 열세 살답게 업신여기는 눈빛을 내게 던지고, 돌아서 갔다.

"주드." 내가 불렀다.

주디는 빙그르르 돌아섰다. 내가 믿거니 하지 못하고 이러쿵저러쿵 잔소리를 하는 게 짜증나는 것이다.

"이 일은 뭔가 석연치 않은 느낌이 있어. 위험할 것 같은 낌새를 채거든 후퇴하도록 해."

"말 안 해도 그렇게 해요." 주디는 눈을 찡긋하고 사악한 미소를 띠었다. 그러고는 자기 패거리를 모아 붙이러 갔다. 이 애야말로 이탈리아 마피아 부두목급 놈들보다도 한층 더 위풍당당하고 설마 하는 의구심은 훨씬 적은 아이였다.

내 의구심은 디디로부터 시작되었다. 처음엔 디디가 하는 말을 액면 그대로 받아들였던 것이지만, 이제 나는 그녀가 나를 속여 덤터기를 씌우고 있는 걸지도 모르겠다는 생각이 들기 시작했다.

떳떳한 생각은 아니다. 그래서 나는 한번 시험해보기로 했다.

우리는 만났다. 물론 공범자들처럼 슬그머니 만났다. 내가 디디의 집에 떡하니 전화를 걸어서 자칫 그녀의 남편이 받게 만들 수는 없는 노릇이었다. 나는 우리가 사전에 정해둔 수단을 썼다. 영업시간이 끝난 후의 드라이클리닝 세탁물 배달 편에다 개인적인 쪽지를 끼워 넣는다. 세탁소 중국 놈에게 10달러를 찔러준다.

우리는 3번가의 술집에서 만났다. 고가 철로의 그늘 아래 있는 집으로, 그 시절은 옛날 3번가가 잘나가던 때였다. 이름도 없는 그런 술집이지만 적당히 붐벼서 우리 존재가 묻힐 만큼은 되었다. 저녁 식사 시간은 금세 닥쳐왔다. 뉴욕에서는 술을 파는 업소라면 어디건 음식도 팔아야만 하는 것으로 되어 있다. 설사 보온해두어 질척해진 쓰레기 같은 식사일지라도 말이다. 그리고 우리 두 사람은 술집이나 마찬가지로 눈에 띄는 점 없이 녹아들었다. 나는 입구 쪽 바 끝의 걸상에 올라앉아 기다리고 있었고, 디디는 밍크코트가 아니라 격자무늬 외투를 걸치고 올 만큼의 지각이 있는 여자였다.

디디와 나는 굳이 서로를 보고 깜짝 놀라는 연기 따위는 하지 않았다. 내가 일어서고, 디디가 자리에 앉고, 나도 다시 자리에 앉았다. 나는 물을 타서 약하게 만든 스카치위스키를 홀짝이던 중이었다. 디디는 캐나디언 클럽 소다를 주문했다. 내가 돈을 냈다.

"그 애 만났어요? 얘기해봤어요?" 디디가 물었다.

"아니. 하지만 우리 배달꾼 애들 두엇이 걜 보긴 했어."

"그랬는데요?"

"아무도 접근은 안 해봤대, 애들이 말하기로는."

"설마 그랬을까요?"

"걔들이 그렇게 쉽게 믿고 터놓고 그러지는 않잖아. 더구나 그 애는 걔들 동료도 아니고."

"그 애를 당신 애들 사이에 넣어줄 순 없을까요? 최소한 지금 생활을 면하기라도 하게⋯⋯."

"나도 은근히 그런 생각을 하고 있기는 했지." 내가 인정했다.

"그래도 역시 외부인이겠지요. 패거리에 가입한 게 아니니까."

"우리 애들도 전부 옛날엔 외부인이었지. 바로 그래서 깡패 조직이 들고 싶은 매력을 갖는 거야. 들면 소속감을 주니까. 당신이 이해해야 할 부분이 있어, 디디. 아이들은 끼리끼리 뭉쳐. 부족 사회라고. 같은 패끼리 서로서로 보호하고 지켜주지. 무리의식이 관건이야. 자기네 구역에 들어온 떠돌이 개를 그냥 덥석 끼워주지는 않는단 말이야."

"시간이 지나면 가능하지 않겠어요?"

"그런데 우리에게는 시간이 없지. 내가 묻고 돌아다니기 시작하자마자 비둘기 떼 속에 고양이가 뛰어든 꼴이더군. 난리가 나던걸."

"그게 무슨 소리예요?" 디디는 진정으로 깜짝 놀랐다.

"우리 애들 중에 여자애 하나한테 내가 그랬어, 그 애한테 접근해서 친해져보라고 말이야." 나는 한 손을 쳐들어서 디디가 하려는 말을 막았다. "서투르게 동정을 베푼 건 아니었을 거야. 날 믿어, 디디. 오히려 기세 좋게 을러대면서 접근했을걸. 내가 사람 잘못 본 게 아니라면 말이지. 그 애한테 누가 짱인지 판가름하자, 아니면 여기가 누구 구역인지 정하자고 했겠지. 으레 그러는 거잖아."

"기억하고 있어요."

"내가 직접 조사한 건 그렇게 직접적으로 하진 않았어."

"우리 집 문지기하고 얘기했더군요." 웃음기 없는 얼굴로 디디가 말했다.

"다른 문지기들하고 얘기하면서 같이 한 거야." 내가 말했다. "문제는 말이지, 그놈이 날 만났다는 얘길 당신한테만 한 건 아니었다는 거지."

"당신이 봤는지 안 봤는지 기억도 못 할 유형의 사람은 아니잖아요. 겉으로만 봐도요."

나는 고개를 흔들었다. "생각하고 한 거야. 난 위협적으로 다가가진 않았어. 내가 은밀 행동의 대가는 아닐지 몰라도, 말 좀 물었다고 좋지 못한 일이 생길 만한 상황은 아니었단 말이야. 그런데 결국 보니까 내가 오판했더군."

"무슨 일이 있었나요?"

"겨우 두세 시간 지났나 했는데 경찰에서 날 주목하던데. 팻 갤러거라는 형사 경위가 있어. 아주 의뭉스러운 작자지. 그자의 목록에 이름이 오른다고 할 때 반가울 만한 위인은 못 돼."

"그 사람이 뭘 원하던가요?"

"내가 뭣 때문에 관심을 갖는지 알고 싶어 하더군."

"그 사람한테 뭐라고 했어요?"

"어쩌다 보니 자기가 자기 스스로 답을 내더라고."

"그 답이란 게……?"

"해너 파 조직에서 새로 영역을 확장하려는 것임에 틀림없다고 말이야. 난 갤러거가 그렇게 생각하게 내버려두었어. 그러는 편이 수월했으니까. 하지만 이제 난 진실을 알아야겠어."

"내가 말한 대로예요. 진실이에요."

"당신이 나에게 말한 건 반쪽짜리 진실이지. 그건 거짓말 못지않게 위험한 거야. 그리고 내가 무조건 그 말을 믿고 봉사처럼 가다가 기습을 당했단 말이거든."

"당신을 위험에 처하게 할 생각은 없었어요." 디디가 말했다.

"그렇게 믿어주지. 데어드레이, 하지만 이 일에 아무런 위험도 개재되어 있지 않았다면 애초에 네가 날 찾아오지도 않았을 거야."

"남편이……." 디디는 손에 든 술잔을 돌리면서 말을 꺼냈다.

"네 남편은 네가 갈보였던 걸 잘 알지." 내가 도중에 말을 찔렀다. 의도적으로 불쾌한 단어를 골라서 말한 것이었다.

디디는 술잔을 만지작거리던 손을 멈추고 내 시선을 맞받았다. 그 눈빛에 찬 슬픔과, 또 매서운 패기에 나는 눈을 깔았다. "남편이." 디디가 억양 없이 말했다. "그 여자애를 이용했어요. 옛날에 나를 이용했듯이. 하지만 우리 사이에는 얘기가 타결이 됐어요. 그이는 내가 그 일을 잊을 수 있을 만큼 신사답게 해줄 걸 해줬죠."

"지금까지는 말이지."

"우리 모두가 타협을 해요, 미키." 그녀가 말했다.

"그리고 제아무리 반 렌셀레르 집안 사람이라 할지라도 자기 뒷수습은 해야 하지." 내가 말했다. "오랜만에 한 번씩은 말이야."

"그인 마음먹은 게 안 돼 안절부절못할 일은 생전 없었어요." 디디가 말했다. 슬프면서도 반항적인 어조였다.

그렇게나 애처롭고 상처 받기 쉬운 디디를 보자 나는 측은한 마음을 갖지 않을 수 없었다. "도대체 어떻게 처음에 이런 얘길 하나도 안 해준 거야?" 내가 물었다.

"그 얘길 하면 당신이 당장 최악의 경우를 상정했을 테니까요."

"난 이제 바로 최악의 경우를 상정하고 있는 중이야."

"반쪽짜리 진실이긴 해도, 미키, 내가 한 말은 여전히 참말이에요. 그 아이를 보면 내가 떠올라요. 그리고 내가 해야만 했던 선택이 생각나요."

"충분히 그럴 만은 하지." 내가 말했다.

"그 아이를 도와주시겠어요?"

"그 아인 사라졌어."

"어떻게 그럴 수가 있죠?"

"우리 애들 말로는 그 애가 거리에 안 보인 지 하루하고 한나절이래." 디디가 요점을 파악하지 못했을까 봐 나는 좀더 꼭 짚어 이야기를 했다. "땅바닥이 쩍 갈라져서 그 틈으로 꺼져 내린 건지도 모르지. 하지만 당신이 날 만나서 나보고 그 애한테 추근거려서 친해볼 수 있을지 부탁을 한 이후로 그 애를 본 사람이 아무도 없어."

"이러면 안 돼요, 미키."

"당신이 나한테 할 말이야?"

디디가 고개를 푹 수그렸다. "정말 이럼 안 돼요. 당신밖에 얘기할 사람이 없어요."

도주한 트럭은 약 한 시간 뒤에 나를 납작하게 깔아뭉갰다. 날이다 저물어 컴컴해진 때였다. 대충 저녁 8시쯤 되었을 거다.

내가 뒈져버릴 놈의 오판을 한 탓이다.

나는 그녀의 집을 보았다. 당연히 은밀히 지켜볼 만한 거리를 두고 지켜보았다. 그녀는 내가 거기에 있다는 것을 전혀 몰랐다.

그런 다음에 비크먼과 서턴 플레이스로부터 나는 국제연합 건설 현장 쪽으로 걸어 올라갔다. 그게 왜 그렇게나 많은 생각을 불러일으켰던지 도저히 설명할 수가 없다. 그곳은 아직도 진흙탕이었다.

경찰들이 그 장소에 쫙 깔려 있었다. 나는 그곳을 피해 떠났어야 했을 것이다. 실제로 나는 걸음을 떼어놓았다. 하지만 오툴이 내가 기웃거리는 걸 보고 말았다.

오툴은 우선 나를 한 대 쳐 누르고, 두 손을 등 뒤로 돌리게 한 후에, 얼굴뼈에 금이 가도록 빡 쥐어 박질렀다.

"그놈 놔줘." 목소리가 들려왔다. 갤러거였다.

코에서 피와 물이 줄줄 새었다. 그런데 내가 할 수 있는 일이라고는 소맷자락으로 코를 훔치는 것뿐이었다.

"자네 이 여자애에 대해서 묻고 돌아다녔지."

나는 쿨럭 하고 걸린 것을 뱉어냈다. 얼굴이 욱신거렸다. "무슨 여자애 말요?" 내가 물었다.

"죽은 애 말이야. 무슨 이유로 굳이 죽이기까지 한 거야?"

나는 투수가 던진 공 수를 세다가 중간에 숫자를 놓쳐 멀뚱거리고 있는 꼴이었다.

갤러거가 내 쪽으로 몸을 기울였다. "아이고, 이보라고, 미키. 자네가 바로 그 여자애가 살아 있는 걸 본 마지막 목격자일걸. 내가 헛짚은 건 아닐 거야."

내가 물었다. "그게 지금부터 얼마나 전의 일인데요?"

"지금부터 1시간 전쯤 되겠지. 만져보니 시체의 배면은 아직도 온기가 있더라고."

나는 차마 내 알리바이에 디디를 끌어다 댈 수는 없었다. 아무리 디디가 당혹스러운 처지도 아랑곳없이 나를 위해 나서주려 할지라도 말이다. "시신의 배면이라니, 그게 무슨 뜻이지요?"

"강간을 한 후에 네놈이 얕은 물에 여자 얼굴을 처박아 익사시켰잖아. 숨이 막히도록 얼굴을 밑으로 누르고 있었던 거지."

"아직 시신이 뻣뻣해지지도 않았다는 얘깁니까, 지금?"

갤러거는 어깨를 으쓱했다. "사후강직이라 할 만한 건 없군. 그래, 나한테 다 털어놓을 채비가 됐나?"

"완전히 헛바람 잡고 있군요, 팻. 당신 카뷰레터에 가솔린이 아예 빨려 들어가질 않는 모양이네요. 일단 첫째 나는 그 애를 죽일 동기가 없고, 그리고 그 애가 죽은 지 두 시간이 채 안 되었다면 내가 다른 장소에 있었다는 것을 증언할 증인이 있어요. 증인이라는 게, 내가 매수할 수 있는 그런 증인을 얘기하는 게 아니라고요. 이제 대충 좀 해두시죠. 수갑부터 풀어요."

"한번 채워보기라도 하니 기분 삼삼하군." 갤러거가 말하고 오툴에게 신호했다.

오툴은 수갑을 열어 내 손목을 풀어주었다.

"이제 꺼지게." 갤러거가 몸을 돌리며 말했다.

나는 손목을 주물렀다. "뚱땡이한테 다시는 그러지 말라고 타일러나 주시죠."

갤러거가 홱 돌아섰다. 목 뒤로 위스키 냄새가 나는 오툴의 숨이 느껴졌다.

"지금 뚱땡이랬나?" 갤러거가 위험스러운 분위기를 조성했다.

"내 총도 도로 내놔요." 내가 말했다. 오툴이 내 몸을 뒤져서 38구경 슈퍼 자동 장전총을 빼 갔던 것이다.

잠시 상황이 이쪽으로 흐를지 저쪽으로 갈지 모를 순간이 있었다. 하지만 오기를 부리는 것보다는 실질적인 사정 쪽이 앞섰다. 우유부단함인가, 아니면 속으로 초조해서 그러는가? 어느 쪽인지 확실치 않았다. 갤러거는 내가 설리반 법 카드뉴욕 주의 총기 소지 허가증를 가졌다는 걸 알고 있었다. 그것은 내가 눈에 띄지 않게 지닐 수 있는 총기를 합법적으로 갖고 다녀도 된다는 뜻이다. 갤러거가 턱짓을 했다. 오툴이 38구경을 자루를 내 쪽으로 하여 건네주었다. 나는 권총을 돌려서 뒤허리 쪽 허리띠에다 끼워 넣었다.

"됐지, 그럼." 갤러거는 이제 가보라는 듯이 말했다.

"피살자 좀 보죠." 내가 말했다.

갤러거는 머뭇거렸지만, 그러다가 어깨를 으쓱했다. "안 될 거 뭐 있겠어?" 그가 찬성했다.

우리는 어마어마한 크기의 구덩이로 내려갔다. 흙이 물러져 있어 실족하기 십상이었다. 둑 위에 켜진 비상등들이 깊고 깊은 그늘을 드리웠다. 저 위쪽 그나마 단단한 지반 위에 디젤유로 돌아가는 발전기가 굉음을 내었다. 갤러거와 나는 더러운 흙과 돌 부스러기 사이를 비틀비틀 발을 헛디뎌가며 내려갔다. 진흙 밭에 신발이 푹푹 빠졌다.

 죽은 소녀는 비탈 아래 땅바닥에 있었다. 옷차림은 흐트러져 있고, 사지는 벌린 채 손이 허리춤에 간 자세였다. 드러난 맨살은 창백하고 축축해 보이는데 푸르스름한 흔적이 얼룩졌다. 뼈와 가죽이라고, 디디는 그렇게 말했다. 소녀는 몸무게가 36킬로그램도 채 안 나갈 것 같았다. 나는 비탈 위 구덩이 가장자리를 한번 흘긋 올려다보았다. 사방이 발자국투성이였다. 거기에 한때는 뭔가 찾아볼 것이 있었을지 몰라도 이미 두 번도 더 밟히고 짓뭉개진 뒤였다. 나는 시체 옆에 무릎을 꿇었다. 소녀의 머리카락은 짙은 색인데, 지저분하게 엉키고 뭉쳤으며 진흙으로 떡이 되었다. 나는 소녀의 얼굴에 내려진 머리카락 한 줄기를 치워보았다. 두 눈은 뜨여 있는 채였으나 깊이감도 반짝임도 없었다. 죽은 사람은 그렇다. 죽은 사람의 눈에는 빛이 꺼진다. 나는 내 발을 내려다보고 혼자 투덜거렸다.

 "이 건에 대해서 넌 뭘 알지, 미키?" 갤러거가 물었다.

 "당신이 아는 것보다 많지도 않아요. 아마 더 적을 겁니다." 나는 시선을 들어 다시 한 번 비탈을 자세히 살폈다.

 "하지만 여자애가 이 밑에서 죽은 건 아니네요."

 "왜 그렇게 생각하는데?"

 "그동안 알게 된 바에 따라 추측한 거요. 십중팔구 판자 울타리가 부서진 곳으로 해서 들어왔겠지요." 나는 저 위 길거리 높이에 쳐 있는 합판 벽을 가리켰다. "울타리를 뚫고 들어오는 건 쉽지요. 어둠 속이었을 테니까 남이 볼 일도 없고. 자기 볼일을 다 볼 때까지 누가 끼어들 염려도 없었을 테죠."

"볼일이라면 그 계집애의 장사 말이지, 무릎 꿇고 하는 장사." 갤러거가 말했다.

나는 고개를 끄덕였다. "당신이나 나 정도 덩치가 되는 남자라면 양손 엄지손가락으로 목을 졸라 죽이는 데 큰 문제가 있을까요?" 갤러거를 보고 내가 물었다. "아니면 모가지를 부러뜨려놓거나? 비둘기 목을 비틀기만큼이나 쉬웠겠죠."

"비둘기는 무슨, 더러운 잡새지." 갤러거가 평했다.

"여자애의 목덜미에 피멍이 들어 있어요, 팻." 내가 말했다.

"얼룩이야." 그가 말했다.

"아니, 검푸른 멍 자국이에요."

갤러거는 자기 발을 내려다보았다. "자넨 어떤 놈이 저 위에서 계집애를 살해하고 구덩이 가에서 아래로 미끄러뜨렸다고 생각하는군."

"벨뷰 병원으로 실어 가봐요. 검시관한테 시신을 조사시켜요. 내가 보기엔 익사나 질식사일 것 같지 않아요. 난 이 애가 구덩이 밑바닥에 닿기 전에 이미 죽어 있었다고 장담해요."

"시간 낭비야. 이 계집애는 그저 또 한 명의 집 나온 부랑아에 지나지 않아."

피부와 뼈 253

그래서 폐기된다 이거군. 그 말을 듣자 나는 주디의 심정이 되었다. "잠시 시간을 할애해도 아깝지 않은 건으로 만들어드리죠." 내가 말했다.

"자네가 그러겠다고?" 갤러거는 나를 쳐다봤다. 새롭게 흥미가 불붙은 얼굴이었다. "자네가 뭣 때문에 그런 일을 하지?"

나는 우리 발치에 죽어 있는 여자애를 다시 한 번 내려다보았다. 소녀의 하얀 사지가 더러운 흙탕 속에 널브러져 있었다. "빚진 게 있어서요."

"죽어 자빠진 매춘부한테 뭐 빚진 게 있어?"

"이 애가 가져보지 못한 미래를 빚졌죠." 나는 그렇게 대답했다.

그러니 그렇게 드러내놓고 누구든지 볼 수 있게 내 정체를 까발렸다. 미키 코니언, 무르고 감상적인 바보. 나는 내 꼴이 남의 눈에 어떻게 비칠지는 별로 걱정하지 않았다. 그리고 오히려 그 점이 나에게 유리하게 작용할 수도 있었다. 팻 갤러거는 약점이 있다고 생각되면 즉시 그 약점을 찔러 들 사나이였다.

나는 전쟁 회의를 소집했다. 나의 군대는 어느 면으로는 산전수전 다 겪어 단련된 부대였다. 어른들이 어떻게 배신하는가 하는 데에는 도통한 백전노장들이다. 하지만 정치가 개재되면 아직 애송이들이었다. 그리고 내가 우려하기로는 이 일에 아무래도 정치가 관련되어 있는 것 같았다.

나는 주디와 주디의 짝패 '교활한 로저'를 대장으로 삼았다. "임무는 전과 같다." 아이들을 앞에 놓고 내가 말했다. "하지만 위험도는 더욱 높아졌어. 우리는 경찰의 살인 사건 수사를 피해 가면서 작전에 임해야 하고 경찰들은 우리가 관심 갖는 걸 반기지 않을 거다. 갤러거하고나 오툴하고나 얽히는 일이 없도록 해. 둘 다 위험한 자들이니까. 갤러거가 위험한 건 술수를 쓰는 영리한 작자이기 때문이지. 하지만 오툴이 위험한 건 약삭빠르면서 멍청한 놈이라 그래."

주디와 로저는 둘 다 매우 엄숙했다.

"그 애는 왜 죽게 된 거예요?" 주디가 나에게 물었다.

"내 생각에는 있어서는 안 될 장소에 있어서는 안 될 때 있었기 때문인 것 같다. 그리고 그런 일은 너희들 중 누구에게든 일어날 수 있는 거야."

"우리한테는 일어나지 않을 거예요."

"내가 어찌할 수 있는 한은 안 일어나겠지. 하지만 너희들은 위험천만한 일에 착수한 참이야. 그리고 내 인정하는데 너희들에게 그 일을 시키는 사람이 나로구나."

"이 상황에 중요한 게 개예요, 아니면 우리예요?" 주디가 물었다.

훌륭한 질문이라고 나는 생각했다.

"그러니까 내 말은요, 이건 미키가 개인적으로 심각하게 생각하는 일인 거 아니냐고요. 맞죠?"

"어이쿠. 그래. 전적으로 개인적인 일 맞단다, 주디. 그 애는 나머지 너희들을 대표하는 존재야."

"하지만 걘 쫓겨난 외톨이였어요."

나이에 맞지 않게 사리가 트였다. "누군가 그 애를 쫓아내고 내버렸던 거지." 내가 말했다.

"그리고 미키는 우리에게 그 사람이 누군지 찾아내라는 거죠."

"우선은 그 애가 누구였는지부터 찾아내봐."

"그 앤 매기예요, 그 애가 거리에서 쓰던 이름이 매기였어요."

"그럼 매기라고 불러도 좋아. 하여튼."

"우리가 죽 그렇게 불렀잖아요."

나는 숨을 들이마셨다. "주디, 여자애 하나가 살해당했어. 이름은 네가 마음 먹은 대로 불러. 그 애한테는 문제 되지 않을 테니."

주디는 나를 지그시 쏘아보았다. 그리고 말했다. "우리한테는 문제가 돼요."

변수가 너무 많았다.

나는 이렇게나 아리송한 상황으로 끌려 들어오고 말았다. 디디. 그리고 이제는 디디의 남편. 그리고 갤러거는 왜 그렇게 바로 일을 포장해버리려고 하는 것일까? 그는 굵직한 기회를 알아볼 줄 아는 사내였다. 그 얘기는 지금 이게 정치적인 상황이라는 뜻이다. 협의의 의미에서 정치적인 것, 즉 자기 이익을 챙기는 것으로서 말이다. 하지만 정치란 게 어쨌든 전부 자기 이익을 챙기자는 것 아니었던가. 그러니 결국은 갤러거가 보호하고 있는 게 어떤 인물이든 아니면 그 무엇이든 간에, 문제는 그 대상으로 집중된다. 세력권인지, 아니면 투자 문제인지, 하여튼 더듬어가보면 어디 마피아 가문이

나오겠지. 하지만 그렇게 생각하자니 너무 일반화시킨 것 같았다. 건설 사업상 뒷전의 담합, 콘크리트 타설을 모자라게 하고, 건물 건축 노조에 깡패 조직이 영향력을 행사하는 것 등등. 일례로, 유엔 건은 엄청나게 큰 수주 건이다. 농간을 부릴 구석이 잔뜩 있고 비용을 부풀릴 여지도 많다. 하지만 그건 그것대로 이건 내가 알아서 할 테니 코빼기도 비추지 말라는 식인 갤러거의 태도를 설명하기에는 너무 규모가 크기도 하고, 동시에 그걸로 설명이 충분치 않기도 했다. 갤러거는 뭔가 좀더 명확한 의도를 품고 있었다. 이제 와 돌이켜 생각하니 갤러거가 나를 현장에서 낚아채고도 그렇게 간단히 풀어준 게 무척이나 황당했다. 살인죄로 나를 기소하는 거야 어차피 될 일이 아니었겠지만, 그래도 내가 거리에 나다니지 못하게 72시간 동안 구금해둘 수는 있었다. 용의자로 잡아놓든, 아니면 핵심 증인으로 묶어놓든 간에. 그런데 그러지를 않고, 치미는 성질을 억누르고, 오툴의 목줄을 짧게 당겨 잡았다. 나는 갤러거가 일부러 나를 마음대로 돌아다니게 놔둔 것 같은 불편한 느낌이 왔고, 그러자 떠오르는 생각은 이게 다 교란 작전 아닌가 하는 거였다.

그러자 내 생각은 도로 디디 쪽으로 쏠렸다. 그렇다, 이게 떳떳한 생각은 못 된다. 하지만 디디 역시 한 마리 순결한 비둘기는 아니고, 우리 사이의 과거사를 돌아볼 때 내가 디디에게 농락당하고 있는 것일 수도 있었다.

한편으로, 만약 내가 디디에게 무죄 추정의 원칙을 적용하여 디디가 한 소리들을 액면 그대로 믿어주자면, 그리고 그보다도 상당

피부와 뼈　257

히 개연성이 있는 일로 팻 갤러거가 빈 낚시로 낚시질을 하고 있을 가능성을 고려한다면, 그자가 미끼도 달지 않은 낚싯바늘로 시커먼 물 속을 헤집고 있을 수도 있다 치면, 그렇다면 양상이 달라진다. 디디나 갤러거가 나보다 조금이라도 더 아는 것이 없는 것이다.

그렇다면 뭔가가 빠져 있다. 다른 배우가 무대 위가 아닌 어디에 존재하는 것이든지, 아니면 아예 전혀 다른 연극이 상연되고 있는 건지도 모른다. 우리들이 이제껏 한 편의 연극에 연기를 맞추어보려 하고 있었으나 애당초 틀린 각본을 받았던 것일 수도 있다. 멋진 대사는 전부 다른 누군가의 차지였다. 우리는 단역이었을 뿐이다.

서턴 플레이스 주소지 건물의 흑인 문지기 주다 벤자민은 다음날 아침에 내가 잠깐 들렀을 때에는 근무를 서고 있지 않았다. 그와 교대해서 지금 일을 하고 있는 자는 마찬가지로 유색인종이지만 한층 나이가 젊은 사람이었는데, 도무지 시큰둥하니 주다가 언제쯤 나올지 변변히 말도 해주려 하지 않았다. 그래서 난 그냥 그런대로 물러났다. 그자가 나를 기억할 이유를 주거나, 내 움직임에 너무 이목을 끌고 싶지는 않았기 때문이다.

노파심이라고 말해도 좋다. 하지만 이 건은 전체적으로 지나치게 심각해져가고 있는 듯한 느낌이 들었다. 매기의 죽음이 바로 단적인 예였다. 물론 그 사건은 불행한 사고였을 수도 있다. 그 아이 같은 장사를 하다 보면 그런 변을 당할 수도 있는 거다. 하지만 나는 그렇다고 생각하지 않았다.

러시아인, 아랍인, 유대인이라. 주다가 그 셋을 든 것은 일반적인 얘기고, 그냥 말을 하다 보니 그런 거라고 나는 생각하고 있었다. 주다는 덴마크인이나 캐나다인들을 들 수도 있었을 것이다. 하지만 덴마크는 캐나다와 전쟁을 벌이고 있지 않았다. 1948년 말에 국제연합은 팔레스타인 분할과 이스라엘 국가 설립을 인정하였고 이웃한 아랍 국가들은 공격을 개시했다. 사람들이 적이 놀란 바 그 나라들은 때려달라고 뒤를 대준 꼴이 되었다. 아니면 그렇지가 않았을는지도 모르겠다. 당장 내 무지몽매한 동포들부터가 '분쟁'북아일랜드의 독립을 이슈로 벌어진 1949년부터 1990년대까지의 소요 상황 이전부터 IRA아일랜드 공화국군에 돈을 대왔는데, 미국에 사는 유대인들이 하이파이스라엘 북부의 도시로 총기를 밀수출하지 말라는 법이 있겠는가?

이 시나리오의 문제점은 이것도 또한 빌어먹게 광범위한 얘기라는 것이었다. 유엔 건물 건설 사업 건에 대한 거라는 가설이나 마찬가지다. 그게 열네 살 먹은 길거리 부랑아 살해 사건과 어떻게 연관이 된단 말인가? 그 일의 그 어떤 부분이나 또는 그 어떤 사람에게 매기의 존재가 위협이 될 일이 도대체 있기는 했을까?

있어서는 안 될 곳, 있어서는 안 될 때에 있었던 것이라는 게 내가 주디에게 한 말이었다. 그렇다면 그 얘기는 내가 망원경을 거꾸로 돌려서 들여다보아야 한다는 뜻이었다. 누가 어디에서 한 짓인가. 기회가 먼저다. 동기는 나중에 찾자.

디디의 남편이다. 내가 걷고 싶은 노선은 아니었다. 하지만 이제 다음 차례로 쫓아가볼 길이다. 아무리 반 렌셀레르 집안 사람이라고 할지라도 뒷수습은 해야 한다고 나는 디디에게 말했던 것이다. 그 사람은 그게 안 돼 안달할 일이 아예 없어요. 디디는 나에게 그렇게 말했다. 나는 이상하게 여겨야 했다. 대체 반 렌셀레르가 마음먹은 대로 안 되면 안달을 할 '그 일'이 뭘까?

나는 물어보기로 했다. 그렇게 하는 게 말처럼 쉽다는 건 아니다.

반 렌셀레르는 가시적인 직업이 없는 사람이었다. 그는 물려받은 돈으로 다듬어진 사람이다. 그 점이 내가 그에게 호감을 가질 요소는 될 수 없지만, 그렇다고 그가 몹쓸 놈이 될 일도 없다. 세상은 생긴 대로 이대로의 것이다. 아니면 우리가 바라보는 대로라고 해도 되겠다. 그리고 우리에게 그걸 바꿔놓고자 하는 마음이 없다면 우리는 세상에 곁돌 뿐이다. 나는 공산주의자가 아니다. 사람은 자기가 가진 우월한 입지를 이용하게 마련이고, 행운은 대담한 자의 편이다.

나는 반 렌셀레르의 약점과 헛점을 틈타 그를 기습하고 싶었다.

그러지 않고 다른 도리가 있나? 그렇게 물을 수도 있겠다.

우리들 대부분이 습관으로 살아간다. 공장의 조립 라인에서 일을 하거나 사무실에 출근하는 사람이 아니라고 해도, 매일매일 판에 박힌 일과가 생겨나게 마련이다. 팅커에서 에버스에서 챈스로, 착착 이어지는 야구 플레이처럼. 어거스트 반 렌셀레르도 그 점에서는 보통 사람 누구와 하나 다를 것이 없었다. 그는 일찍 일어나서 강을 따라 산책을 한다. 버릇이 잘 든 조그만 개를 데리고 나선다. 개는 암캐인데 아마 비숑 프리제 종이었을 거다. 반 렌셀레르는 아파트로 돌아와서 문지기에게 개를 넘기고 강 건너 내륙으로, 뉴욕 2번로로 향한다. 거기에 이르면 호텔 이발소에 들러 얼굴에 뜨거운 물수건을 올리고 이발사에게 아침 면도를 받는다. 호텔은 몬트로열 호텔인데, 객실의 절반은 장기 투숙객들이 들어 살고 있는 구식 호텔이었다. 그리고 호텔에 카페테리아가 있어 반 렌셀레르는 거기서 건조 시리얼과 커피로 아침을 먹는다. 커피는 블랙이다. 기회를 엿보는 건 문제가 아니었다. 접근 방법이 문제였다.

그리고 거기에는 한층 더 복잡한 사정이 개재하게 되었다.

반 렌셀레르는 누군가 다른 사람의 감시하에 놓여 있었다.

그 사실을 알아차린 건 내가 렌셀레르의 행적을 단순히 훑기만 하고 있던 중이었다. 나는 즉시 미행을 중단했다.

그자들은 사립탐정이 아니고, 뉴욕 경찰들도 아니었다. 나는 뒤로 멀찌감치 물러나 있으면서 반 렌셀레르의 앞과 뒤에서 그를 사이에 넣고 움직이고 있는 3인조를 파악했다. 한 명은 앞서서 가고 한 명은 뒤를 따르고 나머지 한 명은 옆으로, 길 건너편에서 반 렌셀레르와 보조를 맞추어 미행하고 있었다. 그자들의 행동거지는 군대처럼 절도 있었다. 도시 환경 속을 걸어가기를 적지를 걷듯이 했다. 한 집에서 다음 집으로 이동하는 모습이 전쟁터의 보병 같았다. 그리고 반 렌셀레르가 고용한 자들이라기에는 행동이 너무 은밀했다. 만약 반 렌셀레르가 개인 경호원이 필요하다고 생각했던 것이라면, 그자들은 더 가까이 붙어서 움직였을 것이다. 반 렌셀레르가 그자들의 존재를 알 수 있는 위치에서 말이다. 하지만 이들은 거리를 벌린 채 미행하고 있었다. 반 렌셀레르는 자기는 그 어떤 상황에 처해도 안전하다고 생각하는 그런 사나이였다. 돈이 있고 지위가 있으므로 무슨 해를 입을 일이 없다고 그는 생각하고 있었다. 반 렌셀레르는 등 뒤를 조심하는 그런 위인이 아니었다. 그 사람은 그럴 필요가 전혀 없었다.

나야말로 내 등 뒤를 조심했어야 했다.

그자들은 3인조가 아니었다. 5인조였다. 내 경계 태세에 구멍을 만든 건 여자였다. 나이 지긋한 중년의 유대인 여자. 아주 큰 핸드백을 든 전형적인 뉴욕 부인네. 그 여자는 버스를 기다리는 척하고 서 있었다. 그러다 모퉁이 길에서 느닷없이 뒤로 물러나서 걸어가던 내 앞을 가로막았다. 나는 자동적으로 길을 틀어서 여자 옆으로 스쳐 지나려 했다. 나는 반 블록 앞을 내다보며 걷던 참이었는데, 뒤에서 갑자기 누가 콱 덮쳐들었다. 웬 아이 하나가 내 뒤꿈치를 밟았고, 나는 엉거주춤하다 여자에게 부딪히고 말았다. 아이 놈과 여자와 나 모두가 멍청히 서로 쳐다보며 섰는데, 그때 유대인 아줌마가 내 허리띠 고리에다 38구경 총구를 붙여 눌렀다. 소년은 또 한 자루의 총 총구를 내 등뼈 아랫부분에 비틀어 찔러 넣었다.

"춤 추시자는 대로 제가 맞추지요, 부인." 나는 두 손을 축 늘어뜨린 채 여자에게 말했다.

"바이 미어 비스트 두 쉔. 독일어로서 '당신은 내게 너무나 아름답다'라는 뜻" 여자가 빙그레 웃으며 말했다.

나도 나와 동년배의 억센 유대인들을 몇 명 알고는 있다. 베니 시겔, 마이어 랭스키. 그들은 꼭 필요한 상황에서는 절대 꽁무니를 빼지 않았다. 하지만 이건 누구라도 좀처럼 마주치고 싶지 않을 만큼 가장 거칠고 험악한 유대인들 한 무리였다.

그들은 이스트 50번대 거리의 고급 주택지로 나를 데려갔다. 3번로와 렉스 사이에 위치한, 나뭇잎 울창한 부자 동네였다. 거기 있는 건물들은 거의가 주택들이고 간혹 가다 신중한 상담을 해주는 외과의사들의 개인 의원이 건물 1층에 끼여 있곤 했다. 여기도 그 중 한 곳이었다. 황동 명판은 무슨 특별한 의료 서비스를 제공한다는 내용을 광고하기보다는 특정한 사람들만을 위한 의원임을 강조하고 있었다. 접수실에 기다리는 환자는 한 명도 없었다. 나는 창이 없는 작은 검사실로 인도되어 갔다. 거기서 철저한 몸수색이 있었다. 그런 다음 그들은 나를 두고 나갔다.

방은 길이 360센티미터, 너비 240센티미터쯤 될 것 같았다. 조명이 환했다. 방 안에 캐비닛도 없고 붙박이 가구도 하나 없었다. 바퀴가 달린, 스테인리스 스틸제 탁자가 하나 있었다. 사람 몸 하나가 뻗고 눕기에 충분할 만한 크기였는데 보고 있자니 조금 기분이 찜찜했다. 타일 바닥에는 배수구가 뚫려 있었다. 교구 학교의 부속실에서 들고 온 것 같은 실용적인 접의자가 딱 한 개만 있었다.

현재 처한 상황으로 보건대 나는 누구 다른 사람의 일정에 맞추어 그의 변덕에 운명이 달려 있는 모양이었다. 얼마 지나지 않아서 나에게 무엇을 요구할지 알게 될 것이다. 나는 앉아서 기다렸다.

5분이 지났다. 그리고 10분이 지났다. 나는 몸 돌아가는 속도를 늦추었다. 도마뱀처럼 말이다. 그리고 불 붙듯 일어나는 상상들을 차갑게 내리눌렀다. 근거 없는 추측들을 남발해봤자 좋을 것이 하나도 없다.

　쩔꺼덕 하고 문이 열렸다. 나는 시선을 들었다.

　문간에 선 남자는 잠시 나를 뜯어보았다. 그러더니 안으로 들어서면서 등 뒤로 문을 닫았다. 그는 키가 작달막하고, 근육이 잔뜩 붙어 두툼한 상체를 가진 사나이였다. 팔뚝이 권투선수나 역도선수같이 굵었다. 설 때는 자세를 비딱하게 하고 서고 걸을 때는 발뒤꿈치부터 짚고 걷는다. 동작은 춤꾼처럼 날렵하고 당당했다. 하지만 그러면서도 땅바닥에 단단히 뿌리박힌 듯 독특한 중후함을 지니고 있었다.

　"내 이름은 울프요." 그가 말했다. 보기에도 늑대 같아 보였다. 입 주변에 허연 수염도 그렇고. 오십 대 중후반쯤이겠다고 나는 생각했다. 나는 그가 나에게 자기 이름을 말한 것이 정말 마음에 들지 않았다. 그 얘기는 내가 살아서 누구한테 그 사람 이름을 다시 말해 줄 일이 없을 것이라는 뜻일지도 모르기 때문이다. 바닥에는 아까 말한 배수구가 나 있는 판이다.

　"내 이름은 미키 코니언이지요." 내가 말했다. "맨주먹으로 웨스트사이드 해너 파에서 일하는 사람입니다. 당신도 보아하니 그 방면을 잘 아는 사람 같군요. 내가 짐작하기로는 이르군유대주의자 지하 조직 같은데요. 분리 독립 이후에 요새는 명칭을 뭐라고 부르는지 몰라도요. 최근 일로 울분에 찬 강단 있는 이스라엘 사내들이지요."

"그렇게 최근 일은 아니지." 울프는 빙그레 웃으며 그렇게 말했다. 그는 스틸 탁자에 손을 짚고 엉덩이를 끌어 올려 올라앉았다. 탁자 바퀴가 그의 체중에 밀려 조금 움직였다. "당신한테 질문할 게 한 가지 있소, 코니언 씨."

"한 가지뿐이라고요?"

그는 어깨를 으쓱했다. "그건 당신이 어떻게 대답하느냐에 달려 있지요."

"반 렌셀레르." 내가 말했다.

그는 손바닥을 위로 하여 한 손을 들어 올렸다. 몇 백 년이나 된 케케묵은 몸짓이다.

"쓸데없이 당신의 시간을 낭비할 까닭이 없으니까 말이죠." 내가 말했다.

"그러면 시간 낭비 하지 말도록 합시다." 그가 말했다.

"왜 그를 미행했습니까?" 내가 물었다.

그는 놀란 것 같았다. 아니면 나에게 실망한 것 같기도 했다.

"이렇게 얘기하는 편이 우리 양쪽 다 시간 낭비를 줄일 수 있으니까요."

"우리 양쪽 다라고?"

"한 소녀가 어젯밤에 살해되었지요. 그 애의 이름은 매기였습니다. 열네 살 먹은 아이였어요. 반 렌셀레르는, 이렇게 말해두죠, 그 아이의 직업적 단골이었습니다."

"그 여자애가 당신 마구간 소속이오?"

"난 포주가 아닙니다."

울프는 잠깐 동안 그 말을 숙고했다. "그럼 당신은 뭐요?" 그가 물었다.

"난 주먹이지요. 숫자 맞추기 복권불법 사설 복권을 운영합니다."

울프는 탁자에서 뛰어내렸다. "잠깐 기다리시오."

"기다리라면 기다리지요."

그는 고개를 끄덕이고 나를 방 안에 두고 나갔다.

나는 다시 잠든 상태로 들어갔다.

이번에는 기다리는 시간이 족히 20분은 되었다.

문이 다시 열렸다. 울프가 아니었다. 거리에서 나이 지긋한 여자와 함께 나를 덮쳤던 애 녀석이었다. 녀석은 몸짓으로 나오라고 했다. 나는 문을 나섰다.

그 녀석은 나를 앞세웠다. 층계로 두 층을 올라갔다. 소년은 나를 3층에 있는 서재로 안내했다.

내 등 뒤로 서재 문이 닫혔다. 나는 주위를 둘러보았다. 서재는 검사실보다 가구 집기가 한결 잘 갖추어져 있었다. 벽에는 책이 가득했으며 튼튼한 간부용 책상에다 건물 앞쪽으로 또 뒤쪽으로도 밖이 내다보이는 높은 창들이 나 있었다. 서재의 폭이 건물 폭을 다 차지하고 자리 잡고 있었던 것이다. 뒤편으로는, 모여 선 건물들에 에워싸인 한가운데 공간에 정원이 있었다. 공유지에 있음에도 비밀스러운 정원이다. 봄이 늦었음에도 튤립과 크로커스 꽃들은 퍽

건실하게 피어나기 시작했다. 라일락 꽃들이 때 이르게 만개했고, 개나리는 이미 지고 있었다. 나는 그런 것들에 무슨 뜻이 있다고는 보지 않았다.

울프가 들어왔다. 그는 내 총을 책상 위에 내려놓았다. 그러고는 말을 했다. "시작한 일은 끝을 봐야겠지요, 미키. 우리가 서로 신뢰 따위는 눈곱만큼도 가지고 있지 않지만, 그래도 서로 상대방이 있어 유리한 점을 찾을 수 있을는지 모르겠소. 그렇게 하는 게 당신의 목적에 부합하겠소?"

"우리 서로의 목적이 아마 아직도 상충될는지도 모르지요." 내가 말했다. "그쪽은 반 렌셀레르를 뭘로 보십니까?"

"그자는 은행가지."

"그자가 일을 하는 줄은 몰랐군요."

"그는 몇 군데 위원회에 이사로서 한 자리 차지하고 있소."

"심각한 거액은 그보다도 더 심각한 거액을 낳지요."

대화가 잠시 끊겼다. "유대인에 대해 당신은 어떻게 생각하시오, 미키?" 울프가 나에게 물었다.

"유대인이 바지를 입을 때는 다리를 한쪽씩 끼우지요. 나머지 우리들이나 마찬가지로요."

울프는 내 총들을 내 쪽으로 밀어 보냈다.

나는 콜트 슈퍼 38구경을 집어 들었다. "그리스도를 죽인 놈들." 권총을 뒷춤에 찔러 넣으면서 내가 그를 보고 말했다. "사제들이 우리에게 노상 해온 이야기가 그거죠. 옛날 옛적 성 알로이시우스 시절부터요. 하지만 알로이시우스는 무식한 몹쓸 놈이었죠, 성찬식 포도주를 쪽쪽 빨아먹고 고주망태가 됐던 건지." 나는 7.65밀리미터 브라우닝 권총을 냉큼 집어 올리곤, 구둣발을 울프의 책상 위에 올려서 발목 총집에 권총을 꽂아 넣었다. 그러고는 도로 발을 바닥으로 내렸다.

"그렇다면 당신은 그런 건 상관 안 한다는 거요? 좋아하지도 싫어하지도 않는다고?" 울프가 나에게 물었다.

"그런 말이 아닌데요."

"그럼 무슨 말이오?"

"나는 약속을 지키지 않는 유대인을 만난 적이 없어요."

"나는 교활하지 않은 아일랜드인을 만난 적이 없다오." 울프가 말했다.

"반 렌셀레르에 대해서 얘기해보시죠." 내가 말했다.

"그자는 뿌리부터 굳건한 반유대주의자요."

"유대인 혐오자들이야 쌔고 쌨죠."

"내 경험으로 봐도 그렇더군."

"잠깐 죄송합니다만, 내 얘기는, 뭔가 지렛대로 써먹을 만한 특이사항을 말해달라는 건데요."

"당신이 입에 올린 죽은 여자애가 있지 않소."

"당신들한테는 당신들대로 반 렌셀레르를 위협해야 할 이유가 있겠지요. 난 나대로 그럴 이유가 있겠고요." 내가 말했다. "내 이유가 뭔지는 이미 알고 있습니다."

울프는 손을 내려서 책상 서랍 하나를 당겨 열었다. 그러자 5분의 1쯤 남은 라이 위스키 병이 나왔다. 몇 인치만큼도 채 안 되는 양이었다. 그는 조금 더 더듬어서 짝이 맞지 않는 잔 두 개를 마저 낚아 올렸다. 그가 나에게 술잔 하나를 건네주었고, 우리 둘은 각자 소매로 술잔을 문질러 닦았다. 울프는 자기 잔에 족히 손가락 세 개만큼은 되게 술을 따른 뒤 병을 나에게 넘겨주었다. 나도 똑같이 했다. 우리는 각자 잔을 들어서 잔 가장자리를 살짝 마주쳤다. 나는 그가 생각할 시간을 벌려고 그런다는 걸 알고 있었다. 하지만 그래도 살갑게 해주는 건 고마운 일이었다. 게다가 술맛도 좋았다, 훈제향이 나는 캐나디언 라이 위스키였다.

울프가 잔을 내려놓았다. 나는 그가 마음을 결정했다는 것을 알았다. 울프는 몸을 돌려 거리를 굽어보는 창들 쪽으로 갔다. "이스라엘에는 돈과 무기가 필요하다오." 방 안으로는 등을 댄 채로 그가 말했다. "소형 무기들도 난제이기는 하지만, 그건 관건이 아니지. 내가 말하는 무기란 야전포와 공용화기 기관총류와 탱크 같은 것이오. 디젤유가 필요하고, 교체할 부품이 있어야 하고, 각종 기자재도 필요해요. 현대적인 기계화 전쟁을 위한 군수 산업이 뒷받침을 해줘야 한다는 뜻이오."

"한데 고무줄 감아서 붙들어 매고 침 뱉어 문질러가며 버티고 있는 거군요."

울프가 몸을 돌렸다. "금융이 급소요. 우리 손에 금이 있어서 연방 준비 제도에 예치할 수 있었더라면 그걸 담보로 대출을 받을 수 있었겠지요. 하지만 지금 당장은, 모자를 벗어 들고 서서 공손히 제발 신용 대출을 해달라고 간청하는 참이오. 6개월만 있으면 상황이 달라질 수 있어요. 하지만 6개월을 있었다가는 아랍 국가들이 우리를 바다로 몰아넣어서 이스라엘 국가가 이미 존재하지 않을는지도 모른다오."

"그러면 반 렌셀레르의 반유대주의는 그저 학구적인 차원이 아닌 거로군요."

울프는 보조 탁자 쪽으로 가서 잠금장치를 열었다. 그리고 거기에서 기름종이로 싸인 꾸러미를 꺼냈다. 전화번호부만큼이나 두껍고, 길이는 한 척 반쯤 되는 꾸러미였다. 울프가 책상 위에 그 꾸러미를 떨어뜨리자 쇳덩어리처럼 꽉 찬 쿵 소리가 났다.

나는 그게 무엇인지 알았다. 코스몰린총기 보호를 위해 바르는 그리스 냄새가 났다.

"열어보시오." 울프가 말했다.

나는 겉을 싼 종이를 벗겼다. 모양은 볼꼴 사납지만 극도로 기능적일 것 같은 물건이 나왔다. 나는 그것을 들어보았다. 3킬로그램쯤 나가는구나.

"스텐 경기관총을 기반으로 한 거요." 울프가 가르쳐주었다. "그게 제조 기법상 유리하니까. 리시버는 찍어낸 거고 총신은 주물이오. 개방형 노리쇠로 9밀리미터 파라벨룸 탄을 쏴요. 전자동으로 1분에 600회전을 한다오. 우지엘 갈이라는 사람이 설계한 총이오. 공장만 확보할 수 있다면 하루에 100정씩 생산이 가능해요, 그것도 싼값에 말이오."

나는 노리쇠를 철커덕 젖혔다. 완충 스프링이 족히 10킬로그램 무게는 걸리는 것 같은데도 노리쇠가 버터를 바른 것처럼 매끄럽게 움직였다.

"하트퍼드에 친구들이 있으니까." 내가 미처 묻지도 않은 질문에 울프가 대답했다.

코네티컷 주 하트퍼드. 콜트의 고향이다. 그 회사에서 내가 가지고 다니는 총을 만들었다. 나는 안전 손잡이를 꽉 쥔 채로 방아쇠를 당겨보았다. 그러자 노리쇠가 비어 있는 약실을 때렸다. 1초에 10회전이라, 나는 생각했다. 진짜 총알이 나가는 물총 같구나.

"무슨 말인지 알겠지요." 울프가 말했다.

나는 마지못해 총을 내려놓았다. "알겠네요." 내가 말했다.

울프는 양손을 펼쳐 보였다. 어디 말 좀 해보라는 몸짓이었다.

"좋아요, 내가 제대로 이해한 건지 어디 한번 보지요. 반 렌셀레르는 당신들이 아직 갓난아기일 때에 당신들 목을 졸라 질식시켜 버릴 수 있죠. 왜냐하면 그자의 영향력이 뉴욕 은행들의 차관단 연합체까지 미치니까요. 일단 뉴욕 은행들이 돈을 빌려주기를 거절한다면, 스위스나 홍콩에서 자금을 조달할 길도 막혀버리죠. 은행가들이 부실 대출을 하려 하지 않는다는 단순한 이유 때문에요."

"우리는 반대 투표로 가로막히게 생겼소."

"어떻게 한 명의 사나이가 그런 결정을 내릴 수 있는 겁니까?"

"그 사람이 가결이냐 부결이냐를 결정하는 한 표라고 말해둡시다. 투표란 게 그보다 더 작은 것으로도 좌우되는 거 아니겠소." 울프가 어깨를 으쓱였다. 그건 습관적인 몸짓 같았다. 하고 싶은 얘기를 표현할 만한 어휘가 부족할 때에 그냥 하는 몸짓. 다른 사람이라면 그럴 때 반사적으로 씩 웃어버리기도 한다. 그런다고 꼭 웃고 싶어서 웃는 것은 아니다.

"그런데 당신네들이 그 사람이 망신당할 만한 일을 잡아낼 수 있다면……?"

"우리가 그자의 한 표를 우리 쪽으로 당겨올 수 있다면, 그러면 그 편이 바람직할 거요. 맞소."

"기분 좋은 사고를 연출하는 것보다 그 편이 낫습니까."

울프는 나를 지그시 보았다. 내가 보기에는 차분하고 허심탄회한 태도로 보였다. 그가 말했다. "일이란 게 자꾸 더 나은 쪽으로 부풀어가는 거지요."

"두 지점 사이를 잇는 가장 짧은 길은 직선입니다."

"아마 그럴 거요."

"그러면 왜 지금껏 그자를 죽여 없애지 않고 가만히 있나요?" 내가 물었다.

울프는 늑대 같은 미소를 보였다. "내가 제일 먼저 한 생각이 그거였소." 그가 털어놓았다. "그런데 위에서 딴 얘기가 내려왔소."

"그러면 우리는 서로 생각이 비슷하군요. 하지만 당신도 나도, 우리 둘 다 우리 본능에 따라서 행동할 자유가 없네요."

"감독과 질책을 받는 몸이지." 그가 동의했다.

"불만스럽게 말이죠." 내가 말했다.

울프는 내가 넌지시 비추는 바가 무언지 잘 알았다. "당신 불만을 내 불만과 서로 교환해도 되겠군." 그가 말했다.

"단 하나, 나는 반 렌셀레르가 죽기를 원치는 않는다는 것만 빼면요."

"반반씩 절충해도 괜찮소." 울프가 말했다.

나는 다시 내 위스키 잔을 집어 들었다. 술잔 안에는 아직도 좋이 두 손가락만큼은 술이 남았다.

"이 자리에 없는 친구들에게 건배." 울프가 말했다.

우리는 두번째로 술잔 가장자리를 짤그랑 맞추었다.

물론, 나는 반 렌셀레르가 죽기를 바랄 이유가 전혀 없었다. 현재까지 내가 아는 바로는 없다. 게다가 그랬다가는 디디에게 설명을 하기가 영 껄끄러울 것이다. 하지만 만약 울프가 나에게 해준 이야기가 온전한 사실이라면, 또는 그가 이 정도까지는 말해줘도 되겠다고 판단한 만큼만이라도 된다 치면 반 렌셀레르는 양가죽을 쓴 늑대였다.

그렇다고 해서 그자가 살인자인 건 아니다.

내가 이스라엘인들의 안전가옥을 떠날 때쯤에는 시간이 정오에 가까웠다. 나는 미드타운의 혼 앤드 하다트^{자동 판매 음식점}에 갔다. 시간은 점심시간이고, 위치는 그랜드 센트럴 역 근처였다. 거기는 내가 데리고 있는 사설 복권 배달꾼 아이들과 만나는 접선 장소였다.

나는 벌써 현금출납 직원한테서 자판기용 동전을 한 움큼 바꾸어 두었다. 그리고 한 명 두 명 들어오는 아이들에게 몇 닢씩 집어주었다. 아이들이 그 즉시 인디언 푸딩이며 보스턴 크림 파이를 사먹으러 달려간들 내가 심기 불편해할 거야 없는 노릇이다. 나는 아이들의 치아 상태에 별 관심이 없었다. 그렇기는 하지만 주디는 쇠고기 찜구이에 서커태시옥수수와 콩을 끓인 요리를 곁들이로 선택할 만큼의 지각이 있었다. 그리고 자기 조수 로저에게는 미국식 찹수이광동식 볶음요리, 미국화된 중국 요리의 대명사를 사먹게 했다. 주디는 뜨뜻한 점심밥의 가치를 아는 아이였다.

나는 자동 판매 음식점을 대단하게 생각한 적이 없었지만, 뉴욕에 와서 여기 한번 와보겠다고 일부러 찾아오는 외부 사람들의 수로 볼 때 대단하다면 대단한 곳이 맞는 것 같았다. 나에게 자동 판매 음식점이란 그냥 환경의 일부였다. 내가 아는 고장의 날씨와도 같은 존재다. 물론 이제는 사라져버렸다. 한때 내가 발붙이고 살았던 뉴욕으로부터 참으로 수많은 것들이 사라져갔다.

주디와 로저는 두꺼운 사기 접시를 앞에 두고 앉아서 음식 먹기에 열중했다. 나는 주디가 당장 급한 허기를 꺼뜨리도록 잠시 시간을 주었다. 하지만 아마도 공연히 뜸을 들였던 모양이다. 비유적으로 말해서, 주디의 허기는 신체적인 것이 아니었다. 고기와 감자로 꺼뜨릴 수 있는 허기가 아니라는 뜻에서 하는 말이다.

주디가 쇠고기 찜구이를 마시듯이 집어삼키기까지는 긴 시간이 걸리지 않았다.

먹다가 숨을 쉬러 잠깐 고개를 든 주디에게 내가 물었다. "뭐 쓸 만한 것 있었냐?"

주디는 버터 바른 빵 조각으로 육즙 소스를 닦아 먹기 시작했다. 아직도 음식을 씹으면서 주디는 어깨만 으쓱했다. 그러고는 로저 쪽을 흘긋 쳐다봤다.

나도 로저 쪽으로 눈길을 던졌다.

로저도 마찬가지로 입속에 음식을 잔뜩 문 채였는데, 그렇다고 해서 할 말을 안 할 아이는 아니었다. 주디와 로저 두 아이의 차이라면, 주디는 자기가 든 패를 보여줘야 할 때가 되기까지 조끼에 가까이 붙여 들고 간수하는 카드놀이꾼이지만 로저는 그렇게 교활하지는 못하다는 것이었다. 로저는 패를 탁자 위에 쫙 까놓는 유형이었다. 어른이든 아이든 간에 그런 부류가 있다. 로저는 그저 열성적으로 말을 하는 아이이고 세세한 것까지 다 보고 다 얘기했다. 어쨌든 그래서 좋은 점도 있다. 로저는 모든 것을 다 강조해서 말했다. 상황을 해석한다거나 다른 것들을 얘기하느라고 무엇 하나를 빼먹거나 하는 법은 없었다. 그런 건 내가 알아서 하라고 하고 로저는 자기가 할 이야기를 할 뿐이었다.

그 여자애는 서턴 플레이스에서 남쪽으로 겨우 서너 블록 간 곳에서 일을 했더라고 로저는 보고했다. 그리고 사람 없는 건물 출입구나 비어 있는 방에 들어가서 자기 할 일을 했다. 직업 매춘부들은 싸구려 호텔을 뚫어놓는다. 그런 호텔에서는 1시간쯤 객실 침대 시트를 사용하는 대가로 접수 직원이 돈을 받아 챙긴다. 그리고 성질

괄괄한 나이 든 매춘부들이 그 아이를 쫓아낸 것도 한 번만은 아니었다. 공급이 넘쳐 구매자가 왕인 시장이었다.

듣자 하니 얘기 중에 뭔가 석연치 않은 구석이 있었다. "나이 든 여자들 말이야, 그것 파는 여자들. 그 여자들은 어쨌든 집이라고 돌아갈 곳이 있잖아. 더운물 안 나오는 공동 주거 셋방이 됐든 호텔 방이 됐든 간에. 길거리 부랑아들은 어디로 가지? 걔들은 어디가 집이야?"

"지하철이죠." 주디가 말했다.

"터널 속에 빈민가가 있는 거야?"

주디가 끄덕였다.

"어딘지 찾아봐." 내가 일렀다.

주디와 로저는 재빠른 눈길을 교환했다. 나는 깨달았다. 이 애들은 이미 거기가 어딘지 알고 있구나. 하지만 나에게 이야기하는 건 내키지가 않는 것이다.

"그쪽 애들한테 해될 일은 전혀 없어, 주드." 내가 말했다.

주디는 아무 말도 하지 않았다. 하지만 의구심을 품고 있다는 건 쉽게 눈에 보였다. 매기에게도 해될 일은 전혀 없다고 내가 그랬다.

지옥으로 가는 길은 온통 좋은 의도로 포장되어 있다.

나는 조니 달링과의 우정을 팔지 않으려고 애써왔다. 조니와 나는 서로 전혀 다른 세상 사람이었다. 그는 이제 결혼을 했고 최근에 아빠가 되었다. 이제는 더 이상 옛날 철없고 무모했던 시절 될 대로 되라고 놀아나던 젊은이가 아니었다. 전쟁 전에 우리가 어울리던 때는 그랬던 것이다. 그는 또 태평양전쟁에서 일본군 유산탄을 한쪽 무릎에 맞아 지금도 파편이 박혀 있는 몸이기도 했다. 그로 인해 간신히 알아볼 만큼 가볍게 저는 걸음이 거동에 한층 무게를 더했다. 그렇다고 조니가 잘난 척 거드름을 피운다는 얘기는 아니다. 아, 그리고 소위 검은 추기경이라 불리는 조니의 아버지도 있다. 도금 시대남북전쟁 후 30년간의 호황기의 악덕 자본가들을 방불케 하는 노골적인 시장 독점자. 나는 어리석게도 그이를 적으로 만들어버렸고, 내가 입힌 상처는 그가 도저히 용서할 것 같지 않은 깊은 상처였다.

조니는 자기 아버지와 동류가 아니었다. 그는 소심한 민주당 지지자였다. 아니면 천생 귀족이라고 부를 만한 그런 사람이었다. 점점 수가 줄어들고 있는 족속이다.

우리는 그날 오후 늦게 잭 샤키의 가게에서 만났다.

"그래, 그간 재미는 많이 봤나, 미키?" 조니가 물었다.

"요즘 들어서는 별로야." 내가 말했다.

우리는 악수를 나눈 후에 바 자리에 앉았다. 우리 둘 다 듀어스를 주문했다. 그것은 감상적인 선택이었다. 과거에 함께했던 또 다른 인생에서, 우리는 캐나다로부터 밀주 스카치위스키를 밀수했었다.

"사람들 만날 때 마실 술은 아니긴 해, 아무래도." 조니가 말했다.

"우리는 만나는 사람들 계층이 다르잖아, 조니." 내가 말했다.

조니는 예의상 그게 무슨 소리냐고 내 말을 반박하려다가 안 그러는 편이 낫겠다고 마음을 고쳐먹었다. 그는 술잔을 들면서 속내를 감추었다.

"어거스트 반 렌셀레르." 내가 말했다.

조니의 술잔이 입으로 가던 중간에 멈추었다.

"딱 보니 알겠군. 내가 사람 제대로 찾아왔는걸."

"뭣 때문에 관심이 있어?"

"개인적인 문제야."

"내 쪽은 금융상의 문제지. 아니, 좀더 정확히 말하자면 내가 아니라 우리 아버지의 관심사지만."

"아버님이 어거스트 반 렌셀레르와 상부상조하는 사이신가?"

"말하자면 그렇지. 하지만 이건 알아둬야 해, 미키. 반 렌셀레르 가문에 비하면 우리 집안은 졸부야." 조니는 비꼬는 투로 어깨를 으쓱했다. "사회적인 지위가 같지 않다는 거지."

나는 내 술잔을 들었다. "한쪽으로 기운 친우 관계에 건배하세."

조니는 미소 지었다. 진심 어린 미소였다. 우리는 잔을 살짝 부딪쳤다.

"반 렌셀레르는 그쪽 판에서 어때?" 내가 물었다.

"자기 주식 가진 사람들한테 돈을 벌어주지." 조니가 말했다.

"대중 따위 망해버리라고 해."

내가 말했다. 이것은 제이 굴드가 한 유명한 말이다. 조니는 넉넉한 유머 감각으로 그 말을 감수했다.

"자네 아버님이 관련되어 있다니 그것 참 불행한 우연이로군." 내가 한마디 했다. "아버님과 나 사이에 이미 악감정이 있는 판인데, 또다시 그분 심기를 거스르는 일은 없어야 할 텐데."

"그런다면 필시, 흠, 현명치 못한 행동이 되겠지. 내가 자네라면 선뜻 나서서 이목을 끄는 일은 하지 않을 거야."

"피치 못할 상황이 올 수도 있지."

"하지만 그렇다고 하더라도, 만약 이 개인적인 문제가 반 렌셀레르 집안의 금융상 귀결에 반하여 작용한다면 말이지……." 조니는 말을 맺지 않았다.

나는 그가 암시하는 바를 이해할 것 같았다. "자네 아버님한테는 오히려 이득이 될 수도 있을 거야." 내가 넌지시 말해보았다.

"그거 일석이조로군."

나는 검은 추기경의 호의와 은총을 다시 받을 수 있느냐 없느냐에는 큰 관심이 없었지만, 여기에는 분명 대칭되는 면이 있었다.

"이게 도대체 누구를 돕자고 하는 일인가, 미키?" 조니가 물었다.

"유대인들." 내가 말했다.

조니는 눈썹을 치올렸다.

"유대인. 이드. 시니 유대인의 경멸적 별칭. 거기에 대해 유감 있나?"

"흰소리는 그만해. 무슨 일이 벌어지고 있는 건지 얘기해주게." 조니가 억양 없는 소리로 말했다.

"이스라엘에 돈과 총을 조달하자는 거야. 반 렌셀레르는 주요 뉴욕 은행들의 대출 정책을 비틀어놓을 만한 지위에 있어."

"그렇다고 할 수 있지. 그리고 그럴 수 있으면 그럴 사람이지."

"그자는 그럴 수 있어. 분명히."

"그거야말로 어처구니없는 일 아닌가." 조니가 투덜거렸다.

"돈 있는 놈들이 규칙을 정한다는 게?"

조니가 웃음을 터뜨렸다. "자네 언제부터 빨갱이가 되었나? 아니야. 내 말은 무슨 비밀스러운 사업이 전개되고 있다는 이 제정신 아닌 착상에 대해서 하는 얘기야. 이스라엘이 살아남으려고 모자를 벗어 들고 굽실거리고 있을 때, 그게 비유대 이방인을 허수아비 삼아 전면에 세워놓은 것이고 유대인들의 자본이 뒷전에 숨어서 꼭두각시 줄을 당겨 조종하고 있는 거라는 그런 유의 얘기 말일세."

"그럼 자네는 유대인에 대해서 어떤 자세를 갖고 있나, 조니?"

조니가 물끄러미 나를 보았다. "태평양전쟁 때 우리 소대에 유대인들도 있었네. 깜둥이들하고도 나란히 복무했다네, 정말이지."

"무슨 얘기를 하려는 건가?" 내가 물었다.

"누구든지 똑같은 색의 피를 흘린다는 거야." 조니는 고지식하게 그렇게 말했다.

"자네 아버님은 어떠시지?"

조니는 경멸적인 몸짓을 했다. "아버지는 당신이 타고난 계급의 산물이야. 아버지의 반유대주의는 반사작용이지. 아버지가 사업상 유대인과 거래를 하느냐? 물론 하시지. 아버지는 히틀러하고라도 거래를 할 양반이거든."

십중팔구 실제로 거래를 했을 테지만, 나는 그렇게는 말하지 않았다.

"관건은 이익이 되느냐 하는 거야, 미키. 개인적 편견이나 사회적

차별 따위는 문제도 안 돼."

나는 조니가 참담해하는 모습을 이전에는 본 적이 없었다. 지금 눈앞에 보고 있자니 내가 민망했다. "그러면 반 렌셀레르가 무슨 놀음을 하고 있는 거야?" 내가 물었다.

"누군들 알겠나. 어쩌면 그자는 돈이 필요치 않은 건지도 모르지. 아니면 무슨 생각에 사로잡혔든가. 비이성적인 짓이야."

"그럴 수도 있겠지. 아니면 더 큰 게 걸려 있어서 그러는 거든가."

"그자에 대해서 자네 뭔가 약점이라도 잡고 있나, 미키?"

"미성년 여자애와 성행위를 했지. 그 아이는 그러고 나서 죽은 채 발견됐고."

나는 조니가 속으로 그 일을 곰곰히 되씹어보는 것을 지켜보고 있었다. "아니야." 그가 말했다. "한 가지 일이 다른 한 가지 일에 뒤미처 일어난 거지. 그렇다고 해서 첫번째 일이 두번째를 초래했다고는 할 수 없네."

"그렇다고는 말하지 않았어."

"그래도 자네는 그 둘을 연관 짓고 있잖아."

"한 가지 일이 일어나고, 그러고 나서 또 다른 일이 일어났지. 아니면 그건 뒤죽박죽 벌어진 일의 일부분이었는지도 몰라. 하여튼 그러고 나서 또 뭔가 다른 일이 벌어졌다 이 말씀이야. 그 작자가 제 거시기를 광내고, 여자애가 죽음을 당했어. 내가 아는 건 그게 다야. 그걸 첫번째하고 세번째로 일어난 일이라 해보세. 내가 못 잡아낸 건 두번째 행동이야."

내 말은 조니의 흥미를 돋워놓았다. 보기만 해도 확연했다. 하지만 조니를 방정식에 끌어들이다니 어쩌면 내가 실수한 것일지도 몰랐다. 왜냐하면 조니가 이 일에 정말 이해관계가 걸려 있지 않은지 어떤지 내가 알지 못하기 때문이다. 나는 그때까지 조니 본인의 말이 경마를 뛰고 있는 판인지도 모른다는 생각을 미처 못했다.

"우리는 항상 서로 솔직했지. 혹시 지금 나한테 털어놓고 말 못 할 이유가 있다면, 그냥 이유가 있어서 그런다고 말만 하게. 난 굳이 무슨 이유인지 알 필요도 없어."

"자네 나를 참 곤란한 처지에 몰아넣는군."

"언제 내가 남의 신뢰를 저버린 적이 있었어? 너한테든 다른 누구한테든?" 내가 물었다.

"우리 사이에 이해가 상충된 적이 한 번도 없었잖아." 조니가 말했다.

"자네 아버님이 은행들을 한데 엮어 이스라엘 차관을 주지 않으려는 어거스트 반 렌셀레르와 뜻을 같이하고 계시다고 쳐보세. 뒷전에서 음모가 이루어지고 있다고 치세, 자유 거래 제한을 방지하는 법률을 어기면서 말이야. 한발 더 나아가 그게 다 은행에 투자한 투자자들을 속여먹으려는 공작에 지나지 않는다고 쳐보세나."

"어디까지나 가정일세." 조니가 조심스럽게 그렇게 말했다.

"그래도 난 상관 안 해. 만약 자네가 과부와 고아한테서 가진 것을 강탈한다면, 그건 자네와 자네의 양심 사이의 문제지. 아니면 자네와 하나님 사이의 문제이거나. 내 짐작은 뭐냐 하면 그 대상이 과부와 고아든 아니면 전쟁의 군대든 간에 이미 자네가 거기 발을 들여놓았을 거라는 거야. 그 얘기는 거기 놀고 있는 꾼들이 심각한 거액이 걸린 노름을 하고 있다는 거거든. 진짜 돈으로 말이지. 그들이 장전한 돈이 위태로운 것이고."

"돈을 잃어도 괜찮다 할 사람은 아무도 없어."

"어떤 사람들이 돈을 잃으면, 살 집이 없어지지. 어떤 사람들이 돈을 잃으면, 요트를 팔아야 하는 거고."

"자네 정말 빨갱이가 돼가고 있군." 조니가 빙그레 웃었다.

"두 가지 질문이 있어. 만약 자네 아버님과 공조하는 관계에서 반 렌셀레르 쪽이 무너진다면, 아버님은 물 밑으로 가라앉으실까 아니면 헤엄을 치실까?"

"만약 반 렌셀레르가 침몰한다면 우리 아버지는 선헤엄을 치면서 떠 있을걸. 아버지가 지배권을 쥐는 자리에 올라가게 될 거야. 두번째 질문은 뭔가."

"첫번째 질문에 이어지는 거야. 자네 아버님은 왜 그냥 반 렌셀레르의 목줄기를 따버리지 않으시는 건가?"

"대대로 이어진 부자하고, 자수성가한 졸부하고 협상한 거지." 조니가 말했다.

나는 고개를 끄덕였다. 식탁에 끼어 앉을 자리가 있었구나.

"사회적인 지위의 차이가 관건인 거야, 미키."

"그리고 아일랜드인은 그런 것 따위 아예 신경 쓸 필요도 없지."

조니는 험한 말에 기분이 상해 움찔 몸을 젖혔지만, 그러고 나서 기분 상할 사람은 자기가 아니라는 사실을 깨달았다.

나는 조니를 향해 손을 내둘렀다. "맙소사, 이 친구야. 난 아무렇지도 않은데 자네가 너무 예민해."

"그게 우리 둘 중 어느 쪽이 부끄러워해야 할 일이겠나?" 그가 물었다.

나는 고개를 저었다. "그냥 덮어두세. 대신에 이 수수께끼나 좀 풀어줘봐. 왜 어거스트 반 렌셀레르가 이스라엘에 대한 은행 대출을 이렇게 죽어라 저지하고 나서는 거지?"

"자기 딸이 유대인 놈팽이하고 결혼하는 게 싫은가 보지."

"딸이 유대인 놈팽이들을 만나면 얼마나 만날 거라고. 검둥이들은 또 얼마나 만나보겠어? 기껏해야 그 여자 가방이나 날라줄 텐데. 멕시코 새끼들은 얼마나 꼬일 거고? 아니면 그냥 뚝 잘라서 흔해빠진 가톨릭교도하고 만나는 건 괜찮나? 빌어먹을 중국놈들은 또 어떻고? 잘못 짚고 있는 거야, 조니. 아까 네 입으로 그랬잖아. 이익이 되느냐 하는 게 전부라고. 뒤처지는 놈은 악마에게나 잡혀가라는 거지."

"아니. 문제는 부족이야, 미키."

조니가 말했다. 그 점이야, 슬프게도 내가 속속들이 이해하고 있는 이야기였다.

아닌 게 아니라 정말로, 뉴욕에서는 모든 게 다 부족 위주로 돌아갔다. 태머니파20세기 초까지 뉴욕에서 강력한 영향력을 행사한 정치 조직와 마피아, 토박이와 이민자, 특권층과 부랑자. 거주지 거주자별 계층 서열도 잡혀 있어서, 유대인들은 이스트사이드 하부 지역에 살고 이탈리아인들은 빌리지에, 흑인들은 할렘에 산다. 노조들, 경찰들, 프리메이슨과 여호와의 증인. 그들 모두가 손을 내뻗치고 구걸하며 끼리끼리 주는 혜택을 욕심껏 베어 문다.

그러니 외톨이 어린애들이 뉴욕 지하철의 인적 드문 한구석에 둥지를 틀고 저희끼리 뭉쳤다고 해서 놀랄 것도 없는 일이다. 렉싱턴 가는 대도시 뉴욕의 교통망에서 탈것이 가장 빽빽하게 몰리는 길이다. 그리고 차량 열 개짜리 열차가 정차할 수 있게끔 플랫폼 확장 공사가 이루어지면서 중간 중간의 규모가 작은 역들은 더러 폐쇄되어 버려졌다. 유니온 스퀘어 역과 23번가 역 사이의 18번가 역도 그중 하나로, 1948년 말에 문을 닫았다. 그리고 51번가와 59번가 사이의 정차역들 역시 단 몇 달 만에 폐쇄되었다. 지난 2월에 말이다. 지하철은 물론 일부에 지나지 않았다. 이 도시에는 포장된 도로 밑으로 깊이 20미터에 이르도록, 아니 때로는 더욱 깊은 곳까지 미로 같은 시설 망이 들어차 있다. 상하수도 수로가 있고 증기관과 송전관들이 있다. 도심을 벗어난 주 북부로 이어지는 뉴욕 센트럴 철로가 있고 송유관들이 있다. 주철로 찍어낸 송수관들이 소화전마다 물을 댄다. 동맥 혈관처럼 이어져 있는 전체 지형, 도시 설계 기술자와 지하 작업원들은 알고 있는 비밀의 순환계다. 하지만 그중 상당 부분은 지도에 올라 있지 않거나 망각되었다. 잊혀버린 원안들은 살아 있는 사람들의 기억에서 누락되어, 어딘가의 먼지 쌓인 서류철 보관함 속에서 파피루스처럼 바삭바삭 삭아 부스러져 가고 있으리라.

주디가 지하 세계로 나를 인도할 안내원을 자청하고 나섰다.

정말 기묘하게도, 장소는 디디와 내가 겨우 이틀 전에 만남을 가진 월도프 아스토리아 호텔이었다. 하지만 주디는 나를 공원 쪽으로 난 로비 출입구로 데려가지 않았다. 우리는 이스트 50번가 모퉁이를 돌아갔다. 그 블록을 따라 반쯤 간 곳에, 지하로 내려가는 경사로 입구가 있었다. 입구에는 거리 쪽으로 지면 높이에 경비실이 있었다. 주디는 거기 있던 사내에게 손만 한 번 흔들어 보이고는 옆으로 싹 지나갔다. 하지만 나는 달랐다. 그 사내는 나를 보자 눈을 부라리고는 내 앞을 막아서려 성큼 나섰다. 그는 나이가 제법 들었고, 과체중에, 몸에 잘 맞지 않는 제복을 입고 어깨띠에 시간기록계를 매단 남자였다. 그리고 가죽 허리띠 오른쪽으로는 38구경 권총 한 자루를 늘어뜨리고 있었다. 나는 그 작자가 은퇴한 하급 순경쯤 되겠구나 짐작했다. 경비원 노릇에 다시 기세가 등등해진 모양이다. 나는 꼭꼭 접은 20달러짜리를 슬쩍 찔러주었고 그자는 나를 통과시켰다. 고마워도 하지 않고 불퉁스러운 태도였지만 아무튼 들여는 보내주었다.

지면 아래로, 건물의 뱃속에, 동굴과도 같은 뒷일 처리 구역이 자리 잡고 있었다. 견인 짐차들이 드나들며 짐을 부리고 싣고 할 수 있을 만큼 넓고 큰 공간에 대여섯 대의 짐차들이 적하장에 후진으로 뒤를 대고 있었다. 짐차 중에는 냉장 트럭들도 있었다. 냉장차들은 운전석 위쪽으로 발전기가 달려 있고 엔진은 공회전을 걸어 놓았다. 그로 인해 천장이 높은데도 불구하고 디젤유의 매연으로 공기가 탁했다. 주디는 줄줄이 튀어나와 있는 화물 적하장 한쪽으로 영차 발을 짚고 올라가서는 차와 사람과 화물들 사이를 요리조리 누비고 갔다. 내가 뒤에 제대로 바짝 쫓아오나 안 오나 기다리지도 않았다. 그곳은 의복 판매 지구의 인도만큼이나 북적거렸다. 누구 하나 가만히 서 있는 사람이 없었다. 고깃덩어리들을 줄줄이 걸쳐놓은 걸이대를 밀고, 얼음에 채운 해산물 상자를 첩첩이 쌓고, 수십 개씩 층층이 포장된 통조림들을 검수하고, 상자에 담긴 신선 식품들과 45킬로그램들이 제과제빵용 밀가루 포대들을 수레로 들들 밀어 나른다. 식탁보와 냅킨, 유리그릇 등속, 비누와 목욕소금, 구두약, 촛대, 전구, 월도프 문양이 형압으로 도드라지게 찍혀 있는 종이 성냥, 메이드들이 밤에 침구를 정돈해줄 때 베갯잇에 넣을 박하까지 무대 막 뒤에서 보는 호텔 사업의 전반이 눈앞에 펼쳐져 있었다. 아무것도 아닌 듯이 편리하게 맞춰주는 호텔 서비스를 일구어내는 땀방울이다.

나보다 서른 걸음쯤 앞서 가고 있던 주디가 계단통으로 내려갔다. 나는 주디를 따라 밑으로 내려갔다. 층계 단은 콘크리트고, 손잡이는 철제 배관 파이프였다. 내 발소리가 텅텅 울렸다. 나는 한 층 더 깊은 지하에 내려와 있었다. 세탁실이었다. 뉴욕의 여타 대형 호텔들이 그러듯이 월도프 호텔도 세탁은 외부에 맡기지 않고 자체적으로 하고 있었다. 호텔의 투숙객이라면, 호텔에 양복을 드라이클리닝해달라고 하든가 셔츠를 다림질해달라고 부탁할 수 있다. 하지만 진짜 일거리는 수천 장이나 되는 침대보와 수건들, 냅킨과 앞치마, 주방 일꾼들의 흰 옷들과 행주 등등이었다. 세탁 과정은 공장을 방불케 했다. 김이 오르고, 후끈한 열기에, 통풍이 되지 않아 답답하다. 그리고 규모가 엄청났다.

여기에서도 마찬가지로 질문을 당한 바도 없건만 응답이 되었다. 주디는 아무에게도 저지당하지 않고 마음대로 시설 주위를 뚫고 지나갔다. 경사로의 경비원은 주디에게 두 번 눈길도 주지 않았다. 적하장의 노무자들은 주디가 익숙하게 쏙쏙 뚫고 지나가도록 선선히 그냥 내버려두었다. 세탁실에 오자 나는 그 이유를 알 수 있었다. 여기서 일하는 사람들은 거의 다 여자들이고, 모든 연령층이 다 있었다. 하지만 거기에는 척 봐도 총감독이구나 싶은, 나이 오십 전후로 보이는 이탈리아인 여편네 하나가 도사리고 있었는데, 이 여자가 주디에게 꾸러미 하나를 건네주었다. 두툼한 종이봉투였다. 여자는 주디가 옆으로 싹 빠져 스쳐 갈 때에 재빨리 애정 어린 태도로 머리를 한번 헝클어주었다. 복권에 거는 돈이다. 이 여자들은 모두 다 매일같이 사설 복권 번호를 찍었다. 주디가 용지와 돈을 모아 오고 배당금을 갖다 주었다. 눈에 띄지 않고 돌아다닌다는 점에서 주디는 투명인간 버금갔다. 아니면, 이렇게 말하는 게 더 어울리겠다. 주디는 쏠쏠하게 쓸모가 있는 애완동물 같다고 말이다. 밥 안 줘도 쥐 잘 잡는, 저 혼자 나가 사는 고양이 새끼들 중 한 마리 같다. 자라면 어엿한 쥐잡이 노릇으로 득이 되어주면서 귀찮게 구는 법은 없는 바깥 고양이다.

우리는 계단통으로 또 한 층을 더 내려갔다. 이 층계는 보일러실로 이어지는 것이었다. 지표면에서 세 층을 내려온 땅속 깊숙이에, 석탄 퍼넣는 인부들이 탄을 넣어 노爐의 불을 먹여 살리는 곳. 몸을 구부리고 하는 이곳의 고된 노동은 흑인들의 차지였다. 웃통을 벗어 맨가슴이 땀으로 번질번질했다. 인부들은 입 수건을 매어 하관을 가렸기에 산적 같은 모습이었다. 그들이 호흡하는 공기 어디에나 가득한 석탄가루를 마시지 않으려고 수건을 맨 것이다. 하지만 검댕은 땀에 젖은 피부에 달라붙어 주철처럼 두껍게 더께 졌다. 그 사람들 역시 주디가 지나가는 데는 군말이 없었다. 나에 대해서는 경계심 어린 눈빛을 보냈지만 말이다.

물론 이곳들은 단지 하데스그리스 신화 속 저승세계, 혹은 그곳의 신의 대기실에 지나지 않았다.

주디가 나를 안으로 안내했다.

세기가 바뀐 이 시절에 석탄은 트럭에 실려 배달되어 왔다. 월도프 호텔 지하의 맨 밑바닥 층에 자리 잡고 있는 노들은 시가지 한 블록에 걸쳐 더운 증기와 온수를 공급하고 있었으며, 경사진 석탄 투입구로부터 중력에 의해 쏟아져 나오는 석탄을 하루에 반 톤이나 먹어치웠다. 하지만 전쟁 전에는, 이 호텔이 처음 지어졌던 무렵에는 방식이 달랐다. 그 시절에는 화차 조차장으로부터 지하로 석탄을 실어 나르는 체계를 구축하는 것이 한결 실용적이었던 것이다. 오랜 세월 사용되지 않은 채 내버려져 있었던 그 지하 통로에는 소형 석탄 운송 차에 맞는 협궤 선로가 깔려 있었다. 당시에는 사람이 직접 석탄을 부렸기 때문이다. 원래의 입구에는 양쪽으로 열리는 문이 달려 있고 그 밑으로 철길이 지나갔다. 하지만 녹이 슬어 문을 열 수 없게 된 지 오래되었다. 경첩이 다 삭아버렸다. 주디는 다른 길을 알고 있었다. 눈에 띄지 않는 곳에 있는 오래된 유지 보수 점검판이다. 주디는 점검판을 옆으로 밀어 제치고 그 뒤로 몸을 바싹 붙여 들어갔다. 나는 억지로 몸을 구겨 넣어도 어깨를 통과시키기가 버거웠다. 애를 좀 써야만 했다. 그리고 들어간다고 들어가보니 머리 둘 공간이 없어 똑바로 설 수가 없었다. 무릎이 가슴에 닿도록 잔뜩 웅크린 채 꿈지럭꿈지럭 앞으로 나갈 수밖에 없었다.

그야말로 배선 설비나 들어갈 틈새 공간이었는데, 몇 미터를 그렇게 비집고 가자 다시 트인 데로 나왔다. 옛날 석탄 운반차가 다니던 지하 선로 지선이었다. 우리는 지하철 렉싱턴 가 역과 매우 근접한 곳에 있었다. 열차 바퀴가 선로 위에 갈리는 소리가 들려올 정도였다. 하지만 땅굴 속에서 전해지는 소리란 아리송해서 깜박 속기가 쉽다. 그 소리는 사방에서 한꺼번에 들려오는 것만 같았고, 나는 이미 방향감각을 잃어버렸다. 하지만 주디는 길을 알고 있었고 빨리 따라오라고 채근했다.

우리는 천장이 둥그렇게 높은 굴길 속으로 더욱 깊이 들어갔다. 비록 머리 위 공간이 열차 차량이 지나갈 수 있을 만큼이나 충분히 높았지만, 그래도 어둡고 갑갑한 느낌이 들었다. 흙냄새가 풍겨왔지만, 흙만이 아니라 금속성의 냄새도 섞여 있었고 무척 더웠다.

그럴 줄은 내가 미처 예상 못했던 것이다. 공기는 대전되어 있는 느낌이었다. 전기 입자로, 오존으로 가득 찬 것 같다. 들려오는 소음은 굉장했다. 지하 공간에서 쩡쩡 울리는 그 소리, 그칠 줄 모르고 이어지는 덜커덩덜커덩 하는 진동음이 머리뼈를 징징 울리고, 열차 차량의 철컹거리는 소리와, 바퀴가 레일에 마주쳐 일어나는 쇠와 쇠가 끌리는 찢어지는 마찰음, 선로 스위치가 바뀌는 철커덩 소리, 날카로운 브레이크 소리까지 그야말로 얼을 뺐다. 교통 노무자들이나 무단 거주자들처럼 그 지하에서 오랜 시간을 보낸다면 그 소리들에 익숙해지기는 하겠지만 그래도 메트로놈처럼 그칠 줄 모르고 무한히 이어지는 그 소리는 사람의 감각을 피로하게 하고 정신을 마멸시켰다.

주디가 옆으로 방향을 꺾었다. 그 뒤를 따라가자 소음이 약간 덜해졌다. 우리는 이제 설비들이 있는 복도에 들어와 있었다. 증기 파이프에서 뜨거운 김이 새어 나오고, 장정의 허리만큼 굵다란 전기 도관이 있었다. 깨지지 않게 철사 등갓을 두른 파란 전구들이 4~5미터마다 하나씩, 벽이 움푹움푹 패어 있는 자리에 설치되어 있었다. 그리하여 내리비치는 어둑한 빛은 차가운 느낌이었고 드러난 내 맨손 살갗이 유령 같은 형광색을 띠었다. 통로 그 자체는 끈적끈적하고 후텁지근했는데도 말이다. 구불구불 굴곡진 벽에는 결로 현상으로 땀방울이 맺혔다.

거리를 가늠하자니 확실치 않았다. 하지만 느낌으로는 한층 더 오래된 것 같은 땅굴을 다 지나 반대편 끝에 이르기까지 몇 백 미터를 온 것 같았다. 철로는 반짝거리지 않고 시커멓게 빛이 죽었고, 모든 것이 사용되지 않고 버려져 있었던 냄새가 났다. 51번가 정차역은 지선을 렉싱턴행 급행으로 갈아타는 환승역이다. 그리고 퀸스로 향하는 8번로 지선으로 플랫폼이 바뀐다. 나는 방향감각을 잃었지만, 어쩌면 우리가 정말 한참 멀리 53번가까지 온 건지도 모른다는 생각이 들었다. 열차들이 우리 머리 위 지표면 높이에서 우르릉거렸고 녹 조각이 위에서 우수수 걸러져 내렸다. 거기에는 파란 전구도, 바뀌는 신호등 빛도 없이 어디에서 오는지 모를 희미한 주변광뿐이었다. 눈이 익숙해지고 나니, 그렇게 완전히 캄캄한 건 아니었다. 하지만 사방이 어두컴컴한 그늘에 잠겨, 영원한 어스름 녘처럼 소리도 빛깔도 오로지 무뎠다.

  주디는 느닷없이 우뚝 멈추었다. 나에게도 꼼짝하지 말라는 몸짓을 했다. 주디의 자세에는 어딘가 개를 닮은 데가 있었다. 바람결에 실려 온 무슨 냄새를 감지한, 또는 인간의 귀에는 들리지 않는 주파수를 들은 개처럼 경계심에 찼다. 나는 주디가 무엇을 느낀 것인지 도무지 몰랐다. 나는 눈 멀고 귀 먹은 장님 귀머거리 꼴이었다. 나의 감각은 바짝 조여오는 갑갑한 어둠과, 열기와, 배경음으로 압박해 드는 시끄러운 소음에 짓눌려 질식되었다. 주디는 오른쪽을 흘긋 곁눈질했고, 나는 주디가 보는 곳을 보았다. 살짝 무엇인가 움직인 것이 있었다. 그림자 속에 묻힌 그림자였다. 그놈은 작은 웰시 코기만 한 크기의 시궁쥐였다. 쥐는 잠시 동안 심상히 우리를 보고 있더니 이윽고 쭈르르 멀어져갔다. 우리는 잡아먹을 수 있는 먹잇감도, 뜯어 먹을 수 있는 시체도 아니었다.

주디가 다시 자기를 따라오라는 신호를 주었다.

그 길을 따라 몇 백 미터를 더 간 뒤에, 주디는 뒤로 흘긋 눈길을 주더니 불쑥 오른쪽으로 발을 끄는 걸음을 디뎠다. 옆으로 새어, 두 개의 수직 기둥 사이로 쑥 들어가버렸다. 나는 주디 뒤로 겨우 3미터 뒤처져서 따라가고 있었다. 그럼에도 주디는 뜨거운 포장도로 위에 떨어진 가는 비 한 방울처럼 그야말로 증발해 사라졌다. 그리고 기둥들 있는 데까지 다 쫓아갔는데도 주디가 어디로 사라졌는지 보이지가 않았다. 무슨 통로나 빠져나갈 구멍 비슷한 것도 안 보였다. 하지만 곧 모종의 기호가 눈에 띄었다. 밝은 주황색 분필이나 크레용으로 그려놓은 낙서다. 부랑자들이나 철로 보선공들이 서로서로 그쪽 감독자 놈이 와서 괴롭히는 몹쓸 놈인지, 아니면 괜찮고 안전한지 알려주기 위해 그려두는 그런 상형문자였다. 나는 배를 쑥 집어넣고 지지대 틈으로 비집고 들어갔다. 내 상의 단추들이 녹슨 금속 표면을 긁었다. 성인 남자가 지나가기에는 뻑뻑한 틈새였다. 그렇게 생각했나 싶자 나는 주디 뒤를 따라가려면 손을 짚고 무릎으로 기어야만 하겠다는 걸 깨달았다. 거기 칸막이벽을 뚫어서 조잡한 출입구를 만들어놓았는데, 주디만 한 몸집의 소녀라야 드나들 수 있는 정도의 크기였다. 폐도 관절도 신통치 않아 이제 유연성도 형편없어진 몸무게 90킬로그램짜리 아일랜드인 주먹 놈이 드나들라고 뚫어놓은 구멍이 아니었다. 그렇든 어떻든 간에 나는 용을 써서 그 구멍으로 빠져나왔다. 거칠거칠한 콘크리트 모서리에 팔꿈치가 걸리고 바지가 쓸렸다. 옷의 천이 찢어지는 느낌이 났다. 일이 다 끝나고 나면 어떤 놈인지 나에게 새 양복 한 벌은 사줘야 할 거다. 나는 숨이 다 동난 채 겨우 다시 제대로 섰다.

그곳은 또 다른 둥근 천장의 지하철 터널로 연결되는 측방 전환선인데, 사용되지 않았던 건 마찬가지지만 이쪽은 미완성 상태였다. 굴을 판 다음에 그대로 내버려둔 게 틀림없었다. 선로를 깔 지면은 정지를 해두었지만 선로는 깔려 있지 않았다. 얼마나 많은 지하 건설 공사 현장들이 뉴욕의 거리 밑에, 고아가 되어 기억에서 지워진 채로 지금까지도 고스란히 잠겨 있는 것일까?

주디는 말뚝처럼 꼼짝 않고 서 있었다. 주변에 보이는 것들 모두가 서둘러 이 자리를 떠난 흔적들이었다. 어질러진 침낭과 담요들, 우리 주변의 모든 것은 급한 출발, 어지럽히게 되는 침낭과 담요의 증거였다, 딱딱한 판지 상자며 골판지 상자들, 버리고 간 개인 사물들, 칫솔이며 곰 인형이며. 나는 우리를 지켜보고 있는 누군가가 있다는 사실을 깨달았다. 하지만 이번에는 쥐가 아니었다. 그것은 어린애였다. 여덟 살쯤 먹은 남자아이다. 아이의 눈이 반들반들 빛나고 있었다. 주디는 그 애를 달래 숨은 장소에서 나오게 하려고 했다. 하지만 내 쪽을 훔쳐보는 아이의 눈빛은 불안에 가득 차 있었고, 그래서 나는 제자리에 선 채 꼼짝도 하지 않았다.

두 아이는 바싹 붙어 쪼그리고 앉아서 머리를 모았다. 영락없이 꼬마들 둘이서 공기놀이를 하는 것만 같았다. 둘 다 쉴 새 없이 상대방의 어깨 너머를 흘긋흘긋 살피고, 자기 어깨 너머도 돌아보며 혹시 모를 상황에 잔뜩 대비하고 있었다. 나는 말하자면 바람받이 쪽에 선다는 기분으로 몸을 낮추고 공연히 주의를 끌지 않으려고 노력했다. 그래도 주디가 구슬리고 채근을 하여 아이에게서 이야기를 끌어내기까지는 한참이나 시간이 걸렸다.

주디가 내 쪽으로 왔다. "경찰들이래요."

"경찰들이라니, 누구야?" 나는 바로 홱 뒤를 돌아보았다.

"양복쟁이들이랑, 경찰복짜리들도요."

"그러면 몇 명은 민간인 복장을 했단 말이지?"

"쟤는 구리 냄새가 나면 단박 알아요. 제복을 입었건 안 입었건 간에요."

생각하건대 그건 갤러거일 것 같았다. "무슨 일이 일어났던 거야?" 내가 주디에게 물었다.

"우르르 들어와서, 주위를 둘러싸고, 싹 쓸어 잡아갔대요." 주디는 다 끝났다는 몸짓으로 한 손을 홰홰 저었다.

"그자들이 여길 어떻게 찾았지?"

주디는 나를 위아래로 쓸어보았다.

"아니야." 내가 고개를 흔들었다. "우리가 그자들을 이리로 이끌어오진 않았어, 주디. 오툴은 그 뚱뚱한 몸으로 네가 나를 달고 통과한 그 좁은 틈새를 통과 못 해. 그리고 갤러거는 양복을 더럽히려고 하지 않을 거야. 그자들은 다른 쪽으로 들어왔을 게 틀림없어."

주디는 다시 꼬마 쪽으로 갔고, 둘이서 이야기를 했다.

주디가 휙 돌아서 날아왔다. "이스트 리버 쪽에서 들어왔대요."

피부와 뼈

"우리가 어디 있는 거지? 그랜드센트럴 역 근처냐?"

주디는 고개를 저었다. "렉싱턴 역 동쪽이에요. 47번가 지하요."

완전히 한 바퀴 돌아온 것이었다. 나는 우리가 북쪽이나 남쪽으로 쭉 가는 것이려니 생각하고 있었다. 그런데 시내 일주를 하고 있었던 것이다.

"쟤가 길 안내를 해준대요." 주디가 말했다.

나는 사내아이 쪽으로 몇 걸음 나섰다. 그래도 손은 계속 뒷짐을 지었다. 아이는 나로부터 물러났다. 경계하는 눈으로, 손발이 닿지 않을 만큼 거리를 떼었다.

"내 이름은 미키 코니언이야." 나는 어른에게 하듯이 그 아이에게 자기소개를 했다. "내가 널 경찰들한테나 소년 보호소 사람들한테 꼰지르는 일은 무슨 일이 있어도 안 할 거라고 주디가 이제 얘기해줄 거다. 하지만 수인사에 서로서로 보탬이 돼줘야지. 그자들이 어디로 갔는지 가르쳐주렴."

"그렇게 하면 나한테는 뭐가 떨어져요?" 꼬마가 턱을 쳐들면서 물었다.

나는 빙그레 웃었다. "요런 약은 놈. 뜨뜻한 밥하고 안전한 잠자리, 그리고 뒤통수도 한번 잡아 헝클어주마."

아이는 주디 쪽을 흘끔 보았다.

주디는 어깨를 으쓱했다. 마치 내가 여태까지 자기에게 고약하게 한 적은 없다고 말하는 듯이.

꼬마는 손바닥에 침을 퉤 뱉었고, 내 쪽으로 발을 내디뎠다. 그래서 아일랜드 시골의 가축 시장에서 거래하는 사람들이 그러듯이 우리는 악수를 했다.

"너 이름은 뭐라고 불러줄까?"

"빌리예요."

"빌리 더 키드라고 할까?" 내가 제안했다.

아이가 씽긋 웃었다.

나는 손가락질을 했다. "가봐. 따라갈게."

내가 말했고, 우리는 전진했다.

나는 지하로 해서 가는데 이렇게 먼 거리를 갈 수 있다는 게 이상하다고 생각했다. 원래 그 반대로, 지상으로 가는 편이 더 빠를 거라고 나는 생각하고 있었다. 하지만 우리는 가로세로 바둑판처럼 얽힌 길을 따라서 걷고 있는 것이 아니었다. 그래도 나에게는 놀랍기만 했다. 빌리가 우리를 어디로 이끌어 갔는가 하는 것에. 익히 짐작할 수도 있었을 것을.

바닥을 다져둔 오래된 굴길은 굽어 돌아가다가 다시 곧아졌고, 그러다 다시 구부러졌다. 아마 일직선으로는 1킬로미터 남짓 왔을 것이다. 딱 짚어 가늠하기는 힘들었다. 그쯤 와서 두 아이가 우뚝 멈추었다. 뭔가 새로운 신호를 포착하여 경계 태세에 들어갔다. 나 역시 그 신호를 포착했다. 선선한 바람이 솔솔 새어 들어오고 있었다. 굴길 속의 퀴퀴한 공기와는 달라서 바람에서 강물 냄새가 났다. 축축한 게 바로 가까이가 강인 듯했다. 기름 냄새, 달큰하게 썩어가는 냄새가 깃들여 있다.

피부와 뼈

지금까지는 내가 순순히 아이들 뒤만 따라왔다. 왜냐하면 이 애들 둘이 '뱀과 사다리' 놀이를 하듯 비밀스러운 샛길을 척척 잘 뚫고 왔기 때문이다. 하지만 이제 내가 앞장을 섰다. 우리가 조금씩 앞으로 나아갈수록 새어드는 바람은 더욱 상쾌해졌다. 그리고 앞 위쪽으로 어슴푸레하게 지금까지보다 밝아 보이는 지점이 눈에 띄었다. 그 빛은 촛불처럼 팔락거렸다. 하지만 좀더 다가가보자 그 불꽃이 용접기 불꽃인 것을 알아차렸다. 내가 한 손을 쳐들어서, 주디와 빌리는 그대로 뒤에 머물러 있었다. 나는 조금 더 나은 자세로 자세를 고쳐 잡고 녹슨 지지대 뒤로 몸을 숨기면서 나아갔다.

용접기를 든 건 유지 보수 담당 직원이었다. 남자 넷이다. 그들은 내가 거쳐온 터널로 누가 들어가는 일이 없게끔 강철판을 원래 있던 대로 도로 붙이고 리벳을 박는 일에 힘쓰고 있었다.

나는 몸을 숨기던 걸 그만두고 나서면서 아이들에게도 나가자고 몸짓을 했다.

네 사람 중에 처음으로 나를 본 사람은 그야말로 깜짝 놀라 같은 동작을 두 번 하고는 자기 앞에 서 있던 사람 어깨를 탁 쳤다. 내 꼬락서니가 아주 볼만했을 것이다. 모자도 없고, 바지는 찢어지고, 입고 있는 양복 저고리는 그리스와 녹이 묻어 엉망으로 더러웠다.

나는 산뜻한 공기를 들이마셨다. "요놈의 부랑아들을 잡으려고 위아래로 온통 쑤시고 다녔소." 내가 말했다. 나는 두 아이를 각각 양손으로 귀를 잡았다. 장난기 따위 없이 매정하게 잡아서는 바리케이드 앞으로 확 밀어냈다. 주디는 자기 역할을 다했다. 불평스럽게 우는소리를 하며 밀려 나갔다. 빌리는 지금 연기를 해야 한다는 사실을 깨닫지 못했다. 그래서 진심으로 반항하며 몸을 비틀어 빠져나가려고 했다. 나는 엄지손가락과 집게손가락으로 더 세게 귀를 꼬집어 내렸다. 주디는 왼쪽 다리를 뻗쳐 발뒤꿈치로 빌리의 무릎 바로 아래를 퍽 찼다.

"위에 누구 있소?" 리벳을 박던 일꾼들에게 내가 물었다.

그들은 내가 바랐던 그대로 나를 경찰로 알았다.

"형사 경위 나리가 있지요." 용접기를 가진 남자가 말해주었다. "덩치 좋은 친구던데, 형씨하고 비슷하겠구먼. 근사한 양복을 입었고 말요."

"그리고 궁둥이에 돼지기름이 잔뜩 낀 뚱뚱보 경사님도 있을 거요, 그인 입 한번 걸던걸." 다른 사내 하나도 말을 보탰다.

갤러거와 오툴이다. 어떻게 아니겠는가?

나는 일꾼들에게 고맙다는 인사를 할 참이었지만, 문득 그래서는 경찰같이 보이지 않을 거라는 점에 생각이 미쳤다. 경찰들은 누구한테든 고마워하는 법이 없다. 나는 지하철 일꾼들이 나에게서 기대한 것에 섭섭지 않게 못된 성질머리를 보여주었다. 최대한 시건방지게 말했다. "그럼 니미랄 빨리 비키지 뭣들 하고 있어."

나는 아이들을 마구 앞으로 밀고 나갔다.

"입은 옷이 싸구려로 갈수록 말본새도 더 형편없어지는구먼." 용접기 든 사내가 하는 말이었다. 그런 소리를 듣는다고 꺼림칙하지도 않았다. 이전에도 똑같은 지절거림을 들어본 바 있는 몸이시다.

"계속 가." 내가 입속말로 주디와 빌리에게 일렀다. 나는 주디를 놓아주었고, 그러자 주디는 빌리를 다시 한 번 걷어찰 기회를 허비하지 않았다.

"그만해." 빌리가 주디에게 난리 쳤다.

"너야말로 그만 좀 해." 집었던 귓불을 놓아주면서 내가 말했다.

"아프다고요." 빌리가 불평했다.

"언제 한번 제대로 잡혀보면 아프다는 게 뭔지 알 거다." 내가 말했다. 나는 주디를 보았다. "빌리 더 키드는 네 책임이야."

내가 이른 말에, 주디는 눈을 데굴데굴 굴렸다.

"안 돼." 내가 말했다. "빌리를 데리고 가. 저기 앞에 봐봐."

주디는 앞을 보았다. 그리고 내가 본 것을 보았다.

터널 끝은 가장자리가 들쭉날쭉한 구멍이었다. 굴착 장비들이 천장이 둥근 지하 동굴을 찢고 들어와 버려진 지하철 선로를 노골적으로 파헤쳐 드러내놓았다. 마치 벌집을 까발려놓은 듯했다. 거기는 국제연합 건물 공사장 구덩이였다.

"놈들이 덮쳐서 새를 쫓듯 다 산산이 쫓아버렸군."

"우리 잘못은 아니었지요?" 주디가 물었다.

"아니야. 그건 사고였어. 전쟁의 운수야."

주디는 내 말을 전혀 안 믿었다. 그야 척 보면 알 수 있다.

"내가 이제 환한 데로 나갈 거야. 하지만 일단 내가 나가서 앞이 뚫리면, 너희들 둘은 잽싸게 들고 튀는 거야." 내가 타일렀다.

주디는 알아들었다. "미키도 무사하겠죠, 네?" 주디가 물었다.

"거의 힘들겠는데." 내가 말했다.

"나중에 달콤한 내세에서 다시 뵈어요." 주디가 말했다.

"썩 꺼져." 내가 말했다.

주디는 그 말에 따랐다. 하지만 후닥닥 뛰어가지는 않았다. 공연히 그러다가 자기 자신 주의를 끌까 봐서였다. 그리고 꼬마 녀석은 주디가 같이 데리고 갔다. 그 둘은 꾀바르고 약삭빠른 아이들이다. 그 둘은 충분히 연습이 되어 있다.

나, 나로 말할 것 같으면 이야기가 달랐다. 나는 지하철 터널을 덮어 가리기 위해 세워놓은 합판 아래로 몸을 숙이고 빠져나와 다시금 발을 빨아들이는 진흙 밭에 발을 내디뎠다. 나는 주디와 빌리가 기어올라 달아나는 것을 보았다. 거리의 떠돌이들, 땅 밑의 피신자들, 저희들 생존을 위하여 적응한 아이들이다.

빛이 나를 때렸다. 나는 대사도 외우지 못한 채로 주연 배우의 자리를 꿰찬 어설픈 대역이었다. 그 뜨겁고 꿰뚫는 듯한 불빛이 나를 나비 표본처럼 꼼짝 못하게 핀으로 박았다.

"미키 아닌가." 그 목소리는 갤러거였다. 아래를 내려다보며 부르고 있었다.

갤러거는 나를 도와주지 않았다. 내가 버둥거리며 올라가도록 가만히 놔두었다. 그러나 구덩이 가장자리까지 어찌어찌 다 올라오자 갤러거가 한 손을 내밀었고, 마지막 남은 1미터쯤은 나를 끌어 올렸다.

오툴은 뒷전에 서서 복수심 깃든 눈으로 나를 주시했다.

"자넨 가짜 동전 모양으로 사방에서 불쑥불쑥 나타나는구먼, 이 친구야. 여긴 또 어떻게 온 거야? 아니, 그보다 더 딱인 질문을 하지. 도대체 애당초 지하철 터널 속에는 왜 들어갔던 건가?"

"당신과 같은 이유지요, 팻. 도망친 애들을 뒤쫓아서 갔어요."

"자넨 데리고 있는 아이들을 내쫓는 법이 없지, 미키. 지금 무슨 꿍꿍이야?"

"내 가슴속 양심의 부름에 응답하는 중이죠."

갤러거가 내게 바싹 다가들었다. 그래서 우리는 어깨와 어깨를 맞대듯이 하고 섰다. "그 여자애는 목이 부러져서 죽었어." 그가 웅얼거렸다.

내가 고개를 끄덕였다. "그 애 손님 중 한 명이지요?"

"필시 그렇겠지."

나는 그의 어깨 너머 저편을 보았다. 어거스트 반 렌셀레르가 10미터 저쪽에 서 있었다. 구덩이 비탈 가에 다가서 있었다. 하지만 그는 빛 속에 서지 않고 그늘에 있었다. 갤러거는 내 시선을 굳이 따라가볼 필요가 없었다.

"내 이럴 줄 알았지. 아이고 맙소사." 갤러거는 아직도 숨죽인 소리로 말하고 있었다. "짠짜라짠짠짠. 멋쟁이 아저씨 납셨군."

"내 첫번째 질문은 저자가 어떻게 여길 왔나 하는 거네요, 팻. 저 작자가 당신 보호를 받는 대가로 얼마를 냅니까?"

"자, 이것 보게, 미키. 그 애들은 눈에 거슬리는 골칫거리들인 게 이미 판명 났잖나. 근처 동네들에도 피해야."

"그래서 그 문제를 걱정한, 서로서로 잘 연계된 시민들이 일어나서 당신을 부추겼군요. 집 안 청소를 하도록요."

"우리는 공공의 복리를 위해 봉사하지." 그가 말했다.

"당신들은 공공의 구유에서 먹을 것을 처먹어요." 내가 그에게 말해주었다.

"이런 뒈질." 갤러거는 한 손을 흔들어 반 렌셀레르에게 신호했다. "자네가 그 살인 사건을 저이한테 씌워서 체포되게 할 순 없네. 그 여자앨 누가 죽였는지 몰라, 아무라도 죽일 수 있었어."

"그냥 아무나가 더럭 겁을 집어먹고 자기 앞에 막아서줄 놈들을 소집하고, 타락한 경찰로 하여금 사건 수사를 맡게 하진 않아요."

그가 빙그레 웃었다. "그런 건 증거가 못 돼. 그건 그저 저 사람을 싫어하는 거지, 자네 입장에서."

"저 작자가 좋아할 만한 구석이 있기는 한지 의심스러운데요."

갤러거가 뒤로 물러섰다. "어디 마음대로 저이와 얘기 나눠보게. 조심해서 해, 자네 천성에 조심성이라는 게 있다면 말이지만." 갤러거는 말해놓고 씩 웃었다. "하지만 저 양반이 겁에 질리면 질릴수록 나한테야 그게 더 좋지."

자기 주머니에 더 많은 돈이 들어올 것이라는 뜻이었다. 나는 반 렌셀레르 쪽으로 걸어갔다. 물렁한 흙에 구두가 푹푹 박혀 들어갔다. 그자는 나를 흘긋 보고는 내가 전혀 중요한 인물이 아님을 알아보자 딴 데로 시선을 돌렸다.

"터널 속의 애들 말이오. 그 애들은 다른 데 갈 곳이 없어서 거기

피부와 뼈

사는 거요. 그리고 절박한 필요가 있어서 거리에서 일하는 거고. 그 애들은 고의적인 음모에 희생된 거나 다름없소."

그는 나를 두 번 흘끗 보지 않았다. "내가 자네하고 아는 사이 같지 않군." 물러가라고 쫓아내는 투로 반 렌셀레르가 그렇게 말했다.

"모르는 사이지." 내가 말했다. 나는 기운이 빠져서 그만 돌아서려고 했다. 하지만 주디가 나중에 내게 던질지도 모르는 눈빛을 생각하고 다시 몸을 돌렸다. "난 당신 부인과 아는 사이요." 내가 말했다. "그 여자가 창녀였던 시절부터 알고 지냈어요."

"그 여잔 아직도 창녀야. 값만 비싸졌을 뿐이지."

내 관자놀이에 혈맥이 톡톡 뛰는 게 느껴졌다. "그 여자의 진짜 값어치는 내면의 존엄성에 있소." 내가 그에게 말했다.

반 렌셀레르는 나 같은 놈과 눈길을 마주칠 만큼 저열해졌다. "자네가 제일 돈을 적게 부른 사내였나?" 그가 물었다.

나는 눈을 깜박거려 분노를 억눌러 내렸다. 관자놀이가 금방이라도 터지려고 했다.

"아니면 그년한테 구출해주겠다고 그랬나?" 실쭉이 웃으면서 반 렌셀레르가 물었다.

나는 체중을 옮겨 실으며 그자가 디딘 발 아래의 흙을 걷어차 날렸다. 선 자세에서 균형을 잃고, 반 렌셀레르의 몸이 구덩이 비탈 가장자리로 휘우뚱 넘어갔다. 나는 구덩이로 떨어지는 그자를 뒤따라 몸으로 덮쳤다. 흙이며 굴러떨어지는 돌 쪼가리들이 내 소맷자락에 쏟아졌다. "썩을." 갤러거가 소리치고, 손을 휘둘러 오툴과

정복 경관들을 구덩이에 뛰어들게 했다.

나는 반 렌셀레르를 덮쳐 올라타고 굴렀다. 그자의 하체에 말 타듯 올라앉아 콧등에다 한 방 세게 주먹을 먹였다. 그자의 얼굴 뼈가 부러지는 느낌이 왔다. 내 손뼈도 같이 부러진 느낌이었다. 나는 셔츠 앞섶을 움켜쥐고 그자를 지면에서 떠들면서 마구 흔들었다. "이 개망나니 자식." 내가 말했다. "너는 나한테서 끝장나는 줄 알아."

그의 두 눈은 커다랗게 뜨여 있었고 겁에 질렸다.

나는 그러거나 말거나 그자를 잡아 흔들었다. "내가 반드시 널 죽일 거다, 오거스트." 그놈 얼굴에 내 얼굴을 몇 치 간격도 안 되게 들이댔다. "이건 은행에 보증을 서도 될 만큼 틀림없이 지키겠어."

오툴이 허둥지둥 비탈을 내려와서 나를 뒤로 홱 잡아끌었다.

정복 경관들이 반 렌셀레르를 일으켜 세워 옷에 묻은 흙을 닦아주었다. 반 렌셀레르는 나를 노려보고 있었다. 코에서 피가 질질 흘렀다. 하지만 그자는 아무 소리 하지 않았다. 그걸 보니 내가 한 말이 그 말 그대로 진심이라는 걸 그자가 알아듣긴 한 것 같았다.

나는 오툴이 잡은 손을 떨쳐냈다.

오툴은 이상할 만큼 소극적인 태도로 내 뒤에 서 있을 뿐 내게 수갑을 채우려는 낌새가 없었다. 나는 구덩이 가장자리에 선 갤러거를 올려다보았다. 그는 절레절레 고개를 저었지만, 실망해서 그런 건 아니었다. 그는 미움이 얼마나 유용한 것인지 잘 아는 사내였다.

그리하여 검은 추기경은, 조니의 아버지는 썩 흡족해하지는 못하게 되었다. 반 렌셀레르가 당혹스러운 처지에 빠졌더라면 그이는 득을 봤을 터이다. 당혹스러운 처지라는 것이 개인사 말고 금융상의 것이었다면 말이다. 하지만 이쪽 세상의 어거스트 반 렌셀레르는 어깨나 한 번 으쓱하는 걸로 추문을 떨쳐버리는 데 이골이 나 있었다. 가진 돈의 막무가내 힘만 가지고 억지로 무마하는 게 아니다. 그자들의 돈이 낳는 끄떡없는 강고함 덕택에 무사한 것이다.

"그럼 그 애의 죽음은 정의의 심판을 받지 못하는 건가요?" 디디가 물었다.

"전혀 응징이란 없는 거지." 내가 말했다.

나는 사실 네가 매기를 살해한 남자와 잠자리를 같이하고 있는 것 같다는 말은 하지 않았다. 정의도 스스로 낄 데 안 낄 데를 가리게 마련이다. 바로 디디가 나에게 그 아이를 보살펴달라고 부탁을 했던 것이다. 그러니 나는 매기의 영혼을 그저 고이 잠들게 할 도리밖에 없었다. 해결이 나지 않은 채의 결말이다.

주디도 마찬가지로 만족스럽지 못해 했다. 내가 이제 보니 여자들과 관련해서 영 운수가 별로인 듯했다.

"사회복지기관에서 그 애들을 다 잡아갔어요." 주디가 말했다.

"걔들은 일주일만 있으면 도로 거리에 나올 거야." 내가 말했다.

주디는 살며시 내 눈치를 살폈다.

"우린 기다렸다가 날로 먹는 거지. 가서 장래성이 있는 애들로 뽑아서 데려 오자."

주디는 그 안을 곰곰 따져 보고는 빙그레 미소 지었다. "그렇게 해요." 주디가 동의했다.

  그리고 이틀 후에 소포가 왔다. 발송인 주소도 없고, 카드도 없었다. 안에 든 것은 캐나디언 라이 위스키 한 병이었다. 나는 이스라엘에 대한 은행 대출이 승인되었다는 것을 알았다.

  나는 병뚜껑을 따서는 잔에다 두 손가락만큼 넉넉히 위스키를 따랐다. 그 내음을 들이마셨다. 좋다. 나무통의 훈제 향이 난다.

  이 자리에 없는 친구들에게. 나는 속으로 건배했다. 그리고 단번에 잔을 비웠다.

오 양의 정반대

마틴 리먼

'다시는 그 둘이 만날 일 없으리.' 한 현자가 말한 바 있다.

그가 말한 것은 동서양을 두고 한 말인데, 대한민국 서울에 주둔 중인 미8군에서 범죄 수사관으로 일하고 있는 사람으로서 나는 그 두 세계가 자주 만난다고 장담할 수 있다. 보통은 조화롭게, 가끔은 갈등을 빚으면서 만난다. 그리고 에버렛 P. 로텐버그 일병과 오성희 양의 경우에는 그 두 세계가 따스한 살과 날카롭게 날이 선 차디찬 군용 대검 끝의 마주침과 교차함으로 만났다고 할 수 있다.

나의 이름은 호르헤 수에뇨다. 나와 내 파트너 어니 배스컴은 대도시 서울에서 약 30킬로미터 동쪽으로 시골 지역에 위치한 연락부대 캠프 콜번 인근에서 자상 사건이 일어났다는 소식을 들은 즉시로 8군 본부를 출동했다.

팔당리가 그 마을의 이름이었다. 금당산의 완만한 산자락 아래 달려 있는 마을은 벽돌담과 철조망으로 사방을 둘러친 캠프 콜번의 턱밑에 자리 잡고 있었다. 길은 좁았고 농부들이 나무판자로 된 손수레에 무를 산더미처럼 실어 나르고, 짧은 상의와 긴 치마를 입은 할머니들은 머리 위에 엄청나게 많은 빨랫감을 이고 용케 균형을 잡으며 다녔다. 어니는 통행이 많은 길로 운전하면서 우리 앞에 기신거리는 부지런한 통행인들에게 흙탕물을 튀기지 않게끔 하려는 듯이 천천히 차를 몰았다. 어니 배스컴이 예의 바른 놈이라서 그런 것이 아니라 꼬불꼬불 얽혀 있는 이 골목길의 미로에서 어디로 어떻게 가야 한국 경찰의 팔당 경찰서로 갈 수 있을는지 영 자신이 없어서 그런 것이었다.

하얗게 회를 칠한 건물에 '대한민국', 즉 한국의 국기가 차가운 아침 바람에 펄럭이고 있었다. 빨간색과 파란색 물방울 모양이 서로를 껴안은 듯한 태극 문양이 음과 양이 서로 꼬리를 문 모습으로 순백색 바탕 위에 자리 잡고 있다. 어니가 지프를 경찰서 앞에 세우고 우리 둘이 함께 성큼성큼 서 안으로 들어섰다. 5분 후에 우리는 수감자를 심문하고 있었다. 여윈 체격에 몹시도 신경이 날카로워져 있는 젊은이로서 에버렛 P. 로텐버그 일병이라고 했다.

지리학상으로 말하면 한국이 지구상에서 미국과 정확하게 정반대 위치에 있지는 않지만, 그래도 상당히 그에 가깝다. 여기에서는 온갖 것이 다 다르다. 사람들이 인생을, 인간관계를, 이 세상에서 자신이 있는 곳을 바라보는 눈이 미국에 거주하는 이들과 같지 않다. 예를 들어, 새로 온 미군 병사는 한국인들이 서로 잘 가라고 손을 흔드는 장면을 보고는 어리둥절해진다. 손은 흔드는데 둘 중 누구도 어디로 가지를 않는 것이다. 사실은 손바닥을 아래로 해서 손을 펄럭이는 그 동작은 이리로 오라는 뜻이다. 그러니 미국인의 눈에 '잘 가세요'로 보이는 것이 실은 '어서 와요'를 뜻한다.

그와 비슷하게 또 한국인은 절대로 남의 면전에 대고 싫다는 말을 하지 않는다. 그처럼 대놓고 노골적으로 거부하는 말을 하면 소위 '기분'이라는 것이 상처를 입는다. 기분이란 인간관계를 봉합하여주는 친화감의 오라Aura이다. 싫다고 하는 대신에 예의 바른 한국인이라면 '그래요' 하고 대답할 것이다. 그 뜻은 '그래요, 생각해볼게요' 하는 것이다. 그러니 그 '그래요'는 미군 병사가 머지않아 깨닫게 되듯이 실은 '싫어요'라는 뜻이다.

어린이들이 자기 부모들에게 대하는 태도도 다르다. 한국 아이가 '내가 언제 낳아달라고 그랬어?'라고 말하는 것은 결코 들어볼 수도 없다. 아무리 부모에게 불만이 많은 아이라도 한국 아이라면 최소한 자신에게 이 세상에 태어날 기회를 준 데 대해서는 부모의 은덕을 인정하고 들어간다. 태어나지 못한 것보다는 태어날 수 있었던 것이 한결 낫다고 생각하는 것이다.

아시아에서 연장자들이 무시를 당하기보다는 공경을 받는다는 것, 그리고 과거가 미래의 대극으로서 크게 존중받는다는 것은 우리 모두가 익히 아는 사실이다. 하지만 미군 병사가 서로를 '언니',

'동생'이라 부르는 두 여자와 마주쳤을 때 알게 되는 또 한 가지 차이점이 있다. 처음에 우리는 같이 일하면서 서로 언니, 동생 하는 두 사람이 진짜 자매간이라고 믿는다. 때때로 그 두 여자가 전혀 닮지 않아서 어리둥절해지기도 한다. 한 명은 키가 크고 다른 한 명은 작고, 아니면 한 명은 얼굴이 좁다란데 다른 한 명은 둥글고 하는 식으로 말이다. 그래도 유전의 작용에 대해서 대충 얻어들은 것이 있다 보니 그냥 한 가족 안에서도 가끔씩 영 닮지 않은 형제자매가 태어나는 거겠지 하고 넘겨버린다. 미군 병사가 동토의 조선북한을 지칭하는 관용어이나 여기서는 냉전 시대 한반도를 가리킴에서 지낼 만큼 지내 이골이 난 후에야 비로소 사실을 알게 된다. 서로 언니, 동생 하는 두 젊은 여성은 실은 그냥 친한 사이라는 것을, 때로는 서로 떨어질 수 없을 정도로 절친한 친구 사이를 그렇게 표현하는 것이다. 반대로, 미군 병사가 어쩌다가 진짜 생물학적 자매간인 두 젊은 여자를 만나게 될 때에 그들은 자기들이 혈연이라는 사실을 아예 인정하지 않으려는 경우가 많다. 왜일까? 그것은 한국 사회에서 가족이라는 것이 매우 신성한 것으로 여겨지기에 무지한 외국인 특히 아무것도 모르는 미 육군 병사 따위는 한국인 일가붙이들의 복잡한 친족관계에 관하여 아예 알려고 기웃거릴 필요조차도 없다고 보기 때문이다.

    이런 온갖 것들만 해도 사람 헷갈리게 만들기에 충분한데 설상가상으로 언어 장벽까지 있다. 그리고 또 물론 장벽 중에 제일 큰 장벽도 버티고 서 있다. 바로 미국인의 오만이다. 외국 사람들이 우리에게 가르쳐줄 수 있는 것이 있다고는 전혀 믿지 않는 우리의 태도 말이다.

"둘이 자매예요." 로텐버그 일병이 우리에게 말해주었다.
"누구 말이야?" 어니가 물었다.
"오 양하고 판잣집에서 같이 사는 여자하고요. 강 양이라고."
"자매라고?"
"네."

어니는 팔짱을 끼고 회의적인 눈이 되어 로텐버그를 물끄러미 보았다. 한편 로텐버그는 뼈가 툭툭 불거진 다리 위에다 기다란 아래 팔뚝을 걸쳐 축 늘어뜨리고 있었다. 지금 그가 앉아 있는 등받이 없는 세 다리 의자는 그에게 너무 작아서 로텐버그는 등을 구부정하게 한 채 목을 까닥거렸다. 그는 공정한 조처를 받을 희망 따위는 전부 내버린 사람처럼 보였다.

어니가 물었다. "그 두 여자가 성이 다른데 이상하다는 생각도 안 해봤나?"

로텐버그가 뼈뿐인 어깨를 으쓱했다. "둘이 아버지가 다르든가 하나 보다 생각했죠."

내가 관건이 되는 질문을 던졌다. "여잔 왜 죽였어, 로텐버그?"

로텐버그는 고개를 내 쪽으로 기울였고, 습기 어린 푸른 눈이 휘둥그레 커졌다.

"절 안 믿으시는 거죠? 그렇죠?"

"뭘 믿어야 하는데? 죽였다든가 안 죽였다든가, 아직 아무 말도 안 했잖아."

"저 사람들한테 말했는데요." 로텐버그는 전신에 카키색 옷을 입은 세 명의 한국 경찰관을 가리켰다. 그들은 시멘트 벽으로 된 심문실 밖에 서 있었다. 팔짱을 끼고 주먹은 부르쥐고 가느다란 눈들은 악의로 번들거렸다. 단 한 개의 전구에서 나오는 빛이 심문실을 밝히고 있어, 비질이 미치지 못한 구석의 마른 쥐똥과 거미줄을 드러내주었다.

"한국 경찰에게 무슨 얘기를 했나?" 내가 물었다.

"제가 오 양을 죽이는 일은 도저히 있을 수가 없다고 했어요."

"왜지?"

로텐버그는 또다시 머리를 그 기다란 목 끝에 축 늘어뜨렸다. "왜냐하면 전 그녀를 사랑하니까요."

사랑. 이놈의 케케묵은 두 글자 단어. 어니가 쓴웃음을 지었다. 사실상 한국에 오는 모든 젊은 미 육군 병사들이 부대 밑 읍에 내려가 그들의 첫번째 '여보'를 만나 사랑에 빠진다. 미 육군은 이 현상을 물리도록 겪어봤기에 미 육군 병사가 한국 여성과 결혼하려고 할 경우 장장 8개월쯤 걸리는 서류 작업을 거치도록 한다. 12개월 기한으로 한국에 와 복무하는 미군 병사들이다 보니 일찌감치 사랑에 빠져야만 하고, 결혼 허가를 받아내기란 무척 힘이 든다. 왜 이렇게 고생을 시킬까? 간단하다. 젊고 순진한 미군 병사들을 아시아 요부들의 사악한 술책으로부터 보호하기 위해서다. 최소한 공식적인 근거는 그러하다. 진짜 이유는 그악스러운 인종차별주의다.

"어젯밤 어디에 있었지, 로텐버그?"

"통금 시간 이후에 말씀입니까?"

"그래. 하지만 처음부터 시작해보지. 근무 해제가 몇 시였나?"

나는 심문실 벽에 기대 세워져 있던 나무 의자를 하나 더 끌어다가 에버렛 P. 로텐버그 일병 맞은편에 앉았다. 그리고 수첩과 볼펜을 꺼내 쓸 준비를 했다. 로텐버그가 이야기를 시작했다.

어니는 시멘트 벽에 몸을 기대고 팔짱을 낀 채 줄곧 의뭉스러운 미소를 띠고 있었다. 한국 경찰들은 줄곧 험악한 눈초리를 거두지 않았다. 거미 한 마리가 자기가 쳐놓은 거미줄을 찾아 떨며 몸부림치는 나방을 향해 슬금슬금 기어갔다.

우리가 처음으로 찾아간 곳은 '드래건 레이디 다방'이었다.

오 양이 여기서 일을 했다. 그리고 로텐버그의 말에 따르면 오 양은 동리에서 제일 잘나가는 아가씨였다. 키도 제일 크고 몸매도 최고고 팔당리 마을을 통틀어 최고 미인인 직업여성이랬다. 다방 앞문에는 온통 밝은 색을 써서 가짜로 장식 그림을 그려놓았다. 옛 궁궐 문을 본떠서 모조품을 만들어놓은 것이다. 묵직한 나무 문은 잠겨 있었다. 어니와 나는 설렁설렁 뒤편으로 돌아갔다. 이쪽은 꾸밈새가 한결 현실적이었다. 빈 소주병이 박스로 쌓여 있고, 비닐봉지에 든 쓰레기가 녹슨 드럼통 속에서 썩어간다. 꼬리가 긴 시궁쥐가 허둥지둥 빗물 도랑의 배수관을 따라 도망쳤다.

뒷문은 열려 있었다. 어니와 나는 안으로 걸어 들어갔다. 암모니아 냄새와 비눗물 냄새가 콧구멍을 자극했다. 짧은 복도를 지나자 빨간 전구에서 나오는 불빛이 우리를 주 접객실로 인도해주었다. 나무 탁자에 수직 등받이가 달린 의자들이 바닥 공간 대부분을 점하고 있었다. 소파로 된 작은 개별실들이 벽을 따라 줄지어 있고 식음료가 나오는 배식대 뒤에 젊은 축에 들어 보이는 한국 여자 한 명이 녹색 갓을 씌운 전등 아래 앉아서 힘든 출납 회계를 하느라고 진땀을 빼는 중이었다. 우리가 눈에 들어오자, 여자는 쓰고 있던 뿔테 안경을 끌어내리고는 입이 딱 벌어져서 빤히 우리를 보았다.

나는 신분증을 보여주었다. 어니가 전기 스위치를 찾아내어 머리 위의 형광등들이 지이잉 소리를 내며 들어왔다. 여자는 나의 범죄 수사관 배지를 뚫어져라 보고 있다가 마침내 이렇게 말했다. "왜 그러는데?"

고갯짓으로 인사하는 시늉조차 안 한다. 존댓말도 안 쓴다. 그냥 툭 던지듯이 내가 무엇을 원하는지 물어본다. 한국 경찰관 같았더라면 계집의 아구창을 한 대 갈겼을 것이다. 인내심 강한 서양인답게 나는 그냥 어깨를 추썩여 모욕을 흘려버렸다.

"우리가 여기 온 용건은, 강미렬 양과 이야기를 하고 싶어서예요." 내가 말했다.

여자는 집게손가락 끝으로 자기 코를 건드린다. 이것 또한 서양에서는 낯선 손동작이다. 여자가 말하려는 것은 '바로 나예요'라는 것이다. 나는 우리가 왜 이곳을 찾아왔는지 설명했지만 여자는 이미 짐작하고 있었다. 그녀는 '오 양' 하고 말하더니 손수건을 꺼냈다. 몇 방울 눈물을 흘리고 나서 여자는 진정하고 말을 시작했다. 한국어로 말했다. 나에게 정말 멋쟁이에 잘나가던 자신의 죽은 친구 오성희에 대해 미주알고주알 모든 것을 이야기하고 있었다. 애정 관계에서 오 양이 얼마나 잘나가는 여자였는지, 시내의 다른 다방이며 술집 주인들이 오 양더러 자기네로 옮기라고 얼마나 꼬드겨댔는지, 남자들(한국인도 있고 미국인도 있었다)이 얼마나 쉴 새 없이 그녀를 쫓아다녔는지에 대해서 줄줄 이야기를 늘어놓았다.

강 양은 장부를 덮더니, 어깨를 옴츠려 두꺼운 면직 외투를 걸치고 나서 우리를 데리고 마을을 통과하여 몇 구역인가를 걸어갔다. 때는 한낮에 가까웠고 밥집들이 몇 군데인가 문을 열었다. 절인 배추와 마늘의 향이 공기 중에 떠돌았다. 강 양은 우리를 자기 판잣집으로 데리고 갔다. 오 양과 함께 생활했던 바로 그 판잣집이었다. 강 양은 우리가 별로 볼 것이 없는 오 양의 개인 물품들을 훑어보도록 허락해주었다. 화장품, 헤어 제품, 플라스틱 옷걸이에 걸려 있는 얼마 되지 않는 드레스들, 표지에 국제적인 스타 영화배우들의 얼굴이 우리를 향해 웃고 있는 너덜너덜한 잡지 몇 권. 보고 있으려니 강 양이 우리에게 오 양의 고향은 광주라고 말해주었다. 그곳은 남쪽으로 멀리 떨어진 곳이며, 오 양은 가난과 자기가 태어난 집의 꼬장꼬장한 전통주의로부터 탈출하려고 북쪽으로 왔던 것이라고 했다. 내가 강 양에게 오 양을 죽인 게 누구냐고 물어봤더니 강 양은 얼굴이 하애지면서 기절할 것처럼 굴었다. 가짜이긴 해도 털썩 소리가 나도록 땅에 쓰러진 건 퍽 그럴싸한 짓이었다. 왜냐하면 이웃집 사람이 한국 경찰을 불렀기 때문이다. 어차피 그들 중 분견대 하나가 우리 뒤를 졸졸 따라다니고 있는 판국이었다.

1분도 되기 전에 그들이 들이닥쳐서 강 양이 까무러친 게 우리 잘못이기라도 한 듯이 눈을 부라렸다. 그중 나이 젊은 경찰 한 명은 어니에게 너무 가까이 다가서서 어니가 그를 밀쳤다. 그로 인해 삽시간에 밀고 당기는 몸싸움이 벌어졌고 욕설이 난무했다. 한국 경찰 중 연장자와 내가 싸움을 뜯어말렸다.

국제적인 법집행기관 소속자들끼리 참으로 친분이 돈독하기도 하다.

우리가 떠나올 때 강 양은 여전히 소리 내어 울고 있었고 한국 경찰들 중 두 명은, 맙소사, 여전히 우리 뒤를 따라왔다.

캠프 콜번에서도 사정은 그리 낫지 못했다.

로텐버그는 제304통신대대 커뮤니케이션 센터에서 일했다. 전자 메시지가 비밀 회선을 타고 들어와 인쇄되고, 복사되고, 해당 관부 연락함으로 송달된다. 명백하게 드러나 보이는 바, 캠프 콜번의 기능은 두 가지가 있었다. 첫째로, 육군 비행 부대의 베이스캠프로서 열두어 대의 헬리콥터들과 그에 관련된 지원 인력이 딸린 헬기 이착륙장을 뽐내는 것이 하나다. 그리고 둘째로, 남한 땅의 중추를 따라 위아래로 송달되는 미군 통신망에서 중간 전송지로서 담당한 역할이 있다. 통신장교들에게 몇 가지 기술적인 질문을 던지자 그들은 내가 '알 필요' 없는 사항이라고 말한 다음, 조개처럼 입을 꽉 다물었다.

어니는 나를 보고 투덜거렸다. "우리가 '알 필요' 있는 게 뭔지 자기들이 어떻게 알아? 이건 범죄 수사잖아. 과연 우리가 알아야 할 게 무엇인가 하는 건 그걸 이미 알게 된 후에나 알 수 있다고."

나는 어깨를 으쓱했다.

로텐버그 일병은 꾸준하고 믿음성 있는 일꾼이었다. 그렇게들 말했다. 훌륭한 병사라고. 로텐버그에게 친하게 지내는 짝패는 없었다. 왜냐하면 근무 외 시간은 밖에 나가서 팔당리 마을에 가 보냈기 때문이다. 분명 오성희 양 주위를 맴도느라 그랬으리라.

어니는 주머니에서 사진 한 장을 꺼냈다. 강 양의 판잣집에서 오 양의 개인 소지품들을 뒤져보던 중 그의 손에 들어온 물건이다. 사진 속에서 오 양과 강 양은 팔짱을 끼고 카메라를 향해 웃고 있었다. 강가의 보트 대여소 앞에서 찍은 것이다. 한국어로 된 팻말에는 '남한강'이라고 쓰여 있다. 남한강이면 여기서 그다지 멀지 않다. 오 양은 한눈에 반할 만한 미인이었다. 쪽 고른 하얀 치아를 보이며 활짝 웃는 그 얼굴이라면 어떤 선원도(아니면 어떤 미군 병사도) 이판사판 배를(부대를) 버리고 뛰쳐나올 것이다. 강 양은 그에 비해 별로 볼 것이 없는 초라한 여자였다. 키도 오 양보다 작고, 몸매도 빈약하고, 매력이 덜했다. 그리고 강 양의 미소는 오 양처럼 짜릿한 맛이 없었다. 웃고 있어도 어쩐지 자신이 없어 보이고 두려운 듯, 세상사에 지친 듯한 감이 있었다.

오 양이 머리 위에 비스듬히 얹고 있는 것은 검은색 야구 모자였다. 나는 돋보기를 대고 모자 앞쪽에 박혀 있는 기계자수를 살폈다. 부대 이름이었다. 미 육군 제545비행소대 콜번 부대. 측면에 작은 글자로 박혀 있는 것은 그보다 한결 짧은 한 단어였다. 알아보려니 더 강한 빛이 필요했다. 결국에는 내가 글자를 읽어냈다. '보선'. 나는 사진을 도로 어니에게 넘겨주었다.

어니는 오 양의 근사한 외모를 한참 동안 들여다보더니 사진을 도로 자기 주머니에 집어넣었다. 그걸 보자 내게는 어니 자식 저 사진을 내놓을 생각이 아예 없구나 하는 감이 왔다.

캠프 콜번 관제탑의 관제사들은 미 육군 비행 부대 선임 준위 마이크 보선이 16시 30분 정각에 들어올 것이라고 말해주었다. 민간인 식으로 말하자면 오후 4시 반이다. 어니와 나는 휴이 UH-1N 헬리콥터가 착륙하는 동안 캠프 콜번 헬리콥터 이착륙장 가에 서서 기다렸다. 헬리콥터의 회전날개가 점차 회전속도를 줄여가고, 정비사들이 뛰어나오고, 엔진이 위잉거리며 회전날개가 더욱 느려지고, 마침내 부조종사와 조종사가 헬리콥터 밖으로 뛰어내렸다. 보선 준위는 우리에게 걸어오면서 헬멧을 벗어 한쪽 팔 아래에 끼웠다.

"관제탑에서 얘기 들었습니다. 저하고 얘기하실 일이 있다고요."

어니와 나는 신분증을 보여주었다. 나는 좀더 편하게 이야기할 장소가 없겠느냐고 물었다.

"그냥 여기서 하십시다. 무슨 얘깁니까?"

헬리콥터의 엔진이 여전히 웅웅거리며 돌고 있었다. 정비대원들과 부조종사가 이런저런 일로 바쁘게 왔다 갔다 하면서 우리가 하는 이야기에 처음부터 끝까지 쫑긋 귀를 곤두세웠다. 보선이 일부러 이런 상황에서 우리를 상대하려는 게 분명했다. 우리는 보선에게 어젯밤 어디에 있었느냐고 물었다. 바로 살인이 일어난 밤이다.

"오 클럽에 있었습니다." 오 클럽은 이곳 캠프 콜번의 장교 클럽이다. "저녁을 먹고, 맥주 두어 잔 하고, BOQ에 가서 푹 잤습니다." BOQ란 독신 장교 숙소를 뜻한다.

"오성희 양을 찾아가지 않았습니까?" 어니가 물었다.

"아뇨."

"왜 안 갔지요?"

보선은 어깨를 으쓱했다. "다음 날 아침에 근무가 있을 때는 마을에 나가 놀지 않습니다."

"비행 스케줄이 잡혀 있었나요?"

"네. 제19보조대 사령관을 태우러 대구로 가는 거였죠. 그런 다음에는 거기서 남쪽으로 가고요."

"오 양이 죽었다는 얘기를 들은 것은 언제지요?"

"오늘 아침 출발하기 직전에 다들 그 얘기만 했으니까요."

"질문을 받게 될 줄 알고 있었습니까?"

"아뇨."

"왜요?"

"내가 그 여잘 알기는 합니다만, 나 말고 다른 놈들도 많이들 아는 여자였습니다."

"예컨대 누가 알죠?"

보선은 또 한 번 어깨를 으쓱해 보였다. "구체적인 이름까지는 모릅니다."

우리는 보선 준위에게 계속 질문을 던져 그가 마침내 오성희 양과 밤을 보낸 것이 그저 몇 밤 정도로 그치지는 않았다는 것, 그리고 어니가 그에게 보여준 그 사진을 찍은 날에는 오 양과 강 양을 동반하여 남한강에 나갔다는 인정을 받아내기에 이르렀다. 셋이서 보트를 빌려 강 한복판에 있는 섬의 놀이공원에 노 저어 갔다가 몇 시간 뒤에 팔당리로 돌아왔으며, 보선은 그날 밤 오 양과 함께 있었다.

"그 여자네 집에서?" 내가 물었다.

주의를 누그러뜨리지 않는 태도로 보선이 고개를 끄덕였다.

"콩알만 한 집이던데. 그럼 강 양은 어디서 잤지요?"

보선이 이것으로 세번째 어깨를 으쓱했다. "모릅니다."

"하지만 강 양도 그 집에 살지 않습니까. 안 그래요?"

"삽니다. 하지만 내가 오 양과 함께 묵을 때마다 그 여잔 어디로 사라졌습니다. 그 판잣집의 집주인 여자한테라도 가서 얹혀 자나 보다 했지요."

"하지만 확실히는 모르는 일이군요?"

"그게 내가 확실히 알아야 할 일이 아니잖습니까?"

우리는 보선이 혹시 로텐버그를 아는지 물어보았다. 모르는 사이였다.

"모르는 것도 많은 양반이구먼." 어니가 말했다.

보선이 발끈했다. "난 여기 헬리콥터 조종사로 와 있는 사람입니다. 이 동네 직업여성 소사를 쓰려고 온 게 아니라고요."

"살인을 하러 온 것도 아닐 테지요?"

보선은 헬멧을 땅에 떨어뜨리고 어니의 멱살을 잡으려고 덤볐다. 나는 팔을 내밀어서 그를 막았고, 다소 몸싸움이 되기는 했으나 그럭저럭 보선을 물러나게 할 수 있었다. 헬리콥터 부대원들이며 부조종사가 우르르 달려왔다. 나는 보선 준위를 뒤로 밀었고, 그 사람들이 준위를 붙들었다. 그리고 나는 어니를 질질 끌고 헬리콥터 이착륙장을 나왔다.

팔당리 마을에 어둑한 자줏빛으로 땅거미가 내렸다. 그러나 밤이 되자 자그마한 기적이 일어났다. 네온등이 깜박깜박하다가 반짝하고 켜진 것이다. 빨강, 노랑, 자주, 금빛으로. 어떤 것은 불이 들어왔다 나갔다 하고 또 어떤 것은 차르르 순서대로 켜졌다가 꺼지고 하면서 그 모든 불빛들이 주머니에 몇 달러 돈이 있는 젊은 미군 병사라면 누구에게든 '제이드 레이디 나이트클럽'이나 '동토의 조선 주점', 또는 '드래건 레이디 다방'에 어서 들어오라고 유혹의 손짓을 날리고 있었다. 양복점과 놋쇠 그릇이나 장식품 따위를 파는 가게와 약국과 스포츠 용품 할인 매장 들이 좁다란 찻길을 따라 늘어서 있었다. 록 음악이 구슬발을 뚫고 약동했다. 만주로부터 불어오는 차고 습한 늦가을의 북서풍이 골목길에 횡횡 몰아쳤지만 한국인 직업여성들은 미니스커트니 핫팬츠에 가슴이 깊게 파인 면직 블라우스 차림으로 헐벗고 서 있었다. 그들의 뽀얀 구릿빛 살결에는 추운 나머지 털 뽑힌 거위처럼 오소소 소름이 돋아 있었다.

여자들은 지나가는 우리를 보고 호객을 해댔지만 어니와 나는 그들을 무시하고 오른쪽으로 맨 처음 나온 술집에 들어섰다. '동토의 조선'이라는 업소다. 여기서는 OB 생맥주가 나왔다. OB는 동양주조Oriental Brewery의 약자다. 우리는 맥주 작은 잔 한 잔과 불법 유통 브랜디 한 잔을 들이켜고 컴컴한 실내 여기저기에 흩어져 있는 접대부들이 건성으로 부르는 소리들을 무시하면서 바로 그다음 술집으로 향했다. 매번 들르는 곳마다 나는 오성희 양에 관해 탐문했다. 모두가 오 양을 잘 알았다. 다들 오 양이 무참히 살해당한 사실을 알고 있었고 다들 살인자는 자기가 남자 친구라고 생각하여 질투에 불탄 미 육군 병사 에버렛 P. 로텐버그라는 자일 것이라고 생각하고 있었다. 하지만 내가 이야기를 해본 웨이트리스와 바텐더와 직업여성 들 중 몇 사람에게는 한술 더 뜨는 짐작들이 있었다. 오 양한테는 한국인 애인이 있었다. 몇 명이나 있었다. 거의가 유력인사였다. 유흥주점 구역의 업소 주인들이다. 하지만 그중에서도 한 명 두드러지는 사람이 있었다. 가격 과다의 술 한 잔을 아가씨에게 산 다음에야 체중 미달의 술집 접대부 하나가 그자의 이름을 살며시 귀띔해주었다. 신 씨라고. 그게 그자의 성이었다. 정말 그런지 아닌지 하여튼 다들 '신 씨'라고 부른다고 했다. 옷을 쫙 빼입고 한량 놀음 하는 작자로, 여급 말로는 당구 실력 하나는 끝내주고 어쩌다 자기한테 목매는 직업여성 아가씨가 생기면 여자도 잘 패지만 그 외에 눈에 띄는 생계 수단은 하나도 없다고 했다.

"깡패로군." 내가 말했다. 조직폭력배 말이다.

여급은 말도 안 된다는 듯 홰홰 고개를 저었다. "아니에요, 그렇게 대단한 놈도 못 되어요. 작아요. 그런 걸 뭐라 하더라?" 지나치게 인위적으로 치장한 젊은 여자는 한동안 생각을 해보더니 적당한 표현을 찾아냈다. "그 사람, 피라미예요."

접대부 아가씨에게 술을 산 것에 더하여, 나는 1000원짜리 지폐 한 장을 슬그머니 쥐여주었다. 2달러쯤 되는 돈이다. 낡은 지폐는 접대부의 닳아빠진 치마허리 속으로 자취를 감췄다.

어니와 내가 '왕궁 당구장'에 들어서자 그 안의 모든 시선이 우리를 향했다.

'미국 놈' 두 명이 이 2층 업소에 들어서자니 눈에 안 띌 도리가 없었다. 담배 연기로 가득 찬 커다란 방 안에는 이 끝에서 저 끝까지 녹색 부직포를 깐 당구대들이 미어터지도록 꽉꽉 들어차 있었다. 허리가 가느다란 한국 남자들이 큐대를 잡고 당구대 위에 몸을 기대든가 벽에 기대고 늘어진 자세로 싸구려 한국 담배를 뻑뻑 피우며 무서운 기세로 연기구름을 뿜어내고 있었으며, 모두가 우리를 보고 눈을 부라렸다. 가늘게 째진 눈들과 비틀린 입술들, 증오감이 독한 담배 연기보다 더 진하게 공중을 채우고 있었다. 이 당구장은 미국 군인들을 대상으로 하는 곳이 아니다. 한국인을 위한 장소다. 미군에게는 미군이 가는 술집이 있다. 얼마든지 많다. 여기에서 두어 블록 떨어진 외국인 술집 구역에 말이다. 우리가 여기 온 것을 반길 사람은 아무도 없었다. 심지어 입구에서 돈을 받은 남자조차도 싫어했다.

언니가 마주 짖었다. "너희들도 엿 먹어라."

"진정해." 내가 응답했다.

요금을 걷고 있던 대머리 남자에게 내가 한국어로 물었다. "신 씨? 어디 있어?"

남자는 멍한 눈으로 나를 보았다. 그러더니 당구장 안의 사람들 쪽으로 몸을 돌렸다. 저 뒤편 어디선가 라디오가 째지는 소음을 뱉더니 한국 여성 가수의 음성이 구슬픈 노랫가락을 뽑아냈다. 나는 다시 한 번 말했다. 이번에는 더 큰 소리로. "신 씨!"

눈 부라림이 역겨운 적의로 변했다. 한국어로 씹어뱉는 욕설들이 웅성웅성 우리 쪽으로 날아왔다. 몇몇 사내들이 소리 내어 웃었다. 더 많은 사내들이 우리 쪽을 외면하고, 잡은 큐대를 들어 올려 치던 에이트 볼 쪽으로 관심을 옮겨 반사각과 포켓의 위치 재기에 들어갔다. 아무도 나오지 않았다. 아무도 우리에게 신 씨가 누군지, 아니 그보다 더 중요하게는 어디를 가면 신 씨를 찾을 수 있는지 말해줄 태세가 아니었다.

언니와 나는 몸을 돌려 층계를 내려왔다. 다음 당구장에서도 우리는 똑같은 절차를 밟았다. 그리고 똑같은 결과를 맞이했다.

 그날 밤 늦게, 우리는 오 양이 살해당한 장소에 서 있었다.
 사건 현장은 팔당리와 캠프 콜번을 굽어보는 동산 위에 있었다. 동산 맞은편 북쪽으로 굽이굽이 흐르는 남한강 물 위에 달빛이 내리 비쳤다. 멀리 한두 척 배가 떠 있었다. 초가지붕을 얹은 오두막집으로 귀가하는 어부들이다. 동산 꼭대기에 석재로 주추를 놓고 기와지붕을 올린 절 건물이 서 있었다. 이 절간에는 튼튼한 들보에 매달아놓은 엄청난 청동 종도 있었다. 지금은 거기에 아무도 없지만, 나는 발길에 닳은 저 오솔길로 불교 승려들이 몹시도 해묵어 보이는 이 종을 울리러 정기적으로 걸어 올라올 것이라 생각했다.
 "여자를 찾은 게 언제였댔지?" 어니가 물었다.
 나는 펜 라이트를 꺼내 낡아빠진 내 수첩의 메모를 읽었다.
 "오늘 오전 05시야. 날 새기 직전이로군. 불교 승려 두 사람이 아침 예불을 하러 올라왔다가 시체를 봤대. 바로 이 자리에 쓰러져 있었어."
 나는 강에 가장 가까운 석조 주추 맨 끄트머리를 가리켰다. 내가 계속 읽었다.
 "뒤에서 한 번 찔렸고, 그런 다음에 가슴에 너더댓 번을 찔렸군. 출혈로 사망했어."
 "살인 흉기는?"
 "발견되지 않았어. 한국 경찰들은 흉기가 군용 대검이라고 생각하는데 그 이유는 두 가지야. 상처의 크기와 깊이가 하나고, 또 로텐버그가 미군이니 대검을 손에 넣을 수 있을 것이라는 사실이 또 하나지."

"로텐버그의 대검은 야전 장비 속에 그대로 있었잖아."

"다른 걸 훔쳤을 수도 있지. 노상 일어나는 일이잖아."

"아니면 살인범이 암시장에서 하나 샀을지도 모르지." 어니가 대꾸했다.

나는 고개를 끄덕였다. 어니 말이 맞았다. 한국 경찰들은 로텐버그를 구금하면서 크나큰 비약을 감행했다. 지금까지 볼 때 한국 경찰에는 로텐버그를 살인과 결부시킬 확실한 증거가 하나도 없다. 하지만 여론을 무마해야만 했던 것이다. 젊은 한국 여성이 살해당했으니 누군가를 잡아 가둬야 하고, 속히 그렇게 해야만 한다. 그러지 않으면 대중은 뭐 하러 자신들이 고생 고생해서 번 돈으로 세금을 내어 경찰 월급을 주고 있나 회의할 것이기 때문이다. 저질러진 범죄에 대하여 누군가 대가를 치러야만 한다. 태극기에 박혀 있는 음양의 태극무늬처럼 우주의 조화가 회복되어야만 하는 것이다. 누군가 비명에 죽임을 당했으면, 누군가 그 살인 범죄의 죗값을 치러야 한다. 살인을 저질렀다는 절대적인 증거 없이 기소당한 미군 병사는 에버렛 P. 로텐버그 일병이 최초가 아니다. 하지만 만약 그러한 경우라면 우주의 조화는 로텐버그 편을 들어 균형을 잡아줄 것이다. 만약 그가 범행을 저질렀다는 증거가 희박하거나 없다면 로텐버그는 가벼운 형량을 선고받을 것이다. 아마도 한국 감옥에서

4년쯤 옥살이를 하고 미국으로 송환되겠지. 지금까지는 나와 어니를 포함하여 아무도 도대체 누가 오성희 양을 살해한 것인지 진상을 알지 못한다.

로텐버그의 알리바이는 영 엉성했다. 제304통신대대 연락 본부에서 낮 당번 근무를 한 후에 부대 배식을 받아먹고, 샤워를 하고, 옷을 갈아입고, 마을로 향했다. 18시쯤 해서 로텐버그는 '드래건 레이디 다방'에 도착했다. 거기에서 그는 강 양과 오성희 양이 일하는 동안 구석 자리에 앉아 인삼차를 홀짝이고 있었다. 차 나르는 일은 거의 강 양이 하고 오 양은 손님들 자리에 합석하고 다녔다. 한국인 사업가들, 둘씩 셋씩 뭉친 미군 장교들과 자리를 같이하여 그들의 저녁 시간에 아름다움과 매력을 보태주었다. 로텐버그의 말에 따르면 오 양은 야간 통행금지 시간이 되기 전에 너무 피곤해서 그날 밤에는 로텐버그를 만나주지 못하겠다고 잘 구슬렸다. 로텐버그는 그런가 보다 했다. 자정부터 오전 4시까지인 통금 시간 이전에 본대 복귀를 했으니 정문의 헌병도 굳이 그의 이름을 등재하지 않았다. 막사 불은 이미 꺼져 있었다. 로텐버그는 어둠 속에서 탈의를 했고, 옷과 지갑을 벽의 보관함에 쑤셔 넣고 침상으로 뛰어들었다. 막사에 있던 다른 병사 누구도 로텐버그가 막사에 온 것을 기억 못했다.

어니는 어슬렁어슬렁 범종 쪽으로 걸어가서 손마디로 종을 두드려보았다. 부조가 되어 있는 청동 종으로부터 나지막한 신음처럼 웅웅대는 울음이 일었다. 흡사 거인의 한숨 같았다. 우리는 올라왔던 길을 도로 내려가기 시작했다. 경사는 가팔랐다. 굵직굵직한 돌덩어리며 우거진 가시덤불이 옆으로 새지 못하게 길 양옆을 막고 있었다. 우리는 조심해서 발을 디디며 미적미적 나아갔다. 밝은 달빛에 발 디디는 곳을 잘 보면서 갔다.

"왜 구태여 여기까지 올라와야 하는 거야?" 어니가 물었다.

그가 말을 하고 있는데 땅이 흔들렸다. 아주 살짝이었다. 마치 무엇인가 무거운 것이 텅 하고 땅에 닿은 것 같은 느낌이었다. 나는 뒤를 돌아보았다. 왜 가다가 멈춘 건지 이상해하며 나를 보는 어니 말고는 눈에 들어오는 것이 없었다. 그런데 두 번 더 쿵, 쿵, 하는 진동이 왔다. 연달아서 두 번이다. 이번에는 좀 덜 무겁게 부딪치는 느낌이었는데, 흡사 어떤 물체가 구르면서 땅에 튀는 것 같았다. 점점 더 요란한 소리로 우리를 향해 굴러 온다.

그 소리는 어니의 머리 위 어둠 속에서 솟아났다. 지옥의 증기기관처럼 온 세상을 집어삼키려고 덤벼든다.

"조심해!" 내가 외쳤다.

나는 길옆으로 뛰어서 피했고, 어니는 여전히 뭐가 뭔지 제대로 파악이 안 된 채로 나를 따라 했다. 어니는 무성한 잡목 속으로 뛰어들었고 나는 작은 바윗덩이 위에 착지하여 버둥거리며 반대편으로 넘어갔다. 길에서 먼 쪽으로 말이다.

굉음이 점점 커져 귀가 먹먹하도록 되었다. 와지직, 쿵쿵, 소리가 연달아 나는가 싶더니 엄청나게 커다란 원통형의 쇠붙이가 밤의 어둠으로부터 날아와서 산길을 따라 데굴데굴 굴러 내렸다. 왼쪽으로 기울었다 오른쪽으로 치우쳤다 하면서 통통 튀며 길을 따라 굴러 내려오는 동안에 부딪치는 모든 것을 으스러뜨렸다. 그 물체는 잡목 덤불 가장자리를 으깨며 지나 몇 발짝 차이로 어니에게서 빗나갔다. 나는 잔뜩 웅크렸다. 거대한 쇳덩이가 반죽 밀개처럼 바윗돌을 깔아뭉갤 듯 와 박혔고, 그 원통형 물체는 튀어 올라 날아갔는데 내 머리에서 겨우 몇 센티미터 위였다. 그것이 지나간 다음에 어니와 나는 윗몸을 일으켰다. 원통형 물체에 반짝이는 달빛에서 눈을 떼지 못했다. 데굴데굴 구르는 그 거대 기념물은 산비탈을 엉망진창으로 뭉개며 계속해서 떨어져가다가 소규모 축사 바깥에 둘러친 낡은 나무 울타리를 박살 내고는 이어서 축사 자체에 가 부딪쳤다. 통나무가 사방으로 날았다. 원통형 물체는 계속 굴러가다가 속도가 느려지고 최종적으로는 아주 크고도 질척한 첨버덩 소리와 함께 논의 진흙탕 물에 안착했다.

"저 뒈질 놈의 것이 대체 뭐야?" 어니가 물었다.

나는 천천히 발을 딛고 일어서면서 더 이상 비탈 위에서 우리에게 떨어져 내려오는 것이 없음을 확인했다. "그 종이네."

"그 뭐라고?"

"청동 종 있었잖아. 가자."

우리는 도로 오솔길을 달려 올라갔다. 산꼭대기에 이르자 절은 텅 빈 채였다. 나는 펜 라이트를 사용하여 금이 쫙쫙 간 들보와 서까래 아래 늘어져 있는 닳아빠진 밧줄을 면밀히 살폈다.

"썰었군." 내가 말했다.

"뭘로?" 어니가 물었다.

"확실치는 않지만 뭔가 날카로운 것으로 자른 거야. 어쩌면 군용 대검일지도 모르지."

신 씨가 우리를 찾았다.

그의 한패 다섯 명도 함께 찾아왔다. 가로등의 노란 불빛이 성난 얼굴들을 비추었다. 하나같이 머리에 기름을 발라 뒤로 쫙쫙 빗어 넘기고 입술은 비웃음을 띠고 비틀려 있는 젊은 불량배들이었다.

"왜 나를 찾았소?" 신 씨가 한국어로 말했다.

우리는 '왕궁 당구장'에서 멀지 않은 골목길에 서 있었다. 어니와 내가 아까 들렀던 장소다.

"당신 애인 말이오, 오성희 양. 그 여자가 어젯밤 살해당했소. 살해 당시에 당신은 어디 있었지요?"

신 씨는 과장된 동작으로 담배를 한 모금 뻑 빨았다. 그러고는 화르륵 불이 오르는 꽁초를 땅에 튕겨버렸다. 어니는 몸을 꼿꼿이 펴면서 한 발짝 큰 걸음을 떼어 나에게서 떨어졌다. 가장 가까이에 있는 한국인 사내를 옆으로 두는 위치였다. 싸울 준비를 한 것이다. 수로 치면 '5 대 2'였지만, 더 불리한 상황에도 처해본 우리였다.

"내 애인 아니야." 신 씨가 한국어 하던 것을 영어로 바꾸어서 그렇게 말했다. "이젠 아니야. 깨진 지 한참 됐어."

"얼마나 됐는데?"

"한 달쯤."

그래, 그것 참 오래되었다. "강 양이 한국 경찰한테는 당신 이름을 언급 안 했어. 왜 안 했지?"

"말할 수 없어."

"말할 수 없어? 왜?"

"걔가 내…… 그게 뭐지? 내, 여동생이야."

"강 양이 당신 여동생이라고?"

"그래. 사실은 강 씨가 아니야, 나랑 같은 신 씨지."

"그러면 당신은 여동생을 통해서 오 양을 만난 거군?"

"그렇지."

"오 양하고는 왜 헤어졌어?"

신 씨가 어깨를 으쓱했다. "질려서 내가 찼어."

1분이라도 그 말을 믿을까 보냐. 신 씨가 으르딱딱거리는 놈이라는 건 알겠다. 그리고 온 세상의 거친 척하는 건달 놈들이 다 마찬가지지만 세상에는 이런 놈들을 상대해주는 특정한 종류의 여자가 있게 마련이다. 자기 자신을 하찮게 여기는 여자들이다. 없는 자존감을 구축하고자, 무법자처럼 설치는 사내들 곁에 쪼르르 따라붙는 그런 여자들. 딱 그런 여자들이 그런 남자들을 멋지고 화끈하다고 생각한다. 한국에도 다른 어느 곳이나 마찬가지로 그런 종류 여자들이 있을 만큼 있다. 하지만 내가 오성희 양에 관하여 들은 얘기 중 어느 것으로 보든 오 양이 그런 종류의 아가씨라고는 도저히 믿기지 않았다. 오 양은 경찰과 법조인과 헬리콥터 조종사를 만나고 다녔다. 다들 위세 있는 사내들이다. 현실적으로 이룬 것이 있는 성공한 사내들. 빈털터리로 당구장에나 기웃거리는 사내들은 만나지 않았다.

"그 여자가 당신을 찬 거지."

"허?"

"오 양 말이야. 그 여자가 '난 이제 신 씨 좋아하지 않아' 했겠지. 그래서 당신한테 '꺼져요' 했겠지."

비웃음을 띠고 있던 신 씨의 얼굴이 분노로 일그러졌다.

"어떤 년도 나한테 꺼지란 소리는 못 해."

어니가 껄껄 시원하게 웃고는 나에게 말했다. "이 작자 바보야, 뭐야?" 그러고는 나를 제치고 나서서 신 씨에게 눈을 부라렸다. "그래서 당신이 오 양을 동산 위로 끌고 가서는 칼을 썼구먼. 그 여잘 죽인 거지."

신 씨는 제 무덤을 팠다는 걸 깨달은 듯했다.

"아니야, 절대 아냐. 안 끌고 갔어. 그날 밤에 나 당구장에 있었어. 밤새도록. 당구장 주인이 나 거기서 봐서 말해."

신 씨는 당구장 주인 이름을 댔다. 자기나 자기 패거리 증언은 아무도 믿어주지 않을 줄을 알았기 때문이다. 나는 앞으로 팔짱을 끼고 신 씨의 눈을 지그시 들여다보았다. 신 씨는 겁에 질린 젊은 놈이다. 그리고 어니와 내가 자기를 찾고 있다는 말을 듣자 자진해서 우리 앞에 나타났다. 이 두 가지 사실은 모두 그의 편을 들어준다. 이자가 오성희 양을 살해했을 수도 있을까? 물론 했을 수 있을 것이다. 하지만 내게는 아마도 그의 알리바이가 성립될 것이라는 감이 들었다. 그렇지 않았다면 이 작자가 누명을 벗으려고 안달을 하며 이 자리에 서 있지 않겠지. 만약 이자가 오 양을 살해했다면 이미 일찌감치 내뺐을 것이다. 그렇기는 해도 최대한 빨리 당구장 주인에게 확인은 해볼 생각이었다.

어니에게는 어니대로 신 씨가 진정인지 아닌지 시험해볼 방법이 있었다. 어니는 앞으로 발을 떼어서 신 씨와 거의 가슴이 맞닿을 때까지 밀고 나갔다. 그리고 잠시 신 씨와 눈씨름을 하다가 짖었다.
"비켜."

신 씨는 막 무슨 짓인가를 할 듯했다. 어니에게 주먹을 날릴 것 같았다. 하지만 물기 어린 검은 눈에 어쩌면 좋을지 모르겠다는 빛이 춤추었다. 마침내, 신 씨는 한숨을 쉬면서 뒤로 물러섰다. 어니와 내가 지나가도록 길을 비켜주었다. 한패들도 투덜거리면서 길을 비켰다.

우리는 마을을 헤집고 다녔다.

양주를 마시고, 맥주를 마시고, 직업여성들을 무릎에 앉혔다. 어니는 록 음악과 아가씨들과 막 나가는 유흥객들을 즐기면서 아무 생각 없이 하룻밤 신나게 놀아젖히고 있었다. 나로 말할 것 같으면 술을 조금씩 홀짝거리며 음악은 듣는 둥 마는 둥 했고 나를 에워싼 끝내주게 근사한 젊은 여자들이 몸을 비비며 추근거리는 것도 싹 무시했다.

"너 도대체 왜 그래?" 어니가 물었다.

나는 고개를 저었다.

"그러지 말고." 어니가 꼬셨다. "논다고 무슨 일이라도 나냐? 본청에서 멀리 나온데다 임시 근무 중이잖아. 출장비 받아서 주머니도 두둑하겠다, 사방이 술에다 음악에다 직업여성들로 빵빵하지 않냐고. 이 이상 더 바랄 게 뭐야?"

"단서." 내가 대답했다.

"단서?"

"오성희 양을 죽인 범인이 누군지에 대한 단서지."

어니가 어깨를 으쓱했다. "어쩌면 처음부터 한국 경찰들 생각이 옳았는지도 몰라. 어쩌면 로텐버그가 범인이었을지도 모른다고."

그리고 어쩌면 그렇지 않을지도 모른다.

야간 통행금지 시간이 가까워지자 미군 병사들은 허둥지둥 캠프 콜번으로 복귀하거나 아니면 한국인 직업여성들과 쌍쌍이 짝을 지었다. 어니가 한 명을 데려다가 나에게 안겼고 우리 넷은 무슨 싸구려 클럽 위층에 있는 아가씨들의 방으로 갔다. 어둠 속에서 나는 여자 옆에 몸을 눕혔다. 여자를 무시한 채, 이윽고 나는 잠이 들었다.

새벽이 오기 직전에 수탉이 울었다. 나는 일어나 앉았다. 직업여성은 여전히 잠들어 있었다. 부드럽게 코를 골고 있다. 나는 낮은 침대에서 몸을 일으켜 옷을 주워 걸치고, 굳이 어니의 잠을 깨우지 않은 채 한국 경찰서 쪽으로 걸음을 옮겼다.

내가 돌아왔을 때에는 해가 더 높이 솟아 있었다. 경찰서에서 필요로 했던 정보를 수집한 후에 나는 캠프 콜번으로 건너갔다 왔다. 나와 어니에게 배정된 숙소 방에 가서 샤워를 하고 면도하고 캠프 콜번 간이식당에도 갔다 왔다. 아침 식사는 햄과 달걀과 잉글리시 머핀이었다. 이제 도로 팔당리로 내려와서, 나는 어니의 방을 쾅쾅 두드렸다. 직업여성이 문을 열고 나를 들여보내주었다. 어니는 여전히 꿈나라였다.

"기상나팔이다." 내가 말했다.

어니가 눈을 뜨고 일어나 앉았다. "뭐야?"

"아침 진군 대형을 갖출 시간이라고, 이 잠자는 미녀야."

"왜? 우린 오 양을 죽인 게 누군지 모르잖아. 그런데 대형이고 뭐고 무슨 소용이야?"

"이제는 누군지 알아."

"안다고?"

나는 오늘 아침에 에버렛 P. 로텐버그 일병으로부터 받은 진술을 어니의 귀에 부어 넣어주었다. 내가 이야기를 다 하자 어니는 곰곰 생각해보았다. "너도 그렇고 한국 풍습이란 것도 그렇고, 참. 도대체 그런 걸 어디의 어떤 사람이 중요하게 생각한단 말이야?"

"일어나. 만나서 얘기해봐야 될 사람이 있잖아."

어니는 투덜거리면서도 빠르게 옷을 입었다.

우리는 팔당리의 좁다란 골목길로 구불구불 뚫고 갔다. 미군 병사나 한국인 직업여성 대신에 거리는 이제 무거운 가방을 등에 짊

어지고 학교로 가는 검은 제복을 입은 어린이들과 마늘이니 배추 따위를 높다랗게 쟁여 올린 손수레를 미는 농부들로 가득 찼다. 또는 둥글둥글한 한국 배가 산더미처럼 실려 있기도 했다. 우리는 드래건 레이디 다방 앞을 지나갔고, 혹시라도 모르니까 확실히 해두기 위하여 나는 다방 문을 앞문, 뒷문 둘 다 점검해보았다. 단단히 잠겨 있었다. 다방을 지나서 우리는 굽이굽이 미로를 이리저리 뚫고 강 양의 헙수룩한 집으로 향했다.

내가 이날 아침 로텐버그에게 던진 질문들은 그와 강 양 사이의 친분에 관한 것이었다. 오 양을 기다리면서 둘이 함께 판잣집에서 여러 밤을 새운 사연이다. 하지만 오 양은 야간 통행금지가 끝난 후에도 그냥 어디 밖으로 나도느라 오전 4시에 집에 오지 않았고, 로텐버그는 오 양이 어떻게 된 건지 전혀 알지 못한 채 근무시간이 되어 돌아가야 할 때가 많았다. 하지만 때로는 오 양이 일찌감치 돌아와서 친구 집에서 잤다면서 친구랑 얘기하고 화투 치며 아주 재미있게 노느라 시간이 획 지나버렸고 자정이 되는지 지나는지 까맣게 모르고 있었다, 그래서 오전 4시에 통행금지가 해제될 때까지 발이 묶여 있었다고 이야기를 늘어놓기도 했다.

"다 거짓말인 줄 알고 있었지, 그렇지 않아?" 내가 물었다.

로텐버그는 결국 고개를 푹 수그렸다. "아마도 그랬겠죠."

"하지만 강 양은 확실히 알고 있었을 거야."

"그래요." 로텐버그가 말했다. "오 양한테는 남자 친구가 많았어요. 이제 저도 알 것 같네요."

에버렛 P. 로텐버그 일병은 이야기를 계속하여 때때로 오 양이 자기와 강 양 둘 다 아예 자기 판잣집에 있지 못하게 내보내곤 했다고 말했다.

"오 양은 자기 집 식구들이 주말 동안 다니러 온다고 말했어요. 그리고 저 같은 미군 병사가 자기 집에 눌러앉아 있다는 걸 가족에게 알리고 싶어 하지 않았죠. 그래서 강 양이 도와줬어요. 강 양이 저를 여주 근처에 사는 자기 아버지 댁으로 데리고 갔어요. 차 타고 30분쯤 걸리는 데예요. 우리가 강 양 아버님 댁에 갔더니 다들 저에게 아주 친절하게 잘해주시더군요. 저는 신발을 벗고 집에 들어가서 강 양이 시키는 대로 강 양 아버님께 세 번 절을 했죠. 아시죠, 무릎도 꿇고 머리도 숙이고 절하는 거요."

"선물도 가져갔나?"

"맞아요. 강 양이 나한테 과일을 사라고 했어요. 빈손으로 남의 집에 가는 건 한국 관습에 어긋난다고요."

"그리고 자네는 강 양 선조들 앞에 기도도 드렸지?"

"남자분과 여자분 사진 오래된 게 몇 장인가 있더라고요."

"선조들 무덤에도 찾아갔고?"

"어떻게 아세요? 산비탈에 있는 둥근 봉분 무덤에 갔어요. 떡을 가지고 가서 혼령께 바쳤죠. 혼령이 떡을 먹지는 않으니까 강 양하고 저하고 먹었고요." 로텐버그는 웃었다. "강 양이 늘 하던 얘긴데, 혼령에게 바친 음식은 아무런 맛이 없대요. 왠지 아세요? 혼령들이 향과 맛을 먹은 후이기 때문에 반죽만 남아 있는 것이래요."

"그게 정말이야?"

"저한테는 맛없었어요. 하지만 저는 처음부터 떡은 좋아하지 않아서요."

나는 로텐버그를 오래도록 바라보았다. 끝내는 그가 거북한 듯 뻘대었다.

"이거 봐요, 잠깐! 만약 저하고 강 양 사이에 뭔가 있었던 거 아니냐 생각하신다면 그건 틀린 생각이에요. 내 애인은 성희예요. 오 양 말이에요. 난 그녀에게 지조를 지켰어요."

"자네는 그랬지."

내가 부드럽게 말했다.

로텐버그의 머리가 수그러졌다. "맞아요. ……저는 그랬죠."

강 양은 판잣집에 없었다.

"기도하러 갔우." 집주인 여자가 우리에게 말했다.

"동산 위의 절집으로 갔단 말이죠?" 내가 남한강 쪽을 가리키면서 물었다.

아주머니는 눈이 둥그레졌다. "어떻게 아시우?"

나는 어깨를 으쓱했다. 어니와 나는 집주인 여자에게 고맙다고 인사하고 도로 걸어서 마을을 관통하여 팔당리에서 나가는 좁은 길로 접어들었다. 언덕들을 넘어 마침내 남한강 둑에 이르는 길이었다. 가는 길에 우리는 청동 범종 옆을 지나쳤다. 범종은 그 이후 아직 자리를 옮기지 않아서 썩은 장작더미 한가운데 덩그러니 놓여 있었다.

　동산 꼭대기에서 우리는 강 양을 찾았다. 강 양은 절의 석조 기단부에 쪼그리고 앉아 있었다. 범종이 매달려 있던 자리 바로 밑이었다. 어니는 성큼성큼 재빠르게 강 양에게 다가가 그녀를 추슬러 일으켜 세우고 나무로 된 가로장에다 강 양을 밀어붙여 누른 다음 몸수색을 했다. 지갑이 나오고 열쇠고리, 동전 몇 푼이 나온 후 마침내 군용 대검 한 자루가 튀어나왔다.

　강 양은 도로 풀썩 주저앉으며 두 손으로 얼굴을 가렸다. 좁은 어깨가 들먹였다. 통곡을 하고 있었다.

　어니가 당혹하여 물러서며 눈을 되록되록 굴렸다.

　좀더 울게 내버려둔다면 어쩌면 우리에게 털어놓고 고백할지 모른다. 나는 어니에게 너무 다그치지 말고 기다리라고 막 귀엣말을 할 참이었는데, 바로 그때 뒤에서 조약돌이 자갈에 부딪히는 자그락 소리가 났다. 어니는 온몸을 들먹이는 강 양의 모습에 눈길을 주느라 미처 알아차리지 못했다. 내가 뒤를 돌아보는데, 무엇인가 시커먼 것이 밤의 어둠 속에서 터져 나왔다.

　어니가 고함을 질렀다.

　한순간 나는 정신이 없었다. 어둠, 밝은 빛들, 이어서 좀더 밝은 빛들이 있었다. 내 몸이 휘청 뒤로 넘어가는 것이 느껴지고 무엇인가 딱딱한 것에 가 부딪쳤다. 나는 의지력을 발휘하여 정신을 다잡았다. 캄캄하던 눈앞이 흐릿하게 보이기 시작했다. 어니가 내 뺨을 찰싹찰싹 때리고 있었다.

"수에뇨, 일어설 수 있겠어?"

나는 일어섰다.

"가자. 그 작자가 무슨 몽둥이 같은 걸로 너를 갈겼어. 난 또 그자를 덮치려다가 저놈의 거지 같은 석조 기단에 발이 삐끗해버렸고. 그자하고 강 양하고 같이 도망쳤어."

"누구?"

"신 씨."

나는 어니가 손가락으로 가리키는 쪽을 보았다. 어질어질 흐리던 시야에 천천히 초점이 잡혔다. 이른 아침 안개는 걷힌 후였고, 관목과 키 작은 나무들 사이로 비치는 햇빛이 아까보다 밝았다. 저 멀리서 두 사람이 죽어라고 좁은 길을 달려 내려가고 있었다. 팔당리로 향한 길이었다.

"빨리 가자!" 내가 외쳤다.

"이쪽도 동감이야." 어니가 말했다.

"하지만 조심해, 여자가 대검을 가져갔어."

우리는 그 두 사람 뒤를 쫓았다.

팔당리읍 한가운데 광장에 군중이 모여 있었다. 그곳은 일종의 조그만 공원같이 되어 있는 곳인데 어느 쪽 가장자리건 나물이며 찬거리를 파는 행상과 어물전, 정육점 등등이 즐비하게 빈터를 에워싸고 있었다. 잔디는 깔려 있지 않다. 하지만 정성껏 가꾸어놓은 장미 덤불 주위로 작은 돌덩이들을 둥그렇게 둘러놓았다. 해묵은 참나무 그늘 아래에 하얀 홀태바지와 푸른색 갑사 조끼를 입고 말총으로 짠 전통모를 쓴 바깥노인들이 쭈그리고 앉아 기다란 장죽으로 담배를 피우고 있었다. 한 무리의 노인들은 한국 체스인 장기를 두느라 나무로 된 장기판 주위에 둘러앉았다.

    이 노인들을 한국어로는 '할아버지'라고 부른다. 영어로 하면 '그랜드파더'인 단어이다.

    '할아버지' 한 명의 말총 모자가 먼지흙 속에 굴렀다. 기다란 담뱃대도 땅에 팽개쳐졌다. 신 씨가 그 노인을 붙잡았다. 노인의 등을 참나무 고목에 꽉 짓눌렀다. 강 양이 그 옆에 섰다. 손에 든 대검의 날카로운 끝이 노인의 목덜미 늘어진 살갗을 누르고 있었다.

    "뒤로 물러나!" 강 양이 영어로 외쳤다. "이 노인네를 죽일 거야!"

    나는 팔을 내린 채 섰다. 어니가 내 왼쪽으로 조심스럽게 몇 걸음을 떼어 거리를 벌렸다. 어니가 무슨 생각을 하는 건지 나는 알았다. 어니는 강 양이 노인의 목줄을 베어버리기 전에 45구경을 뽑아서 깔끔하게 그녀의 머리를 명중시킬 수 있을까? 하지만 10미터가 넘는 이 거리에서는 아무래도 위험한 일이었다.

    "칼 내려놔." 내가 강 양에게 말했다.

    "저리 가!" 강 양이 소리쳤다. "오빠랑 나는 팔당리를 떠날 거야. 다시는 돌아오지 않을 거야."

    지역 주민들이 무리 지어 모여들기 시작했다. 눈앞에 펼쳐진 광경에 충격을 받고 입을 다물지 못했다. 한국에서 연장자는 고이 받들어지지 이렇게 학대당하는 법이 없다. 군중으로부터 웅성웅성

욕설들이 일어났다.

"한국 경찰이 오고 있어. 칼을 내려놔."

물론 나는 한국 경찰이 이 사태를 신고받았는지 어떤지 알 도리가 없었지만 아마도 곧 신고가 들어갈 터였다. 어니는 조금씩 조금씩 왼쪽으로 빠져서 강 양의 시선 정면에서 비켜나려고 했다. 어니가 모험을 해서 총을 쏘거나 강 양이 할아버지 한 명쯤 없어져도 아무짝으로도 아쉬울 게 없다고 마음먹기 전에 내가 나서서 시간을 끌어야만 했다.

"당신이 한 짓에는 충분히 그럴 만한 이유가 있었어." 내가 강 양에게 말했다.

그녀의 두 눈이 커졌다. 주름 잡힌 이마에서 흘러내린 땀이 강 양의 눈 밑에 가 고였다. "맞아." 강 양은 놀란 듯 헐떡이며 말했다. "내가 오빠한테 바로 그렇게 말했어. 그럴 만했다고. 오 양이 나를 그렇게 하게 만든 거야."

사람들은 이제 좌판들을 거두고 있었다. 군중의 뒤편으로 달려와 까치발을 하고 서서 일이 어떻게 되어가나 보려고들 했다.

강 양은 계속해서 말하고 있었다. "걔는 그 사람을 이용했어."

"누구 말이지?" 내가 물었다.

"오 양이 그랬다고. 걔가 에버렛을 이용해먹었어."

로텐버그 일병 이야기를 하는 것이었다. 내가 물었다. "어째서 그렇게 되지?"

"그 사람을 속였어. 돈만 후려냈지. 잠도 자주지 않았어. 그냥 남자 친구를 계속 갈아대면서 자기만 재미를 보고, 내 방인데 날 보고 나가라고 하고. 걘 방세도 한 번 낸 적이 없다고. 그래서 내가 에버렛을 차지한 거야. 난 그 사람한테 잘했어. 그 사람이 우리 가족들도 만났어. 우리 집 산소에 가서 절도 했단 말이야. 그 사람은 나를 좋아해."

비어 있는 쪽, 대검을 잡고 있지 않은 쪽 손으로 강 양은 눈에서 흘러내리는 땀방울을 훔쳐내고 나를 똑바로 노려봤다. "그 사람은 날 좋아해. 내가 알아."

"하지만 당신은 날을 잡아서 밤중에 오 양한테 얘기를 했지. 산 위에 범종이 있는 절에서 말이야. 둘이 다투었지."

"아니야!" 강 양은 맹렬하게 고개를 흔들었다. "다툰 것이 아니야. 내가 오 양한테 걔가 잘못하고 있는 짓들을 전부 말해줬어. 걘 왈가왈부하지도 않았어. 그냥 그렇다고 했지. 걔는 자기가 하는 짓이 몹쓸 짓인 줄 뻔히 알고 있었어. 하지만 내가 할 얘기 다 하고 이제 그만 에버렛을 가만히 놔두라고 했더니 걔가 날 비웃는 거야."

강 양은 있을 수 없는 일이라는 표정으로 서 있었다. 자기 이야기에 푹 빠져서, 오만한 오성희 양의 걷잡을 수 없는 무모함을 회상하느라 넋을 잃고서. "걔가 말하기를, 자기는 에버렛의 돈을 뺏을 거고 자기 마음대로 실컷 이용해먹을 거랬어. 그리고 자기가 그러든 말든 난 아무것도 할 수 없댔어."

신 씨는 미친 듯이 주위를 둘러보았다. 군중이 불어날수록 이곳을 벗어날 기회는 옅어져가기 때문이다. 그는 여동생에게 닥치라고 고함을 쳤다. 강 양의 고개가 오빠 쪽으로 홱 돌아갔다.

어니는 이제 자기가 바랐던 위치에 도달해 있었다. 신 씨의 시야 왼쪽 가장자리에 벗어날 듯이 걸쳐 있는 위치다. 그는 재킷 안으로 손을 넣어 소지한 45구경 어깨 총집의 가죽띠를 끌렀다. 강 양의 머리가 이리저리 홱홱 돌아갔다. 노인은 그동안에도 목에 닿은 날카로운 대검 끝을 피하려고 뒤로 잔뜩 머리를 젖혀 기대고 있었다. '할아버지'의 얼굴에 눈물이 줄줄 흘러내렸다.

그 무엇보다도 이 노인이 눈물 흘리는 모습이 군중을 분노하게 했던 듯하다. 여하튼, 느닷없이 군중으로부터 마늘 단들이 날아들었다. 마늘 단은 아슬아슬하게 신 씨와 노인을 빗맞혀 참나무 줄기에 부딪쳤다. 강 양은 군중을 향해 그만두라고 맞고함을 쳤다. 군중이 아우성쳤다. 이번에 강 양의 발치에 와 박살 난 것은 배추 한 통이었다. 강 양은 폴짝 뛰었다. 어니가 45구경을 뽑아서 양손으로 잡고 겨누었다. 아직 쏘지는 않았다. 나는 두어 걸음 앞으로 걸음을 내디뎠다. 강 양이 대검 끝을 내 쪽으로 향하여 내저었다.

그것이 군중의 분노를 걷잡을 수 없이 폭발시킨 신호가 되었다. 성난 고함 가운데에서 더 많은 농작물들이 신 씨와 '할아버지'와 강 양을 향하여 날아왔다. 마늘, 감, 크고 물 많은 배, 심지어 죽은 고등어까지 몇 마리 날아왔다.

그러다가 분노한 팔당리 주민들은 앞으로 몰려나왔다. 어니는 들고 있던 45구경의 총구를 하늘로 향했고 발포하지 않고 기다렸다. 나는 강 양에게 달려들어보려고 했지만 어떤 여자가 나에게 와 몸으로 부딪치는 바람에 그 여자를 덮치고 넘어지지 않으려고 하다 보니 속도가 늦어졌다. 군중 전체가 앞으로 밀고 나왔다. 몇몇 사람들은 막대기를 휘두르고 호미를 휘둘러댔으며 몇몇은 맨주먹을 쥐고 나섰다.

아주 잠깐 동안 강 양은 버티고 서 있었다. 강 양의 두 눈은 겁에 질려 커다래졌고 손에 든 대검을 앞으로 겨누었다. 하지만 다음 순간, 수영을 하던 사람이 밀려드는 조수의 큰 물결에 휘말려 가라앉듯이 군중이 강 양을 휩싸고 덮었다. 신 씨는 비명을 올리며 노인을 놔주고 도망을 치려고 했다. 하지만 몇 걸음 가지 못했다.

쉰 명의 사람들이 해묵은 참나무를 에워쌌다. 발로 차고, 고함을 지르고, 주먹질을 하며 내리쪘었다.

어니가 공중으로 한 발을 쏘았다. 누구 하나 발포한 줄 알지도 못하는 것 같았다. 빈터 가장자리의 길모퉁이를 돌아 나온 한국 경찰 한 무리가 우르르 발에 밟혀 다져진 맨땅을 가로질러 달려왔다. 경찰봉을 빼들고 하고 싶은 대로 휘둘러대면서 한국 경찰들이 폭도를 강제로 해산시켰다.

강 양과 신 씨만이 먼지 속에 쓰러져 있었다. 신 씨는 부상을 입었다. 다리가 부러졌다. 복합 골절이었다. 팔 하나도 나간 것 같았다. 나는 강미렬 양 옆에 무릎을 짚고 들여다보았다. 여자의 코가 맞아서 푹 꺼져 있었다. 바로 어제 손가락으로 짚어 보였던 그 코다. 여자의 이마도 맞아서 움푹 들어갔고 머리뼈 옆쪽에도 함몰된 곳이 있었다. 나는 엄지와 검지를 써서 강 양의 경동맥 위를 짚어보왔다. 살결은 여전히 따스했지만 혈류는, 생명을 운반하는 힘을 가진 피의 흐름은 이미 멎은 뒤였다.

8군에 돌아와서 나는 보고서를 타자 쳤다. 에버렛 P. 로텐버그 일병은 한국 경찰에게서 풀려났다. 딱한 노릇이 된 신 씨는 병원으로 실려 갔고 별 탈 없이 잘 낫고 있었다. 비록 한국 법률상의 가중 폭행죄와 살인 교사 및 방조죄로 걸려 있어 호되게 형을 살아야 할 판이기는 하지만 말이다.

오성희 양은 가족들에 의해 광주의 묘지로 운구되어 매장되기로 되었다. 한편 강미렬 양은 화장될 참이었다. 가족이 여유가 없어 그럴 수밖에 없었다.

그 가족이 화장한 재를 어떻게 했는지에 대해서는 내가 아는 바가 없다.

메리에게
무슨 일이 생겼나

빌 프론지니

당신이 작은 읍에 사는데 정상에서 무척 많이 벗어난 어떤 사건이 일어났다면 꽤나 소란이 벌어지는 건 필연적이다. 예컨대 누구나 다 아는 어떤 여자가, 몇몇 사람들은 좋아도 하고 또 다른 사람들은 싫어하기도 했던 한 여자가 느닷없이 종적을 감추었다든가 하는 사건 말이다. 그녀는 사전에 말도 없이, 어떻게 되었다는 내막도 없이 그냥 사라진다. 그러면 혀들이 춤을 추고 소문이 날기 시작한다. 사람들이 그 얘기 말고 다른 얘기를 하는 꼴은 보려야 볼 수도 없다.

그것이 작년에 우리 마을에서 벌어진 일이었다. 인구 1400명의 리지데일. 중앙 광장과 야외 연주대를 중심으로 100년 묵은 건물들이 둘러서 있고, 읍 외곽에는 소나무로 뒤덮인 언덕들과 굽이굽이 펼쳐진 초원, 살찐 송어가 득실득실한 강물이 있다. 자그마하고 세상에서 제일 예쁘장한 곳, 누구나 꼭 와보고 싶어 할 고장이다. 물론 내 시각은 편향되어 있다. 나는 여기서 나고 자라, 여기서 결혼을 했고, 지금까지 52년 평생을 우리 마을에서 어느 방향으로건 300킬로미터 이상 나가본 일이 없다고 당당히 말할 수 있으니까.

실종된 여자 메리 도스는 이곳 토박이는 아니었다. 주의 북부 어딘가에 살다가 앞날 없는 남편과 이혼하고 리지데일로 이사 온 사람이다. 어느 날 문득 흘러들어서는, 우리 동네가 좋아 보였는지 '블루 문 카페'에 웨이트리스 일자리를 얻고, 읍 경계에 위치한 개조된 낡은 도로변 모텔에 방을 얻어 눌러앉았다. 삼십 대의 나이에 인물 좋은 여자로, 농담을 좋아하고 잘 노는 타입이라서 술이나 남자나 즐거운 시간을 보내는 데 머뭇머뭇 꼬리를 빼는 법이 없었다. 이곳에 산 1년 남짓한 기간 동안 그 세 가지 것에 대하여 메리 도스는 자기 몫에 넘치게 누리고 즐겼지만, 내가 누구의 도덕관념을 가지고 이렇다 저렇다 심판할 사람은 못 된다. 사실 나는 '루크의 선술집' 주인이다. 리지데일에 딱 하나뿐인 주점인데, 내 아버지 루크 게바르트 1세가 돌아가신 20년 전에 2세인 내가 물려받은 사업이다.

이미 말했다시피 메리는 재미 보는 것을 좋아했다. 소문에 들리기로는 함께 재미 볼 남자가 유부남인지 미혼남인지는 별달리 가리지 않는다고들 했다. 하지만 메리가 드러내놓고 결혼한 남자들을 쫓아다닌 적은 결코 없었고 절대 그렇게 막 노는 여자는 아니었다. 아무리 몇몇 동네 여편네들이 등 뒤에서 메리를 동네 논다니라고 부르곤 했다지만 말이다. 한 번에 한 남자와만 사귀었고, 사귄다고 동네방네 깃발을 날리지는 않았다. 무슨 말인지 아시겠지. 메리는 일주일에 하루나 이틀쯤 밤에 내 술집에 와서 다른 단골손님들과 어울려 술을 마시고 웃고 다트 놀이를 하고 포켓볼을 쳤지만, 나갈 때 남자를 달고 가는 모습은 단 한 번도 본 일이 없다. 메리 도스는 교제를 사적으로 비밀리에 하는 여자였다. 그리고 나나 다른 누구에게도 폐를 끼친 일이 없었다.

그렇기는 해도 단골손님 중 한 명이 메리를 곤란하게 만든 적은 있었다. 다른 많은 사람들한테도 한꺼번에든 각각이든 어지간히 폐를 끼쳐대던 놈이었다. 우리 동네 어깨, 털리 버포드 말이다. 덩치 크고, 면상 흉하고, 충치에다, 성깔은 꼭 오소리 같았다. 녀석은 마을 외곽의 다 쓰러져가는 작은 농장에 혼자 살았다. 직업은 목수로 소목 대목 다 하는데 일이 심심치 않게 얻어걸려서 그럭저럭 살 만큼 되는 것은 일솜씨가 좋기 때문이었다.

털리에 대해 말하자면, 온정신일 때에는 그래도 참아줄 만한데 맥주 몇 잔 주량을 넘기기만 하면 떠버리가 되어서 아무 소리나 막 해댔다. 취하도록 마신 털리를 술집 밖으로 쫓아내지 않을 수 없었던 게 한 번은 아니다. 지역 보안관보가 싸움 및 공공 소란으로 그를 체포해야만 했던 일도 한 번으로 끝이 아니었다. 하지만 털리가 내 가게에서 싸움을 시작하거나 무엇을 부수어 손해를 끼친 일은 한 번도 없다. 만약 그런 일이 있었더라면 내가 영구히 86딱지^{부적절}

한 행동을 한 손님을 내쫓는 것를 붙여 발도 못 붙이게 했을 것이다.

털리가 저지른 가장 고약한 짓이라고 해야 사람들에게 시비를 걸고 그 큰 덩치로 이리저리 쑤시고 돌아다니는 것이었는데, 그것만으로도 영 신경 거슬리는 일이기는 했지만 조짐이 보인다는 이유로 술집 출입을 못 하게 하자니 명분이 서지 않았다.

아아, 그만 좀! 루크 게바르트, 이제는 솔직하게 말해보자. 털리가 못 드나들게 조치를 취하지 못한 건 그랬다가는 녀석이 무시하고 밀고 들어와서 정말 고약한 사고를 쳐버릴까 두려웠기 때문 아니냐.

그놈은 그러고도 남을 놈이었다. 털리는 동네 어깨 노릇만 하고 다닌 게 아니다. 주거 침입에 기물 파손도 했다. 모르긴 몰라도 우리 대다수가 그놈이 한 짓이라고 믿고 있었다. 리지데일에는 그런 종류의 몹쓸 장난이 어느 곳에서나 으레 일어날 법한 정도 이상으로 많이 발생한다. 모든 사건이 밤중에 남몰래 벌어진 일이고 보면 아무도 털리가 장본인임을 입증할 수 없었다. 털리가 유죄인 항목 또 한 가지는 동물 학대였다. 더너웨이 박사는 털리가 픽업트럭으로 떠돌이 개를 치어 죽이는 것을 보았으며 일부러 그런 것이 틀림없다고 장담했다. 그것 말고도 남의 집에서 기르는 고양이 몇 마리에 암소 한 마리 그리고 염소 한 마리가 총에 맞아 죽었는데 십중팔구 털리의 짓이었다.

그러니 될 수 있는 대로 털리하고는 아예 마주치지도 상종도 하지 않도록 하고, 부득이 그럴 수 없을 때에는 그를 무시하는 편이 한결 안전하고도 수월한 길이었다. 그렇게 생각하지 않은 사람, 그렇게 행동하지 않은 사람은 딱 한 명뿐이었는데, 그게 제이비 해트필드로, 그 사람 이야기는 이제 곧 하게 될 것이다.

털리는 때때로 메리 도스와 만나서 사귀어보려고 했다. 하지만 리지데일의 다른 모든 여자들과 마찬가지로 메리 도스도 털리와는 상종할 마음이 없었다. 그냥 까르르 웃고 무엇인가 일침을 가하는 우스갯말을 던지고는 자리를 피했다. 그런데 어느 날 밤, 털리가 하도 오랫동안 막무가내로 추근거리는 바람에 메리는 따귀를 한 대 갈기고 자기를 가만히 놔두지 않으면 그의 신체 기관 중 무엇인가를 찾으러 잭 피셔의 옥수수밭에 나가봐야 될 거라고 쏘아붙였다. 그 말에 모두들 시원하게 웃어젖혔고 털리는 쿵쾅거리며 술집을 나갔다.

그것이 메리가 사라져버리기 이틀 전의 일이었다. 연기처럼 공중으로 녹아 사라지기 전 말이다.

아무래도 그 일은 그렇게 일어난 것만 같았다. 하루는 그 여자가 거기에 있었다. 생떼처럼 팔팔하게 살아 있었다. 그런데 그다음 날에는 어디로 갔는지 없어져버렸다. 우리 중 누구라도 메리를 본 건 그녀가 술집을 나간 그때가 마지막이었다. 밤 11시쯤, 혼자서. 일기가 따스한 10월 어느 목요일 밤의 일이었다.

메리는 리지데일을 떠나려 한다고 누구한테 말한 바가 전혀 없었고 블루 문에도 일 그만둔다는 이야기는 하지 않았다. 금요일에 블루 문의 영업주 해리 던컨이 낡은 모텔에 묵고 있던 메리의 숙소에 잠깐 들러보았다. 메리의 차는 거기 있었지만 메리는 없었다. 메리는 숙소에서 체크아웃 한 바가 없고, 거기 들어 살고 있던 사람들 누구도 메리가 떠나는 것을 보았거나 그녀가 어디로 갔는지 알지 못했다. 그리하여 그때가 되어서야 비로소 모두가 같은 의문을 갖기 시작했던 것이다.

메리에게 무슨 일이 생겼나?

뭔가 몹쓸 일이 벌어진 거 아니냐는 이야기가 내 귀에 처음 들린 건 메리가 실종되고 이틀째 되는 날이었다. 그 말을 한 건 제이비 해트필드였다. 털리 버포드도 그 자리에 있었다. 더너웨이 박사와 얼 피어스도 있었다. 박사는 은퇴한 수의사였다. 관절염이 너무 심해져서 현업을 그만둘 수밖에 없었던 것이다. 그는 단골손님 일당 중 조용한 축으로, 종종 읍내 이발사인 코디 스미스와 체스를 두거나 그냥 혼자 자기 볼일만 신경 쓰는 사람이었다. 얼은 '피어스 카센터'의 소유주인데 자기 가게보다는 내 가게에서 더 많은 시간을 보내곤 한다. 그를 형언하는 단어로 가장 잘 들어맞는 것은 '게으르다'이며 스스로 제일 먼저 그렇다고 인정할 위인이다.

제이비는 대ㅊ북서건물비품보급사 직원이다. 목소리가 걸걸한 젊은 친구로 때때로 거친 사내 흉내를 내지만 남의 성질을 거스르는 부류는 아니다. 그는 털리 버포드를 겁내지 않고 맞상대하는 단 한 명이었다. 그 둘은 늘 서로를 물고 뜯었다. 한번은 둘이서 옥신각신하다 결판을 보자고 뒷골목으로 나갔는데, 실제 주먹은 날지 않았다. 둘 중 굽히고 든 건 털리 쪽이었다. 털리는 죽어라고 그 일을 시인하지 않았지만 말이다. 그렇기는 해도 그 대결에서 정말 피를 본 건 제이비 쪽이었다. 일주일쯤 지나서 총에 맞아 죽은 염소는 바로 제이비의 염소였던 것이다.

그날 밤 바에서 오간 이야기는 자연히 온통 메리 도스에 관한 것들이었고, 제이비가 이렇게 말했다. "난 혹시 누가 그 여잘 죽인 게 아닐까 싶어요."

"아니, 누가 그런 정신 나간 짓을 한단 말이야?" 내가 말했다.

"전남편 아닐까요, 아마?"

"고약하게 헤어진 건 아니었다던데 전남편이 뭐 하러 그래?"

"젠장! 나야 모르죠. 하지만 우습잖아요, 그렇게 느닷없이 사람이 없어지고 타고 다니던 차는 아직도 저 바깥 모텔 주차장에 고스란히 남아 있고요."

얼이 말했다. "그 여자 웬 남자랑 한번 간다는 게 아차 잘못 가버린 거 아닐까?"

"이상한 놈을 잘못 찍었다 이거지? 낯선 사내를?" 내가 물었다.

"지나던 길에 밥 먹으러 블루 문에 들렀던 놈일지도 모르지. 요즘 세상에는 미친 짓거리들이 허다히도 벌어지잖아."

"정말 그렇게 된 거 아니야?" 제이비가 말하고, 털리를 똑바로 쳐다봤다.

털리는 그 시선을 맞받지 않았다. 대신에 박사에게 말했다. "여봐요, 박사님. 박사님 생각하기엔 메리가 살해당한 것 같아요?"

"난 아무 의견 없네."

"박사님이 세상 무슨 일에 의견 없는 일이 다 있어요? 말 좀 해보시죠, 이 구린내 나는 영감님아. 만약에 메리가 살해됐다면, 박사님 생각엔 누가 그랬을 것 같아요?"

"추측이나 하는 게 무슨 소용인가?"

"내가 질문을 했잖아요." 털리가 말했다. 모진 음성이었다. "대답하라고요."

박사는 한숨을 내쉬고 털리를 직시했다. 그는 태도가 온화한 사람이었다. 보통 때라면 털리를 그냥 못 본 체했을 것이다. 하지만 털리는 보통이 넘도록 그를 다그쳤고 나이 지긋한 조용한 신사라도 그만 물릴 만큼 못살게 굴었다.

"좋네, 그렇다면." 박사가 말했다. "만약 그 여자가 살해되었다면, 그 범인은 아마도 바로 여기 리지데일에 사는 사람일 거야. 어쩌면 떠돌이 개를 차로 치어 죽이고 한밤중에 무방비의 동물들을 총으로 쏘는 그 겁쟁이와 같은 인물일 수도 있겠지."

그 말이 떨어지자 사방이 조용해졌다. 털리의 안색이 천천히 칠면조 벼슬처럼 시뻘겋게 익어갔다. "지금 내가 범인이라는 거요?"

"내가 어디 자네 이름을 입에 올렸나?"

"날 갖고 뭐라고 하지 않는 게 좋을 거요. 내가 전에 말했잖소, 그 잡종 개 새끼는 일부러 치어 죽인 게 아니라니까. 선생이 여기저기 돌아다니면서 내가 그랬다고 지껄여대고 더 심한 말까지 하고, 그러다간 아주 단단히 후회하게 될 거요."

"자네가 뭘 어쩔 건데? 우리 집 창에다 바윗돌을 던질 텐가? 내

차 연료 통에 설탕이라도 붓게? 우리 집 근처에 와서 고양이 몇 마리 더 쏘아 죽이시려고?"

"난 그딴 짓 한 적 없어!" 털리는 꽥 소리를 지르고 더너웨이 박사의 어깨를 붙들더니 박사가 큰 소리를 지를 만큼 우악스럽게 힘을 주었다.

"박사님을 가만히 둬." 끼어든 건 제이비였다. 그는 일어서서 박사의 어깨에서 털리의 손을 잡아뗐다. "박사님은 관절염이 심하시잖아. 너도 알면서 그러냐, 빌어먹을 머저리 새끼야."

"이게 누굴 보고 빌어먹을 머저리 새끼라는 거야?"

"너보고 그런다, 빌어먹을 머저리 새끼야."

털리도 일어섰다. 이제 둘은 서로 코가 닿도록 우뚝 서서 눈을 부라리게 되었다. "나가서 해, 싸우고 싶으면." 나는 말했지만 그 둘 사이에 주먹이 오가는 일은 이번에도 일어나지 않았다. 눈 부라리기 시합은 1분쯤 이어졌다. "아, 씨발! 뒈질 놈들, 당신들 모두 다 뒈질 놈들이야!" 털리가 그렇게 말하고 폭풍처럼 뛰쳐나갔다.

제이비가 다시 자리에 앉자 얼이 말했다. "제이비, 내가 자네라면 말일세, 새로 키우는 그 염소 우리 문단속을 단단히 하고 지금부터 자네 집 안팎을 눈 똑바로 뜨고 지키겠네."

낡은 모텔의 지배인이 메리가 묵던 방을 따서 핏자국들을 발견한 것은 그다음 날, 토요일의 일이었다.

침대와 욕실 바닥에 흐른 피가, 우리가 들은 바로는 조금 흘린 정도가 아니라고 했다. 마르기는 이미 한참 전에 말라붙었고, 그러니 분명 메리가 사라진 그날 밤에 흐른 것일 터였다. 방 안은 다소 뜯기고 어질러져 있기도 했다. 모종의 몸싸움이 있었던 듯했다. 카운티 보안관이 조사를 나왔지만 무슨 일이 벌어졌던 것인지 해명이 될 만한 단서는 아무것도 찾지 못했다. 어쨌거나 보안관은 그 모텔 방을 범죄 현장으로 간주하여 계속해서 조사를 진행시켰다.

핏자국 발견 소식은 진정 온갖 소문을 끓어오르게 했다. 이렇게 되면 영락없이 살인 사건으로 보였다. 그리고 리지데일에 수수께끼의 살인 사건 같은 건 일어난 적도 없었다. 수수께끼건 뭐건 살인 사건 자체가, 딜루카 자매 중 하나가 바람피운 남편을 총으로 쏘아 죽인 이래로 한 번도 없었다. 그게 35년 전의 일이다.

그날 밤 우리 가게에 들른 사람치고 그 얘기 이외의 다른 얘기를 하는 사람은 아무도 없었다. 하긴 털리 버포드는 그 무리 중에 없었지만 말이다. 털리는 아예 모습을 나타내지 않았다.

"방 안이 온통 피범벅이었대요." 제이비가 말했다. "내가 살해당한 거라고 그랬잖아요, 그러지 않았어요?"

"글쎄, 우린 아직도 확실히 알고 있진 못하잖아. 여자를 아직 못 찾았다면서." 내가 말했다.

"어쩌면 영영 못 찾을지도 모르죠. 이 근방의 야생지에는 시체 한 구 숨길 장소가 얼마든지 많잖아요."

"시체를 찾고 못 찾고 간에 큰 차이 있겠어? 누가 한 짓이든 간에 지금쯤 멀리 달아났을걸." 얼이 말했다.

"내가 보기에는 안 그래요. 도망 안 갔을걸요."

"자넨 이 동네 사는 사람이 범인이라고 생각하는군, 제이비."

"난 털리라고 생각해요."

"이봐, 작작 해둬. 박사님이 어젯밤 한 얘기는 말 그대로 진담은 아니었어. 안 그렇습니까, 박사님?"

내 말에 박사는 어깨를 움찔했다. "가능한 얘기지."

"난 모르겠군요. 털리는 행패 부리고 다니는 덩치 놈이고 이모저모 개차반이지만, 하지만 살인이라니!"

"내 염소를 총으로 쏘았잖아요, 안 그래요? 떠돌이 개를 고의로 차로 깔았고요. 그랬잖아요?" 제이비가 항의하듯 말했다.

"짐승하고 사람 여자 사이에는 커다란 차이가 있어."

"메리 도스가 털리를 딱지 놓다가 그 마지막 한 번이 동티가 났는지 모르죠. 털리는 열 받고 술 먹으면 물불을 안 가리는 미친놈이에요."

"난 정말로 자네 얘기가 틀렸으면 싶네."

"난 틀리지 않았으면 싶네요."

음, 제이비의 말은 틀리지 않았다. 그리고 우리는 우리 중 그 누가 기대한 것보다도 훨씬 더 속히 그 사실을 알게 되었다.

일요일 아침, 보안관은 털리 버포드를 메리 도스 살해 혐의로 체포했다.

코디 스미스가 술집에 들어와 몸이 달아서 우리에게 그 이야기를 줄줄 다 해주었다. 코디는 카운티 보안관 집무처에서 차량 배치

일을 하는 처남으로부터 그 소식을 전해 들었고 이야기가 퍼지기를 가만히 기다리고 앉아 있을 수만은 없었다.

"보안관이 메리의 드레스와 속옷류와 지갑이 든 상자를 털리네 집 현관 포치 밑에서 찾아냈어요. 물건이 전부 피에 젖어 있었대요."

"아니, 그런! 그놈이 무슨 짓을 한 거야!" 내가 말했다.

"거기에 피 묻은 칼도 들어 있었어요. 털리의 칼인데 완전 틀림없대요. 그놈 이름 머리글자가 칼자루에 새겨져 있다니까요."

"내가 그랬죠! 내가 그 새끼가 저지른 짓이라고 그러지 않았어요?" 제이비가 말했다.

"보안관은 어떻게 해서 증거물을 찾아냈대? 뭘로 해서 털리를 점찍고 파보게 된 거야?"

내가 묻자 코디가 대답했다.

"오늘 아침에 전화가 와서요, 웬 남자가 사흘 전 밤늦게 차를 몰고 모텔 앞을 지나치는데 털리가 뭔가 담요로 둘둘 만 커다랗고 무거운 걸 자기 픽업트럭에 밀어 넣고 있는 걸 봤다고 그랬대요. 메리가 묵던 방에서 핏자국이 발견된 이야기를 듣고는 그 사실을 당국에 알려야겠구나 결정했다고요."

"익명의 전화야?"

"뭐, 그렇죠. 아시다시피 어떤 사람들은 이런 종류의 일에 직접적으로 연관되기는 사양하고 싶어 하잖아요."

"보안관은 용케도 그 전화를 심각하게 받아들였네?"

"정말 그랬어요. 처음에는 이상한 놈이 전화했으려니 했다가, 보안관 자신이 왕년에 털리와 안 좋게 부딪쳤던 일과 털리의 자자한 평판을 생각해보지 않을 수 없게 되었고, 그래서 털리하고 한번 얘기를 해보는 편이 낫겠구나 결정한 거예요. 털리네 집에 가기 전에 수색영장부터 받았는데 그러기를 잘한 일이었죠. 상자를 찾아내 그 안을 들여다보자마자 보안관은 털리에게 수갑을 채워서 곧바로 철창 안에 처넣었어요."

"털리는 자기가 한 짓이라고 인정했대?" 얼이 물었다.

"아뇨, 길길이 뛰면서 메리가 없어진 날 밤에 그 여자 숙소 근처에도 안 갔다고 맹세했대요. 그 상자나 피 묻은 옷가지나 생전 본 적도 없다고요."

"자기 칼은 어쩌고?"

"두어 주 전에 누군가 자기 트럭에서 칼을 훔쳐 갔던 거라고 주장했어요."

"그놈은 절대 자백 안 할 거예요. 불쌍한 놈의 새끼가 평생 구질구질하게 살면서 저지른 짓들 뭐 하나라도 제가 했다고 인정 안 했잖아요."

제이비의 말에 박사가 온건하게 말했다. "유죄로 판명될 때까지는 무죄인 게야."

"지금 털리 편을 들고 나서시는 겁니까, 박사님?"

"아닐세. 사실을 사실대로 말한 것뿐이지."

"글쎄요. 내가 보기엔 의심의 여지가 별로 없는 것 같은데요. 그 새긴 죄악 그 자체처럼 유죄라고요."

"아직 메리를 찾아내지 못했지 않나. 안 그런가?"

"아직 못 찾았죠." 코디가 말했다.

"하지만 검사 팀이 이미 털리네 집과 땅을 뒤지기 시작했어요. 만약에 거기서 그 여자를 못 찾으면, 아니면 일부분이라도 못 찾으면 보안관은 시체 수색견들을 동원해서 수색할 거래요."

글쎄, 그들은 털리의 집과 땅에서 메리를 찾아내지 못했고 시체 수색견들을 데려다 팀을 짜서 찾았어도 그 주변 시골 땅에서 아무런 흔적도 발견하지 못했다. 그만 수색을 포기하기까지 수색 팀은 산지와 숲 속을 닷새에 걸쳐 빗질하듯 샅샅이 뒤졌다.

그래도 보안관의 부하들이 털리에게 불리한 증거를 한 개 더 찾아내기는 했다. 핏자국을 더 발견한 것이다. 털리의 픽업트럭 뒤에 나 있는, 좀 작은 핏자국들이었다. 핏자국의 혈액형은 모두 같은 AB 마이너스였다. 메리의 혈액형이고 흔하다고는 할 수 없는 혈액형이다. 그것을 알아낼 수 있었던 건 메리가 군청 소재지에 차 타고 갔다가 헌혈을 한 일이 있은 덕택이었다.

한편 털리는 감방에 갇혀 있으면서 누군가 자신을 모함하려 하고 있는 거라며 지칠 줄도 모르고 고래고래 고함을 질러대었다. 코디의 처남 말에 따르면 자기가 아는 사람 이름은 마구잡이로 다 주워섬기고 있다고 했다. 제이비 해트필드가 그중 첫째갔다. 하지만 그건 그냥 시끄러운 소음일 뿐 누구 하나 귀 기울여 들어주지 않았다. 누구도, 터럭 끝만큼이라도 털리를 좋아한 사람은 없다. 하지만 대체 누가 살인 누명을 씌울 정도로 그를 미워하겠는가?

우리 중 누구도 그를 보러 카운티 감옥까지 찾아가지 않았다. 설사 털리가 자기 주변 아무나 닥치는 대로 범인이라 하면서 자기 말고 누구 딴 사람을 얽으려 들지 않았더라도 안 갔을 것이다.

명백한 사실 하나는 털리 버포드가 빠지자 리지데일의 일상생활이 아주 많이 쾌적해졌다는 것이다.

카운티의 지방 검사가 털리를 일급 모살 혐의로 기소할지 어떨지를 놓고 사람들 사이에는 예측이 무성했다. "못 할걸. 못 한다는 데 걸겠어. 그 거시기 뭐라더라, '코르푸스 델릭티'가 없으면 못하는 거야." 얼이 말했다. 더너웨이 박사는 코르푸스 델릭티란 '범죄의 체소體素'라는 뜻으로 진짜 사람 시체를 얘기하는 게 아니라고 지적했다. 그리고 시체를 찾지 못한 사건에서도 일급 살인이 인정되었던 과거의 판례들이 쌓여 있노라고 말했다.

그렇기는 하지만 지방 검사는 검사이기 이전에 정치가였으며, 규모도 작은 우리 카운티에서 크게 이목이 쏠린 재판에 지는 건 원치 않을 터였다. 우리 대부분은 지방 검사가 아마 안전하게 갈 것이라고 생각했다. 일급 모살보다 아래 급의 혐의를 붙여 털리를 기소하려 하리라. 말하자면 고살 혐의 같은. 모살로 유죄 판결을 따내기에 충분한 정황증거가 갖춰지지 않기라도 한 것처럼.

까보았더니 지방 검사가 둔 수가 바로 그랬다. 재판은 일주일이 걸렸다. 털리의 평소 인물상에 대하여 그에게 불리한 증언을 할 증인들이 좌르르 나섰고 그에게 유리한 증언을 하러 나선 사람은 아무도 없었다. 나라에서 대준 변호사는 변변한 변호를 펼치지도 않앉고, 털리는 법정에서 고함을 지르고 욕을 함으로써 자기 입지를 더 깎아먹었다. 그는 신체를 구속당하고 재갈이 물려질 때까지 소리치고 난동을 피웠다. 배심원들은 나간 지 1시간도 안 되어서 유죄 평결을 갖고 들어왔다. 일급 고살죄, 주립 형무소에서 10년으로 15년 복역.

정의가 이루어졌다는 걸 의심하는 사람은 리지데일에 진정 단 한 명도 없었다.

뭐, 그 건에 관하여 내가 관심 둘 얘기는 대충 거기까지다. 아니면 오늘 아침까지는 그랬다고 할 것이다, 난 그렇게 끝났거니 생각했다. 재판이 끝나고 근 1년이 지났는데, 그런데 이제 와서 느닷없이 나는 그 사건을 다른 각도로 바라보게 되었다.

그 다른 관점을 열어준 사람은 알 필립스였다. 알은 소더홀름 양조장 소속 배달원으로, 리지데일도 그가 담당한 배달처이다. 그는 한 달에 한 번 차를 세우고 빈 술통을 회수하고 가득 찬 술통을 내려놓는다. 나는 늘 하던 대로 밖에 나가 알과 몇 마디 이야기를 나누며 그의 일을 거들어주었다. 우리가 새로 나온 맥주 통을 갖다 놓고 있었는데 알이 말했다.

"지난 주말에 주 의사당 있는 데 갔었어요. 거기서 열린 야외 재즈 축제에 아내를 데리고 갔죠."

"어땠어?"

"아, 축제는 괜찮았어요. 그런데 나중에 희한한 일이 있었죠."

"무슨 희한한 일?"

"믿든지 말든지 상관없지만, 글쎄…… 아무래도 내가 메리 도스를 본 것 같아요."

내 첫 반응은 웃음을 터뜨린 것이었다. "이 친구 농담하는군."

"아니요! 농담 아녜요, 요만큼도 아니에요." 알은 진지했다.

"메리하고 닮은 여잘 본 거겠지."

"그럴 수도 있죠. 그치만 그렇다면 그 여잔 메리 도스의 쌍둥이 자매여야 할 거예요. 난 메리 도스를 보면 알 만큼은 된다고요. 블루 문에 들러서 점심 먹은 게 몇 번인데요."

"알, 그 여잔 죽은 지 1년이 됐어. 알면서 그러나."

"내가 아는 건 지난 일요일에 내 눈으로 본 것, 그것뿐이에요."

"그래서 그 여자하고 얘기는 해봤어?"

"그러려고 했어요. 그런데 내가 말을 붙이기도 전에 여자가 서둘러 군중 속으로 사라졌어요."

"여자가 자넬 봤나?"

"잘 모르겠어요. 봤을지 모르죠."

"만약에 보고 그랬다면, 뭣 때문에 그렇게 자넬 피했지?"

알은 어깨를 으쓱했다. "아저씨도 짐작이 가시지 않나요?"

"메리…… 메리 도스가." 내가 말했다.

"네, 맞아요. 메리 도스예요."

나는 그때만 해도 알의 이야기를 믿지 않았다. 지금에 와서도 내가 그 얘길 믿는 건지 잘 모르겠다. 하지만 알이 가고 나자 어쩌면 메리가 아직 살아 있을지도 모른다는 생각을 떨쳐버릴 수가 없었다. 더너웨이 박사가 가게에 들어왔을 때에도 나는 여전히 그 생각을 곱씹고 있었다. 그때는 아직 이른 오후 시간이라 다른 손님은 아무도 없었다. 나는 작은 잔에 라거(더너웨이 박사는 그것만 마셨다)를 따라주었는데, 잔을 그의 앞에 내려놓자 박사가 말했다. "자네 묘한 표정을 하고 있구먼, 루크. 뭔가 골칫거리라도 있나?"

"글쎄요, 잘 모르겠습니다." 이어서 나는 알이 해준 이야기를 그에게 했다.

박사는 받은 맥주를 조금 마셨다. "그 여자가 메리였을 리가 없지. 메리랑 닮은 여자였던 거야, 그냥 그뿐일세."

"내가 그랬거든요. 하지만 알은 절대 틀림없다고 생각하더라고요. 만약 알 이야기가 맞다면 털리는 그렇게 자기가 무죄라더니 정말 무죄였던 거고, 누군가가 정말로 털리에게 누명을 씌운 거잖아요, 벌어지지도 않은 살인의 누명을요."

"그럼 메리가 갑자기 사라진 건 어떻게 설명하겠나? 메리의 방에 뿌려져 있던 피는 어디서 온 거고, 그 여자 옷가지며 털리의 칼이며 털리의 픽업트럭 바닥에 있던 피는?"

"글쎄요, 안 그래도 죽 그 생각을 하고 있었죠. 그게 전부 다 계획의 일부였다고 생각해보자고요. 누군가 털리를 모함하고 싶었던 사람이 메리에게 돈을 주고 그런 식으로 자취를 감추게 했다 쳐요. 그 여자가 자기 몸을 베어서 피를 좀 흘려도 좋다고 할 만큼 넉넉히 돈을 주었겠죠."

"내가 듣기에는 영 억지 같구먼."

"털리가 미워 죽을 지경이었던 사람이라면 그다지 억지스러울 일도 없죠."

"제이비 이야기는 아니겠지?"

"글쎄요, 제일 먼저 생각나는 게 제이비이긴 하더군요. 단, 제이비는 돈이 별로 없어서 메리를 설득하기에는 충분치 못했을 것 같아요. 그리고 머리도 그렇게 좋지 않잖아요, 제이비는. 그 녀석이 그런 작전을 짰을 거라고는 도무지 생각이 안 되죠."

"그럼 제이비 말고 그럴 사람이 누가 있나?"

"두뇌도 갖추고 돈도 있는 누군가겠죠. 털리가 사람들을 을러대고 술 먹고 행패 부리고 힘없는 동물들을 죽이고 돌아다니는 그 행실에 아주 구역질이 나고 진절머리가 난 사람이겠죠……."

나는 하던 말을 끊었다. 정말 순식간에 내 머릿속 한구석으로부터 스멀스멀 기어 나오는 생각이 있었다.

수의사 선생? 더너웨이 박사?

아니야, 설마 그럴 리가. 하지만 바로 생각이 바뀌었다. 아니, 그럴 수 있지. 박사는 40년 동안이나 수의사 일을 했고 동물들을 사랑하며 무지하게 똑똑하다. 그리고 수의사 일을 하면서 잘 꿍쳐둔 개인 자금도 아주 실하다. 분명 나이 많아 늙었고 관절염이 있기는 하지만 잠그지도 않은 트럭에서 칼을 훔치는 데에야 꼭 젊고 건장할 필요는 없다. 모텔 객실을 어지럽히고 피를 좀 뿌려두는 일을 거든다거나, 상자 하나를 현관 밑에 숨긴다거나, 익명의 전화를 건다거나 하는 일에도 젊고 건장할 필요는 없다. 게다가 수의사라면 사람 몸에서 외과적으로 어느 곳을 어떻게 베어야만이 큰 탈 없이 많은 피를 흘려낼 수 있는지 정확히 알 것이다…….

더너웨이 박사는 안경을 통하여 나를 지켜보고 앉아 있었다. 박사의 눈은 늘 온화하고 약간 촉촉했는데, 지금은 빡빡 닦아 윤을 낸 마노처럼 매서운 광채를 띠고 있었다.

얼마 있지 않아 박사는 그다운 침착한 어조로 이렇게 말했다. "추측을 가지고 이리저리 쑤시고 다니지 말게, 루크. 그러다가 추잡한 소문이 나는 거고 사람들이 다치는 거라네."

"그렇죠." 내가 말했다. 우스꽝스러운 목소리가 나왔다. "그래요, 그 말씀이 맞아요."

"알 필립스가 본 게 메리가 아니었을 수도 있어. 설령 메리였다 하더라도, 보게나, 그녀가 그쪽 시내에 계속 죽치고 있지는 않을 거 아닌가. 이번에는 아예 이 주를 완전히 뜨려고 할 수도 있지. 어디 동부 지역으로 옮겨 갈지도."

"그 여자가 왜요?"

"논조가 어긋나고 있으니 어디 한번 자네 가설이 맞다 쳐보세. 그런 계획을 짰던 인물은 그 여자와 계속 연락을 취하고 있었을 거야, 그러지 않았겠나? 이제 돈을 더 주고 그 여자에게 우리 카운티에 사는 사람 누구의 눈에도 띄지 않을 먼 곳으로 이사 가라고 그러지 않겠어? 그러면 메리 도스가 살아 있다는 증거는 없어지는 거지. 절대 아무 증거도 없는 거야."

나는 아무 말도 하지 않았다. 목구멍이 바싹 마른 듯했다.

"내가 자네라면 어떻게 할 건지 알겠나, 루크?"

"……어떻게 하실 건데요?"

"내가 자네라면 알 필립스가 해준 얘긴 아무한테도 말 안 할 거야. 그냥 잊어버리겠지. 털리 버포드는 있어야 할 곳에 있는 걸세, 철창 안에. 리지데일은 그놈이 없는 편이 한결 살기 좋아."

박사는 맥주를 다 비우고 약간의 돈을 바 위에 올려놓은 뒤, 관절염 탓에 느릿느릿한 평소대로의 움직임으로 올라앉았던 의자에서 몸을 내렸다. 그런 다음 물었다. "어떤가, 루크? 자네 내 충고를 받아들일 텐가?"

"아직 잘 모르겠습니다."

"무슨 행동에 나서기 전에 시간을 두고 열심히 그 말을 생각해보는 게 좋아." 박사는 그렇게 말하고 천천히 걸어 나갔다.

시간을 두고 열심히 생각해보라고? 나는 지금 그 생각 말고 다른 생각 같은 건 할 수도 없는 지경이다. 그런데 아직까지도 마음을 정할 수가 없다.

나는 준법 시민이다. 언제나 올바르게 살려고 애쓰고, 언제나 정의가 이루어지기를 바란다. 일어나지도 않은 범죄의 대가로 죄 없는 사람이 감옥에 들어가 있는 것은 절대 올바른 일이 아니다. 아무리 그 사람이 털리 버포드 같은 놈일지라도 말이다. 내 의무는 보안관을 찾아가서 내가 의심하고 있는 바를 이야기하는 것이다.

하지만 보안관이 할 수 있는 게 뭐가 있을까? 아무것도 없다. 그게 문제다. 메리 도스가 생존해 있고 털리가 누명을 썼다는 증거가 없이는 아무 일도 못한다. 그런데 난 그에게 갖다 줄 증거라고는 실오라기만큼도 갖고 있지 않다. 입증되지 않은 '만약'과 '혹시라도'만 잔뜩 품고 있을 뿐이지.

그리고 내가 더너웨이 박사에 대해 오해했을 수도 있다. 오해라고는 생각하지 않는다. 박사와 나눈 대화가 있는데. 하지만 그래도 오해일 수는 있는 거다. 박사의 훌륭한 평판을 더럽히는 일이 정의롭다고는 할 수 없지 않나, 안 그런가? 정말이지 내 양심에 그런 가책을 지고 싶지는 않다.

더구나 나는 지금껏 더너웨이 박사가 좋았다. 박사는 자기 일에만 신경 쓰는 사람이고 누굴 성가시게 하지 않는다. 오로지 여생을 평화로이 살도록 남들이 자신을 가만 놔두기만을 바랄 뿐이다.

그리고 박사가 털리를 옳게 봤다는 건 부정할 도리가 없다. 털리가 살인죄는 저지르지 않았을지 모르나, 다른 범죄는 숱하게 저지른 놈이고 감옥에 처박혀 있어야 할 놈이다. 리지데일 사람 누구를 붙들고 얘기해봐도 다 그렇다고 할 것이다.

난 모르겠다. 정말 모르겠다.

당신이라면 어떻게 할 것인가?

조너스와 요부

찰스 아데이

조너스는 주먹을 맞았다. 맞아야 할 주먹이다. 달리 어쩔 도리가 있겠는가?

　양쪽으로 팔을 잡혔다. 한쪽에 한 명씩 붙어서. 그 두 명 다 조너스보다 키가 컸고, 덩치 역시 더 우람했다. 비록 조너스도 절대 약골이라고는 할 수 없지만. 조너스는 고등학교 때 미식축구 팀에서 풀백으로 뛰었다. 상대 진영으로 맹렬한 돌파를 하여 타이거즈에 승리를 안긴 일이 허다했다. 제대로 덩치가 있어서 하버필드와 오크데일의 군살 붙은 녀석들쯤은 뚫고 들어가 압도해버릴 수 있었던 것이다. 하지만 지금 조너스의 두 팔을 붙든 사내들은 덩치가 그보다 컸고, 힘도 더 셌다. 그래서 그는 고스란히 거기 서서 주먹을 맞았다.

링 위에서 격투가를 때려눕힐 그런 주먹이 아니라 뒷심이 실린 주먹이었고, 조너스의 머리는 일단 옆으로 홱 꺾였다가 이어서 뒷벽에 고통스러운 쾅 소리와 함께 가 박혔다. 정면에 선, 소화전처럼 작달막하고 말쑥한 사내는 끼고 있던 장갑을 더 잡아당겨 착 붙게 하고는 몇 번인가 공중에 연습으로 주먹을 날렸다. 그리고 푹 파고 들 정도의 두번째 일격을 날렸다, 이번에는 입술을 쥐어질렀다. 조너스는 입술이 이에 납작하게 짓이겨지는 느낌을 받았고 피 맛을 느꼈다.

"그럼 이제 내 여동생이 네놈 자식에게 뭐가 되는지 다시 말해 봐." 사내가 눈을 부라리며 말했다. 그는 회색 펠트 홈부르크 모자를 쓰고 짙은 회색 더블 재킷 위에 검은색 코트를 걸쳤다. 볼수염을 깔끔히 다듬어 뺨이 수염 없이 맨질맨질했다. 마치 신문 광고처럼 말쑥한 모습이었다. '멋진 남성복, 면도 기구 일체. 시겔 상회를 찾아주세요.'

"아무것도 아닙니다." 조너스의 말은 발음조차 뭉개져 나왔다. "아가씨와는 정말 아무 관계 없습니다, 시겔 씨. 정말입니다."

"내 여동생이 아무것도 아니야? 아무것도 아니라고?" 시겔이 고함쳤다. 그는 레프트 한 방을 조너스의 복부에 박아 넣었고 연달아 라이트 훅을, 다시 레프트를, 마치 체육관에서 샌드백을 치듯이 두들겼다. 한 방 한 방 주먹이 꽂힐 때마다 조너스의 입에서 침이 날았고, 조너스의 몸은 축 늘어졌다. 양쪽에서 붙든 놈들이 있기에 땅에 널브러지지는 않았다.

"그런 뜻이 아닙니다, 시겔 씨. 전 결코 그런 뜻이……." 조너스가 속삭였다. 거의 들리지도 않는 소리였다.

"만약에 네놈이 그 애한테 손을 대면, 그 손을 잘라버릴 거다. 입을 맞춘다면, 네놈의 혀를 자를 거야. 그리고 네놈이 만약에, 신께서 금지하십사, 만약에라도 네 그 더럽고 불결한 이방인 놈의 거시기를 걔한테 가까이하는 날에는, 내가 뭘 잘라버릴 건지 알겠지?"

시겔은 그렇게 말하고 대답을 기다렸다. 결국 조너스는 고개를 끄덕였다.

"그럼 내가 마지막으로 한 번만 더 묻자." 시겔이 양복 깃을 당겨 모양을 바로잡으면서 부드럽고도 점잖은 태도로 물었다. "내 여동생이 네놈한테는 뭐라고?"

"아가씨는 제 책임입니다, 시겔 씨. 저에게 잘 살펴보라고, 어떤 불상사도 일어나지 않게 잘 지키라고 말씀하신 대상입니다. 그게 답니다. 전 결코 아가씨께 손을 대지 않았습니다." 숨소리처럼 조너스가 말했다.

"그러면 도대체." 시겔이 몸을 앞으로 기울여, 자주색으로 멍이 들고 피가 터진 조너스의 얼굴 바로 앞까지 코를 들이밀었다. "도대체 애가 어디로 갔어?"

모두들 '아가씨'라는 애칭으로 부르는 멜리사 시겔은 스타킹 한 짝을 라디에이터 그릴 위에 걸치고, 이어서 다른 한 짝도 걸쳐놓았다. 그러면서 접히고 말린 실크를 조심스럽게 손끝으로 폈다. 실크는 너무 빨리 말리려고 하면 엉망이 돼버리는 법이지만 이렇게 낮은 온도로 천천히 말린다면 괜찮을 것이다.

아가씨는 걸치고 있던 네글리제 자락을 더 바싹 끌어당겨서 두 유방 사이에 꽉 모아 붙들었다. 마이크 도노반은 머피 베드(접이식 침대)에 옆으로 누워 있었다. 덮는 침대보가 허리 아래를 가렸고, 모자와 총집은 그가 누워 있는 쪽 탁자에, 셔츠와 바지와 양말과 양말대님은 바닥 여기저기에 아무렇게나 널려 있었다. 아가씨의 드레스는 방 안에 하나뿐인 의자 등에 걸쳐 늘어뜨려져 있다. 브래지어는 어디 있는지 도무지 보이지 않았다.

마이크는 아가씨가 느린 박자로 엉덩이를 살랑살랑 흔들며 자기 있는 쪽으로 걸어 돌아오는 모습을 눈으로 좇았다. 아가씨의 얼굴에는 앙큼하고도 흡족한 표정이 떠올라 있었다. 그녀는 침대 매트리스 한 귀퉁이에 올라앉아 인디언 식으로 두 다리를 접어 넣고 가부좌를 틀었다. "세 번이나 했네요. 하룻밤에. 아무리 당신이라도 그쯤 되면 기록을 세운 거 맞죠?"

아가씨가 말하자 마이크의 음흉한 웃음이 더욱 크게 피어났다. "우리 숙녀님아, 넌 신기록을 세우라고 만들어진 존재야."

아가씨는 한 손을 펼쳐서 결국에는 잠잠해진 그의 남성이 있는 부분의 침대보 위에 손바닥을 얹었다. 천을 통하여 살을 토닥토닥 두드려보았지만 이제는 작은 꿈틀거림도 느껴지지 않았다. "아, 마이크! 어쩜, 귀엽기도 하죠. 애가 잠이 들었나 봐요."

"그보다는 나가떨어졌다고 해야겠지. 슈거 레이 로빈슨이 진 풀머를 쓰러뜨린 것처럼 말이야."

"슈거 레이가 풀머를 그렇게 쓰러뜨렸던 거라면 경기장에 직접 가서 구경 못 한 게 한이네요."

"넌 참 음탕한 계집이야, 그거 알아?"

"아, 그러세요?" 아가씨는 네글리제 앞을 열어서 한 쌍의 젖가슴을 드러냈다. 스무 살만 넘어도 처지기 시작할 거라 장담할 수 있을 만큼 묵직한 젖가슴이다. 하지만 그러기까지는 아직 3년이라는 세월이 남아 있다. "아까는 그런 거 신경 쓰시는 것 같지 않던데요."

마이크는 탁자 위로 손을 뻗어 담뱃갑에서 담배 한 개비를 뽑아 내었다. "세상에 그 누가 신경 쓰겠어?"

아가씨의 얼굴에 그늘이 드리웠다. "내 오빠가 신경 쓰겠죠. 만약 오빠가 알게 되는 날에는……."

마이크는 지포 라이터를 달칵 열어서 피어오른 불꽃을 담배에 당기고 다시 가볍게 달칵 닫았다. "오빠 생각은 안 해도 돼, 귀염둥이야. 네 오빠는 로어 이스트 사이드뉴욕 허드슨 강 동남부의 우범 지역의 별거 아닌 몇 블록 길거리에서 별거 아닌 쪼잔한 사업을 벌이고 있는 쪼잔한 사내일 뿐이야. 그놈은 아무것도 아니라고." 마이크는 담배를 쭉 빨고는 아가씨에게 건네어, 아가씨도 한 모금 연기를 빨아 마셨다. 그러고는 콜록거리면서 담배를 돌려주었다. "그놈은 계속해서 그래서는 안 될 상대를 너무 심하게 자극하고 있어. 언젠가 조만간에 거물이 누군가를 향해 놈의 몸뚱이에 환기 구멍을 몇 개 더 뚫어주라고 고개를 끄덕여 시키게 되겠지. 그게 나일지도 몰라."

"어머나, 큰소리 탕탕 치시네요. 아일랜드 남자들은 다 그러네. 하지만 오빤 아직도 살아 있고 당신네들은 열두어 명이나 강바닥에 처박혀 있잖아요, 우리 오빠가 처넣어서."

"그거야 그 자식이 약삭빠른 난쟁이 유대 놈이라 그렇지. 저처럼 약삭빠른 조무래기들을 거느렸고 말이야. 도무지 정정당당하게 싸우지를 않으니까."

아가씨는 고개를 젖히며 깔깔 웃었다. 날카로운 웃음소리와 함께 젖가슴이 요동쳤다. "정정당당하다 이거죠. 다른 작자가 몸뚱이에 구멍이 나서 하수구에 자빠져 있으면 정정당당한 거군요. 당신네 패거리가 그렇게 쓰러졌으면 정정당당하지 않고요."

마이크는 다리를 짚고 몸을 일으켰다. 침대보가 한쪽으로 미끄러져 내렸다. 그는 아가씨를 뒹굴 굴려 눕혀놓았고 아가씨는 기다란 두 다리를 그의 몸에 감았다.

"그래? 어디 내가 너한테 구멍을 내줘볼까, 요것아? 그리고 그 구멍을 채워도 줄 거야." 마이크가 고개를 숙여 그녀의 목에 거세게 입술을 누르면서 말했다.

아가씨의 두 눈이 스르르 감기며 커다란 미소가 그 얼굴에 번졌다. "큰소리치긴."

조너스는 주먹만 하게 부어터진 오른쪽 눈 위에다 쇠고기 조각을 꾹 눌러 붙였다. 왼쪽은 그렇게까지 심하지 않았다. 입술이 째진 건, 뭐…… 그냥 입술이 째진 것뿐이다. 뭘 어떻게 손쓸 방도가 많지 않았다. 앞으로 하루 이틀은 음식을 먹을 때마다 조심해야 할 것이다.

앞으로 하루 이틀 더 목숨을 부지한다고 친다면 말이지만.

시겔은 분명히 자기 뜻을 전달했다. 그는 자기 여동생을 집에 데려다 놓을 것을 원하며, 그것도 지금 당장 데려다 놓을 것을 원했다. 그리고 아가씨가 지금 당장 집에 올 수 없는 이유에 두 다리가 붙어 있어서 바지를 입고 있다고 친다면, 시겔은 그 다리들을 쫙 찢어서 상자에 넣어 대령하기를 원했다.

조너스는 쇠고기 조각을 개수대 옆 이 빠진 접시에 내려놓고 두 손을 물로 헹궜다. 그런 다음 헤이즐이 입으라고 꺼내놓은 깨끗한 셔츠를 입었다.

애초에 뻔히 눈을 뜨고 있으면서 아가씨를 놓치다니, 일급 마약쟁이가 된 기분이었다. 아가씨는 그날 전에도 수다히 그랬던 대로 후텁지근한 여름 공기 속에 스윙 뮤직과 샴페인이 분위기를 돋우고 있는 타임스 광장의 옥상정원을 이리저리 전전하면서 온 저녁 시간을 보냈다. 아가씨는 그런 데 가는 다른 여자들보다 나이가 어렸고, 그래서 보호자가 따라붙지 않고는 출입할 수가 없었다. 하지만 그건 또 아가씨의 오빠가 보호자 없이 다니는 건 용납하지 않기 때문이기도 했다. 조너스는 한 파티장에서 다음 파티장으로 충실하게 그녀를 쫓아다녔다. 현관에서 아가씨의 외투를 맡기고, 아가씨가 그만 가겠다고 하면 그걸 도로 찾고, 그 중간에 아가씨가 조그만 둥근 탁자를 마주 본 말굽 모양 소파들에 앉을라치면 옆에 앉아서 은근슬쩍 아래로 곁눈질을 해 데코르타주드레스 중에서 목, 어깨, 가슴 윗부분이 과감히 노출된 형태를 훔쳐보려 할 만큼 현명치 못한 사내가 있는지 살피고 그게 누구든 눈을 부라려주었다.

그렇게 한밤이 지나는 동안 아가씨가 화장실에 가느라고 자리를 뜬 적이 한 번만은 아니었다. 돔페리뇽을 그렇게 쭉쭉 빨아 마셨으니 뻔한 귀결이다. 하지만 아가씨는 매번 금방 돌아왔다. 치맛자락을 매만져 자리에 앉으면서 못마땅한 눈빛을 조너스 쪽으로 던지곤 했다. 맞다, 아가씨는 조너스가 거기 있는 게 못마땅했다. 유감스럽긴 나도 마찬가지다, 계집애야. 넌 두목의 꼬마 여동생이 술 먹고 취해가는 동안 클럽 소다를 마시면서 앉아 있는 게 그래, 깨가 쏟아지게 재미있을 것 같나? 집에서 마누라와 한잠 푹 자야 할 늦은 밤에 몇 시간이고 뽕빵거리는 클라리넷과 트롬본 소리를 들으며 앉아 있는 게 누구나의 꿈일 거라 생각하나?

하지만 조너스는 자기 역할을 잘 알고 있었고 아가씨도 자기 지위를 잘 알고 있는 게 빌어먹게도 분명했다. 그래서 둘은 런트와 폰탠20세기 중반에 활약한 부부 코미디배우처럼 각자의 배역을 연기했다.

그러고 나서 '그린 라이온'에 갔지. 트롬본 소리는 더 요란하고 농담은 더 저질스럽고 무희들의 행실은 한층 덜 조신한 곳. 주방으로 통하는 흔들 문 바깥에 지키고 섰던 급사는 조너스가 빵 소리 나는 물건을 품에 넣고 있는 것을 안다는 듯이 경계의 눈길을 던졌다. 담배 파는 여자들은 담뱃갑을 건네주기 전에 의미심장하게 손가락을 지분거렸고, 때때로 팔려 나간 사제품들은 공기에서 풍기는 냄새로 짐작하건대 버지니아 최상품 연초로 채워져 있지 않은 게 분명했다.

그러다 아가씨가 화장실에 가더니, 도무지 나올 줄을 몰랐다.

조너스는 눈여겨보고 있었다. 화장실 문에서 눈을 떼지 않았다. 나중에 자초지종을 불면서도 그 점을 맹세할 수 있었다. 하지만 매번 문이 열릴 때면 들어가거나 나오는 사람은 아가씨 아닌 다른 여자였다. 5분이 지나고, 10분이 되었다. 조너스는 마음이 초조해지기 시작했다. 결국에는 화장실 안으로 쳐들어갔고, 그를 둘러싸고 꺅꺅 소리 지르는 여자들의 비명을 무시하고 소란이 일어난 것을 알고 출동한 경비 담당자의 손도 어깨에서 떨쳐버렸다.

"아가씨 어디 있어?" 조너스가 경비원에게 호통을 쳤다.

"누구?"

"시겔 아가씨, 해리 시겔 씨의 여동생 말이야."

경비원은 어깨를 으쓱하고 조심성 없이 눈을 굴려 방 안에 있던 여자들의 얼굴을 주르륵 훑어보았다. "정통으로 맞혔구먼, 이 친구야. 그 아가씬 여기 없는걸. 그리고 자네도 여기 없어야 맞겠는걸. 이해하지?"

어이쿠. 조너스는 이 우쭐거리는 개자식을 보기 좋게 타일 깔린 화장실 바닥에 납작 깔아뭉개주고 싶었다. 하지만 조너스에게는 이 작자보다 훨씬 더 염려해야 할 문젯거리가 닥쳐 있었다. 주위를 둘러보자 줄줄이 늘어선 세면기들을 지나 방 저쪽 끝에 분홍색으로 반질반질하게 칠을 올린 문이 눈에 띄었다.

뒷문이 있는 화장실이라니, 그따위 얘길 누가 들어나 보았으랴?

조너스는 단박에 그 문으로 뛰쳐나가 층계를 내려갔다. 한 걸음에 두 단씩 뛰어내려 순식간에 건물 옆 보도에 이르렀지만, 거기 아가씨는 흔적도 없고 그가 윽박질러 억지로 말하게 만든 택시 운전사들 중에도 아가씨 같은 인상착의의 여자를 봤다는 사람은 하나도 없었다. 새틴 드레스를 입은, 육체파 여배우 맨스필드라도 그녀에 견주면 영양실조로 보일 만한 젖가슴을 장착한 열일곱 살 소녀를 어떻게 못 볼 수가 있단 말인가? 아니면 이 점잖은 신사분들 중 누군가가 그에게 거짓말을 하고 있는 것일까? 한 손에는 45구경을 움켜쥐고 다른 손에는 그들의 셔츠 목깃을 움켜쥐고 한 명씩 한 명씩 압박을 가해본 결과, 조너스는 그들이 진실을 말하고 있다고 결론을 내렸다. 그것은 아가씨가 아직도 건물 안에 있거나, 아니면 업자들이 드나드는 뒷골목으로 몰래 빠져나갔다는 뜻이었다. 몇 시간에 걸쳐 거리를 뒤졌다. 처음에는 한 층 한 층을 다음에는 한 골목 한 골목을 샅샅이 털었지만 아무것도 찾지 못했다. 시겔에게 빈손으로 돌아갈 수밖에 없게 되었다는 현실 인식만이 차차 뚜렷해져올 뿐이었다.

조너스는 날고기 조각을 다시 한 번 잠시 눈에 붙였다. 차갑고 미끈미끈할 뿐 조금도 상태가 좋아지는 것 같지 않았다. 하지만 사람들은 으레 그렇게 해야 한다고들 한다. 멍든 눈에는 날고기 조각을 얹고, 사마귀에는 날감자 조각을 붙이라고. 사람은 스스로 규칙을 만들든가, 아니면 남들이 하라는 대로 하든가 둘 중의 하나다. 조너스는 남이 하라는 대로 하는 사내였다.

그는 열쇠 꾸러미와 모자를 집어 들고 문밖으로 나서서 아내를 깨우지 않도록 조용히 현관문을 닫았다.

아가씨는 스타킹을 신으면서 하품을 했다. 스타킹을 가터에 딸깍 물리고, 드레스의 치맛자락을 훌훌 떨어뜨려 무릎까지 내려가게 했다. 밤새도록 즐길 것을 즐기고 난 뒤의 게으르게 늘어지는 일요일 아침에 비할 것은 세상에 없다. 하지만 도노반이 전깃불처럼 까무룩 꺼져 나가서 자기 베개 위에서 조용히 코를 고는 동안 아가씨는 잠을 이루지 못하고 초조해하고 있었다. 드레스를 토닥여 구김을 펴고, 머리카락에 핀을 고쳐 꽂고, 그 위에 모자를 영화 잡지에서 본 그대로의 각도로 비스듬히 올려놓아 고정한 뒤에 문으로 향했다. 문 두드리는 소리가 난 것은 아가씨가 문손잡이를 잡은 그때였다.

"누구예요?" 그녀가 물었다.

"아가씨?"

아가씨는 그 목소리를 알고 있었다. 아, 모를 수가 없지.

아가씨는 짧은 순간 어깨끈 한쪽을 내려 위팔에 느슨하게 늘어지게 만든 다음, 문을 열었다.

조너스는 이를테면 범행 현장으로 돌아온 셈이었다. 자신의 책임인 고 계집애가 감쪽같이 꽁무니를 감추기 전에 마지막으로 조너스의 눈앞에 보였던 그 장소로. 그린 라이온은 새벽 4시에 가게를 닫지만 가게 바닥을 대걸레질할 몇 명의 필수 인원은 남아 있었다. 그들은 깨진 유리잔 파편과 담배꽁초를 쓸어내고, 화장실 칸막이 안에서 인사불성이 되어 있기 일쑤인 약쟁이들을 쫓아낸다. 조너스는 새벽이 밝은 직후에 택시를 타고 와 차를 세우고 비틀거리며 가게를 나서는 두 사내를 보았다. 턱시도는 흐트러졌고 얼굴은 더더욱 엉망인 채로, 쓰러지지 않고 균형을 잡으려고 서로를 붙들고 걷고 있었다. 두 사내가 지나쳐 갈 때 조너스는 지독한 구취를 맡았다.

엘리베이터 조종하는 남자는 띠가 둘린 챙모자에 한쪽 소매는 접어 올려 옷핀으로 찔러놓은 외팔이 참전 용사였는데, 이런 거룩하지 못한 시각에 생업 종사를 요구받자 골이 났는지 소리 죽여 툴툴거렸다. 그러나 조너스가 재킷 자락을 한쪽으로 젖혀 총집과 그 총집에 든 닳아빠진 권총 자루를 보여주자 툴툴거리던 소리는 딱 그쳤고, 몇 층을 올라가자 엘리베이터도 역시 멈추었다.

조너스는 지금은 지키는 사람이 없는 가죽을 댄 흔들 문을 마음대로 밀고 들어섰다. 단 몇 시간 전에는 가게 여주인과 급사장이 도착하는 사람들을 맞이하며 급사장은 온 사방에 아첨으로 침을 바르고 여주인은 아찔한 미소를 흩뿌리며 블라우스 앞 단추가 풀린 것도 모르는 체하고 서 있던 문이다. 물론 멜리사는 알아차렸다. 두 여자가 서로 주고받은 눈빛은 스무 걸음 밖에서도 김릿 칵테일을 차게 할 수 있을 정도로 싸늘했다.

여주인은 지금쯤 집에 있을 것이다. 자기 집이든 아니면 어떤 운 좋은 놈의 집이든. 하지만 급사장은 아직 이 근처에 남아 있을 터였다. 조너스는 알고 있었다. 청소를 감독하고, 남은 음식과 남은 술로 대충 차린 만찬을 게 눈 감추듯 먹어치우고 있으리라. 그건 그의 일에 수반되는 특권 중 하나였다. 손님들이 남긴 샤토브리앙 스테이크와 뵈브 클리코^{고급 샴페인} 중에서 고를 수 있는 기회.

조너스는 대걸레로 바닥을 미는 꼬마 놈의 진로를 피하여 탁자 사이로 길을 골랐다. 그리고 주방으로 통하는 문을 밀어 열었다. 아닌 게 아니라 급사장은 뷔페 접시처럼 이것저것이 잡다하게 담긴 음식 접시 위로 몸을 숙이고 있었다. 검은 나비넥타이는 풀려서 늘어져 있고, 음식 얼룩이 진 냅킨을 셔츠 목깃에 꽂은 모습이었다.

조너스는 권총을 뽑아 엄지손가락으로 공이치기를 젖히면서 조용히 다가갔다. 급사장은 나이프와 포크를 조리대 위에 와장창 소리가 나게 떨어뜨리며 두 손을 번쩍 올렸다. "뭐 하는 짓이오?"

"뭐 하는 짓 같아?"

"저녁 매상은 이미 가져갔소, 선생. 내간 지 한참 됐지, 지미와 폴이 몇 시간 전에 은행으로 갖고 갔다고요."

"난 돈은 원치 않아."

"그럼 선생은 내가 만난 사람 중 최초로 돈을 원치 않는 사람이시군." 급사장은 냅킨을 뽑아내어 둘둘 뭉친 다음 접시 위에 내던지고는 실눈을 떴다. "그럼 용건이 뭐요? 뭐가 됐든 도노반을 찾아서 따지시죠? 난 아무 상관 없다고요. 그 빌어먹을 개자식 밑에서 일하는 건 정말 정떨어진다니까. 내 말 알겠어요?"

"난 여자애를 찾고 있어. 열일곱 살이고 몸매가 라나 터너 같지. 어젯밤에 나와 함께 여기 온 걸 봤지? 이름은 멜리사 시겔이야. 아가씨라고 부르지. 해리 시겔의 여동생이야."

급사장은 나지막이 휘파람을 불었다. "걔가 걔였군요! 제 아버지는 닮지 않았네. 그리고 그냥 봐서는 겨우 열일곱 살인 줄 도저히 알 수 없겠소."

"그렇지, 알 수 없지. 하지만 열일곱이야. 그리고 시겔 씨는 어젯밤 아가씨가 나와 함께 집에 돌아오지 않아서 기분이 안 좋아."

"그래서 당신을 그 꼴로 만들었군, 그런 거죠?" 엄지손가락으로 조너스의 퉁퉁 부은 얼굴을 슬쩍 가리키며 급사장이 말했다.

조너스는 어깨를 으쓱했다. "내 임무인데 제대로 못해냈지."

"어휴, 맙소사! 우린 이런 놈의 자식들을 위해 일하고 있구려."

"얘기는 이쯤 해두지, 스키직스만화〈가솔린 앨리〉의 주인공. 난 자네 친구가 아냐. 난 한 가지 물어볼 게 있고, 자넨 그 질문에 대답을 하든가 아니면 총알을 받아 안든가 둘 중 하나지. 이해가 가나?"

급사장은 신경이 곤두서서 마구 고개를 끄덕였다.

"건물을 샅샅이 뒤졌어. 이 일대도 찾아 헤맸지. 그런데 어디서도 아가씨를 못 찾았어. 아가씨가 어떻게 그렇게 잽싸게 나를 따돌리고 사라질 수 있었는지 도무지 모르겠군. 내가 알고 싶은 건 아가씨가 누구와 함께 나갔으며 지금 어디에 있는가야."

"질문이 두 갠데요."

"네놈한테 박힐 총알도 두 발이다."

"그럴 거 없어요, 그러지 마시오. 그 여자앤 도노반과 함께 갔소. 처음 일도 아니지, 둘 다. 그리고 어디로 갔는가 하는 거라면……방은 찾아봤소?"

조너스가 문으로 들어설 때에 아가씨는 기다란 집게손가락을 입술 위에 세우며 머릿짓을 하여 누워서 자고 있는 마이크 도노반을 가리켰다. 이 방은 유지 보수를 위한 창고 정도 되는 공간이고 머피 베드를 펼쳐놓자 사람이 서 있을 자리도 충분치 않았다. 둘이서 얘기를 하면서 세번째 사람을 깨우지 않기는 고사하고.

아가씨는 앞으로 살짝 몸을 기울여 조너스와 접촉하며 드레스 윗부분이 앞으로 조금 흘러내리도록 하여 조너스의 시선이 본의 아니게 자기 가슴팍을 스치기를 기다렸다. 그러기만 한다면 그다음부터는 주도권을 쥐고 좌지우지할 수 있을 터였다.

그런데 조너스는 전혀 응할 줄을 몰랐다. 그는 통통한 손가락으로 아가씨의 드레스 어깨끈을 걸어 도로 어깨 위로 끌어올려놓았다. "그런 건 치워둬, 귀염둥이. 난 이미 집에 한 쌍 갖고 있으니까."

아가씨는 문 쪽으로 한 걸음 내디뎠지만 조너스가 한 손으로 팔뚝을 붙잡았다. 두 번 다시 자기 손아귀에서 빠져나가게 하지 않을 셈이었다.

"그렇게 함부로 잡지 마, 덩치 큰 짐승 같으니." 아가씨가 혀 짧은 소리를 냈다.

도노반이 잠든 채 돌아누웠고, 침대보가 옆구리에서 흘러내렸다. 만약 조너스가 이 방에서 무슨 일이 벌어졌는가에 대한 더 확실한 증거를 바라고 있었다면 이제 그 증거가 코앞에 펼쳐졌다. 남자는 발가벗은 알몸뚱이였고, 설사 젊은 여자의 뺨 위에 발그레 홍조가 올라왔다 할지라도 조너스는 그것을 볼 수 없었다.

조너스는 오른손으로 붙들었던 아가씨의 팔을 왼손으로 바꾸어 잡고 총집에서 권총을 뽑아 들었다.

"무슨 짓을 하는 거야?" 아가씨는 아직도 속삭이는 소리로 말하고 있었지만 조너스는 대답하면서 큰 소리로 말했다.

"내 할 일을 하는 거지." 조너스는 그렇게 말하고, 한 발의 총탄을 잠든 사내의 배에 쏘아 넣었다.

도노반이 우어억 소리를 지르며 일그러진 낯으로 벌떡 일어났다. 그는 몸을 돌려 자기 권총을 놓아둔 탁자 쪽으로 손을 뻗었지만, 조너스의 45구경에서 두번째 총알이 나와 그 총을 빙글빙글 돌며 방구석으로 날아가게 만들었다.

"해 떴으니 일어나야지, 귀염둥이 꼬마야. 아가씨에게 그만한 가치가 있었기를 바란다." 조너스가 말했다.

"하지 마!" 아가씨가 부르짖었다. 아가씨는 발뒤꿈치로 조너스의 발을 세게 내리찍어 조준을 빗나가게 했다. 세 발째는 한참 빗나가, 벽에 걸려 있던 엘리베이터 검사 증명서 액자를 산산조각 냈다.

도노반은 이제 두 무릎을 꿇은 자세로 사타구니 앞에 베개를 움켜쥐어 대고 있었다. 베갯잇이 가장자리부터 붉게 물들어갔다.

"당신 때문에 다 엉망이 되게 생겼잖아!" 아가씨가 말했다.

"그렇지, 그게 나야. 내가 다 망치지." 조너스는 방아쇠를 한 번 더 당겼고, 퍼석 하는 소리와 함께 거위 털이 공중에 날렸다. 이제는 베갯잇 한가운데가 붉게 물들었다. 가운데인지 어딘지 하여튼 남아 있는 부분이 빨개졌다. 도노반은 얼굴이 우그러져서 매트리스 위로 벌러덩 넘어가며 신음을 내질렀다. "베개도 좋고 매트리스도 좋아. 한데 열일곱 살 소녀만큼은 좋지 않아. 내가 선을 긋는 지점이 바로 거기지."

아가씨는 조너스에게 잡혔던 팔을 억지로 비틀어 빼고 도노반에게 달려갔다. 그리고 앞으로 몸을 기울여 그의 머리를 팔에 괴면서 소리쳤다. "마이크, 마이크!" 그의 머리카락을 쓸어 넘겼다. "당신, 나한테 얘기해줘야 해요! 마이크, 그게 누구죠? 해리에게 손을 쓸 거물이라는 남자가 누구예요?"

하지만 도노반의 입은 두 눈과 마찬가지로 짓씹듯이 꽉 닫혔다. 그의 얼굴 전체가 심한 고통으로 단단히 경직되었다. 두 뺨 위로 눈물이 줄줄 흘러내리고, 머리는 움찔움찔 경련하고 있었다.

"누구냐고요!" 아가씨가 다시 말했다.

조너스는 아가씨를 도노반으로부터 거칠게 밀어내고 45구경의 총신을 그자의 이마에 대었다. 그리고 마지막 남은 두 발을 써서 처참한 고통으로부터 그를 해방시켰다.

닫힌 공간에서 한동안 웅웅 울림이 있어, 총소리의 반향이 여전히 공기 중에 떠도는 듯했다.

조너스는 빈총을 도로 총집에 쑤셔 넣었다. 그리고 돌아섰더니 아가씨가 팔 하나 길이만큼 떨어진 곳에 떨리는 두 손으로 도노반의 권총을 들고 서 있었다. 총은 그를 겨눈 채였다.

아가씨의 머리카락은 다 흘러내렸고 모자는 비뚜름해져 있었다.

"멍청한 황소 같은 새끼야. 네가 무슨 짓을 했는지 알아?"

"알지. 네 장난감을 빼앗았지."

"난 어린애가 아냐! 빌어먹을, 난 다 큰 어른이야."

"그래, 어른이라 하는 짓이 이거야? 이따위 구질구질한 자식하고 자는 거?"

"난 이유가 있어서 그에게 접근한 거야."

조너스는 어깨를 으쓱했다.

"정말 그랬다고!"

"좋아, 그럼 그랬다 쳐."

"그런데 이제 죽어버렸지. 너 같은, 바보 같은 자식 땜에!"

"그래, 죽었어. 너희 오빠가 바라는 게 이거거든."

"우리 오빠 말이지, 내가 오빠의 적수들에게 계속 관심을 쏟고 있지 않았더라면 오빤 이미 3년 전에 시체실로 갔을 거야. 그리고 어쩌면 이제 앞으로 그렇게 되게 생겼지, 네놈 때문에."

"너희 오빠가 나한테 시킨 일이야……."

"암, 오빠가 지시했겠지. 아가씨가 순수하고 깨끗한 몸으로 있게끔 철저하게 감시하라고. 더러운 아일랜드 놈이 손가락을 아가씨 속바지 속에 집어넣지 못하게 확실히 하라고. 내 나이에 오빤 지그필드의 합창대 계집애들 절반은 따먹었던 주제에, 한 번에 두 명씩 따먹어놓고."

조너스는 앞으로 발을 내디뎠다. 한 손을 내밀고, 얼굴에는 합리적인 표정을 지었다. 그는 겁을 먹지는 않았다. 하지만 그렇다고 아가씨가 방아쇠를 당기는 게 불가능하다고 생각한 건 아니었다. "총 이리 줘, 아가씨." 아가씨가 주지 않자, 조너스는 말했다. "우린 여길 빠져나가야 해, 꼬맹아. 누군가 분명히 소리를 듣고 눈치를 채고야 말걸. 어떤 차도 여섯 번이나 엔진 역분사를 하진 않아."

"일곱 번이지." 아가씨가 말했고, 그의 가슴에 총을 쏘았다.

아가씨는 총을 속속들이 닦아서 도노반의 움켜쥔 주먹 속에 쑤셔 넣었다. 뻣뻣해져가는 손가락들을 구부려 총을 쥐도록 만들고, 심지어 한 손가락을 방아쇠에 걸어놓기까지 했다. 도노반이 거기 그렇게 쓰러져 있는 것을 보자 속이 메스꺼워졌다. 그의 흩뿌려진 뇌수가 침대 위에 젖어들고 있다. 하지만 점점 퍼져나가는 피 웅덩이 속에 쓰러진 조너스에 대해서는 아무런 감정도 느껴지지 않았다. 그는 남자가 아니었다. 로봇이었다. 싸구려 잡지 표지에 비명을 지르는 여자와 함께 등장하는 그런. 어슬렁어슬렁 움직이는 금속 인간으로, 머리 좀 돌아가는 미친 과학자 주인 나리가 시키는 대로 여자를 이리저리 들어 옮기는 그런 놈. 조너스는 근육만 있는 고깃덩어리지 두뇌라고는 갖고 있지 않았다. 마치 기계처럼, 작동시켜놓으면 주인이 가리키는 쪽 어디로든 그저 갈 뿐이었다.

뭐, 이젠 아무 데도 가지 못하겠지만.

아가씨는 머리카락을 도로 올리고, 밖으로 나와서 문을 닫았다. 그리고 지상 층까지 여러 층을 층계를 이용하여 내려왔다. 엘리베이터 조종하는 남자가 그녀의 모습을 보아서 좋을 것이 없었다.

거리에 나와 서자 혼자 차를 몰던 운전자가 눈길을 던지고는 휘파람을 불었다. 교회에 가는 길일 테지, 틀림없이. 아가씨는 가장 가까운 버스 정류장으로 걸음을 서둘렀다. 다음 버스가 오기를 기다리려 장의자에 앉았다. 살갗에 착 붙는 속삭임처럼 얇은 드레스 밖으로 드러난 맨팔과 종아리와 일어서면 족히 14센티미터나 키를 높여주는 하이힐 때문에 아가씨는 몹시 눈에 띄는 모습이었고 그녀 자신도 그런 줄을 알았다. 토요일 밤의 나이트클럽에서야 눈에 띄지 않을는지도 모르지만, 일요일 아침 버스 정류장이라면? 아무에게도 알리고 싶지 않은 밤을 보낸 후 귀갓길에 오른 게 아니라면, 그런 차림을 한 젊은 여자애들을 볼 일은 없으리라.

아가씨는 생각했다. 코트가 있었더라면, 아니면 우산이라도, 하다못해 신문이라도 있었으면 펼쳐 들어 앞을 가릴 텐데. 하지만 가진 게 아무것도 없었다. 손바닥보다 작은 핸드백 하나뿐이었다. 아가씨는 등을 꼿꼿이 세우고 앉아서 지평선을 바라보았다.

뒤에서 목소리가 났을 때, 아가씨는 그만 앉은 자리에서 펄쩍 뛰어올랐다. "이보세요? 도움이 필요하십니까?"

아가씨는 몸을 돌려 경찰봉을 들고 선 평발 사내를 발견했다. 어디로 보나 순찰 경관인 게 분명했다. 긴 밤 내내 순찰 일을 한 끝인지 눈 밑이 피로로 축 처져 있었다.

"사실은 그래요." 편안한 경찰차에 올라 신속히 집까지 드라이브할 수 있다는 생각에 미소를 지으면서 아가씨가 말했다. 문 앞에서 문 앞까지 착실히 데려다 주는 뉴욕 시의 서비스다. "네, 도와주시면 좋겠어요. 고맙습니다." 아가씨는 몸을 앞으로 기울여 살짝 접촉을 만들며, 한쪽 어깨를 내려서 어깨끈이 흘러내리도록 했다.

전화기는 침대 저편 방바닥에 있었다. 조너스가 총을 쏘아 도노반의 권총을 탁자에서 날려버렸을 때 그쪽으로 떨어졌던 것이다. 겨우 열 걸음 거리이지만, 지금 조너스가 간신히 낼 수 있는 가다쉬다 하는 전진 속도로는 열 걸음이 10킬로미터처럼 멀기도 했다.

조너스의 호흡은 밭게 끊어졌고, 그가 아무리 애를 써도 허파에 공기를 채워 넣을 수가 없었다. 조너스는 이미 한 번 울컥 토한 뒤였다. 피와 쓴물이 섞인 액체를 토했다. 숨을 들이쉴 때마다 또다시 메스꺼움이 파도처럼 밀려왔다. 그래도 그는 전화를 향해 기어갔다. 한 번에 조금씩, 지나온 바닥에 남겨지는 끈끈한 피의 길에는 주의를 돌리지 않으려 애쓰며 기었다.

기어가는 도중에 그는 죽은 사내가 공중에 내던진 한 손을 스쳐 지났다. 손이 그의 몸을 쓸었다. 보통은 시체가 몸을 건드린다면 결코 유쾌하지 않았겠지만, 지금 조너스는 거의 그런 줄 인식도 못했다. 그는 이제 곧 도노반에게 합류하게 될 터였다.

기면서 그는 아가씨에 대해 생각했다. 그리고 해리를 생각했다.

조너스와 요부

경찰 생각도 했다. 그는 일평생 경찰을 부른 적이 없었다. 단 한 번도 없다, 그 어떤 일로든 절대 부른 적 없다. 조너스가 자란 동네에서는 할 수 있는 한 경찰과는 말을 섞지 않았다. 그런 감정은 모두에게 공통된 것이었다. 하지만 그는 지금 유혹을 느꼈다. 방아쇠를 당기던 그 순간 아가씨의 얼굴에 떠오른 표정을 그는 보았다. 그리고 그 계집이 정말 사악한 몹쓸 년이라는 것을 알았다. 멋대로 쏘다니게 내버려둬서는 안 될 인간이다. 해리 시겔, 마이크 도노반. 그들은 악당이다. 조너스 자신도 나쁜 놈인 것처럼. 하지만 그들은 전문 직업인이며 각자 직업에 필요한 일을 했을 뿐이고 그 이상은 아니었다. 하지만 멜리사 시겔은 종자가 달랐다. 그 계집 생각을 하자 몸에 전율이 흘렀다.

그러니 경찰을 부를까? 무슨 일이 벌어졌는지 그들에게 말할까? 그들에게 아가씨를 잡아넣게 할까?

아니면, 해리에게 전화할까? 그것이 또 다른 선택지이다. 조너스는 완수해야 할 책임이 있었고 빌어먹을 신께 맹세코 그 책임을 다했다. 그 계집을 찾아냈고 그년과 함께 놀아나고 있던 개자식을 죽였다. 그 더러운 이방인 개자식의 거시기에다 총탄을 박아주었다. 해리는 그걸 바랐을 것이다. 해리는 알고 싶어 할 것이다.

그러나 마침내 전화기에 다다랐을 때에는, 전화기는 기적적으로 똑바로 서 있고, 기적적으로 벽에 연결된 선이 끊어지지 않은 채였고, 조너스가 송수화기를 받침대에서 달각 뽑아 넘기고 그 옆에 풀썩 엎어져버리자 거기서 기적적으로 여전히 교환수의 목소리가 났고, 송수화기는 그의 입술 옆에 위치했는데…… 그때에는 조너스에게 오직 한 통의 전화를 할 만한 힘밖에 남아 있지 않았고 그 자신도 그런 줄 알 수 있었다.
그리하여 조너스는 그 힘을 해리에게 전화하는 데 써버리지는 않았다.
경찰을 부르는 데 써버리지도 않았다.

문이 열리고 아가씨가 그 문으로 걸어 들어왔을 때 그녀는 니트 치마와 크림색 블라우스를 입고 재킷까지 걸치고 있었다. 아가씨는 자기 오빠가 입은 것에 가까울 정도로 최대한 보수적인 옷차림을 하고 있었다. 오빠는 서둘러 달려와 그녀의 얼굴을 장갑 낀 두 손으로 붙들고 걱정스럽게 두 눈을 들여다보았다. "얘야, 너 어디 있었냐? 내가 얼마나 걱정했는지 알아?" 그는 사무실 문 양쪽에 지켜 선 부하들에게 손가락을 딱 튀겼다. "다들 나가. 지금 당장."
부하들은 나갔고, 해리는 여동생을 방 안에 있는 두둑하게 속을 넣은 안락의자로 데려가 앉혔다. "무슨 일이 있었던 거야?"
아가씨는 한 손에 손수건을 꽉 움켜쥔 채였고 마스카라는 기술적으로 번지게 해놓았다. 그리고 꼭 진짜같이 들리는 흐느낌을 사이사이 섞어가며 오빠에게 그 슬픈 이야기를 다 털어놓았다. 마이크 도노반이 자기에게 자꾸만 진을 먹이더니 클럽이 끝난 시간에 그의 방으로 끌어들인 사연이며, 자기가 어떻게 반항을 했고, 조너스가 자기를 찾아 결정적인 순간에 모습을 나타냈다는 이야기며,

그래서 그 두 사내들이 (이 부분에서 아가씨는 살짝 몸서리를 쳤다) 총을 쏘아 서로 죽이고 죽었다는 이야기까지. 아가씨는 그래야 할 상황이 오면 썩 근사하게 연기를 해치울 수 있었다. 그리고 지금 한 연기가 아주 훌륭했다는 사실을 스스로도 알았다.
"그놈이 설마…… 도노반 놈이 설마…… 너 설마……?"
아가씨는 자기가 원한 대로 억지로 짓는 미소를 꾸며 떠올렸다. 그녀는 작은 생쥐처럼, 수줍고 소심한 숫처녀 생쥐처럼 겁먹은 듯 살래살래 고개를 저었다.
해리 시겔은 커다란 안도의 한숨을 내쉬었다. "그 저주받을 아일랜드 개새끼들! 이게 마지막이야, 그놈들에게 톡톡히 버릇을 가르쳐주어야겠어. 내 부하 중 하나를 죽여놓고 무사히 넘어갈 순 없지. 놈들은 널 건드릴 수 없어, 그래 놓고 그냥 넘어갈 수도 없고." 그는 책상 위의 버저를 눌렀다. 여닫이문이 열리자 거기 선 덩치를 향해 그가 말했다. "다들 모이라고 해. 지금 당장. 전쟁 회의를 할 거다." 그러고는 아가씨에게 몸을 돌렸다. "이 얘기 아직 끝난 거 아니야. 좀더 얘기를 나누도록 하자. 너하고 나하고. 넌 다칠 수도 있었어. 자칫하면 죽었을지도 모르고, 또……." 그는 세번째 가능성을 입 밖에 내어 말하고 싶지 않은 것이 분명했다. 하지만 아가씨는 오빠의 면상에 대고 말해주고 싶었다. '그 새끼가 날 따먹었을 수도 있죠! 도버 빌딩 옥상에 놓인 접이식 침대에서 내 몸뚱이에 올라타 열심히 방아질을 쳤을 수도 있어요. 그 짓을 한밤 내내 했을지도 모르죠!' 하지만 아가씨는 이런 말은 반 마디도 하지 않고 그저 양순히 고개를 끄덕이고는 방을 나왔다. 오빠가 전쟁 회의를 하게 해야지. 하마터면 유린당할 뻔한 여동생의 순결을 대가 삼아 아일랜드인의 피를 좀 흘리도록 해야지. 그렇게 하는 게 오빠에게는 다소 유리한 점이 있을 것이다. 아일랜드 놈들이 오빠를 좀더 진지하게 상대하게 될 테니까. 또 아일랜드 놈들이 지금보다 더 심하게 오빠를 미워하게도 만드는 거다. 하지만…… 그래도 그놈들이 너무 바싹 조여오지는 못하게 그녀가 거리를 벌려두면 될 거다. 전에도 아가씨가 했던 일이다. 아가씨만의 방식이 있었다.

아가씨는 오빠의 사무실 바깥 방을 지나서 아버지의 사진이 걸려 있는 중앙 복도를 통과했다. 아버지는 심각하고 우울해 보이는 얼굴이었다. 마치 대지급으로 예금 대량 인출 사태에 맞닥뜨린 은행장 같았다. 아가씨가 엘리베이터에 발을 들이자, 혼자 남아 보초를 서고 있던 사내가 모자챙을 슬쩍 만져 인사했다. 엘리베이터를 조종하는 사람은 빼빼 마른 소년이었다. 아마도 아가씨보다 한 살쯤 어린가 싶은데, 그 녀석이 자기 몸에 눈길을 주는 것을 아가씨는 알아차렸다. 빤히 쏘아보는 아가씨의 눈빛에 녀석은 그만 얼어붙었고, 재빨리 엘리베이터 조종으로 돌아갔다. 엉큼한 휘파람은 녀석의 입술에서 새어 나오지 못하고 사그라졌다.

1층에 택시가 기다리고 있었고, 엘리베이터 보이는 접히는 철장문을 드르륵 열었다. 하지만 아가씨가 밖으로 미처 발을 내딛기 전에 웬 다른 여자가 밀고 들어왔다. 계절에 맞지 않게 무거운 코트를 입은 마흔쯤 된 여편네로, 두 손은 몸 앞에서 코트에 어울리는 모직 머프 안에 파묻고 있었다.

"이것 봐요, 나 나갈 거예요!" 아가씨가 말했다.

여자는 꿈쩍하지 않았다. "이번에는 못 나가." 여자가 말했고, 그 말하는 음성은 떨려 나왔다.

"여보쇼!" 엘리베이터 보이는 소리치며 엘리베이터를 도로 올라가게 할 레버에 손을 뻗쳤다. 하지만 여자는 이미 오른손을 머프에서 빼냈고 거기에는 권총이 들려 있었다. 조너스의 총과 똑같은 45구경이었다.

"뒤로 물러나 두 손 들어." 여자가 말했다. "이건 나와 이 계집 사이의 일이야."

소년은 그 말에 따랐다.

"잠깐만요, 당신 누구야?" 아가씨가 말했다.

"그이가 나에게 전화를 했어." 여자가 말했다. 그녀의 손가락은 방아쇠를 단단히 조이고 있었다. "그게 어떤 기분인지 알아? 전화로 내 남편이 죽어가는 걸 듣고 있는 게?"

아가씨의 얼굴이 창백해졌다. "내가 그런 거 아니에요. 도노반이 그랬어요……." 아가씨는 입을 놀리기 시작했지만, 헤이즐의 탄환이 이미 제 갈 길을 가고 있었다.

길거리의 개들

노먼 패트리지

part. 1

킴 발로의 오빠가 여동생의 죽음을 처음 안 것은 그녀가 땅에 묻힌 지 두 달이 지난 후였다.

글렌은 멀리 애리조나에 가 있다가 보안관보가 보낸 이메일을 받았다. 물론 그 이메일은 글렌의 메일함에 들어와 두 달 동안이나 가상의 먼지가 앉은 채였다. 글렌이 좀처럼 메일을 확인하는 법이 없었기 때문이다. 메일을 확인할 수 없는 상황이라서가 아니었다. 물론 해상 석유 시추 설비가 텍사스 해안으로부터 65킬로미터쯤 떨어진 바다 위에 있는 건 사실이지만, 그래도 멀쩡히 손 닿는 곳에 컴퓨터들이 있었다. 없었던 것은 글렌 발로가 이메일로 연락을 받을지도 모르는 상대방이었다. 킴을 제외하면 아무도 없는데, 킴은 글렌이 자기 남자 친구를 자기 집 거실 창으로 내던져버린 지난 크리스마스이브 이후로 아무 소리 없이 잠잠하기만 했다.

글렌은 회사에 들어와 일한 지 겨우 두 달째였지만 인력 배치 감독이 글렌을 좋아하여 선선히 긴급 휴가를 내주었다. 휴스턴에서 온 누구라던가 하는 젊은 양복쟁이 하나가 시추 설비를 둘러보고 다시 본토로 갈 참이라서 글렌은 갤버스턴까지 회사 헬리콥터를 타고 나왔다. 열일곱 시간 후에 그는 엘 파지토 보안관 사무실 앞에 자기 트럭을 갖다 댔다. 이메일을 보낸 보안관보와 미리 통화는 한 뒤였다. 본토의 해안을 떠나 근무하러 나가면서 포드 차의 글러브박스에 넣어두고 잊어버리고 있었던 휴대전화로 한 것이다. 글렌이 휴대전화를 사용하는 빈도도 이메일 계정을 사용하는 빈도나 마찬가지 수준이었다.

보안관보는, 그의 이름은 제이제이 브라이스인데, 오늘 하루 종일 글렌이 나타나기를 기다리고 있었다. 실제 나타난 사내를 보자마자 보안관보는 고개를 절레절레 흔들었다. 글렌의 픽업트럭을 보았을 때에도 그는 또 고개를 저었다. 그 낡은 포드 차를 보고할 때 뭐라 형용할지 해보려고 하면서, 브라이스는 차량의 색상을 녹색깔 아니면 밑칠 색깔 중 어느 쪽으로 해도 무리 없겠다고 생각했다. 그리고 그 차를 몰아 온 사람 역시 거의 그런 행색이었다. 이제 마흔이 되어가며 나이 먹은 것이 눈에 띄기 시작하는 외모이다. 브라이스는 이런 유형을 그야말로 숱하게 보아 알고 있었다. 정착을 못하는 떠돌이 인생. 못 먹어 굶주린 동물처럼 억세고 검질긴 그런 사내다. 그리고 이런 자들을 굶주린 짐승이라 할 때 그건 들토끼일 수도 있고, 코요테일 수도 있다. 때때로 어느 쪽인지 그 당시에는 판가름하기 힘들 때가 있다.

하지만 브라이스는 이 사내에 대하여 이미 판정을 내렸다. 그는 발로가 지난해 크리스마스이브에 케일 하워드를 거실 창으로 내던져버린 일에 관하여 전말을 다 들었다. 사실 그는 서에서 수군수군 돌았던 이야기 이상으로 더 많은 것을 들은 터였다. 그런들 그 들은 이야기 중에 뭐라도 지금 문제가 된다는 건 아니다. 보안관보가 보기에 지금 당장은 모든 게 사무적인 것이었다.

두 사람은 보안관보의 좁아터진 사무실에 자리를 잡고 앉아 시동을 걸었다. 살펴볼 것은 많지 않았다. 사무실에는 없었다. 킴 발로의 죽음에 관해 브라이스가 가지고 있는 서류철에는 없었다. 그러나 글렌은 그것들을 보았고, 건성으로 보는 게 아니라 시간을 들였다. 그리고 보안관보는 그런 상황이 썩 마음에 들지는 않았다.

한동안이 지난 후에 글렌은 서류철을 닫아서 탁자 건너편으로 슥 밀어 보냈다.

"이건 정말 믿기가 힘이 드는군요." 그가 말했다.

"믿고 말고 할 일이 아니요. 정말이지. 일어난 일 그대로예요."

"용의자가 없는 거죠?"

"보고서를 읽었잖소, 발로 씨. 이런 사건에 용의자란 없어요."

"그 개놈의 하워드 새끼하고는 얘기해보셨습니까?"

"아무렴요. 케일하고 얘기했지요. 케일에 관한 조서 철도 읽어봤고 말이오."

"그러면 그 새끼가 내 여동생을 두들겨 패곤 했던 걸 알고 있겠군요."

"그 건은 알아요. 하지만 하워드가 이 짓을 하지는 않았다는 것도 알고 있소. 인간이 할 수 있는 짓이 아니잖소."

글렌은 상대방을 쳐다보기만 했다. 비죽이 미소 비슷한 것을 띠고서, 한마디도 하지 않고…… 그러자 브라이스는 느닷없이 맥박이 쿵쿵 치솟는 것이 느껴졌다. 왜냐하면 그 표정은 들토끼에게서 볼 수 있는 표정은 결단코 아니었기 때문이다.

글렌 발로가 말했다. "인간에 따라서 그 어떤 놈들이 할 수 있는 짓을 알면 깜짝 놀라시겠군요."

그것이 고비였다. 탁자 위에 패가 놓였고, 고작 10분이라는 공간 안에 모든 것이 달렸다. 하지만 브라이스라는 이름의 신사 양반과 발로는 카드 패를 들고 게임을 하고 있던 것은 아니었기에, 그래서 그들은 몇 수를 더 두어갔다. 브라이스는 글렌에게 접근 금지 명령을 상기시키고 만약 글렌이 케일 하워드에게 쫓아갈 경우 얼마나 곤란한 처지에 처할 것인지 단단히 경고를 했다. 글렌은 질문들을 던졌다. 보안관보는 그 질문을 받아넘겨버리거나 그냥 아무런 대답을 하지 않았다. 오고 간 말들은 두 사내 모두에게 의도한 바를 (아니면 상대방을 끌고 가려고 의도한 바를) 전혀 달성해주지 못했다. 둘

다 서로 한 발도 지지 않았고 서로 그게 못마땅했다.

마침내 글렌은 이렇게 말했다. "사진을 보고 싶습니다."

"이것 봐요, 발로. 여동생이 당신에게 유일하게 생존해 있는 피붙이였던 건 이해를 해요. 하지만 저 바깥 황야가 어떤지 잘 알잖소. 우리가 알아본 바로 킴은 혼자였소. 혼자서 트레스 마노스에 암벽 등반을 했던 거요. 추락을 했던 거지요. 그 후에는 글쎄요, 아마 무척 심하게 다쳤을 거요. 다리가 부러져 있었으니까. 누가 킴을 찾아낸 건 한 이틀이나 지난 후였소. 그러기에 앞서 뭔가가 킴에게 먼저 접근을 했던 거요. 코요테 한 떼였든가, 아니면 푸마였던지도 모르지. 우리는 몇몇 전문가들을 투입했는데 그들이 말하기를……."

"난 그 사람들 얘기 따위는 신경 안 써요. 이 일에는 케일이 어떤 방식으로든 얽혀 있어요. 내가 그놈을 창밖으로 던져낸 이후로 놈이 소소하게 보호책을 강구했다 한들 놀랄 일도 아니지요. 어쩌면 놈은 핏불 테리어를 데려다 놨을지 몰라요."

"우리가 그것도 다 조사를 했어요. 케일한테는 개가 없어요."

"그렇다고 한들 달라질 건 아무것도 없어요. 그래도 난 사진을 보고 싶어요."

"이 일에 대해서는 내 말을 믿어요. 당신은 보고 싶지 않을 거요."

"몇 번이나 더 같은 얘기를 시킬 생각입니까?"

보안관보는 깊이 숨을 들이마시고 성질을 다스리려고 노력했다.

"보안관보님이 자꾸 날 이렇게 만드시니까, 원하신다면 다시 한 번 말하지요."

브라이스는 너무 성질이 뻗쳐서 이를 악다물지 않고 배기기가 힘들 지경이었다. 하지만 그래도 당면한 일은 해치워버리기로 했다. "좋소, 발로. 현장 사진을 보고 싶댔지? 그럼 사진을 보쇼."

보안관보는 서류 캐비닛 서랍을 원래 그래야 할 것보다 한층 세게 확 끌어당겨 열어서 또 한 권의 마분지 서류철을 책상 건너편으로 던져주었다. 발로는 그 사진들을 오랫동안 들여다보았다. 아무튼 브라이스가 시간을 가늠할 수 있는 한은 한참인 것 같았다.

"잘 봤어요." 글렌이 마침내 그렇게 말했다. 그는 서류철을 닫아서 책상 건너편으로 미끄러뜨리고는 브라이스가 깜짝 놀랐을 만큼 빠르게 벌떡 자리에서 일어났다. 보안관보가 해줘야 할 말이 더 있기는 했으나 발로는 말할 기회를 주지 않았다. 그는 브라이스가 "어?" 하기도 전에 그의 사무실 문을 쾅 닫았고, 그로부터 불과 몇 초 지나지 않아 자신의 엉망진창 고물 픽업트럭의 문을 지면에 녹 부스러기가 우수수 쏟아져 내리도록 또다시 쾅 닫았다. 그런 다음 그는 곧바로 엘 파지토를 빠져나가는 길로 차를 몰며 액셀러레이터를 세게 밟았다. 마을에 하나밖에 없는 술집을 지나…… 장례식장을 지나…… 총포사를 지나…….

사막으로 3킬로미터쯤 나온 후에 글렌 발로는 노면에 바퀴 자국이 남도록 급브레이크를 밟아 차를 세웠다.

빌어먹을 놈의 보안관보가 사진에 대해서는 바른말을 했다.

말라 죽어가는 유카나무 뿌리께에 대고, 글렌은 뱃속이 다 말라붙을 때까지 토했다.

제이제이 브라이스는 킴 발로 사건 서류철을 제자리로 돌려놓고 사망자의 오빠가 들이닥쳐 만나봤다는 이야기를 보안관에게 해두었다. 그는 사무실에서 빈둥거리며 시간을 때우는 중이었지만, 베니션 블라인드 틈으로 썰듯이 비쳐 들어오는 저무는 햇살 가닥과 대체 누구였던지 전임자 게으름쟁이 보안관보 놈이 시꺼멓게 담뱃불로 지져 엉망으로 만든 책상 가장자리를 보며 그렇게 앉아 있기가 아주 고역이었다.

그래서 그는 퇴근 시각이 되자마자 자기 픽업트럭에 몸을 실었다. 새로 뽑은 포드 픽업으로, 글렌 발로가 몰던 놈보다는 이루 말할 수 없이 번쩍거리는 놈이었다. 그런들 브라이스의 기분은 조금이라도 나아지지 않았다. 그는 아직도 속이 부글부글 끓었고, 그 순간에 그가 할 수 있는 일은 별로 많지가 않았다. 엘 파지토에는 술집이 단 한 집뿐이고, 보안관 랜달은 누구든 배지 단 경관이 거기에서 술 마시는 것을 결코 탐탁하게 보지 않았다.

그래서 브라이스는 마을을 벗어나 남쪽으로, 과달루페를 향해 차를 몰아 갔다. 그는 도스 가토스로 빙 돌아서 거기 있는 아는 멕시코 식품점을 들러 가야겠다고 생각했다. 그곳은 브라이스가 갈 길에서 50킬로미터쯤이나 옆으로 새어야 하지만, 거길 들르면 집에 가기 전에 다소 머리를 식힐 만한 시간이 걸릴 터였다. 게다가 그 집에서는 이미 양념 국물에 재워서 금방 갖고 갈 수 있게 해놓은 돼지고기 까르니따스를 살 수 있다. 브라이스는 그리로 향하면서 6개들이 병맥주 한 팩과 또떠야를 사야겠다고 마음먹었다. 이따가 그 까르니따스를 바비큐에 올려서 쓰고 있는 발 달린 낡은 주물 프라이팬에 지질 것이다. 맥주 두어 병으로 목구멍을 씻어내리며 하늘에 깜박이는 별들을 바라보면, 아마도 밤을 평온히 보낼 수 있으리라.

완전히 평온하지는 못하더라도, 조금이라도 낫긴 하겠지.

보안관보가 속도계 바늘이 110킬로미터를 넘어가도록 밟으면서 에어컨을 쌩쌩 잘 돌리고 있을 때에, 글렌 발로는 자기 픽업트럭 바닥에 수북한 햄버거 포장지들 사이에서 숨바꼭질을 하고 있던 뜨뜻해진 닥터 페퍼를 반 캔쯤 꿀꺽꿀꺽 넘겨 내린 참이었다. 고마운 닥터 페퍼이지만 토사물의 맛을 입에서 가셔준 것 이외에는 별 도움이 되지 못했다. 그렇기는 해도 그거나마 있어 다행이다.

글렌은 남쪽으로 차를 몰았다. 브라이스가 타고 있는 길과 같은 길이다. 하지만 방향은 정반대였다. 그는 그 길을 오래 달릴 계획이 아니었다. 바로 앞에 교차로가 있었다. 좁은 비포장 도로가 서쪽으로 크레오소트, 코요테 브러시, 아마란스가 나 있는 들판을 울퉁불퉁 달려갔다.

그 길이 이어진 곳이 글렌 발로가 가려는 목적지였다. 왜냐하면 그가 알아야만 할 다른 사항들이 있었기 때문이다. 브라이스 같은 작자가 말해주려 하지 않을 일들이다. 하지만 그래도 상관없다. 글렌은 어딜 가면 답을 얻을 수 있을지 알고 있었다. 그곳은 그가 지난 12월에 마을에서 쫓겨 나와 해결되지 않는 의문들을 산더미처럼 남겨두고 떠났던 바로 그 장소였다.

그 생각이 들어서 글렌은 심란해졌다. 그는 차를 왼쪽으로 꺾어 흙길 한옆에 대고는 뜨뜻한 닥터 페퍼를 한 모금 더 마셨다. 그날 들어 처음으로 그는 신경이 날카로워진 느낌이 들었다. 그리고 그렇다니 이상한 일이었다. 지난 몇 시간 동안 그가 내고 받은 패들을 생각해보면 말이다.

핸들을 홱 당기고 삐걱이는 트럭 문을 연다. 글렌은 운전석에서 밖으로 기어 나와 건조한 열기 속에 그저 서 있었다. 온종일 운전대를 잡았으니 기진맥진하도록 지쳤지만, 그런데도 진정을 할 수가 없었다. 진정할 수 없는데 피곤하다. 글렌은 이 이상 걸음을 내딛기 전에 우선 숨을 고를 필요가 있었다.

그는 잠시 눈을 감았다. 저기 어딘가에 귀뚜라미들이 운다…… 그칠 줄 모르는 높고 단조로운 소리로 찌르륵 찌르륵 울어댄다. 글렌은 해상 석유 굴착 시설에서 지내는 데에 너무나도 익숙해져 있었다. 바다와 갈매기와 장비가 구동되는 소리를 듣곤 했다. 뭔가 다른 소리를 듣고 있자니 기분이 이상했다. 하지만 그는 정말로 그 소리를 듣고 있는 것은 아니었다. 그래 보려고 무진 애는 썼지만 말이다. 그는 생각하고 있었다. 작년 크리스마스이브의 기억을 떠올린다. 바로 이 자리에 차를 대었던 일을, 싸늘한 12월의 달빛이 위에서 내리비치던 걸 기억한다.

바로 여기, 지금 그가 서 있는 이 장소였다. 글렌은 탄산음료를 마지막 한 모금까지 꿀꺽꿀꺽 입안에 쏟아부었다. 그는 그날 밤과 그 이후로 찾아와 지나간 여러 날 밤들을 생각했고, 그 밤들이 결국 자신을 어디로 데려다 놓았는지 생각했다. 한 바퀴 빙 돌아 왔군. 처음에 출발했던 그 자리로 어김없이 돌아왔어.

그는 형편없이 찌그러진 운전석 옆 도어 미러에 비친 자신의 모습을 흘긋 보면서 고개를 설레설레 저었다.

'아마 기어가 하나로 고정되어 있는가 봐, 이런 바보 멍청이 같은 자식.'

글렌은 그 생각에 웃음을 터뜨릴 뻔했다. 하지만 그러지는 않았다. 그 대신 흙길에다 뜨뜻한 닥터 페퍼를 뱉어냈다. 그러고 나서 그는 트럭에 올라탔고, 열쇠를 돌려 엔진을 걸고, 길 위로 덜커덩 차를 올려놓았다. 뒤에는 땅바닥에 젖은 자국, 목마른 붉은 흙땅이 집어삼킬 음료 자국만을 남겨놓았다.

리사 앨런은 여전히 아름다웠다. 당연하다. 글렌이 마을을 떠난 지 손으로 꼽을 만한 몇 달 사이에 그 사실은 변한 바가 없었다. 하지만 엄청 많은 게 변했다. 글렌은 한때 두 사람이 같이 살았던 그 집의 문을 들어서면서 그걸 알았다.

오늘 밤에는 그를 맞아 입 맞춰주지 않는다. 심지어 포옹도 없다. 둘은 주방에 앉았다. 식탁 위에는 맥주 두 병이 놓였다. 글렌의 어깨 뒤로 뒷문은 열어둔 채였고, 그래서 글렌은 집 옆면을 따라 일구어놓은 조각땅 텃밭에 난 허브들의 냄새를 맡을 수 있었다. 세이지, 로즈마리, 타임······. 그것 말고 다른 허브도 잔뜩 나 있으리라. 히

피였던 리사의 부모님이 그 옛날 1960년대에 애리조나의 덤불투성이 땅 쪼가리에 흙벽돌 집을 지으면서 불렀던 노래에 나올 그런 풀들 말이다. 물론 글렌은 그 말을 하진 않았다. 리사가 들으면 웃음을 터뜨릴 종류의 이야기라고 생각하긴 했지만. 그건 그의 외투가 복도 끝 옷장 안에 걸려 있던 시절에나 있을 얘기다.

그때는 상황이 지금과 달랐다.

아까도 울던 귀뚜라미들이 아직도 저 바깥 어디에서 그놈의 높고도 단조로운 울음을 찌르륵대고 있었다. 하지만 글렌은 놈들을 무시했다. 그 대신 그는 자기 입에서 나오는 말들을 집중하여 들었다. 그렇게 말할 수 있으리라고는 전혀 상상도 못했을 만큼 차분하고 확실하게 말이 나왔다. 그리고 그는 리사의 대답을 집중해 들었다. 차분하기도 확실하기도 그에 비해 전혀 빠질 것이 없는 대답들이었다.

"그 사진들 봤지요, 글렌. 케일이 그 짓을 했을 순 없어요."

"어쩌면 했을 수도 있지. 아닐 수도 있고."

"경찰들이 단서를 짜 맞추어본 얘길 해줬잖아요, 아니에요? 킴은 트레스 마노스에 나가 있었어요. 당신도 킴이 얼마나 거기 가는 걸 좋아했는지 알고 있지요. 사람들이 킴의 암벽 등반 장비를 발견했어요. 킴은 제3암봉의 남벽에 있었는데, 분명히 사고가 났던 거예요. 얼마나 오랫동안 거기 혼자 있었을지 하나님만 아시겠죠……."

"아니면 혹시 혼자가 아니었을지도 모르지. 그리고 일이 그런 식으로 난 게 아니었을지도 몰라. 어쩌면 누군가가 외견상 그렇게 사고가 난 것처럼 보이길 바랐던 것뿐일지도."

"맙소사, 글렌. 당신 경찰이 하는 말을 듣기는 한 거예요?"

"들었고말고. 자기들끼리 이러면 말이 되는구나 하고 싹 정리해서 서류철을 만들어 캐비닛에다 더럽게 빨리 갖다 꽂아버린 얘기를 줄줄 해주는데, 아주 잘 들었지."

"그럼 그 사건으로 해서 뭘 어떻게 할 계획이에요?"

"그건 많은 부분 당신한테 달려 있어. 내가 아는 건 단지 내 육감이 꿈틀하는 것뿐이야. ……그리고 육감은 케일 하워드하고 직접 얼굴을 맞대고 숨김없는 이야기를 나눌 만한 장소로 놈을 데려가야만 하겠다고 얘기하는걸. 난 놈이 내가 족치면 과연 이 일에 관해 뭐라고 지껄일지 듣고 싶어. 그리고 그 말을 할 때 놈의 눈을 들여다봐야겠어."

"그런 건 전에도 해봤잖아요, 글렌. 기억할지 모르겠지만, 그렇게 화끈하게 잘 풀리지는 않았죠."

"아무렴." 글렌은 리사를 물끄러미 보았다. "기억하고 있어."

그리고 글렌은 정말 기억하고 있었다. 전부 다 기억했다. 장면들이 복부에 와 꽂히는 연타처럼 그에게 떠올랐다. 그와 케일은 단순하고 겉치레 없는 말 두어 마디를 주고받았다. 그리고 그 즉시 케일 하워드가 주먹을 날려서 글렌을 굳어지게 만들었고, 글렌의 두 손이 그 비쩍 마른 개자식에게 뻗어갔다. 사람이 정말로 배가 고플 때에 닭다리를 죽 잡아 뜯듯이, 칼도 쓰지 않고 그냥 관절을 비틀어 떼듯이 놈을 휘둘렀다. 그 얘기는 즉 글렌이 지금 자기가 무슨 짓을 하고 있는지 자각하기도 전에 케일이 유리창을 박살내면서 실내에서 밖으로 나가게 되었다는 뜻이다.

"이봐, 리사. 내가 여기 온 건 딱 한 가지 때문이야. 케일이 어디 있는지 당신이 나에게 말해줘야만 해."

리사는 놀라서 한쪽 눈썹을 치올렸다. "도대체 서에서 당신하고 얘기한 경찰이 누구였어요?"

"엉치께에 도금 장식을 줄줄이 찬 재담꾼이었지. 브라이스라는 작자야."

"그런데 그 사람이 얘기 안 해줬어요?"

"무슨 얘기를 말이야?"

"작년 12월 당신이 마을에서 쫓겨난 후로 상황이 좀 변했거든요. 케일은 킴네 집으로 들어가 살았어요."

"농담이지."

"무슨요."

"그래서 놈이 아직도 거기 있는 거야? 당신 얘기는 그 말이로군? 그놈이 킴네 집을 차고 앉아 살고 있다고?"

"집은 이제 그 사람 집이에요, 글렌."

리사가 그를 지그시 바라보았다.

"케일과 킴은 밸런타인데이에 차를 타고 라스베이거스로 가서 결혼했어요. 킴이 모든 걸 그 사람에게 남겨줬지요."

격렬한 웃음이 글렌의 목구멍에 쿨룩거렸다. "좋았어. 이제 슬슬

앞뒤가 맞아가는군."

"경찰들도 그 생각을 했을 거라는 생각은 안 들어요?"

"했더라도 속으로만 하고 말았던 게 절대 틀림없어. 그자들은 트레스 마노스에서 내 여동생이 갈기갈기 찢겨 있는 걸 찾아냈지. 그애의 등반 장비가 주위에 널려 있고, 한쪽 다리는 부러졌고, 그러니까 경찰 놈들은 그냥…… 여봐, 이 근방에 코요테들이 있었지. 안 그래? 그러면서 쉬운 쪽으로 계산을 해서 답을 냈고, 그 모든 걸 두 겹으로 일어난 사고라고 보고서에 써서 치워버린 거야."

"아니, 아니, 그렇게는 되지 않았어요. 여기가 작은 마을일지는 몰라도, 아무리 그래도 경찰인데 어느 정도 인정은 해줘야죠. 경찰에서는 케일을 몹시 다그쳤어요. 킴의 집을 안 뒤진 곳 없이 다 수색했고요. 아무것도 찾아낸 게 없었어요."

"개자식의 머릿속에 자물쇠 채워져 있는 생각을 찾아내기란 힘든 법이지. 그에 알맞은 도구를 사용하지 않는 한은 말이야."

"당신, 그 일에 대해서 잘 생각해보는 편이 좋을 거예요. 이 동네에 법률이 존재한다는 건 알고 있잖아요. 그런 짓을 할 심산이에요? 두번째로? 그것도 당신을 상대로 접근 금지 명령을 얻어낸 사람을 상대로요? 미친 짓이에요."

"그렇지. 아마도 틀림없이 미친 짓일 거야. 그리고 아마 이미 전에도 미친 짓을 했어야 했던 거야. 틀림없는 사실은 내가 케일 놈을 그 창문 밖으로 집어 던져놓고 마무리를 제대로 안 했다는 거야. 당신이 누구보다 더 잘 아는 사실이잖아, 리사. 그놈의 개새끼가 꼬리를 말고 내뺄 때까지 흠씬 두들겨 패주었어야 했어. 내가 그렇게 했더라면, 어쩌면 킴은 아직 살아 있었을 거야. 젠장맞을, 만약 내가 그렇게 제대로 손을 봐주었더라면 여길 떠날 필요가 없었을지도 모르는데."

"당신은 꼭 떠나야 할 것도 아니었어요. 그건 당신 선택이었죠."

"아니야. 그건 당신이 선택한 거지, 리사. ……작년 12월에 경찰에 전화를 해서 내 앞을 사정없이 가로막았을 때에 당신이 내린 선택이야."

그 말들은 글렌이 미처 자기 두뇌 속에 떠오른 줄 자각하기도 전에 이미 입에서 튀어나와버렸다. 리사는 그가 방금 바위 밑에서 기어 나오기라도 한 것처럼 꼼짝 않고 물끄러미 그를 보았다. 그 표정을 보노라니, 글렌은 지난 12월의 그 밤에도 아마 리사는 저러한 얼굴이었겠구나 싶었다. 추위 때문에 주방 쪽 문은 닫혀 있고, 허브는 서리에 상하지 않게 쳐두었고, 얼음 같은 바람이 그의 등 뒤로 창을 덜컥덜컥 흔들고 있던 그 밤에. 케일 하워드가 거실 창문을 통해 엉덩이를 채여 나가는 꼴사나운 퇴장을 당하기 직전에 글렌에게 꽂아 넣었던 한 방 때문에 왼눈이 욱신욱신 쑤시고 있었다. 글렌은 케일 하워드 같은 놈에게는 그러한 종류의 처분도 충분한 벌이 못 된다는 사실을 자기가 어떻게 육감으로 확실히 알고 있는지를 리사에게 설명하려고 애썼다. 그런 놈이 말귀를 알아듣게 하려면 더 심하게 손을 봐줘야 한다는 걸 말이다.

글렌은 그 순간을 결코 잊지 못할 것이다. 킴이 처음으로 하워드와 사이가 실제로 어떤지를 인정했을 때 가슴속에 피어올랐던 분노를 결코 잊지 못할 것처럼. 아니면 그 분노로써 그가 해야만 하겠다고 확신한 일, 또는 여동생이 고백을 한 직후에 그가 그 분노로써 한 일을 잊지 않을 것처럼. 그리고 글렌은 그 12월의 밤에 리사네 집 주방에 앉아 있었다. 속으로 그 모든 것들이 부글부글 끓고 있는 채, 그러나 그의 입술을 지나 나오는 말로는 도저히 사랑하는 여자에게 어떻게 설명을 할 도리를 찾지 못한 채로.

지금도 리사는 그의 뜻을 이해할 수 없었다. "그러니까 나만 아니었으면 오늘날에 모든 일이 다 잘되었을 거다 이거군요?"

글렌은 숨을 훅 들이마셨지만 말은 한마디도 뱉지 않았다.

"맙소사, 글렌. 당신 지금 이 자리에 앉아서 킴이 죽은 게 내 책임이라고 얘기하고 있는 건 정말 아니겠죠?"

"아니야. 하지만 내가 그쪽으로 다시 가볼 거라고 했을 때 경찰을 부른 건 당신이었지."

"내가 그렇게 할 거라고 당신에게 말을 했어요. 여기서 나갈 때 당신 총을 갖고 나갔잖아요, 글렌."

"난 그저 그 자식에게 겁을 주려는 거였어. 그 겁쟁이 놈은 바로 내빼서 자정쯤 해서는 주 경계선을 넘어 달아났을 거야."

"제발 좀, 케일이 총을 봤을 때 어떻게 나올지 알 수가 없는 일이잖아요. 그리고 경찰 얘기라면, 난 어찌 됐든 경찰을 불렀을 거예요. 기억해요? 케일을 가정폭력으로 고발한 건 바로 나였어요. 젠장, 킴이 그러려고 하기만 했다면 난 상황이 정리될 때까지 킴을 우리 집에 와 있게 했을 거예요. 케일이 구금돼 있는 동안 킴에게 그러는 게 어떠냐고 얘기도 했죠. 킴은 케일과 둘 사이에 문제가 심각하다는 것조차 인정하려고 들지 않았어요."

"때로 사람들은 자신에게 닥친 일을 제대로 처리 못 할 수도 있지."

"자기가 처리해야지요."

"그런데 그럴 만큼 굳센 사람이 못 된다면 어떻게 하지?"

"도와줘서 강해지게 해줘야지요." 리사는 한숨지었다. "하지만 대신 그들 삶을 살아줄 수는 없는 거예요. 그들 스스로 뚫고 지나가야 할 환난을 대신 뚫고 나가줄 수는 없어요. 그리고 그러자고 자기 자신의 삶을 홀딱 불질러 태워버려서는 정말 안 되는 거예요, 그들이 당신 인생을 망칠 만한 힘이 없었다고 해서 당신이 직접? 하지만 그게 당신이 한 일이죠. 당신 자신에게 말이에요. 그 총을 들고 이 집에서 나갔던 그때에. 나에게도요. ……그리고 우리 둘의 사이에도. 그래서 당신은 그 행동에 대가를 치렀죠. 하지만 사태는 더 나빠졌을 수도 있었어요."

"어떻게 더 나빠질 수 있었다는 건지 모르겠군."

"난 알겠는데요. 만약에 내가 그날 밤 당신을 저지하지 않았더라면 당신은 필시 지금 감방 안에 앉아 있을 거예요, 살인죄로 복역하면서요. 우리 둘 다 정말 그랬을 거라는 걸 알고 있죠."

글렌은 고개를 저었다.

"어쩌면 지금이라도 내가 결국 거기로 가게 되는지 모르겠군."

이제 리사가 한마디도 뱉지 않고 그를 빤히 쳐다볼 차례였다.

"우리 사이에 볼일은 끝난 것 같아." 글렌이 말했다.

"그러네요. 그런 것 같아요."

글렌은 문을 향해 걸음을 떼어놓았다. 조리대에는 전화기가 있었다. "이러기는 정말 싫은데." 글렌이 말했고, 이어서 전화기의 코드를 뽑아서 선채로 한 팔 아래 끼었다.

"내가 가기 전에 한 가지 더 챙길 게 있어."

"뭐 말이죠?"

"당신 휴대전화. 리사, 그걸 나한테 줘."

글렌은 엔진을 걸고, 붉은 길을 총알처럼 달려 나갔다. 갑자기 이 순간이 마치 6개월 전의 그때 같았다. 리사와 자신의 인생이 차 후방으로 멀어지고, 전방에는 무엇이 있을지 신만이 아실 것이다.

최소한 오늘 밤엔 경찰들이 이 길 끝에서 그를 기다리고 있지 않으리라. 그런 일은 없을 것이다. 이제 글렌이 리사의 전화기를 전부 가져왔으니까. 리사네 집에서는 어디를 가려 해도 걸어서는 한참이 걸렸다.

하지만 그렇다 해도 그 문제에 대해서는 선택의 여지가 없었다. 지난 12월에 했던 행동들을 고스란히 되풀이할 만한 여유는 이제 없었다. 그날 밤에는 랜달 보안관이 직접 리사의 긴급 신고 전화에 응답했다. 늙은이가 전화를 받고 빨리도 움직였다. 킴의 집으로 통하는 비포장 흙길이 고속도로 아스팔트 길과 접하는 지점에서 글렌의 차 앞을 딱 가로막았던 것이다.

케일 하워드가 법적 절차를 밟은 후, 글렌은 결국 폭력 혐의로 일주일간 구류를 살았다. 물론 하워드는 접근 금지 명령을 따냈고, 기소는 취하되었다. 전부 그런 식으로 흘러갔다.

케일 하워드도 다소 법적 처벌을 받기는 했지만, 끝에 가서는 보호관찰과 상담 정도로 빠져나갔다. ……그리고 머지않아 도로 킴에게 돌아갔다. 킴은 리사와도 글렌과도 말을 섞지 않으려 했다.

그것도 고약했지만 최악은 따로 있었다. 글렌은 스스로에게 선고를 내렸고, 돌이켜보면 그 스스로 몹시도 완강한 심판관 노릇을 했다. 왜냐하면 어떻게 된 일인지 하여튼 그가 나쁜 놈이 되어버렸기 때문이다. 법률의 시각에서 보나, 그의 여동생 쪽에서 보나, 게다가 리사가 보기에도 그러했다.

그리고 아마도 심지어 자기 자신이 보기에도 그런 건지 모르겠다. 쫓겨난 것은 케일 하워드가 아니고 바로 글렌 본인이었으니까. 리사와 사이가 틀어지자, 그리고 킴과도 그렇게 되자 옆에 맴돌지 않고 떠나버린 건 바로 그였다. 리사와도 킴과도 몇 달 동안이나 말 한마디 주고받지 않은 사람이 바로 그였다. 이제 와서 그 보상을 할 수 없는 것만큼이나 글렌은 그 명백한 사실로부터 회피도 할 수 없었다.

다른 무엇보다도 바로 그 사실이 글렌을 앞으로 달려가게 만들었다. 그는 그러면 안 될 정도로 거세게 마구 차를 몰아서 아스팔트 포장도로로 올라갔다. 북쪽을 향했다. 그는 리사의 집 식탁에 앉아 있었을 때 느꼈던 후회의 감정을, 그리고 후회와 함께 영락없이 북받쳐 오른 간절한 마음을 묻어버리려고 애썼다. 하지만 도저히 마음대로 되지 않았다. 비록 그의 시선은 앞쪽에 뻗어 있는 길을, 그 한복판에 죽 그어져 있는 중앙선을 더듬었지만, 그의 상념은 등 뒤를 서성였다.

지금이라도 거기에서 리사를 다시 볼 수 있다. 그 식탁 앞에 앉아서 말이다. 리사를 마지막 본 지 6개월이 지나갔지만, 6개월 전 그때의 두 사람 관계는 그의 기억 속에서 그렇게 까마득히 뽑혀 나가지 못했다. 그는 리사의 머리카락 속에 얼굴을 묻으면, 그녀를 만지면, 그녀와 함께 잠자리에 들면, 아침에 함께 일어난다면 정말 어떨 것인지 상상했다. 아직도, 그의 가슴속 한 작은 방 안에서는 그녀에 대한 그런 마음은 이전 그대로였다. 그리고 만약 글렌이 이런 사내가 아니었다면, 어쩌면 그는 그 모든 일들을 다시 일어나게 할 수도 있었을 것이다. 바로 그렇게 전과 똑같이 할 수도 있었을 것이다.

하지만 그게 바로 엿 같은 부분이다. 글렌 발로는 바로 이런 사내였기 때문이다. 그리고 가장 고약한 것은 그 자신이 누구보다 더 그 사실을 잘 알고 있다는 점이었다. 이 순간 리사 앨런의 집 앞문으로 발을 들여놓고 있는 유가 다른 또 한 명의 사나이가 알고 있기보다도 정말이지 그 자신이 더 잘 알고 있었다.

그 사내의 이름은 제이제이 브라이스였다.

보안관보는 6개들이 맥주 꾸러미를 조리대에 올려놓고, 멕시코 식품점에서 사온 또띠야와 까르니따스 봉투를 그 옆에 올렸다. 총띠를 풀어서 의자에 걸쳤다. 그런 다음 몸을 낮게 구부려 리사에게 입맞춤을 하고, 맥주병 하나를 건네주었다.

"발로는 왔다 갔어?"

리사는 고개를 설레설레 저었다. 하지만 그건 글렌이라는 사람을 두고 한 평가이지 제이제이의 질문에 대한 답이 아니었다.

진짜 대답은 나오기까지 잠깐 시간이 걸렸다. 병뚜껑을 퐁 하고 따고, 깊이 한 모금 들이마신 후에.

"그럼요, 왔죠." 리사가 마침내 그렇게 말했다. "왔다가 갔어요."

제이제이는 전화가 놓여 있었어야 할 빈자리를 내려다보면서 큰 소리로 긴긴 한숨을 내쉬었다.

"맙소사, 이 작자가."

"그 사람이 어떤지 내가 얘기했죠. 그런데 당신은 그 사람을 잘 다룰 수 있다고 그랬잖아요."

"별것도 아닌 그 일처리를 하는 데 폭탄 해체반 친구들이 쓰는 그런 장갑이 필요할 지경이었지. 젠장, 그 자식 정말 다이너마이트 꾸러미 같은 놈이야. 당신 애인 발로는 내 사무실에 발을 들여놓자마자 전쟁이라도 벌일 태세더라고. 내 궁둥이를 한 방에 보기 좋게 묵사발 내놓고 후딱 뛰쳐나갔지. 케일과 킴이 결혼을 했다는 말 한 마디 꺼낼 틈이 없었어……."

"그래요, 그랬더군요. 덕분에 그 폭탄은 내가 투하했어요."

"우리 일은 얘기했소?"

"장난해요?"

"젠장맞을, 누가 말을 하긴 해야 할 텐데."

"아, 물론 그렇죠. 그 사람 여동생이 자길 흠씬 두들겨 패던 사내와 결혼했더라는 얘기를 전해준 다음 곧바로 들려줄 만한 달콤한 새 소식일 거예요. 그러네요, 아예 그 사람을 저녁 식사에 초대해서 터뜨리면 어때요? 우리는 서로서로 손에 손을 잡고, 그 사람은 고기 써는 칼로 자기 심장을 도려내겠지요."

"그렇게 말하지 마, 리사. 발로는 당신을 내버리고 떠나갔어. ……자기 여동생도 놔두고 떠났지. 그자가 그 일로 인하여 누군가를 탓하려 한다면, 거울을 찾아서 들여다보면 될 거야."

리사는 날카로운 웃음을 터뜨렸다. "우스운 건 말이죠, 그 사람도 당신과 동감일 거라는 거예요."

"뭐, 그렇다고 해서 내가 움찔이나 할 줄 알아? 그놈이 꺼져버렸던 게 6개월 전인데, 당신은 오늘까지 아무 소식도 못 들었지. 분명 여동생하고도 연락 없이 지냈을 게 틀림없소. 이제, 난 저 트레스마노스 산에서 킴에게 일어난 일이 정확히 무엇이었는지 확신이 서지 않아. 젠장맞을, 난 심지어 케일 하워드가 그 일에 뭔가 관련이 있지 않다는 확신도 안 들어. 하지만 한 가지 내가 확실히 아는 건 글렌 발로가 이곳을 등지고 떠난 건 당신이나 킴에게 참 몹쓸 짓이었다는 거지. 그리고 그자는 이제 와서 어떻게든 잘못을 벌충하려 하고 있는데, 이제는 그 짐을 지기에 너무 늦어버렸거든."

"어머나. 어쩌면 그렇게 그 사람하고 똑같은 말을 하나요. 그 사람이 가지 않고 여기 어정거리고 있었더라면 당신은 아예 오늘 밤 그 사람이 마저 처리하려고 하는 일에 쾅 하고 승인 도장을 찍어줬겠어요."

"처리하려는 일이 뭔데?"

제이제이는 자기 맥주를 홀짝이면서 리사의 설명을 들었다.

리사가 얘기를 마치자 그는 더 깊이 꿀꺽 목을 넘겼다.

그러고 나서 병에 남은 맥주를 비워버렸다.

"그 쳐 죽일 코요테 자식." 브라이스는 말하고, 바깥으로 발을 내디뎠다.

제이제이는 휴대전화를 달칵 열어서 파견대를 호출했다. 이제 사위는 컴컴해졌고, 서쪽에서 가벼운 산들바람이 불어오고 있었다. 제이제이가 바비큐 장치 쪽으로 가는 것을 리사는 지켜보고 있었다. 그는 바비큐기 뚜껑을 열고는 통화를 하면서 그릴을 벅벅 긁어냈다. 리사는 그의 말을 들을 수는 없었다. 조각조각 끊어진 짧은 문장만이 들려왔다. 하지만 어조만으로도 충분히 알 만했다. 그야말로 사무적인 어조였다.

식탁 건너편에 빈 의자가 기다리고 있었다. 리사와 글렌은 한 시간 전에 거기에 앉아 있었다. 바로 지금, 리사는 제이제이의 빈 맥주병이 식탁에 놓여 있는 것을 바라보았다. 그녀는 두 남자가 하는 말들을 다 들었다. 그 둘은 서로 그다지 다를 것 없는 방식으로 상황을 정리했다.

열린 문으로 불어드는 산들바람에 세이지, 로즈마리, 타임 향내가 실려 왔다. 글렌은 늘 로즈마리를 너무 짧게 쳐놓곤 했다. 그래야 더 튼튼하게 자란다면서 말이다. 제이제이는 입에 들어가는 건 뭐든 식료품점에서 사와야 한다고 생각하는 종류의 사내였다. 리사는 제이제이가 허브 텃밭이 있는 걸 알고는 있는 건지 궁금했다.

리사와 제이제이가 함께한 지 두 달째였다. 두 사람의 사이는 천천히, 부담 없이 시작했다가 곧 빠르게 진전되었다. 브라이스는 보이는 그대로의, 표리가 일치하는 남자였다. 그 사람이 어떤 대상에 대하여 무슨 감정을 갖고 있는지 알고 싶으면 그냥 물어보기만 하면 된다. 그러면 말해줄 것이다. 그리고 연애 방정식의 반대 항에서도 똑같이 그러한 방식이 적용될 때에 둘 사이의 관계는 제일 잘 풀려갔다. 뭔가에 관하여 알고 싶은 게 생기면, 그는 단도직입적으로 물어 올 사람이었다. 글렌하고 사귈 때는 전혀 딴판이다. 글렌은 그림자만큼이나 말없이 침묵을 지킬 수도 있는 그런 남자였다. 물론 그렇다. 두 남자가 정확히 음과 양, 낮과 밤인 것은 아니다. 하지만 리사가 어느 사내가 좌뇌형이고 어느 사내가 우뇌인지 가르는 데는 아무런 문제가 없었다.

……지금 좌뇌 씨께서 문으로 들어오셨다.

"계획 변경이야." 제이제이는 그렇게 말했다. "저녁거리는 뒤뜰 구이판 위에 있어."

"무슨 뜻이죠?"

"제프 키츠가 오늘 밤에 몸이 안 좋아 빠졌대. 그리고 에이너 세르다는 카운티 수용 시설로 죄수 두어 명 데려다 주러 갔고. 캘리포니아에서 온 그 가르시아 꼬맹이 녀석이 오늘 밤 당직자인 셈인데 가정 폭력 신고를 받아서 나갔다네. 당신 애인 발로가 이제부터 접근 금지 명령을 위반하리라는 데 대해 나는 의심밖에는 가진 것이 없으니까, 글렌 녀석을 우선순위에 올려놓을 방법이 없어. 그것도 그렇고 설사 손이 비었다 해도 그 애송이 녀석을 발로와 케일 하워드 상대로 투입하고 싶진 않았겠지. 그 녀석 달랑 한 명만은 안 되지. 아무튼. 당신이 나에게 부탁하는 건, 그 작자들 두 명 다 구속복을 입혀놔야만 한다는 거지."

"주간 근무조 중에 누구 나오라고 하면 안 된대요?"

"되기야 되지. 우선 랜달부터 불러낼걸. 작년 크리스마스이브에 그랬듯이 말이야. 랜달이 아주 좋아할 거야."

"그럼 누가······."

"글쎄, 누군가 사람이 영 어수룩해서 아무 일도 안 일어났는데 미리미리 움직일 위인이 있으면 그쪽으로 나가보겠지. 누군가 이 일의 당사자들을 확실히 알고 있는 사람 말이야. 물론 그런 천치 바보라면 나중에 소송 당할 걱정을 안고 근무 외 시간에 뿔나게 난리통에 끼어들겠지."

"지금 당신이 직접 가보겠다는 얘기라면 나도 같이 갈래요."

"정신 나간 소리 마, 리사. 미친 짓은 당신 친구인 그 떠돌이 개

녀석이나 하라고 해. 그놈은 미친 짓에 타고난 놈 같으니까."

브라이스는 의자에 걸쳐두었던 총 띠를 그러쥐어 몸에 찼다.

"그러면 이제, 난 가서 나쁜 놈들을 좀 잡아넣고 우리 전화를 도로 이어놔야 될 것 같은데."

리사는 소리 내어 웃고 그에게 입을 맞추었다.

"고마워요."

"고마워할 거 없어, 여보. 하지만 이 일이 너무 복잡하게 꼬이게 하진 맙시다. 당신은 그저 이 일이 다 지난 후에 문으로 누가 걸어 들어오게 될 것인지 기억하고 있으면 돼."

"기억하고 있을게요."

"좋아." 브라이스는 밖으로 걸음을 내디뎠다. "금방 다녀오지. 걱정하지 마."

"걱정 안 해요."

"거짓말."

리사는 다시 웃음을 터뜨렸다. 또 한 번의 너무나도 빠르게 지나간 입맞춤이 있고, 그리고 제이제이는 고속도로를 향하여 트럭을 몰아 뿌연 먼지 구름을 피워 올렸다. 리사는 그가 가는 것을 보고 있었다. 먼지가 가라앉고 트럭이 시야에서 사라진 뒤까지도 계속 바라보고 있었다.

밤 공기가 시원했다.

귀뚜라미들은 조용해졌다.

리사는 뒤 층계에 걸터앉아 아무 생각도 하지 않으려고 애썼다.

킴 발로와 동거했던 집, 한번은 킴의 오빠 글렌 덕택에 그 집 창문으로도 나와봤던 바로 그 집 뒤편에서 케일 하워드는 트레스 마노스에 눈길을 주었다.
　이 지역 거주민 중 영어 쓰는 사람들이 '손들'이라고 부르는 산봉우리는 볼만한 장관이었다. 이렇게 멀리서 바라보아도 말이다. 그 산봉우리들은 볼 때마다 매번 특별하고 색달라 보였다. 오후의 강한 빛 아래에서는 고여서 엉겨가는 피 웅덩이처럼 붉다. 자정을 지난 시간에는 악마의 실루엣처럼 검다. ……그리고 바로 지금은, 그 산봉우리 뒤편으로 스멀스멀 기어오르는 달의 은광에 드러난 봉우리는 그 어떤 바보라도 기어오를 수 있을 꿈과도 같이 정묘하고 아련히 희뿌연 모습이었다.
　케일은 미소 지었다. 비록 어둠 속에 서 있었지만, 봉우리를 타고 오르는 바로 그 달빛이 동시에 그의 척추를 타고 열두 마리의 성난 전갈 떼처럼, 서둘러 그의 뒷골 밑에 침을 찌르려는 듯이 스멀스멀 기어오르고 있었다. 케일이 사는 세계에서 그것은 낯선 감각이 아니었다. 그 감각은 도굴꾼의 삽날처럼 그의 중심을 퍽퍽 파고들어 그가 영혼이라 부르는 검게 쭈그러든 덩어리 속 가장 깊고 가장 어두운 한구석에 묻혀 있던 비밀들을 휘저어 들쑤셔냈다.
　그 속에는 정신이 멀쩡한 사내가 자기 손목을 긋게 만들 만한 영상들이 담겨 있었다. 킴 발로 같은 여자들의 영상들이다. 그 여자들이 최후의 단말마를 내지르는 영상, 다른 사람 아닌 킴 발로의 영상도 있다. 그녀 인생 최후의 밤에, 저 사막 멀리 나간 곳 탑처럼 높게 솟아 있는 바윗덩어리 밑에서. 그 바위는 어쩌면 어마어마하게 큰 묘비 노릇을 했을지도 모른다.

그 영상들은 딱히 케일이 본 영상들인 건 아니었다. 모조리 다 그의 것은 아니다. 일부는 그의 내부에 살고 있는 그놈의 소유였다. 전갈들이 그의 척추를 타고 기어오르게 하는 놈, 그가 걸린 병 말이다. 하지만 그러한 영상들은 전혀 두려운 것이 아니었다. 차라리 이 먼 거리에서 바라보는 트레스 마노스의 윤곽이 두렵겠다. 그리고, 제기랄, 만약에 지금 이 순간 그가 한 손을 쳐든다면 거기서 킴이 목숨을 다한 비석 중의 대왕 비석을 간단히 가려버릴 수 있었다. 한쪽 새끼손가락만 가지고도 된다. 그는 정말 그렇게 해보았다. 그 동작을 하는 것만큼이나 빠르고 쉽게 킴 발로의 기억들은 그의 마음속에서 깡그리 사라져버렸다. 단 하나 마지막 기억만을 빼고는…… 케일에게는 그 하나의 기억만이 간직할 가치가 있는 것이였다.

달빛이 그 기억을 도로 살려냈다. '손들'의 바윗덩어리 뒤로부터 비쳐 윤곽을 그려내는 선명한 달빛과 더불어, 기억은 케일 하워드가 쳐든 손가락 둘레로 선명한 백광을 비추며 돌아 올랐다. 그런데 느닷없이, 쳐들고 있는 손가락이 간질간질했다. 마치 그 유령 같은 전갈들이 저희들의 컴컴한 시야를 연 듯한, 케일의 손이라는 사막 위에 어마어마한 크기로 솟아오른 사암 묘비를 우글우글 기어올라서 꺾인 꼬리의 날카로운 독침을 그 탑에다 찔러 넣어, 바윗덩어리를 자잘한 모래알로 낱낱이 허물어뜨리고, 잊힌 기억의 기반암을

길거리의 개들 427

땅 위로 드러낼 때까지 케일의 살과 피와 뼈 속으로 파헤치고 들어가는 듯한 느낌이었다.

마지막으로 겁에 질렸던 킴의 감정, 그리고 그건 또 킴이 마지막으로 인지한 것이기도 했다.

케일에게는 그 단 한 순간이 킴 발로와 나눈 교제 전체를 정의하는 것이었다. 케일은 그 점을 속속들이 깨닫고 있었다. ……그러한 순간들이 그늘 속에서 솟아오를 때에 그것이야말로 시간을 들인 보람이 있는 것이다. 진정으로 가치 있는 것은 바로 그 순간들이다.

그는 킴을 요리하는 데 충분히 시간을 들였다. 아무렴. 그들은 둘이 함께 트레스 마노스에 갔다. 저녁 어스름이 밤의 어둠으로 변해 갈 때 함께 야외에서 저녁을 먹었다. 케일은 킴이 자기가 쏟아부은 거짓말들을 믿도록 확실히 공을 들였다. 고기를 뼈에서 발라낼 때처럼 섬세하게 공들여서 진실과 동떨어진 허구를 마련했다. 그리고 그 별것 아닌 작업을 완료하자 다른 작업에 착수했다. 자기가 원하는 것을 킴으로부터 취하는 일이다. 그의 한 손가락만으로 가려 버릴 수 있는 장엄한 묘비의 그늘 속에서.

저주받은 달빛과 인내심과 경멸로부터 탄생한 격렬한 분노로 그는 킴을 덮쳤다. 다른 상황에서였다면 케일은 그 추억 속에 좀더 잠겨 있었을 텐데, 지금은 이제 기억을 접어두어야 할 때였다. 그의 머릿속 모든 영상들이 화르륵 불타 사라지고 꼿꼿이 세웠던 손가락은 구부러져 다른 손가락과 함께 주먹으로 쥐어졌다. 그리고 그 주먹에 꽉 힘이 들어갔다. 크롬 해골 반지가 먹잇감을 벼르는 다섯

마리의 괴물들처럼 그의 손가락들에서 이를 갈았다. 달이 탑 같은 봉우리들 위로 손톱처럼 비죽이 솟아나왔다. 케일은 손가락들을 쫙 펼쳤다. 그러지 않을 수가 없었다. 그 손가락들 하나하나가 길어지고 있었다. 시커먼 갈고리발톱이 자라나와 케일이 던진 그림자를 갈가리 썰었다.

유령 전갈들이 꼬리를 쳐들어 독침을 제대로 꽂아 넣었다. 그리고 달의 독이 케일의 머릿속에 새롭게 생생한 시야를 던져주었다. 킴의 오빠의 모습이다. 그 개자식은 벌써 온종일 케일의 뇌리를 떠나지 않고 있었다. 달이 지구상 다른 어딘가의 하늘에 빛나고 있었을 때에도 케일은 글렌 발로가 찾아오고 있다는 걸 알고 있었다. 전갈들이 케일에게 그렇게 알려주었다. 그리고 케일은 쿡 하고 찔러 들어오는 경고의 신호 하나하나를 확실히 믿었다. 그리고 낮 동안 떠오르는 영상들에 스며드는 희미한 냄새 하나하나를 믿었다.

그리고 그는 그 개자식의 냄새를 맡았던 것이다. 확실히…… 환영 속에서도 그 냄새를 맡았다. 발로의 낡은 픽업트럭에서 나는 윤활유의 탄내에 콧구멍이 화끈화끈했다. 케일은 또 그 개자식의 땀내도 맡아냈다. 놈이 저 바깥 사막에 서 있었을 때에. 그리고 어스름 녘의 한풀 꺾인 더위 속에서 그 답이 없는 완강한 놈이 결국에는 비참하게 무너져서 게워낸 토사물의 악취에는 아주 속이 뒤집혔다. 게다가 이제 영상은 더욱 강력했다. 발로가 가까이 오고 있었다. 거의 여기에 다 왔다. 그 윤활유의 탄 냄새는 밤의 아가리에 물려놓은 뜨거운 넝마 조각이었다. 그리고 발로의 손가락 지문의 휘도는 선에 묻어 있는 찌르는 듯 고약한 총 기름 냄새는 노골적인 복수의 향기였다.

발로가 총을 갖고 온다는 사실에 케일은 염려가 되지 않았다. 왜냐하면 발로의 권총에 들어 있는 총탄들은 한 푼이라도 은을 함유한 총알에서라면 당연히 날 매운 내가 나지 않았기 때문이다. 그것은 즉 케일이 그 총을 전혀 겁낼 필요가 없다는 뜻이었다. 그리고 케일이 발로의 총을 겁내지 않는다면, 글렌 발로도 겁날 것이 없다. 케일 자신의 손가락 끝마다 인간의 살을 리본처럼 나달나달 저며놓을 수 있는 면도날 같은 갈고리발톱들이 달려 있는 데야. 비틀린 이빨들이 입안을 긁으며, 두꺼워지는 잇몸에 함부로 홈을 파면서 마구 돋아나고 있는 데에야.

그리고 그게 끝이 아니었다. 케일의 아가리에는 금세 뾰족한 이빨이 가득 찼다. 굵고 뻣뻣한 검은 터럭이 그의 팔에 새겨진 열두어 개 괴물 문신으로부터 돋아나 빽빽해지며 털가죽을 이루었다. 달빛이 사막 위에 흘러넘쳤다. 그리고 케일의 덩치가 점차 커짐에 따라 그의 그림자가 모래 위로 점점 크게 뻗어나갔다. 팔다리의 뼈가 길어지고 그 위를 질긴 힘줄들이 얼기설기 뒤덮고, 근육은 더한층 육중하게 달라붙는다.

하지만 달은 또 그를 깎아내 더 작게 만들고도 있었다. 달빛은 그에게서 기본적인 것 이외의 모든 것을 다 떨어내버렸다. 그 독침을 찔러대는 전갈들이 그의 시야에 비친 사암 봉우리를 깎아냈듯이, 그 벌거벗은 바윗덩어리처럼 한번은 글렌 발로를 보호해주었던 그 모든 것들을 다 자르고 깎아내버리고 있었다. 케일 하워드의 마음으로부터 망설임과 두려움을 가죽처럼 벗겨내버린다. 그가 지금까지 강요를 당하여 써왔던 모든 가면들을 잡아 뜯는다.

달빛은 무차별로 산 목숨을 베어 넘기는 사신의 큰 낫과도 같이 거칠고도 효과적으로 한 마리 늑대 인간을 조각해냈다. 그리고 달이 뒤에 남겨둔 것이 바로 그것이었다. 다른 어떤 것도 아니었다.

part. 2

킴의 집에 가까워지자 글렌은 차의 전조등을 껐다. 그는 픽업트럭을 길가에 붙여 킴의 집 부지 출입구로부터 90미터쯤 떨어진 메스키트 고목 옆에 세워놓았다. 밤이 그 베일을 드리운 후였지만, 여기에는 여전히 그림자가 졌다. 울툭불툭 옹이진 머리 위 나뭇가지들이 보름달이 던지는 냉혹한 은광에 그물을 얽으며 글렌의 낡은 트럭 후드 위에 비틀린 그림자를 떨어뜨렸다.

글렌은 좌석 밑으로 손을 뻗어 자기 총을 쥐었다. 그는 트럭에서 나와 밤의 어둠을 뚫고 지름길로 질러 갔다. 길을 따라 천천히 뛰어가다가 킴의 집으로 이어지는, 가장자리에 돌을 박은 차량 진입로에 다다랐다. 그는 거기서 잠시 서 있었다. 이제 달빛이 함뿍 쏟아져 내렸다. 만약 집 안에 누가 있어서 창으로 내다보았다면 누구라도 그를 볼 수 있었을 것이다. 하지만 창은 전부 불이 꺼져 있었고,

집 전면 테라스 위 처마 지붕에 달려 있는 녹슨 철로 랜턴도 마찬가지였다.

근처에 다른 집은 한 채도 없었다. 오직 은빛 월광만이, 그리고 몇 킬로미터를 더 가 트레스 마노스 기슭에 이르기까지는 그다지 굴곡지는 일도 없이 평평한 사막만이 깔려 있을 뿐이었다. 글렌은 조용히 차량 진입로를 따라 마지막 남은 6미터 거리를 움직여 갔다. 케일의 머스탱 차를 지나치면서 후드에 한 손을 대보았지만, 집이 캄캄한 것과 마찬가지로 차 역시 싸늘했다.

글렌의 신발바닥 밑에서 모래알이 가볍게 으스러지는 소리를 냈다. 저만치 도로 위에서 운전자가 기어를 바꾸었다. 글렌은 몸을 낮게 숙였다. 하지만 차는 킴의 집 차량 진입로로 접어들지 않았다. 전조등이 차가운 빛 줄기를 집 전면으로 던지면서 차는 지나가버렸다. 글렌은 침실 창에 잠깐 자신의 그림자가 던져진 것을 보았다. 전조등 빛이 그의 형상을 창틀에 또렷이 그려놓은 시간이 퍽 길게만 느껴졌다. 그러고 나서 빛을 움직여갔다. 집의 나머지 부분을 훑어서, 전면 테라스 처마 지붕 아래의 컴컴한 그늘을 스쳐서 지나갔다. 그러면서 묵직하고 두꺼운 현관문과, 거기 걸려 있는 오래된 칠리 고추 다발을 비추어 드러냈고, 그것을 지나서는 비바람에 추레해진 합판 한 장을 보여주었다. 아직도 앞쪽 창에 못질해 박아놓은 그대로였다.

글렌은 고개를 저었다. 케일은 너무 게을러서 창을 수리하지 않았거나, 아니면 개자식이 누가 안을 들여다보는 걸 원치 않았거나

한 모양이다. 글렌에게는 아무런 상관이 없었다. 이렇든 저렇든, 글렌은 집을 오랫동안 제대로 보아두기로 마음먹고 있었다. 지나가는 차의 엔진 소리가 멀리 사라져갈 때, 그는 앞쪽 테라스의 판석 바닥에 발을 올리고 처마 지붕 밑 컴컴한 그늘 속을 가로질렀다. 이곳 공기는 덩굴장미 향이 짙게 배어 있었다. 장미 덩굴이 굳건한 버팀 기둥에 울퉁불퉁한 근육처럼 휘감고 올라와 있었다. 머리 위 처마 지붕에 흐드러지게 꽃송이들을 피운 장미 덩굴이다.

이 지점은 캄캄했지만, 글렌의 야간 시력은 좋았다. 그는 판자를 덧대놓은 창문 근처에 베어서 쌓아둔 잣나무 더미를 포착했다. 긴 것 하나를 그러쥐고, 두꺼운 정면 현관문 가까이 벽돌 벽에 등을 붙였다.

글렌은 잣나무 토막을 테라스 건너편으로 던졌다. 토막 쳐진 통나무가 4미터 저편에 떨어지며 판석 바닥에 시끄러운 타당탕 소리를 냈다. 만약 집 안에 누가 있다면 무시할 수는 없을 소음이었다.

글렌은 기다렸다. 안에서는 아무 소리도 들려오지 않았다. 불도 켜지지 않았다. 이제 글렌의 호흡은 급박해져왔고, 청바지에 쑤셔 넣은 권총 자루가 배에 배겼다.

달이 더욱 높이 떠오르면서 바늘 같은 은광이 머리 위 장미꽃들을 꿰뚫고 비쳤다.

장미꽃의 달콤한 향내가 밤공기 속에 진하게 풍겨났다. 글렌은 폐를 그 공기로 가득 채웠다.

그는 문손잡이를 돌려보았다.

길거리의 개들　433

잠겨 있었다.

빌어먹을. 글렌은 또 한 번 숨을 들이쉬었다. ……하지만 이번에는 들이쉬다 덜컥 숨이 막혔다. 왜냐하면 거기에 느닷없이 또 다른 냄새가 끼어들었기 때문이다. 시큼하고 고약한 짐승 냄새다. 마치 저기 장미 덩굴에 가려서 뭔가가 덫에 걸려 죽어 있는 것 같은 냄새였다.

그리고 소리도 있었다. 글렌은 잣나무 토막 하나가 발치의 판석 위에 타그르르 구르며 문에 가 부딪히는 바람에 가슴이 철렁했다. ……바로 좀 전에 그가 던져버렸던 바로 그 나무토막이었다. 그는 잽싸게 몸을 돌렸고, 몸을 돌리면서 총을 뽑아 통나무를 집어 던진 그 무엇을 향하여 겨누었다. 그 무엇은 글렌이 트럭에서 나와 처음 발을 디뎠을 때부터 줄곧 그의 뒤를 밟아온 것이었다.

왜냐하면 이건 인간이 아니었기 때문이다. 글렌의 정신이 그 사실을 받아들이기보다 먼저 글렌의 창자 속 깊은 곳에서부터 육감이 그걸 알았다. 글렌과 마주한 그것의 윤곽은 엄청나게 컸다. ……그리고 헤벌죽 웃고 있고…… 눈이 시뻘겋다……. 그리고 그놈은 글렌에게 가능한 한계 이상으로 엄청나게 빠르게 움직였다.

놈은 똑바로 글렌에게 엄습했다. 글렌이 총을 채 쳐들기도 전에, 그놈은 털이 북슬북슬한 한쪽 팔로 그를 움켜잡고는 문에다 세게 갖다 박았다. 매달려 있던 칠리 고추 다발이 글렌의 등 뒤에서 가루가 되었다. 그림자는 글렌의 손목을 낚아채 그를 앞으로 홱 잡아당겼고, 글렌은 유원지 놀이기구에서 막 내린 어린애처럼 핑그르르 몸이 돌았다. 두 발꿈치가 테라스 판석에 직 끌렸다가 공중으로 둥실 떴다. 그놈의 갈고리발톱 난 손이 글렌의 손목을 단단히 그러쥐고,

몸이 하도 세게 느닷없이 앞으로 당겨져 나가, 글렌은 분명 왼쪽 어깨가 탈골되었다고 생각했다. 하지만 지금 당장 걱정해야 할 것은 왼쪽 어깨가 아니었다. 깨진 창을 막아놓은 합판에 세차게 부딪친 오른쪽 어깨였다. 어찌나 무지막지한 힘으로 부딪쳤던지 합판이 으지직 쪼개지며 나무 부스러기가 그의 살을 찌르고 박혔다.

글렌은 바닥으로 무너져 내렸다. 그놈의 양손이 그를 놓았던 건 불과 2~3초뿐이었다. 곧 놈이 다시 덤벼들었고, 삐죽삐죽한 송곳니가 테라스 돌출부에 조각조각 비쳐 나오는 빛에 번들거렸다.

글렌이 자기 손에 아직 총이 잡혀 있다는 사실을 인식했을 때 놈은 거의 글렌 위에 다 덮친 참이었다. 아픈 팔꿈치로 사격 자세를 취하고 방아쇠를 당기자, 고통이 손목으로부터 어깨까지 도랑을 팠다. 총은 그의 손 안에서 펄쩍 뛰었다. 그놈은 비명을 내질렀고 뒤로 물러났다. 피가 테라스 판석 위에 흩뿌려졌다. 그리고 축축한 살덩어리가 땅바닥에 철썩하고 날아가 떨어졌다. 글렌은 다시 총을 쏘았다. 이번에는 정통으로 그놈의 가슴을 향해 쏘았다…… 그리고 괴물 놈이 비틀거리며 뒤로 물러날 때 한 발 더 쏘았다.

15그램 중공탄들은 제몫을 해냈다. 한 발의 총탄이 또다시 그 그림자로 보이는 놈을 뒤로 물려 세웠다. 그놈은 테라스 기둥 중 하나에 우당탕 몸을 부딪쳤다. 테라스 처마 지붕이 마구 흔들렸다. 그

생물이 고통에 진저리치는 데 따라. 놈의 피가 소나기처럼 착 뿌려져 바닥 판석을 흥건히 적셨다.

글렌은 다시 발포했고, 괴물은 울부짖었다.

죽은 장미꽃잎이 비처럼 내렸다.

그리고 그 그림자는 새로워진 흉포성으로 흩뿌려지는 꽃잎을 뚫고 앞으로 달려들었다. 글렌은 다시 한 번 총을 쳐들었지만 너무 늦고 말았다. 그가 방아쇠를 당기기 전에, 그 생물의 거친 털에 뒤덮인 이마가 글렌의 턱을 세차게 들이받았다. 그와 동시에 울툭불툭 근육이 불거진 어깨가 글렌의 복부에 와 꽂히며 글렌을 깨진 창을 가린 금 간 합판에 갖다 박았다.

이번에는 합판이 배겨내지 못했다.

이번에는 글렌이 합판을 뚫고 안으로 들어갔다.

그리고 늑대 인간이 그를 따라 뛰어들었다.

케일은 쩍 갈라져 입을 벌린 합판 틈새로 뛰어들었다. 거기에 그 개자식이 있었다. 바로 거기, 단단한 나무로 깐 마룻바닥 위에 인간 말뚝박기 기계처럼 털퍼덕 고꾸라져 있다.

발로는 용케도 아직 자기 총을 붙들고 있었다. 케일은 갈고리발톱이 난 손으로 후려쳐 한 방에 그 총을 날려버렸다. 은 총알이 없는 한 발로가 그 총으로 뭐라도 할 수 있다는 건 아니다. 케일이 입은 상처들은 이미 흉터만 남기고 아물어드는 참이었다. 납 총알 따위 고작해야 그를 잠시 늦출 수 있을 뿐이었다.

케일은 발로의 멱살을 붙들고 코앞에 으르렁거렸다. 그러면서 들여다본 글렌의 얼굴이라니! 이야, 이것 참 더할 나위 없군.

늑대가 웃음을 터뜨릴 수 있었더라면 케일은 껄껄 웃었을 것이다. 그의 가슴속에 갇혀 있는 전갈의 분노가 발로를 쉽게 죽게 하지 말 것을 명령했다. 이 개자식의 여동생하고 함께 1년을 사는 동안 목줄을 매고 참기란 정말로 엄청나게 힘이 들었다. 오랫동안 직업도 없이 그러고 있다고 발로가 이러쿵저러쿵 안 좋은 소리를 했을 때 분노를 가두어두기란……. 아니면 현금이 좀 필요해서 킴의 지갑에 살짝 손을 댔기로서니 그걸 가지고……. 그것 말고도 백만 가지 구실로 잔소리를 해댔지. 때때로 케일은 그만 참지 못하고 터뜨리기도 했다. 그러면 킴이 대가를 치렀다, 물론. 대가를 치르는 건 킴이라야지. 왜냐하면 케일은 킴을 보이지 않는 목줄에 매어두고 있었기 때문이다.

그 목줄을 짧게 당겨 쥐고 있었다. 킴은 그가 바라는 것들을 가지고 있었다. 황무지 한복판에 자리 잡은 끝내주게 훌륭한 작은 집이 있고, 은행에는 돈이 있고, 반면에 주변에 물을 흐릴 친척들은 너무 많이 달라붙어 있거나 하지도 않다. 그러니 기다리는 게 능사였다. 처음에는 혼인신고를 기다리고…… 다음에는 유언장을 기다리고. 그리고 그것이 의미하는 바는 케일이 대개는 분노를 꽉 눌러 억제하고 있었지만 때때로 혼자 참을 수 없을 때도 있었다는 뜻이다. 터뜨려야 했다. ……달이 보름달에 가까워져오고, 전갈들이 척추를 타고 기어오르기 시작할 때에는 특히 더.

그리고 터뜨리는 게 그리 나쁘진 않았다, 사실. 하여튼 전부 다 나쁜 것은 아니었다. 전갈들, 싸움과 폭력, 그것들은 케일이 진저리를 치며 닻지를 벗어날 핑계가 되었다. 보통 그는 라스베이거스로 갔다. 하루 이틀 스트립 쇼를 즐기고, 그러고 나서 가볍게 사막에 순찰을 나갔다. 혼자 여행하는 여행자를 붙잡는다. 어디서 온 사람이건 그건 상관도 없다. 케일은 그 일을 하는 데 자기 방식이 있었다. 그가 제일 선호하는 먹잇감은 거무스름한 머리카락에 몸집이 작은 달콤한 계집년이었다. 야들야들한 뼈마디에 좀 볼만하게 붙은 것이 있는 여자가 좋다. 케일은 휴게소나 외진 모텔 같은 데서 먹잇감을 붙들었다. 일단 여자와 재미를 좀 보고, 그러고 나서 씹어 먹었다. 뼈다귀를 깨끗이 핥아내고 묻어버렸다. 여자의 차에서 부품을 빼내어 불법 부품상에 팔아버릴 때까지도 뱃속에는 그 작은 계집년의 살점 중 제일 맛있는 부분이 뜨뜻하게 들어 있었다. 그러고 나서 두툼한 지폐 뭉치를 주머니에 찔러 넣고 집으로 향했다.

뭘 이 정도를 가지고. 괜찮아, 키미. 도박장에서 딴 거야. 이제 내가 차를 몰 테니 우리 턱손에 가서 저녁 외식하자. 왜, 당신이 좋다면 거기서 밤에 자고 와도 되지. 난 당신에게 잘해주고 싶어. ……그리고 저번에 우리가 싸웠던 건 내가 정말 미안해. 됐지?

흐흥. 일은 그렇게 돌아가는 것이었다.

그래야 할 때는 상냥하게 발라맞춘다.

그럴 필요가 없을 때는 상냥할 것도 없다.

그리고 바로 지금, 킴이 땅속에 묻혔고 세속에서 가졌던 소유물들 대부분이 은행에 들어 있는 지금에 케일은 양주잔 한 잔만큼이라도 상냥함 따위는 품고 있지 않았다. 발로가 엉금거리기 시작했다. 한 손은 바닥에 떨어진 그놈의 총 쪽으로 뻗어간다. 케일은 놈이 그 쓸모없는 무기에 닿기 전에 놈을 그러쥐었다. 글렌을 세차게 벽에 메어쳐 석고보드가 그의 몸뚱이 모양으로 깨져 파이며 갖다 박히게 만든다.

늑대 인간은 거기에서 멈추지 않았다. 글렌이 땅에 떨어지기도 전에 그놈은 글렌을 거머쥐고는 다시금 벽에다 갖다 박았다. …… 그리고 또 한 번. 그다음으로 놈은 갈고리발톱이 뻗친 손으로 그의 턱을 꼼짝 못하게 죄었다. 그리고 이번에는 아주 제대로 해치웠다. 튼튼하기만 한 글렌의 두개골을 석고 보드 벽판에 정통으로 갖다 메어쳤다.

그의 손목을 죔쇠처럼 움켜쥔 채, 늑대 인간은 뻥 뚫린 벽판에서 그를 끄집어냈고 그의 목을 비틀어 뒷 창문으로 비쳐드는 달빛 조각 속에 위치하게 했다. 루비 알들이 땀에 젖은 글렌의 얼굴에 굴러 내렸다. 좋았어, 케일은 더욱 힘을 주어 비틀었다. 피를 흘려!

그는 발로를 번쩍 들어 먼 쪽 벽으로 내던졌다. 글렌은 달빛에 비쳐 아무것도 없이 깨끗한 사각형 벽에 세게 내동댕이쳐졌고, 신음을 토하고, 움직이려고 안간힘을 썼다. 하지만 어지간히 질긴 이놈이 불과 한 치를 기기도 전에 케일이 다시 그를 덮쳤다. 바로 이거다. 할 일을 해치우기 전에 마지막으로 그에게 볼일이 있었다. 왜냐하면 지금 이 순간에 발로가 정말로 알고 있는 것은 웬 정체 모를

길거리의 개들 439

괴물이 자신을 덮쳐서 마구 잡아 휘두르고 있다는 것이기 때문이다. 케일에게는 킴의 오빠를 죽이는 것은 아무런 보람도 없는 일이었다. 단, 이 개자식이 악몽에서 튀어나온 존재가 그 범행을 저질렀다는 사실을 인지한다면 얘기가 다르다.

그 짧은 인지의 순간이 없다면 케일의 만족도는 0에 수렴할 터였다. 그 순간이 곁들여진다면 눈금에 바늘이 살짝 꿈틀은 할 것이다.

늑대 인간의 갈고리발톱이 발로의 머리카락 사이사이로 파고들어 가 그의 머리를 움켜쥐고 똑똑히 보라는 듯이 한차례 추켜올렸다. 그렇게 하면서 동시에 케일은 다른 손을 쳐들었고, 달빛이 그의 시커먼 손가락들에 끼워져 있는 크롬 해골 반지들을 빛나게 했다.

그 손가락들이 글렌 발로의 눈앞에서 춤을 추었다.

송곳니처럼 뾰족뾰족한 이빨들이 일그러진 미소에 반짝였다.

해골들의 텅 빈 눈구멍은 달빛으로 가득 찼다.

발로는 최면에 걸린 듯 멍하니 바라보았다. 그의 동공이 팽창하여 마침내 모든 것을 깨달아 깊게 우물졌다. 케일은 승리감에 울부짖었다. 하지만 발로는 그를 쳐다보지도 않았다. 발로는 그저 그 반지들만을 바라볼 뿐이었다.

아무렴, 왜 바라보지 않겠는가?

목숨이 끊기기 전 몇 초 동안에 보고 깨달을 것치고는 아주 근사한 사건의 진상이지.

너를 덮쳐 타고 앉은 괴물이, 네놈이 죽이러 온 바로 그 사내임을 깨닫게 된다니 끝내주게 근사하잖아.

그래서 글렌은 자기가 할 수 있는 유일한 행동을 했다.

그는 괴물의 눈동자를 똑바로 들여다보았다.

장화 속에 숨겼던 그의 자동나이프가 달빛을 갈랐다.

늑대 인간은 번쩍이는 칼 빛을 1초 늦게 발견했다. 글렌은 칼날을 케일 하워드의 갈비뼈 사이로 힘껏 꽂아 넣었다. 우선 칼자루까지 들어가도록 푹 찔러 넣은 후에 옆으로 쫙 당겨 쨌다. 시커먼 피가 글렌의 오른손에 좍 쏟아졌다. 그는 칼을 당겨와서 다시 한 번 그 생물을 찔렀다. 이번에는 더 낮은 곳을 찔렀다. 케일은 배에서 창자가 쏟아져 나가기라도 하는 양 울부짖었다.

하지만 창자는 쏟아지지 않았다. 늑대 인간의 부상은 이미 아물어들고 있었다. 늑대 인간의 왼손이 쑥 아래쪽으로 찔러 나오며 면도날 같은 갈고리발톱이 호를 그리며 뻗쳐 나와 글렌의 오른 팔뚝 살갗을 찢었다. 케일이 손톱을 더욱 깊이 박아 넣자 근육이 갈가리 썰렸다. 글렌의 뼈 사이로 네 개의 긴 손가락들이 다 파묻혔다.

글렌은 칼을 떨어뜨렸고, 케일이 글렌의 척골을 세게 움켜쥐어 올 때에 그 날카롭게 갈린 칼날은 마룻바닥에 푹 꽂혀 들어갔다. 숨을 들이마실 틈이 있었더라면 글렌은 비명을 올렸을 터였다. 늑대 인간의 다른 쪽 손이 글렌의 머리카락 사이로 스르르 파고들었고, 이어서 더 깊이 박혀 들었다. 갈고리발톱이 글렌의 머릿가죽과 두개골 사이에 고랑을 파며 그의 목 뒤 힘줄들을 향해 내려갔다.

괴물은 글렌의 머리를 홱 뒤로 젖혀, 목을 쭉 뻗쳐 급소를 드러냈다. 목을 움켜쥔 손과 팔뚝을 움켜쥔 손 사이에 글렌을 꼼짝 못하게 가둬놓았다. 울툭불툭 힘줄이 불거진 글렌의 목 전체에 상처로부터 흘러내린 핏줄기가 얼룩졌다. 케일의 검은 입술이 말려 올라갔다. 한입 가득 모은 침이 글렌의 얼굴을 때렸다. 그러고 나서 케일의 아가리가 글렌의 목덜미를 덥석 깨물었다.

야만스러운 이빨이 근육을 찢고 들이박혔다. 동맥혈이 늑대 인간의 털가죽 위로 맥박을 따라 쭉쭉 뿜어 나왔다. 할로겐 전조등 불빛이 방 저편 너덜너덜 쪼개진 합판 구멍으로 비쳐 들었다. 케일이 글렌을 어찌하기보다 더 빨리 그 불빛이 글렌을 집어삼킬 듯했다. 케일은 불빛 앞에 눈을 감았지만, 비치는 불빛의 인정사정없는 힘으로부터 달아날 수는 없었다.

밖에서 차 문이 쾅 닫혔다.

목소리들이 났다. 늑대 인간의 귀는 펄떡 곤두섰고, 그는 빛 쪽으로 몸을 돌렸다.

글렌에게는 잠깐의 집행 보류가 소용도 없을 듯했다.

만약 해병대 병력이 도착한 것이라면, 그들은 늦어도 더럽게 늦게 도착했다.

물론 온 것은 해병대 병력이 아니었다.

그리고 제이제이 브라이스도 아니었다.

온 사람은 셋이었다. 그리고 세 사람 모두 케일 하워드와 각각 조금씩 닮은 데가 있었다. 가랑이 사이에 딜렁딜렁 달린 것이 없는 한 명조차도 그랬다.

글렌은 전에 케일의 형제자매들을 만나본 일이 없었다.

하지만 한 번 스쳐 보기만 해도 알아볼 만했다. 이 한 무리는 척 보아도 케일의 피붙이였다.

하워드 남매들은 도착하자마자 한꺼번에 자기들의 동복형제인 케일에게 달려들었다. 남자 형제 중에 제일 덩치가 큰 드웨인이 제일 먼저 헤치고 들어와, 손에 든 은고리로 늑대를 뒤로 물려 제어했다. 케일 하워드는 산에 덴 듯이 울부짖었다. 하지만 꼬리를 말고 물러나지는 않았다. 어림도 없었다. 그는 피를 뱉어내고 이를 드러냈다. 하지만 그가 큰형에게 덤빌 기회는 전혀 없었다. 드웨인보다 키가 작고, 동작이 잽싸고, 그리고 더 성미 고약한 조가 이미 한옆에서 조여들어간 참이었다. 청바지에서 허리띠를 뽑아내면서 말이다. 케일이 미처 수를 쓰기 전에 조는 80센티미터짜리 뱀가죽 허리띠로 고리를 지어 무척 숙련된 동작으로 동생의 목에 걸쳤다.

조가 허리띠 고리를 팽팽히 당겨 조이자 거기 입힌 은박이 스치는 소리가 울렸다. 물림쇠가 양방에서 맞물리는 잠금장치처럼 케일의 기도를 꽉 압박하며 조여들었고, 그 무시무시한 귀금속이 그대로 케일의 살을 지글지글 지졌다. 숨을 쉴 수 없어진 케일은 한순간에 기절하여 바닥으로 무너지기 시작했다.

케일이 쓰러져 마룻바닥을 치기까지의 짧은 찰나에, 케일의 동배 형제자매 중 맏이이자 가장 거친 크리스가 앞으로 나섰다. 볕에 그을은 살결에 푸마처럼 군살 없이 여윈 몸매, 그리고 블랙 진과 탱

크톱을 입은 크리스의 모습은 라스베이거스의 서바이벌 장비 컨벤션에서 근접 전투용 도검류를 시연해 보이는 그런 여자 같았다. 크리스는 니켈 도금을 올린 45구경의 총구를 남동생의 관자놀이에 쿡 찔러 겨누고 위스키와 담배로 인해 쉬어터진 음성으로 매섭게 윽박질렀다.

"손톱 하나 꿈쩍했단 봐라, 개놈아. 내가 네녀석 골을 이 방 안에 쫙 흩뿌려놓을 테니."

"그 은 총알들은 아껴 써야지, 크리스 누나." 드웨인이 쓰러진 글렌 위에 기웃거리며 말했다. "여기 또 한 놈이 물린 것 같아."

케일의 누나는 글렌의 상처를 조사하려고 몸을 돌리면서 입속으로 욕설을 짓씹었다. 턱뼈에서 손목까지, 발로의 몸 오른편은 살점과 연골이 엉망진창으로 뒤범벅되어 있었다. 다른 상황에서 이 비슷한 부상을 입은 놈이 있다면 어떤 빌어먹을 놈이건 벌써 쇼크 상태에 빠졌을 것이다. 하지만 크리스는 발로는 그렇게 되지 않을 줄을 알고 있었다. 그의 핏속에 맥박치며 돌고 있는 늑대 인간 바이러스가 있는 한은 말이다.

크리스는 곤죽이 된 팔뚝은 본 체 만 체하고, 바로 옆에 떨어져 있는 권총도 무시하고는 늑대 인간의 공격으로 갈갈이 찢어진 살을 자세히 살펴보았다. 맞다. 이쪽 상처는 갈고리발톱이 낸 상처 이상이다. 케일이 송곳니를 이 잘나신 카우보이의 동맥에 그대로 꽂아 넣었던 것이며, 하지만 미처 물어뜯어서 일을 마무리 짓지는 못했던 것이다. 부상당한 사내의 심장은 여전히 뛰고 있었고, 이모저모 살펴보건대 바이러스가 이미 작용을 시작한 터였다. 발로의 상처들은 이미 아물기 시작했다. 그의 손목에 찢어진 살 위로 상처를 다물리는 새살이 삐죽삐죽 돋아나 천천히 얼기설기 벌어진 곳을 덮어 갔다. 단 한 가지 좋은 소식은 발로가 이제 막 감염되었다는 것뿐이었다. 그의 신진대사는 케일보다 다소 느리게 작동하고 있었다. 그러니 이자는 당장의 위협은 되지 못했다.

"한 발 쏘아두는 게 낫지 않아, 누나?" 조가 말했다. "저기 저 보름달이 앞으로도 몇 시간 동안 멀쩡히 떠 있을 텐데, 그놈이 변신하면, 난 한 번에 개 두 마리를 감당하긴 싫어."

"너 할 일이나 똑바로 하시지, 바보 새끼야." 크리스가 말했다. "바이러스가 자리 잡으려면 그보다는 시간이 더 걸려. 이 잘난 카우보이는 다음번 보름달이 뜰 때까지는 아무것도 못 해. 지금 당장은 기껏 한다고 해봐야 이 심한 부상을 아물리는 게 최대한이지."

그녀는 글렌을 내려다보며 씩 웃었다.

"뭐 물론 우리가 이 새끼를 그럴 만큼 오랫동안 살려놓는다면 말이지만."

하지만 크리스 하워드가 이 사막의 쥐새끼를 살려줄 리는 물론 전혀 없었다. 크리스는 카우보이 놈이 물렸다는 것을 확인하자마자 그 결정을 내린 터였다.

그렇다, 당연히 그렇게 돌아가는 법이었다. 이 자리에서 결정을 내리는 사람은 다름 아닌 크리스였다. 그들의 부모가 술병에 코를 박고 기어 들어가기로 결정했던 그때, 크리스가 아직 꼬마였던 그 때 이후로 죽 그래 왔던 것이다. 그 당시에도 덩치가 산만 한 남동생들은 누나가 하라는 대로 따라오는 존재들이었다.

그리고 케일은…… 젠장맞을, 이 자식은 세월이 지났어도 하나도 나아진 게 없는 자식이다. 그 녀석은 크리스에게 여전히 머릿속이 뒤죽박죽 깡통 같은 남동생 녀석이었다. 달이 손톱 끄트러기만큼이라도 하늘에 떠올랐다 하면 반쯤 맛이 가서 설치는 녀석. 그렇기 때문에 크리스가 여러 해에 걸쳐 그의 뒤치다꺼리를 하며 쫓아다녀야만 했던 것이다. 케일이 멕시코에 내려갔다가 웬 놈의 늑대 인간에게 된통 당했던 그때로부터 말이다.

물론 도적의 가문에 늑대 인간이 하나 끼어 있는 건 대체로 매우 득이 되는 일이다. 하지만 크리스에게는 지금 이 상황이 그렇게 득이 되는 상황이라고는 여겨지지 않았다. 빌어먹을……. 그러고 보면 케일이 리노에서 그 자그마한 쇼걸을 갈가리 찢어놓은 지 벌써 꽤 시간이 지났다. 하지만 오늘 밤의 이 난장판을 보자니 그때의 지저분했던 현장은 그냥 소풍 돗자리였구나 싶었다. 케일은 킴의 오빠를 애견 간식 통조림처럼 홀라당 까 흩뜨려놓았다. 텔레비전에 나오는 과학 수사대 프로그램을 본 사람이라면 누구든지 이 피투성이 도살의 현장으로부터 증거를 잔뜩 채취할 수 있을 것이다. 이 방에 들어온 하워드 집안 사람들 전부를 기소하기에 충분하고, 거기에 더하여 저 먼 텍사스 고향 땅에 흙 베개를 베고 잠들어 있는 이미 뒈져버린 부모님까지 기소할 수 있을 거다.

그러니 상황 전체가 저기 개놈은 엿 먹게 생긴 게 분명한 판인데, 그렇다고 크리스가 이 상황에 뭘 할 수 있을까? 너덜너덜 찢어진 글렌 발로의 피부 일부는 벽에 들러붙어 무슨 연쇄 살인범의 뒤틀린 회화 작품 같고, 그자의 피는 쪼개진 마룻바닥 나무에 흥건하게 젖어들어 있다. 머리를 벽에다 짓찧어 조각난 석고보드 부스러기가 발로의 머리카락 사이에 엉겨붙어 있었다. 크리스는 오늘 밤 최종적으로 떠나갈 때 이 집을 홀딱 불태워 무너뜨려야겠다고 마음먹었다. 그 생각을 하자 정말이지 속이 쓰렸다. 왜냐하면 원래 계획은 케일이 가장 최근의 부인을 해치우고 나면 상당한 가격을 받고 이 집을 팔아치우는 것이었기 때문이다. 하지만 크리스가 이 집을 팔기보다는 차라리 남매의 부모가 저 먼 텍사스에서 뱃속에 새로 간이 돋아나서 합판으로 만든 싸구려 관짝을 뜯고 기어 나올 공산이 더 컸다. 크리스는 오늘 밤 이 일을 마무리 짓고 났을 때 자기 손에 떨어지는 것이란 끽해야 텅 빈 성냥 상자뿐이겠구나 하고 생각했다. 그리고 크리스가 생각하기에, 자기 발치에 피투성이로 널브러진 사내의 모습이야말로 이 사태 전체를 보여주고 있는 것이었다. 이 순간에도 뱀가죽 목줄을 콱콱 당기며 으르렁거리고 있는 저쪽의 바보 놈을 포함해서 말이다.

크리스는 글렌 발로를 내려다보며 턱짓으로 케일 쪽을 슥 가리켜 보였다.

"우리 가족의 비밀을 당신이 알게 된 모양인데 말이야."

"그래⋯⋯ 그리고 내 생각엔 당신네 가족 사업이 뭔지도 알게 된 것 같군."

크리스는 씩 웃었다. 피투성이 카우보이가 쌕쌕대며 숨을 들이마셨다. 놀랍게도, 뚫린 기도로 휘파람 소리를 내며 새어 나간 공기는 일부에 불과했다. 그것은 분명 바이러스가 크리스가 예상했던 것보다 한층 빠르게 발로의 갈기갈기 찢어진 순환계를 불처럼 지지며 돌아가고 있었다는 뜻이었다. 하지만 크리스는 그렇다고 별달리 걱정하지는 않았다. 아무튼, 은 총알이 장전된 권총을 들고 있는 쪽은 자신이니까.

"그래, 당신이 내 동생을 창밖으로 내던진 작자로구먼. 그렇지?"

"그래."

"오늘 밤은 뿌린 씨앗을 거두는 밤이었나 보네."

"뭐, 지저분한 작업이었지……." 그는 움찔하며 기침을 터뜨려 진한 핏줄기를 토해냈다.

"그래…… 하지만 누군가가 해야만 하는 일이었지." 크리스가 말을 맺어주었다.

"어떻게 돌아가는 일인지 알고 있군."

"당연히 알고 있지. 하지만 거기에 한 가지 문제가 있어, 텍사스 양반아. 케일이 우리 개 우리에서 제일 말 잘 듣는 강아지라고는 도저히 말할 수 없겠지만, 그래도 쟤가 내 남동생이라고. 그리고 우리 식구들은 말이지, 서로서로 챙기고 돌봐주는 사이야. 당신도 이해할 거라고 생각해."

또 한 번의 기침이 터졌고, 아마 이번에도 '그래' 하는 말이 기침에 묻혀 한 번 더 나온 듯도 했다.

"그렇지. 크게 보면, 우리는 서로 그렇게 다른 처지도 아니야. 당신과 나는. 나는 케일을 도와주러 여기 와 있어. 당신은 당신 누이동생을 위해 마땅히 할 일을 해주러 여기에 왔지. 젠장칠, 난 이해할 수 있어. 웬 놈이 남의 여동생을 뼈까지 짓씹어 뱉어놓은데다, 독수리들이 와서 쪼아 먹게 황무지 한복판에 내버려놨단 말이지. 게다가 그놈이 여동생이 이 세상에서 소유했던 재산이란 재산은 모조리 차지했고 말이야. 당신은 그놈한테 찰스 브론슨갱스터 영화로 명성을 얻은 배우 노릇을 할 권리가 충분히 있어. 하지만 그러기에는 조금 늦어버렸군. 사실을 말하자면 당신은 은 총알을 맞는 거 말고는 다른 무슨 일을 하기에도 이미 너무 늦어버렸어."

그 말이 효과가 있었다. 발로는 일어나려고 버둥거렸다. 그러기만 해도 이미 발로의 머리가 심하게 찢어진 그 목에서부터 굴러내려 그의 무릎에 떨어질 것 같았다. 크리스는 웃음을 터뜨릴 뻔했다. 그리고 그 웃음을 막은 것은 단 하나, 발로의 벌어진 상처가 흉터로 아물어드는 모습뿐이었다.

발로는 이제 한층 더 빨리 낫고 있었다. 하지만 크리스는 그런다고 한들 자기가 자기 대사를 다 읊어주기 전에 그가 회복을 마칠 만큼 빠를 리는 없다는 걸 알고 있었다. "당신이 사태를 바로잡고 싶었다면 말이야, 발로, 지난 크리스마스 때 했어야 했어. 지금은 너무 늦었지. 당신 여동생은 무덤 구덩이 속에 들어가 있잖아. 그리고 삐걱거리는 조그마한 우리가 여전히 당신 속을 뒤집는다면 내

길거리의 개들 449

가 한마디 충고를 해주지. 햄스터는 이미 죽었어, 친구. 당신이 하고 싶은 일이 뭐든 간에 지금은 그 일을 하기에는 너무나도 늦어버린 거라고."

"넌 그렇게 말하겠지."

"그래, 그게 내 말이야. 하지만 당신 때문에 오늘 밤 난 큰돈을 손해 보게 생겼어. 그러니 당신 골 속에 은 총알을 처박아주기 전에 당신이 택한 길이 얼마나 틀려먹었는지 잠시 설명해주지. 양해를 바랄게. 알겠지, 난 당신이 눈곱만큼이라도 영웅입네 우쭐한 마음은 갖지 않길 바라. 영원한 세계로 엉덩이가 걷어차여 쫓겨날 때 말이야. 당신은 장한 영웅 따윈 전혀 못 돼, 친구. 우리 그 점을 분명히 해두자고."

발로는 이제 조용했다. 절절이 상황 파악이 되는 중이리라. 그는 한마디도 하지 않았다.

크리스는 권총을 확인하고, 약실을 짤까닥 돌렸다.

"내가 얘기를 정리해주지. 이제 당신도 알아듣겠지. 내가 인생을 바라보는 시각은 아주 단순 명쾌하단 말이거든. 내가 보기에는, 당신이 하는 행동이 바로 당신이라는 사람이야. ……그리고 당신이 하지 않는 행동도 마찬가지로 당신이지. 그리고 이봐, 친구, 당신 여동생 문제를 들어 이야기하자면, 그리고 당신 여동생을 죽인 사내놈 이야기를 하자면 말이야, 당신은 그에 대해 이렇다 하게 한 일이 없어."

발로는 여전히 침묵을 지켰다. 그녀에게 던진 것은 쏘아보는 시선뿐이었다.

그리고 그것으로 충분했다. 아무렴, 그 시선으로 충분했다.

크리스는 권총을 들어 올렸다.

"알아들은 것 같군." 그녀가 말했다. "설교는 끝났어. 이제 파이프 오르간 연주자에게 삯을 치러줘야지."

늑대 인간 바이러스는 글렌의 신진대사에 과부하를 걸어 물처럼 흐물흐물 녹여놓았다. 글렌의 의식 속에는 찰나 찰나로 자른 단편적인 영상들이 엄청난 속도로 돌아가고 있었다. 크리스의 45구경과 씩 웃는 미소가 수백 장의 필름처럼 차르르 넘어갔고, 거실 저쪽에서 그를 건너다보고 있는 나머지 두 명 하워드 형제들의 모습과…… 뱀가죽 허리띠에 목줄 채워져 줄을 당기면서 으르렁거리는 놈들의 남동생, 발로의 생살을 맛보고 싶어 안달하는 늑대 인간 놈의 모습까지 하워드 집안 식구들 하나하나의 가장 미세한 움직임마저도 1초가 자잘하게 나뉜 단편들 속에 차곡차곡 기록되고, 그 영상들이 한 장면 한 장면 행동을, 반응을 촉구했다. 글렌이 움직일 수만 있었다면!

해내야만 했다. 혹시라도 바이러스가 조금이라도 빨리 자리를 잡는다면…… 혹시라도 보름달 빛이 올바른 각도로 비쳐 들어와주면…… 그의 내부 늑대의 두뇌는 알고 있었다. 이전에 움직였던 것과는 전혀 딴판일 만큼 빠른 속도로 움직일 수 있다는 것을. 그리고 그 일은 이미 일어나고 있었다. 그의 상처들은 흡사 그 어떤 야만인들의 신이 그를 낫게 해주기로 결정한 것처럼 아물어들고 있었다. 경동맥 위에 딱지가 올라왔다. 새로운 피부가 드러난 근육과 힘줄을 덮었고, 세포들은 미친 속도로 분열 증식했다.

글렌이 떨어뜨린 권총이 겨우 한 척 거리에 있었다. 그의 두뇌가 총을 잡으라고 명령하자, 신경 섬유가 폭발했다. 하지만, 빌어먹을, 팔을 들기는 고사하고 아직 손가락 하나 구부릴 수가 없었다.

"꿈도 꾸지 마." 크리스가 말하고, 권총을 저쪽으로 멀찍이 차버렸다.

그녀는 몸을 숙여서 45구경 끝을 글렌의 관자놀이에 갖다 대었다. "이제 출발이야. 지옥편 열차 재미있게 타셔."

글렌은 숨을 빨아 마셨다. 크리스가 방아쇠를 당기기 시작했다.

거실 건너편에서, 또 한 자루의 권총으로부터 공이치기가 젖혀지는 날카로운 소리가 났다.

남자의 음성이 너덜너덜 쪼개진 합판 틈 너머로부터 들려왔다.

"총을 버려." 제이제이 브라이스가 말했다. "지금 당장."

눈매가 냉혹한 여자는 그 말에 따랐다. 마룻바닥에 널브러진 피투성이 사나이를 한 번 본 순간 브라이스의 머릿속에는 한 심각한 범죄 현장의 기억이 퍼뜩 튀어 올랐다. 트레스 마노스 봉우리 그늘에 죽어 있던 킴 발로의 모습이. 하지만 이번에 그가 보고 있는 것은 킴 발로의 오빠였다. 먼지투성이 경목 마룻바닥에 자기 피로 흠뻑 범벅이 되어 쓰러져 있다.

"그 사람 놔두고 물러서." 브라이스가 말했다.

여자는 양손을 들고 뒷걸음질을 쳤다. 실내에 하나뿐인, 세워놓는 거실 등의 흐린 빛이 비치는 범위로부터 물러났다. 브라이스는 쪼개진 합판 틈으로 윗몸을 기울이며 총구로 그녀의 움직임을 좇았다.

그리고 바로 그때에야 여자가 혼자가 아니라는 사실을 깨달았다. 남자 두 명이 실내의 다른 쪽 가장자리 그늘진 곳에 서 있었다. 둘 중 한 명은 벽의 스위치로 손을 뻗었고, 다른 한 명은 손에 쥔 올가미를 놓고 있는데…….

하나님 맙소사. 뭔가 털북숭이가…… 갈고리발톱을 가진, 이빨이 삐죽삐죽한 그리고…….

그것이 뒷발을 접고 웅크렸다.

이어지는 찰나에 놈은 뛰어오를 터였다.

브라이스의 두뇌에는 더 이상의 정보 입력이 필요치 않았다. 그는 총을 쏘았다. 총탄이 그 괴물 놈을 때려 뒤로 주춤하게 만들었다. 불이 꺼졌다. 두 사내들은 어둠 속에서 재빠르게 움직였지만 제이제이는 그들을 볼 수 없었다. 그는 아무것도 볼 수 없었다.

한 쌍의 빨간 눈 외에는…… 마룻바닥 쪽으로 낮아졌다가 불쑥 솟아오르는 두 눈, 악마가 직접 퍼 올린 불붙은 석탄처럼 그에게 엄습해 오는 빨간 눈 외에는 말이다.

니켈 도금을 한 45구경이 한 조각 달빛을 받아 반짝거렸다. 그 총과 함께 있는 것은 글렌이었다. 그의 몸은 눈이 멀 듯한 흰 불꽃 속에 꼼짝달싹하지 못하게 갇혀 있었다. 그리고 크리스 하워드가 늑대 인간 남동생을 통제하는 데 사용했던 권총은 마치 그 흰 달빛의 용광로 속에 한데 녹아드는 듯했다.

번쩍이는 상아 손잡이가 그 안에 장탄되어 있는 은 총알들을 그슬리고 있는 듯했다. 은에서 피어오르는 고약한 냄새에 글렌은 속이 뒤집혔다. 그 총을 건드린다는 생각만으로도 위장이 뒤틀렸다. 하지만 그는 그 45구경만이 유일한 기회임을 알고 있었다.

크리스 하워드도 그걸 알았다.

그녀는 권총을 잡으려 했다.

글렌도 똑같이 했다.

몇 발의 총성이 집 안에서 울려 나왔지만 제이제이 브라이스의 귀에는 거의 들리지도 않았다. 자기 총을 으스러져라 꽉 쥔 채로, 브라이스는 그 뻘건 눈을 가진 생물에게 덮쳐져 밖으로 나가떨어지자마자 즉시 버둥거리며 발을 딛고 일어섰다.

그놈은 브라이스를 덮쳐 쓰러뜨리고도 힘이 남아 그대로 판석이 깔린 테라스를 다 가로질러 가서야 자세를 바로 했다. 그놈은 재빠르게 두번째 공격을 가해왔다. 브라이스는 사격 자세를 취하지도 못했지만, 권총을 빠르게 세 발 연속 발사했다. 세 발의 총탄 모두 과녁을 맞혔다. 그 생물의 가슴을 정통으로 때렸다. 하지만 소용없었다. 괴물은 고통스러운 울부짖음을 씹어 뱉으면서 여전히 다가

왔다. 그리고 보안관보를 몹시도 세게 후려쳐, 그의 몸이 한순간 공중에 떴다.

한옆으로 흘긋 스쳐간 시야. 하얀 이빨이 브라이스의 얼굴로부터 몇 치 안쪽을 헛깨물었다. 브라이스의 권총이 테라스 위에 소리를 내며 떨어져 튀었다. 이어서 브라이스의 몸도 무너지기 시작했다. 그는 자기가 판석이 깔린 바닥에 이제 금방 세차게 부딪치겠구나 하는 사실을 깨달았다. 두개골이 막 돌바닥을 때리기 직전에. 그리고 시계 초침이 1초를 더 가기도 전에 저 괴물이 자신을 덮쳐 누르고 있을 것이라는 사실도 역시 깨달았다.

경찰관은 호되게 부딪치며 나가떨어졌다.

케일은 이자를 재빨리 마저 죽여 마무리 짓고 도로 집 안으로 들어가야 한다는 것을 알고 있었다. 총소리를 들은 터였다. 그 총성이 발로의 권총이 아니라 크리스의 45구경이 발사된 소리일 가능성도 있다. 하지만 그 총을 가진 건 누군가? 바로 그게 문제였다.

"야, 거기."

케일은 열려 있는 문 쪽으로 팽이처럼 몸을 돌렸다.

그리고 답을 얻었다.

마음에 들지 않는 답이었다.

늑대 인간이 뛰어올랐다. 두 눈은 번들거리고, 이는 드러냈고, 갈고리발톱은 맹포한 분노의 폭발로써 글렌 발로를 갈기갈기 찢으려

길거리의 개들 455

고 곤두세워진 채였다.

글렌에게는, 그것이 자기 자신의 마음속을 응시하는 것과도 같았다.

그는 오래 응시하고 있지 않았다.

그는 방아쇠를 당겼다.

총구에서 뿜어 나온 환한 섬광 속에, 모든 것이 사라졌다.

part. 3

제이제이 브라이스는 판석 위에 널브러져 까무룩 기절해 있었지만 글렌은 쓰러진 경찰관을 무시했다.

45구경이 아직 그의 손아귀에 있었다. 거기 장전된 은 총알들은 상아를 붙인 총 손잡이 속에, 강철 케이스에 물려져 들어 있었다. 글렌은 그런 줄 알고 있었다. 그런데도 권총을 잡고 있자니 살아서 여차하면 몸을 비틀어 송곳니를 그의 살갗에 박아 넣을 태세인 방울뱀을 손에 든 느낌이었다.

하지만 글렌은 총을 내려놓을 수 없었다.

사실은, 총을 내려놓을 일이 있기는 할지 모를 지경이었다.

글렌의 등 뒤로 집 안에는 세 사람이 죽어 쓰러져 있었다. 글렌은 먼저 크리스를 죽이고, 이어서 나머지 두 명을 죽였다. 그자들은 이름도 모르는 채였다. 글렌은 세 명 모두를 불과 몇 초 안에 죽여버렸다. 늑대 인간 바이러스가 초래한 야수의 분노가 그의 몸을 뚫고 치밀어 올랐고, 마치 그것이 총을 조종하는 듯했다. 케일도 죽어 있었다. 놈은 흉골이 은 총알로 산산조각 났다. 총알은 근육과 심장을 찢고 들어가서 최종적으로 척추 뼈에 가 박혔다. 케일은 판석이 깔린 테라스에 쓰러져 있었는데, 그 모습은 킴 발로의 집 벽 안에 느긋하게 자빠졌던 인두겁을 쓴 괴물 놈과 조금이라도 다른 모습이었던 적이 있었을까 싶도록 아무런 단서도 없이 감쪽같이 되돌아온 채였다.

하지만 케일은 분명 뭔가 달랐다. 글렌은 자기가 그토록 죽여버리고 싶어 했던 사나이의 시체를 지그시 내려다보면서 그것을 깨달았다. 누이동생을 살해한 저주받을 개자식과 함께 자신의 분노도 죽어 없어졌음을 안 것과 꼭 같이. 이제 분노가 있던 자리에는 또 다른 불길이 타올랐다. 그의 뱃속에는 한 덩어리의 유황이 묻혀 있고, 보름달의 빛을 받아 불 지펴졌다.

글렌은 평소 기도를 올리는 사내가 아니었다. 하지만 이제 몇 시간 지나지 않아 태양이 떠오르는 것을 보게 될 때에는 그 불길이 느껴지지 않기를 그는 바랐다.

그가 태양이 떠오르는 것을 볼 수 있다면 말이지만.

그때가 될 때까지 버틸 수나 있다면 말이지만.

45구경을 잡은 글렌의 손에 힘이 들어갔다. 그는 총에 들어 있는 은 총알들이 자신에게 어떠한 효과를 발휘할지 알았다. 머리 위에 떠 있는 달이, 다음번에 밤하늘에 환한 보름달로 떠오를 그때에 자신에게 어떠한 영향을 미칠지 아는 것과 마찬가지로 말이다.

한 발이면 된다. 필요한 건 단 한 발뿐이다.

단 한 발, 그거면 그는 결코 케일 하워드 같은 꼴이 되지 않을 것이다.

글렌은 총을 들어 올렸다. 그는 총구를 자기 턱 밑에 대었다.

그러고는 기다렸다. 그는 무언가 신호를 기다렸다. 어딘가로부터 올 신호를…… 누군가가 보낼 신호를…… 아마도 킴이 보내줄 신호를. 옳건 그르건, 오늘 밤 글렌이 해치운 일들은 킴을 위해서 한 것이었다. 그러니 그는 뭔가 인정이 있기를 기다렸다, 그의 두뇌가 그가 방금 죽인 사람들의 움직임 하나하나 표정 하나하나를 착착 간수해 넣었듯이 이제 그렇게 접수할 수 있는 영상들이 밀려오기를 기다렸다.

상아제 권총 자루는 그의 땀으로 미끈거렸다. 총신 끝이 팽팽히 당겨진 턱 밑 살을 파고들었다. 뱃속에 이글거리는 유황불은 이제 그의 심장을 요리하고 있었다. 지글지글 타는 가슴 속 깊이에서 글렌은 느닷없이 무슨 말소리를 들었다.

하지만 그것은 킴의 말소리는 아니었다.

그것은 다른 사람의 말소리였으며, 글렌이 오늘 밤 아까 전에 들었던 음성이었다.

'네가 하는 일이 너 자신이다……'

그 말들은 한순간 지글거리며 성대하게 타오르는 유황 불 소리에 묻혀 안 들리는가 싶었다. 마치 글렌의 내부에서 무엇인가가 그 말들을 화르륵 불태워 없애버리려고 하는 것 같았다. 글렌이 그 말을 한 여자를 태워 없애버렸듯이 말이다. 하지만 그 말소리는 다시 돌아왔다. 이번에는 더욱 뚜렷하게. ……마치 글렌 자신의 말소리처럼.

'네가 하는 일이 너 자신이다.'

글렌은 총을 내렸다.

'……그리고 네가 하지 않는 일도 너 자신인 거지.'

브라이스는 휴대전화가 울리는 소리에 정신이 돌아왔다. 아직도 캄캄했다. 손목시계를 흘긋 보아 겨우 자정을 살짝 넘은 시간임을 알았다. 빌어먹을.

집요한 전화벨 소리에 머리뼈가 꽝꽝 두들겨 맞는 것처럼 울려 왔다. 제이제이는 전화를 꺼내려고 손을 뻗었지만 휴대전화는 거기에 없었다. 전화는 테라스 저만치에 떨어져 있었다. 낮밤을 헷갈린 작은 새처럼 뾰롱뾰롱 울 때마다 희끄무레한 LCD 화면이 빛을 냈다. 그리고 거기에는 권총도 있었다. 휴대전화 바로 옆에 떨어져 있었다. 그리고…….

브라이스가 붙들고 씨름했던 그 물체도 그곳 테라스에 뻗어 있었다. 다만 이제는 더 이상 늑대같이는 보이지 않았다. 이제 그 빌어먹을 물체는 케일 하워드같이 보였다. 그리고 이제 브라이스는 기억이 났다. 넘어가면서 머리를 테라스 판석에 빠직 소리가 나도록 박았던 것이다. 까무룩 정신을 잃기 직전의 찰나, 글렌 발로가 문간에 니켈 도금이 된 45구경을 들고 나타났다. 글렌 발로는 좀비 영화에서 튀어나온 도망자 같은 몰골이었지만, 그자가 괴물을 총으로 맞혀 튀어나온 테라스 아래로 떨어뜨렸다.

그래서 이제 케일 하워드는 그 자리에 죽어 쓰러져 있었다.

브라이스는 하워드의 시체를 오랜 시간 바라보았다.

빌어먹을, 그는 생각했다. 그러니까 그게…… 빌어먹을.

왜냐하면 여기에서 달리 떠올릴 수 있는 생각이 없었기 때문이다. 2 더하기 2를 할 줄 안다면 다른 답은 없다. 그리고 아무리 머리를 찧어 나가떨어졌다고는 해도 브라이스는 2 더하기 2를 할 줄 알았다. 그는 자기가 해야 할 일의 두번째 단계에 돌입하여 일어서려고 했지만, 그러기에는 두 다리가 말을 듣지 않았다. 그리고 몸뚱이의 나머지 부분들도 마찬가지였다…… 맙소사. 느낌으로는 오른팔은 아예 제자리에 붙어 있는 것 같지도 않았다.

지금 이게 다 무슨 엿 같은 상황이야? 그는 흙바닥에 엉덩방아를 찧고 앉아서 무엇인가 딱딱한 것 위에 몸을 걸치고 있다. 오른팔은 아예 손톱만큼도 움직일 수가 없었다. 빌어먹을 것이 자고 늘어져 있네, 머리 위로 구부러져서, 동여맨 것처럼 고정된 채로.

브라이스는 옆으로 몸을 기대고 올려다보았다. 트럭 운전석의 열린 문에 부딪혀 가로막힌 것이었다. 자기 트럭이 아니다. 발로의 거지발싸개 같은 녹투성이 차다…… 브라이스가 두 시간 전에 차를 몰아 들어왔을 때에는 있지도 않았던 차다.

아, 이런 빌어먹을. 자유로운 쪽 손으로 브라이스는 자기 주머니를 두드려보았다. 열쇠 꾸러미가 없어졌다.

새로 뽑은 그의 포드 차도 없어졌다.

그놈의 개새끼가. 브라이스는 생각했다. 브라이스는 발로의 트럭에 기대고 앉아서 곰곰이 그 일을 되씹어보았다. 아마 누가 이쪽으로 올 때까지 한동안 여기 이렇게 앉아 있어야 할 모양이었다. 하지만 그건 괜찮다. 도둑맞은 자기 차에 관하여 이러쿵저러쿵 얘기를 하는 일쯤 서두를 것도 없다는 기분이었다. ……오늘 밤의 일에 대해서도 그렇고.

그렇기는 해도, 브라이스의 머릿속에서 생각의 바퀴는 이제 돌아가기 시작했다. 어쩌면 그건 나쁜 일이 아니었을 것이다. 조만간에 브라이스는 도대체 이 사태에 대해 뭐라고 말을 할지 결정을 내려야만 할 터이기 때문이다.

랜달 보안관에게,

그리고 리사에게도.

part. 4

엘 파지토를 떠난 후로 몇 달 사이에 글렌은 시간이 많아서 남아돌았다. 그건 잘된 일이었다. 저 사막의 외딴집에서 일으킨 피바다의 각성에 관해서 그가 생각해봐야만 할 일이 아주 많았다. 글렌에게 상황은 여러모로 달라졌다. 아주 많은 것들이 달라졌다. 모든 게 변했다.

하지만 낮이 밤으로 저물어갈 때 그가 가장 많이 생각하는 것은 킴이었다. 글렌은 늘 킴에 대해 책임감을 느꼈다. 뭐라고 해도 결국 그는 킴의 오빠였다. 그렇게 반응한 건 숨을 쉬는 것처럼 자연스러운 일이었다. 하지만 킴이 살면서 자기 스스로 인생의 결정을 내렸으며 그 결정들에 대해서는 자신이 책임질 일이 아님을 그는 이제 이해하기 시작했다. 그 결정들이 킴에게 초래한 문제 상황들 역시 그의 책임이 아닌 것과 마찬가지다. 그건 킴이 한 선택이었다. 그의 선택이 아니다. 그리고 킴은 그런 선택들을 하면서 그를 배제해버렸다. 그리고 남매간 사이가 안 좋아졌을 때, 특히 케일 하워드 문제가 대두되었을 때 그녀는 글렌을 배제했다.

그리고 아마도 그것도 글렌이 분노한 이유의 일부분일 터였다. 킴은 글렌을 쫓아내버렸고, 그러고는 둘 중 어느 쪽에서 그 상황을 바꾸어가기 전에 죽어버렸다.

어쩌면 바로 그게 그가 스스로 목숨을 끊을 뻔했던 그날 밤 사막에서 누이동생의 목소리를 들을 수 없었던 이유였을지도 모른다.

어쩌면 그러한 종류의 도움을 요청하기에는 글렌이 누이동생을 그렇게 잘 알고 이해하지 못했던 건지도 모른다.

어쩌면 킴은 여전히 글렌을 마음에 배제하고 있는 것인지도 모른다.

두 사람은 남매간이었다. 물론이다. 추억을 나누었고, 시간을, 그리고 피를 나눈 사이다. 하지만 글렌은 킴이 자기 마음속 깊이 자물쇠 채워두었던 비밀들을 전혀 아는 바가 없었다. 그리고 글렌은 자신 아닌 다른 누군가를 안다는 게 과연 가능할까 의문이었다. 그 사람과 어떠한 인연을 잇고 있건 간에.

최근에 와서야 그는 그 생각을 많이 해왔다. 딱히 특별한 결론에 이르지는 못했지만, 단 한 가지 확신이 가는 생각은 있었다. 그가 엘 파지토를 떠난 이후로 차차 자기 자신의 비밀에 대해서는 이해를 하기 시작했고 자기 자신의 마음속은 이해하기 시작했다.

글렌은 자기 말고 누군가 다른 사람도 마찬가지로 그러한 것들을 이해해갈는지 궁금했다.

이제는 더 이상 공중전화를 찾기가 수월치 않지만, 글렌은 결국 하나를 찾았다.

그걸로 전화를 걸려니 편의점 계산대에서 일하는 자그마한 케이준 아가씨한테서 전화 카드를 사야만 했다. 공중전화는 주유소 펌프 건너편 기둥 위에 설치되어 있었다. 주위에는 사람이 많지 않았다. 칡만 잔뜩 나 있었다. 칡이야 글렌이 신경 쓰지 않아도 될 것이다. 이건 아무에게도 들려주고 싶지 않은 통화였다.

그는 리사의 전화번호를 돌렸다.

벨이 세 번 울린 후에 웬 남자가 받았다. "여보세요?"

글렌은 아무 말도 하지 않았다.

"여보세요?" 그 사내가 다시 말했다. "여보세요, 거기 누구요?"

철커덕하는 소리가 전화선을 타고 흘렀고, 귀에 익은 목소리는 꺼졌다.

글렌은 수화기를 걸이에 걸쳤다.

그래, 내가 엿 됐구나. 아직도 전화기 너머로 들렸던 그 남자의 목소리가 머릿속에 맴도는 채 글렌은 생각했다. 제이제이 브라이스와 리사 앨런이라.

글렌은 거기 잠시 선 채로 그 생각을 하고 있었다. 트럭 한 대가 부르릉거리며 2차선 고속도로를 달려왔다. 배턴 루지 쪽으로 간다. 글렌은 머리를 흔들었다. 빙그레 웃음을 띠었다. 최근에 그는 크게 놀랄 일이 아주 많았다. 그러니 이 일인들 사람을 놀라게 하지 말라는 법이 있나.

하지만, 지금이라면, 글렌은 뭐 괜찮았다.

정말이다. 정말 괜찮았다.

어휴. 제이제이 브라이스가 정말 싫어하는 것 한 가지가 있다면 그건 말없이 끊는 전화였다.

브라이스는 전화기를 뒤로하고 돌아섰다. 최소한 또 웬 놈의 변호사한테서 온 전화는 아니었으니 다행이지. 발로 목장의 결투 이후로 브라이스는 변호사라면 물리도록 만났다.

그리고 휴직 기간도 물릴 만큼 길었다. 그리고 주에서 나온 수사관과 카운티 수사관들에도, 그중 몇이 물어보는 질문에도 물렸다. 특히 하워드 일족이 은 총알에 맞아 죽은 걸 발견한 감식 전문가의 질문은 정말. 그자는 브라이스에게 혹시 그 점에 대해 뭔가 아는 게 있느냐고 물었다. 브라이스는 말했다.

"맙소사, 글쎄요. 어쩌면 발로는 자기가 론 레인저^{미국 서부극 드라마}의 유명한 영웅라도 된 줄 알았나 보죠. 그 자식은 정말 확실히 미친놈이더군요."

그런가 하면, 수사관들은 네 개 주에 걸쳐 발생한 여섯 건의 살인 사건이 하워드와 관련 있음을 밝혀낸 터였다. 희생자 중 세 명은 케일 하워드와 혼인 관계에 있었다. 보아하니 그자가 살인을 하고, 그런 다음 그자의 누나가 몇 달 후에 나타나서 따낸 판돈을 현금화한 모양이었다. 그 여자는 꽤나 영리해서 그간 자신을 부각시키는 일이 거의 없이 몸을 낮추어 지내왔고, 엘 파지토에서도 영락없이 그 노선을 지켰다. 아무도 케일 하워드에게 누나가 있는지 알지도 못했다. 그리고 남자 형제도 두 명이나 있었는데 말이다. 교외의 그 집에. 젠장맞을, 아마도 그래서 그자들이 창문에다 판자를 대둔 거겠지.

아무튼, 브라이스는 그 건이 무마되어서 다행이라고 생각했다. 다음 주면 그는 일터로 복귀할 예정이었다. 그 일 이후로 두어 달…… 글쎄, 그 사건 전체가 아마 잊힐 것이다.

잊힐 거라고 생각을 해볼 수 있겠지, 어쨌든.

리사는 제이제이가 문으로 나올 때 테라스를 비질하고 있었다. 그는 파시피코 맥주 두 병을 들고 나와 그녀에게 한 병 건넸다. 리사는 한 모금 마셨고, 그것도 진일보였다. 맥주는 맛 좋고 차가웠다.

"전화한 사람은 누구였어요?"

"그냥 끊었어. 그런 전화 정말 싫지 않아?"

리사는 끄덕였다. 그들은 한동안 뒤 층계에 앉아 있었다. 제이제이는 자기 맥주를 마셨고 서에서 상황이 어떻게 돌아가고 있는지 이야기했다. 리사는 귀 기울여 들었다. 한동안이 지난 후 그가 말했다. "도스 가토스에 차 몰고 가볼까 해. 가서 그 돼지고기 까르니따스 좀 사오게. 오늘 밤에 바비큐 해먹자."

"그거 좋죠."

몇 분 후에, 브라이스는 이미 가고 없었다.

리사는 그곳 층계에 걸터앉아 멀리 비치는 트레스 마노스를 물끄러미 바라보았다. 오후의 구름이 동쪽으로부터 흘러와서 '손들' 뒤에 그림자를 드리우고 있었다. 리사는 자기 맥주를 홀짝이며 거기 걸려 있는 구름들을 지켜보았다. 바람이 쫓아와 흩어버리기까지 구름은 한참이나 되는 시간을 그 자리에 머물러 있었다.

리사는 맥주를 다 마셔버리고, 연장 두는 곳에서 전정가위를 꺼내 왔다.

그녀는 허브 텃밭을 손보았다.

로즈마리를 다듬었다.

아주 바짝 짧게 쳤다.

색 오 워

존 하비

길거리는 컴컴하고 폭이 좁았다. 드문드문 세워져 있는 차 지붕은 서리로 얼룩졌다. 아마 여섯 개였을 머리 위 조명등 중 두 개는 몇 주 전에 누가 깨부숴놓았다. 파란색, 녹색, 회색의 재활용 쓰레기통들이 내버려진 슈퍼마켓 카트들과 함께 포장도로에 자리를 차지하고 있고, 포장 판매 패스트푸드점에서 나온 쓰레기가 널려 있었다.

34번 집은 테라스 끝 쪽을 바라보고 있었다.

짧은 거리가 점점 휑해져 빽빽이 굳은 진흙으로 가가 둘린 아무 것도 없는 관목 덤불 지대로 이어지는 지점, 땅바닥에 고인 거무스름한 물웅덩이에는 얇은 필름 같은 살얼음이 끼어 있었다.

〈1월〉

톰 화이트모어는 장갑 낀 손으로 주먹을 쥐어 34번 집 문을 쾅쾅 두들겼다. 페인트는 일어나서 조각조각 떨어져 나오고, 초인종은 이미 오래전에 고장이 났다. 화이트모어는 청바지에 티셔츠와 스웨터와 닳아빠진 가죽 재킷을 입고 있었다. 불과 30분도 지나지 않은 좀 전에 전화를 받고 제일 먼저 그러쥔 옷들이 그것이었다.

〈1월 27일 새벽 3시 17분〉

화이트모어는 한 발짝 물러서면서 오른 다리를 쳐들어 문짝의 잠금장치에 근접한 부분을 찼다. 두번째 발차기에 나무조각이 튀며 문이 벌러덩 되튀어 열렸다.

안은 흔히 볼 수 있는 1층에 방 둘, 2층에 방 둘짜리인 기본적인 집이었다. 주방으로 확장한 공간이 작은 뒤뜰로 통하고, 욕실은 그 위층에 있었다. 낡은 카펫 한 조각이 좁다란 복도 통로에 깔려 있고, 층계에는 깔려 있지 않아 맨 나무였다. 머리 위 천장에서는 전선이 그대로 노출되어 내려와 있는데 전구는 연결되어 있지 않았다. 화이트모어는 전에 여기 와본 일이 있었다.

"대런? 대런, 자네 여기 있나?"

이름을 불러도 아무 대답이 없었다.

역류한 하수구나 막혀버린 배수 장치에서 나는 것인 듯 고약한 냄새가 감돌았다.

앞쪽 방은 비어 있었다. 창에는 희한한 커튼이 쳐 있고, 한쪽 구석에는 텔레비전이 놓였다.

의자 두 개와 좌석이 푹 꺼진 2인용 소파가 하나. 쓰레기통. 옷 뭉치. 뒷방에는 작은 탁자가 있고 의자가 두 개 더 있었는데 한쪽은 등받이가 부서졌다. 지난 신문이 한 무더기 쌓여 있다. 먹다가 남긴, 오븐용 레토르트 식품으로 차린 식사. 어린아이 신발 한 짝.

"대런?"

층계의 첫 단은 체중을 싣자 발밑에서 약간 삐거덕거렸다.

앞쪽 침실에는 더블 침대용 매트리스가 침대 틀 없이 그대로 방바닥에 놓여 있었다. 담요 몇 장에 이불은 없이 달랑 누비깔개 한 장이 다였고, 침대보는 없었다. 코너용 서랍장은 서랍들 중 반이 열린 채 그대로 방치되어 있고, 이런저런 잡동사니 옷가지들이 서랍에 걸쳐 늘어져 있었다.

뒤쪽 침실 문을 열기 전에 화이트모어는 숨을 죽였다.

어린이용 2층 침대 하나를 한쪽 벽에 붙여놓았고, 그 옆에 바람을 넣는 릴로 캐릭터 매트리스를 붙여놓았다. 자그마한 두 개의 서랍장 중 하나는 아이들 옷가지가 넘쳐나고 다른 하나에는 장난감이 들어 있다. 플라스틱 그릇 속에 든 시리얼은 불어서 풀처럼 되어 딱딱하게 굳었다. 아기 젖병 속에 든 우유는 상해서 노랗게 변했다. 쓰고 난 기저귀는 핑크색 비닐봉지에 넣다 말아서 반은 안에 반은 밖에 딱 걸쳐 있다. 기다란 튜브에 들어 있는 사탕. 종이 모자 한 개. 빨간색과 노란색의 쌓기 놀이용 나무토막. 말랑말랑한 장난감들. 플라스틱 자동차. 조끼를 갖춰 입고 밝은 색 나비넥타이를 한 곰 인형은 바로 작년 크리스마스 선물이었던 듯 아직 새것이다.

그리고 피가 있었다.

바닥에 가늘어지는 선으로 죽죽 그어진 핏자국이 있고, 벽에도 희미하게 튄 자국이 보인다. 톰 화이트모어는 한 손으로 이마를 누르며 두 눈을 감았다.

그는 지금까지 근 4년을 공공보호팀의 일원으로 일해왔다. 책임감을 가지고, 다른 경찰관들과 보호감찰관들과 함께, 그리고 사회봉사 단체나 지역사회 정신건강 센터 같은 다른 기관들에서 나온 사람들과 함께 폭력적이며 피해를 끼칠 위험도가 높은 성폭력 범죄자들이 형을 살고 풀려나서 도로 지역사회에 복귀했을 때 그들을 감시하는 일을 해왔다. 그들의 과업은 밀접한 관찰을 유지하고, 정보를 한데 모아 공유하고, 범죄자들을 가능한 대로 승인된 프로그램에 넣고, 그들이 일자리를 찾을 수 있도록 보조하여 재범 방지를 위해 할 수 있는 일은 뭐든지, 전부 다 하는 것이었다. 고맙다는 소리는 듣지 못하기가 십상이고 끊임없이 기운이 쭉쭉 빠지는 막막한 일이었다. 브루스 스프링스틴이 부른 그 노래 제목이 뭐였던가? 〈두 계단 올라섰다 세 계단 내려선다〉였던가? 하지만 경찰 업무 중 많은 부분과는 다르게 그 일에는 집중할 목적이 있고, 명확하게 추구하는 바가, 그에 적용할 방법이, 궁극적인 목표가 있었다. 때로는 긍정적인 결과를 보는 것도 가능했다. 잠재적인 위험인물들(거의 다 남자였는데)은 위험성이 중화되고, 줄곧 감시망 안에 점검이 되었다. 다른 건 다 그만두고라도 그것만 해도 대단한 것이었다.
 그런데 그래도 아내는 그 일을 정말 싫어했다. 그 일을 함으로써 화이트모어가 날이면 날마다 접할 수밖에 없는 사람들이 있기에 그토록 싫어하는 것이었다. 강간범, 아동 성폭력범들. 아내가 보기에는 이 지구상의 인간 쓰레기자 저열한 놈들 중에서도 최악으로 저열한 놈들이다. 그 일을 하는 한 그가 이런 작자들의 범행을, 인간이 과연 무슨 짓까지 할 수 있는지를 계속해서 마주할 수밖에 없기에 그녀는 싫어했다. 아내에게는 마치 그자들의 극악무도한 범죄가 어떻게인가 그를 오염시키는 것 같았다. 그의 꿈속에 슬금슬금 기어들고, 그가 퇴근해 집에 돌아올 때 함께 묻어온다. 마치 머리카락 사이에 스며든 연기 냄새처럼, 입은 옷의 섬유에 배어들어 가실 줄 모르는 연기처럼 가족 모두를 물들이는 것만 같았다.
 "톰, 얼마나 더 오래 할 거예요?" 아내는 묻곤 했다. "앞으로 얼마나 더 이 지긋지긋한 몹쓸 일을 계속할 거냐고요."
 "오래는 안 할 거야." 그는 말하곤 했다. "이제 얼마 안 남았어."
 나가떨어지기 전에 나가라. 그것이 성폭력 특별반에서 하는 얘기였다. 교통이나 사기 같은 일반적인 경찰 업무 쪽으로 전출을 받아라. 하지만 화이트모어는 차마 떠날 수가 없었다. 마음먹고 옮기겠다는 말을 못하고 아침이면 일어나 도로 그 세계로 들어갔다가 저녁이면 돌아와 매일같이, 아무리 늦게 들어온 날이라도, 쌍둥이가 자는 방으로 가서 거기 서서 아이들이 잠든 모습을 바라보곤 했다. 그와 매리언 사이에 태어난 다섯 살배기 쌍둥이 아들들이 안전하고 건강하게 푹 자고 있는 모습을 말이다.

그 여름에 일가족은 예년처럼 필리에 가서 두 주의 휴가를 보냈다. 전과 같이 찜찜한 날씨에다, 전과 같은 조그만 호텔, 그야말로 멋지게 굽어진 해변. 쌍둥이는 달려가서 물에 첨벙 뛰어들었고 절반 크기의 보디 보드에 몸을 올리고 파도를 타며 한참을 놀았다. 아이들은 감자칩과 아이스크림을 먹었다. 그리고 정말 끝도 없이 튀어서 바다로 들어가버리곤 하던 커다란 색깔 공을 가지고 노는 데 아이들이 급기야 진력이 나자 매리언이 책을 읽거나 잠시 졸거나 하는 사이에 톰은 아이들을 데리고 모래성 쌓기를 했다. 탑도 쌓고 굴도 파서 아주 정교하게 만들었다.

완벽한 휴가였다. 심지어 날씨조차도 형편을 봐주었다. 잠깐씩 소나기가 뿌린다든가, 몇 번 먹구름이 끼고 남풍이 불어온 것 말고는 없었다.

마지막 밤에, 쌍둥이는 위층에 재워놓고서 부부는 산책길과 검은 띠 같은 바다가 내려다보이는 조그마한 테라스에 나와 앉았다. "집에 가면 말이야, 톰. 당신 정말 전출을 신청해야 해." 매리언이 말했다. "다들 이해할 거야. 그런 일을 언제까지나 계속할 수 있는 사람은 아무도 없어. 아무리 당신이라도 안 돼."

매리언은 손을 뻗어 그의 손을 잡았다. 그리고 그가 아내 쪽으로 몸을 돌리자, 얼굴을 그의 얼굴에 가까이했다. "톰?" 얼굴에 끼치는 그녀의 숨결은 따스하고 약간 달착지근했으며, 그는 몸속을 뚫고 파도처럼 밀어닥치는, 몸이 휘청할 것 같은 애정을 느꼈다.

"좋아. 그럴게." 그가 말했다.

"약속할 거야?"

"약속해."

하지만 그 여름이 끝날 무렵이 되자 상황이 바뀌었다. 일단 런던에 폭발물 사건이 일어났다. 지하철에 자살 폭탄 테러가 난 것이다. 서투른 감시 작전 끝에 한 무고한 젊은 브라질 청년이 사살되었고, 테러 용의자들이 버밍엄과 리즈의 교외에서 체포되었다. 어디를 가도 온 사방이 그 상황이었다. 지역 공항에 보안 경보가 내리고, 뜬소문이 입에서 입으로, 휴대전화에서 휴대전화로 퍼져나갔다. '이번 주 토요일에 시내 한복판에는 들어가지 마. 절대 가지 마. 멀찌감치 떨어져 있어.' 이제 대낮에 중무장을 한 경찰 병력을 보는 것은 예사가 되어버렸다. 두 명의 정복 경관이 피자헛과 데븐헴스 백화점 사이를 순찰하는데 헤클러 앤드 코흐 경기관총을 가슴 앞에 내려 들고 허리에는 발터 P990 권총이 걸려 있어도 쇼핑객들은 이제 발을 멈추고 쳐다보지도 않게 되었다. 내무성과 보안 당국에서 끊임없이 새로운 테러가 있을 가능성을 경고함에 따라 경찰 근무는 갈수록 압박이 커졌다. 몇몇 경찰 구역에서는, 경찰대 경감이 쓴 보고서에 따르면, 위험성이 높은 범죄자들을 감시 감독하기 위해 구성된 종합 감시 체제가 이제는 인력 부족으로 거의 가동이 되고 있지 못하다고 언급했다. "테러를 잡느냐 성범죄자를 잡느냐 둘 중 하나야. 전문성을 갖춘 경찰 인력이야 딱 정해져 있는데 여기저기 다 써먹을 수는 없지." 화이트모어네 부서장은 그렇게 설명했다.

"당신 약속했던 거 기억하고 있지?" 매리언이 말했다. 이때쯤 되자 날짜는 9월 말이었다. 밤이 점점 일찍 오는 때다.

"도저히 할 수가 없어." 톰이, 천천히 고개를 저으면서 말했다. "지금은 이 자리를 떠날 수가 없어."

매리언은 그를 쳐다보았다. 금방이라도 불꽃이 튈 것 같은 딱딱한 얼굴이었다. "난 떠날 수 있어, 톰. 우리는 끝날 수 있다고. 그걸 기억해."

그 이후로 그 말은, 그 위협은 부부 사이에 그대로 남아 있었다. 그것이 두 사람을 하나로 묶어주었던 유대를 좀먹어 금가게 만들기까지는 그리 오래 걸리지 않았다.

상황이 그럴 수밖에 없었기 때문에 톰은 더 긴 시간 일을 했다. 그러고 나서 집에 돌아왔을 때는 지치고 머릿속이 지끈거리는데 매리언은 침대에서 등을 보이고 돌아눕고, 손만 대도 흠칫 싫어할 뿐이었다. 아침 식사 때 개수대에 서 있는 아내에게 팔을 두르면 매리언은 화를 내며 어깨를 떨치고 몸을 뗐다.

"매리언, 제발 이러지 마."

"뭘?"

"우리 계속 이러고 살 순 없잖아."

"그래?"

"그렇지."

"그럼 어떻게든 해봐."

"제발 좀."

"뭐가?"

"내가 이미 얘기했잖아. 백 번은 얘기했어. 지금은 안 된다고."

매리언은 그를 지나쳐서 문밖 복도로 나가며 쾅 하고 문을 메어치듯 닫았다. "빌어먹을!" 톰은 고함을 치고 주먹으로 벽을 후려쳤다. "빌어먹을, 빌어먹을, 빌어먹을!" 쌍둥이 중 하나가 마치 자기가 얻어맞은 것처럼 죽자고 소리를 질렀다. 다른 하나는 시리얼이 담긴 플라스틱 밥그릇을 바닥에 내동댕이치고는 울어대기 시작했다.

공중보호팀 회의가 거의 끝나가던 참이었다. 크리스틴 핀치, 오십 대 중반의 노련한 보호관찰관인 그녀가 손을 들었다. "대런 피처. 이 친구 문제가 될 것 같아요."

톰 화이트모어는 한숨을 지었다. "또 뭡니까?"

"내가 맡은 사람 중에 엠마 로리라고 있어요. 정제 코카인을 취급해서 집행유예를 받은 여잔데 저 위 포레스트 필즈에 살아요. 잘 나고 똑똑한 사람이라고는 말 못 할 아가씨죠. 지금 피처하고 눈이 맞았어요. 피처가 들어가서 동거하려는 모양이에요."

"그게 문제가 됩니까?"

"엠마 로리한테는 아이가 셋 있어요. 여섯 살 밑으로 세 명이에요. 그중 둘은 남자애고요."

화이트모어는 고개를 저었다. 그는 대런 피처의 과거사를 충분히 잘 알고 있었다. 대런은 그 어머니가 겨우 열여섯 살 때 낳아서 키웠는데, 그래서 형제자매도 없고 아버지는 단 두 번 만나보았다.

첫번째 만남에서는 술이 들어가서 성질이 관대해진 아비라는 작자가 대런의 엉덩이를 한 번 꽉 쥐어 잡고는 5파운드 종이돈 두 장을 바지주머니에 찔러주었다. 두번째 만남 때에는 온정신이어서, 아들의 눈에 시커멓게 멍을 만들어주고 꺼져버리라고 했다.

학교에서는 외톨이에, 학습 장애로 찍혀서 따로 놀았고, 아이들에게 괴롭힘을 당했다. 나이가 열여섯이 된 후로 피처는 저임금 일자리를 이것저것 전전해왔다. 청소 일, 슈퍼마켓 상품 진열, 병원의 환자 이동 일, 세차 일……. 그리고 자존감이 그만도 못한 여자들과 몇 번인가 짧게 사귄 적도 있었다.

나이 스물다섯에 그는 5년형을 선고받았다. 네 살에서 일곱 살 사이의 남자아이들 여섯 명을 성추행한 죄였다. 감옥에 있는 동안, 무수히 자해 사건을 일으킨 데 더하여 한 번은 자살 시도도 한 적이 있었다.

출소해서, 우선은 6개월간을 호스텔에서 지내며 매주 보호관찰관과 지역사회 정신건강 간호사 둘 다에게 꼬박꼬박 보고를 했다. 6개월이 지난 후로는 감시가 한결 느슨해지게 되어 있었다.

화이트모어가 탁자 끝에 앉은 정신건강 간호사 쪽으로 몸을 돌리며 물었다. "벤? 대런 피처가 당신 담당이었지요?"

벤 레너드는 짧게 친 금발에 한 손을 찔러 넣었다. "이미 완성되어 있는 가족이라, 그에게 필요한 것일 수도 있겠군요."

"여자 쪽이 말이죠." 크리스틴 핀치가 말했다. "굳센 성격이 못돼요. 지금까지 아이들을 용케도 자기가 데리고 살았다 싶어 신기

할 정도예요."

"애들 아버지는 있고요?"

"한 명이 아니죠."

"연락은 있나요?"

"별로요."

톰 화이트모어는 잠시 두 눈을 감았다. "남자애들 말입니다. 애들 나이가 몇 살입니까?"

"다섯 살짜리하고 세 살짜리예요. 그리고 밑으로 여자애가 있죠. 18개월 됐어요."

"그러면 우리가, 피처가 여자 집에 들어가 살게 될 경우 아이들에게 위험한 일이 되리라고 생각해야 할까요?"

"난 그렇게 생각해야 한다고 봐요." 크리스틴 핀치가 말했다.

"벤은요?"

벤 레너드는 시간을 들였다. "대런하고는 상당히 진전이 있었다고 생각합니다. 대런은 과거 자기 행동이 잘못되었다는 것을 깨달았어요. 자기가 한 짓을 뉘우치지요. 절대 다시는 범죄를 저지르고 싶어 하지 않아요. 하지만, 그렇겠지요, 아이들을 생각하면, 위험성이 있다고 해야 할 겁니다. 비록 작은 위험이지만, 그래도 위험이기는 하죠."

"알았어요. 내가 가서 대런 피처를 만나보지요. 만나보고 보고드리죠. 크리스틴, 여자 쪽하고 계속 연락 취하실 거죠?"

"물론이에요."

"됐습니다. 다른 일들도 많지만 이 건도 잊지 말고 시야에 넣어 두도록 합시다."

그들은 포틀랜드 레저 센터의 층계에 앉았다. 태양은 구름의 화환을 통하여 희끄무레하게 약한 빛을 던지고 있었다. 화이트모어는 센터 안의 자판기에서 묽은 차 두 잔을 뽑았다. 그래서 두 사람은 닳아빠진 차가운 돌 층계에 걸터앉은 채, 아직까지는 거의 말을 주고받지 않았다. 대런 피처는 담배를 피우고 있었다. 좀처럼 차분하지 못한 손동작으로 자기가 말아 만든 담배였다. 뭐였더라, 할머니가 언제나 하셨던 말씀이? 화이트모어는 생각했다. 차가운 데 나앉아 있지 마라, 감기에 걸릴 테니. 백발백중 틀림없단다.

"들으니 새로 애인이 생겼다지." 화이트모어가 말했다.

피처는 움찔하고는 낮게 내려 뜬 눈꺼풀 밑으로 흘긋 화이트모어의 눈치를 살폈다. 대런 피처는 여윈 얼굴에, 입과 턱 주위로는 불긋불긋한 점이 나 있었다. 심약해 보이는 회색 눈 위로 이상할 만큼 길고 짙은 속눈썹이 굽어 있다.

"엠마인가? 여자 이름이?"

"그 여잔 잘못된 거 없어요."

"물론이지."

번쩍거리는 스포츠웨어를 입은 젊은 흑인 남자 둘이 그들 옆을 지나쳐 갔다. 온몸이 근육이다. 체육관에 가는 길이리라.

"진지한 관계야?" 화이트모어가 물었다.

"몰라요."

"내가 듣기로는 퍽 진지한가 보던데. 자네랑 애인이랑 말이야. 자네가 들어가 살까 하고 있다고 들었어."

피처는 뭐라고 웅얼거리더니 담배를 쭉 빨았다.

"미안하지만, 잘 안 들렸는데……."

"형사님이 상관할 일이 아니라고 했어요."

"그런가?"

"제 인생이에요. 안 그래요? 형사님 인생이 아니라고요."

화이트모어는 미지근한 차를 한입 가득 꿀꺽 넘겼다. 그러고는 플라스틱 컵을 뒤집어 몇 방울 남은 차를 돌 위에 털어버렸다. "이 엠마라는 아가씨 말이야. 아이들이 딸렸지. 어린애들이."

"그래서요?"

"어린 남자애들이지."

"그렇다고 그게 무슨…… 이러실 순 없잖아요……. 그건 오래전 얘기라고요."

"알아, 대런. 나도 알지. 하지만 그래도 엄연히 일어났던 일이잖나. 그러니까 우리가 이 일에 신경 쓸 수밖에 없는 거야." 잠시 동안 그의 손은 피처의 팔 위에 얹혀 있었다. "이해하겠지?"

피처의 손이 입으로 올라갔다. 피처는 자기 손마디를 세게 깨물었다.

그레고리 대로는 삼림 휴양지대 옆으로 나란히 뻗어 있는 길이었다. 인접한 집들은 한때는 튼실하게 제 역할을 하는 가정집들이었지만 이제는 대부분 층 단위로 쪼개어 임대해주는 다가구 주택이 되었고, 개중 많은 집들이 어떻게 손대볼 희망도 없이 무너져가고 있었다. 그 집들을 지나면 길은 폭이 점점 줄어들며 이리저리 난마처럼 꼬인다. 현관문을 열면 바로 길바닥인 더 작은 집들이 서 있는 곳이다. 모퉁이 가게들이 창에는 빗장을 지르고 문에는 셔터를 내리는 동네다.

엠마 로리는 앞쪽 방에, 한쪽으로 기운 싸구려 소파에 앉아 있었다. 골격이 작은 여자로, 머리카락 한 줄기가 얼굴에 내려와 있고, 말을 할 때 목소리는 속삭이는 소리보다 커지는 법이 좀처럼 없었다. 유령처럼 희미한 여자로군. 화이트모어는 그렇게 생각했다. 바깥에 나갔다가는 바람이 웬만큼만 불어닥쳐도 날려갈 여자야.

세 명의 아이들은 방구석에 한데 뭉쳐서 만화를 보고 있었다. 텔레비전 소리는 낮게 줄여놓았다. 제이슨, 로리, 그리고 제이드다. 제일 어린 아이는 콧물을 흘리고 있었다. 제일 큰 남자아이는 입을 벌리고 간간이 기침을 했다. 하지만 아이들 모두가, 아직은, 눈빛이 초롱초롱 밝은 표정이었다.

"애들한테 참 잘해요." 엠마는 그렇게 말했다. "대런 말이에요. 항상 애들하고 놀아주지요. 애들을 데리고, 저기 있잖아요, 숲에도 가요. 애들이 대런을 좋아해요. 정말 좋아한다니까요. 그 사람이 빨리 들어와서 우리랑 같이 살았으면 좋겠어요. 그때까지 못 기다려서 항상 성화예요. 특히 제이슨이요."

"그럼 엠마 생각은 어때요?" 크리스틴 핀치가 물었다. "엠마가 생각하기에는 어떨 것 같아? 대런이 들어와 사는 것에 대해서 어떤 기분이 들어요?"

"지금보다 편해질 거예요. 그렇지 않겠어요? 집세며 뭐며 내는 것도요. 내가 사는 게, 저소득 가정 대출금부터 시작해서 뭐까지 전부 다 너무너무 힘들어요. 그렇지 않겠어요? 하지만 대런이 와주면 매일 오후 슈퍼마켓에 일자리도 잡을 수 있겠지요. 매일같이 애들하고 다 함께 처박혀 있는 대신 조금씩 밖에도 나갈 수 있고요. 대런이 아이들을 봐줄 거예요. 대런은 그래도 괜찮댔어요."

두 사람은 핀치가 차를 세워둔 숲 가장자리의 환승주차장까지 꼬불꼬불 미로 같은 길을 돌아 나왔다.

"어떻게 생각해요?" 화이트모어가 물었다.

"벤 말이 맞을 수도 있겠는데요. 대런은 온전하게 잘 지낼 수 있을 것 같아요."

"하지만 그게 그 어린애들을 위험에 처하게 하는 일이라면요?"

"알아요, 알아요. 하지만 우리가 어쩌겠어요? 대런은 이제 상당한 기간 동안 선량하게 살았어요. 재범을 할 조짐은 안 보여요."

"그래도 난 마음에 들지 않는군요." 화이트모어가 말했다.

핀치는 고충 어린 미소를 띠었다. "다른 사람들 인생인걸요. 우리는 그저 잘되기를 빌 따름이에요. 우리가 할 수 있는 한 밀접하게 곁에서 지켜보도록 하지요."

화이트모어는 생각했다. 가끔씩 우리가 하는 일이, 이 세상이 조각조각 쪼개지지 않게 붙여놓으려고 안간힘을 쓰는 것 같을 때가 있어. 선의와, 끈 한 뭉치를 갖고서 말이지.

"시내까지 태워드려요?" 둘이 그녀의 차에 다 갔을 때 핀치가 물었다. 시각은 아직 늦은 오후는 아닌데, 햇빛은 이미 흐릿하게 사위고 있었다.

화이트모어는 고개를 저었다. "괜찮아요. 전 시가 전철을 탈게요." 사무실로 돌아와서 화이트모어는 이메일을 점검했다. 전화를 몇 통 걸고, 엠마 로리를 방문한 것에 관해 짤막하게 보고서를 썼다. 혹시 다시 한 번 대런 피처를 만나봐야 하는 걸까 생각도 해보았다. 하지만 그래 봐야 득이 될 일 없을 거라고 마음을 접었다. 마침내 화이트모어가 집에 돌아갔을 때는 6시가 살짝 넘은 시각이었는데, 매리언이 쌍둥이를 차 뒷좌석 안전 시트에 태우고 끈을 채우는 참이었다.

"지금 뭐 하는 거야?"

매리언은 얼굴이 벌겠고 목에는 스카프를 매고 있었다. "우리 부모님한테. 우리 엄마 아빠 보러 가려고 그랬어. 2~3일만 갔다 올 거야. 엄마 아빠가 애들을 보신 지도 엄청 오래됐잖아."

"바로 지지난 주말에 왔다 가셨잖아."

"그건 한 달 전이야. 아니, 더 됐어. 엄마 아빠한테는 엄청 오래 지난 거야."

아이들 중 하나는 공룡 인형을 앞좌석 등받이 위에 콩콩 걸리고 있고, 다른 한 아이는 안전 시트 끈을 만지작거렸다.
"당신 그냥 가버리려고 그랬어? 내가 퇴근할 때까지 기다리지도 않고?"
"보통 때는 이렇게 빨리 퇴근 안 했잖아."
"그러니까 있어봐."
"운전해 가는 데 두 시간이나 걸려."
"거리가 얼마나 되는지는 나도 알아."
"톰, 이러지 마. 제발."
"뭘 이러지 마?"
"안 그래도 힘들어. 더 힘들게 만들지 마."
매리언의 눈빛에서 읽히는 것이 있었다. 그는 차 뒤로 돌아가서 뒤 뚜껑을 열었다. 거기에는 짐이 꽉꽉 차 있었다. 외투며, 신발이며, 장난감이며.
"당신 그냥 2~3일 가 있으려고 그러는 거 아니지? 안 그래? 이게 무슨 썩을 놈의 이틀 있을 짐이야."
"톰, 부탁이야……." 매리언은 그를 달래려는 듯 손을 뻗었지만, 그는 그 손을 탁 쳐내버렸다.
"가버리려는 거지. 집을 나가려고 그러는 거잖아."
"아니야, 그런 거 아냐."
"아니라고?"
"그냥 잠시 동안만이야. ……한숨 돌리려고 그래. 한숨 돌릴 시간이 필요해. 그래야 내가 생각을 하지."

"썩을 놈의 생각을 해야겠다 그거지, 알았어."

화이트모어는 뒷좌석 문을 홱 열고는 안으로 몸을 기울이고 이쪽에 있는 아이의 시트 벨트를 풀려고 했지만 너무 서둘렀기에 풀리지를 않았다. 아이들은 아이들대로 놀라고 겁이 나서 눈이 그렁그렁 막 울려고 했다.

"톰, 그러지 마! 손대지 마. 애들을 그냥 놔둬!"

매리언이 그의 어깨를 잡아당겼고, 그는 그녀를 확 밀쳐버렸다. 매리언은 떠밀려서 제대로 서 있지도 못하고 비틀거리며 물러섰다. 큰 소리가 나자, 이웃집 사람 하나가 자기 앞마당 정원 길로 반쯤 나와 서서 대놓고 이쪽을 쳐다보았다.

"톰, 부탁해. 합리적으로 생각해봐."

그가 얼마나 빨리 홱 돌아섰던지 매리언은 자기를 칠 줄 알고 엉거주춤 몸을 움츠렸다.

"합리적? 이게 합리적이야? 당신 이러는 게 합리적인 거냐고!"

이웃 사람은 포장도로 가장자리까지 왔다. "실례해요, 그런데 지금 별문제 없으신 거예요?"

"문제없냐고요?" 화이트모어가 고함쳤다. "네, 아주 끝내줍니다. 완전 환상적이에요. 그러니까 씨발 들어가서 문 처닫고 댁 일이나 잘하세요."

쌍둥이들은 둘 다 울음을 터뜨렸다. 앵앵 우는 정도가 아니었다. 악을 쓰고 울었다.

매리언이 잽싸게 운전석에 올라타 문을 쾅 닫고 시동을 걸었다.

"매리언!" 화이트모어는 그녀의 이름을 고함쳐 부르며 주먹으로 움직여 나가는 차 지붕을 세차게 후려쳤다. 빨간 미등이 어둑어둑해진 사위에 흐릿하게 줄을 그었다.

화이트모어는 그 자리에 잠시 더 우두커니 서 있었다. 가까운 곳도 먼 곳도 아닌 공중에 시선을 던진 채, 아무것도 보고 있지 않은 채로. 집으로 들어와서, 그는 방에서 방으로 왔다 갔다 하며 매리언이 짐을 얼마나 많이 챙겨 갔는지, 얼마 동안이나 집을 나가 있을 작정인지 측정을 해보았다. 장인 장모는 해안에 살고 있었다. 채플 세인트 레오나즈와 서턴온시 사이에 집이 있다. 집은 방갈로지만 매리언과 쌍둥이가 묵을 공간으로는 충분했다. 내년에는 아이들이 학교에 가야 하니까, 내년에는 사정이 달라지겠지만, 지금은…….

화이트모어는 냉장고 안을 들여다보았다. 하지만 마음이 동하는 것은 하나도 없었다. 차가운 소시지 두어 개가 호일에 싸여 있었다. 봐서 이따가 샌드위치나 만들어 먹든가 하면 되겠지. 그는 라거 맥주 캔을 땄지만, 입에 느껴지는 맛은 맹맹하기 짝이 없어 남은 맥주는 개수대에 쏟아버렸다. 찬장 안에 위스키 한 병이 있기는 했다. 딴 지 얼마 안 된 병이다. 하지만 화이트모어가 그 수순을 이렇게 빨리 밟아갈 정도로 지각이 없지는 않았다.

거실에서, 그는 텔레비전을 켰다. 몇 개 채널을 획획 돌리다가 도로 틱 꺼버렸다. 그는 차를 한 잔 우려 들고서 그날 신문을 스쳐 보고 매리언의 잡지 한 권을 넘겨보았다. 그는 15분에 한 번씩 손목시계를 보았다. 이만하면 충분히 시간을 주었다는 생각이 들자, 그는 전화를 걸었다.

 매리언의 아버지가 전화를 받았다. 부드러운 말투로, 이해심 깊게, 차분히 말했다. "미안하네, 톰. 매리언이 지금 당장은 자네와 통화하고 싶지 않다는구먼. 아마 내일은, 내일 저녁에는 괜찮을 거야. 딸애가 자네에게 전화할 걸세. ……쌍둥이들? 애들은 잠들었어, 금방 녹아 떨어졌다네. 여기 도착하자마자 재웠거든. ……자네가 사랑한다고 한 말 내 틀림없이 전해줌세. ……그래, 당연하지. 당연하고말고. ……잘 자게, 톰. 잘 자게나."

 9시쯤 해서 화이트모어는 택시를 불러서 도시 반대편까지 건너갔다. 셔우드에 있는 파이브 웨이스 술집에 갔다. 가게 뒷방에, 제이크 맥마흔과 단골인 주정뱅이들 한 무리는 캐논볼 애덜리의 〈지니〉의 흐드러지는 음악에 푹 잠겨 있었다. 듀크 피어슨의 곡이지만, 화이트모어가 그 곡을 처음 들은 게 애덜리의 〈뎀 더티 블루스〉 앨범(캐논볼 애덜리가 알토 색소폰을 불었고 그의 동생 냇 애덜리가 트럼펫을 불었다)에서였기 때문에 화이트모어의 마음속에 그 곡은 어디까지나 색소폰 주자의 곡으로 되어 있었다.

 그 음반은 그의 아버지가 열여섯 살 생일 선물로 그에게 준 것이다. 당시는 톰의 마음이 티파우와 펫숍보이즈, 휘트니 휴스턴과 마돈나로 가득 차 있던 시절이었다. 하지만 결국 한 번 들어보기는 했다. 나중에 자기 방에서 들었다. 그리고 무엇인가가 자리 잡았다.

 아버지와 함께했던 가장 행복했던 추억들 중에는 아버지가 퇴직하고 데본의 산속 오두막으로 들어가버리기 전에 종종 이곳에서,

존 스미스 비터 맥주를 마시면서 또 한 곡 애덜리의 장기였던 〈색 오 워Sack O'Woe〉를 들었던 밤들의 추억이 있었다.

잭 맥마흔은 잠깐 휴식 시간에 건너와서 화이트모어와 악수를 했다. "자네 얼굴 한동안 못 봤구먼."

화이트모어는 억지로 웃음을 띠었다. "어떤지 아시잖아요. 이런 저런 일들이 있어서요."

맥마흔은 고개를 끄덕였다. "자네 아버지는, 잘 계신가?"

"괜찮게 지내고 계세요."

"내 안부를 전해주겠지."

"물론이지요."

화이트모어는 기다렸다가 두번째 연주 무대를 들었다. 그러고 나서 술집에 붙어 있는 공중전화에서 택시를 불렀다.

대런 피처는 엠마와 엠마의 세 아이들과 함께 살러 이사 들어갔다. 10월은 11월이 되었고, 12월이 되었다. 화이트모어는 일요일이면 거의 매번 차를 몰고 해안에 있는 장인 장모의 방갈로로 달렸다. 거기 가면 쌍둥이는 신이 나서 아빠의 품으로 뛰어들었고, 그는 심하게 춥지 않은 날에는 바닷가에서 아이들과 뛰고 뒹굴며 놀았고 날씨가 허락하지 않으면 거실 소파에서 아이들과 씨름을 했다. 매리언의 부모님은 사위 주위를 조심스럽게 서성이면서 하고 싶은 말을 속으로만 삭였다. 그가 어떻게든 매리언과 단둘이 되어보려고 하면 그녀는 뻗대고, 구실을 만들었다. 둘의 대화는 이루어지기

어려웠다.

"언제 다시 볼 수 있어?" 어느 날 저녁 그가 돌아갈 때 매리언이 물었다.

"집에는 언제 올 거야?" 그가 물었다. 크리스마스가 3주도 남지 않았을 때였다.

"톰, 나도 모르겠어."

"하지만 오긴 할 거지? 돌아올 거지?"

매리언은 얼굴을 옆으로 돌렸다. "다그치지 마. 알았지?"

크리스틴 핀치가 화이트모어에게 사무실로 전화를 건 것은 그로부터 겨우 이틀 뒤의 일이었다. 그날 출근해서 처음 받은 전화였다. 엠마 로리는 자기 집 문 앞에서 두 사람을 맞이했다. 무척 심란한 모습이었다. 엠마는 자기가 직장에서 돌아왔더니 피처가 두 아들 중 큰아이인 제이슨을 무릎 위에 앉히고 있더라고 했다. 제이슨은 타월을 깔고 올라앉았는데 홀딱 벗은 채였고, 피처가 바셀린을 아이의 다리 사이에 문질러 바르고 있었다.

화이트모어와 핀치는 서로 눈길을 나누었다.

"그 사람은 그럴 이유가 있었대?" 핀치가 물었다.

"제이슨이 아픈 데가 있어서 그런 거래요. 제이슨이 계속 쓰라리다고 투정을 했다는 거예요……."

"그런데 자기는 그 사람 말을 못 믿겠구나?"

"제이슨이 쓰라려한다면, 대런이 한 짓 때문에 쓰라린 거예요. 두 분도 저 못지않게 잘 알고 계시잖아요."

색 오워 489

"대런은 지금 어디 있어요?" 화이트모어가 물었다.

"몰라요. 상관도 없어요. 난 그 사람한테 당장 꺼지고 다시는 돌아오지 말라고 그랬어요."

화이트모어는 얼마 후 그날 오전 중에 피처를 찾아냈다. 축축이 젖은 인도 위에 털퍼덕 주저앉아 있었다. 등은 옛날 시장 광장을 둘러친 울타리에 기대고, 다리는 책상다리를 한 채였다. 빗방울이 가는 사선을 그리며 떨어지고 있었지만, 피처는 알아차린 것 같지도 신경 쓰는 것 같지도 않았다.

"대런, 가세. 비는 맞지 말아야지." 화이트모어가 불렀다.

피처는 흘긋 올려다보더니 고개를 흔들었다.

외투 깃을 세우고, 화이트모어는 그 옆에 쭈그려 앉았다. "무슨 일이 있었는지 나한테 말해볼 텐가?"

"아무 일 없었어요."

"엠마 얘기로는……."

"엠마가 뭐라고 하든 난 씨발 하나도 신경 안 써요."

"난 신경 쓰네." 화이트모어가 말했다. "나는 귀담아 들어야만 해. 하지만 난 자네가 하는 얘기도 들어보고 싶어."

피처는 몇 분이 지나도록 말이 없었다. 지나가는 사람들은 피처의 다리를 넘어가거나 투덜거리면서 빙 돌아서 갔다.

"애가 계속 보챘다고요." 피처가 말했다. "제이슨이요. 입고 있는 바지가 너무 껴서인지 계속 긁는 거예요. 손을 바지 속에 넣어서 긁고 있었죠. 그래서 난 애한테 그러지 말라고 계속 그랬어요. 그러다 상처 난다고요. 덧나면 더 가려워진다고요. 그러다가, 제이슨이 화장실에 갔을 때요. 그때 내가 어디 한번 보자고 그랬어요. 아시겠어요? 어디가 아픈 건지 보자고, 짚어보라고요. 그렇게 얘기했죠. 그러고 보니 거기 조금 빨갛게 된 데가 있더라고요. 보니까 보였죠. 그래서 내가 거기 뭘 좀 발라줄까, 덜 가렵게, 그렇게 말을 했고 애가 좋다고 해서, 그래서……"

피처는 느닷없이 하던 말을 끊었다. 두 눈에 눈물이 흥건해지며 어깨가 들먹거렸다.

화이트모어는 기다렸다.

"난 아무 짓도 안 했어요." 피처가 마침내 그렇게 말했다. "정말이에요. 난 그 애를 만진 게 아니에요. 그러니까…… 아시죠, 전에 그런 것처럼 그런 게 아니라고요."

"하지만 자네가 그랬을 수도 있는 거지?" 화이트모어가 말했다.

머리를 아래로 푹 수그리고, 피처는 끄덕였다.

"대런?"

"네, 그렇죠. 내가 그랬을 수도…… 있었겠죠."

두 사람 중 누구도 움직일 줄을 몰랐다. 비는 계속해서 내렸다.

크리스마스 날 아침에 화이트모어는 일찍 일어나서 새로 산 지 몇 주 되지 않은 중고 사브 차의 창문에서 얼음을 긁어냈다. 뒷좌석 가득히 선물 꾸러미들을 싣고, 해안을 향해 출발했다. 도착했을 때에는 이제 막 하늘 저편에 분홍색과 노란색 띠를 그으며 부옇게 아침 빛이 번져오는 참이었다. 갑자기 나타나서 깜짝 놀라게 해주고 싶었기 때문에, 화이트모어는 몇 집 앞에다 차를 댔다.

창에 커튼이 다 쳐져 있지 않아서 빨간색, 파란색, 녹색으로 반짝이는 크리스마스트리의 불빛이 또렷이 보였다. 그리고 서리 맞은 잔디밭을 가로질러 가려는데 쌍둥이가 벌써 일어나서 잠옷 차림으로 양말 속에 들어 있는 선물들을 끄집어내 반짝이는 포장지를 찢어 벗기면서 신이 나서 고함을 지르고 있는 모습이 보였다.

아이들이 자기를 볼 것 같다는 생각이 들자, 화이트모어는 재빨리 뒷걸음질 쳐 차로 돌아왔다. 선물들을 양팔 가득 안아 들었다. 다시 방갈로로 가서 그는 선물들을 현관 층계 위에, 문에 기대 내려놓고는 물러나왔다.

만약 기다렸다면, 창문을 똑똑 두드렸다면, 현관 초인종을 울렸더라면, 안으로 들어가 앉았더라면, 바로 눈앞에 아이들이 좋아하는 것을 보았더라면, 떠난다는 것은 거의 불가능했으리라는 것을 그는 잘 알았다.

엠마 로리는 1월 초에 경찰서에 나타났다. 제일 어린 아이는 유모차에 태워 왔고, 다른 두 아이들은 엄마 다리 뒤에 숨듯이 하고 있었다. 며칠이나 끝도 없이 조르고 보챘기 때문에 엠마는 대런 피처를 다시 집 안에 들였다. 딱 한 시간만이라고 다짐했는데 들어오자 피처는 안 가겠다고 뻗댔다. 엠마가 끝끝내 설득을 해서 내보내게 되자, 그는 엠마가 자길 다시 받아주지 않는다면 자살해버리겠다고 협박했다. 아이들을 채갈 거고 자기와 함께 데려갈 거라고 말했다. 전부 죽이겠다는 것이었다.

"내가 잘못한 거예요. 그렇지 않아요? 그 사람을 다시 집에 들이다니. 절대 그래서는 안 되는 거였는데요. 알면서 그랬어요, 알고 있었으면서."

"괜찮아요." 화이트모어가 달랬다. "그리고 나라면 대런이 한 말에는 그렇게 심히 신경 쓰지 않을 거예요. 화가 났던 거잖아요. 성질이 나서. 그럴 때 사람들은 정말 진심은 아닌 소리들을 얼마든지 하지요."

"하지만 형사님이 그 사람 얼굴을 보셨다면요······. 대런은 진심이었어요. 정말 진심으로 한 소리예요."

화이트모어는 엠마에게 명함을 주었다. "봐요, 거기 내 휴대전화 번호가 적혀 있지요. 만약에 대런이 다시 근처에 얼씬거리며 엠마를 위협한다든가, 그 비슷한 짓을 하거들랑 나에게 전화해요. 알았지요? 바로 전화하세요. 그리고 내가 또 대런을 찾아가서 얘기도 해볼게요. 좋지요?"

엠마는 잘 모르겠다는 표정으로 미소를 짓고, 고개를 끄덕여 고맙다는 뜻을 전하고, 아이들을 데리고 나갔다.

이런저런 호스텔을 전전하다가, 또 한동안 노숙도 한 끝에, 피처는 지역 주거 안정 시설의 도움을 받아 스넨튼에 셋방을 얻었다. 한 구석에 개수대와 조그마한 레인지가 붙은 공동 주거의 방 한 칸이었다. 욕실은 공용이고 화장실은 한 층 내려가서 있었다. 화이트모어는 방 안에 한 개뿐인 의자에 앉았다. 피처는 매트리스가 푹 꺼져가는 침대에 걸터앉았다. 그가 말했다.

"여기 왜 오셨는지 알아요. 엠마 때문이죠. 내가 한 말 때문에 오신 거죠."

"엠마를 화들짝 놀래켜놨더군."

"알아요. 내가 성질 단속을 못했어요. 그게 다예요." 그가 고개를 설레설레 흔들었다.

"그 집에서, 엠마랑 애들이랑, 가족을 이루고, 알겠어요? 그런데 그래 놓고 날 그냥 쫓아내버렸죠. 형사님은 몰라요. 형사님이 어떻게 알아요? 하지만 난 기분이 정말 똥 같았어요. 내가 똥덩이가 된 기분이었죠. 그러니까 그건 진심이에요. 내가 한 말 말이에요. 애들에 대한 거 말고요. 애들은 다치게 안 해요. 난 그런 짓은 안 할 거예요. 하지만 내가 확 고꾸라지는 건 말이죠……." 그는 절망적인 눈빛으로 화이트모어를 바라보았다. "내가 할 일이 그거죠. 맹세코 할 거예요. 하고야 말 테니까."

"그렇게 말하지 말게."

"썩을, 왜 하지 말라는 거예요?"

화이트모어는 대런을 향하여 윗몸을 기울이고 목소리를 낮추었다. "힘들지. 내가 알아. 그리고 사실 난 진짜로 자넬 이해해. 정말로, 자넬 이해한다고. 하지만 그래도 살기는 살아야지. 툭툭 털고 말이야. 보게나. 여기 말이야. 자네에게는 이 방이 있어. 그렇지? 자네가 단독으로 쓸 수 있는 셋집이야. 이 정도면 출발이 되지. 새 출발인 거야. 이 방을 그런 시각으로 바라보게나."

화이트모어는 대런 피처 쪽으로 건너가서 그의 어깨에 한 손을 얹었다. 자기가 말하는 절반의 진실과 판에 박힌 이야기가 과연 얼마나 설득력 있는지 확신도 못하는 채 그가 달랬다.

"벤 레너드 알지. 전에 그 사람하고 얘기한 적 있었잖아. 내가 그 사람이 와서 다시 자넬 좀 봐주게 할 수 있을지 한번 보겠네. 그러면 몇 가지 문제는 정돈이 좀 될 거야. 좋지? 하지만 일단은 말일세, 자네가 그 무슨 일을 하든 간에, 엠마한테는 가까이 가지 말고 멀찍이 떨어져 있게. 알았지, 대런? 엠마하고 아이들한테 가까이 가지 않는 거야."

화이트모어는 피처의 어깨에 얹었던 손을 꾹 힘주어 잡고 난 다음에야 손을 떼고 방을 나갔다. "확실히 먼 거리를 두고 있게나."

전화가 걸려 와서 자고 있던 화이트모어를 깨운 것은 대략 일주일이 조금 더 지난 때였다. 전화 음성은 딱 부러지게 씩씩하고 직업적인 목소리였다. 퀸스 메디컬 센터 응급실에서 사고와 응급 환자들의 분류를 담당한 여자 간호사가 한 전화다. "이쪽에 엠마 로리라는 젊은 여자가 들어왔는데요, 상당히 심하게 부상을 입었어요. 자기 짝하고 격하게 다툰 것 같아요. 이 여자가 날 보고 꼭 댁한테 연락을 해달라고 해서 연락했는데 괜찮겠지요. 분명 아이들이 걱정되어서 그러는가 봐요. 아이가 셋이지요?"

"아이들이 거기 같이 있습니까?"

"아니요. 집에 있겠죠, 분명히."

"애들끼리만요?"

"전 모르겠네요. 그럴 것 같지는 않은데요. 이웃 사람이 봐주고 있나? 아무래도 이 여자가 하는 얘기가 영 두서가 없어서 말이죠."

화이트모어는 전화기를 던지고 옷 주워 입기를 마쳤다.

집 안은 고요했다. 피를 만져보자 약간 굳어서 끈끈했다. 살펴볼 방이 하나 더 남았다. 욕실 문은 못 열도록 안쪽에서 빗장이 질러져 있었고, 화이트모어는 어깨로 부딪쳐서 문을 열었다. 대런 피처는 변기에 앉아 있었다. 고개를 가슴으로 푹 수그려 고꾸라지듯이 하고, 한 팔은 욕조에 걸쳤다. 다른 팔은 바닥 쪽으로 늘어뜨린 채였다. 두 팔 모두 팔뚝 안쪽으로 세로로 기다랗게 그은 상처가 나 있었다. 팔꿈치에서 손목까지 갈 만큼 길게, 이전에 자해할 때 그었던 수평의 흉터들을 저미며 그어놓은 자상이었다. 피가 욕조 바닥에 고였고 그의 발치에도 고였다. 대형 커터칼이 욕조 가장자리에, 타원형의 연한 녹색 비누와 나란히 얹혀 있었다.

화이트모어는 웅크려 앉았다. 피처의 목 옆에 손을 짚자, 아직도 희미하게 뛰는 맥박이 잡혔다.

"대런? 내 목소리 들리나?"

피처는 힘겹게 고개를 쳐들었다. "봐요, 했죠. 내가 할 거라고 했잖아요." 희미한 미소가 그의 두 눈에 어렸다.

"애들은. 애들은 어디에 있지?" 화이트모어가 물었다.

그의 얼굴로 바로 끼쳐오는 씁쓸한 속삭임으로, 피처가 말했다. "광에요. 집 뒤에. 애들한테 이 꼴을 보여주고 싶지 않았어요."

피처의 머리가 앞으로 축 처질 때에 화이트모어는 휴대전화로 긴급 번호를 눌렀다.

층계를 내려와서 그는 주방의 불을 켰다. 난로 옆에 성냥 상자가 있었다. 뒷문 빗장을 벗기고, 화이트모어는 밖으로 발걸음을 내디뎠다. 광은 높이가 겨우 150센티미터밖에 안 되었다. 자투리 판자로 대충 얽어 세워놓은 것으로, 지붕에는 서리가 잔뜩 끼었다. 문손잡이를 잡자 차디찼다.

"겁내지 마라." 안에 있는 아이들에게 들릴 만큼 큰 소리로 화이트모어가 말했다. "아저씨는 그냥 문을 열려고 그러는 거야."

문이 벌러덩 열리게 되자, 화이트모어는 몸을 수그려 안으로 들어가며 성냥을 켰다. 세 명의 아이들은 문에서 가장 먼 구석에 서로서로 붙들고 뭉쳐 있었다. 커다랗게 뜬 눈으로 빛을 바라보았다.

구조대원들이 도착했을 때쯤에 대런 피처는 의식을 잃은 후였고, 구조대원들과 응급실 의사들이 갖은 노력을 다했음에도 그날 아침 6시를 조금 지난 시각에 사망 선고를 받았다. 여러 바늘 꿰매고 붕대를 친친 감은 엠마 로리는 하룻밤 병원에 있다가 풀려나왔다. 그녀의 아이들은 사회봉사 긴급구조반에서 몽땅 싸서 데려갔으니 단기 보육 대상으로 보살핌을 받게 될 터였다.

톰 화이트모어는 강둑으로 차를 몰아가서 강 건너편 인도교에 섰다. 거무스름한, 유리 같은 표면의 물을 물끄러미 내려다보고, 머리를 날개 밑에 넣고 잠든 백조의 희끄무레한 형체들을 바라보았다. 머리 위로 하늘은 맑았고 드문드문 별이 돋아났다.

마침내 집에 왔을 때는 새벽이 다 된 때였다. 집 안 난방은 방금 가동되어 들어오고 있었다.

위층으로 올라가서, 쌍둥이의 방에 이르자, 그런데도 싸늘한 한기가 느껴졌다. 쌍둥이의 침대들은 하나하나 세심하게 정돈되어 있었다. 담요는 깔끔하게 젖혀 접어놓았다. 혹시 모르니까 금방 눕힐 수 있게. 그는 오랫동안 거기 서 있었다. 서서히 밝아온 빛이 주위를 감싸도록 그대로 서 있었다. 또 하루의 시작이었다.

수록 작가 소개

마틴 리먼 Martin Limon

1968년, 아직 십 대일 때 그는 처음 한국으로 왔다. 20년간 미군에 복무하다 퇴역했고, 복무 기간 중 10년을 한국에서 보냈다. 주한 미군으로 복무한 경험을 바탕으로, 한국을 배경으로 하는 미군 범죄수사관 조지 수에뇨, 어니 바스콤 콤비 시리즈를 썼고 이 시리즈는 지금까지 총 7권이 출간되었다. 한 인터뷰에서 그는 "나는 내가 사랑하는 것에 대해서 쓴다. 한국에 대해서"라고 말했다. 아내와 함께 미국 워싱턴주 시애틀에 살고 있다.

브렛 배틀스 Brett Battles

로스앤젤레스에 살면서 각광을 받은 '조너선 퀸' 시리즈 장편소설 3권을 써냈다. 배리상 최우수 스릴러 부문과 셰이머스상 최우수 첫 장편소설 부문에 후보로 오른 『The Cleaner』를 비롯해 2008년 배리상 수상작인 『The Deceived』 그리고 『Shadow of Betrayal』이 그 작품들이다. 2007년에 데뷔작을 출판한 장편소설 작가들의 모임 '킬러 이어(Killer Year)'의 창립 멤버이며 국제 스릴러작가협회와 미국 추리작가협회의 회원이다.

빌 프론지니 Bill Pronzini

1943년생, 1971년 첫 장편소설 『The Stalker』를 발표했다. 같은 해 발표한 '무명의 탐정' 시리즈로 유명해졌고, 지금까지 시리즈로 발표된 작품은 장편만 35권이 넘는다. 1987년 부인과 함께 편저한 『1001 Midnight』으로 매커비티상을 수상했고 1988년, 1999년에도 매커비티상을 수상했다. 1998년 에드거상을 비롯하여 지금까지 셰이머스상을 네 차례나 받았고 2008년 미국 추리작가협회 그랜드마스터상을 수상했다.

더그 알린 Doug Allyn

8권의 장편소설과 거의 100편에 이르는 단편소설의 저자로, 첫 단편으로 최우수 첫 작품에 주는 미국 추리작가협회 로버트 L. 피시상을 탔다. 에드거상을 수상했으며, 국제 범죄소설 독자 수여상을 탔고, 중편소설에 주는 데린저상을 세 차례 받고, 엘러리퀸상을 전례 없는 횟수인 여덟 차례나 수상하였다. 영어, 독일어, 프랑스어, 일본어로 번역 출판되었으며 영화와 TV드라마로 영상화된 소설은 20편이 넘는다.

보컬이자 베이스 연주자인 아내와 록밴드를 하며 세계를 돌아다니는 프로 뮤지션이기도 하다.

찰스 아데이 Charles Ardai

홀로코스트 생존자의 아들로 뉴욕에서 태어났다. 작가이면서 유명한 범죄소설 라인인 '하드케이스 크라임'의 편집자이다. 편집자로서 스티븐 킹, 미키 스필레인, 도널드 E. 웨스틀레이크, 로렌스 블록, 맥스 앨런 콜린스, 에드 맥베인을 비롯한 유수의 작가들과 함께 일했다. 리처드 앨리어스라는 가명으로 출판한 장편소설 『*Little Girl Lost*』와 『*Songs of Innocence*』, 본명으로 출판한 『*Fifty-To-One*』 등이 있다. 『*Songs of Innocence*』는 〈퍼블리셔스 위클리〉 '올해의 책'으로 선정되었고, 셰이머스상을 수상했다. 2007년 단편소설 「*The Home Front*」로 에드거상을 받았다.

데이비드 에드걸리 게이츠 David Edgerly Gates

뉴멕시코주 산타페에 살고 있다. 그의 단편소설들은 〈알프레드 히치콕 미스터리 매거진〉과 〈엘러리 퀸 미스터리 매거진〉, 〈스토리〉, 〈범죄의 문제〉 등의 잡지에 게재되었으며 『최우수 미국 추리 단편집』과 『세계 명작 추리 범죄선』에 수록되었다. 게이츠의 과거 작품들은 셰이머스상과 에드거상에 꾸준히 후보로 올랐고 「피부와 뼈」는 2009년 에드거상 최우수 추리 단편 부문 후보작이었다.

도미니크 메나르 Dominique Mainard

1967년 파리 출생, 리옹에서 자랐다. 작가이자 번역가로, 존 치버와 자넷 프레임의 작품들을 프랑스어로 번역했다. 『*Le Second Enfant*』과 『*Le Grenadier*』를 포함하여 3권의 단편집을 출판한 이후, 2001년에 첫 장편소설 『*Le Grand Fakir*』를 출판했다. 2002년 『*Leur Histoire*』로 2002년 FNAC상과 2003년 알랭푸르니에상을 수상했고, 이 소설은 2005년 알랭 코르노가 각색하여 〈*Les Mots bleus*〉로 영화화하였다. 2009년 『*Pour Vous*』로 프랑스 서점 대상을 수상했다.

N.J. 에이어스 Ayres

미드 'CSI' 신드롬이 있기 전부터 법의학을 기반으로 한 3권의 장편 범죄소설을 써낸 저자이다. 에이어스는 20년 동안 대규모 엔지니어링 회사들과 방위 산업체를 위

수록 작가 소개

하여 복잡한 다권본 기술 매뉴얼을 쓰고 편집했다. 현재는 경찰 사격장과 사설 사격장에서 납총탄의 재활용에 관한 제안서와 보고서를 쓰고 있는 중이다. 2009년 여름에 단편 「*The Exquisite Burden of Bones*」가 잰 그레이프와 배리 본이 편집한 모음집 『*Murder Past, Murder Present*』에 실렸다.

존 하비 John Harvey

1938년 런던 출생, 지금까지 90여 권의 책을 썼다. 그의 가장 유명한 범죄소설 시리즈인 '찰리 레스닉' 시리즈는 재즈에 영향을 받았으며, 노팅엄을 배경으로 했다. 2009년 노팅엄 대학교로부터 그의 문학적 성취로 노팅엄에 기여한 공로로 명예박사학위를 받았다.

크리스틴 캐스린 러시 Kristine Kathryn Rusch

1960년생. 미스터리, 로맨스, SF, 판타지 소설 분야에서 상을 받은 작가이다. 여러 필명으로 많은 장편소설을 썼는데 로맨스에서 크리스틴 그레이슨, 추리에서는 크리스 넬스콧이라는 이름을 썼다. 그녀의 장편소설들은 베스트셀러 목록에 올랐고, 14개국에서 출간되었다. 남편인 작가 딘 웨슬리 스미스와 함께 공동작업을 활발히 하고 있다. 그녀가 탄 상들은 엘러리 퀸 독자 수여상부터 존 W.캠벨상까지 망라하고 있다. 2007년에 그녀는 북서부에서 출간된 가장 훌륭한 추리소설에 주어지는 '최고의 추리 장편소설상'을 두번째로 받았다. 1991년부터 1997년까지 〈판타지 앤드 사이언스 픽션 매거진〉의 편집자였던 그녀는 휴고상에서 '최고의 편집자' 부문 수상자로 선정되기도 했다.

노먼 패트리지 Norman Partridge

브램스토커상을 세 번, IHG상을 두 번 수상했다. 데뷔작인 『*Slippin'into Darkness*』는 CD로 출판된 최초의 창작 장편소설이었다. 월드판타지상 후보에 올랐던 작품집 『*Bad Intentions*』와 전직 권투선수 '잭 배달락' 시리즈를 버클리 프라임 크라임에서 출판했고, 모조(Mojo)와 DC에서 만화책을 냈으며, 『*The Crow: Wicked Prayer*』는 영화로 제작되었다. 최근작 『*Dark Harvest*』는 〈퍼블리셔스 위클리〉에서 '2006년 최고의 책 100선'에 뽑혔다.

로버트 S. 레빈슨Robert S. Levinson

『*The Key of Death*』, 『*Where the Lies Begin*』, 『*Ask a Dead Man*』, 『*Hot Paint*』, 『*The James Dean Affair*』, 『*The John Lennon Affair*』, 『*The Elvis and Marilyn Affair*』를 쓴 베스트셀러 작가. 〈알프레드 히치콕 미스터리 매거진〉과 〈엘러리 퀸 미스터리 매거진〉에 늘 작품을 게재하는 단골 작가이기도 하다. 데린저상을 수상했으며 극작가로도 활동하고 있다.

옮긴이 이지연
서울여자대학교를 졸업하고 현재 전문번역가로 일하고 있다. 『복제 인간 사냥꾼』, 『햇불을 들고』, 『마음을 읽는 소녀 린』, 『어스시의 마법사』 등을 옮겼다.

밤과 낮 사이 2

ⓒ 빌 프론지니, 2013

초판 1쇄 인쇄일 2013년 3월 20일
초판 1쇄 발행일 2013년 3월 30일

지은이 빌 프론지니 외   **옮긴이** 이지연   **펴낸이** 강병철
주간 정은영   **책임편집** 임자영 이서하   **저작권** 김영란
마케팅 장성준 박제연 이동후 전연교 최은석   **e-사업부** 정의범 김혜연

펴낸곳 자음과모음   **출판등록** 1997년 10월 30일 제313-1997-129호
주소 121-840 서울시 마포구 서교동 396-33
전화 편집부 (02)324-2347, 경영지원부 (02)325-6047
팩스 편집부 (02)324-2348, 경영지원부 (02)2648-1311
이메일 literature@jamobook.com   **커뮤니티** cafe.naver.com/cafejamo

ISBN 978-89-5707-719-1 (03840)
    978-89-5707-720-7 (set)

잘못된 책은 교환해드립니다.
저자와의 협의하에 인지는 붙이지 않습니다.